节能减排与新能源研究

Basic Research on Energy Saving and
Emissions Reduction along with New Energy Exploitation

邹友峰　卢小平　苏海全　主编

国家重点基础研究发展计划（"973"计划）资助项目
（项目编号：2009CB226100；2009CB226101—2009CB226114）

科学出版社
北京

内 容 简 介

本书介绍了国家"973"计划资助项目"节能减排与新能源探索基础研究"领域的科研成果,并由该项目第一承担单位河南理工大学组织其中 14 个课题组的研究人员共同撰写。书中汇集各项目组研究人员在节能减排与新能源探索基础研究领域的研究进展,集中反映苯和苯酚羟基化反应、纤维素转化制乙二醇、过程工业减排节能、绿色高效棉织品缓释香精分子设计、CH_4-CO_2 重整制合成气、金属催化剂制备、煤矿区地质灾害与环境要素信息协同处理及预警、植物木质纤维素降解、工业硅纯化至多晶硅、煤高效制氢、超临界水气化生物质制乙醇、凝聚态中核反应机理、煤低温干馏技术等方面的最新科研成果。

本书可供能源、化学化工、工业过程、环境遥感等领域的科技人员及高等院校有关专业的师生参考。

图书在版编目(CIP)数据

节能减排与新能源研究/邹友峰,卢小平,苏海全主编.—北京:科学出版社,2010

ISBN 978-7-03-029563-7

Ⅰ.①节… Ⅱ.①邹…②卢…③苏… Ⅲ.①节能-研究②能源-研究 Ⅳ.①TK01

中国版本图书馆 CIP 数据核字(2010)第 227109 号

责任编辑:童安齐 任加林 田靳峰 芦 瑶 / 责任校对:柏连海
责任印制:吕春珉 / 封面设计:耕者设计工作室

科 学 出 版 社 出版
北京东黄城根北街 16 号
邮政编码:100717
http://www.sciencep.com

双青印刷厂 印刷
科学出版社发行 各地新华书店经销

*

2010 年 9 月第 一 版 开本:787×1092 1/16
2010 年 9 月第一次印刷 印张:31 3/4
印数:1—1 000 字数:735 000

定价:98.00 元
(如有印装质量问题,我社负责调换〈双青〉)
销售部电话 010-62134988 编辑部电话 010-62132124(BA08)

本书编写委员会

主编　邹友峰　卢小平　苏海全
编委　樊卫斌　张　涛　陆小华　肖作兵　刘昭铁　李　辉
　　　　　熊兴耀　李前树　陈　刚　程春田　张武寿　兰新哲

序

自 20 世纪 80 年代以来,资源、人口和环境之间的矛盾日益突出,已严重威胁到人类的生存与发展,引起全世界各国政府的高度重视。因此,很多国家纷纷投入大量的人力和财力进行节能减排和新能源探索的研究,以期减少能源消耗,降低温室气体和有毒物质的产生和排放,寻找可替代传统能源的绿色新能源,从而实现绿色生产、循环经济、人与自然的和谐发展。

2008 年 6 月 27 日胡锦涛总书记在主持中央政治局第六次集体学习时,强调加快建设资源节约型、环境友好型社会,不断增强可持续发展能力。2009 年 3 月 19 日,党和国家领导人胡锦涛、吴邦国、温家宝等分别来到北京展览馆参观中国国际节能减排和新能源科技博览会。胡总书记在参观后强调要大力推进节能减排,积极开发新能源,这是贯彻落实科学发展观、促进经济社会可持续发展的重大举措。节能减排和新能源开发研究已经成为我国的基本国策和重要的战略任务之一,关系到生态平衡、人类健康和社会经济的可持续发展。

"973"计划资助项目"节能减排与新能源探索基础研究",由河南理工大学邹友峰教授为项目协调人,牵头协调中国科学院山西煤炭化学研究所、中国科学院大连化学物理研究所、南京工业大学、上海应用技术学院、陕西师范大学、上海师范大学、河南理工大学(矿山空间信息技术国家测绘局重点实验室)、湖南农业大学、华南师范大学、华中科技大学、大连理工大学、内蒙古大学、中国科学院化学研究所、西安建筑科技大学共 14 家单位,针对国家的此项战略任务对有关的科学关键问题进行系统深入研究,既有重要的理论意义,又具有重大的现实意义。

在节能减排的基础研究中,煤闪速低温干馏技术、过程工业的节能减排、有机化学品反应的原子经济性、绿色化学的高效清洁催化剂、天然气重整制合成气、电力行业的节能减排、纺织品缓释香精和绿色加香整理方法、煤矿区地质灾害与环境的监测预警等是当前急需解决的关键问题。对这些问题进行研究,以提高低变质煤的综合利用效率,减少低变质煤加工过程的能源消耗;在过程工业减排中实现有效节能,开发用于绿色精细化工合成的高效清洁催化剂,开发节能、环保、H_2/CO 比可调的新型天然气重整工艺,减少纺织品加香整理过程中化学助剂和胶联剂的添加量,实现煤矿区地质灾害与环境的精准动态监测及预警等,为生态环境保护、防灾减灾、节能减排和可持续发展提供决策依据,对调节我国能源结构,实现有效节能具有重要的意义。

在新能源开发探索的研究中,利用太阳能的高纯多晶硅的纯化技术将植物纤维转化为新的生物质能源、木质纤维素的开发、超临界水气化生物质制乙醇、基于 CO_2 捕集的煤高效制氢新方法、凝聚态中的核反应等基础理论和基本方法是当前急需研究解决的问题。对这些问题进行研究,对促进我国多晶硅产业的发展、实现由"黑色能源"向"绿色能源"转化、纤维素的综合开发利用、低品位能源的有效利用以及煤绿色高效应用等提供科学依据,对缓解能源危机有重要的战略意义。

为适应当前国内低碳经济发展的需要,该论文集代表了国家"973"计划资助项目"节能减排与新能源探索基础研究"14 个课题组的科研人员近年来取得的理论研究成果,值得同行们认真阅读和参考。

以上看法,仅供参考和借鉴。不妥之处,望不吝赐教。

中华人民共和国科学技术部基础研究司

2010 年 9 月 6 日

目　录

苯和苯酚羟基化反应研究进展*

沈小华[1,2]　李俊汾[1]　董梅[1]　王建国[1]　樊卫斌[1]

(1. 中国科学院山西煤炭化学研究所，太原 030001；2. 中国科学院研究生院，北京 100049)

摘要　本文综述了苯直接氧化制苯酚和苯酚直接羟基化制苯二酚的研究进展。通过考察不同氧化剂和各类多相催化剂对反应性能的影响和分析其优缺点，发现双氧水作为氧化剂，TS-1 分子筛作为催化剂具有反应条件温和，路线短，原子经济性高，无污染等特点。TS-1 分子筛的催化性能可以通过提高骨架 Ti 含量、减小晶粒尺寸、改善孔道分布和表面吸附/脱附性能、调变反应溶剂和优化工艺条件得到大幅提升。因而，该技术路线目前最具工业应用前景和应用价值。

关键词　苯，苯酚，羟基化，催化，TS-1

　　苯酚和苯二酚是重要的有机化工产品，广泛应用于医药、农药、橡胶、染料等工业。据 SRIC 咨询公司调查，苯酚的消费量预计以每年 3.4% 的速度增长，在 2012 年将达到 1000 万 t[1]。我国经济的强劲增长更加有力地支持了苯酚和苯二酚市场的大幅增长，今后几年苯酚的需求量估计每年以 9% 的速度增加，呈供不应求状态，每年需要大量进口[2]。但是，国内生产工艺落后，环境污染严重。特别是对于邻苯二酚，国内生产规模更小，生产技术相当落后，成本较高，难以与国外产品相抗衡，且开工率很低，难以满足市场需求。预计到 2012 年，我国邻苯二酚的需求量大约为 1.2 万 t[3]，因而不得不主要依赖进口，但国外公司均不转让技术，并且附带"指定用途，限量供应"的苛刻条件。面对市场全球化，我国急需开发完全拥有自主知识产权且具有市场竞争力的苯酚和苯二酚制备技术，以打破国际垄断。

1　苯羟基化制苯酚

　　目前，世界上生产苯酚大多采用异丙苯氧化路线。该路线工艺流程长、控制和安全技术要求高、产品收率较低，并产生较多含酚废水，处理非常困难，同时生产过程中联产的大量丙酮易受市场价格制约[4]。另外，在操作过程中还需要加入酸及多种有机试剂，造成环境污染及操作困难等问题，不符合可持续发展战略，因而苯直接氧化制备苯酚的方法近年来受到各国学者极大关注。

---

　　*"973"计划资助项目（项目编号：2009CB226101）；国家自然科学基金资助项目（项目编号：20773153）；山西省自然科学基金资助项目（项目编号：2009011009-2）

1.1　N₂O 氧化法

Iwamoto 等于 1983 年发现以 N_2O 为氧化剂,可以将苯直接氧化为苯酚[5],常用的催化剂有金属氧化物催化剂、ZSM-5 及金属改性的 ZSM-5 分子筛催化剂等。在 550℃,Iwamoto 等利用 V_2O_5/SiO_2 催化剂,以 N_2O 氧化苯得到苯酚[5],反应的唯一副产物为氮气。Panov[6] 等利用 FeZSM-5 为催化剂,以 N_2O 为氧化剂,在 300～400℃下,苯酚的收率可达 20%～25%,选择性为 100%,而以氧气代替 N_2O 后没有苯酚生成。研究表明,分子筛中的 Fe—O—Si 键断裂,铁原子以氧化铁存在于骨架外,形成强 Lewis 酸中心,使得 N_2O 分解产生 N_2 和分子氧(图 1),分子氧吸附在催化剂表面,具有很高的反应活性,与苯反应生成苯酚。

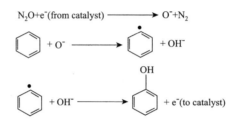

图 1　V_2O_5/SiO_2 催化剂上 N_2O 氧化苯生成苯酚反应机理

Fig. 1　Reaction mechanism of oxidation of benzene with N_2O over V_2O_5/SiO_2

以 N_2O 为氧化剂通过气相反应制备苯酚的优点在于苯酚收率和选择性较高,但原料气 N_2O 不易获得,只有与己二酸工艺整合起来,利用其废气才有实用价值。此外,催化剂易失活、工艺较为繁琐,也限制了 N_2O 氧化法的发展。

1.2　O₂ 氧化法

以氧气为氧化剂,具有成本优势和安全特性,废物排出量少,是一种环境友好型催化过程,颇具吸引力,但苯酚的收率和选择性都较低,限制了工业化应用。

Seo 和 Miyahara 等以 CuO/Al_2O_3 为催化剂、O_2 为氧化剂,抗坏血酸为共反应物,在酸性溶剂中,原位产生羟基自由基,羟基自由基进攻苯环生成苯酚(图 2)[7,8]。Ge 等以 $H_7PMo_8V_4O_{40}$ 为催化剂,在 CO 存在条件下,以 O_2 为氧化剂,在乙酸溶液中于 90℃反应 15h,苯酚收率为 27.3%[9]。Hiromitsu 等以 Cu 改性的高硅 H-ZSM-5 分子筛作催化剂,O_2 为氧化剂,在 400℃时,苯酚的选择性虽然可达 60%,但收率仅为 1.2%[10]。

最近,Bal 等以 CVD 法制备了一种性能优良的 Re/HZSM-5 催化剂[11]。在 280℃、氨气存在条件下,氧自由基与分子筛中的 ReO_4 形成一种结构复杂活性中间体(图 3),使苯酚的选择性为 88%,但苯的转化率较低。

$$2Cu(\text{II}) + Ascorbic\ acid + 1/2O_2 \longrightarrow 2Cu(\text{I}) + dehydroaccorbic\ acid + H_2O \quad (1)$$

$$2Cu(\text{I}) + O_2 + 2H^+ \longrightarrow 2Cu(\text{II}) + H_2O_2 \quad (2)$$

$$Cu(\text{I}) + H_2O_2 + H^+ \longrightarrow Cu(\text{II}) + \cdot OH + H_2O \quad (3)$$

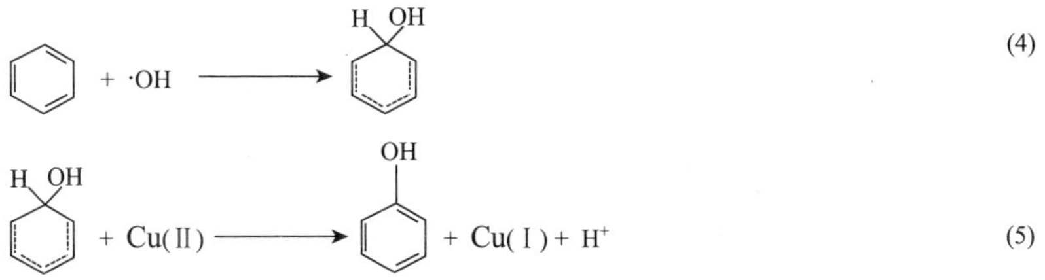

$$\text{苯} + \cdot OH \longrightarrow \text{羟基环己二烯基自由基} \quad (4)$$

$$\text{羟基环己二烯基自由基} + Cu(\text{II}) \longrightarrow \text{苯酚} + Cu(\text{I}) + H^+ \quad (5)$$

图 2 CuO/Al₂O₃ 催化剂上 O₂ 氧化苯生成苯酚反应机理

Fig. 2 Reaction mechanism of oxidation of benzene with O_2 over CuO/Al_2O_3

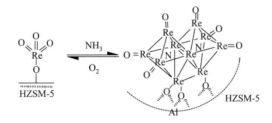

图 3 以 CVD 法制备的 Re/HZSM-5 催化剂在反应过程中形成的活性中间体

Fig. 3 Proposed structures of supported Re clusters on HZSM-5 and
active intermediates formed in the reaction process

1.3 H₂O₂ 氧化法

过氧化氢氧化苯制苯酚,唯一的副产物是水,其原子经济性高,环境友好,一直被认为是最有希望取代异丙苯法的一种方法。目前,以 H_2O_2 水溶液为氧化剂的反应体系中,主要采用芬顿试剂和以 Fe、Ti 等过渡金属为活性中心的分子筛作催化剂。

芬顿试剂为 Fe^{2+} 与 H_2O_2 组成的混合溶液,能够产生活性较高的羟基自由基,羟基自由基进攻苯环,生成苯酚和苯二酚[12]。但是,该反应是一典型的均相催化反应,催化剂与产物不易分离。为了克服这一缺陷,Tagawa 等将铁盐[$FeCl_3$,$Fe(NO_3)_3$,$FeCl_2$]负载于硅胶上制得固体催化剂[13]。以乙腈为溶剂在液相条件下进行反应,不仅活性组分 Fe^{3+} 的沥滤现象非常严重,而且会排放大量的酸性反应液,严重污染环境。

20 世纪 80 年代,Enichem 公司研制了一种新型氧化分子筛催化剂 TS-1。在温和反应条件下,以 H_2O_2 为氧化剂,TS-1 在烃/醇氧化和苯酚羟基化反应中显示出优异的催化性能,不仅具有较高的活性和选择性,而且具有良好的稳定性。研究结果(表 1)表明[14],苯在不同分子筛催化剂上的反应活性顺序为:TS-1>Fe-TS-1>Al-TS-1>Fe-ZSM-5>Al-ZSM-5。

为了改善 TS-1 分子筛的孔分布和增加其比表面积,PQ 公司开发了一种 TS-PQ™分子筛催化剂[15]。该催化剂因其较大的比表面积与孔体积(图 4)、较多的中孔与晶格缺陷位,在 H_2O_2 直接氧化苯反应中,较 TS-1 分子筛显示出高的催化活性和苯酚的选择性 (>90%)。

表 1　不同分子筛催化剂上 H_2O_2 氧化苯的反应结果

Tab. 1　Hydroxylation of benzene over various molecular sieves

Catalyst	H_2O_2 selectivity(%)	Product(mol%)	
		phenol	Benzoquinone
TS-1	100	76	24
Fe-TS-1	50	91	9
Al-TS-1	37	96	4
Fe-ZSM-5	30	100	—
Al-ZSM-5	27	100	—

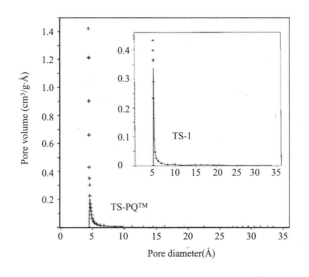

图 4　TS-PQ 和 TS-1 的孔分布曲线

Fig. 4　Horvath-Kawazoe differential pore volume plots of TS-PQ and TS-1

改善 TS-1 分子筛催化性能的另一条途径是创制新的活性中心。Bianchi 通过以 NH_4HF_2 和 H_2O_2 处理 TS-1 分子筛[4],创制了一种新的活性 Ti 位,以环丁砜为溶剂,苯的转化率达到 8.6%,苯酚选择性达到 94%。这是由于环丁砜和苯酚形成了一种较大的络合物分子,难以进入分子筛孔道,从而避免了苯酚的深度氧化,大大提高了选择性。

提高 TS-1 分子筛骨架 Ti 的含量,改善 TS-1 分子筛表面的亲水性/憎水性,同样可以大幅提高其苯直接氧化催化活性。Fan 等以 $(NH_4)_2CO_3$ 作为 TS-1 分子筛的晶化调节剂,通过改变晶化机理,合成了骨架富 Ti、结晶完美的 TS-1 分子筛(图 5 和图 6)[16]。与传统方法制备的 TS-1 分子筛催化剂相比,苯直接氧化催化活性提高了 1~2 倍。

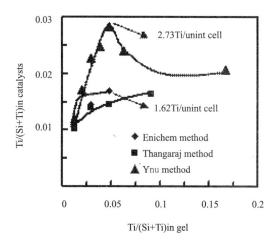

图 5　合成凝胶的 Ti/(Si＋Ti)比与不同方法合成的 TS-1
催化剂的 Ti/(Si＋Ti)比的关系曲线
Fig. 5　Ti/(Si＋Ti) in the gel vs. that in the TS-1 catalysts
synthesized by different methods

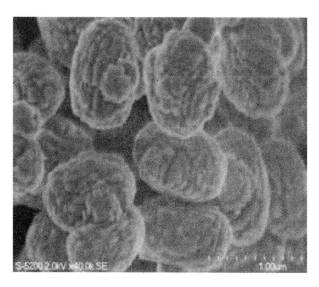

图 6　YNU 法合成的 TS-1 催化剂的 FE-SEM 图
Fig. 6　FE-SEM images of TS-1 prepared by the YNU method

　　TS-1 分子筛是最具工业应用前景的苯直接氧化催化剂。TS-1 分子筛虽然可以多次重复使用,但制备成本太高,须要寻求低成本的合成技术,才具现实意义。另外,进一步提高 TS-1 分子筛的催化活性、选择性和稳定性仍是追求的目标。

2　苯酚羟基化制苯二酚

2.1　国内外苯二酚生产技术现状

传统的对苯二酚生产方法有苯胺氧化法、对二异丙苯氧化法等;邻苯二酚则主要通过邻氯苯酚或邻甲氧基苯酚等水解获得。这些生产成本高、工艺复杂、副产物多、环境污染严重,在国外已逐步淘汰[17]。目前,工业化的苯酚羟基化制苯二酚的方法主要有Rhone-Poulenc法[18]、Ube法[19]、Brichima法[20]和Enichem法[21]。这些方法均以过氧化氢为氧化剂,由于工艺流程简单、安全,反应条件温和,生产成本较低,而且副产物只有水,因此备受关注。目前世界上几乎所有的邻苯二酚以及1/3以上的对苯二酚均是由苯酚过氧化氢羟基化法生产的。

2.1.1　Rhone-Poulenc 法

法国 Rhone-Poulenc 公司于 1973 年开发了以 $H_3PO_4/HClO_4$ 为催化剂、以 30% 的双氧水为氧化剂的苯酚羟基化制苯二酚工艺,苯酚的转化率约 5%,对苯二酚与邻苯二酚的选择性达 90%,对苯二酚与邻苯二酚摩尔比约为 1:1。反应过程使用大量的酸,设备腐蚀严重,苯酚单程转化率较低。

2.1.2　Ube 法

日本 Ube 公司以过氧化氢与酮(如甲基异丁酮)原位生成的过氧化物为氧化剂,然后加入少量的酸或盐(如硫酸、硫酸锌)氧化反应。反应温度为 70℃ 时,苯二酚的选择性可达 90%[邻苯二酚/对苯二酚=1.5(mol/mol)],但苯酚转化率低于 5%,而且设备腐蚀严重。

2.1.3　Brichima 法

该法以铁盐和钴盐混合物为催化剂、以过氧化氢为氧化剂进行苯酚羟基化反应,苯酚单程转化率约为 10%,苯二酚选择性为 90% 左右。产物中邻苯二酚与对苯二酚之比为 2.3:1。催化剂可以重复使用。产物采用分馏方法分离提纯,但催化剂寿命较短。

2.1.4　Enichem 法

意大利 Enichem 公司采用 TS-1 分子筛催化剂建立了 10kt/a 的苯二酚生产装置。在温和条件下,以水或丙酮为溶剂,苯酚转化率达 25%,苯二酚选择性达 90%,邻苯二酚与对苯二酚之比为 1:1。该工艺是目前国际上公认的清洁生产苯二酚的技术。

2.2　苯酚羟基化反应催化剂研究进展

国内外许多学者对苯酚羟基化反应催化剂和催化体系进行了大量研究,研制了复合金属氧化物、杂原子分子筛和杂多酸盐等多种催化剂。

2.2.1 复合金属氧化物催化剂

金属氧化物作为催化剂具有价格低廉、制备简单、稳定性好等优点，但催化活性和选择性均较低。近年来，人们通过制备复合金属氧化物或负载性金属氧化物大大提高了催化活性和选择性。

邓国才等通过研究稀土元素改性二氧化锆、二氧化钛的苯酚羟基化催化性能[22,23]，发现镧、钕改性氧化锆催化剂与单纯的氧化锆催化剂相比，催化活性和邻苯二酚选择性均有明显的提高。H_2O_2 转化率为 95% 以上，邻苯二酚选择性 90% 以上，产物中邻苯二酚与对苯二酚比值可达 20，适宜于高选择性制备邻苯二酚。研究表明，提高金属氧化物的分散度有利于改善催化性能。Gou 等采用超声波共沉淀法制备了一种具有棒状结构、高苯酚羟基化催化活性的 La_2CuO_4 纳米颗粒[24]。以乙腈为溶剂，80℃反应 4h 后，苯酚的转化率接近 100%，苯二酚的选择性接近 100%，邻苯二酚与对苯二酚的比值为 2。值得指出的是，过氧化氢氧化苯酚为强放热反应，过程受加料控制，反应过程中加入少量苯二酚可以消除诱导期。曹贵平等在研究铁基复合氧化物催化剂上苯酚羟基化反应时[25]，发现反应温度在 50~80℃ 范围内，温度变化对催化性能影响不大，过氧化氢应采用滴加方式加入，最佳用量为苯酚质量的 35%。

张信芳等通过将铁基复合金属氧化物负载于具有特定结构的 Hβ 沸石上[26]，制得了一种高性能铁基催化剂。Hβ 沸石不仅提高了复合氧化物的分散度，而且提供了适宜的酸性中心。结果不仅缩短了苯酚羟基化反应的诱导期，而且提高了反应活性和产物选择性，降低了过氧化氢在反应器中累积带来的风险。

2.2.2 杂多酸盐催化剂

杂多酸是两种以上无机含氧酸的缩合酸，既有较强的酸性，又有较强的氧化性，杂多酸盐则是金属离子或有机胺类化合物取代杂多酸分子中的氢离子所生成的产物。杂多酸盐在苯酚羟基化制备苯二酚反应中显示出独特的催化性能。

杂多酸十六烷基吡啶盐在过氧化氢氧化苯酚反应中显示出很高的选择性[27]，产物仅有对苯二酚和邻苯二酚。通过调变中心原子 Mo 或 W 可以选择性地生成对苯二酚或邻苯二酚；通过添加 V 原子可以提高催化活性。胡玉才发现[28]，以具有 keggin 结构的 As-Mo-V 杂多酸十六烷基吡啶盐为催化剂，过氧化氢为氧化剂，苯酚选择性地转化为对苯二酚。反应温度、反应时间、催化剂用量和 H_2O_2 用量对催化性能有很大影响。在最佳反应条件(催化剂/苯=0.4%，H_2O_2/苯酚=0.25，乙腈/苯酚=2，78℃，2h)下，苯酚的转化率为 17.1%，对苯二酚的选择性为 87.3%，邻苯二酚的选择性为 6.6%。Lin 等在研究 $K_{0.5}(NH_4)_{5.5}[MnMo_9O_{32}] \cdot 6H_2O$ 的苯酚羟基化催化性能时[29]，发现加入 V_2O_5 后，V_2O_5 与 Mn(IV)Mo 的协同作用导致催化活性大幅提高。以甲醇为溶剂，苯酚转化率可达 45.0%，对苯二酚产率可达 85.8%。

通过改性杂多酸盐可以进一步改善其催化性能。将稀土元素钇引入钼钒磷杂多酸阴离子[30]，形成的钇钼钒磷四元杂多配合物在苯酚羟基化反应中显示出较高的催化活性和独特的选择性。甲醇为溶剂，苯酚转化率达 41.2%，对苯二酚的收率达 40.1%，产物中未检出邻苯二酚。

杂多酸(盐)催化剂的优点是可高选择性地制备单一的苯二酚异构体,降低分离能耗,但反应过程中不仅需要有机溶剂,毒性较大,而且催化剂结构不稳定,活性组分沥虑严重。

2.2.3　分子筛催化剂

TS-1分子筛催化剂独特的催化性能,引起了人们对TS-1和其他过渡金属杂原子分子筛在苯酚羟基化反应中应用研究的极大热情。

研究表明[31],TS-1外表面和内表面对苯酚羟基化反应都起作用,由于孔道尺寸限制,内表面主要生成对苯二酚,而邻苯二酚则主要在外表面形成;通过调变反应溶剂和催化剂焙烧条件可以调控产物选择性[31,32];TS-1分子筛晶粒越小,催化活性越高[16];结焦可能主要发生在外表面[31,32]。研究主要成果认为,只有骨架中处于四配位状态的Ti才对该反应有催化活性,Atoguchi等发现在甲醇溶剂中加入适量水,TS-1分子筛的苯酚羟基化催化活性得到大幅度提高,通过密度泛函理论(DFT)计算表明,加入水活性Ti物种不仅增加,而且活性增强,反应速率提高,反应活性增加[33]。

在保持TS-1骨架结构没有严重破坏的前提下,创制新的微孔或中孔,改善扩散性能,提高骨架Ti含量,有利于提高TS-1的催化活性[34~36]。用适量的碱处理TS-1,可以选择性地除去一部分Si,创制出新的微孔或中孔。图7和图8表明利用适量CsOH处理TS-1不仅改善了孔分布,而且提高了Ti含量,因而样品的活性和选择性均有所提高。然而,脱铝Ti-β虽然具有较大的孔径,其催化活性和邻苯二酚/对苯二酚比明显低于TS-1[37],这可能是由于其亲水性较强的缘故造成的。

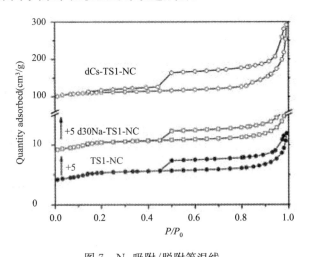

图7　N$_2$吸附/脱附等温线

Fig. 7　Nitrogen adsorption/desorption isotherms

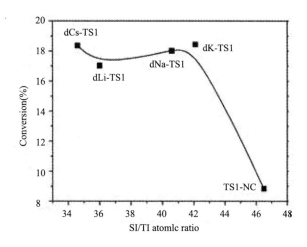

图 8　苯酚转化率与 Si/Ti 的关系

Fig. 8　Relationship between phenol conversion and

Si/Ti ratio of various TS-1 samples

一些学者也对杂原子中孔材料在苯酚羟基化反应中的催化性能进行了研究[38,39]。结果表明,Cu-MCM-41 具有很高的苯酚羟化活性,与 TS-1 分子筛相当[38]。表 2 给出了不同硅铝比 Al-MCM-41 负载 Fe 催化剂在苯酚羟基化反应中的催化性能[39]。苯酚转化率随着硅铝比的增加而增加,而邻苯二酚选择性则随着硅铝比的增加而减小。当硅铝比增加到 100 时,只有邻苯二酚生成。

表 2　苯酚在 Fe/Al-MCM-41 上的羟基化反应

Tab. 2　Phenol hydroxylation with hydrogen peroxide over Fe/Al-MCM-41 catalysts

Catalysts	Si/Al	Phenol conversion（%）	TOF	Selectivity	
				Catchol	Hydroquinone
Fe/Al-MCM-41	25	58.50	14.9	38.9	61.1
Fe/Al-MCM-41	50	55.32	14.7	39.6	60.4
Fe/Al-MCM-41	75	50.48	14.5	41.7	58.3
Fe/Al-MCM-41	100	41.87	14.1	100	—

3　结束语

苯酚和苯二酚均是重要的有机化工原料,用途广泛。苯和苯酚羟基化反应具有反应条件温和、活性和产物选择性高、原子经济性高及环境友好等特点,具有重要的工业应用背景。TS-1 分子筛是最具应用前景的催化剂,但在降低催化剂制备成本、提高 TS-1 骨架 Ti 含量、改善反应物/产物扩散性能与催化剂表面亲水性/憎水性、阐明催化作用机理方面需要进行深入研究,这样才能使 TS-1 分子筛催化剂在苯和苯酚羟基化反应中显示出巨大的应用价值。

参考文献

[1]　全球苯酚/丙酮需求量及消费分布 [J]. 化工在线周刊, 2008, 37.

[2]　焦凤茹, 庞振涛, 苯酚国内外市场分析[J]. 化工技术经济, 2005, 23(9), 21.

[3]　2009～2013 年中国邻苯二酚行业市场调查与发展前景预测报告.

[4]　L. Balducci, D. Bianchi, R. Bortolo, et al. Direct oxidation of benzene to phenol with hydrogen peroxide over a modified titanium silicalite[J]. Angew. Chem. Int. Ed., 2003, 42: 4937.

[5]　M. Iwamoto, J. Hirata, K. mAtsukami, et al. Catalytic oxidation by oxide radical ions. 1. One-stepydroxylation of benzene to phenol over group 5 and 6 oxides supported on silica gel [J]. J. Phys. Chem., 1983, 87(6): 903～907.

[6]　G. I. Panov. Advances in oxidation catalysis: oxidation of benzene to phenol by nitrous oxide [J]. Cattech, 2004, 4(1): 18～32.

[7]　Y. J. Seo, Y. Mukai, T. Tagawa. Phenol synthesis by liquid-phase oxidation of benzene with molecular oxygen over iron-heteropoly acid [J]. J. Mol. Catal. A., 1997, 120: 149.

[8]　T. Miyahara, H. Kanazaki, R. Hamada. Liquid-phase oxidation of benzene to phenol by CuO-Al$_2$O$_3$ catalysts prepared by co-precipitation method [J]. J. Mol. Catal. A, 2001, (176): 141.

[9]　H. Q. Ge, L. Yan, F. M. Zhang, et al, Pyridine-H$_5$PMo$_{10}$V$_2$O$_{40}$ hybrid catalysts for liquid-phase hydroxylation of benzene to phenol with molecular oxygen[J], Science in China Series B: Chemistry 2009, 52(8): 1264～1269.

[10]　Y. Hiromitsu, H. Rei, N. Hiroshi. Gas-phase catalytic oxidation of benzene over Cu-supported ZSM-5 catalysts: an Attempt of one-step production of phenol[J]. J. Mol. Catal. A: Chemical, 2002, (178): 89～95.

[11]　R. Bal, M. Tada, T. Sasaki. Direct phenol synthesis by selective oxidation of benzene with molecular oxygen on an interstitial-N/Re cluster/zeolite catalyst[J], Angew. Chem. Int. Ed., 2006, 45: 448～452.

[12]　C. Walling, A. Richard, Johnson Fenton's Reagent. Hydroxylation and side-chain cleavage of aromatics[J]. J. Am. Chem. Soc., 1975, 97(1): 363～367.

[13]　T. Tomohiko, S. YoungJong, G. Shigeo. Liquid-phase oxidation of benzene to phenol over supported iron salts[J]. J. Mol. Catal., 1993, 78(2): 201～210.

[14]　A. Thangaraj, R. Kumar, P. Ratnasamy. Direct catalytic hydroxylation of benzene with hydrogen peroxide over titanium-silicate zeolites[J], App. Catal., 1990, (57): L1～L3.

[15]　P. Chammingkwan, W. F. Hoelderich, T. Mongkhonsi. Hydroxylation of benzene over TS-PQ™ catalyst [J]. App. Catal. A: General, 2009, (352): 1～9.

[16]　W. B. Fan, R. G. Duan, T. Yokoi, et al. Synthesis, crystallization mechanism, and catalytic properties of titanium-rich TS-1 free of extraframework titanium species[J], J. Am. Chem. Soc., 2008 (130): 10150～10164.

[17]　刘红, 卢冠忠, 胡宏玖, 苯酚羟基化反应催化研究进展[J], 应用化工, 2003, (32): 4.

[18]　M. Costantini, D. Laucher, et al. Hydroxylation of phenolic compounds[P]. US5714641.

[19]　U. Sumio, T. Nagaaki, H. Toshikazu, et al. Process for preparing dihydric phenol derivatives [P], US: 4078006.

[20]　P. mAggioni, Process for preparing diphenols[P], US3914323.

[21]　M. Taramasso, G. Perego, B. Notari. Preparation of porous crystalline synthetic material comprised of silicon and titanium oxides[P]. US: 4410501.

[22]　邓国才, 李庆刚, 陈荣悌. 在 La-TiO$_2$ 催化剂上由苯酚直接氧化制取邻苯二酚的研究[J]. 中国稀土学报, 1999, 17(2): 116～119.

[23]　邓国才, 徐莉, 李梦青. 苯酚在 Ln-ZrO$_2$ 催化剂上直接氧化制取邻苯二酚的研究[J]. 中国稀土学报, 1997, 15(1): 77～79.

[24] L. F. Gou, J. Catherine, Murphy Rod-like Cu/La/O nanoparticles as a catalyst for phenol hydroxylation [J]. Chem. Commun. , 2005,(47):5907~5909.

[25] 曹贵平,孙炜,张明华,等. 苯酚直接羟化制苯二酚的过程研究[J],化学反应工程与工艺,2001,17(4):322~327.

[26] 张信芳,张光明,陈晓冬,等. 一种高性能的苯酚羟基化用复合氧化物催化剂[J]. 精细化工,2005,22(5):369~372.

[27] 房德仁,许向云. 杂多酸盐催化合成对苯二酚和邻苯二酚[J],上海化工,2004,29(4):21~23.

[28] 胡玉才. As-O-V酸盐催化苯酚羟基化制对苯二酚[J],石油化工高等学校学报,2005,18(1):11~13.

[29] S. Lin, Y. Zhen, S. M. Wang. Catalytic activity of $K_{0.5}(NH4)_{5.5}[MnMo_9O_{32}] \cdot 6H_2O$ in phenol hydroxylation with hydrogen peroxide[J]. J. Mol. Catal. A: Chemical, 2000, 156(1-2):113~120.

[30] 李小晶,林深,颜桂炀. 钇钼钒磷杂多配合物催化苯酚羟化的研究[J]. 宁夏大学学报,2001,22(2),116~120.

[31] A. Tuel, S. Moussa-Khouzami, Y. Ben . Hydrolation of phenol over TS-1:surface and solvent effects[J]. J. Mol. Catal. , 1998:68, 45~52.

[32] J. A. mArtens, P. Buskens, P. A. Jacobs, et al. Hydroxylation of phenol with hydrogen peroxide on EU-ROTS-1 catalyst[J], Applied Catalysis A:General,1993, (99): 71~84.

[33] A. Takashi, Y. Shigeru. Phenol oxidation over titanosilicalite-1: experimental and DFT study of solvent [J]. J. Mol. Catal. A: Chemical, 2001,(176):173~178.

[34] P. Y. Chao, S. T. Tsai, T. C. Tsai, et al. Phenol hydroxylation over alkaline treated TS-1 catalysts[C]. in: 14th International Congress on Catalysis, Seoul, South Korea, 2008:185~192.

[35] S. T. Tsai, P. Y. Chao, T. C. Tsai, et al. Effects of pore structure of post-treated TS-1 on phenol hydroxylation[J]. Catal. Today, 2009, (148):174~178.

[36] W. B. Fan, B. B. Fan, X. H. Shen, et al. Effect of ammonium salts on the synthesis and catalytic properties of TS-1[J]. Microporous Mesoporous Mater. , 2009, (122):301~308.

[37] W. Uwe, L. Gunther, L. Frederikvan. Influence of pore and crystal size of crystalline titanosilicates on phenol hydroxylation in different solvents [J], J. Catal. , 2001,(203): 201~212.

[38] 孙建敏,孟祥举,王润伟. Cu修饰的MCM-41的合成、表征及对芳烃羟化反应催化作用的研究[J],高等学校化学学报, 2000, 21(9): 1451~1454.

[39] M. Esther, P. S. Leena. , Phenol Hydroxylation Using Fe/Al-MCM-41 Catalysts [J], Catal. Lett. , 2008, (120): 56~64.

Research Progress in Hydroxylation of Benzene and Phenol

SHEN Xiao-hua[1,2]   LI Jun-fen[1]   DONG Mei[1]   WANG Jian-guo[1]   FAN Wei-bin[1]

(1. *State Key Laboratory of Coal Conversion , Institute of Coal Chemistry,*
Chinese Academy of Sciences ,Taiyuan 030001 , *China*;
2. *Graduate School of the Chinese Academy o f Sciences ,Beijing* 10049,*China*)

Abstract   Direct oxidation of benzene and phenol over various heterogeneous catalysts was reviewed. Considering the catalytic performance and environmental friendliness, hydroxylation of benzene and phenol with aqueous H_2O_2 over TS-1 should be of choice. In such a way, the reaction can be simply conducted under mild reaction conditions, and high activity, selectivity and stability are obtained without environmental pollution. The catalytic performance of TS-1 can be significantly improved by increasing its framework Ti content, decreasing its crystal size, creating mesopores in its crystals, adjusting its adsorption/desorption characteristics, selecting suitable solvent and optimizing reaction conditions. Thus, this route is an industrially potential candidate for hydroxylation of benzene and phenol in future.

Keywords　Benzene, Catalysis, Hydroxylation, Phenol, TS-1

高分散 Ni-W$_2$C 催化剂的制备及其在纤维素
转化制乙二醇反应中的性能研究*

纪娜[1, 2]　郑明远[1]　王爱琴[1]　赵冠鸿[1, 2]　王晓东[1]　张涛[1]　陈经广[3]

(1. 中国科学院大连化学物理研究所,大连 116023;2. 中国科学院研究生院,北京 100049;

3. 特拉华大学化学工程系,纽瓦克,特拉华州 19716)

摘要　本文通过分步法制备了活性组分高度分散的 Ni-(W$_2$C/AC)催化剂,并对其在水热加氢条件下催化纤维素转化性能进行考察。结合各种表征分析结果发现,分步法制备的催化剂与一步法制备的催化剂(Ni-W$_2$C)/AC 显著不同,过渡金属 Ni 的添加不仅没有造成催化剂粒子的团聚烧结,反而使碳化钨粒子发生再次分散,活性组分分散度显著提高。对催化剂进行纤维素催化转化制乙二醇反应性能评价,结果显示分步法制备的催化剂表现出比一步法制备的催化剂更高的活性及选择性,产物乙二醇的收率显著提高。

关键词　生物质,纤维素,乙二醇,多相催化,碳化钨

1　引言

　　可再生资源的开发利用是解决人类面临的能源与环境问题的重要途径。纤维素作为生物质的主要组成成分是自然界存在最为广泛的可再生资源。对于纤维素→多元醇→燃气燃油的可再生能源转化路线,由纤维素制取多元醇的绿色转化技术极为关键。近年来人们在此方面研究中不断取得新进展。寇元教授课题组发现使用 Ru 纳米粒子催化剂可以将纤维素的简单结构单元—纤维二糖转化为山梨糖醇[1]。Fukuoka[2]及刘海超教授[3]课题组分别报道了纤维素在水热加氢条件下由贵金属催化作用转化为六元醇。这些研究为纤维素的催化转化开辟了一条新的路径。然而在另一方面,这些过程中多元醇的收率并不十分理想,同时均使用贵金属作为催化剂。因此,发展高效、廉价的新型催化剂材料用于纤维素催化转化过程成为各国学者们普遍关注的焦点。

　　近年来,本课题组首次报道了水热加氢条件下由纤维素制取乙二醇的反应过程,所

*"973"计划资助项目(项目编号:2009CB226102);国家自然科学基金资助项目(项目编号:20903089)

联系人:张涛,E-mail:taozhang@dicp.ac.cn

用催化剂为非贵金属碳化钨催化剂[4]。研究发现,在 W$_2$C/AC 催化剂上,纤维素几乎可以完全转化,且可以得到 27.4% 的乙二醇收率。更为重要的是,在少量 Ni 的促进下,乙二醇的收率大幅提高至 61.0%,Ni 与 W$_2$C 之间存在显著的协同作用。本过程不仅为纤维素的高效转化开辟了一条新的途径,也为从可再生资源生产重要的化工原料乙二醇[5]提供了一个新的方法。

然而在 Ni-W$_2$C 催化剂中,我们发现 Ni 的存在使得 W$_2$C 粒子尺寸增大且团聚严重,导致碳化钨活性中心数大大减少,从而也影响了纤维素转化为乙二醇的反应效率。针对以上问题,本文通过对催化剂的制备方法进行改进,获得了活性组分高度分散的金属修饰的碳化钨催化剂,它们对纤维素催化转化反应表现出了更高的活性及选择性。

2 实验部分

2.1 催化剂的制备

碳化钨催化剂采用与文献[4,6]报道相同的方法制备,即将一定浓度的偏钨酸铵(AMT)水溶液浸渍于载体活性炭(AC)上,室温阴干过夜,120℃烘干 12h,制得一定钨质量百分含量的 AMT/AC 前躯体。将该前躯体采用碳热氢气还原的方法[7~9],以载体炭为碳源,按照一定的程序进行升温碳化:从室温经过 60min 升温至 450℃,然后以 1℃/min 的速率升温至制备温度 800℃,恒温 1h,氢气空速(GHSV)为 12000h^{-1}。待反应结束后,降至室温,切换至 1%(V/V)O$_2$/N$_2$ 混合气进行钝化 12h,以防止制得的样品在空气中发生强烈的氧化反应。通过上述步骤即可制得活性炭负载的碳化钨催化剂,其中 W 的理论担载量为 30wt%,将此催化剂标记为:W$_2$C/AC。

采用分步法制备 Ni-(W$_2$C/AC)催化剂。首先将上述制备的 W$_2$C/AC 催化剂于 120℃烘干 12h 后待用。其次将一定浓度的 Ni(NO$_3$)$_2$·6H$_2$O 水溶液等体积浸渍到一定质量的烘干后的 W$_2$C/AC 催化剂上,室温阴干过夜,120℃烘干 12h,再经过 450℃氢气还原 2h,最后降至室温经 1%(V/V)O$_2$/N$_2$ 钝化 2h 即可制得 Ni-(W$_2$C/AC)催化剂。其中 Ni 的理论担载量分别为 2wt%、4wt%、10wt% 及 30wt%。所得样品标记为:x% Ni(W$_2$C/AC),其中 x 代表 Ni 的理论担载量。为了与文献[4]中 Ni(NO$_3$)$_2$·6H$_2$O 与 AMT 同时浸渍于载体上的一步法制备(2%Ni-30%W$_2$C)/AC-700 相区别,本文中我们将此种催化剂的制备方法称之为分步法。

2.2 催化剂的表征

XRD 实验是在荷兰 PANAnalytical 公司的 X'pert 粉末 X 射线衍射仪上进行的。Cu 靶 K$_\alpha$ 线为光源(λ=1.5432Å),Ni 滤波,管流为 40mA,管压为 40kV,扫描速度 13°/min。将催化剂样品制成粉末进行测试。TEM 实验在日本电子株式会社 JEM-2000EM 透射电镜上进行。将催化剂样品研成粉末,在无水乙醇中超声分散后,用移液枪取溶液滴加到担载炭膜的铜网上,在透射电镜下观测样品微观形貌。催化剂中 Ni 及 W 的真实含量及反应液相产物中金属 Ni 及 W 的流失量是通过电感耦合等离子体原子发射光谱仪

(ICP-AES,型号 Thermo IRIS Intrepid II)测试得到的。

CO 化学吸附实验是在 Micromeritics Autochem 2910 型化学吸附仪上进行的,使用热导池检测器(TCD)检测。将 100 mg 左右样品放入石英反应器中,样品在测试前先经过氢气 200℃还原 1h,然后切换成 He 气于 210℃下吹扫 1h,在 He 气氛下降温至 50℃,待基线平稳后以 5%CO/He 为吸附质进行脉冲吸附 CO 实验,直至吸附饱和。然后再在 He 气氛下进行程序升温脱附实验,以 10℃/min 的速率升至 800℃。催化剂的 CO 微量吸附量热实验在法国 SETARAM 公司 BT 2.15 热流式量热仪上进行[5]。取适量催化剂装入量热石英处理池中,通入催化剂的制备气,以 10℃/min 的速率升温至制备温度,还原 0.5h,除去表面钝化层,得到新鲜态的催化剂。在该处理温度下将样品用高真空泵抽空 0.5h 除去表面的吸附气体。待温度降至室温后,充入适量高纯氦气保护。将此样品倾入处理池侧面的支管内,制成充有氦气的密封安瓶。将安瓶移入量热池,抽真空状态下热平衡 8h,开始量热实验。逐次通入少量 CO 探针气体,记录进气量与吸附产生的热值,做出吸附热曲线。

2.3 催化剂的纤维素转化反应性能评价

纤维素催化转化反应在一个 100mL 的高压反应釜中进行。典型的反应过程如下:反应开始前向反应釜中加入 0.5g 微晶纤维素、0.15g 催化剂及 50mL 去离子水。室温下,通入氢气置换五次气体后,加入 6MPa 的初始氢气压力,加热到 245℃反应 30min,搅拌速率为 1000r/min。反应结束后,待反应釜温度降至室温后,取上层澄清液体用高效液相色谱(HPLC)以及液-质联用(HPLC-MS)技术对所得产品进行分析,计算目标产物各种多元醇的产率。同时,用气相色谱仪(GC)对所收集的气相产物进行分析,用总炭分析仪(德国 elementar 元素分析系统)对液体产物进行总有机碳(TOC)分析,进而对纤维素催化转化反应的碳平衡情况进行监测。

纤维素转化率采用两种方法计算:方法一以纤维素反应前后质量之差进行计算,标记为 Con.$_{wt}$,此种方法的系统误差在±3%左右;方法二根据液相产品 TOC 值进行计算,标记为 Con.$_{TOC}$,具体公式为 Con.$_{TOC}$=TOC/4230×100%,其中 4230 代表由 C、H、O、N 元素分析仪所测出的纤维素原料中所含的碳含量[单位为 mg/L(×10^{-6})]。两种转化率之差视为理论计算出的气相产物的产率。液体产物收率以每克纤维素所产生的多元醇的质量进行计算,具体公式为:收率(wt%)= 产物中某种多元醇的质量/反应物中纤维素的质量×100%。

3 结果与讨论

3.1 Ni-W$_2$C 催化剂不同制备方法间的比较

图 1 所示为两种不同方法制备的 Ni-W$_2$C 催化剂及 W$_2$C/AC 催化剂的 XRD 谱图结果。从图中清晰可见,三个催化剂样品的 XRD 谱峰强度及半峰宽完全不同,物相组成也有所不同。其中,一步法制备的(Ni-W$_2$C)/AC 催化剂中以 W$_2$C 晶相为主,同时伴有少

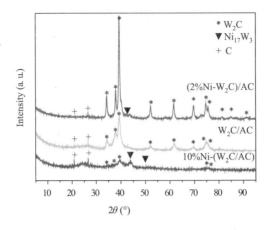

图 1　不同制备方法催化剂样品的 XRD 谱图

Fig. 1　XRD patterns of catalysts prepared by different methods

量 $Ni_{17}W_3$ 晶相。其中 W_2C 的特征衍射峰非常强,根据 Scherrer 公式($D=K\lambda/\beta cos\theta$,由 $2\theta=61.880°$ 处衍射峰的半峰宽计算得出)所计算出的平均晶粒约为 15.2 nm。而 W_2C/AC催化剂上特征衍射峰强度较低,表明 W_2C 的平均晶粒尺寸比一步法制备的(Ni-W_2C)/AC 催化剂中小,同样由 Scherrer 公式计算得其平均晶粒大小约为 9.7 nm。由于一步法制备催化剂过程中 Ni 的存在导致炭载体甲烷化严重,从而使得 W_2C 粒子尺寸增大。而与上述两种催化剂不同的是,分步法制备的 Ni-(W_2C/AC)催化剂中 W_2C 的特征衍射峰强度显著降低,谱峰发生宽化,表明此时 W_2C 粒子高度分散在载体表面,且晶粒尺寸较小,远小于上述两种催化剂中 W_2C 晶粒的大小。有关此种碳化物晶粒尺寸减小的现象早在一些双金属碳化物的文献中有所报道[10~13]。另外一方面,Ni-(W_2C/AC)催化剂样品的 XRD 谱图中可以清晰观察到归属于 $Ni_{17}W_3$ 晶相的衍射峰的存在,且其比例较一步法制备的(Ni-W_2C)/AC 催化剂有所增加。综上所述,各催化剂中 W_2C 平均晶粒大小顺序为:Ni-(W_2C/AC) < W_2C/AC << (Ni-W_2C)/AC。

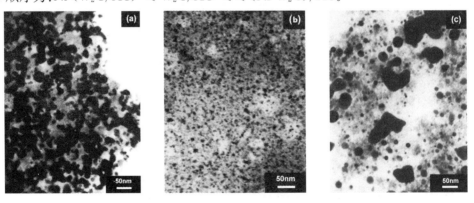

图 2　不同制备方法催化剂样品的 TEM 表征结果

(a) W_2C/AC;(b) 10%Ni-(W_2C/AC);(c) (2%Ni-W_2C)/AC

Fig. 2　TEM images of catalysts prepared by different methods

(a) W_2C/AC;(b) 10%Ni-(W_2C/AC);(c) (2%Ni-W_2C)/AC

为了更加清晰地认识不同制备方法对催化剂粒子分散状态的影响,本文对不同方法制备的催化剂 10%Ni-(W₂C/AC)、(2%Ni-W₂C)/AC 及 W₂C/AC 进行 TEM 表征,结果如图 2 所示。从图中可以看出,分步法制备的催化剂 10% Ni-(W₂C/AC)[图 2(b)]与本体 W₂C/AC 催化剂[图 2(a)]相比,其粒子尺寸显著变小,分散度明显提高,所有粒子均高度分散在载体表面。与一步法制备的(2%Ni-W₂C)/AC 催化剂之[图 2(c)]粒子发生严重的团聚烧结现象相比,分步法制备的催化剂不仅没有使得 W₂C 粒子在 Ni 的存在下团聚长大,反而使 W₂C 粒子尺寸减小,分散度提高。此结果与前述 XRD 表征结果相一致。

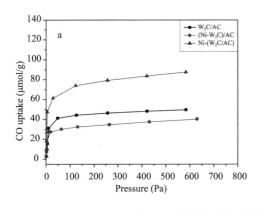
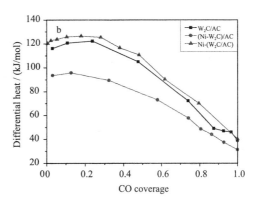

图 3　不同制备方法的催化剂样品在 40℃时 CO 的

(a)等温吸附曲线和(b)微分吸附热曲线

Fig. 3　CO uptakes(a) and differential heats

(b) measured by microcalorimetry on different catalysts

镍催化剂为一种重要的加氢催化剂[14~16],而加氢活性位的多少可以通过 CO 化学吸附来测量[17]。本文对不同方法制备的催化剂在 40℃时 CO 的吸附热和吸附量进行了表征,结果如图 3 所示。从图中可以明显看出,不同制备方法的催化剂样品 CO 吸附量及吸附热均明显不同。其中,分步法制备的催化剂对 CO 的吸附量大于一步法制备的催化剂,说明活性位数量前者多于后者;同时分步法制备的催化剂 CO 吸附热值也大于一步法制备的催化剂,说明其对 CO 的吸附能力也强于后者。

表 1　不同方法制备的催化剂上纤维素催化转化反应结果

Tab. 1　Cellulose conversion and polyols yields over different catalysts

Entry	Catalyst	Con. wt (%)	Con. TOC (%)	Y_Gas (TOC) (%)	Yield (%) [a]				
					EG	S	M	Ery	1,2 PG
1	W₂C/AC	98	87	11	27.4	1.1	1.0	0.6	5.5
2	(2%Ni-W₂C)/AC	100	93	7	61.0	3.9	1.9	2.3	7.6
3	10%Ni-(W₂C/AC)	100	94	6	73.0	4.3	2.1	2.5	8.5

a　EG=Ethylene Glycol, S=Sorbitol, M=Mannitol, Ery=Erythritol, 1,2-PG=1,2-Propylene Glycol.

　　表 1 所示为不同方法制备的催化剂上纤维素催化转化的反应结果。从表中可以看出,各种不同方法制备的催化剂在纤维素转化反应活性方面差别不大,纤维素转化率均为 100%。但在产物收率方面,各催化剂所表现出的选择性却有所不同。结合文献[4,6]报道可知,对于一步法制备的催化剂(Ni-W_2C)/AC,Ni 的添加可以显著提高催化剂对反应产物乙二醇的收率,使其由 27.4% 提高至 61.0%,原因为催化剂中 Ni 与 W_2C 之间表现出显著的协同作用。而对于分步法制备的催化剂 Ni-(W_2C/AC),乙二醇的收率较一步法制备的催化剂又有所提高,由 61.0% 提高至 73.0%。结合前述表征结果可知,分步法制备的催化剂比一步法制备的催化剂具有更高的活性组分分散度,这可能是其具有更高选择性的主要原因。

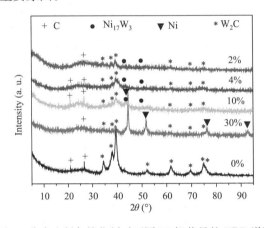

图 4　分步法制备催化剂时不同 Ni 担载量的 XRD 谱图

Fig. 4　XRD patterns of two-step synthesized catalysts with different Ni loadings

3.2　不同 Ni 担载量的影响

　　结合文献[18]报道的纤维素直接加氢催化转化反应的可能反应机理,我们知道催化剂中 W_2C 与 Ni 分别为纤维素水解加氢降解反应中的催化不同反应的活性中心,即催化 C—C 断键中心与催化加氢中心,此两部分活性中心结合在一起成为一种优良的双功能催化剂,而当催化剂中 Ni 与 W 达到一个合适的比例时,对纤维素催化转化反应可以表现出最佳的催化性能。因此,本文对分步法制备的催化剂中不同 Ni 的担载量进行考察,以期获得对纤维素催化转化反应具有最佳活性及选择性的催化剂。

　　图 4 所示为分步法制备的催化剂中不同 Ni 担载量催化剂的 XRD 谱图。从图中可以看出,不同 Ni 担载量的催化剂中均存在 W_2C 晶相,其中 2wt%、4wt%、10wt% Ni 担载量样品中同时存在 $Ni_{17}W_3$ 晶相,30wt% Ni 含量催化剂样品中除 W_2C 晶相外,还明显有 Ni 的晶相存在。而各催化剂样品中 W_2C 的衍射峰强度均较不含 Ni(0wt% Ni 含量)的样品即 30% W_2C/AC 催化剂明显减弱,同时谱峰发生宽化,表明各催化剂样品中 W_2C 晶粒均高度分散于载体表面,晶粒大小均较 W_2C/AC 中有所减小。另外一方面,随着 Ni 含量的逐渐提高,催化剂中所形成的 $Ni_{17}W_3$ 晶相逐渐向金属 Ni 的晶相转移,而当催化剂中 Ni 含量增大到一定程度后,Ni 的晶相占据了主导地位。

　　为了更加清晰地认识不同 Ni 担载量催化剂在粒子分散状态方面的区别,本文对不同方法制备的催化剂进行 TEM 表征,结果如图 5 所示。从图中可以看出,随 Ni 担载量的提高,催化剂中粒子的数量逐渐增多,2%Ni-(W$_2$C/AC)及 4%Ni-(W$_2$C/AC)样品中粒子较少,同时粒子尺寸较小;而 10%Ni-(W$_2$C/AC)催化剂中粒子数量增加,且尺寸较小,分散性好;30%Ni-(W$_2$C/AC)催化剂样品中粒子尺寸较 10%Ni-(W$_2$C/AC)催化剂的粒子尺寸略有增大,原因可能是由于 Ni 担载量增大导致部分催化剂粒子聚集所引起。

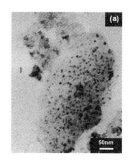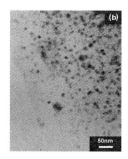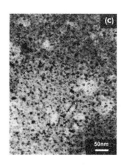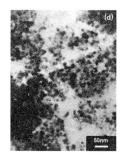

图 5 分步法制备的不同 Ni 担载量催化剂的 TEM 照片

(a) 2%Ni-(W$_2$C/AC);(b) 4%Ni-(W$_2$C/AC);(c) 10%Ni-(W$_2$C/AC);(d) 30%Ni-(W$_2$C/AC)

Fig. 5 TEM images of two-step synthesized catalysts with different Ni loadings

(a) 2%Ni-(W$_2$C/AC);(b) 4%Ni-(W$_2$C/AC);(c) 10%Ni-(W$_2$C/AC);(d) 30%Ni-(W$_2$C/AC)

表 2 ICP 测定的不同 Ni 担载量的 Ni-(W$_2$C/AC)催化剂中 Ni 的真实含量

Tab. 2 Actual loading of Ni in different catalysts determined by ICP analyses

Catalyst	Theoretical loading of Ni（wt%）	Actual loading of Ni（wt%）
2%Ni-(W$_2$C/AC)	2.0	1.91
4%Ni-(W$_2$C/AC)	4.0	4.06
10%Ni-(W$_2$C/AC)	10.0	10.22
30%Ni-(W$_2$C/AC)	30.0	31.01

我们已有的研究结果表明[4, 6],一步法制备的(Ni-W$_2$C)/AC 催化剂由于炭载体的甲烷化作用而导致 Ni 的真实含量较理论含量显著提高。为了表征分步法制备催化剂过程中载体炭发生甲烷化作用的情况,本文对各催化剂进行 ICP 分析以期获得不同 Ni 担载量的 Ni-(W$_2$C/AC)催化剂中 Ni 的真实含量,结果如表 2 所示。从表中可见,分步法制备的催化剂中 Ni 的真实含量与理论含量非常接近,说明此时制备的催化剂中炭载体并没有发生明显的甲烷化作用,因而其中 Ni 含量基本维持不变。

表 3 不同 Ni 担载量的催化剂的 CO 吸附量

Tab. 3 CO uptakes of catalysts with different Ni loadings

Catalyst	CO uptakes（μmol/g）
2%Ni-(W$_2$C/AC)	3.9
4%Ni-(W$_2$C/AC)	8.6
10%Ni-(W$_2$C/AC)	16.2
30%Ni-(W$_2$C/AC)	13.3

表 3 所示为由化学吸附仪所测定的不同 Ni 担载量的催化剂的 CO 吸附量情况。从中可见，CO 吸附量随着 Ni 担载量的逐渐升高先升高后降低，10％Ni-(W_2C/AC)催化剂具有最大的 CO 吸附量，为 16.2 μmol/g。对于 30％Ni-(W_2C/AC)催化剂，由于过高的 Ni 含量导致催化剂颗粒有所团聚，其 CO 吸附量有所降低。

对不同 Ni 担载量的分步法制备的催化剂进行纤维素催化转化反应性能评价，结果列于表 4 中。从表中可以看出，所有分步法制备的催化剂均对纤维素催化转化反应表现出了很高的反应活性，纤维素的转化率均可达到 100％。在产物收率方面，各催化剂所表现出的选择性有所不同，乙二醇的收率随着 Ni 担载量的升高先升高后降低。结合上述 CO 化学吸附的表征结果可知，分步法制备的不同 Ni 担载量的催化剂 CO 的吸附量先升高后降低。因此关联此两部分结果可知，对于分步法制备的 Ni-(W_2C/AC)催化剂，催化剂中加氢中心的活性位数量越多，所得到的乙二醇的收率越多。10％Ni-(W_2C/AC)催化剂上所获得的乙二醇的收率最高，达到 73.0％，且 1，2-PG 的收率也达到 8.5％。

表 4　不同 Ni 担载量的 Ni-(W_2C/AC)催化剂的纤维素催化转化反应结果
Tab. 4　Cellulose conversion and polyols yields over the catalysts with different Ni loading

Entry	Catalyst	Con. wt (%)	Con. TOC (%)	Y_{Gas} (TOC)(%)	Yield (%) [a]				
					EG	S	M	Ery	1,2 PG
1	2％Ni-(W_2C/AC)	100	93	7	28.0	1.8	0.5	1.0	1.8
2	4％Ni-(W_2C/AC)	100	93	7	39.9	3.5	2.4	2.0	4.7
3	10％Ni-(W_2C/AC)	100	94	6	73.0	4.3	2.1	2.5	8.5
4	30％Ni-(W_2C/AC)	100	95	5	63.5	9.3	2.4	5.1	3.4

a　EG＝Ethylene Glycol, S＝Sorbitol, M＝Mannitol, Ery＝Erythritol, 1, 2-PG＝1, 2-Propylene Glycol.

结合文献[18]报道的纤维素直接加氢催化转化反应的可能反应机理，我们认为催化剂中 Ni 与 W_2C 分别为纤维素水解加氢降解反应中的催化不同反应的活性中心，即催化 C—C 断键中心与催化加氢中心，此两部分活性中心结合在一起成为一种优良的双功能催化剂，催化剂中当 Ni 与 W 达到一个合适的比例时，对纤维素催化转化反应可以表现出最佳的催化性能。因此，10％ Ni-(W_2C/AC)催化剂，由于具有较好的活性组分分散状态以及合适的镍钨比例，因而在纤维素催化转化反应中表现出了很高的催化活性及选择性。另外一方面，结合前面的各种表征分析结果可知，分步法制备的 Ni-(W_2C/AC)催化剂活性组分高度分散，这也可能是其对纤维素催化转化反应具有优良反应性能的一个原因[19]。

4　结论

本文通过对 Ni-W_2C 催化剂的制备方法进行详细研究，采用分步法成功制得具有高度分散性质的 Ni-(W_2C/AC)催化剂。XRD、TEM 及 CO 吸附等各种表征技术证实分步法制备的催化剂粒子尺寸较小，分散度较高。将其用于纤维素催化转化反应中，表现出比一步法制备的(Ni-W_2C)/AC 催化剂更好的催化性能，纤维素的转化率为 100％，乙二醇的收率高达 73.0％。本文研究工作为发展纤维素催化转化高效催化剂体系提供了有益的探索。

参考文献

[1] N. Yan, C. Zhao, C. Luo, et al. One step conversion of cellobiose to C_6-Alcohols using a ruthenium nanocluster catalyst [J]. J. Am. Chem. Soc. , 2006, 128: 8714～8715.

[2] A. Fukuoka, P. L. Dhepe. Catalytic conversion of cellulose into sugar alcohols [J]. Angew. Chem. Int. Ed. , 2006,(45):5161～5163.

[3] C. Luo, S. A. Wang, H. C. Liu. Cellulose conversion into polyols catalyzed by reversibly formed acids and supported ruthenium clusters in hot water [J]. Angew. Chem. Int. Ed. , 2007, (46):7636～7639.

[4] N. Ji, T. Zhang, M. Y. Zheng, et al. , Direct catalytic conversion of cellulose into ethylene glycol using Ni-promoted tungsten carbide catalysts [J], Angew. Chem. Int. Ed. , 2008, (47): 8510～8513.

[5] ICIS Chemical Business (Weekly)[J],2008: 352.

[6] N. Ji, T. Zhang, M. Y. Zheng, et al. , Catalytic conversion of cellulose into ethylene glycol over supported carbide catalysts [J]. Catal. Today, 2009, (147): 77～85.

[7] C. H. Liang, P. Ying, C. Li. Nanostructured β-Mo₂C prepared by carbothermal hydrogen reduction on ultrahigh surface area carbonmAterial [J]. Chem. Mater. , 2002, (14): 3148～3151.

[8] C. H. Liang, F. Tian, Z. Li, et al. Preparation and adsorption properties for thiophene of nanostructured W₂C on ultrahigh surface area carbonm Aterials [J]. Chem. Mater. , 2003, (15): 4846～4853.

[9] J. Sun, M. Y. Zheng, X. D. Wang, et al. Catalytic performance of activated carbon supported tungsten carbide for hydrazine decomposition [J]. Catal. Lett. , 2008, (123): 150～155.

[10] T. C. Xiao, A. P. E. York, H. A. Megren, et al. Preparation and characterisation of bimetallic cobalt and molybdenum carbides [J]. J. Catal. , 2001, (202): 100～109.

[11] T. C. Xiao, H. T. Wang, A. P. E. York, et al. Preparation of nickel-tungsten bimetallic carbide catalysts [J]. J. Catal. , 2002, (209): 318～330.

[12] C. H. Liang, W. P. mA, Z. C. Feng, et al. Activated carbon supported bimetallic CoMo carbides synthesized by carbothermal hydrogen reduction [J]. Carbon, 2003, (41): 1833～1839.

[13] C. C. Yu, S. Ramanathan, B. Dhandapani, et al. Bimetallic Nb-Mo carbide hydroprocessing catalysts: Synthesis, characterization, and activity studies [J]. J. Phys . Chem. B, 1997, 101(4): 512～518.

[14] S. Schimpf, C. Louis, P. Claus. Ni/SiO₂ catalysts prepared with ethylene diamine Ni precursors: Influence of the pretreatment on the catalytic properties in glucose hydrogenation [J]. Appl. Catal. A, 2007, (318): 45～53.

[15] F. Turek, R. K. Chakrabarti, R. Lange, et al. On the experimental study and scale-up of three-phase catalytic reactors: Hydrogenation of glucose on nickel catalyst [J]. Chem. Eng. Sci. ,1983, (38): 275～283.

[16] K. Gorp, E. Boerman, C. Cavenaghi, et al. Catalytic hydrogenation of fine chemicals: sorbitol production [J]. Catal. Today, 1999, (52): 349～361.

[17] Y. Y. Shu, S. T. Oyama. Synthesis, characterization, and hydrotreating activity of carbon-supported transition metal phosphides [J]. Carbon, 2005, (43): 1517～1532.

[18] M. Y. Zheng, A. Q. Wang, N. Ji, et al. Transition metal-tungsten bimetallic catalysts for the conversion of cellulose into ethylene glycol [J]. Chem. Sus. Chem. , 2010, 3: 63～66.

[19] Y. H. Zhang, A. Q. Wang, T. Zhang. A new 3D mesoporous carbon replicated from commercial silica as a catalyst support for direct conversion of cellulose into ethylene glycol [J]. Chem. Commun. , 2010, (46): 862～864.

Highly Dispersed Nickel-Promoted W_2C as Efficient Catalysts for Direct Cellulose Conversion into Ethylene Glycol

JI Na[1,2]   ZHENG Ming-yuan [1]   WANG Ai-qin[1]   ZHAO Guan-hong[1,2]
WANG Xiao-dong[1]   ZHANG Tao[1]   CHEN Jing-guang [3]

(1. *State Key Laboratory of Catalysis*, *Dalian Institute of Chemical Physics*,
Chinese Academy of Sciences, *Dalian* 1160233,*China*;

2. *Graduate School of the Chinese Academy of Sciences*, *Beijing* 100049, *China*;

3. *Department of Chemical Engineering*, *University of Delaware*, *Newark*, *DE* 19716, *USA*)

Abstract   A series of highly-dispersed Ni-promoted W_2C catalysts were prepared by a two-step synthesis method and evaluated for the catalytic conversion of cellulose in aqueous condition and hydrogen atmosphere. Quite different from the one-step synthesis method, nickel addition did not cause catalyst sintering; instead, it resulted in the re-dispersion of the tungsten carbide, which was identified by XRD, TEM, and CO chemosorption. The highly dispersed Ni-promoted tungsten carbide catalysts were found to be very active and selective for the cellulose conversion to ethylene glycol. The highest yield of ethylene glycol arrived at 73. 0wt% over the 10%Ni-(W_2C/AC) catalyst, which was much better than the one-step prepared catalyst.

Keywords   Biomass, Cellulose, Ethylene glycol, Heterogeneous catalysts, Tungsten carbide

过渡金属-钨双金属催化剂在纤维素
转化制乙二醇反应中的研究[*]

郑明远[1]　王爱琴[1]　纪娜[1,2]　庞纪峰[1,2]　王晓东[1]　张涛[1]

(1. 中国科学院大连化学物理研究所，大连 116023；2. 中国科学院研究生院，北京 100049)

摘要　本文对一系列金属催化剂在水热加氢条件的催化纤维素转化性能进行考察。研究发现，第 8、9、10 族过渡金属掺杂的双金属催化剂 Pt-W/AC、Pd-W/AC、Ir-W/AC、Ru-W/AC、Ni-W/SiC 及 Ni-W/SBA-15 可以高效催化纤维素转化为乙二醇。与单金属催化剂 Ni/AC、Pt/AC、Ir/AC、Pd/AC、Ru/AC 及 W/AC 相比，双金属催化剂上乙二醇收率大幅提高，表明金属钨与第 8、9、10 族过渡金属之间存在显著的协同作用。机械混合 Ni/AC 和 W/AC 催化剂也可以获得较高的乙二醇收率。结合各种表征分析，推测纤维素催化转化生成乙二醇的反应很可能通过钨系催化剂上的双中心机制实现。

关键词　生物质，乙二醇，负载型催化剂，过渡金属，钨

1　引言

近年来，能源与环境问题日益受到世界范围内的高度关注。如何采取环境友好的方式利用可再生资源获得能源与化学品是许多学者致力解决的首要任务。在众多的途径中，生物质资源由于具有良好的可再生性，其转化利用技术引起人们的广泛关注。纤维素是生物质资源中最为广泛的组成成分，约占植物干重的 30%～60%。长期以来，人们在纤维素的绿色高效转化方面做了大量的努力，例如纤维素酶发酵制乙醇[1]，热解技术制生物油[2]及合成气[3]，以及在离子液体中的稀酸水解制低聚物[4]、葡萄糖[5]及 5-羟甲基糠醛（HMF）[6]。

一个较有前景的纤维素绿色转化过程为使用固体催化剂在水相溶液中转化纤维素制多元醇。寇元教授课题组发现使用 Ru 纳米粒子催化剂可以将纤维素的简单结构单元—纤维二糖转化为山梨糖醇[7]。Fukuoka[8]及刘海超教授[9]课题组分别报道了纤维素可以在水热加氢条件下由贵金属催化作用转化为六元醇。这些研究为纤维素的催化转

_____

[*] "973"计划资助项目（项目编号：2009CB226102）；国家自然科学基金资助项目（项目编号：20903089）

联系人：张涛，E-mail：taozhang@dicp.ac.cn

化开辟了一条新的路径。然而在另一方面，这些过程中多元醇的收率并不十分理想，同时均使用贵金属作为催化剂，因此，发展纤维素催化转化过程中更为高效的非贵金属催化剂极具挑战。

近年来，本课题组成功实现了水热加氢条件下由纤维素制取乙二醇的反应过程，所用催化剂为非贵金属催化剂[10]。在 W_2C/AC 催化剂上，纤维素几乎可以完全转化，且可以得到 27.4％的乙二醇收率。更为重要的是，在少量 Ni 添加到 W_2C/AC 催化剂中后，乙二醇的收率大幅提高至 61％。由于乙二醇是一种重要的化工原料[11]，本过程不仅为纤维素的高效转化开辟了一条新的途径，也为乙二醇的生成提供了一条新的路径。

然而在上述催化反应过程中仍有一些科学问题需要认识和解决，例如除 W_2C 催化剂外，是否还有其他催化剂可以高效地生成乙二醇？是什么作用使得 Ni 与 W_2C 之间表现出显著的协同作用？为解决上述问题，本文立足于钨元素，设计了一系列用于纤维素转化反应的双金属催化剂，包括不同负载型 Ni-W、Pd-W、Pt-W、Ru-W 及 Ir-W 催化剂。结果发现，在各种 W 与第二金属组成的双金属催化剂上均存在显著的协同作用。而且，通过调节催化剂中 W 与第二金属的比例可以有效地控制各种产物的选择性。在 Ni-W/SBA-15 催化剂上乙二醇的收率可以达到 75.4％。

2　实验部分

2.1　催化剂的制备

采用等体积浸渍的方法制备了第 8、9、10 族金属与 W 组成的双金属催化剂，包括 Ru-W/AC、Ir-W/AC、Pd-W/AC、Pt-W/AC、Ni-W/SiC 及 Ni-W/TiO$_2$。其中，制备活性炭负载的 Ir-W 及 Pt-W 催化剂时首先将 H_2IrCl_4 或 H_2PtCl_4 溶液浸渍到载体上，120℃烘干过夜，其次将偏钨酸铵（AMT）水溶液浸渍其上，120℃烘干过夜，700℃氢气还原 1h。而对于 Ru-W、Pd-W 及 Ni-W 催化剂采用将 AMT 与 $RuCl_3$、$PdCl_2$、$Ni(NO_3)_2$ • $6H_2O$ 水溶液同时浸渍于载体上的方法制备。以上各催化剂中 W 的担载量为 25wt％，第二金属的担载量为 5wt％。

采用同时浸渍的方法制备了不同 Ni、W 比例的 Ni-W/SBA-15 催化剂。SBA-15 采用文献[12]报道的方法制备。根据 Ni 与 W 不同的比例，将催化剂分别标记为：Ni5-W25/SBA-15，Ni5-W15/SBA-15，Ni10-W15/SBA-15 及 Ni15-W15/SBA-15。

单金属催化剂采用等体积浸渍法制备。将上述提及的各种金属盐溶液分别浸渍于载体上，120℃烘干过夜，相应温度下氢气还原 1h，其中 W/AC 的还原温度为 700℃，Ni/AC 的还原温度为 450℃，Ru/AC、Ir/AC、Pd/AC、Pt/AC 的还原温度为 400℃。各种金属的担载量分别为 W 为 30wt％、Ni 为 20wt％、贵金属为 5wt％。

2.2　催化剂的表征

催化剂的比表面积在 Micromeritics ASAP-2010 型物理吸附仪上测得。催化剂样品经过一定温度下抽空脱气处理后，在液氮温度下进行氮吸附测试。根据 Brunauer、Emmett 和 Teller（BET）理论从吸附等温线计算样品的比表面积。

CO 化学吸附实验是在 Micromeritics Autochem 2910 型化学吸附仪上进行的，使用热导池检测器（TCD）检测。样品在测试前分别于一定温度下还原处理 30min，各样品还原温度分别为：W/AC 为 700℃，Ni/AC 为 500℃，Ru/AC、Ir/AC、Pd/AC、Pt/AC 为 400℃。

XRD 实验是在荷兰 PANAnalytical 公司的 X′pert 粉末 X 射线衍射仪上进行的。Cu 靶 K_a 线为光源（λ=1.5432Å），Ni 滤波，管流为 40mA，管压为 40kV，扫描速度 13°/min。将催化剂样品制成粉末进行测试。

2.3　催化剂的纤维素转化反应性能评价

纤维素催化转化反应在一个 300mL 的高压反应釜中进行。典型的反应过程如下：反应开始前向反应釜中加入 1.0g 微晶纤维素、0.3g 催化剂及 100mL 去离子水。室温下，通入氢气置换五次气体后，加入 6MPa 的初始氢气压力，加热到 245℃反应 30min，搅拌速率为 1000r/min。反应结束后，待反应釜温度降至室温后，取上层澄清液体用高效液相色谱（HPLC）以及液-质联用（HPLC-MS）技术对所得产品进行分析，计算目标产物各种多元醇的产率。同时，用气相色谱仪（GC）对所收集的气相产物进行分析，用总炭分析仪（德国 elementar 元素分析系统）对液体产物进行总有机碳（TOC）分析，进而对纤维素催化转化反应的碳平衡情况进行监测。

纤维素转化率采用两种方法计算：方法一，以纤维素反应前后质量之差进行计算，标记为 Con.$_{wt}$，此种方法的系统误差在±3%左右；方法二，根据液相产品 TOC 值进行计算，标记为：Con.$_{TOC}$，具体公式为：Con.$_{TOC}$=TOC/4230×100%，其中 4230 代表由 C、H、O、N 元素分析仪所测出的纤维素原料中所含的碳含量，单位为 mg/L（×10^{-6}）。

两种转化率之差视为理论计算出的气相产物的产率。由气相色谱所检测到的气相产物主要包括：CO、CO_2、CH_4、C_2H_4、C_2H_6 以及 C_3H_8 等，各气相产物的真实含量由下式计算得出：C in gas% = $\frac{PV}{RT}$ × ($\sum n$ × per.)/(6 × m/162) × 100%，其中 P 为室温下反应结束后反应釜中的总压力，V 为反应釜中除去水之外的体积，此处为 0.2 L，R 为气体常数，T 为室温，此处为 298K，n 为各气相产物中的 C 原子数，per. 代表反应后气相产物的浓度，162 代表纤维素结构单元 $C_6H_{10}O_5$ 的分子量，m 为反应前加入的纤维素的质量。

液体产物收率以每克纤维素所产生的多元醇的质量进行计算，具体公式为：收率（wt%）= 产物中某种多元醇的质量/反应物中纤维素的质量×100%。

3　结果与讨论

3.1　单金属催化剂

将各单金属催化剂进行纤维素催化转化反应性能评价，纤维素的转化率及各多元醇的收率结果列于表 1 中。表 2 给出了纤维素转化反应的碳平衡结果。从中可以看出，W/AC 催化剂（Entry 1）在经过反应 30min 后纤维素转化率为 100%，但乙二醇收率仅为 2.2%，其他各种多元醇收率均为 0%。此结果与文献[10]报道的 W_2C/AC 催化剂转化纤维素的结果不同,使用 W_2C/AC 催化剂可以获得 27.4% 的乙二醇收率。从表 2 中可以看出,对于 W/AC 催化剂,反应液相产物由 TOC 检测到 74.0% 有机碳含量,因此,表明在液相产物中存在大量未知产物。而检测到的气相产物的总收率为 3.8%,与液相产物 TOC 之和并不为 100%,原因可能是由于反应产生的一部分气相 CO_2 产物在反应后溶解于反应液相产品中,因而无法被气相色谱完全检测到。W/AC 催化剂的液相产物在反应刚刚结束后为浅黄色,在空气中放置几天后,颜色逐渐转变为深棕色。菲林实验证实液相产品中存在大量不饱和产物,此结果与表 1 中 CO 吸附结果相互对应。CO 吸附结果显示 W/AC 催化剂的 CO 吸附量非常低,仅为 $1.1~\mu mol/g$,因此对于由纤维素降解产生的一些不饱和中间产物进行加氢反应的加氢能力非常弱,故残留大量的不饱和产物。

表 1　纤维素的转化率及各多元醇的收率结果
Tab. 1　Cellulose conversion results and main products yields

Entry	Catalyst	Conv. (%)	CO uptake ($\mu mol/g$)	Yield (%) [a]				
				EG	S	M	Ery	1,2 PG
1	W/AC	100	1.1	2.2	0	0	0	0
2	Ni/AC	71.9	386.7	9.2	10.1	1.5	0	4.3
3	Pd/AC	67.2	167.8	7.6	1.2	0	1.0	0
4	Pt/AC	63.5	60.7	11.6	14.7	5.8	4.2	2.9
5	Ru/AC	74.1	333.5	2.2	0	0	0	0
6	Ir/AC	63.8	331.1	9.8	5.9	2.2	2.0	7.2

a　EG=Ethylene Glycol, S=Sorbitol, M=Mannitol, Ery=Erythritol, 1, 2-PG=1, 2-Propylene Glycol.

表 2　不同催化剂上纤维素转化的碳平衡结果
Tab. 2　Carbon balance for the cellulose transformation over various catalysts

Carbon balance	Catalyst					
	W/AC	Ni/AC	Pd/AC	Pt/AC	Ru/AC	Ir/AC
C in gas(%)	3.8	1.2	2.3	1.4	58.4	0.5
Con. (TOC)(%)	74.0	68.2	66.8	63.5	16.5	63.2
Con. (wt%)	100	71.9	67.2	63.5	74.1	63.8

与 W/AC 催化剂明显不同,对于其他单金属催化剂 Ni/AC、Pd/AC、Pt/AC、Ru/AC 及 Ir/AC 并不能实现纤维素的完全转化,转化率在 60%~70% 之间,反应可生成乙二醇、山梨醇、甘露醇、丁四醇及 1,2-丙二醇等各种多元醇。对于 Pt/AC、Ni/AC、Ir/AC 催化剂,EG 收率为 10% 左右,Pt/AC 催化剂六元醇的收率为 20.5%,与文献[8]所报道相一致。Ru/AC 催化剂上除检测到少量(收率为 2.2%)乙二醇外,并未检测到其他多元醇的生成,气相产物分析结果显示该催化剂生成了大量的气相产物,包括 3.52%(V/V)的 CH_4、0.16%(V/V)的 C_2H_6、0.04%(V/V)的 C_3H_8,约占原料总炭含量的 58.4%。因此,在 Ru/AC 催化剂上,纤维素转化反应主要为气相产物,与其他催化剂上主要生成液

相产物不同。不同于 W/AC 催化剂的是,这些单金属催化剂的液相产物的颜色均为无色,菲林实验证实其中并不含有不饱和的中间产物,表明催化剂具有较强的加氢能力,使不饱和产物进行了全完的加氢反应。

3.2 双金属催化剂

从以上分析可知 W/AC 催化剂对纤维素转化反应具有较强的降解纤维素的能力,而第 8,9,10 族单金属催化剂具有良好的加氢能力,可以选择性地生成各种多元醇产物。基于上述认识,为了获得较高的乙二醇或其他多元醇的收率,我们设计了一系列 W 与其他金属组成的双金属催化剂,对其进行纤维素转化反应性能评价。纤维素的转化率及各多元醇的收率结果列于表 3 中,纤维素转化反应的碳平衡结果列于表 4 中。

表 3　纤维素的转化率及各多元醇的收率结果

Tab. 3　Cellulose conversion results and main products yields

Entry	Catalyst	Conv. (%)	CO uptake ($\mu mol/g$)	Yield (%) [a]				
				EG	S	M	Ery	1,2 PG
1	Pd-W/AC	100	5.9	59.6	7.8	2.9	4.9	3.8
2	Pt-W/AC	97.0	19.1	56.9	3.6	0	5.8	3.3
3	Ru-W/AC	100	490	61.7	4.1	3.1	7.9	3.2
4	Ir-W/AC	100	547	50.4	0	0	2.5	2.5
5	Ni-W/SiC	92.0	—	45.3	2.3	1.0	4.8	1.2
6	Ni-W/TiO$_2$	100	—	36.8	2.8	0.9	1.9	1.5
7	Ni5-W25/SBA-15	100	7.9	75.4	3.1	1.3	4.0	4.1
8	Ni/AC+W/AC	100	—	46.6	2.5	5.9	2.7	8.0

a　EG=Ethylene Glycol, S=Sorbitol, M=Mannitol, Ery=Erythritol, 1, 2-PG=1, 2-Propylene Glycol.

表 4　不同催化剂上纤维素转化的碳平衡结果

Tab. 4　Carbon balance for the cellulose transformation over various catalysts

Carbon balance	Catalyst				
	Pd-W/AC	Pt-W/AC	Ru-W/AC	Ir-W/AC	Ni/AC+W/AC
C in gas(%)	1.5	1.6	2.9	0.9	1.6
Con. (TOC)(%)	89.1	90.2	94.9	89.7	91.4
Con. (wt%)	100	97.0	100	100	100

从表 1 中可以看出,在各种双金属催化剂上,纤维素的转化率明显高于相应的单金属催化剂上所获得的纤维素转化率,除 Pt-W/AC 及 Ni-W/SiO$_2$ 外均为 100%。更为重要的是,在双金属催化剂上获得了 50%~70% 的乙二醇收率,明显高于相应的单金属催化剂上所获得的乙二醇收率。特别对于 Ni-W/SBA-15 催化剂,乙二醇收率可以达到75.4%。这表明,对于本文制备的一系列双金属催化剂同样可以使得纤维素高效转化生成乙二醇,且 W 与第二金属之间存在明显的协同作用。例如,对于 Ru-W/AC 催化剂,乙

二醇的收率为 61.7%,而相应单金属催化剂 Ru/AC 或 W/AC 上所产生的乙二醇收率则很低。

为排除催化剂载体对协同作用的影响,针对 Ni-W 催化剂对不同的载体进行了考察。尽管 Ni-W/SiC 及 Ni-W/TiO$_2$ 催化剂的比表面积(分别为 13 m^2/g 及 9 m^2/g)相对于 Ni-W/SBA-15 的比表面积(为 417 m^2/g)低很多,但仍可以获得高于相应单金属催化剂的乙二醇收率,分别为 45.3% 及 36.8%。

对于双金属催化剂来讲,电子效应与几何效应通常被认为是提高催化性能的重要因素[13~16]。对催化剂进行 XRD 表征,结果如图 1 所示。从图中可见,除 Ni-W/SBA-15 催化剂外,其他各种双金属催化剂的 XRD 谱图中仅存在金属 W 及贵金属的特征衍射峰,而 Ni-W/SBA-15 催化剂的 XRD 谱图中还同时存在 Ni$_4$W 合金相的衍射峰。为确认是否此合金相对纤维素转化生成乙二醇反应具有特殊的催化作用,本文将 Ni/AC 及 W/AC 两种催化剂进行机械混合后进行纤维素催化转化反应评价,结果如表 3 中 Entry 8 所示。从中可见,纤维素转化率仍为 100%,乙二醇收率为 43.0%,与相应各单金属催化剂上不足 10% 的乙二醇收率形成对比。此结果表明,Ni 与 W 之间的协同作用并不一定需要两种金属形成合金。综上所述,在纤维素催化转化制取乙二醇的反应过程中,可能存在许多不同类型的化学反应,各种不同的化学反应在不同的催化中心上进行独立的催化反应。

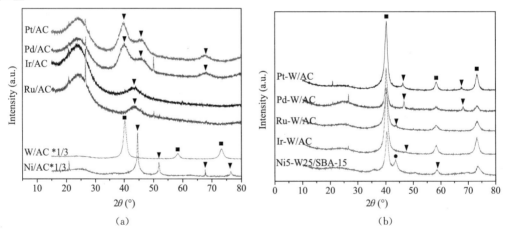

(a)　　　　　　　　　　(b)

图 1　各种单金属 M (8,9,10)(a)及双金属 M (8,9,10)-W(b)催化剂的 XRD 谱图

Fig. 1　XRD patterns of (a) monometallic catalysts and (b) M (8,9,10)-W bimetallic catalysts. M (8,9,10) represents the metals of Ni, Pd, Pt, Ru and Ir

M (8,9,10): (▼); W: (■); Ni$_4$W: (●)

The peak intensities of W/AC and Ni/AC were divided by 3 times

3.3　纤维素转化反应的可能反应机理

为进一步研究双金属催化剂中第 8、9、10 族过渡金属与金属 W 在纤维素转化为乙二醇过程中的作用,本文对几种不同 Ni、W 比例的 Ni-W/SBA-15 催化剂的纤维素转化反应进行了详细考察,结果列于表 5 中。

表 5 不同 Ni、W 比例及金属担载量的 Ni-W/SBA-15 催化剂上纤维素转化率及多元醇收率

Tab. 5 Cellulose conversion over Ni-W/SBA-15 catalysts with different Ni/W weight ratios and metal loadings

Catalyst	Ni/W weight ratio	Conv. (%)	CO uptake (μmol/g)	Yield (%)[a]				
				EG	S	M	Ery	1, 2 PG
Ni5-W25/SBA-15	1 : 5	100	7.9	75.4	3.1	1.3	4.0	4.1
Ni5-W15/SBA-15	1 : 3	100	15.6	76.1	5.8	2.2	6.0	3.2
Ni10-W15/SBA-15	2 : 3	100	151.3	51.0	20.8	6.2	18.5	1.8
Ni5-W15/SBA-15	1 : 1	100	438.4	36.8	30.3	10.1	17.2	2.0

a EG=Ethylene Glycol, S=Sorbitol, M=Mannitol, Ery=Erythritol, 1, 2-PG=1, 2-Propylene Glycol.

从表 5 中可见,在四种不同比例的 Ni-W/SBA-15 催化剂上,纤维素的转化率均为 100%,而各种多元醇的收率却有所不同。其中,Ni5-W25/SBA-15 及 Ni5-W15/SBA-15 催化剂上,乙二醇的收率约为 75% 左右,其他各种多元醇的收率均小于 10%,表明此时催化剂对乙二醇的生成具有独特的选择性。进一步增大 Ni/W 比至 2:3 及 1:1,乙二醇收率分别下降至 51.0% 及 36.8%,而其他多元醇的收率如六元醇及四元醇则有所增加。例如,在 Ni15-W15/SBA-15 催化剂(Ni/W=1:1)上,六元醇的收率达到 40.4%,丁四醇的收率为 17.2%。

镍催化剂为一种重要的加氢催化剂[17],而加氢活性位的多少可以通过 CO 化学吸附量来确定[10, 18]。如表 5 所示,当 Ni/W 比从 1:5 增加到 1:1 时,催化剂的 CO 吸附量增大 50 倍以上,表明催化剂的加氢活性中心随 Ni/W 比的增大而增多。与此相对应的是,六元醇及四元醇的收率随 Ni/W 比例增大而增加。纤维素转化包括许多复杂的反应过程,其中许多反应过程与生成乙二醇的反应过程为竞争反应。我们推测纤维素的转化过程至少包括以下三种类型的反应:水解、C—C 断键及加氢反应。其中 W 活性位上可以实现纤维素的完全转化并生成大量不饱和产物,据此推测 C—C 断键反应很可能在 W 活性位上发生;而加氢反应则很可能在具有强加氢性能的 Ni 及其他贵金属活性位上发生。在双金属催化剂中,W 首先实现纤维素的水解产物葡萄糖的 C—C 断键过程,进而在其他金属上进行加氢反应生成乙二醇等各种多元醇产物。催化剂中加氢活性位数量越多,则葡萄糖的加氢反应就越占据主导地位,进而生成更多的六元醇及四元醇,使乙二醇的收率减小。与此相反,当催化剂中仅存在少量或不存在加氢活性中心时,多元醇的收率就会非常少,如 W/AC 催化剂一样。因此,在 Ni-W/SBA-15 催化剂中,存在一个合适的 Ni/W 比例使得催化剂中的加氢中心与 C—C 断键中心的活性位数量对乙二醇的生成具有最佳的催化活性及选择性。

4 结论

综上所述,本文设计了一系列对纤维素催化转化制乙二醇反应具有高活性及高选择性的双金属催化剂体系,尤其是在 Ni5-W25/SBA-15 及 Ni5-W15/SBA-15 两种催化剂上,乙二醇收率约为 75% 左右。在此类双金属催化剂中,W 对纤维素的降解反应具有重要作用,例如 C—C 断键反应;而第 8、9、10 族过渡金属主要对不饱和中间产物的加氢反应过程具有重要作用。由于纤维素在水热条件下的转化反应包括一系列复杂的反应过程,包括:水解反应、加氢反应及 C—C 断键反应等,因此,合适的 C—C 断键反应及加氢反应活性中心的比例将对反应产物的选择性至关重要。通过调节不同的 Ni/W 比例,可以控制不同的加氢活性中心与 C—C 断键活性中心的比例,进而可以调节产物乙二醇的选择性。本文工作为设计纤维素转化反应的高效催化剂提供了有益的指导。

参考文献

[1]　H. Fukuda, A. Kondo, S. Tamalampudi. Bioenergy: Sustainable fuels from biomass by yeast and fungal whole-cell biocatalysts [J], Biochem. Eng. J. ,2009, (44): 2~12.

[2]　H. B. Goyal, D. Seal, R. C. Saxena. Bio-fuels from thermochemical conversion of renewable resources: A review [J], Renew. Sust. Energ. Rev. , 2008, (12): 504~517.

[3]　M. Asadullah, T. Miyazawa, S. I. Ito, et al. Gasification of different biomasses in a dual-bed gasifier system combined with novel catalysts with high energy efficiency [J], Appl. Catal. A-Gen. ,2004, (267): 95~102.

[4]　R. Rinaldi, R. Palkovits, F. Schuth, Depolymerization of Cellulose Using Solid Catalysts in Ionic Liquids [J], Angew. Chem. Int. Ed. , 2008, (47): 8047~8050.

[5]　C. Z. Li, Q. Wang, Z. K. Zhao. Acid in ionic liquid: An efficient system for hydrolysis of lignocelluloses [J], Green Chem. , 2008, (10): 177~182.

[6]　J. B. Binder, R. T. Raines. Simple chemical transformation of lignocellulosic biomass into furans for fuels and chemicals [J], J. Am. Chem. Soc. , 2009, (131): 1979~1985.

[7]　N. Yan, C. Zhao, C. Luo, et al. One step conversion of cellobiose to C_6-Alcohols using a ruthenium nanocluster catalyst [J], J. Am. Chem. Soc. , 2006, (128): 8714~8715.

[8]　A. Fukuoka, P. L. Dhepe. Catalytic conversion of cellulose into sugar alcohols [J], Angew. Chem. Int. Ed. , 2006, (45): 5161~5163.

[9]　C. Luo, S. A. Wang, H. C. Liu. Cellulose conversion into polyols catalyzed by reversibly formed acids and supported ruthenium clusters in hot water [J]. Angew. Chem. Int. Ed. , 2007, (46): 7636~7639.

[10]　N. Ji, T. Zhang, M. Y. Zheng, et al. Direct catalytic conversion of cellulose into ethylene glycol using Ni-promoted tungsten carbide catalysts [J], Angew. Chem. Int. Ed. , 2008, (47): 8510~8513.

[11]　ICIS Chemical Business (Weekly)[J], 2008: 352.

[12]　D. Y. Zhao, J. L. Feng, Q. S. Huo, et al. Triblock copolymer syntheses of mesoporous silica with periodic 50 to 300 angstrom pores [J], Science, 1998, (279): 548~552.

[13]　J. R. Kitchin, J. K. Norskov, M. A. Barteau, et al. Modification of the surface electronic and chemical properties of Pt(111) by subsurface 3d transition metals [J]. J. Chem. Phys. , 2004, (120): 10240~10246.

[14]　J. K. N. P. Liu. Ligand and ensemble effects in adsorption on alloy surfaces [J], Phys. Chem. Chem. Phys. , 2001: 3814~3818.

[15]　J. G. Chen, C. A. Menning, M. B. Zellner. Monolayer bimetallic surfaces: Experimental and theoretical studies of trends in electronic and chemical properties [J], Surf. Sci. Rep. , 2008, (63): 201~254.

[16]　M. S. Y. Gauthier, S. Padovani, E. Lundgren, et al. Adsorption sites and ligand effect for CO on an alloy surface: A direct view [J]. Phys. Rev. Lett. , 2001: 036~103.

Transition Metal-Tungsten Bimetallic Catalysts for the Conversion of Cellulose into Ethylene Glycol

ZHENG Ming-yuan[1] WANG Ai-qin[1] JI Na[1,2]

PANG Ji-feng[1,2] WANG Xiao-dong[1] ZHANG Tao[1]

(1. *State Key Laboratory of Catalysis, Dalian Institute of Chemical Physics,*

Chinese Academy of Sciences, Dalian 116023, *China*;

2. *Graduate School of the Chinese Academy of Sciences, Beijing* 100049, *China*)

Abstract A series of bimetallic catalysts were designed and evaluated in the catalytic conversion of cellulose in the aqueous condition and hydrogen atmosphere. The group-8, 9, 10 metal doped bimetallic catalysts Pt-W/AC, Pd-W/AC, Ir-W/AC, Ru-W/AC, Ni-W/SiC and Ni-W/SBA-15 were found to be very efficient for the EG production. Compared to the monometallic catalysts Ni/AC, Pt/AC, Ir/AC, Pd/AC, Ru/AC, and W/AC, the significantly higher EG yields over the bimetallic catalysts demonstrated synergetic effects between W and the group-8, 9, 10 metals. Even with the mechanically mixed Ni/AC and W/AC catalysts, a high EG yield was achieved. Combined with various characterizations, the results strongly suggest that the EG production from catalytic conversion of cellulose most likely proceeds via a dual-site mechanism over the tungsten based catalysts.

Keywords Biomass, Ethylene glycol, Supported catalysts, Transition metals, Tungsten

木质纤维素催化转化制多元醇[*]

庞纪峰[1,2]　郑明远[1]　王爱琴[1]　张涛[1]

(1. 中国科学院大连化学物理研究所,大连 116023;2. 中国科学院研究生院,北京 100049)

摘要　以秸秆为木质纤维素原料,采用镍促进的碳化钨在水热条件下催化加氢转化制乙二醇和 1,2-丙二醇。在反应之前,采用不同预处理方式来得到不同结构、组成的木质纤维素原料。秸秆在预处理前后的组成、结晶度、表面基团和表观形貌分别通过组成分析、X 射线衍射仪(XRD)、红外光谱仪(FT-IR)和扫描电镜(SEM)进行分析。结果发现,预处理对催化加氢反应有着显著的影响。与未处理的秸秆相比,氨水、双氧水、丁二醇和氢氧化钠处理能够显著地提高多元醇的收率,而超临界二氧化碳、石灰水和热水处理则对多元醇的产生无明显促进作用。通过比较秸秆结构与反应结果,发现秸秆中的半纤维素能够催化转化为乙二醇和 1,2-丙二醇,同时并不影响纤维素的催化转化。但秸秆中木质素的存在则显著降低多元醇的收率,它的包覆作用在空间上阻碍了秸秆的转化,其高温分解生成的副产物降低了多元醇的选择性。结晶度对于木质纤维素的转化没有根本性的影响。从环境友好和经济方面考虑,氨水和双氧水处理能够明显脱除木质素,从而提高秸秆的转化率和选择性。当两者结合处理后多元醇的收率达到 44%。

关键词　秸秆,纤维素,加氢,预处理,乙二醇

1　引言

随着化石能源的枯竭和环境的恶化,可再生资源的利用引起人们的广泛关注。生物质作为重要的后备能源之一,存在以下几个方面的巨大优势:首先,可再生性,通过合理的培育与种植,生物质资源可以作为我们永不消亡的“绿色矿藏”;其次,产量巨大,每年都能够通过光合作用合成大约 1.8 万亿 t 的生物质[1,2];最后,生物质资源中的硫、氮元素远远少于化石能源的。生物质资源中大约 40% 的为纤维素,纤维素既不溶于水也不能够被人体所消化,所以如何有效利用纤维素是大规模利用生物质能源的关键。另一方面,

---

[*] “973”计划资助项目(项目编号:2009CB226102);国家自然科学基金资助项目(项目编号:20903089)

联系人:张涛,E-mail:taozhang@dicp.ac.cn

乙二醇是一种重要的化工原料,它被广泛的应用于聚合物、树脂的合成、重整制氢和防冻剂等方面,全世界在 2007 年的需求量达到 1700 万 t/年,并且这一需求量每年按 5％的速度增长。目前乙二醇的主要生产途径是环氧乙烷催化水合,这一过程过度依赖于石油资源并产生巨大能耗[3]。

2008 年成功采用 Ni 促进的 W_2C 催化剂高效转化纤维素至乙二醇,这一过程不仅能够减少对于化石能源的依赖,更重要的是它有很高的原子经济性,纤维素中大部分的原子都保留在乙二醇中[4~7]。但是我们采用的原料是提纯的微晶纤维素,它的制备需要酸碱和有机溶剂作用,这也相应地限制这一反应的推广。秸秆作为一种农业的副产物,有着广泛的来源和高产量[8],并且秸秆的最主要成分为纤维素。因此,如果将秸秆原材料直接转化为多元醇,则避免了昂贵而复杂的纤维素提纯过程。

在生物质原料中除了纤维素还有半纤维素、木质素和抽提物等。虽然在酶转化中这些组分的影响得到了详细的研究[9,10],但是在化学转化过程中各组分的相互影响却鲜为人知。在本文中,我们以秸秆为木质纤维素原料,采用不同的预处理方式来改变秸秆的结构组成,详细研究了秸秆组成、预处理方式和催化加氢反应之间的关系。

2　实验

2.1　秸秆及预处理方法

秸秆经 120℃干燥后磨碎,筛选小于 60 目的样品备用。所有预处理的方式和条件列于表 1 中。超临界二氧化碳、高沸醇和热水的处理在高压釜中进行,其他的预处理在三口烧瓶中进行。

2.2　分析方法

秸秆处理前后的成分(纤维素、半纤维素、木质素、灰分)是通过 Van Soest 方法[11]测定的,每个样品至少测量 2 次,误差不超过 5％。而秸秆的结晶度是通过 X 射线衍射仪(PW3040/60 X′ Pert PRO ,PANalytical)测定的,结晶度的计算通过下式进行,即

$$CrI = 100 \times [(I_{002} - I_{amorphous})/I_{002}]$$

其中,I_{002}是纤维素的结晶部分在 $2\theta = 22.5°$的强度,而 $I_{amorphous}$是无定型部分在 $2\theta = 18.0°$的强度。

秸秆预处理前后的结构变化通过傅里叶变换红外光谱仪测量。具体操作步骤为:把样品和 KBr 研磨均匀,在静态压片机上压片后在 $4000cm^{-1}$到 $400cm^{-1}$的波长范围内按照 $4cm^{-1}$的步长扫描 120 次。而秸秆预处理前后的微观形貌表征则是在 FEI Quanta 200 扫描电镜上进行的,样品在测试前镀金,然后在高真空、20kV 的条件下测试。

2.3　催化剂的制备和催化转化秸秆

镍促进的碳化钨催化剂采用碳热氢气还原的方法制备。以 2％Ni-30％W_2C/AC 为例,具体的制备步骤如下:取 1.18g 偏钨酸铵和 0.32g 硝酸镍溶解在 2.5mL 水中,采用

2g 活性炭(NORIT，surface area 709 m²/g)等体积浸渍。上述样品在室温下静置 12h 后转移到 120℃烘箱内干燥 12h。干燥的催化剂放于石英管中程序升温还原，具体的温控步骤为：从室温以 10℃/min 升温速率升到 450℃，然后以 1℃/min 升温速率升到 700℃、恒温 60min。还原后的催化剂在暴露空气之前在室温下用 O₂/N₂(1% v/v)钝化 12h。而常规的 Pt/AC、Ru/AC 和 Ni/AC 催化剂也采用相似的浸渍方法制备，但所述催化剂还原的温度为 450℃。

催化转化秸秆的反应是在反应釜中进行的，反应的温度为 245℃，氢气的初始压力为 6MPa。具体的步骤如下：将 0.5g 秸秆、0.15g 催化剂和 50mL 水放于 100mL 的反应釜中，氢气置换 3 次后充压到 6MPa 氢气，在 1000r/min 的搅拌速度下升温到 245℃后保温 30～270min。反应后的气相产物采用气相色谱(GC)进行分析，液相产物经过滤后采用高效液相色谱(HPLC)和总碳分析仪(TOC)对液相产物进行分析。多元醇产物和气相产物的收率以碳为基准计算：收率（C%）＝（多元醇或气体中碳的摩尔数/采用元素分析仪测得的原料中碳的摩尔数）×100%。

3　结果与讨论

3.1　秸秆预处理前后的组成和结晶度变化

秸秆预处理前后的组成对比可见表 1。从中可以看出，秸秆中含有大量的水溶组分，含量高达 33.1%，这一结果与 Chen 教授[12]的结果是相吻合的。这些水溶组分主要为糖、醛、酸和无机盐类。而通过不同的预处理之后，水溶性组分明显减少，同时半纤维素的含量有所下降，特别是经过超临界二氧化碳和高沸醇这样的高苛刻度预处理之后，半纤维素的损失率超过 70%。木质素的脱除与半纤维素是不同的，它不依赖于苛刻度而具有选择性。例如，经过热水和超临界二氧化碳这样的高苛刻度的预处理之后，木质素的脱除率低于 1%，而双氧水和氨水这样的低苛刻度的预处理方式明显的脱除了大部分的木质素(43%～67%)。高沸醇预处理具有较高的苛刻度同时也能够较好的脱除木质素的主要原因是高沸醇对于木质素具有较高的溶解度。

图 1 为秸秆处理前后的 XRD 图，其计算得到的结晶度列于表 2 中。从中可以看出，高沸醇、氢氧化钠、双氧水处理后的结晶度(51.2、49.6、45.7)要远高于秸秆的结晶度 31.6，而超临界二氧化碳和热水处理之后秸秆的结晶度没有显著地提高。从秸秆的结晶度与组成对比可以看出，秸秆中纤维素的组分越高其结晶度就越高，这主要是因为高沸醇、氢氧化钠和双氧水预处理能够除去大部分的水溶化合物、部分的半纤维素和大部分的木质素，相对的结晶纤维素含量明显提高。

表 1　秸秆预处理前后的组成变化

Tab. 1　Compositions of corn stalk before and after pretreatment.

Reagent for pretreatment	Pretreatment condition [a]	Severity $(\lg R_0)$ [b]	WSS[c] (%)	Hemi-C[d] (%)	Cellu (%)	Lignin (%)	Residue (%)	Hemi-C loss[e] (%)[a]	Lignin loss[f] (%)[b]
None		0	33.1	15.1	38.0	12.9	1.0	—	—
Hot water	120℃, 4h	3.0	0.2	20.5	54.5	23.4	1.5	25.3	0.7
Hot lime-water	120℃, 4h	3.0	0.2	18.6	57.3	22.3	1.7	30.7	2.8
Ammonia (15%)	60℃, 12h	1.7	2.1	18.5	71.3	7.6	0.6	30.7	67.0
Hydrogen peroxide (2%)	45℃, 12h	1.2	1.5	20.2	63.2	13.4	1.6	26.7	43.2
Ammonia (15%) + Hydrogen peroxide (2%)	Ammonia at 60℃ for 12h followed by H_2O_2 at 45℃ for 12h	2.9	6.1	14.8	72.4	6.2	0.5	48.6	74.9
Sodium hydroxide (1%)	60℃, 12h	1.7	4.8	17.2	69.1	8.4	0.5	51.7	72.4
Butanediol SC-CO₂	200℃, 4h	5.3	9.6	7.6	67.7	13.4	1.7	77.0	52.9
	150℃, 8MPa CO_2, water, 4h	3.8	6.0	10.5	49.0	32.5	2.1	72.0	0

a　liquid/solid ratio was 10/1 except for hot water (20/1) and scCO₂(1/10).

b　Severity is a function of temperature and time, expressed as $\lg R_0 = \lg [\text{time} \exp(H\text{-}R)/14.75]$, where H is the treatment temperature (℃) and R is the reference temperature (100℃).

c　WSS denotes water-soluble substances.

d　Hemi-C denotes hemicellulose.

e　Hemi-C loss denotes the loss of hemicellulose during the pretreatment.

f　Lignin loss denotes the loss of lignin during the pretreatment.

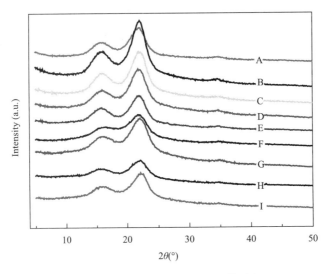

图 1   预处理前后秸秆的 XRD 谱图表

Fig. 1   XRD patterns of raw and pretreated corn stalk

（A. Ammonia and H_2O_2 steeping；

B. Butanediol；C. NaOH；D. H_2O_2；

E. Ammonia steeping；F. Raw corn stalk；

G. Hot Water；H. Hot lime water；I. SC-CO_2）

表 2   秸秆预处理前后的结晶度

Tab. 2   Crystallinity index values of corn stalk before and after pretreatments.

Pretreatment methods	CrI value	Pretreatment methods	CrI value
none	31.6	H_2O_2	45.7
Hot water	39.0	NaOH	49.6
Hot lime water	36.2	Butanediol	51.2
Ammonia steeping	45.3	SC-CO_2	43.0
Ammonia and H_2O_2 steeping	48.4		

3.2   秸秆预处理前后的红外谱图和表观形貌

红外光谱能有效地分析表面官能团。图 2 为秸秆预处理前后的红外对比图。$3348cm^{-1}$ 的振动峰归属于纤维素的-OH 振动。由图可见,氨水、双氧水、氢氧化钠和石灰水等预处理方式能够降低其振动强度,这是由于在碱性条件下纤维素的氢键容易断裂。而 $1745cm^{-1}$ 和 $1595cm^{-1}$ 的振动分别对应于木质素的侧链和苯环,它的强度与木质素的脱除强度相对应。超临界二氧化碳、热石灰水和热水预处理没有显著降低木质素的峰。而氨水、双氧水和高沸醇预处理后木质素对应的峰强度显著降低,这也说明各种预处理方式木质素脱除的选择性和效率差别,这一结果与上面的成分分析是一致的[13,14]。

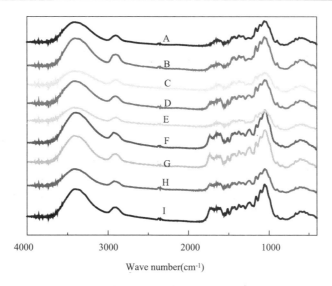

图 2　秸秆预处理前后的红外光谱图

Fig. 2　FT-IR spectra of raw and pretreated corn stalk

（A. Ammonia and H_2O_2 steeping；B. Butanediol；

C. NaOH；D. H_2O_2；E. Ammonia steeping；

F. Raw corn stalk；G. Hot Water；H. Hot lime water；I. SC-CO_2）

　　图 3 为未处理的秸秆和氨水-双氧水处理的秸秆的电镜图。从图 3A 可以看到未处理的秸秆表面纤维相对比较光滑，同时有很多的细小颗粒堆积在秸秆表面，通过进一步放大(图 3B)可以看到秸秆的表面纤维为层状结构，紧密结合在一起而无孔隙。通过氨水-双氧水预处理之后，秸秆表面变得更加粗糙，可以看到微细纤维暴露在外面，而原先的细小薄壁细胞被除去，进一步放大之后(图 3D)可以看到微细纤维束暴露在秸秆表面，并且产生大量的孔洞，这可以归因于秸秆中的水溶物、部分半纤维素和大量的木质素从表面脱除[15]。

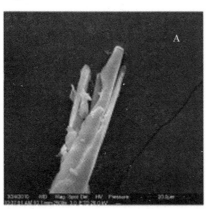
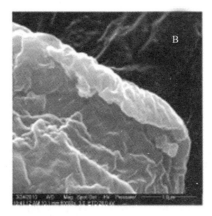

图 3　预处理前后秸秆的扫描电镜图

Fig. 3　SEM images of corn stalk before（A，B）and after pretreatment
with ammonia and H_2O_2（C，D）

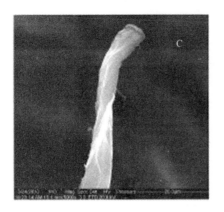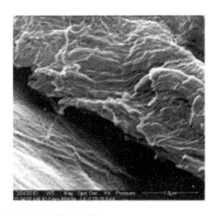

图 3　预处理前后秸秆的扫描电镜图(续)

Fig. 3　SEM images of corn stalk before (A, B) and after pretreatment
with ammonia and H_2O_2 (C, D)

3.3　木质纤维素的催化转化

我们采用氨水处理过的秸秆作为木质纤维素原料,考察其转化为多元醇的反应性能。几种典型的加氢催化剂 2%Ni/AC、2%Pt/AC、2%Ru/AC 和镍促进的碳化钨催化剂对于秸秆加氢催化进行了比较,具体结果见表3。从中可以看到,常规的加氢催化剂虽然能够转化秸秆,但是多元醇的收率很低(7-9 号催化剂)。特别是 Ru/AC 催化剂,由于其卓越的加氢能力,几乎所有的有机碳都转移到气相中了,生成大量的甲烷(85.5%)、乙烷 (11.6%) 和 CO_2(2.9%)。与此相比,镍促进的碳化钨催化剂能够较好的把秸秆转化为乙二醇和 1,2-丙二醇。2%Ni-W_2C/AC 催化剂上乙二醇和 1,2-丙二醇的收率达到最高值,分别为 16.6% 和 16.6%,这一结果同纤维素转化的结果是一致的[5]。当对比 2%Ni-W_2C/AC 催化剂上秸秆和纤维素的转化时,可以明显的看到秸秆更难于转化,经过 2h 的转化仍有 4% 的物质残留,而纤维素经 30min 就能完全转化,这主要的原因是木质素(7.5%)残留在秸秆中阻碍了纤维素的转化。木质纤维素和微晶纤维素转化的另外一点区别是两者多元醇的收率显著不同。在秸秆中乙二醇和 1,2-丙二醇的总收率为 33%,远远低于微晶纤维素 55% 的收率,同时更多的碳转移到气相中。木质纤维素为原料时气相中的碳含量都超过 20%。这些区别最主要的原因是木质纤维素中伴生的木质素的作用,木质素不仅难于降解而且还阻碍纤维素向多元醇的转化。为了考察木质素的影响,将提纯的木质素添加到纤维素中进行催化转化(表 3 中第 13 项),结果多元醇的收率降低了38%。这主要归因于木质素对催化剂的毒化作用。木质素在水热条件下降解成低分子量的酸和醛,这些物质不稳定,起到了毒化催化剂或进一步转化多元醇的作用。值得注意的是,当用秸秆为原料时,产物中 1,2-丙二醇的收率有所提高,从纤维素转化中的 6.6% 升高到 16.6%(表 3 中第 4 项)。当采用木糖(半纤维素的主要组成部分)作为原料时,木糖完全转化,1,2-丙二醇和乙二醇的收率比为 1.5:1(表 3 中第 11 项)。采用微晶纤维素和木糖作为原料时,也可以看到同样的促进作用。因此,秸秆中 1,2-丙二醇收率较高的原因可以归于秸秆中半纤维素的较高含量,这也从侧面说明半纤维素不仅没有毒化作用而且能很好地转化为多元醇。

表3 木质纤维素原料在不同催化剂下的催化转化

Tab. 3 Catalytic conversion of cellulosic materials over various
catalysts at 245℃ and 6MPa H_2 for 120min

No.	Feedstock [a]	Catalyst [b]	Con. /%	EG/%	1,2-PG /%	Xy. /%	Man. /%	Sor. /%	Gas yield[d]/%
1	Cellulose[c]	2%Ni-W_2C/AC	100	48.3	6.6	—	1.5	3.3	4.1
2	Cellulose	2%Ni-W_2C/AC	100	51.2	6.8	—	1.1	2.6	7.4
3	Corn stalk	1%Ni-W_2C/AC	94.7	9.0	8.0	2.3	—	—	26.7
4	Corn stalk	2%Ni-W_2C/AC	96.1	16.6	16.6	1.6	—	—	20.6
5	Corn stalk	4%Ni-W_2C/AC	91.7	10.3	12.8	—	—	—	25.5
6	Corn stalk	6%Ni-W_2C/AC	91.3	11.3	13.1	—	—	—	22.0
7	Corn stalk	2%Ni/AC	91.6	6.0	6.5	2.2	1.2	4.4	20.0
8	Corn stalk	2%Pt/AC	90.4	6.2	9.5	1.3	—	—	39.1
9	Corn stalk	2%Ru/AC	95.7	—	—	—	—	—	100
10	Glucose	2%Ni-W_2C/AC	100	30.6	3.8	—	1.4	4.5	18.0
11	Xylose	2%Ni-W_2C/AC	100	10.5	17.2	1.7	—	—	21.8
12	Cellulose and xylose	2%Ni-W_2C/AC	100	43.2	10.3	1.3	2.2	7.1	8.5
13	Cellulose and lignin	2%Ni-W_2C/AC	99.5	13.1	4.2	—	1.6	2.8	19.3

a cellulose denotes microcrystalline cellulose; corn stalk was pretreated with ammonia (15%) at 60℃ for 12h before use; Cellulose & xylose denotes a mixture of cellulose and xylose at weight ratio of 5/1; Cellulose & lignin denotes a mixture of cellulose and lignin at weight ratio of 5/1, where the lignin was prepared according to ref.[16].

b The loading of W is 30wt%.

c The reaction time is 30min.

d The gas product is mainly composed of CO, CO_2, CH_4, and C_2H_6.

在生物质原料的利用之中,预处理是最为耗时和最重要的阶段[17]。目前,对于预处理技术的开发和预处理技术对生物质发酵制备乙醇的影响有了深入的研究,但是生物质直接催化转化为多元醇的条件与酶转化差别很大,研究预处理技术对于催化加氢反应的影响将有助于大规模生物质转化的实现。图4考察了不同的预处理技术对于催化转化的影响。从中可以看到,经过预处理之后多元醇的收率都有明显的提高,特别是经过氨水、双氧水和高沸醇处理之后,乙二醇和1,2-丙二醇的收率达到30%～40%,而秸秆的转化率达到95%,这要远远高于秸秆原材料63%的转化率和6.3%的多元醇收率。其他的预处理方法,如超临界二氧化碳、石灰水和热水处理能够提高多元醇的收率,但是效率较低。如表1中所示不同的预处理方式会导致不同的结构组成,像氨水、双氧水和高沸醇这样的预处理方法能够得到60%～70%的纤维素,这要远高于秸秆中33%的含量,更重要的是有43%～75%的木质素从秸秆中脱除掉。而像超临界二氧化碳、石灰水和热水只能脱除微量(5%)的木质素,其多元醇收率没有明显的提高。秸秆的转化与其中木质素的含量相关,这也与上面提到的木质素阻碍纤维素的转化是一致的。有效地脱除秸秆中的木质素能够促进秸秆的转化和多元醇的收率。

　　不同的预处理方式脱除半纤维素的程度不同,这就得到了不同半纤维素含量但木质素含量相似的木质纤维素原料。如氨水和双氧水预处理之后含有 20wt％的半纤维素(表 1 中的第 4 项和第 5 项),这要明显高于丁二醇预处理之后的半纤维素 8％的含量(表 1 中的第 8 项),但三者却有相似的木质素含量(<2％)。因此,半纤维素对于反应的影响可以对比两者反应的结果得到。由图 4 可以看到,高半纤维素含量的木质纤维素原料催化转化后 1,2-丙二醇的收率(15％)要明显高于低半纤维素含量的木质纤维素原料(9％)。这也进一步证明了半纤维素在催化反应中有助于 1,2-丙二醇的生成。超临界二氧化碳预处理之后的木质纤维素原料中含有大部分的木质素而除去了大部分的半纤维素。在催化反应中超临界二氧化碳预处理的原料与未处理的秸秆一样难于转化,这说明木质素对于催化反应起到了主要的阻碍作用。韩国的 Kim[18]发现超临界预处理木质纤维素原料能够明显地提高糖的收率,而在本论文所研究的高温催化转化中,这一现象却没有出现,这也从侧面说明了不同的预处理方法对于酶转化和水热催化转化的不同影响。

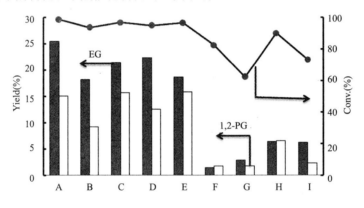

图 4　秸秆在不同预处理条件下的催化转化

Fig. 4　Results of catalytic conversion of corn stalk after various pretreatments

(Reaction conditions：2％Ni-30％W₂C/AC, 245℃ 150min)

(A. Ammonia and H_2O_2 steeping；B. Butanediol；

C. NaOH；D. H_2O_2；E. Ammonia steeping；F. Raw corn stalk；

G. Hot Water；H：Hot lime water；I：SC-CO_2)

　　结晶度是微晶纤维素的一个最重要指标,不同的预处理会产生不同结晶度的木质纤维素原料。从表 2 和图 4 可以看到,结晶度的提高似乎能够提高多元醇的收率,但是这主要因为高结晶度的原料中含有较高含量的纤维素。为了进一步考察结晶度的作用,采用球磨(400r/min, 4h, PM100)的方式降低结晶度,但是多元醇的收率没有明显的变化(EG 46.4％, 1,2-PG 7.4％),这说明结晶度在这样剧烈的水热条件下起到的作用并不是太大。

　　由于氧化和碱预处理方式的高效性和环境友好性,它们是生物质原料大规模利用潜在的预处理方式。图 5～图 7 进一步阐述了氨水、双氧水和两者结合后的催化转化后的结果。图 5 和图 6 为氨水和双氧水预处理后的木质纤维素原料随着时间催化转化为多元醇的情况。从中可以看出,随着反应时间的延长,多元醇的收率明显提高,但是两者到达最高点的时间是不一样的。对于双氧水预处理的木质纤维素原料,90min 内乙二醇的收率就达到最高点,再延长反应时间不能够提高乙二醇的收率;氨水预处理的木质纤维素则不同,在 150min 内乙二醇和 1,2-丙二醇随着时间的延长几乎是线性的增长,造成这两者区别的具体原因可能是两种预处理方式本身的性质不同。双氧水预处理能够通过氧化的方式脱除木质素,同时提高了纤维素和半纤维素的可及性。氨水预处理同样能够脱除木质素并且能够使秸秆的结构疏松,但是脱除的部分木质素在洗涤过程中又重新沉积到秸秆的表面,这样就明显的阻碍了纤维素的转化。

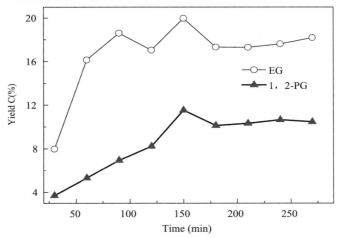

图 5　乙二醇和 1,2-丙二醇收率随着时间的变化(双氧水预处理)

Fig. 5　Effect of reaction time on yields of EG and
1,2-PG (Corn stalk pretreated with H_2O_2)

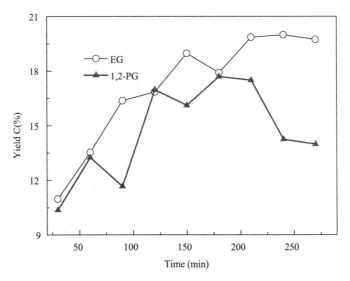

图 6　乙二醇和 1,2-丙二醇收率随着时间的变化(氨水预处理)

Fig. 6　Effect of reaction time on yields of EG and
1,2-PG (Corn stalk pretreated with ammonia)

　　图 7 为氨水和双氧水两种预处理方式组合后多元醇收率随时间的变化曲线。从中可以看到,多元醇的收率在 90min 内就升高到很高的值,这与双氧水预处理方式是一致的。进一步延长反应时间,则会发现多元醇的收率进一步提高到 44%,这要高于任何一种预处理方式,说明氨水-双氧水预处理方式能够保持两种预处理方式的优点,能够促进秸秆的高效转化。

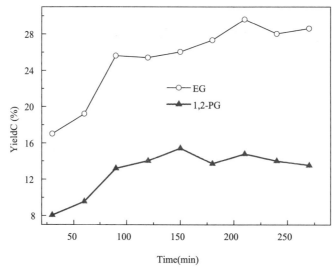

图 7　乙二醇和 1,2-丙二醇收率随着时间的变化(氨水-双氧水预处理)
Fig. 7　Effect of reaction time on yields of EG and 1,2-PG
(Corn stalk pretreated with ammonia and H_2O_2)

4　结论

　　镍促进的碳化钨催化剂可将预处理后的秸秆高效转化为乙二醇和 1,2-丙二醇。预处理方式对于秸秆的催化转化效率具有重要影响。其中,氨水、双氧水、氢氧化钠和丁二醇预处理后的秸秆催化转化的效率要明显高于超临界二氧化碳、石灰水和热水等预处理方式。

　　不同预处理方式造成催化结果差异的最主要原因是预处理后的原料组成不同。木质纤维素中的木质素以空间阻碍和毒化催化剂的方式降低了秸秆的转化率和多元醇的收率,而在秸秆中的半纤维素能够有效的转化为乙二醇和 1,2-丙二醇,对纤维素的转化没有阻碍作用。氨水、双氧水、氢氧化钠和丁二醇等预处理能有效的除去秸秆中的木质素并保留一定的半纤维素,而超临界二氧化碳、石灰水和热水等预处理方式却对木质素没有有效地脱除作用,这造成了最后反应结果的差异。从环境友好、高效和低成本的角度来看,氨水和低浓度双氧水是有效的预处理方式,处理后的木质纤维素能高效转化为乙二醇和 1,2-丙二醇,两者的收率达到 44%。

参考文献

[1] G. W. Huber, S. Iborra, A. Corma. Synthesis of transportation fuels from biomass: chemistry, catalysts, and engineering [J]. Chem. Rev. , 2006, (106): 4044~4098.

[2] A. Corma, S. Iborra, A. Velty. Chemical routes for the transformation of biomass into chemicals [J]. Chem. Rev. , 2007, (107): 2411~2502.

[3] 崔小明. 我国乙二醇开发利用前景广阔[J]. 中国石油和化工, 2010, (4): 16~18.

[4] N. Ji, T. Zhang, M. Y. Zheng, et al. Direct catalytic conversion of cellulose into ethylene glycol using Nickel-promoted tungsten carbide Catalysts [J]. Angew. Chem. Int. Ed. , 2008, (47): 8510~8515.

[5] N. Ji, T. Zhang, M. Y. Zheng, et al. Catalytic conversion of cellulose into ethylene glycol over supported carbide catalysts [J]. Catal. Today, 2009, (147): 77~85.

[6] M. Y. Zheng, A. Q. Wang, N. Ji, et al. Transition metal-tungsten bimetallic catalysts for the conversion of cellulose into ethylene glycol [J]. Chem. Sus. Chem. , 2010, (3): 63~66.

[7] Y. H. Zhang, A. Q. Wang, T. Zhang. A new 3D mesoporous carbon replicated from commercial silica as a catalyst support for direct conversion of cellulose into ethylene glycol [J]. Chem. Commun. , 2010, (46): 862~864.

[8] 吕艳娜, 张运展. 玉米秸秆的综合利用 [D]. 大连: 大连轻工业学院.

[9] M. Yoshida, Y. Liu, S. Uchida, et al. Effects of cellulose crystallinity, hemicellulose, lignin on the enzymatic hydrolysis of miscanthus sinensis to monosaccharides [J]. Biosci. Biotechnol. Biochem. , 2008, (72): 805~810.

[10] K. Öhgren, R. Bura, J. Saddler, G. Zacchi. Effect of hemicellulose and lignin removal on enzymatic hydrolysis of steam pretreated corn stover[J]. Bioresour. Technol. , 2007, (98): 2503~2510.

[11] H. K. Goering, P. J. Van Soest. Forage fiber analysis (apparatus, reagents, procedures, and some applications). USDA-ARS Agriculture Handbook [M]. Government Printing Office, Washington, DC. 1970, (379): 1~20.

[12] S. F. Chen, R. A. Mowery, C. J. Scarlata, C. K. Chambliss. Compositional analysis of water-soluble materials in corn stover [J]. J. Agric. Food. Chem. , 2007, (55): 5912~5918.

[13] R. Kumar, G. Mago, V. Balan, C. E. Wyman. Physical and chemical characterizations of corn stover and poplar solids resulting from leading pretreatment technologies[J]. Bioresour. Technol. , 2009, (100): 3948~3962.

[14] Y. F. He, Y. Z. Pang, Y. P. Liu, X. J. Li, K. S. Wang. Physicochemical characterization of rice straw pretreated with sodium hydroxide in the solid state for enhancing biogas production [J]. Energy Fuels, 2008, (22): 2775~2781.

[15] 杨淑蕙. 植物纤维化学[M]. 北京:中国轻工业出版社.

[16] A. Rodriguez, L. Serrano, A. Moral, L. Jimenez. Pulping of rice straw with high-boiling point organosolv solvents[J]. Biochem. Eng. J. , 2008, (42): 243~247.

[17] D. J. Hayes. An examination of biorefining processes, catalysts and challenges [J]. Catal. Today, 2008, (145): 138~151.

[18] K. H. Kim, J. Hong. Supercritical CO_2 pretreatment of lignocellulose enhances enzymatic cellulose hydrolysis [J]. Bioresour. Technol. , 2001, (77): 139~144.

Catalytic Conversion of Corn Stalk to Glycols

PANG Ji-feng[1,2]　　**ZHENG Ming-yuan**[1]　　**WANG Ai-qin**[1]　　**ZHANG Tao**[1]

(1. *State Key Laboratory of Catalysis, Dalian Institute of Chemical Physics,*
Chinese Academy of Sciences, Dalian 1160233,*China;*
2.*Graduate School of the Chinese Academy of Sciences, Beijing* 100049, *China*)

Abstract　　The catalytic conversion of corn stalk to glycols [ethylene glycol (EG) and 1,2-propylene glycol (1,2-PG)] was carried out in aqueous solution and hydrogen atmosphere over nickel modified tungsten carbide catalysts. Before reaction, eight kinds of pretreatments were employed on the corn stalk to obtain the cellulosic feedstock with different components and structures. The chemical composition, crystallinity, and microstructure of the raw and pretreated corn stalk were determined by composition analysis methods, X-ray diffraction (XRD), Fourier-transform infrared spectra (FT-IR) and scanning electron microscopy (SEM). Notable differences were observed in the catalytic performance of cellulosic feedstock before and after pretreatments. Compared to the raw corn stalk, the corn stalk after pretreatments with ammonia, 1,4-butanediol, NaOH, and H_2O_2 produced much higher glycols yields in the catalytic conversions. Other pretreatments with SC-CO_2, lime, and hot water also slightly improved the glycols yields and corn stalk conversion. The hemicellulose in the corn stalk was found to be effectively converted into 1,2-PG and EG, and did not hinder the cellulose conversion. However, lignin was very hard to be degraded in the reaction. Meanwhile, it decreased the glycols yields possibly due to wrapping the cellulose component and poisoning the catalysts. The crystallinity of cellulose did not show remarkable influence on the glycols production. In view of the environmental benignity and the low cost, the pretreatments of corn stalk with ammonia and diluted H_2O_2 solution were suitable ways to deligninfy corn stalk for the catalytic conversion. The resulting cellulosic feedstock was readily to be converted into EG and PG at yield of more than 40%.

Keywords　　Corn stalk, Cellulose, Hydrogenation, Pretreatment, Ethylene glycol

磷化镍双功能催化剂在纤维素转化制山梨醇反应中的应用*

丁李宁　王爱琴　郑明远　张涛

（中科院大连化学物理研究所催化国家重点实验室，大连，116023）

摘要　将磷化镍催化剂首次应用于纤维素转化制山梨醇反应中，利用磷化镍催化剂具有酸中心和加氢活性中心的双功能性质，将纤维素高选择性的转化为山梨醇。通过调变催化剂初始的 Ni/P 摩尔比，可以对磷化镍催化剂上的酸中心和加氢活性中心数量进行调变。当反应采用初始摩尔比为 Ni：P＝1：2 的磷化镍催化剂时，反应得到的山梨醇产率最高，达到 48.8%。由于双中心作用，在纤维素转化制山梨醇反应中磷化镍催化剂表现出了优于贵金属催化剂的催化性能。

关键词　磷化镍，纤维素，山梨醇，双功能性质

1　引言

纤维素作为生物质的主要组成成分，是世界上储量最丰富的生物高聚物。以纤维素这种可再生资源作为原料，可以将其转化为多种化学品及燃料[1~3]。但由于纤维素结构中存在大量的 H 键，使得在反应中纤维素结构很难被破坏，纤维素的水解反应很难进行，使其成为了整个纤维素转化反应中的制约步骤。人们尝试了很多方法来希望实现纤维素的有效水解。Sasaki 等[4,5]以纤维素为原料，在近临界或超临界水条件下，利用其产生的 H+ 催化纤维素水解反应。但采用这种方法，由于反应过程很难控制，得到副产物较多，使得目标产物选择性降低，而且这个过程能耗较大。另一种方法是采用酶催化纤维素水解生成葡萄糖[6]，此方法由于活性较低，水溶性产物分离困难，酶成本高，所以限制了此方法的应用。而目前工业界主要采用以硫酸，盐酸，磷酸等无机酸作为酸催化剂，进行纤维素的水解反应[7]，此类酸催化剂不但使得整个过程环境不友好，而且对设备造成了腐蚀，同时均相催化剂也无法重复利用。而采用非均相固体催化剂将纤维素直接一步催化转化制成山梨醇则解决了以上的问题。此过程不仅环境友好，催化剂可以重复使用，而且使得整个过程具有原子经济性，成为了科学界新的研究方向。2006 年，Fukuoka 和 Dhepe[8]首次利用 Pt/Al₂O₃ 作为催化剂进行纤维素直接转化反应，其中山梨醇的产率为 26%，甘露醇的产率为 5%。为了

---

* "973"计划资助项目（项目编号：2009CB226102）；国家自然科学基金资助项目（项目编号：20903089）

联系人：张涛，E-mail：taozhang@dicp.ac.cn

进一步提高转化效率,Liu 等人[9]采用 Ru/C 催化剂,将反应温度提高到 245℃,利用高温下水释放出的 H+ 促进纤维素水解,使得六元醇产率提高到接近 40%。以上工作开辟了一条新的将纤维素转化为多元醇的绿色方法。但是由于目标产物较低的选择性及及贵金属催化剂昂贵的价格使得催化剂体系有待于进一步改善。

过渡金属氮化物、碳化物和磷化物作为一类新材料在许多涉氢反应中表现出了类似于贵金属的催化性质。在以前的工作中,我们发现 Ni 促进的 W_2C/AC 催化剂在直接催化转化纤维素到多元醇反应中表现出了良好的催化活性,其中乙二醇的产率可以达到 61.0%[10]。随后,我们又将 W_2C 负载在具有三维孔道结构的碳材料上,在没有助剂 Ni 的情况下,乙二醇产率达到了 73%[11]。以上研究结果充分说明了采用非贵金属催化剂体系来代替贵金属体系的可能性。本文采用磷化物作为催化剂首次将其应用于纤维素转化制山梨醇的反应中,详细研究了磷化镍催化剂中不同磷含量对于反应的影响。

2　实验

2.1　催化剂制备方法

我们采用浸渍法制备担载量为 16% 的 Ni_2P/AC 催化剂。在室温下,将 0.92g 硝酸镍溶于蒸馏水,再加入 0.83g 磷酸氢二铵,搅拌至生成沉淀,加入少量稀硝酸将沉淀溶解,然后等体积浸渍到 1g 活性炭载体,静置过夜,120℃ 干燥 12h,得到担载型 Ni_2P/AC 催化剂的前驱体。将前驱体在 H_2 气流中程序升温还原:1h 内升到 350℃,接着以 1℃/min 的升温速率升至 600℃,并在该温度下保持 1h。在氢气气氛下降至室温后,通入 1% O_2/N_2(v/v)混合气将催化剂表面钝化,即制得担载型 Ni_2P/AC 催化剂。根据以上的方法我们制备了在等摩尔 Ni/P 情况下,不同磷含量的 Ni_2P/AC 催化剂,分别为 Ni/P=1/0.75、1/1、1/2、1/3。

与 Ni_2P/AC 制备方法类似,Co_2P/AC、Fe_2P/AC、MoP/AC 和 WP/AC 也采用程序升温氢气还原的方法制备,其中 Co_2P/AC 和 Fe_2P/AC 的还原温度均为 600℃,而 MoP/AC 和 WP/AC 的还原温度为 700℃。

2.2　催化转化纤维素

催化转化纤维素的反应是在反应釜中进行的。反应温度为 225℃,氢气初始压力为 6MPa。具体的步骤如下:将 0.5g 纤维素、0.15g 催化剂和 50mL 水加入 100mL 反应釜中,氢气置换 6 次后充压到 6MPa 氢气,在 1000r/min 的搅拌速度下升温到 225℃ 后保温 90min。液相产物经过滤后采用高效液相色谱(HPLC)进行分析。多元醇产物的收率以碳为基准进行计算:收率(C%)=(多元醇中碳的摩尔数)/(原料纤维素中碳的摩尔数)×100%。

3　结果与讨论

负载型 Ni_2P 催化剂作为一种双功能催化剂在 HDN[12,13] 和 HDS[12~20] 反应中表现出了其独特的催化性能。在制备催化剂过程中不可避免地会有部分磷酸盐吸附在载体上，未被还原，这样就造成了还原后仍有部分磷酸盐残留在催化剂表面。由于这部分磷酸盐具有一定酸性，在负载型 Ni_2P 催化剂上形成酸性中心[13,17]。另一方面，由于 Ni_2P 本身是一种性能优异的加氢催化剂，这就使得 Ni_2P/AC 催化剂上存在两种活性中心，即酸性中心和加氢活性中心，而两种活性中心的比例可以通过改变前驱体中 Ni 与 P 的比例来进行调控。这种可调变的双功能催化作用使得负载型磷化镍催化剂有潜力应用于纤维素加氢反应中。

3.1　Ni_2P/AC 催化剂上不同磷含量对晶相的影响

图 1 给出了前驱体中不同镍磷比的 $16\%Ni_2P/AC$ 的 XRD 谱图结果。当前驱体中磷含量较少时，即摩尔比 $Ni/P=1/0.75$ 时，催化剂的 XRD 特征峰为单一晶相的 Ni_2P。当提高前驱体中磷含量至摩尔比 $Ni/P=1/1$ 时，还原后的催化剂除了具有 Ni_2P 晶相外，还出现了 Ni_5P_4 的 XRD 特征峰。继续增加磷含量至摩尔比 $Ni/P=1/2$，除了 Ni_2P 和 Ni_5P_4 晶相外，还出现了 $Ni(P_3)_2$ 晶相。当前驱体中 Ni/P 的摩尔比达到 1/3 时，$Ni(PO_3)_2$ 晶相的强度甚至超过了 Ni_2P 晶相。由此可以看出，随着前驱体中磷含量的增加，还原后得到的催化剂中磷酸盐的含量逐渐增加。

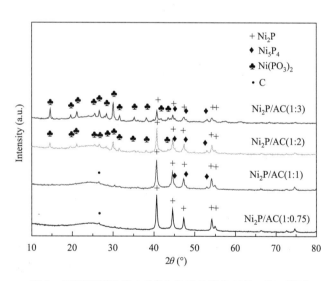

图 1　不同镍磷比的 $16\%Ni_2P/AC$ 催化剂的 XRD 谱图

Fig. 1　XRD patterns of carbon supported nickel
phosphides prepared with different initial Ni/P ratios

3.2　Ni_2P/AC 催化剂上不同磷含量纤维素转化的影响

表 1 所示为不同磷化物催化剂催化纤维素转化反应结果。随着磷含量的逐渐提高，纤维素转化率也从 82% 提高至 100%，而山梨醇的收率则先随 P 含量的增加而提高，而后有所下降。其中，$16\% Ni_2P/AC(1∶2)$ 催化剂表现出了最佳的纤维素转化率和山梨醇

产率。在498K、6MPa氢气条件下反应90min后，纤维素完全转化而山梨醇产率达到了48.4%。与主产物山梨醇相比，其他产物甘露醇、乙二醇、1,2-丙二醇及木糖醇产率均低于10%。在表1中同样给出了不同金属磷化物如Co_2P/AC、Fe_2P/AC、MoP/AC和WP/AC催化剂的纤维素转化制多元醇反应结果。其中以Co_2P/AC为催化剂时，主要产物为山梨醇，产率达到16.1%。而采用Fe_2P/AC为催化剂时，其山梨醇产率只有4.9%；同时，纤维素的转化率也较低，只有61%。当以MoP/AC和WP/AC为催化剂时，反应主要产物为乙二醇，其中在WP/AC催化剂上得到的乙二醇产率达到了26.5%，表现出与W_2C类似的催化性能[10]。

表1　不同磷化物催化剂纤维素转化反应结果

Tab. 1　Conversions of cellulose and yields of polyols over various phosphide catalysts

Entry	Catalysts	Yields（%）					Conversion（%）
		Sorbitol	Ethylene-glycol	Mannitol	Xylitol	1,2 Propylene-glycol	
1	16%Ni_2P/AC(1∶0.75)	32.7	8.5	5.1	0.5	4.2	82
2	16%Ni_2P/AC(1∶1)	36.5	9.1	5.6	0.4	3.9	93
3	16%Ni_2P/AC(1∶2)	48.4	8.2	4.7	0.7	2.2	100
4	16%Ni_2P/AC(1∶3)	36.3	7.1	4.8	0.6	3.7	100
5	16% Co_2P/AC (2∶1.1)	14.3	8.1	2.9	0.6	5.8	72
6	16% Fe_2P/AC (2∶1.1)	4.4	0.3	2.3	1.0	2.1	61
7	16% MoP/AC (1∶2)	8.6	10.8	2.6	3.6	5.1	100
8	16% WP/AC (1∶1.1)	1.2	26.5	0.4	0.6	2.3	94

3.3　不同磷含量Ni_2P/AC催化剂的表征结果

纤维素转化生成山梨醇主要包括两个反应步骤：① 纤维素通过酸中心催化水解生成葡萄糖；② 葡萄糖在金属活性中心的催化下进一步加氢，生成山梨醇。对于Ni_2P/AC催化剂，我们采用NH_3吸附和CO吸附分别来定量表征催化剂上的酸性中心及加氢中心数量，试图以此探讨影响催化剂活性和山梨醇选择性的因素。

表2　不同镍磷比的16%Ni_2P/AC催化剂的吸附表征结果

Tab. 2　Chemisorption results of CO and NH_3 on different nickel phosphide

Catalyst	Actual Ni/P molar ratio	CO uptake(μmol/g)	NH3 uptake(μmol/g)
16% Ni_2P/AC (1∶0.75)	1∶0.61	23.8	77.6
16% Ni_2P/AC (1∶1)	1∶0.70	23.7	83.0
16% Ni_2P/AC (1∶2)	1∶1.25	20.8	133.3
16% Ni_2P/AC (1∶3)	1∶1.83	11.1	179.9

从表2所示的结果可以看到，随着催化剂中磷含量的增加，催化剂的CO吸附值逐渐降低，而同时NH_3的吸附量则逐渐增加。这说明随着催化剂中磷含量的增加，催化剂表面的酸性中心逐渐增加，而加氢中心活性位逐渐减少。这可能是由于过量的磷酸盐覆盖

了部分加氢活性位。而通过表 1 的反应结果可以看出,随着磷含量的增加,纤维素的转化率逐渐增加。显然,纤维素的转化率主要决定于催化剂表面的酸中心数。但是对于山梨醇的选择性而言,则需要催化剂表面的酸中心与加氢中心数具有合适的比例,所以尽管 16%Ni$_2$P/AC(1∶3)催化剂上酸性中心较多,但由于其加氢中心数的减少使得最终生成的山梨醇产率降低。而对于 16%Ni$_2$P/AC(1∶1)及 16%Ni$_2$P/AC(1∶0.75)催化剂,尽管催化剂的加氢中心数量增加,但酸性中心的减少使得催化剂的转化率下降,多元醇的产率没有提高。只有当催化剂表面上酸性中心及加氢中心处于合适的比例时,才能得到较高的山梨醇的产率。所以当前驱体中 Ni/P 摩尔比为 1/2 时,催化剂 16%Ni$_2$P/AC 表现出了最好的催化性能,山梨醇产率达到 48.4%。

4　结论

我们首次将负载型 Ni$_2$P/AC 催化剂应用于纤维素转化制多元醇反应中,发现其表现出了良好的催化性能。通过 CO 及 NH$_3$ 表征及反应结果表明,催化剂表面具有酸性中心和加氢中心两种活性中心,分别对反应过程中所涉及到的水解反应和加氢反应起到明显的促进作用。当催化剂表面酸性中心数和加氢活性中心数处于合适的比例时,可以获得最高的六元醇收率。

参考文献

[1]　J. N. Chheda, G. W. Huber, J. A. Dumesic. Liquid-Phase catalytic processing of biomass-derived oxygenated hydrocarbons to fuels and chemicals [J], Angew. Chem. Int. Ed. ,2007, (46):7166~7183.

[2]　P. L. Dhepe, A. Fukuoka. Cellulose conversion under heterogeneous catalysis [J], Chem. Suc. Chem. ,2008, (1): 969~975.

[3]　R. Rinaldi, F. Schüth. Design of solid catalysts for the conversion of biomass [J],Energy & Environ. Sci. , 2009,(2):610~626.

[4]　M. Sasaki, Z. Fang, Y. Fukushima, T. Adschiri, K. Arai. Dissolution and hydrolysis of cellulose in subcritical and supercritical water [J], Ind. Eng. Chem. Res. ,2000,(39): 2883~2890.

[5]　S. Saka, T. Ueno. Chemical conversion of various celluloses to glucose and its derivatives in subcritical and supercritical water [J], Cellulose, 1999, (6): 177~191.

[6]　G. W. Huber, S. Iborra, A. Corma. Synthesis of transportation fuels from biomass: Chemistry, Catalysts and Engineering [J], Chem. Rev. 2006, (106): 4044~4098.

[7]　J. M. Robinsona, C. E. Burgessb, M. A. Bentlya, et al. The use of catalytic hydrogenation to intercept carbohydrates in a dilute acid hydrolysis of biomass to effect a clean separation from lignin [J]. Biomass and Bioenergy, 2004,(26): 473~483.

[8]　A. Fukuoka, P. L Dhepe,Catalytic conversion of cellulose into sugar alcohols [J]. Angew. Chem. Int. Ed. , 2006,(45): 5161~5163.

[9]　C. Luo, S. Wang, H. C. Liu. Cellulose conversion into polyols catalyzed by reversibly formed acids and supported ruthenium clusters in hot Water [J], Angew. Chem. Int. Ed. ,2007, (46): 7636~7639.

[10]　N. Ji, T. Zhang, M. Y. Zheng, et al. Direct catalytic conversion of cellulose into ethylene glycol using Ni-promoted tungsten carbide catalysts [J]. Angew. Chem. Int. Ed. , 2008, (47): 8510~8513.

[11] Y. H. Zhang, A. Q. Wang, T. Zhang. A new 3D mesoporous carbon replicated from commercial silica as a catalyst support for direct conversion of cellulose into ethylene glycol [J]. Chem. Commun. , 2010, (46): 862~864.

[12] X. Wang, P. Clark, S. T. Oyama. Synthesis, characterization, and hydrotreating activity of several iron group transition metal phosphides [J]. J. Catal. ,2002, (208): 321~331.

[13] Y. K. Lee, S. T. Oyama. Bifunctional nature of a SiO$_2$-supported Ni$_2$P catalyst for hydrotreating: EXAFS and FTIR studies [J],J. Catal. ,2006, (239): 376~389.

[14] A. W. Burns, A. F. Gaudette, M. E. Bussell. Hydrodesulfurization properties of cobalt-nickel phosphide catalysts: Ni-rich Material are highly active [J]. J. Catal. 2008, (260): 262~269.

[15] S. J. Sawhill, D. Phillips, M. E. Bussell. Thiophene hydrodesulfurization over supported nickel phosphide catalysts [J], J. Catal. 2003, (215): 208~219.

[16] S. J. Sawhill, K. A. Layman, D. R. Van Wyk, et al. Thiophene hydrodesulfurization over supported nickel phosphide catalysts: Effect of the precursor composition and support [J]. J. Catal. ,2005, (231): 300~313.

[17] I. I. Abu, K. J. Smith. The effect of cobalt addition to bulk MoP and Ni$_2$P catalysts for the hydrodesulfuriza-tion of 4, 6-dimethyldibenzothiophene [J]. J. Catal. ,2006, (241): 356~366.

[18] Y. Y. Shu, S. T. Oyama. Synthesis, characterization, and hydrotreating activity of carbon-supported transition metal phosphides [J]. Carbon, 2004, (43): 1517~1532.

[19] S. F. Yang, R. Prins. New synthesis method for nickel phosphide hydrotreating catalysts [J], Chem. Commun. , 2005: 4178~4180.

[20] S. F. Yang, C. H. Liang, R. Prins. A novel approach to synthesizing highly active Ni$_2$P/SiO$_2$ hydrotreating catalysts [J]. J. Catal. ,2006, (237): 118~130.

Selective transformation of cellulose into sorbitol using a bifunctional nickel phosphide catalyst

DING Li-ning　WANG Ai-qin　ZHENG Ming-yuan　ZHANG Tao

(*State Key Laboratory of Catalysis, Dalian Institute of Chemical Physis,*
Chinese Academy of Sciences, PO Box 110, Dalian 116023, China)

Abstract　Nickel phosphide (Ni$_2$P) has been for the first time explored as an efficient catalyst for the conversion of biomass to sorbitol. With both the acid sites and metallic sites existing on the Ni$_2$P catalyst surface, cellulose was highly selectively transformed into sorbitol. Such a bifunctional property can be tuned by initial ratio of nickel to phosphorus, leading to an interesting dependence of the catalytic performance on Ni/P ratio. Among Ni$_2$P/AC catalysts with different initial Ni/P ratios, the sample Ni$_2$P/AC with initial Ni/P ratio of 1/2 gave the best conversion of cellulose and the yield of sorbitol up to 48. 4%. This result was significantly superior to that achieved on precious metal catalysts, and could be attributed to the suitable cooperation between the two types of active sites.

Keywords　Nickel phosphide, Cellulose, Sorbitol, Biomass, Bifunctional

NRTL、UNIQUAC 和 Wilson 模型计算 U. S. EPA 优先控制污染物列表中化学污染物脱除的理论能耗[*]

吉远辉　黄文娟　陆小华　冯新　杨祝红

(南京工业大学 材料化学工程国家重点实验室，南京 210009)

摘要　本文用物理法定量分析 U. S. EPA 优先污染物中 20 种代表性有机污染物(9 种氯代烷烃,3 种氯化烯烃,3 种溴化甲烷,5 种芳香族碳氢化合物及其衍生物)脱除的理论能耗。我们先前建立了基于热力学第一和第二定律的热力学分析方法,运用此方法由 NRTL, UNIQUAC 和 Wilson 模型计算得到在 298.15K 和 $1.01\,325\times10^5$ Pa 下有机污染物从不同初始浓度脱除的热力学能耗规律。结果显示废水处理为高能耗过程,且随着污染物初始浓度的降低理论能耗增加。除了 1,1,2,2-四氯乙烷,在氯化甲烷,乙烷,乙烯和溴化甲烷中,随着 C—H 键被 C—Cl 或 C—Br 键取代,能耗降低。同样的 C—H 键被 C—Cl 键取代后,脱除氯化甲烷的能耗比氯化乙烯的能耗高。对于氯化乙烯,溴化甲烷,苯及其衍生物的脱除,能耗和溶解度相关,且溶解度越大,脱除有机污染物所需的能耗越大。

关键词　热力学模型,理论能耗,有机污染物脱除,节能,溶解度

1　引言

　　水的有机污染物是全球最严重的污染之一,引起了越来越多的关注[1~3]。对工业,农业及室内排放的污水进行处理在解决全球范围的水污染上起着重要的作用。在污水处理厂,物理法被大规模应用来减少有机污染物、消除治病的微生物、改善水质,使水以最小的影响重复使用或排放到环境中[4~8]。然而,确定这些过程是否可行的最重要的标准之一就是确定理论能耗,因为其决定了过程的最终成本[9]。许多传统的处理技术都被高成本限制[10]。使用碳燃料带来的环境污染和能源枯竭等问题,迫使我们关注能耗问题[11,12]。可持续发展需要我们寻求新能源和能源消耗的新方法[12]。在我们的前期工作中,提出了节能机制的热力学框架[13]。由该框架可知物理法处理废水的热力学理论能耗是废水处理过程节能潜力和废水过程的重要基础数据。在前期的工作中,我们建立一种根据热力学第一和第二定律计算物理法脱除有机污染物理论极限能耗的热力学分析方

---

　　[*] 联系人:陆小华,E-mail: xhlu@njut. edu. cn

法。此外,我们还研究了在 298.15K 和 1.013 25×10⁵Pa 的条件下,不同初始浓度的甲苯废水对脱除 10 000t 甲苯到 50mg/kg 的理论能耗的影响,并与处理相同量的溴仿、氯乙烷、氯甲烷做了比较。我们观察到理论能耗和 COD 去除量线性相关。系统地研究 U. S. EPA 优先控制污染物列表中化学污染物从不同初始浓度废水中脱出的理论极限能耗和不同热力学模型对理论极限能耗分析得影响具有重要意义,但这方面的研究还较为缺乏。结合之前建立的热力学分析方法,本文将研究 298.15K 和 1.013 25×10⁵Pa 下用物理法将 20 种有机污染物(9 种氯代烷烃、3 种氯化烯烃、3 种溴化甲烷、5 种芳香族碳氢化合物及其衍生物)从不同初始浓度脱除到 100×10⁻⁶ 的理论极限能耗。

2　原理

2.1　理论能耗的热力学分析方法

为研究物理法脱除有机污染物的理论能耗,我们之前建立了一种基于热力学第一和第二定律的热力学分析方法。该方法由图 1 简要说明。图 1 显示,系统 1 表示将废水 I 脱出有机物 A 至废水 II 的物理分离过程(1),根据图 1 可知该过程是非自发过程,即该过程的吉布斯自由能变为正值,($\Delta G_1 > 0$)。为了使该过程的 Gibbs 自由能变为负值,环境 2 必须向系统 1 中输入能量。

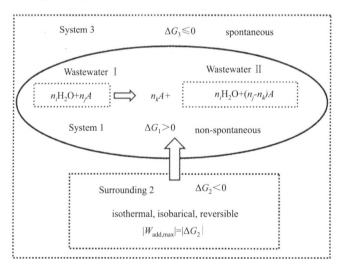

图 1　物理法脱除有机污染物理论能耗的热力学分析方法
Fig. 1　Illustration of the thermodynamic analysis method of the
theoretical limit of energy consumption for the process of the
removal of organic contaminants by physical methods

$$废水\ I(n_i H_2O + n_j A) \longrightarrow 废水\ II(n_i H_2O + n_k A) + (n_j - n_k)A \qquad (1)$$

分离过程(1)的实现需耦合环境系统 2,环境 2 需向系统 1 提供 Gibbs 自由能变的负贡献 ΔG_2 ($\Delta G_2 < 0$),对于环境 2,在恒温恒压下,运用热力学第一和第二定律,如果过程

是可逆的,做功达到最大值,即

$$|w_{\text{add,max}}| = |\Delta G_2| \tag{2}$$

推导过程见我们的前期工作[13]。

系统 3 为结合系统 1 和环境 2 的系统。为了脱除废水 I 中的有机污染物 A 至废水 II,系统 3 应为自发过程,因此

$$\Delta G_3 = \Delta G_1 + \Delta G_2 \leqslant 0 \tag{3}$$

从而

$$|w_{\text{add,max}}| = |\Delta G_2| \geqslant \Delta G_1 \tag{4}$$

由式(4)可知,环境 2 需向系统 1 提供的最小非膨胀功等于 ΔG_1 的数值,即

$$|w_{\text{add,min}}| = \Delta G_1 \tag{5}$$

因此,物理法脱除有机污染物过程的理论极限能耗可由式(5)计算得到。

2.2　物性方法和模型

不同浓度液体混合溶液的吉布斯自由能可由我们先前介绍的方法计算得到[13]。在这篇工作中,298.15K 、1.01325 × 10^5 Pa 下的过剩摩尔自由能可由状态方程(6)得到,即

$$G_m^{E,l} = RT \sum_i x_i \ln \gamma_i \tag{6}$$

活度系数 γ_i 可由 NRTL[16, 17] , UNIQUAC[17~20] 和 Wilson 活度系数模型[21]计算得到。三种过量 Gibbs 自由能模型 NRTL , UNIQUAC 和 Wilson g^E 模型的二元参数由 Dortmund Data Bank (DDB)[22] 所提供的实验数据回归得到。

3　结果和讨论

本文研究了采用物理法从不同初始浓度的 20 种代表性有机污染物废水中分别脱除一定量污染物至 100×10^{-6} 水溶液的理论极限能耗。有机物的脱除量为 1000kg。计算结果如图 2~5。从图 2 到 5 中可以看出,污染物脱除过程需要较高的能耗。对本文所考察的所有有机污染物而言,其脱除过程的理论极限能耗随废水中污染物初始浓度的减小而不断增加。如图 2 所示,除 1,1,2,2-四氯乙烷外,物理法脱除氯代烷烃的理论极限能耗随氯代甲烷和氯代乙烷中取代 C—H 键的 C—Cl 键增加而减小。当取代 C—H 键的 C—Cl 键数目相同时,脱除氯代甲烷的理论极限能耗较氯代乙烷更高。由理论极限能耗的具体数值可知,对二氯甲烷和 1,1,2,2-四氯乙烷的脱除而言,三种活度系数模型的计算结果之间各有偏差。其中,对二氯甲烷的脱除而言,由 UNIQUAC 模型计算的结果比由 NRTL 和 Wilson 模型计算的结果大;而对 1,1,2,2-四氯乙烷的脱除而言,由 NRTL 模型计算的结果比由 UNIQUAC 和 Wilson 模型计算的结果大。对氯甲烷的脱除而言,由 NRTL 和 Wilson 模型计算得到的结果相近且较 UNIQUAC 模型计算的结果大。对 1,2-二氯乙烷的脱除而言,由 NRTL 和 Wilson 模型计算得到的结果相近且比由 UNIQUAC 模型计算的结果小。对氯乙烷、三氯甲烷、1,2-二氯丙烷、1,1,1-三氯乙烷和四氯化碳的脱除而言,由 Wilson 模型计算得到的理论极限能耗比由 NRTL 和 UNIQUAC 模型计算得到的结果大很多,而对相同体系

而言,由 NRTL 和 UNIQUAC 模型计算得到的结果相近。

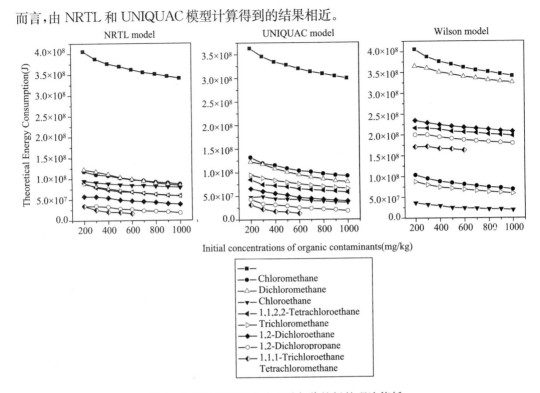

图 2　物理法脱除废水中 9 种氯代烷烃的理论能耗

Fig. 2　The theoretical limit of energy consumption for the removal of
nine chlorinated alkyl hydrocarbons in aqueous solutions by physical methods

表 1　代表性化合物在 298.15K 、1.01325 × 10⁵ Pa 分压下水中的溶解度

Tab. 1　Aqueous solubility of representative organic compounds at 298.15K when the partial
pressure of the compound above the solution is 1.01325×10^5 Pa

Organic compounds		Solubility[23] (g/L)
Chlorinated alkyl hydrocarbons	dichloromethane	17.6
	1,2-dichloroethane	8.6
	trichloromethane	8
	chloroethane	6.7
	chloromethane	5.35
	1,1,2-tetrachloroethane	2.83
	1,2-dichloropropane	2.74
	1,1,1-trichloroethane	1.29
	tetrachloromethane	0.65
Chlorinated ethenes	chloroethene	2.7
	1,1-dichloroethene	2.42
	trichloroethene	1.28

Organic compounds		Solubility[23] (g/L)
Brominated methanes	bromomethane	18. 3
	dibromomethane	11. 5
	tribromomethane	3
Benzene and its derivatives	phenol	94. 8
	aniline	35
	benzene	1. 78
	toluene	0. 531
	chlorobenzene	0. 484

　　如图 3 所示,对氯代乙烯的脱除而言,其理论极限能耗大小次序为:氯乙烯 > 1,1-二氯乙烯 > 三氯乙烯,表明物理法脱除氯代乙烯的理论极限能耗随氯代乙烯中取代 C—H 键的 C—Cl 键增加而减小。对氯乙烯和 1,1-二氯乙烯的脱除而言,采用 NRTL 和 Wilson 模型计算的结果相同,且比 UNIQUAC 模型计算的结果大。对三氯乙烯的脱除而言,由 NRTL 模型计算得到的理论极限能耗比由 Wilson 模型计算的结果更大。由于采用 UNIQUAC 模型计算得到的结果为负,故该模型不适合三氯乙烯水溶液体系性质的计算。

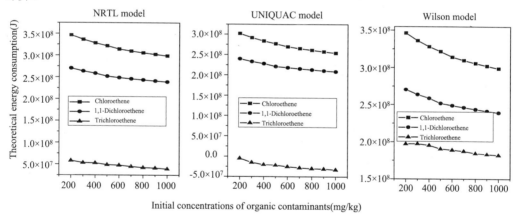

图 3　物理法脱除废水中 3 种氯化乙烯的理论能耗

Fig. 3　The theoretical limit of energy consumption for the removal of five chlorinated ethenes in aqueous solutions by physical method

　　如图 4 所示,对溴代甲烷的脱除而言,三种热力学模型计算得到的理论极限能耗大小次序为:溴甲烷 > 二溴甲烷 > 三溴甲烷,表明物理法脱除溴代甲烷的理论极限能耗随溴代甲烷中取代 C—H 键的 C—Br 键增加而减小。对二溴甲烷和三溴甲烷的脱除而言,采用 NRTL 和 UNIQUAC 模型计算得到的结果相近,且比 Wilson 模型计算的结果小。对溴甲烷的脱除而言,采用 NRTL 和 Wilson 模型计算得到的理论极限能耗值相近,且比 UNIQUAC 模型计算的结果大。

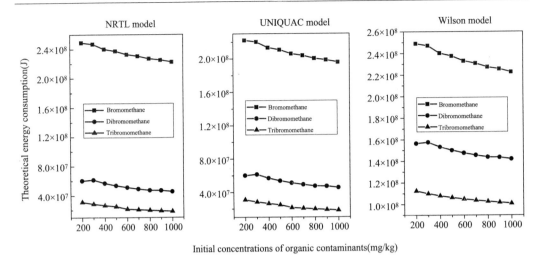

图 4　物理法脱除废水中 3 种溴化甲烷的理论能耗

Fig. 4　The theoretical limit of energy consumption for the removal of
three brominated methanes in aqueous solutions by physical methods

　　如图 5 所示,对废水中 5 种苯及其衍生物的脱除而言,计算得到的理论极限能耗大
小次序为:苯酚＞苯胺＞苯＞甲苯＞氯苯。对苯酚的脱除而言,三种热力学模型计算得
到的理论极限能耗值各不相同,且采用 UNIQUAC 模型计算得到的结果比 NRTL 和
Wilson 模型的计算结果大。对苯胺的脱除而言,采用 NRTL 和 UNIQUAC 模型计算得
到的结果相近,且比 Wilson 模型计算的结果大。对苯、甲苯和氯苯的脱除而言,采用
NRTL 和 UNIQUAC 模型计算得到的理论极限能耗值相近,且比 Wilson 模型计算的结
果小。

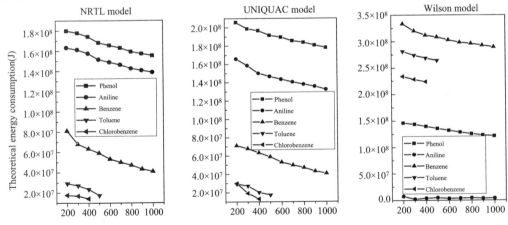

图 5　物理法脱除废水中 5 种苯及其同系物的理论能耗

Fig. 5　The theoretical limit of energy consumption for the removal of
five benzene and its derivatives in aqueous solutions by physical methods

　　此外,将文献[23]中所报道的 298.15K 时本文所考察的有机污染物在水中的溶解度由高到低排列如表 1 所示。由表 1 和图 3～5 可知,对氯代乙烯、溴代甲烷、苯及其衍生物的脱除而言,其理论极限能耗与有机物在水中的溶解度有着对应的关系,且溶解度越大的有机物脱除能耗越高。

　　本文计算得到的物理法脱除有机污染物的理论能耗是不同废水处理过程的理论极限能耗。为了研究废水处理过程的节能机制,应该研究分析各种不同废水处理过程的理论能耗。

4　结论

　　本文定量分析了物理法脱除 U. S. EPA 优先控制污染物列表中 20 种化学污染物的理论能耗。基于热力学第一和第二定律的热力学分析方法,由 NRTL、UNIQUAC 和 Wilson 模型计算得到在 298.15K 和 1.013 25×10⁵ Pa 下从不同初始浓度脱除有机污染物的理论能耗。全文结论如下:

　　(1) 污染物脱除过程需要较高的能耗,对本文所考察的所有有机污染物而言,其脱除过程的理论极限能耗随废水中污染物初始浓度的减小而不断增加。除了 1,1,2,2-四氯乙烷,物理法脱除氯代烷烃的理论极限能耗随氯代甲烷、氯代乙烷、氯代乙烯和溴代甲烷中取代 C—H 键的 C—Cl 键增加而减小。当取代 C—H 键的 C—Cl 键数目相同时,脱除氯代甲烷的理论极限能耗较氯代乙烷更高。

　　(2) 对氯代乙烯、溴代甲烷、苯及其衍生物的脱除而言,其理论极限能耗与有机物在水中的溶解度有着对应的关系,且溶解度越大的有机物脱除能耗越高。

参考文献

[1]　C. Yang, K. C. Teo, Y. R. Xu. Butane extraction of model organic pollutants from water[J]. J. Hazard. Mater. , 2004,(B 108): 77～83.

[2]　Y. H. Ji, Z. H. Yang, X. Y. Ji, W. J. Huang, X. Feng, C. Liu, X. H. Lu. Theoretical limit of energy consumption for removal of organic contaminants in U. S. EPA Priority Pollutant List by NRTL, UNIQUAC and Wilson models[J]. Fluid Phase Equilib. , 2009, (277): 15～19.

[3]　Y. H. Ji, Z. H. Yang, X. Y. Ji, X. Feng, W. J. Huang, C. Liu, X. H. Lu. Thermodynamic analysis on the mineralization of trace organic contaminants with oxidants in advanced oxidation processes[J]. Ind. Eng. Chem. Res. , 2009,(48): 10728～10733.

[4]　A. Moura, M. Tacao, I. Henriques, J. Dias, P. Ferreira, A. Correia. Characterization of bacterial diversity in two aerated lagoons of a wastewater treatment plant using PCR—DGGE analysis[J]. Microbiological Research,2009,(164): 560～569.

[5]　Gow, A. S. , Gow, A. S. Jr. Microeconomic theory of chemical production processes: application to aqueous VOC air stripping operations[J]. Adv. Environ. Res. 2003,(8):267～285.

[6]　H. mAhmud, A. Kumar, R. M. Narbaitz, T. matsuura. The air-phase mass tranfer resistance in the lumen of a hollow fiber at low air flow[J]. Chem. Eng. J. , 2004,(97):69～75.

[7]　M. R. Shah, R. D. Noble, D. E. Clough. Pervaporation-air stripping hybrid process for removal of VOCs from groundwater[J]. J. Membr. Sci. , 2004,(241): 257～263.

[8]　R. S. Juang, S. H. Lin, M. C. Yang. Mass transfer analysis on air stripping of VOCs from water in micro-porous hollow fibers[J]. J. Membr. Sci. , 2005,(255),79～87.

[9]　G. L. Park, A. I. Schafer, B. S. Richards. Potential of wind－powered renewable energy membrane systems for Ghana[J]. Desalination, 2009,(248): 169～176.

[10]　S. Lv, X. Chen, Y. Ye, S. Yin, J. Cheng, M. Xia, J. Hazard. Rice hull/MnFe$_2$O$_4$ composite: Preparation, characterization and its rapid microwave-assisted COD removal for organic wastewater[J]. Mater. , 2009, (171): 634～639.

[11]　E. Jun, W. Kim, S. H. Chang. The analysis of security cost for different energy sources[J]. Appl. Energ. 2009,(86): 1894～1901.

[12]　V. H. Grassian, et al. Viewpoint: chemistry for a sustainable future[J]. Environ. Sci. Technol. , 2007, (41): 4840～4846.

[13]　Y. H. Ji, X. H. Lu, Z. H. Yang, X. Feng. Science China Chemistry, 2010, in press, doi: 10. 1007/s11426-010-0103-2.

[14]　http://www. epa. gov/waterscience/methods/pollutants. htm.

[15]　P. Atkins, J. de Paula. Atkins' Physical Chemistry[M]. Eighth edition. Oxford: Oxford University Press, 2006.

[16]　H. Renon, J. M. Prausnitz. Local compositions in thermodynamic excess functions for liquid mixtures[J]. AIChE J. , 1968,(14): 135～144.

[17]　J. M. Prausnitz, R. N. Lichtenthaler, E. G. de Azevedo. Molecular Thermodynamics of Fluid-phase Equilibria[M]. Third edition, NJ, Prentice Hall PTR, 1999.

[18]　D. S. Abrams, J. M. Prausnitz. Statistical thermodynamics of liquid mixtures: A new expression for the excess Gibbs energy of partly or completely miscible systems[J]. AIChE J. 1975,(21): 116～128.

[19]　A. Bondi. Physical Properties of Molecular Crystals, Liquids and Gases[M]. New York: John Wiley, 1968.

[20]　J. Simonetty, D. Yee, D. Tassios. Prediction and correlation of liquid－liquid equilibriums[J]. Ind. Eng. Chem. Proc. Des. Dev. 1982,(21): 174～180.

[21]　G. M. Wilson. A new expression for the excess free energy of mixing[J]. J. Am. Chem. Soc. 1964,(86): 127～130.

[22]　J. Gmehling, K. Fischer, J. Menke, J. Rarey, J. Weinert, J. Krafczyk. Dortmund data bank (DDB) overview, DDB data directory, version 2009, http://www. ddbst. de.

[23]　R. L. David. CRC Handbook of Chemistry and Physics[M]. Internet Version 2005, CRC Press, Boca Raton, FL, 2005.

Theoretical Energy Consumption for Removal of Organic Contaminants in U. S. EPA Priority Pollutant List by NRTL, UNIQUAC and Wilson Models

JI Yuan-hui HUANG Wen-juan LU Xiao-hua FENG Xin YANG Zhu-hong

(*State Key Laboratory of Materials-Oriented Chemical Engineering, Nanjing University of Technology, Nanjing 210009, China*)

Abstract This paper quantifies the theoretical energy consumption for the removal of 20 representative organic contaminants (9 chlorinated alkyl hydrocarbons, 3 chlorinated alkenes, 3 brominated methanes, 5 aromatic hydrocarbons and their derivatives) in the United States Environmental Protection Agency (U. S. EPA) Priority Pollutant List by physical procedures. The general rules of the theoretical energy consumption with different initial concentrations at 298. 15K and 1.01325×10^5 Pa by NRTL, UNIQUAC and Wilson models are obtained from the thermodynamic analysis with our previously established method based on the thermodynamic first and second law. The results show that the waste treatment process need a high energy consumption and the theoretical energy consumption for organic contaminant removal increases with decreasing initial concentrations in aqueous solutions. The energy consumption decreases with the more C—H bonds being replaced by C—Cl or C—Br bonds in chlorinated methanes, ethanes, ethenes or brominated methanes except for 1,1,2,2-tetrachloroethane, and the energy consumption for the removal of chlorinated methanes is higher than that of chlorinated ethanes with the same C—H bonds being replaced by C—Cl bonds. For the removal of chlorinated ethenes, brominated methanes and benzene and its derivatives studied, the energy consumption has corresponding relationship with solubility and the energy consumption is higher for the removal of organics with higher solubility.

Keywords Thermodynamic model, Theoretical energy consumption, Organic contaminant removal, Energy conservation, Solubility

Thermodynamic Driving Force Incorporated for Kinetic Equation in CHCl₃ Heterogeneous Photocatalysis[*]

HUANG Wen-juan　JI Yuan-hui　YANG Zhu-hong

ZHU Yin-hua　LIU Chang　LU Xiao-hua

(*State Key Laboratory of Materials-Oriented Chemical Engineering,*

Nanjing University of Technology, Nanjing 210009, *China*)

Abstract　The photocatalytic reactions occur on the TiO_2 catalyst surface, where has a different chemical potential than the adjacent homogeneous systems and this gas-liquid-solid systems involve molecules solvated in a non-ideal environment. Hence, the chemical driving force that rigorously determines the rates depends on thermodynamic properties, i. e. reaction affinity (A) or molar Gibbs free energy change $\Delta_r G^m$ of reaction, rather than concentration as is usually done in chemical kinetics. Based on the nonequilibrium thermodynamics, the new photocatalytic kinetic equation of trichloromethane ($CHCl_3$) by introducing the notion of driving force is investigated in this paper: $r = 3.8699 \times 10^{-5} \exp(\dfrac{\Delta_r G_m}{25.674}) + 17.449$, which provides a possible starting point to for the kinetic study in real heterogeneous photocatalytic process.

Keywords　Non-equilibrium thermodynamic, Chemical driving force, Gibbs free energy $\Delta_r G_m$ of reaction, Heterogeneous photocatalysis

1　Introduction

Water pollution from chemical industries is a serious problem throughout the world such as industrial wastes, sewage and a wide array of synthetic chemicals, thus the treatment of contaminated drinking water polluted by various organic compounds becomes a topic of global concern [1]. In recent years, application of photocatalysis has been proven to be more appealing than other traditional wastewater treatment tech-

---

　＊联系人:陆小华,E-mail: xhlu@njut.edu.cn

niques [1, 2] and TiO_2 has been the popular choice as nanocatalyst due to its low cost, nontoxicity and long-term chemical stability to corrosion [3]. Photocatalytic reaction has the ability to treat lower concentration of industrial waste waters, contaminated ground and drinking water into environmentally harmless compounds by generating highly oxidative hydroxyl radical (· OH) at the TiO_2 surface [4, 5]. The carbon containing pollutants are mineralized to carbon dioxide and water, while the other elements are converted to anions such as nitrate, sulphate or chloride, etc. [6]

In spite of the photocatalysis has great potential, development of large-scale photocatalytic treatment system has not yet been successfully achieved. A serious obstacle is that the mechanism of photocatalytic reaction is still not very clear. mAny efforts have been put into the determination of the reaction kinetics in recent years [1,3,4]. The dominant kinetic models describing mechanism of photocatalytic reaction are Freundlich, Langmuir-Hinshelwood etc, which are obtained by measuring the concentration (C) of one or more of the products or reactants as a function of time. Conventional equilibrium thermodynamics has long been recognized as one of the most important cornerstone, but it is not suited quite well to generalize the state and behavior of operating photocatalytic catalysts[7]. The most organic pollutants are adsorbed on the TiO_2 surface, where has a different chemical potential than the adjacent homogeneous systems and this gas-liquid-solid systems involve molecules solvated in a non-ideal environment. Concentrations measured in the solution body in the defining equations are considered an interface in global equilibrium which is only in the limiting case of thermodynamic ideality. Hence, the kinetic rates contain concentration terms provide little information to properly guide the formulation of kinetic models under the real photocatalytic process. The chemical driving force that rigorously determines the rates depends on thermodynamic properties, i. e. reaction affinity(A) or molar Gibbs free energy change $\Delta_r G_m$ of reaction[8,9], rather than concentration as is usually done in chemical kinetics. $\Delta_r G$ is an important thermodynamic property that determines the extent to which the reaction system is away from and indicates the driving force for the chemical reactions. In this paper, we provide a possible starting point to define the new kinetic equation by introducing the notion of thermodynamic driving force ($\Delta_r G_m$) in order to give further guidelines in kinetic study on the real heterogeneous photocatalytic reaction.

2   Nonequilibrium thermodynamic investigation

Nonequilibrium thermodynamics (NET) is most successful in the study of real unbalanced state with the principle of total entropy production (φ) [10~14]. The entropy production is always the sum of fluxes J and conjugate driving forces X in the system [11,12]. When the system is at equilibrium, the driving forces become zero and the entire process therefore has no more potential to perform work, while for an unstable system the driving force is negative. In the NET analysis of the chemical reaction far from equilibrium, the reaction rate (flux) is driven by reaction affinity A [13, 15, 16] and the overall rate of reaction is expressed in terms of the chemical driving force A rather than concentration. The affinity of a chemical reaction expresses the degree of thermodynamic non-equilibrium between its products and its reactants, and hence it is determined by the chemical potential μ_i and the stoichiometric coefficients v_i of the compounds participating in the reaction. In essence, affinity also equals to negative value of Gibbs energy change ΔG_r of reaction: $A = -\sum v_i \mu_i = -\Delta G_r$ [7, 13]. In defining the kinetic equations of non-ideal systems, the rate, r, is not necessarily a linear function of the driving force. A theoretical driving force factor $f(\Delta G_r)$ was introduced by Bradley with $1 - \exp(\Delta G/RT)$ [17], a function of the Gibbs free energy change and temperature. The same driving force factor was applied by Pokol et al. [18] in their attempt to construct rate equations for simple heterogeneous reactions.

During the last two decades we have seen a number of breakthroughs in the study of reaction kinetics based on the driving force ΔG_r using non-equilibrium thermodynamics. The subject of much recent interest has been the dissolution kinetics of a large number of crystal minerals, including gibbsite, kaolinite, smectite, labradorite and specifically albite ($NaAlSi_3O_8$). The most comprehensive long-term laboratory investigation is available from Hellmann and Tisserand [19]. An experimental investigation of dissolution rate on ΔG_r was expressed as

$$r = k(1 - \exp(\Delta G_r/RT)) \tag{1}$$

This will help describe better the dependence of the dissolution rate on the free energy in the immediate vicinity of equilibrium. Kinetics of dissolution in geochemistry have broadened the scope of non-equilibrium thermodynamics, however, the equation between the photocatalytic oxidation rate and chemical driving force based on the principles of NET is not clearly revealed. In the present study, In our previous work, Ji, et al. [20,21] had investigated the degradation abilities of trace organic contaminants on the basis of the magnitude of $\Delta_r G_m$ and confirmed the corresponding relationships between driving force $\Delta_r G_m$ with the degradation reaction rate (r). Hence, based on the NET theory and our group's previous investigation, we investigate the new degradation kinetic equation about organic contaminants trichloromethane ($CHCl_3$).

3　Materials and methods

3.1　Materials

$CHCl_3$ is analytical reagent and purchased from Shanghai Lingfeng Chemical Reagent Co. Ltd. , AR; The TiO₂ photocatalyst is Degussa P-25 (from Germany) which is known to be a mixture of 80% anatase and 20% rutile with an average particle size of 30 nm and BET surface area of 50m²/g. XPA-II Model Photochemical Reactor (Nanjing XuJiang Company); SP-6890 Model gas chromatograph (Lunan Ruihong Chemical Instrument Company); UV-vis spectrometer (PerkinElmer Instruments, Lambda 35 Model).

3. 2　Experimental apparatus and procedures

Photocatalytic experiment was carried out at room temperature. A 1. 3L circle flow photochemical reactor (Fig. 1) was filled with 1. 3g amount of P25 and 2. 6L CHCl₃ solution. The vessel was placed in a chamber and illuminated from the top with immersed medium-pressure Hg lamp of 300W. The suspension was sonicated for 10min before put into the reactor. Then the magnetic stirrer and ultraviolet lamp were turned on, air flow into the reactor with the flow rate of 200mL • min⁻¹. Reactant solution was stirred by a magnetic stirrer in order to keep the catalyst suspending in the solutions. After the sample for analysis was taken out, the catalyst is removed by filtration using filtration membrane with 0. 22μm.

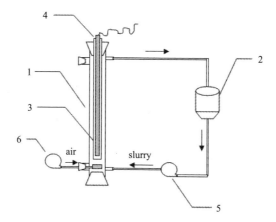

Fig. 1　Schematic of equipment for circle flow reaction
1. glass tube; 2. buffer-tank; 3. quartz tube;
4. UV lamp; 5. circulation pump; 6. airpump

3. 3　Analytical measurements

The concentration of CHCl₃ was determined by HS-GC analysis. HS-GC analysis was performed with a SP-6890 Model gas chromatograph equipped with operating conditions: injector port temperature was 100°C; hydrogen (99. 995% pure) was used as carrier gas at a flow-rate of 40mL/min; the column temperature was maintained at 40°C;

detector temperature was 100℃; and TCD bridge current was 80mA. The retention time of oxygen was at 1.24～1.25min, and that of nitrogen 2.83～2.84min. Finally, 2.5mL of $CHCl_3$ was extracted for HS-GC analysis by fixed 2min interval.

4 Results and discussion

4.1 Thermodynamic model

When the target contaminants $CHCl_3$ mineralized by heterogeneous photocatalysis, all of the reactants and products are dissolved in the aqueous phase with very low concentrations. The standard thermodynamic properties for aqueous organic species are required to investigate $\Delta_r G_m$ [7,20,21]. Because of the low chloroform concentration and the fact that most of the possible intermediaries have a short-life time as reported, the distinguishable products were simply carbon dioxide and chloride ion. Supposed that the reactant $CHCl_3$ consumed as 1 mol, the total reaction equation of $CHCl_3$ with · OH in aqueous solution can be written by

$$CHCl_3(aq) + 2 \cdot OH(aq) = CO_2(aq) + 3H^+(aq) + 3Cl^-(aq) \qquad (2)$$

For reaction (2), $\Delta_r G_m$ can be calculated as

$$\Delta_r G_m = \Delta_r G_m^0(aq) + RT\ln Q \qquad (3)$$

The activity quotient of compounds Q is equivalent to

$$Q = \frac{[CO_2(aq)][H^+(aq)]^3[Cl^-(aq)]^3}{[CHCl_3(aq)][\cdot OH(aq)]^2} \qquad (4)$$

$\Delta_r G_m^0(aq)$ is the standard Gibbs energy change of reaction in aqueous solution which is available in Ji' work[20]. The parameter Q can be approximately replaced by the concentration fraction of the compounds in ideal dilute solution. Strictly speaking, the right expression of equation (4) should have a c^0, the standard state concentration As a simplification, c^0 has been omitted but the parameter Q is considered to be dimensionless. The molar Gibbs energy change of reaction $\Delta_r G_m$ for $CHCl_3$ with hydroxyl radical can be calculated with the following procedure and formula.

Supposed that x mol/L $CHCl_3$ in aqueous solution has been reacted within the photoirradiation time, we will get $[CHCl_3(aq)] = [CHCl_3(aq)]' - x$, where $[CHCl_3(aq)]'$ is the reactive concentration of $CHCl_3$, $[CHCl_3(aq)]$ is the remaining concentration of $CHCl_3$ at every interval time. $[H^+(aq)]$ will be determined according to the pH value of HCl; the steady-state concentration of $[\cdot OH(aq)]$ is obtained from paper[22] with the "middle" value of 10^{-11} M. The produced gaseous CO_2 dissolved in aqueous solution follows Henry's law

$$CO_2(aq) \cdot CO_2(g) K_2 = \frac{P_{CO_2}}{[CO_2(aq)]} = 29.466L \cdot atm/mol^{①} \qquad (5)$$

---

① 1 atm = 1.013 25 × 10⁵Pa，下同。

4. 2   Calculation of the molar Gibbs energy change $\Delta_r G_m$ of reaction for CHCl₃ with • OH

In order to describe the calculation process, the values of $\Delta_r G_m$ for CHCl₃ with • OH at the first two interval time (0~2min, 2~4min) are calculated as an example. Tab. 1 presents the experimental result of photocatalytic reaction of CHCl₃ in TiO₂ suspension.

Tab. 1   The photocatalytic degradation data of CHCl₃ in TiO₂ suspension

photoirradiation time(min)	concentration $C_A(\mu g \cdot L^{-1})$
0	1349. 7000
2	850. 1000
4	759. 2000
6	689. 4000
8	668. 0000
10	634. 1000
12	586. 8000
14	555. 3000
16	531. 2000

During the first two photoirradiation minutes, $\dfrac{1349.\,7-850.\,1}{125.\,5}=3.\,9809(\mu mol/L)$ CHCl₃ was consumed and the molar Gibbs energy change of reaction $\Delta_r G_m(aq, 0 \sim 2min)$ equals to

$$\Delta_r G_m(aq,0 \sim 2min) = \Delta_r G_m^0(aq) + RT\ln\frac{[CO_2(aq)][H^+(aq)]^3[Cl^-(aq)]^3}{[CHCl_3(aq)][\cdot OH(aq)]^2}$$

$$= -477.\,8984 + 0.\,008\,314 \times 298.\,15\ln$$

$$\times \frac{3.\,356 \times (3.\,9809 \times 3)^3 \times (3.\,9809 \times 3)^3}{3.\,9809 \times (10^{-5})^2}$$

$$= -400.\,7030(kJ/mol)$$

During the second two photoirradiation minutes, $\dfrac{850.\,1-759.\,2}{125.\,5}=0.\,7243\mu mol/L$ CHCl₃ was consumed and the molar Gibbs energy change of reaction $\Delta_r G_m(aq,2 \sim 4min)$ is calculated as

$$\Delta_r G_m(aq,2 \sim 4min) = \Delta_r G_m^0(aq,0 \sim 2min)$$

$$+ RT\ln\frac{[CO_2(aq)][H^+(aq)]^3[Cl^-(aq)]^3}{[CHCl_3(aq)][\cdot OH(aq)]^2}$$

$$= -400.\,7030 + 0.\,008\,314 \times 298.\,15\ln$$

$$\times \frac{30.\,6093 \times (0.\,7243 \times 3)^3 \times (0.\,7243 \times 3)^3}{0.\,7243 \times (10^{-5})^2}$$

$$= -348.\,8518(kJ/mol)$$

The value of $\Delta_r G_m$ for the reactions of $CHCl_3$ with other photointerval times can be calculated in the same method. The photocatalytic experimental results for the degradation reaction of $CHCl_3$ and the calculated chemical driving force $\Delta_r G_m$ are presented in Tab. 2.

Tab. 2　The corresponding data of reaction rate r and $\Delta_r G_m$

photoirradiation time(min)	reaction rate r ($\mu g \cdot L^{-1} \cdot min^{-1}$)	$\Delta_r G_m$ (kJ/mol)
0~2	249.8	−400.7030
2~4	45.45	−348.8518
4~6	34.9	−300.9289
6~8	10.7	−270.5894
8~10	16.95	−233.4081
10~12	23.65	−191.2726
12~14	15.75	−155.1833
14~16	12.05	−123.0766

4.3　Kinetic model incorporating a thermodynamic driving force factor

As shown in the above descriptions, the thermodynamic parameter $\Delta_r G_m$ is the driving force that causes the chemical reaction in thermodynamically non-ideal systems and the magnitude of $\Delta_r G_m$ has corresponding relationship with the degradation reaction rate (r). To determine the new rate equation for $CHCl_3$ at nonequilibrium state, the correlation results between the experimental degradation rates and the chemical driving force $\Delta_r G_m$ are shown in Fig. 2.

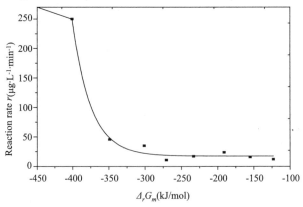

Fig. 2　Relations between the photocatalytic degradation rate(r)and $\Delta_r G_m$

The Fig 2 shows at the beginning of the photocatalytic reaction, the system is far away equilibrium and the chemical driving force is the highest. After a period of reaction time, the degradation rate decelerates as the values of $\Delta_r G_m$ become decreasingly negative and finally become zero. By measuring the degradation rate by photocatalytic oxidation and fitting the data to the formula like described in equation (1), we get

$$r = 3.8699 \times 10^{-5} \exp(\frac{\Delta_r G_m}{25.674}) + 17.449 \tag{6}$$

Eq. (6) represent the quantitative description of the degradation kinetics of CHCl₃ by coupling with the "driving force $\Delta_r G_m$" through regression analysis. By the "joint kinetic-thermodynamic analysis", the paper possibly provides the thermodynamics method to quantitative investigation on the photocatalytic kinetic reaction for the non-equilibrium behaviour of some catalysts during their operation.

While the Eq. (6) is not yet a single formulation for all reactant systems and the approach is not very fruitful as the nonequilibrium thermodynamics is still being developed in the chemical, physical, and biological sciences. Further investigation about "joint kinetic-thermodynamic analysis" will be undertaken in our research to more fully unravel the degradation research in the non-equilibrium state of the heterogeneous photocatalytic process.

5   Conclusion

Heterogeneous photocatalysis has been extensively investigated as a promising method for water purification. The currently "time-concentration" kinetic equation based on conventional equilibrium is not suited quite well to generalize the behavior of operating photocatalytic catalysts. The chemical driving force that rigorously determines the rates depends on thermodynamic properties, i. e. reaction affinity (A) or molar Gibbs free energy change $\Delta_r G_m$ of reaction, rather than concentration as is usually done in chemical kinetics. In this paper, the new photocatalytic kinetic equation of CHCl₃ by introducing the notion of driving force is investigated in this paper. By measuring the degradation rate by photocatalytic oxidation and fitting the data to the formula, we get $r = 3.8699 \times 10^{-5} \exp(\frac{\Delta_r G_m}{25.674}) + 17.449$. By the "joint kinetic-thermodynamic analysis", the paper possibly provides the thermodynamics method to quantitative investigation on the photocatalytic kinetic reaction for the non-equilibrium behaviour of some catalysts during their operation.

Acknowledgments

This work was supported by the Chinese National Key Technology Research and Development Program (2006AA03Z455), National Basic Research Program of China (No. 2009CB226103), the National Natural Science Foundation of China (20976080),

NSFC-RGC (No. 20731160614) and Program for Changjiang Scholars and Innovative Research Team in University (No. IRT0732).

References

[1]　M. A. Fox, M. T. Dulay. Heterogeneous photocatalysis[J]. Chem. Rev. , 1993, 93(1): 341～357.

[2]　Shephard G S, Stockenstrom S, de Villiers D, et, al. Degradation of microcystin toxins in a falling film photocatalytic reactor with immobilized titanium dioxide catalyst[J]. Water Research, 2002, (36):140～146.

[3]　A. Fujishima, T. N. Rao, D. A. Tryk, Titanium dioxide photocatalysis[J]. J. Photochem Photobiol C: Photochem. Rev. , 2000, (1): 1～21.

[4]　W. Li, Z. H. ,Yang, X. Feng, et al. Photocatalytic degradation of trace organics in water: sequencing and prediction of initial degradation rate[J]. Journal of Chemical Industry and Engineering (China). 2007, (58): 1426～1431.

[5]　Chen D W, Ray A K. Photocatalytic kinetics of phenol and its derivatives over UV irradiated TiO$_2$[J]. Appl. Catal. B, 1999, (23): 143～157.

[6]　R. J. Madon and E. Iglesia. Catalytic reaction rates in thermodynamically non-ideal systems[J]. Journal of Molecular Catalysis A: Chemical, 2000, 163(1-2): 189～204.

[7]　W. J. , Huang, Y. H. Ji, Z. H. Yang, X. Feng, C. Liu, Y. H. Zhu, X. H. Lu. Mineralization of trace nitro/chloro/methyl/amino-aromatic contaminants in wastewaters by advanced oxidation processes[J]. Ind. Eng. Chem. Res. , 2010, doi: 10. 1021/ie100116c.

[8]　V. N. Parmon. Catalysis and non-equilibrium thermodynamics modern in situ studies and new theoretical approaches[J]. Catal Today, 1999, (51):435～456.

[9]　G. Pokol. The thermodynamic driving force in the kinetic evaluation of thermoanalytical curves[J]. Journal of Thermal Analysis and Calorimetry, 2000: 879～886.

[10]　D. , Bedeaux, S. Kjelstrup, L. J. Zhu, et al. Irreversible thermodynamics. a tool to describe phase transitions far from global equilibrium[J]. Chem. Eng. Sci. , 2004, (59):109～118.

[11]　A. S. , Cukrowski, A. Kolbus. On validity of linear phenomenological nonequilibrium thermodynamics equations in chemical kinetics[J]. Acta Physica Polonica B, 2005, 36,(5).

[12]　Eivind Johannessen, Signe Kjelstrup. minimum entropy production rate in plug flow reactors an optimal control problem solved for SO$_2$ oxidation[J]. Energy, 2004,(29): 2403～2423.

[13]　Yaar Demirel and I. Stanley, Sandler-nonequilibrium thermodynamics in engineering and science[J]. J. Phys. Chem. , 2004, (B108): 31～43.

[14]　Wu Yue, X. G. Yang. Exploring new route for establishing the theory of catalysis on the basis of non-equilibrium thermodynamics[J]. Progress in Chemistry, 2003,15(2):81～91.

[15]　Y. Demirel. Non-isothermal reaction-diffusion systems with thermodynamically coupled heat and mass transfer papers in analytical chemistry[J]. Chem. Eng. Sci. , 2006, 61(10): 3379～3385.

[16]　S. Kjelstrup, E. Sauar, D. , Bedeaux, et al. The driving force distribution forminimum lost work in chemical reactors close to and far from equilibrium 1 theory[J]. Ind. Eng. Chem. Res. , 1999, (38): 3046～3050.

[17]　R, S. Bradley. The energetics and statistical mechanics of the kinetics of solid-solid reactions [J]. J. Phys. Chem. , 1956, (60): 1347～1354.

[18]　G. Pokol, S. Gál, E. Pungor. Description of the rate of heterogeneous chemical reactions[J]. Thermochim Acta. , 1979, (33): 259～265.

[19]　Roland Hellmann, Delphine Tisserand. Dissolution kinetics as a function of the Gibbs free energy of reaction [J]. Geochim Cosmochim Acta. , 2006, (70): 364～383.

[20] Y. H. Ji, Z. H. Yang, X. Y. Ji, et al. Thermodynamic study on the reactivity of trace organic contaminant with the hydroxyl radicals in waters by advanced oxidation processes [J]. Fluid Phase Equilib, 2009, 277(1): 15~19.

[21] Y. H. Ji, Z. H. Yang, X. Y. Ji, et al. Thermodynamic Analysis on themineralization of Trace Organic Contaminants with Oxidants in Advanced Oxidation Processes [J]. Ind. Eng. Chem. Res. , 2009, (48): 10728~10733.

[22] W. H. Glaze, J. W. Kang. Advanced oxidation processes. Description of a kinetic model for the oxidation of hazardous materials in aqueous media with ozone and hydrogen peroxide in a semibatch reactor [J]. Ind. Eng. Chem. Res. , 1989, (28): 1573~1580.

高比表面积 MoO₃/TiO₂ 催化剂的制备及性能研究*

李力成　王艳芳　杨祝红　朱银华　陈闪山　陆小华

（南京工业大学材料化学工程国家重点实验室，南京 210009）

摘要 本文介绍了一种高比表面积氧化钛为载体的催化剂制备方法，以克服常规氧化钛比表面积较低带来的活性位少等问题。以钛酸盐衍生物为钛源，在热处理制氧化钛（TiO_2）的过程中引入活性组分氧化钼（MoO_3），然后通过氨水处理，获得较常规浸渍法比表面积更高的 MoO_3/TiO_2 催化剂。通过热重分析（TG）、X 射线衍射（XRD）、比表面分析仪（BET）、场发射扫描电镜（FESEM）等表征，研究了热处理温度和 MoO_3 对催化剂结构的影响。结果表明，当热处理温度较低时，MoO_3 能够有效抑制 TiO_2 晶粒的长大、支撑孔结构、防止微结构坍塌，从而获得的催化剂比表面积较高 MoO_3/TiO_2 催化剂。通过以二苯并噻吩（DBT）加氢脱硫性能表征，结果显示高比表面积 MoO_3/TiO_2 催化剂表现出较常规浸渍法更好的催化性能。

关键词 氧化钛，氧化钼，高比表面积，加氢脱硫

1 引言

环境与能源两大问题一直受到广大关注，特别是原料油生产和使用过程中带来的环境污染，显得尤为突出。原油中的污染组分主要包括硫化物、氮化物、重金属等[1,2]，而硫化物是酸雨形成的主要来源，据不完全统计，每年我国因酸雨造成的直接经济损失达 1100 亿元。原料油品质的恶化对环境污染的加剧产生直接影响。特别是高硫油在燃烧时除了生成大量 SO_x 外，还会促进其他污染物如 HC、CO、NO_x 等的排放，加剧对人体的刺激作用。因此降低油品中的硫含量，可以有效减少环境污染，而随着油品重质化趋势的恶化，高硫油的脱硫处理更显重要。

近年来，以 TiO_2 为载体的负载型催化剂在环氧化[3]、水气转换[4]、加氢精制[5] 等催化体系中表现出良好的性能，这与 TiO_2 和负载的活性组分之间存在电子形式的相互作用有关[6]。然而，常规的 TiO_2 催化剂载体比表面积较小，一般在 $50m^2/g$ 以下，所以，TiO_2 催化剂的活性组分负载量普遍偏低；此外，TiO_2 催化剂结构在活性组分的引入与焙

---

* 联系人：陆小华，E-mail：xhlu@njut.edu.cn

烧过程中容易受到破坏,从而导致催化剂活性位数量较少,影响 TiO_2 负载型催化剂的进一步应用。因此,高比表面积 TiO_2 催化剂的制备是一个亟待解决的难题。常规方法是通过提高载体 TiO_2 的比表面积来提升催化剂的性能。目前,高比表面 TiO_2 合成方法主要有溶胶凝胶法[7]和模板剂法[8]。其中,溶胶凝胶法制备的介孔 TiO_2 具有高比表面积和高结晶度的特点,但由于其前驱体一般为有机物钛,成本较高。模板剂法合成的 TiO_2 比表面积较高,但是存在后续模板剂难脱除的问题。

针对高比表面积 TiO_2 催化剂制备的问题,本文将活性组分 MoO_3 作为孔道支撑体,以本课题组制备的比表面积大于 $200\ m^2/g$ 的钛酸盐衍生物(TiH)为原料,在 TiH 热处理制备 TiO_2 的过程中引入 MoO_3,然后再通过氨水洗出过量的 MoO_3,获得较常规浸渍法比表面积更高的 MoO_3/TiO_2 催化剂,最后通过二苯并噻吩(DBT)的加氢脱硫转化率来表征催化剂的性能。

2　实验部分

2.1　样品制备

四水合钼酸铵($(NH_4)_6Mo_7O_{24} \cdot 4H_2O$, AR, 国药集团化学试剂有限公司)、氨水($NH_3 \cdot H_2O$, AR, 中试化工总公司)、二苯并噻吩($C_{12}H_8S$, GR, Acros organics)、十氢萘(C_8H_{16}, AR, 国药集团化学试剂有限公司)、二硫化碳(CS_2, AR, 国药集团化学试剂有限公司)、去离子水(自制)。

TiH 是根据 TiO_2 制备工艺获得[9],经 500℃焙烧 2h 后得到高比表面积锐钛矿 TiO_2,具体结构参数见表 1。

MoO_3/TiO_2 的制备主要包括焙烧及洗涤两步。①耦合焙烧:将四水合钼酸铵(AM)预溶于去离子水中,然后加入 TiH, AM/TiH 质量比为 2,充分搅拌后,烘干;得到的混合物料用研钵磨细,放入马弗炉内焙烧 2h,得到催化剂前驱体,标记为 $MoO_3(Q)/TiO_2$-X,X 表示样品焙烧温度。②洗涤:将催化剂前驱体用过量的氨水浸泡、搅拌,反复多次洗涤;然后抽滤,用过量去离子水冲洗滤饼,烘干,最后再经 300℃处理后制得催化剂,标记为 MoO_3/TiO_2-X。

参照样的制备:根据 MoO_3 在 TiO_2 表面的分散阈值[10],结合锐钛矿 TiO_2 的比表面积(数据见表 1)确定参照样的活性组分 MoO_3 担载量。通过常规等体积浸渍法担载活性组分,经过 500℃焙烧 2h 后,得到 12.5wt% MoO_3/TiO_2,标记为 Ref。

2.2　催化剂表征

样品的晶体结构采用德国 BRUKER 公司生产的 D8Adavance 型 X 射线衍射仪检测,电流 30mA,电压 40kV,扫描范围 5°~60°,扫描步长 0.05°/step,扫描速率 0.2 s/step;比表面积、孔分布和孔容采用美国 Micromertics 公司生产的 Tristar3020M

比表面孔隙吸附测定仪,在 77K 环境下考察 N_2 的吸附脱附情况,比表面积数据通过 BET 方程计算得到,P/Po 取值范围为 $0.05 \sim 0.30$,孔容和孔径通过 BJH 模型计算得到;样品的热重数据(TG-DTG)由美国 TA 公司的 Model SDT 2960 测得,在 $30 \sim 950℃$ 的空气气氛中进行,升温速率为 $10℃/min$;样品中的 MoO_3 含量通过电感耦合等离子发射光谱(ICP,optima2000DV,Perkinelmer Instrument);样品的微结构形貌采用 Hitachi S-4800 场发射扫描电镜(FESEM),操作电压 5kV。

2.3　活性评价

催化剂在微型固定床反应器上进行加氢脱硫性能评价。以二苯并噻吩(DBT)作为脱硫模型化物,1wt%DBT/十氢萘作为模拟柴油反应液(S 含量为 1770×10^{-6}),预硫化液为 $3\%CS_2$/十氢萘。先将催化剂预硫化 10h,温度为 $300℃$、压力为 2MPa、氢油比(v/v)为 600、体积空速为 $6h^{-1}$。预硫化过程结束之后,切换成反应液。预反应 6h 之后开始采集样品,每隔 1h 采集一次。产物通过 SP-6890 型气相色谱、氢火焰(FID)检测器、OV-101 毛细管柱检测,采用归一法计算 DBT 的转化率。当连续 3 个样品的转化率变化小于 3% 之内时,确定该稳定值为该催化剂的最终转化率。

3　结果与讨论

3.1　XRD

图 1 是不同焙烧温度得到的 $MoO_3(Q)/TiO_2$ 的 XRD 谱图。MoO_3 的主要特征峰在 $12.9°$、$23.4°$、$25.8°$、$27.4°$ 和 $39.1°$,对应的是八面体 $\alpha\text{-}MoO_3$ 晶相[11]。在 XRD 谱图上的 TiO_2 特征峰不明显,这主要与 MoO_3 的特征峰分别与锐钛矿和金红石的主峰重合有关。如图 1 中的(b)和(c)曲线所示,在 $25°$ 左右的特征峰存在一个肩峰,对应的是锐钛矿主峰,其强度明显弱于邻近的 MoO_3 特征峰的强度;(d)和(e)曲线上的 MoO_3 特征峰很明显,这可能与焙烧温度过高,导致混合物料中 MoO_3 熔化析出结晶有关。

图 2 是催化剂 $MoO_3/TiO_2\text{-}X$ 的 XRD 谱图。如图 2 所示,所有样品的 MoO_3 特征峰消失,说明多余的 MoO_3 已被氨水洗去。此外,从图 2 上可以看到 $MoO_3/TiO_2\text{-}400$ 和 $MoO_3/TiO_2\text{-}500$ 催化剂为锐钛矿结构,而 $MoO_3/TiO_2\text{-}600$ 催化剂则出现了少量的金红石相,$MoO_3/TiO_2\text{-}700$ 催化剂中锐钛矿特征峰消失,说明锐钛矿相全部转成金红石相。这与先前李伟等[11]的工作不同,他们将 TiH 经过 $800℃$ 热处理,得到的 TiO_2 仍然能够保持良好的锐钛矿结构;而在本文中,样品经 $600℃$ 焙烧后便出现金红石相,说明 TiO_2 转晶温度降低与 MoO_3 的引入有关。

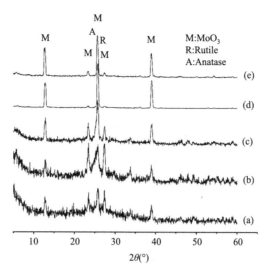

图 1　$MoO_3(Q)/TiO_2$-X 的 XRD 谱图

$X=$(a) 400；(b) 500；(c) 600；(d) 700；(e) 800

Fig. 1　XRD patterns of $MoO_3(Q)/TiO_2$-X

$X=$(a) 400；(b) 500；(c) 600；(d) 700；(e) 800

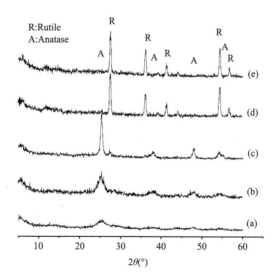

图 2　MoO_3/TiO_2-X 的 XRD 谱图

$X=$(a) 400；(b)500；(c)=600；(d)700；(e)800

Fig. 2　XRD patterns of MoO_3/TiO_2-X

$X=$(a)400；(b)500；(c)=600；(d)700；(e)800

3.2　BET

表 1 是各个催化剂及其他样品的结构表征及化学组成数据。从表中可以看到，MoO_3/TiO_2-400 和 MoO_3/TiO_2-500 的比表面积分别为 152 m^2/g 和 132 m^2/g，明显高于

常规浸渍法制备的 Ref(比表面积为 90 m²/g)。如图 3 所示不同样品的吸附脱附曲线及孔径分布图,MoO₃/TiO₂-400 和 MoO₃/TiO₂-500 催化剂的孔都属于介孔,且具有较均一的孔径分布。MoO₃/TiO₂ 的比表面积和孔容较 MoO₃(Q)/TiO₂ 都有明显的提高,这与 MoO₃(Q)/TiO₂ 经氨水溶解过量 MoO₃ 的处理过程有关,原先由 MoO₃ 填充占据的 TiO₂ 孔道和内表面暴露出来。由此可以推断在焙烧过程中 MoO₃ 对 TiO₂ 的孔结构具有保护作用。但是随着焙烧温度提高,催化剂比表面积减小,特别是当温度升至 600℃ 时,比表面积损失非常明显。如表 1 所示,随着焙烧温度的升高,催化剂的晶粒尺寸逐渐变大,是导致催化剂比表面下降的原因之一。另外,催化剂的比表面积减小还与金红石相的出现有关,如表 1 所示,金红石的晶粒明显大于锐钛矿的晶粒,且金红石较 TiO₂ 其他晶型具有更紧密的结构[12]。因此,金红石的出现加剧了催化剂微结构的坍塌。

表 1　不同样品的结构表征及化学组成

Tab. 1　Textural characteristics and chemical compositions of various samples

Samples	Surface area (m²/g)	Pore volume (cm³/g)	Average pore size(nm)	Average crystal[a] (nm)	Contents of MoO₃(%)
TiO₂	103	0.20	5.9	8.6^A	—
TiH	234	0.17	3.2	—	—
Ref	90	0.17	5.9	8.7^A	12.5
MoO₃(Q)/TiO₂-400	32	0.04	4.5	—	—
MoO₃(Q)/TiO₂-500	37	0.08	8.3	—	—
MoO₃(Q)/TiO₂-600	12.4	0.06	16.6	—	—
MoO₃(Q)/TiO₂-700	2.5	<0.01	31.8	—	—
MoO₃(Q)/TiO₂-800	<1.0	<0.01	41.1	—	—
MoO₃/TiO₂-400	152	0.14	3.7	4.7^A	—
MoO₃/TiO₂-500	132	0.15	4.0	6.2^A	14.0
MoO₃/TiO₂-600	39	0.6	14.1	14.1^A 和 19.3^R	9.2
MoO₃/TiO₂-700	7.0	0.03	13.5	19.0^R	—
MoO₃/TiO₂-800	3.2	<0.01	8.5	21.5^R	—

a　晶粒大小按照 Sherrer 公式计算,取锐钛矿(101)方向和金红石(110)方向的晶粒大小;

　　A 为锐钛矿,R 为金红石。

3.3　TG

图 4 是 TiH 与四水合钼酸铵混合物料及四水合钼酸的 TG-DTG 曲线。如图所示,两个样品在 400℃ 前均有两个失重峰:在 200℃ 以前的低温失重峰为物料的失水,在 300℃ 左右的高温失重峰为钼酸铵的氨解[13]。温度在 650~900℃ 之间,出现两个失重峰,这对应的主要是 MoO₃ 的挥发。比较混合物料和四水合钼酸的失重曲线,可以看到 TiH 与钼酸铵的混合,除了影响低温下水的脱除外,对高温段 MoO₃ 挥发没有影响。据相关文献报道[14],向 TiO₂ 中掺入低沸点的物质后,TiO₂ 转晶温度会下降,这主要与掺入物质的挥发使得金红石

晶核更加容易形成有关。TG 的结果表明 MoO₃ 在 650℃左右开始挥发，而 TiO₂ 的熔点在 1850℃，所以 MoO₃ 的挥发导致了 TiO₂ 转晶温度的降低。结合表 1 中 MoO₃/TiO₂-600 的比表面积急剧收缩，可以推测 MoO₃ 的挥发一方面导致 TiO₂ 的孔结构失去支撑，另一方面导致金红石相的出现，造成比表面积大幅下降。相反的，在低于 MoO₃ 的挥发温度下，大量的 MoO₃ 填充在 MoO₃(Q)/TiO₂ 孔道内，抑制了 TiO₂ 的晶粒生长，对孔道起到支撑保护作用，由此获得了高比表面积的催化剂。

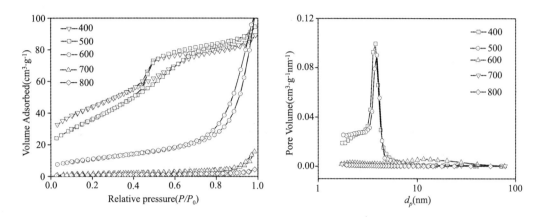

图 3　不同样品的吸附脱附曲线及孔径分布图

Fig. 3　N₂ adsorption-desorption isotherms and the pore size distribution of various samples

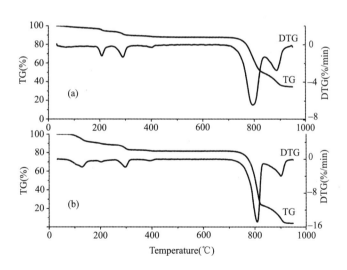

图 4　混合物料和四水合钼酸铵的 TG-DTG 曲线

（a）混合物料；（b）四水合钼酸铵

Fig. 4　TG-DTG curve of mixture and ammonium molybdate

（a）mixture；（b）ammonium molybdate

3.4　FESEM

图 5 为 MoO_3/TiO_2-500 和参照样品的 FESEM 图。如高分辨图所示,两样品的 MoO_3 纳米颗粒都均匀地分散在载体表面,表明通过本文介绍的方法制得的 MoO_3/TiO_2-X 催化剂,不存在活性组分分散不均的问题,这与 MoO_3/TiO_2-X 的 XRD 表征结果一致。比较两组催化剂右上角的低分辨图可以看到,MoO_3/TiO_2 的二次结构并没有变化,都呈柱状,然而两者比表面积相差较大,这说明 MoO_3 对 TiH 的二次结构没有影响,只在 TiH 热处理过程中对 TiO_2 晶粒的生长起到抑制和稳定作用,与 BET 和 XRD 分析结果一致。

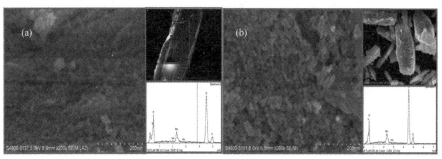

图 5　催化剂的 FESEM 和 EDX 谱图

(a)MoO_3/TiO_2-500；(b)Ref.

Fig. 5　FESEM images and EDX patterns of the catalysts

(a)MoO_3/TiO_2-500；(b)Ref.

3.5　材料微结构变化过程的讨论

常规浸渍法制备催化剂的过程是先将 TiH 热处理得到高比表面积的 TiO_2,然后 TiO_2 再经活性组分引入、焙烧,得到最终的催化剂。如表 1 的 BET 数据显示,Ref 从 TiH 到最终的催化剂,共损失了约 61.5% 的比表面积,结构塌陷严重,该过程催化剂的微结构变化如图 6 的 Traditional Preparation 所示。前面 BET、XRD 和 TG 分析结果表明,TiH 热处理温度低于 MoO_3 的挥发温度时,引入 MoO_3 能够有效抑制晶粒长大,支撑孔结构,防止催化剂结构大幅度坍塌。因此,MoO_3/TiO_2-400 和 MoO_3/TiO_2-500 的比表面积较 TiH,分别损失 35.0% 和 43.6%,较 Ref 损失程度明显减少。MoO_3/TiO_2-400 和 MoO_3/TiO_2-500 两组催化剂在制备过程中微结构的变化如图 6 的 Combined method (No volatilization of MoO_3)所示:先将钼酸铵与 TiH 充分混合,在焙烧过程中,钼组分保留在 TiH 孔道内,对结构起到支撑作用,与模板剂的作用相似;焙烧过后,用氨水洗去过量的 MoO_3,残留的 MoO_3 能够良好地分散在载体表面。图 6 的 Combined method (Volatilization of MoO_3)表示的是 MoO_3/TiO_2-600、MoO_3/TiO_2-700 和 MoO_3/TiO_2-800 三组催化剂制备过程中微结构的变化:当 TiH 热处理温度过高时,MoO_3 开始挥发,使得 TiO_2 孔道失去支撑,加之金红石相的出现,这两者共同导致了 TiO_2 比表面积的急剧收缩。

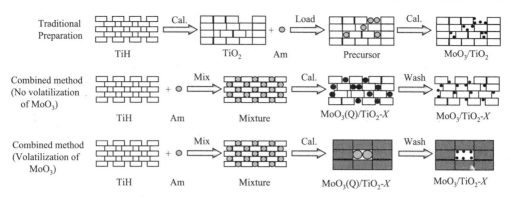

图 6　催化剂制备过程中的微结构变化示意图

Am：钼酸铵；Cal.：焙烧

Fig. 6　The micro-structural transformation in the process of catalysts preparation

Am：ammonium molybdate；Cal.：calcinations

4　加氢脱硫性能

如图 7 所示，MoO_3/TiO_2-400 和 MoO_3/TiO_2-500 两组催化剂的 DBT 转化率高于 Ref 的转化率，但是催化剂的性能随着比表面积的下降而下降，这可能与活性组分含量有关。根据表 1 的 ICP 表征数据显示，MoO_3/TiO_2-500 催化剂的活性组分含量为 14%，以分散阈值计算所需载体的比表面积为 100.8 m^2/g，远小于 MoO_3/TiO_2-500 催化剂的比表面积，说明 MoO_3/TiO_2-500 的活性组分含量低于分散阈值，表明该催化剂的活性组分

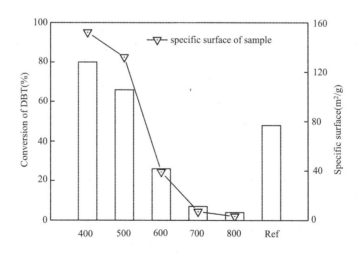

图 7　不同催化剂的 DBT 转化率比较图

MoO_3/TiO_2-X(X=400,500,600,700,800)

Fig. 7　Comparison of DBT conversion of various catalysts

MoO_3/TiO_2-X(X=400,500,600,700,800)

能够良好地分散在载体的表面[15]，与前面的 XRD 和 FESEM 分析结果一致。但是，当活性组分含量超过分散阈值时，过量 MoO_3 会发生自团聚结晶，堵塞催化剂孔道，严重影响催化性能[16]。此外，载体的晶相对催化剂的加氢脱硫性能影响不明显[17]。因此可以推测，在活性组分分散状态相同的情况下，催化剂性能的变化主要与催化剂的结构有关：比表面积越大，能够担载的活性组分越多，催化剂表现出的性能越好。

5　结论

以 MoO_3 作为支撑体，在 TiH 热处理制 TiO_2 过程中引入活性组分 MoO_3，通过氨水处理焙烧样，可制备出比表面积高达 152 m^2/g 的锐钛矿型 MoO_3/TiO_2 催化剂。通过 XRD、BET、TG 等表征，对制备过程中各样品进行结构分析，结果表明：当热处理温度较低时，MoO_3 能够有效地抑制晶粒长大，支撑 TiO_2 孔结构，获得的催化剂比表面积较高；当热处理温度过高时，MoO_3 挥发损失，导致 TiO_2 孔结构失去支撑，并且出现金红石相，制得的催化剂比表面积较小。XRD 和 FESEM 结果显示：催化剂的二次结构在制备过程中没有发生变化，表明 MoO_3 的引入只影响一次晶粒的生长；氨水能够有效地洗去过量的 MoO_3，同时残留的 MoO_3 能够良好地分散在 TiO_2 表面。DBT 的加氢脱硫结果表明，高比表面积催化剂的性能要优于常规法制备的催化剂。

由于无需考虑模板剂残留、活性组分分散等问题，可通过类似的方法，可选择其他物质（钒、磷等）作为支撑物，制备得到比表面积更高的催化剂应用到相关的反应体系。

参考文献

[1]　L. H. Ding, Y. Zheng, Y. H. Zhang, et al. Appl. Catal. A：Gen. , 2007, 319(1)：25～37.

[2]　S. K. Maity, J. Ancheyta, L. Soberanis, et al. Appl. Catal. A：Gen. , 2003, 244(1)：141～153.

[3]　L. Pascal, C. Massimiliano, S. Ferdi, et al. Catal. Today, 2009, 141(3-4)：355～360.

[4]　I. Vasko, T. Tatyana, T. Krassimir, et al. Catal. Today, 2007, 128(3-4)：223～229.

[5]　I. Shinichi, M. Akihiro, K. Hidehiko, et al. Appl. Catal. A：Gen. , 2004, 269(1-2)：7～12.

[6]　S. J. Tauster, S. C. Fung, R. L. Garten, J. Am. Chem. Soc. , 1978, 100(1)：170～175.

[7]　D. Antonelli, J. Ying, Angew. Chem. Int. Ed. , 1995, 34(18)：2014～2017.

[8]　H. J. Jong, K. Hideki, J. C. Kjeld, et al. Chem. mater. , 2002, 14(18)：1445～1447.

[9]　M, He, X. H. Lu, X. Feng, et al. Chem. Comm. , 2004, 19(19)：2202～2203.

[10]　R. Q. Song, A. W. Xu, B. Deng, et al. J. Phys. Chem. B, 2005, 109(48)：22758～22766.

[11]　W. Li, et al. J. Phys. Chem. C, 2008, 112(51)：0539～20545.

[12]　Ulrike Diebold, Surf. Sci. Rep. , 2003, 48(5-8)：53～229.

[13]　L. F. Jiao, et al. Mater Lett. , 2005, 58(24-25)：3112～3114.

[14]　X. Z. Ding, L. Liu, X. M. Ma. et al. J. mater. Sci. Lett. , 1994, 13(6)：462～464.

[15]　Y. C. Xie, Y. Q. Tang. Adv. Catal. , 1990, 37(4)：1～43.

[16]　S. K. mAity, Rana M. S. S. K. Bej, et al. Appl. Catal. A：Gen. , 2001, 205(1-2)：215～225.

[17]　B. Thallada, K. S. Kothapalli, S. L. Katar, et al. Appl. Catal. A：Gen. , 2001, 208(1-2)：291～305.

Preparation and Properties of High Surface MoO$_3$/TiO$_2$ Catalyst

LI Li-cheng[1]   **WANG Yan-fang**[1]   **YANG Zhu-hong**[1]

ZHU Yin-hua[1]   **CHEN Shan-shan**[1]   **LU Xiao-hua**[1]

(1. *State Key Laboratory ofmAterials-oriented Chemical Engineering*,

Nanjing University of Technology, *Nanjing* 210009, *China*)

Abstract   This paper introduced a preparation method of titania-supported catalyst with high surface area to overcome the problems of conventional titania-supported catalyst, such as less active site due to low surface area. The high surface area MoO$_3$/TiO$_2$ catalysts were prepared by adding active component to the process of heating treatment of titanate derivative (TiH) to titanium oxide (TiO$_2$) and then washed by ammonia. The effect of treatment temperature and molybdenum oxide (MoO$_3$) on the structure of catalysts was investigated by thermogravimetric analysis (TG), X-ray diffraction (XRD), surface area analysis (BET), field-emission scanning electron microscopy (FESEM) etc. The results indicated that when heating treatment temperature was low, MoO$_3$ could effectively suppress the growth of TiO$_2$ crystalline grain, support the pore structure and prevent it from collapsing further. The catalysts with high surface area had a better catalytic performance through the test of hydrodesulfurization of dibenzothiophene (DBT), compared to the one prepared by the traditional impregnation.

Keywords   Titanium oxide, Molybdenum oxide, High surface area, Hydrodesulfurization

水中有毒有机物 $\Delta_f H_m^0(aq)$ 的热力学估算 *

黄文娟　吉远辉　杨祝红　冯新　陆小华

(南京工业大学，材料化学工程国家重点实验室，南京 210009)

摘要 为了进一步推进高级氧化技术的大规模应用，迫切需要建立相关模型和参数，研究其矿化有毒有机物过程的理论能耗，评估该技术的能耗指标，但是由于缺少定量描述减排不同污染物所需的能耗数据，这给减排的最终落实带来了极大的困难。有机物在水溶液中的热力学数据是评估不同污染物减排过程节能潜力和研究减排过程节能机制时必不可缺，本文通过热力学理论知识，建立了有机物在水溶液中标准摩尔生成焓 $\Delta_f H_m^0(aq)$ 的估算模型，为高级氧化技术处理的理论极限能耗分析提供了普遍化框架。另外选择了代表性有机物验证模型的可靠性，得到估算结果与实验数据大致吻合。通过本文建立的热力学估算模型，建立各有机毒物的基础物性数据库，对高级氧化技术治理耗能的深入研究具有指导意义。

关键词 高级氧化技术，理论极限能耗，水溶液中标准摩尔生成焓 $\Delta_f H_m^0(aq)$

中图分类号 TQ085＋.41　　**文献标识码** A

1 引言

随着过程工业的迅猛发展，有机毒物严重污染了我国的水资源，直接威胁人民群众的身体健康和影响可持续发展战略，引起了社会各界的广泛关注。据统计，2007 年我国工业废水排放量 246.6 亿 t，占废水排放总量的 44.3％，工业废水中化学需氧量排放量 (COD) 为 511.1 万 t，占全国工业 COD 排放总量的 37.0％[1]，产生的污染物种类繁多，这些物质的共同特点是毒性大，成分复杂，COD 高，传统的污染物脱除技术如生化法，焚烧法，活性炭吸附法或者气提法等[2,3]对过程工业带来的有毒有机污染物的降解处理常常会无能为力[4]，而高级氧化技术 (AOPs) 能彻底降解有机物，实现根本上的水污染治理，

---

* "973" 计划资助项目（项目编号：2009CB226103）；国家高技术研究发展计划项目（项目编号：2006AA03Z455）；合作交流项目 NSFC2RGC 联合资助项目（项目编号：20731160614）；国家自然科学基金资助项目（项目编号：20706029，20706028）；长江学者和创新团队发展计划项目（项目编号：IRT0732）；江苏省高校自然科学基础研究资助项目（项目编号：08KJB530003）

联系人：陆小华，E-mail：xhlu@njut.edu.cn

被认为是当前最有效、最有应用前景的深度处理水中有机毒物的方法之一[4~8]。

节能减排是可持续发展所要解决的核心问题之一，是我国的基本国策，节能减排的要求已受到世界各国的普遍重视[9~13]。但节能和减排是一对矛盾体，在实现资源有效利用、减少污染的同时，往往忽略了它所消耗的高能耗代价，如可实现彻底降解有机毒物的高级氧化技术（AOPs）的能耗极高，导致我国较多的针对有机毒物的深度污水处理厂因运行成本过高而不能正常运行，因此减排背后的能耗代价不容忽视[14]，过程工业减排中实现有效节能对于我国经济健康发展具有重要作用。但是由于国内外缺少定量描述减排不同污染物所需的能耗数据，导致难以针对不同污染物提出科学、合理、定量的减排指标，也难以真正定量地评价过程工业节能减排的效果、给出科学的解决方案，这给减排的最终落实带来了极大的困难[15,16]。因此如何评价过程的节能减排效果和可持续性？是否可以通过过程的生产成本来评价？由于成本受人为因素、市场和国家政策等影响，从科学层面上定量分析减排中的能耗问题迫在眉睫。为了进一步推进高级氧化技术的大规模应用，迫切需要建立相关模型和参数，研究其矿化有毒有机物过程的理论能耗，评估该技术的能耗指标，为进一步研究高级氧化技术减排有机毒物的节能机制提供基础数据，从而评价各种技术的竞争力。吉远辉等利用热力学基本定律，提出了基于减排过程节能机制的热力学框架，并建立了物理法[15,17]、高级氧化技术[15]脱除废水中有机污染物理论极限能耗热力学分析方法的过程耦合设计思路，得到了理论极限能耗数据与有机污染物初始浓度、种类、COD 减排量以及不同氧化剂的定量关系，为我国过程工业复杂多变的污染物治理耗能的深入研究提供科学判据，对减排政策的科学制定提供了理论支持。理论极限能耗热力学分析方法的建立很大程度上依赖于已知热力学数据，但是很多有机物缺乏足够的热力学数据，导致模型很难一般化。因此，本文将建立热力学模型对数据进行估算，选择代表性数据验证模型的可靠性，对不同种类的有机毒物采用高级氧化技术处理的理论极限能耗分析提供普遍化框架。

2 高级氧化技术理论能耗分析

根据本课题组前期研究，高级氧化技术矿化水中有机污染物理论极限能耗的研究思路[15~17]如图 1 所示。

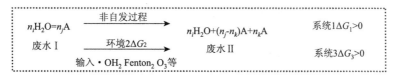

图 1 高级氧化技术矿化水中有机污染物理论极限能耗的研究思路

Fig. 1 Scheme of the theoretical limit of energy consumption for the process of mineralization of the organic contaminants in wastewaters by advanced oxidation processes

高级氧化技术脱除废水 I 中物质的量为 n_k 的有机污染物 A 至废水 II，该过程为非自发过程，即该过程的 Gibbs 自由能变为正值（$\Delta G_1 > 0$）。为了使该过程变为自发进行（Gibbs 自由能变为负），环境 2 必须向系统 1 中输入提供 Gibbs 自由能变的负贡献的氧化剂（·OH、Fenton 试剂、臭氧等）。

高级氧化过程的理论极限能耗由两部分组成,分别为获得氧化剂所需的能耗和各氧化剂与有机毒物矿化反应过程的能耗。

2.1　氧化剂所需理论极限能耗

吉远辉等[16]研究表明,氧化剂所需的理论能耗依赖于生成 1mol 氧化剂时反应的标准 Gibbs 自由能变值 $\Delta_r G_m^0$(稳定单质 ⟶ 化合物$_{(aq)}$),即氧化剂的在水溶液中的标准摩尔生成 Gibbs 自由能 $\Delta_f G_m^0$(氧化剂,aq) 的获得。当矿化过程的 Gibbs 自由能变(ΔG_1)为正值时,矿化过程的自发进行需要外界提供的理论能耗等于 $n \cdot \Delta_f G_m^0$(aq),式中,n 表示矿化指定量的有机污染物所消耗氧化剂的理论值。当矿化过程的 Gibbs 自由能变(ΔG_1)为负值时,矿化过程进行中,氧化剂的获得并不需要外界提供能量。

2.2　各氧化剂与有毒有机污染物矿化反应的理论极限能耗

当系统无额外功时,在恒定的压力下,系统的焓变 ΔH_2 等于过程吸收或放出的热量[18],即 $\Delta H_2 = q_p$。当过程的焓变为负值,表示过程放热,过程的进行无需外界提供热量;当过程的焓变为正值,表示过程吸热,过程的进行需要外界提供热量。

因此,高级氧化技术理论能耗有如下三种情况:

(1) 当 $\Delta G_1 \leqslant 0, \Delta H_2 > 0$ 时,理论极限能耗为 ΔH_2。

(2) 当 $\Delta G_1 > 0, \Delta H_2 < 0$ 时,理论极限能耗为 $\Delta G_1 = n \cdot \Delta_f G_m^0$。

(3) 当 $\Delta G_1 > 0, \Delta H_2 > 0$ 时,理论极限能耗为 $\Delta G_1 + \Delta H_2$。

高级氧化技术矿化水中有毒有机污染物理论极限能耗的计算需要各有机毒物、氧化剂以及矿化产物(CO_2,H_2O,无机酸离子等)在水溶液相的热力学物性数据。各氧化剂在水溶液相的标准摩尔生成 Gibbs 自由能 $\Delta_f G_m^0$(氧化剂,aq) 可通过参考文献[19,20]获得,即 ΔG_1 可通过已知热力学数据求解得到。而系统的焓变 ΔH_2 的有赖于参与反应的各个物质的标准摩尔生成焓 $\Delta_f H_m^0$(aq) 的获得,但是有机毒物在水溶液中的基础物性数据无论是实验数据还是理论研究都相当的缺乏,这导致难以得到不同污染物的理论极限能耗数据,而这些热力学数据是评估不同污染物减排过程节能潜力和研究减排过程节能机制的重要基础数据,因此本文建立了计算各水处理过程理论极限能耗中通用的基础热力学数据模型,用热力学物性估算方法来获得难降解有毒有机污染物的基础物性数据。

3　有机物在水溶液中标准摩尔生成焓 $\Delta_f H_{m,aq}^0$ (A)的计算

3.1　标准摩尔生成焓 $\Delta_f H_{m,aq}^0$(A)的热力学模型

高级氧化技术矿化水中有机毒物的反应公式如下式所示,即

$$\text{有机物 A}_{(aq)} + \text{氧化剂}_{(aq)} \longrightarrow CO_{2(aq)} + H_2O + \text{无机酸离子}_{(aq)} \tag{1}$$

高级氧化技术矿化有机毒物过程焓变可由下式计算为

$$\Delta_r H_m^0 = \sum_B \nu_B \Delta_f H_{m,aq}^0(B) = \Delta_f H_{m,aq}^0(\text{矿化产物}) - \Delta_f H_{m,aq}^0(A) - \Delta_f H_{m,aq}^0(\text{氧化剂})$$

$$\tag{2}$$

式(2)中,各矿化产物(CO_2、H_2O、无机酸离子等)、氧化剂的在水溶液中的标准摩尔生成焓由参考文献[21~23]给出,本文建立了有机物在水溶液中标准摩尔生成焓 $\Delta_f H_{m,aq}^0(A)$ 的热力学模型,推导过程如下:

设有机物为 A,在水中溶解度很低($\times 10^{-6}$ 级),因此不需考虑溶液的非理想性对热力学性质的影响,用有机毒物的浓度代替活度,极大地简化了热力学模型的计算和应用,溶解至水中设为理想稀溶液,简单过程为

$$A(p_A, g) \longrightarrow A(x_A, aq) \tag{3}$$

有机物 A 由气相到液相的标准焓变 $\Delta_g^{aq} H_m^0$ 为

$$\Delta_g^{aq} H_m^0 = \Delta_f H_{m,A}^0(aq) - \Delta_f H_{m,A}^0(g) = \Delta_g^{aq} G_m^0 + T\Delta_g^{aq} S_m^0 \tag{4}$$

其中,$\Delta_f H_{m,A}^0(aq)$ 为有机物 A 在水溶液中的标准摩尔生成焓,$\Delta_f H_{m,A}^0(g)$ 为有机物 A 的气相标准摩尔生成焓。

有机物 A 由气相到液相的标准熵变 $\Delta_g^{aq} S_m^0$ 为

$$\Delta_g^{aq} S_m^0 = -\left(\frac{\partial(\Delta_g^{aq} G_m^0)}{\partial T}\right)_P \tag{5}$$

而有机物 A 由气相到液相的标准吉布斯能变 $\Delta_g^{aq} G_m^0$ 由文献[20]得到

$$\Delta_g^{aq} G_m^0 = -RT\ln K^\theta = -RT\ln\left(\frac{1}{H_{A,w}}\right) + RT\ln\frac{x^0}{p^0} \tag{6}$$

式(6)中,$H_{A,w}$ 为亨利系数,x^0 为水溶液的标准摩尔分率,p^0 为标准压力。因此,有机物 A 由气相到液相的标准熵变为

$$\Delta_g^{aq} S_m^0 = R\ln\left(\frac{1}{H_{A,w}}\right) + RTH_{A,w}\left(\frac{1}{H_{A,w}}\right) - R\ln\frac{x^0}{p^0} \tag{7}$$

由式(4)、式(6)和式(7)即可得到有机物 A 在水溶液中的标准摩尔生成焓 $\Delta_f H_{m,A}^0(aq)$。表 1 为吉远辉等[20]根据公式(6)中的热力学估算方法得到的有机物在水溶液中的标准吉布斯能变 $\Delta_f G_{m,A}^0(aq)$,模型很好的和实验测得的热力学数据吻合,说明该热力学模型可有效得用于有机物基础物性数据的估算。

表 1　298.15K 下有机物在水溶液中的标准吉布斯能变 $\Delta_f G_{m,A}^0(aq)$ 的估算数据

Tab. 1　The calculated standard molar Gibbs energy of formation

$\Delta_f G_{m,A}^0(aq)$ for aqueous organic species at 298.15K

有机物	$\Delta_f G_{m,A}^0$(aq,cal) ($kJ \cdot mol^{-1}$)计算值	$\Delta_f G_{m,A}^0$(aq,exp) ($kJ \cdot mol^{-1}$)实验值	$\left\|\dfrac{\Delta_f G_{m,A}^0(aq,exp) - \Delta_f G_{m,A}^0(aq,cal)}{\Delta_f G_{m,A}^0(aq,exp)}\right\|$（%）
苯	133.9395	133.8880	0.0385
甲苯	126.6915	126.6926	0.0009
乙苯	136.2446	135.8198	0.3128
甲醛	−126.1777	−129.7040	2.7187

3.2　热力学模型估算实例

根据以上热力学方法建立的 $\Delta_f H_{m,A}^0(aq)$ 的物性估算模型,本文选取了一些水体中典型有机毒物作为模型体系,其中以苯酚为例,计算其在水溶液中的标准摩尔生成焓 $\Delta_f H_{m,A}^0(aq)$。

由文献可知,苯酚在 25℃时亨利系数为 2900M/atm[24],其单位存在以下转化形式[25]为

$$\frac{k_H}{[M/atm]} \times \frac{k_{H,inv}^{px}}{[atm]} = 55.3 \tag{8}$$

即

$$H_{C_6H_5OH} = \frac{55.3}{2900}(atm) = \frac{55.3}{2900} \times 100\ 000(Pa)$$

由式(7),苯酚由气相到液相的标准吉布斯能变为

$$\Delta_g^{aq}G_m^0(C_6H_5OH) = -RT\ln(\frac{1}{H_{C_6H_5OH}} \cdot \frac{p^0}{0.018}) \times 0.001 = -19.7749(kJ \cdot mol^{-1})$$

由式(8),苯酚由气相到液相的标准熵变 $\Delta_g^{aq}S_m^0(C_6H_5OH)$ 为

$$\Delta_g^{aq}S_m^0(C_6H_5OH) = 8.3145\ln\left[\frac{1}{\left(\frac{55.3}{2900}\right) \times 10^5}\right] + 8.3145$$

$$\times 298.15 \times \left(\frac{55.3}{2900}\right) \times 10^5 \left(\frac{1}{H_{C_6H_5OH}}\right) - 8.3145\ln\frac{0.018}{10^5}$$

上式中标准熵变的数据依赖于 $\left(\dfrac{1}{H_{C_6H_5OH}}\right)$ 的获得,表 2 为亨利系数-温度关系的实验数据[26]。

表 2　苯酚亨利系数与温度的关系
Tab. 2　Henry's coefficient at different temperatures

T(K)	Henry(Pa)	T(K)	Henry(Pa)
363.15	132 000	300.15	3990
348.15	68 500	291.45	2070
329.45	24 300	277.15	704
317.55	10 700	271.15	400

由苯酚的亨利系数与温度的数据回归方程

$$H_{C_6H_5OH}^{-1} = a + bT + cT^2 \tag{9}$$

其中

$a = 0.004\ 205\ 820\ 5, b = -2.3133493 \times 10^{-5}, c = 3.186\ 799 \times 10^{-8}$

对 $\left(\dfrac{1}{H_{C_6H_5OH}}\right)$ 进行求导,即

$$\left(\frac{1}{H_{C_6H_5OH}}\right)' = b + 2cT$$

由式(9)求得苯酚由气相到液相的标准熵变为

$$\Delta_g^{aq}S_m^0(C_6H_5OH) = -62.8014 + 47.2714 \times 10^5(-2.3133 \times 10^{-5} + 2 \times 3.1868$$

$$\times 10^{-8} \times 298.15) - 8.3145\ln\frac{0.018}{10^5}$$

$$= 46.7881(kJ \cdot mol^{-1})$$

根据得到的 $\Delta_g^{aq} G_m^0(\mathrm{C_6H_5OH})$、$\Delta_g^{aq} S_m^0(\mathrm{C_6H_5OH})$ 的数据以及式(5)，苯酚由气相进入到水溶液相时过程的焓变为

$$\Delta_g^{aq} H_m^0(\mathrm{C_6H_5OH}) = \Delta_g^{aq} G_m^0(\mathrm{C_6H_5OH}) + T\Delta_g^{aq} S_m^0(\mathrm{C_6H_5OH}) = -5.8250(\mathrm{kJ \cdot mol^{-1}})$$

因此有机物苯酚在水溶液中的标准摩尔生成焓 $H_{m,\mathrm{C_6H_5OH}}^0(\mathrm{aq})$ 为

$$H_{m,\mathrm{C_6H_5OH}}^0(aq) = H_{m,\mathrm{C_6H_5OH}}^0(g) + \Delta_g^{aq} H_m^0(\mathrm{C_6H_5OH})$$

$$= -94.6 + (-5.8250) = -100.425(\mathrm{kJ \cdot mol^{-1}})$$

3.3　热力学模型的验证

为了验证热力学估算模型的精确度和可靠性,本文选取了几种代表性有机物的热力学实验值,对比数据如表 3 所示。

表 3　有机物在水溶液中的标准摩尔生成焓 $\Delta_f H_{m,\mathrm{aq}}^0(\mathrm{A})$ 的数据对比

Tab. 3　Comparison $\Delta_f H_{m,\mathrm{aq}}^0(\mathrm{cal})$ with $\Delta_f H_{m,\mathrm{aq}}^0(\mathrm{exp})$ for four aqueous organic speeies

有机物	$\Delta_f H_{m,\mathrm{aq}}^0(\mathrm{A})$ $(\mathrm{kJ \cdot mol^{-1}})$ 计算值	$\Delta_f H_{m,\mathrm{aq}}^0(\mathrm{A})$ $(\mathrm{kJ \cdot mol^{-1}})$ 文献值
苯	47.19	51.20701[27]
2-丁酮	−257.6	−284.01[27]
甲烷	−91.211	−87.9058[27]
乙醛	−236.88	−210.941[28]

结果表明,模型估算得到的数据和文献值相差不大,因此通过建立的热力学估算有毒有机物在水溶液中的基础物性数据模型是可靠的。有机物在水溶液中的热力学数据是评估不同污染物减排过程节能潜力和研究减排过程节能机制时必不可缺,通过上述热力学估算模型依次得到了如下有机毒物在水溶液中的标准摩尔生成焓数据,如表 4 所示。

表 4　有机物在水溶液中的标准摩尔生成焓 $\Delta_f H_{m,\mathrm{aq}}^0(\mathrm{A})$

Tab. 4　The calculated standard molar Gibbs energy of formation $\Delta_f H_{m,\mathrm{aq}}^0(\mathrm{A})$ for aqueous organic species

有机物	$\Delta_f H_{m,\mathrm{aq}}^0(\mathrm{A})(\mathrm{kJ \cdot mol^{-1}})$	有机物	$\Delta_f H_{m,\mathrm{aq}}^0(\mathrm{A})(\mathrm{kJ \cdot mol^{-1}})$
o-甲酚	−134.05	1,1-二氯乙烯	27.70
乙苯	−6.2362	氯仿	−138.62
甲醛	−200.8	硝基苯	−62.76
1,1-二氯乙烷	−153.84	2-氯酚	−237.67
丙酮	−409.13	苯甲醛	−123.85
2-硝基苯酚	−63.005	2-丁酮	−257.48
溴苯	20.904	萘	95.2373
对二甲苯	8.3042	嘧啶	72.1881
1,1,1-三氯乙烷	−174.15	正辛烷	−213.18
三氯乙烯	−23.077	芘	115.757
氯乙烯	17.6927		

通过已建立的热力学估算模型,建立各有机毒物的基础物性数据库,对高级氧化技术治理耗能的深入研究具有指导意义。

4　结果与讨论

为了进一步推进高级氧化技术的大规模应用,迫切需要建立相关模型和参数,研究其矿化有毒有机物过程的理论能耗,评估该技术的能耗指标,但是由于缺少定量描述减排不同污染物所需的能耗数据,这给减排的最终落实带来了极大的困难。有机物在水溶液中的热力学数据是评估不同污染物减排过程节能潜力和研究减排过程节能机制时必不可缺,本文通过热力学理论知识,建立了有机物在水溶液中标准摩尔生成焓 $\Delta_f H_m^0(aq)$ 的估算模型,为高级氧化技术处理的理论极限能耗分析提供了普遍化框架。另外选择了代表性有机物验证模型的可靠性,得到估算结果与实验数据大致吻合。通过本文建立的热力学估算模型,建立各有机毒物的基础物性数据库,对高级氧化技术治理耗能的深入研究具有指导意义。

参考文献

[1]　全国环境统计公报(2007 年,http://www. sepa. gov. cn/plan/hjtj/qghjtjgb/200809/t20080924-129355htm).

[2]　F. J. Benitez, et al. Contribution of free radicals to chlorophenols decomposition by several advanced oxidation processes[J]. Chemosphere, 2000, 41(8): 1271~1277.

[3]　B. Veriansyah, J. D. Kim. Supercritical water oxidation for the destruction of toxic organic wastewaters: A review[J]. J. Environ. Sci. , 2007, 19(5):513~522.

[4]　R. Munter, et al. Advanced oxidation, processes-current status and prospects[J]. Proc. Estonian Acad. Sci. Chem. , 2001, 50(2):59~80.

[5]　O. Legrini, et al. Photochemical processes for water treatment[J]. Chem. Rev. , 1993, (93): 671~698.

[6]　M. H. Priya, G. Madras. Kinetics of photocatalytic degradation of chlorophenol, nitrophenol, and their mixtures[J]. Ind. Eng. Chem. Res. , 2006, 45(2): 482~486.

[7]　L. Gu, et al. Degradation of aqueous p-nitrophenol by ozonation integrated with activated carbon[J]. Ind. Eng. Chem. Res. , 2008, 47(18): 6809~6815.

[8]　B. Ahmed, et al. Degradation and mineralization of organic pollutants contained in actual pulp and paper mill wastewaters by a UV/H₂O₂ process[J]. Ind. Eng. Chem. Res. , 2009, 48(7): 3370~3379.

[9]　J. P. Lange. Sustainable development: efficiency and recycling in chemicals manufacturing[J]. Green. Chem. , 2002, 4(6): 546~550.

[10]　G. P. Hammond. Industrial energy analysis, thermodynamics and sustainability[J]. Applied Energy. 2007, 84 (7-8): 675~700.

[11]　S. K. Sikdar. Sustainability perspective and chemistry-based technologies[J]. Ind. Eng. Chem. Res. , 2007, 46(14): 4727~4733.

[12]　K. Zhang, Z. Wen. Review and challenges of policies of environmental protection and sustainable development in China[J]. J. EnvironmAnage, 2008, 88(4): 1249~1261.

[13]　A. M. Omer. Energy, environment and sustainable development[J]. Renew Sustain Energy Rev. , 2008, 12 (9): 2265~2300.

[14]　http://www. stdaily. com/kjrb/content/2009-12/18/content_136957. htm

[15]　Y. H. Ji, et al. Thermodynamic analysis of the theoretical energy consumption in the removal of organic contaminants by physical methods [J]. Sci. China Chem. , 2010, 53(3): 671~676.

[16]　吉远辉，黄文娟，杨祝红，等. 高级氧化技术矿化水中有毒有机物理论极限能耗研究 [J]. 化工学报，2010，61(7): 1845~1851.

[17]　Y. H. Ji, et al. Theoretical limit of energy consumption for removal of organic contaminants in U. S. EPA Priority Pollutant List by NRTL, UNIQUAC and Wilson models [J]. Fluid Phase Equilibr. , 2010, doi: 10. 1016/j.

[18]　P. Atkins, J. de Paula. Atkins' Physical Chemistry. Eighth Edition. Oxford: Oxford University Press, 2006.

[19]　G. V. Buxton, C. L. Greenstock, W. P. Helman, A. B. Ross. Critical review of rate constants for reactions of hydrated electrons, hydrogen atoms and hydroxyl radicals (• OH/ • O—) in aqueous solution[J]. J. Phys. Chem. Ref. Data, 1988, (17): 513~886.

[20]　Y. H. Ji, et al. Thermodynamic study on the reactivity of trace organic contaminant with the hydroxyl radicals in waters by advanced oxidation processes [J]. Fluid Phase Equilibr. , 2009, 277(1): 15~19.

[21]　D. D. Wagman, et al. The NBS tables of chemical thermodynamic properties. Selected values for inorganic and C1 and C2 organic substances in SI units[J]. J. Phys. Chem. Ref. Data. , 1982, 11 (Suppl. 2): 1~407.

[22]　R. A. Alberty, Standard transformed formation of carbon dioxide in aqueous solutions at specified pH[J]. J. Phys. Chem. , 1995, (99): 11028~11034.

[23]　R. A. Alberty, Apparent equilibrium constants and standard transformed Gibbs energies of biochemical reactions involving carbon dioxide[J]. Arch. Biochem. Biophys, 1997, 348(1): 116~124.

[24]　G. H. Parsons, C. H. Rochester, C. E. C. Wood. Effect of 4-substitution on the thermodynamics of hydration of phenol and the phenoxide anion[J]. Chem. Soc. B, 1971: 533~536.

[25]　J. A. Dean, Lange's Handbook of Chemistry, 15th ed. , McGraw-Hill, New York, 1999.

[26]　F. Mahmoud, Abd-El-Bary, F. Mahmoud, Hamoda, Shigeharu Tanisho, and Noriaki Wakao Henry's constants for phenol over its diluted aqueous solution. [J]. Chem. Eng. Data, 1986, 31(2):229~230.

[27]　E. L. Shock, H. C. Helgeson, Calculation of the thermodynamic and transport properties of aqueous species at high pressures and temperatures: Standard partial molal properties of organic species[J]. Geochim. Cosmochim. Acta, 1990, (54): 915~945.

[28]　M. D. Schulte, E. L. Shock. Aldehydes in hydrothermal solution: standard partial molal thermodynamic properties and relative stabilities at high temperatures and pressures[J]. Geochim. Cosmochim. Acta. , 1993, (57): 3835~3846.

Thermodynamic Model for Estimating $\Delta_f H_m^0$(aq) of Aqueous Organic Contaminants

JI Yuan-hui　HUANG Wen-juan　YANG Zhu-hong　FENG Xin　LU Xiao-hua

(*State Key Laboratory of Materials-Oriented Chemical Engineering ,*
Nanjing University of Technology , Nanjing 210009, *China*)

Abstract　In order to promote the large-scale application of advanced oxidation processes (AOPs), the thermodynamic method should be urgently proposed to analyze the theoretical energy consumption and assess energy index for the organic contaminant mineralization. But due to the lack of energy consumption data to quantify emission of various organic contaminants, the laws and policies are difficult to implement. The standard thermodynamic properties for aqueous organic species are indispensable for analyzing energy savings and emissions-reduction potential. In this paper, the standard molar enthalpy of formation for the aqueous organic species is calculated to set up a generalized framework for theoretical analyzing the theoretical energy consumption by AOPs. Moreover, the calculation results of the model agree with the available experimental results. This work illustrates that the estimation model of thermodynamic properties for aqueous organic contaminants has the instructive significance on development of energy consumption analysis by AOPs.

Keywords   Advanced oxidation processes, Theoretical energy consumption, Organic contaminants, Standard thermodynamic data, Energy-saving and waste-reduction

物性估算与热化学平衡耦合在钛酸钠制备中的应用*

钱红亮　刘畅　姚文俊　吉远辉　冯新　陆小华

(南京工业大学材料化学工程国家重点实验室,南京 210009)

摘要　钛酸钠由于其重要作用而越来越受到重视,其中由碳酸钠和锐钛矿进行固相烧结反应得到其最具有工业化的潜力。目前实验研究碳酸钠和锐钛矿烧结反应很多,反应物比例、温度等都影响烧结产物的组成和比例,然而要规模化生产,必须要找出影响烧结产物的组成和比例的众多因素中找出易控参数,所以有必要从热力学角度对其进行热化学平衡计算,难点在于由于碳酸钠和锐钛矿反应产物众多且组成复杂,产物的热力学数据部分缺失,造成无法进行热化学平衡计算。本文结合作者前面研究的热力学数据估算方法,估算了缺失的热力学数据,使物性估算与热化学平衡耦合,从而计算得到反应物比例、温度对烧结产物组成和比例的影响,并与文献中实验结果相比较,结果表明本文计算结果和文献相符合,最后以此为基础,分别画出以产物为目标的纯度和收率的等高线图,从等高线图得出温度和反应物比例对各个烧结产物的纯度和收率影响差别很大。

关键词　物性估算,热化学平衡,Gibbs 自由能最小化,六钛酸钠

1　引言

钛酸钠由于其重要作用而越来越受到重视,如三钛酸钠由于其的层状结构具有良好的离子交换能力,能交换出很多物质[1],而六钛酸钠由于其良好的性能,得到广泛的应用[2]。然而要得到一系列的钛酸钠,实验已经研究很多,其合成条件众多[3,4],要规模化生产,必须要从找出影响烧结产物的组成和比例的众多因素中找出易控参数,因此有必要对影响烧结产物组成和比例的本质——热化学平衡进行计算,从而计算得到反应物比例、温度对烧结产物组成和比例的影响。

---

* 国家自然科学重点基金资助项目(项目编号:20736002);国家自然科学青年基金资助项目(项目编号:20706028);国家科技支撑计划项目(项目编号:2006BAB09B02);长江学者和创新团队发展计划项目(项目编号:IRT0732);科技型中小企业技术创新基金资助项目(项目编号:08C26223201858);科技人才创新创业基金资助项目(项目编号:200904008)

联系人:陆小华,E-mail: xhlu@njut.edu.cn

对于热化学平衡,当在给定的温度和压力达到平衡时,根据热力学第二定律,体系的 Gibbs 自由能将达到该状态下的最小值。基于这一原理,将系统的 Gibbs 自由能描述为组成的函数,在各组分遵循物质守恒的条件下,对应于体系 Gibbs 自由能最小值的组成就是平衡组成,因而将问题转化为有约束的最优化问题[5]。目前热化学平衡计算研究的很多,从早期主要研究计算方法,到现在众多集成软件的形成,应用范围正不断扩大,目前比较著名的软件有 Aspen Plus、FactSage、Thermo-Calc、HSC Chemistry、Pandat、CALPHAD、MTDATA 等。国内有中国科学院过程工程研究所的许志宏等建立的无机热化学数据库(ITDB)[6]。

目前应用 Gibbs 自由能最小化法计算热化学平衡的应用很多[7~12]。然而上面的计算所涉及的物质都是常用的且结构都比较简单,物性数据都是可以通过相关手册查到,然而在实际应用热化学平衡进行计算时,尽管由于现代仪器的发展,物质的热力学数据不断被测定出来,但是随着新材料发展的日新月异,物质越来越多,组成也越来越复杂,造成很多物质的热力学数据的空白。而要获得物质热力学数据的精确测量值,往往要付出高昂的代价,所以物性数据的缺失是目前热化学平衡的应用最大的瓶颈。通过理论分析建立的物性估算方法,常可以节约大量的时间和资金,而且精度也令人满意。此外,当有些物质物理化学性质不稳定时,其热力学数据是很难用实验方法测定的,此时估算是唯一得到该热力学数据的方法[13]。碳酸钠和锐钛矿固相烧结的反应产物中 Na_4TiO_4 和 $Na_2Ti_6O_{13}$ 物性数据空白,所以必须引入物性估算的方法。

本文在前人工作的基础上,提出了计算热化学平衡时在相关物质物性数据不全或者空白时,可以带入作者前面研究物性估算的方法[14],使物性数据和 Gibbs 自由能最小化法耦合,并使得热化学平衡计算得以进行;其次,在此基础上计算了碳酸钠与锐钛矿烧结反应在不同反应物比例、温度下其产物的组成和比例的变化情况,并与文献中已有的固相烧结反应实验结果相比较,结果表明本文计算结果和文献相符合;最后,分别画出以产物为目标的摩尔分数和收率的等高线图,由此在影响烧结产物的组成和比例的众多因素中找出关键因素,以指导钛酸钠规模化生产。

2　计算方法

2.1　Gibbs 自由能最小化法

到目前为止,计算化学平衡有两种方法,一是基于平衡常数法,这个方法在计算中必须定义具体的化学反应,如文献[15]介绍的,必须选择适当的化学反应并给出这些反应的平衡常数。Reynolds 详细讲述了这个模型的缺点[16]。由于上面介绍的原因,这个方法不适合计算复杂问题。二是 Gibbs 自由能最小化法,其优点在于计算化学平衡时无需知道具体的化学反应。根据上面叙述的计算方法,在各个物质物性数据都已知的情况下,便可以求得在一系列条件下的热化学平衡组分,从而获得反应产物组成和比例与外界条件,如反应物比例、温度、压力之间的关系。

2.2 收率和纯度计算方法

收率的定义是指按反应物进行量计算，生成目的产物的百分数。本文计算中假定反应物中的碳酸钠的量不变，为 1mol，而锐钛矿的量不断变化，由此反应物比例在 1～8 之间不断变化。假设理论上生成产物 Na_4TiO_4、Na_2TiO_3、$Na_2Ti_3O_7$、$Na_8Ti_5O_{14}$、$Na_2Ti_6O_{13}$ 的物质的量分别为 n_1、n_2、n_3、n_4、n_5，通过 Gibbs 自由能最小化法模拟计算得到产物 Na_4TiO_4、Na_2TiO_3、$Na_2Ti_3O_7$、$Na_8Ti_5O_{14}$、$Na_2Ti_6O_{13}$ 的物质的量分别为 $n_1{}'$、$n_2{}'$、$n_3{}'$、$n_4{}'$、$n_5{}'$，那么产物收率分别为 $Y_i = \dfrac{n_i{}'}{n_i}$，纯度定义为 $x_i = \dfrac{n_i{}'}{n_1{}' + n_2{}' + n_3{}' + n_4{}' + n_5{}'}$。

2.3 物性估算

Na_2CO_3 和锐钛矿一起进行固相烧结反应，其产物为 Na_4TiO_4、Na_2TiO_3、$Na_2Ti_3O_7$、$Na_8Ti_5O_{14}$ 和 $Na_2Ti_6O_{13}$ 五种物质[3]。其中 Na_2TiO_3、$Na_2Ti_3O_7$ 和 $Na_8Ti_5O_{14}$ 这三种物质的热力学数据可参考相关手册[17]，而 $Na_2Ti_6O_{13}$ 和 Na_4TiO_4，热力学数据空白。要对 Na_2CO_3 和锐钛矿反应进行化学平衡计算，得到反应物比例、温度等因素对产物的组成和数量的影响，就必须知道空白的数据。本文首先用作者前面提出的方法[14]估算 Na_4TiO_4 的标准摩尔生成 Gibbs 自由能和标准摩尔生成焓，用 Berman 和 Brown 等[18]的热容方法估算固态热容，用 Stebbins 等[19]的方法估算液态热容，熔点来自于相图[20]，估算的热力学数据如表 1 所示。

表 1　估算的 Na_2CO_3 和锐钛矿反应产物的热力学数据

Tab. 1　Estimation for lacking thermodynamic data of the production
of the reaction between Na_2CO_3 and anatase

物质	$\Delta_f H_m^0$ (kJ·mol⁻¹)	S_m^0 (J·mol⁻¹·K⁻¹)	C_{pS} (J·mol⁻¹·K⁻¹)				熔点(K)	C_{pL} (J·mol⁻¹·K⁻¹)			
			A	B	C	D		A	B	C	D
Na_4TiO_4	−2139.710	214.312	219.400	69.750	−41.690	−26.802	1045	316.4	0	0	0
$Na_2Ti_6O_{13}$	−6275.371	373.047	508.704	66.873	−117.542	−17.431	1500	773.1	0	0	0

3　计算结果

3.1 温度的影响

温度对反应产物组成和比例的影响如图 1 的(a)～(d)所示，分别表示反应物比例为 1∶2、1∶4、1∶6、1∶8，从图 1(a)可以看出，$Na_2Ti_6O_{13}$ 的量随着温度的增加，在 1100℃左右达到最大值 0.09mol，然后减小，而 $Na_2Ti_3O_7$ 在 400℃左右达到最大值 0.48mol，随后在 400℃～1100℃减小，超过 1100℃又增加。而 $Na_8Ti_5O_{14}$ 在 300～400℃间增加很快，400～1100℃基本不变，1100℃后减少。而从图 1(b)～(d)可以看出，温度对 $Na_2Ti_3O_7$ 和 $Na_2Ti_6O_{13}$ 的趋势不变，但是 $Na_8Ti_5O_{14}$ 的量越来越少。

上述研究表明温度使得 $Na_2Ti_3O_7$ 和 $Na_2Ti_6O_{13}$ 之间很容易转化,在 400~1100℃之间,$Na_2Ti_3O_7$ 逐渐转化为 $Na_2Ti_6O_{13}$。

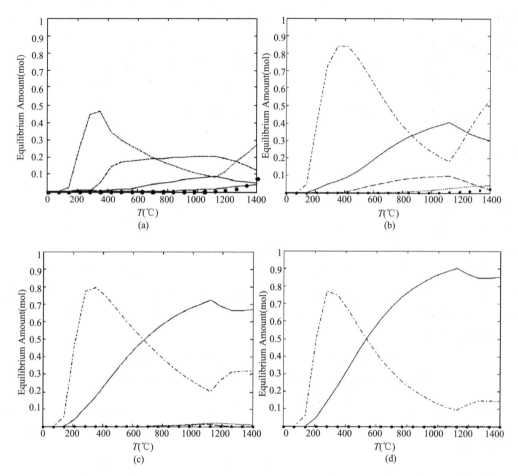

图 1　反应物比例分别为锐钛矿/Na_2CO_3＝2,4,6,8 时温度对产物组成的影响

Fig. 1　The effect of temperature on composition and proportion of products at

TiO_2/Na_2CO_3＝2,4,6,8,respectively

$\cdots Na_4TiO_4$　- - - -Na_2TiO_3　— - —$Na_2Ti_3O_7$　— —$Na_8Ti_5O_{14}$　——$Na_2Ti_6O_{13}$

3.2　反应物组成的影响

反应物的比例即钛钠比的影响如图 2 所示。从图 2(a)可以看出,随着钛钠比的增加,$Na_2Ti_3O_7$ 的量不断增加,到 4 左右达到最大值,后面几乎不变,而 $Na_2Ti_6O_{13}$ 次之,其量不断增加,但其量和 $Na_2Ti_3O_7$ 相比一直很少。从图 2(b)可知,在钛钠比等于 4 之前和图 2(a)一样,但是钛钠比 4 以后 $Na_2Ti_3O_7$ 的量就不断下降,而 $Na_2Ti_6O_{13}$ 的量不断增加,并且在比例 6.5 以后,$Na_2Ti_6O_{13}$ 占主导。从图 2(c)可知,$Na_2Ti_3O_7$ 和 $Na_2Ti_6O_{13}$ 的变化趋势和图 2(b)一样,只不过在钛钠比在 3.4 左右就是 $Na_2Ti_6O_{13}$ 占主导了。图 2(c)和图

2(d)几乎不变。

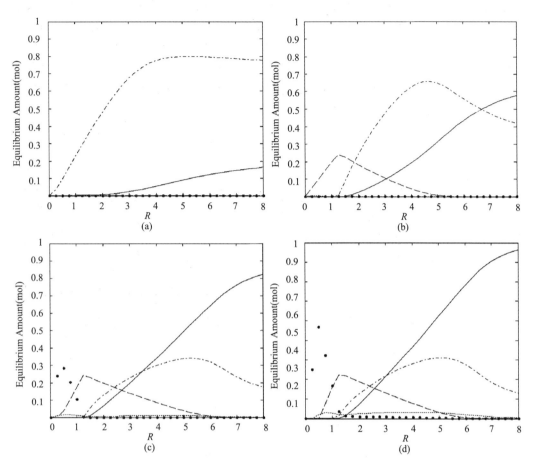

图 2　反应温度分别为 $T=300$、600、900、1200(℃)时反应物比例对产物组成的影响

Fig. 2　The effect of reactant on compose and proportion of production at $T=300℃,600℃,900℃,1200℃$ respectively

···Na_4TiO_4　− − − −Na_2TiO_3　— − −$Na_2Ti_3O_7$　— —$Na_8Ti_5O_{14}$　——$Na_2Ti_6O_{13}$

3.3　等高线图

在实际应用过程中,往往不需要所有产物的分布图,而是以某个产物为目标,得到影响目标产物的综合图,这也符合产品工程的理念[21]。并且对于某个目标产物,纯度和产率是产物质量的最重要的两个因素,本文中纯度以摩尔分数等高线的形式表示,产率以产率等高线的形式表示。

3.3.1　摩尔分数的等高线

从图 3 中可以看出,制备的 $Na_2Ti_6O_{13}$、$Na_2Ti_3O_7$ 和 $Na_8Ti_5O_{14}$ 的纯度受钛钠比和温度的影响完全不一样。从图 3(a)中我们知,对于 $Na_2Ti_6O_{13}$,产物的纯度对钛钠比和温度都比较敏感,并且钛钠比越高,温度越高,其纯度大大增加。等高线在 1100℃时有一个最低点,表明在 1100℃时,能用最低的钛钠比获得最高的纯度,这个是制备 $Na_2Ti_6O_{13}$ 最适宜的温度。对于 $Na_2Ti_3O_7$,从图 3(b)中可以看出,钛钠比对纯度几乎没有影响,而温度对纯度却影响很大,在 1100℃之前,随着温度的增加,纯度不断下降,而在 1100℃之后,纯度相反在不断增加。对于 $Na_8Ti_5O_{14}$,从图 3(c)中可以看出,温度对纯度几乎没有影响,而钛钠比影响很大,要想得到纯度很高的 $Na_8Ti_5O_{14}$,钛钠比就必须在 $1\sim1.25$ 之间才行,高于这个比例纯度快速下降。这与文献[22]非常符合。

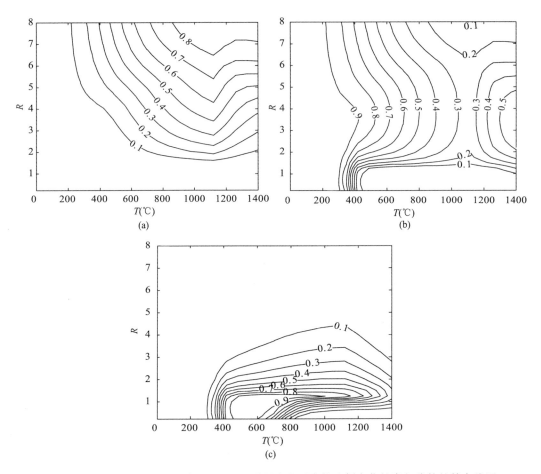

图 3　$Na_2Ti_6O_{13}$、$Na_2Ti_3O_7$ 和 $Na_8Ti_5O_{14}$ 随温度和反应物比例变化的摩尔分数的等高线图

Fig. 3　Counter line of impact of reactant ratio and temperature on molar fraction of $Na_2Ti_6O_{13}$, $Na_2Ti_3O_7$ and $Na_8Ti_5O_{14}$

3.3.2　收率的等高线图

从图 4 可以看出,制备的 $Na_2Ti_6O_{13}$、$Na_2Ti_3O_7$ 和 $Na_8Ti_5O_{14}$ 的收率受钛钠比和温度的影响完全不一样。从图 4(a)、图 4(c)可以看出,对于 $Na_2Ti_6O_{13}$,收率受钛钠比和温度影响和纯度受其影响趋势一样。对于 $Na_8Ti_5O_{14}$,收率受钛钠比和温度影响和纯度受其

影响趋势也是一样。但是对于 $Na_2Ti_3O_7$，从图 4(b)可以看出，收率受钛钠比和温度影响和纯度受其影响趋势是不同的，在 400℃之前，收率是不断下降的，400℃时 $Na_2Ti_3O_7$ 的收率达到最大值，在 400～1100℃之间收率又不断下降，而 1100℃以后，又不断上升。

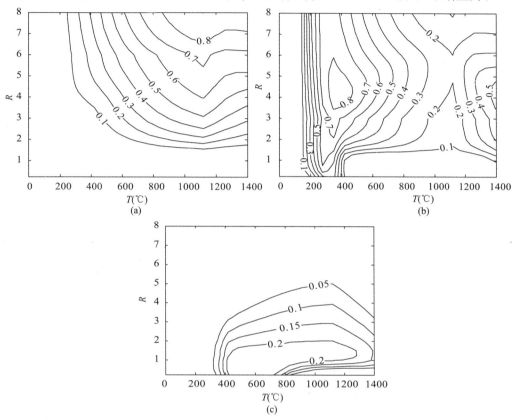

图 4　$Na_2Ti_6O_{13}$、$Na_2Ti_3O_7$ 和 $Na_8Ti_5O_{14}$ 随温度和反应物比例变化的收率的等高线图

Fig. 4　Counter line of impact of reactant ratio and temperature on

yield of $Na_2Ti_6O_{13}$, $Na_2Ti_3O_7$ and $Na_8Ti_5O_{14}$

4　验证

计算结果与文献比较

Hill 等[4]原计划用 TiO_2：Na_2CO_3＝1：1 在 1000℃烧结 1h 得到 Na_2TiO_3，然后产物最终证明为 $Na_8Ti_5O_4$ 量最多，而 Na_2TiO_3 量最少。Anthony 等[4]原想得到 $Na_2Ti_5O_{11}$，他们利用 1 Na_2CO_3＋$2TiO_2$ 加热到 1100℃并且慢慢降温，得到的产物却为 $Na_2Ti_3O_7$ 和 $Na_8Ti_5O_4$。Anthony 等[4]又试图以 1 Na_2CO_3＋$5TiO_2$ 在 900℃反应得到 $Na_2Ti_5O_{11}$，而得到产物却是 $Na_2Ti_3O_7$ 和 $Na_2Ti_6O_{13}$，这与 Glasser 和 Marr[23]得到的结论一致。Belyavev 等以 1 Na_2CO_3＋$2TiO_2$ 加热到 700℃并保温，也没有得到 $Na_2Ti_5O_{11}$，相反得到产物为 $Na_2Ti_3O_7$ 和 $Na_8Ti_5O_4$。计算结果与文献实验结果比较如表 2 所示，需

要注意的是对于 Hill 等[4]得出的 $Na_8Ti_5O_4$ 量最多,而 Na_2TiO_3 量最少的结论,对于我们的计算结果,可能是含量低于某一个值时,检测不出来,如计算结果中 $Na_2Ti_3O_7$ 和 $Na_2Ti_6O_{13}$ 的含量的数量级分别是 -4 和 -9,可以忽略不计。

表 2　锐钛矿和碳酸钠反应的计算结果和实验结果比较
Tab. 2　Compare of calculated results and experimental results
of reaction of sodium carbonate and anatase

比例	$T(℃)$	文献结果	计算结果(mol)				
			Na_4TiO_4	Na_2TiO_3	$Na_2Ti_3O_7$	$Na_8Ti_5O_{14}$	$Na_2Ti_6O_{13}$
1:1	1000	$Na_8Ti_5O_4$ 最多 Na_2TiO_3 最少	$1.41×10^{-1}$	$1.77×10^{-2}$	$1.89×10^{-4}$	$1.67×10^{-1}$	$5.86×10^{-9}$
1:2	1100	$Na_2Ti_3O_7$ $Na_8Ti_5O_4$	$1.28×10^{-3}$	$1.17×10^{-2}$	$1.04×10^{-1}$	$2.01×10^{-1}$	$7.74×10^{-2}$
1:2	700	$Na_2Ti_3O_7$ $Na_8Ti_5O_4$	$2.51×10^{-5}$	$2.71×10^{-3}$	$1.99×10^{-1}$	$1.89×10^{-1}$	$3.93×10^{-2}$
1:5	900	$Na_2Ti_3O_7$ $Na_2Ti_6O_{13}$	$1.79×10^{-4}$	$1.02×10^{-2}$	$3.39×10^{-1}$	$3.98×10^{-2}$	$4.91×10^{-1}$

5　讨论

本文利用 Gibbs 自由能最小化法对锐钛矿和碳酸钠的固相烧结反应进行了热化学平衡的计算,计算时由于缺失产物的物性数据,热化学平衡计算无法进行下去,于是引入作者前面研究的物性估算方法估算了缺失的物性数据,使得计算得以进行。在分析钛钠比和温度对整个反应产物组成和比例的分布图后,根据产品工程的理念,本文分别建立了 $Na_2Ti_6O_{13}$、$Na_2Ti_3O_7$ 和 $Na_8Ti_5O_{14}$ 为目标产物的纯度和收率等高线图,以更好指导某个具体产物的制备。

锐钛矿和碳酸钠的固相烧结反应,产物有五个,反应非常的复杂,有并行反应、连串反应等。从 2.1 节分析我们可以直观地看出随着温度的升高三钛酸钠转化为六钛酸钠,即

$$3TiO_2(A) + Na_2Ti_3O_7 = Na_2Ti_6O_{13} \qquad (a)$$

本文从 $\Delta_rG_m\text{-}T$ 的关系予以证明,上述反应 $\Delta_rG_m\text{-}T$ 的关系图见图5。

从图5可以看出,在 $T=400℃$ 左右,$\Delta_rG_m=0$,而 $T>400℃$,$\Delta_rG_m<0$,即 400℃ 以后,反应(a)可以发生。而在 $T=1100℃$ 左右,Δ_rG_m-T 有明显的转折,说明 $Na_2Ti_3O_7$ 在 1100℃ 后无论是纯度和收率的增加及 $Na_2Ti_6O_{13}$ 在 1100℃ 左右纯度和收率都有最低点都是受这个反应的影响。

另外,由于本文是通过 Gibbs 自由能最小化法这个角度进行热力学分析的,而此仅仅考虑了反应过程中的推动力,没有考虑传热、传质等阻力,造成在计算 $Na_2Ti_3O_7$ 时在 $T=400℃$ 能达到收率最大值,与文献[4]有较大出入。文献[4]制备锐钛矿和碳酸钠的固

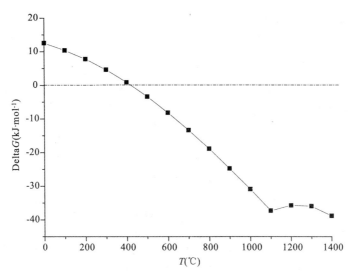

图 5　反应(a)的 $\Delta_r G_m\text{-}T$ 的关系图

Fig. 5　The relationship between molar reactive Gibbs free
energy and temperature of reaction(a)

相烧结任何产物时都在 700℃上,这可能是因为在 700℃之前,也就是共熔点之前,传热、传质等阻力等阻力很大,造成计算结果在高温时非常符合,这从 3.1 节中及与相关文献比较也可看出,低温符合性很差,但是这并不改变本文得出的计算结果,即随着温度的升高三钛酸钠转化为六钛酸钠,只不过这个温度之间范围没有计算的那么大。

6　结论

　　1) 锐钛矿和碳酸钠的固相烧结反应非常复杂,有并行反应、连串反应等。本文证实了 $3TiO_2$（A）$+ Na_2Ti_3O_7 = Na_2Ti_6O_{13}$ 反应的存在,并且其是造成 $Na_2Ti_6O_{13}$ 和 $Na_2Ti_3O_7$ 纯度和收率等高线奇异的原因。

　　2) 温度和反应物比例对各个烧结产物的纯度影响差别很大,温度和反应物比例都影响 $Na_2Ti_6O_{13}$ 的纯度,而 $Na_2Ti_3O_7$ 的纯度对反应物比例不敏感,对温度非常的敏感,受温度影响较大;$Na_8Ti_5O_{14}$ 的纯度对温度不敏感,但是对反应物比例的组成非常的敏感。

　　3) 温度和反应物比例对各个烧结产物的收率影响差别很大,对于 $Na_2Ti_6O_{13}$ 和 $Na_8Ti_5O_{14}$,收率受钛钠比和温度影响与纯度受其影响趋势一样,但是对于 $Na_2Ti_3O_7$,收率受钛钠比和温度影响与纯度受其影响趋势是不同的。

参考文献

[1]　A. Viviane, et al. The ionic exchange process of cobalt, nickel and copper(II) in alkaline and acid-layered titan-
　　　ates[J]. Colloids and Surfaces A：Physicochemical and Engineering Aspects,2004,248(1-3):145～149.

[2]　A. L. , Sauvet, et al. Synthesis and characterization of sodium titanates $Na_2Ti_3O_7$ and $Na_2Ti_6O_{13}$[J]. Journal of

Solid State Chemistry,2004,177(12):4508～4515.

[3]　E. B. Carolos，M. B. George. Sodium titanates:stoichiometry and raman spectra[J]. J. Am. Ceram. Soc. ,1987，70(3):C48～C51.

[4]　W. A. Hill，R. M. Anthony，H. Geoffrey. Alkali oxide rich sodium titanates[J]. J. Am. Ceram. Soc. ,1985,68(10):C266～C267.

[5]　W. B. White,et al. Chemical equilibrium in complex mixture[J]. J. Chem. Phys. ,1958,(28):751～760.

[6]　许志宏,王乐. 无机热化学数据库[M]. 北京:科学出版社,1987.

[7]　C. A. Pickles. Thermodynamic analysis of the selective chlorination of electric arc furnace dust[J]. Journal of Hazardous Materials,2009,(166):1030～1042.

[8]　J. A. González，M. Del，C. Ruiz. Bleaching of kaolins and clays by chlorination of iron and titanium[J]. Applied Clay Science,2006,(33): 219～229.

[9]　Xianquan Ao，Hua Wang，Yonggang Wei. Comparative study on the reaction of methane over a ZnO bed in the absence and presence of CO_2[J]. Journal of Natural Gas Chemistry,2008,(17):81～86.

[10]　Wenju Wang,Yaquan Wang. Dry reforming of ethanol for hydrogen production: Thermodynamic investigation [J]. International Journal of Hydrogen Energy,2009,(34): 5382～5389.

[11]　王玉明,袁章福,徐聪,李自强,王志东,邵宝顺,刘瑞丰,周荣会,魏青松. 四氯化钛制备中加碳氯化反应的研究[J]. 化学工程,2007,35(4):26～29.

[12]　李国栋. 基于 Gibbs 自由能最小法的反应过程优化设计的研究[D]. 南京:南京工业大学,2007.

[13]　乔芝郁,许志宏,刘洪霖. 冶金和材料计算物理化学[M]. 北京:冶金工业出版社,1999: 53～85.

[14]　钱红亮,刘畅,吉远辉,姚文俊,冯新,陆小华. 复杂含氧盐矿物热力学数据的一种简单估算方法[J]. 化工学报,2010,61(3):544～550.

[15]　Z. A. Zainal，R. Ali，C. H. Lean，K. N. Seetharamu. Prediction of the performance of a downdraft gasifier using equilibrium modeling for different biomassmaterials[J]. Energy ConversmAnage,2001,(42):1499～515.

[16]　韦钦胜. 复杂体系化学平衡及相平衡计算方法的研究[D]. 南京:南京工业大学,1986.

[17]　I. Barin. Thermochemical Data of Pure Substances[M]. Weinheim:Wiley-VCH Verlag GmbH,1997.

[18]　R. G. Berman，T. H. Brown. Heat capacity of minerals in the system Na_2O-K_2O-CaO-MgO-FeO-Fe_2O_3-Al_2O_3-SiO_2-TiO_2-H_2O-CO_2 representation estimation and high temperature extrapolation [J]. Contrib. Mineral. Petrol. ,1985,(89):168～183.

[19]　J. F. Stebbins，I. S. E. Carmichael，L. K. Moret. Heat capacities and entropies of silicate liquids and glasses[J]. Contrib. Mineral. Petrol. ,1984,(86):131～148.

[20]　G. Eriksson，A. D. Pelton. Critical evaluation and optimization of the thermodynamic properties and phase diagrams of the MnO-TiO_2,MgO-TiO_2,FeO-TiO_2,Ti_2O_3-TiO_2,Na_2O-TiO_2,and K_2O-TiO_2 systems[J]. Metallurgical and Materials Transactions B,1993,(24B):795～805.

[21]　J. Wei ,Product Engineering: Molecular Structure and Properties [M]. New York: Oxford University Press,2006.

[22]　H. Takei. Growth and properties of $Na_8Ti_5O_{14}$ crystals[J]. Journal of Materials Sience,1976,(11):1465～1469.

[23]　F. P. Glasser，J. marr. Phase relations in the system Na_2O-TiO_2-SiO_2[J]. J. Am. Ceram. Soc. ,1978,62(1-2):42～47.

Application of Coupling Estimation of Thermodynamic Data with Thermochemical Equilibrium in Preparation of Sodium Titanates

QIAN Hong-liang   LIU Chang   YAO Wen-jun

JI Yuan-hui   FENG Xin   LU Xiao-hua

(*State Key Laboratory of Materials-Oriented Chemical Engineering,*
Nanjing University of Technology, Nanjing 210009, China)

Abstract　More and more attention is paid to sodium titanates for their performance. Currently, mAny scientists have researched on solid reaction of sodium carbonate and anatase which is considered as the most potential of industrialization. But when producing it scale up, the easy controlled factor must be found in all factors which control composition and proportion of production, such as reactant ratio and temperature, so it is necessary to calculate thermochemical equilibrium. But it is difficult to achieve it for lack of thermodynamic data, not only the number of production of reaction of sodium carbonate and anatase is large, but also properties of production are complex. In this paper, the author uses the method investigated by himself early to estimate the lack of thermodynamic data, then coupling with thermochemical equilibrium to obtain the impact of reactant ratio and temperature on production. It can been seen that the calculated results is in accordance with the experimental ones. From the contour line for purity and yield of single production, it can be concluded that the impact of reactant ratio and temperature on purity and yield of single production is very different. To sodium hexatitanate, the impact of reactant ratio and temperature is very large, To sodium trititanate, the impact of temperature is very large but reactant ratio is not, To $Na_8Ti_5O_{14}$, the impact of reactant ratio is very large but the temperature is not.

Keywords　Estimation, Thermochemical equilibrium, Gibbs free energy minimization, Sodium titanates

晚香玉香精壳聚糖-三聚磷酸钠纳米胶囊的制备*

肖作兵[2]　王明熙[1,2]　胡静[1]　周如隽[1,2]　黄丽丽[1]

(1. 上海应用技术学院香料香精技术与工程学院,上海 200235;2. 上海海洋大学食品学院,上海 201306)

摘要　以壳聚糖(CS)和三聚磷酸钠(TPP)为囊材,通过离子凝胶法对晚香玉香精进行包覆,制备晚香玉香精壳聚糖-三聚磷酸钠纳米胶囊。系统地研究了囊材用量、香精添加量、乳化剂用量、乳化方式及反应时间等因素对香精纳米胶囊粒径的影响,并采用动态激光光散射(DLS)、透射电镜(TEM)、红外光谱(IR)及热重分析(TGA)对香精纳米胶囊的结构及性能进行表征。结果表明,当 CS 质量浓度为 1.71mg/mL、TPP 质量浓度为 0.8mg/mL、香精添加量为囊材质量的 1.2 倍、乳化剂用量为香精质量的 1/2,乳化方式为超声乳化 15min、反应时间为 1h 时,制备的晚香玉香精壳聚糖-三聚磷酸钠纳米胶囊平均粒径为 138nm,粒径分布系数为 0.100,香精装载量达 28.4%,能有效减缓高温下香精的释放速率,增加留香时间。

关键词　壳聚糖,三聚磷酸钠,离子凝胶法,纳米胶囊,晚香玉香精

1 引言

香精作为精细化学品的一个重要组成部分,已被广泛应用于日化、食品、烟草、医药、纺织等行业,并在人们的生产生活中发挥着增加香气、修饰香味、掩蔽不良气味、补充香味和增强口感等重要作用。晚香玉香精香气柔和幽韵,且具有止痛、驱蚊等药用功效,自古以来深受人们喜爱。然而,由于晚香玉香精挥发性强,留香时间较短,且重要组分对光、热、氧敏感,易受外界环境影响而导致香型失真,使其应用和发展受到制约。

近年来,以脂质体、凝胶、碳纳米管和纳米胶囊等新型载体为代表的微型封装技术已在药物控释和风味物质缓释等领域受到广泛关注和研究[1~3]。其中,纳米胶囊是一类粒径为纳米级,内部具有空穴孔隙,外部被聚合物壳层包裹的泡囊状物质[4]。通常纳米胶囊的粒径在 1μm 以下,而粒径在 50~300nm 的纳米胶囊因其在生物医药领域表现出的优越性能,已成为目前国内外学者研究的热点[5~8]。利用纳米胶囊对香精进行包覆,可避

---

* "973"计划资助项目(项目编号:2009CB226104);国家自然科学基金资助项目(项目编号:20876097)

免香味物质直接受光、热的影响而引起氧化变质、避免有效成分挥发、有效控制香味物质的释放、提高香精的稳定性[9~11]。

本文以具有良好生物相容性、生物可降解性和生物黏附性[12,13]的正负聚电解质壳聚糖(CS)和三聚磷酸钠(TPP)为囊材，采用离子凝胶法对晚香玉香精进行包覆，优化晚香玉香精壳聚糖-三聚磷酸钠纳米胶囊的制备条件，并对其结构和性能进行了研究。

2 实验部分

2.1 实验药品

壳聚糖(CS)，食品级，$M_w = 150\ 000$，浙江金壳生物化学有限公司；三聚磷酸钠(TPP)，化学纯，上海国药化学试剂有限公司；晚香玉香精，法国乐尔福香精有限公司；脂肪醇聚氧乙烯醚 9(AEO9)，分析纯，上海锦山化工有限公司。

2.2 晚香玉香精壳聚糖-三聚磷酸钠纳米胶囊的制备

将 CS 超声溶解后加入乳化剂 AEO9 和晚香玉香精，经充分乳化后得到稳定的乳化体系。在磁力搅拌作用下，将 TPP 溶解后滴加到此乳化体系中，经离子凝胶化作用后制得晚香玉香精壳聚糖-三聚磷酸钠纳米胶囊。

2.3 结构及性能表征

2.3.1 粒径大小及分布

通过激光纳米粒度仪检测晚香玉香精壳聚糖-三聚磷酸钠纳米胶囊的粒径大小及分布，检测温度为 25℃。

2.3.2 形态结构

晚香玉香精壳聚糖-三聚磷酸钠纳米胶囊经 2% 质量分数的磷钨酸负染色后置于铜网上，自然晾干后用透射电子显微镜观察其形态结构，加速电压为 75kV。

2.3.3 红外光谱分析

分别对经真空冷冻干燥后的空白壳聚糖-三聚磷酸钠纳米粒粉末、晚香玉香精壳聚糖-三聚磷酸钠纳米胶囊粉末及液体晚香玉香精进行红外光谱测定。

2.3.4 香精热稳定性及装载量测定

分别对经真空冷冻干燥后的空白壳聚糖-三聚磷酸钠纳米粒粉末、晚香玉香精壳聚糖-三聚磷酸钠纳米胶囊粉末及液体晚香玉香精进行热重分析，并计算香精装载量。测试温度：室温~800℃；升温速率：10℃/min。

3 结果与讨论

3.1 囊材用量对晚香玉香精壳聚糖-三聚磷酸钠纳米胶囊粒径的影响

3.1.1 TPP 质量浓度

固定 CS 质量浓度为 1.7mg/mL,考察 TPP 质量浓度为 0.57mg/mL、0.67mg/mL、0.80mg/mL、1.00mg/mL、1.33mg/mL[11~13] 对香精纳米胶囊的粒径影响,结果如图 1 所示。

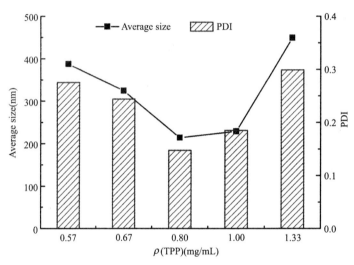

图 1　TPP 质量浓度对香精纳米胶囊粒径的影响

Fig. 1　The effect of TPP mass concentration on the size

distribution of fragrance-loaded nanocapsule

由图 1 可知,随着 TPP 质量浓度的增加,香精纳米胶囊平均粒径和 PDI 均出现先减小后增大的趋势。当 TPP 质量浓度为 0.8 mg/mL 时,其—PO^- 基团与 CS 溶液中带正电的—NH_3^+ 基团达到平衡摩尔配比,生成了平均粒径和 PDI 均最小的香精纳米胶囊。

3.1.2 CS 质量浓度

在 TPP 质量浓度为 0.8mg/mL 条件下,改变 CS 质量浓度为 1.03mg/mL、1.37mg/mL、1.71mg/mL、2.06mg/mL、2.4mg/mL,考察其质量浓度对香精纳米胶囊粒径的影响,结果如图 2 所示。

由图 2 可知,当 CS 质量浓度在 1.03~2.06mg/mL 时,香精纳米胶囊平均粒径均约 200nm,而 PDI 则先减小后增大。当 CS 质量浓度为 1.71mg/mL 时,CS 与 TPP 的摩尔比达到平衡,体系 PDI 达到最小值 0.147,继续增大 CS 质量浓度会导致体系中阳离子浓度增大,空间位阻效应增强,致使体系粒径分布不均匀。

3.2　香精添加量对晚香玉香精壳聚糖-三聚磷酸钠纳米胶囊粒径的影响

固定囊材用量,考察不同香精添加量对香精纳米胶囊粒径的影响,结果如图3所示。

由图3可知,随着香精添加量的增大,香精纳米胶囊的粒径呈现出先减小后增大的趋势。加香量太少,部分囊材因包覆不到香精,从而行成了空白纳米粒,使得体系粒径分布不均一;加香量太多,多余的香精游离在体系中,或被吸附在纳米粒子表面并剧烈碰撞聚集,致使体系粒径变大。当香精添加量为囊材质量的1.2倍时,香精纳米胶囊的平均粒径及PDI均达到最小值。

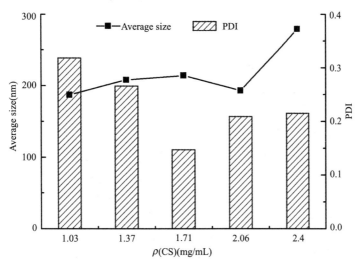

图2　CS质量浓度对香精纳米胶囊粒径的影响

Fig. 2　The effect of CS mass concentration on the size distribution of fragrance-loaded nanocapsule

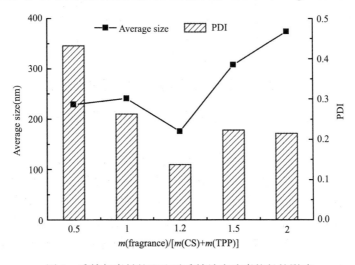

图3　香精与囊材的配比对香精纳米胶囊粒径的影响

Fig. 3　The effect of fragrance/(CS+TPP) ratio on the size distribution of

fragrance-loaded nanocapsule

3.3　乳化剂用量对晚香玉香精壳聚糖-三聚磷酸钠纳米胶囊粒径的影响

固定香精添加量,考察不同乳化剂用量对香精纳米胶囊粒径的影响,结果如图4所示。

由图4可知,当乳化剂的用量为香精质量的1/2时,香精纳米胶囊的平均粒径为174nm,PDI为0.098,两者均达到最小值。乳化剂用量太少,香精乳化不完全,未被乳化的香精会相互聚集,使得体系粒径变大,且分布不均一;而乳化剂用量过多时会在粒子表面形成过饱和吸附,多余的乳化剂其分子链会缠绕在一起,使纳米粒子发生团聚,同样导致体系粒径分布不均一。

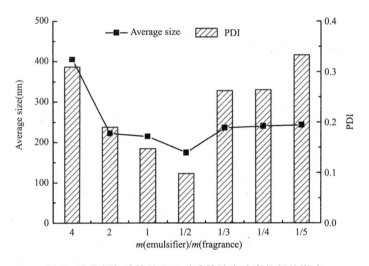

图4　乳化剂与香精的配比对香精纳米胶囊粒径的影响

Fig. 4　The effect of emulsifier/fragrance ratio on the size distribution of fragrance-loaded nanocapsule

3.4　乳化方式对晚香玉香精壳聚糖-三聚磷酸钠纳米胶囊粒径的影响

考察不同乳化方式(均质乳化和超声乳化)对香精纳米胶囊粒径的影响,结果如图5所示。

由图5可知,超声乳化条件下香精纳米胶囊的平均粒径和PDI均小于均质乳化。超声乳化时间太短,乳化剂大量游离在溶液中,未能与香精充分接触乳化,导致粒径偏大且分布不均一;随着超声乳化时间的增大,溶液中游离的乳化剂逐渐包覆在香精液滴周围,粒子表面能降低,静电排斥作用增强,致使体系平均粒径及PDI逐渐降低,并在15min后趋于稳定。结果表明,当超声乳化15min时香精纳米胶囊的平均粒径及PDI均达到最小值,乳化效果最好。

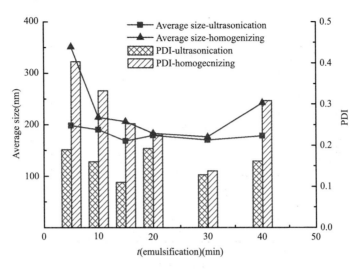

图 5 乳化方式对香精纳米胶囊粒径的影响

Fig. 5 The effect of emulsifying process on the size distribution of fragrance-loaded nanocapsule

3.5 反应时间对晚香玉香精壳聚糖-三聚磷酸钠纳米胶囊粒径的影响

改变反应时间为 0.5h、1h、1.5h、2h、3h,考察不同反应时间对香精纳米胶囊粒径的影响,结果如图 6 所示。

由图 6 可知,香精纳米胶囊粒径随反应时间增加出现减小趋势并在 1h 处达到最小值,继续增加反应时间,其粒径变化不明显。反应时间过短,CS 与 TPP 离子凝胶不完全,导致粒子表面残存大量电荷并通过静电作用团聚在一起,致使体系粒径分布不均一。控制反应时间为 1h 能制备出平均粒径和 PDI 均最小的香精纳米胶囊。

3.6 结构与性能表征

3.6.1 粒径及形态结构

分别对晚香玉香精壳聚糖-三聚磷酸钠纳米胶囊进行动态激光光散射和透射电镜测定,其结果如图 7 和图 8 所示。由图 7 可知,晚香玉香精壳聚糖-三聚磷酸钠纳米胶囊的平均粒径为 138nm,PDI 为 0.100,粒径分布均一集中。

由图 8 可知,晚香玉香精壳聚糖-三聚磷酸钠纳米胶囊呈类球形,粒径分布在 50～200nm,与动态激光光散射的分析结果一致。微粒之间略有黏结现象,可能是壳聚糖易成膜造成的。

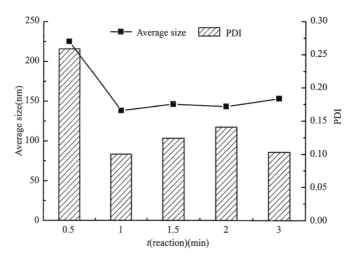

图 6　反应时间对香精纳米胶囊粒径的影响

Fig. 6　The effect of reaction time on the size

distribution of fragrance-loaded nanocapsule

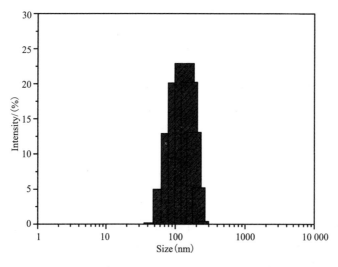

图 7　晚香玉香精壳聚糖-三聚磷酸钠纳米胶囊粒径分布

Fig. 7　The size distribution of tuberose

fragrance-loaded CS-TPP nanocapsules

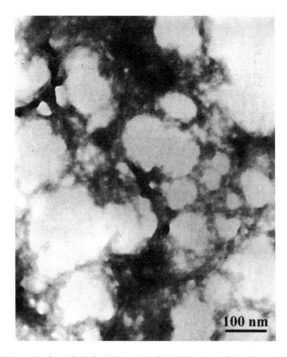

图 8 晚香玉香精壳聚糖-三聚磷酸钠纳米胶囊透射电镜图

Fig. 8 The TEM image of tuberose fragrance-loaded CS-TPP nanocapsules

3.6.2 红外光谱分析

图 9 为晚香玉香精、空白壳聚糖-三聚磷酸钠纳米粒和晚香玉香精壳聚糖-三聚磷酸钠纳米胶囊的红外光谱。空白壳聚糖-三聚磷酸钠纳米粒主要出现了 1636 cm^{-1} 和 1535 cm^{-1} 的－NH$_2$ 伸缩振动吸收峰；1074 cm^{-1} 的 C-O 伸缩振动吸收峰；1151 cm^{-1} 的 P-O 伸缩振动吸收峰；895 cm^{-1} 的 P-O 弯曲振动吸收峰。晚香玉香精壳聚糖-三聚磷酸钠纳米胶囊中－NH$_2$ 伸缩振动吸收峰移至 1628 cm^{-1} 和 1533 cm^{-1}，C-O 伸缩振动吸收峰移至 1078 cm^{-1}，同时分别在 1155 cm^{-1} 和 895 cm^{-1} 出现了 P-O 伸缩振动吸收峰和弯曲振动吸收峰，文献[17～18]中报道的经三聚磷酸钠交联的壳聚糖复合膜及以 TPP 为交联剂，采用离子凝胶法制备的 5-氟尿嘧啶/壳聚糖纳米微球均观测到类似的结果，并将其归因于磷酸根与质子化后氨基的交联作用，故可推断 CS 与 TPP 之间产生了分子间作用力。由图 9(a)曲线可知，晚香玉香精分别在 2932 cm^{-1}、1726 cm^{-1}、1273 cm^{-1}、746 cm^{-1} 和 700 cm^{-1} 出现了 5 个特征吸收峰。由图 9(b)曲线可知，晚香玉香精壳聚糖-三聚磷酸钠纳米胶囊中分别在 2928 cm^{-1}、1722 cm^{-1}、1269 cm^{-1}、754 cm^{-1} 和 698 cm^{-1} 出现了晚香玉香精的 5 个特征吸收峰。以上结果表明，晚香玉香精已被作用于壳聚糖-三聚磷酸钠纳米胶囊中。

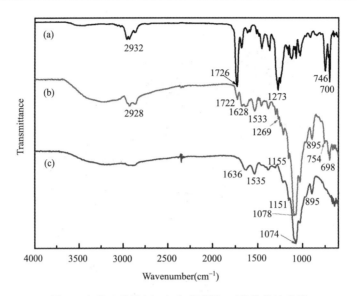

图 9　晚香玉香精(a)、空白壳聚糖-三聚磷酸纳米粒
(c)和晚香玉香精壳聚糖-三聚磷酸纳米胶囊(b)红外光谱
Fig. 9　IR spectra of tuberose fragrance(a)CS-TPP nanoparticles
(c) and tuberose fragrance-loaded CS-TPP nanocapsules(b)

3.6.3　热稳定性及香精装载量测定

图 10 为晚香玉香精、空白壳聚糖-三聚磷酸钠纳米粒和晚香玉香精壳聚糖-三聚磷酸钠纳米胶囊的热重曲线。由图 10(a)、(b)曲线可知,随着温度的升高,普通晚香玉香精分解剧烈,香精释放速率较快;而经壳聚糖-三聚磷酸钠纳米胶囊包覆后,芯材香精物质受热分解缓慢,香精释放速率显著降低。由此可见,制得的晚香玉香精壳聚糖-三聚磷酸钠纳米胶囊能有效减缓高温下香精的释放速率,增加留香时间。

由图 10(b)、(c)曲线可知,在 100℃之前两者均出现了失重峰,可能是由于样品中残留的水分造成,其质量损失率分别为 4.7% 和 10%。空白壳聚糖-三聚磷酸钠纳米粒在 180℃左右开始分解,并于 330℃后趋于平缓,其质量损失率为 37.5%。晚香玉香精壳聚糖-三聚磷酸钠纳米胶囊在 110℃开始缓慢分解,此为其包覆的晚香玉香精受热挥发所致,于 200℃左右分解速率加快,此为囊材物质受热分解所致,并于 330℃后趋于平缓,其质量损失率达到 56.3%。设晚香玉香精壳聚糖-三聚磷酸钠纳米胶囊的香精装载量为 f,列方程为

$$\frac{56.3\% - f}{1 - 4.7\% - f} = \frac{37.5\%}{1 - 10\%}$$

经计算得,晚香玉香精壳聚糖-三聚磷酸钠纳米胶囊的香精装载量为 28.4%。

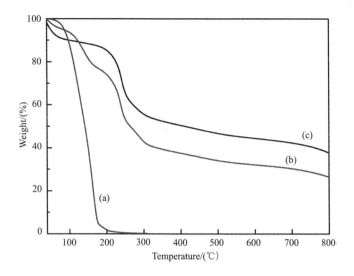

图 10 晚香玉香精(a)、空白壳聚糖-三聚磷酸纳米粒(c)
和晚香玉香精壳聚糖-三聚磷酸纳米胶囊(b)热重曲线
Fig. 10　TG curve of tuberose fragrance(a)CS-TPP nanoparticles
（c) and tuberose fragrance-loaded CS-TPP nanocapsules(b)

4　结论

采用离子凝胶法制备晚香玉香精壳聚糖-三聚磷酸钠纳米胶囊，通过对各项因素的考察，得到最优制备工艺为：CS 质量浓度为 1.71mg/mL、TPP 质量浓度为 0.8mg/mL、香精添加量为囊材质量的 1.2 倍、乳化剂用量为香精质量的 1/2，乳化方式为超声乳化 15min、反应时间为 1h。该晚香玉香精壳聚糖-三聚磷酸钠纳米胶囊呈类球形，平均粒径为 138nm，PDI 为 0.100，粒径分布均一。红外光谱和热重分析结果表明，晚香玉香精壳聚糖-三聚磷酸钠纳米胶囊能将芯材物质进行包覆，香精装载量可达 28.4%，且有助于减缓高温下香精的释放速率，延长其留香时间。

参考文献

[1]　Rajesh Singh, W. James, Jr Lillard. Nanoparticle-based targeted drug delivery[J]. Experimental and Molecular Pathology, 2009, (86)：215~223.

[2]　N. T. Huynh, C. Passirani, P. Saulnier, et al. Lipid nanocapsules：A new platform for nanomedicine[J]. International Journal of Pharmaceutics, 2009, 379(2)：201~209.

[3]　E. Marcuzzo, A. Sensidoni, F. Debeaufort, et al. Encapsulation of aroma compounds in biopolymeric emulsion based edible fllms to control flavour release[J]. Carbohydrate Polymers, 2010, (80)：984~988.

[4]　E. Allémann, R. Gurny, E. Doekler. Preparation of aqueous polymeric nanodispersions by a reversible salting-out process：influence of process parameters on particle size[J]. International Journal of Pharmaceutics, 1992, (87)：247~253.

[5]　Franck Gaudin, N. Sintes-Zydowicz. Core-shell biocompatible polyurethane nanocapsules obtained by interfacial

step polymerisation in miniemulsion[J]. Colloids and Surfaces A: Physicochemical and Engineering Aspects, 2008,(331):133~142.

[6]　A. Vonarbourg, C. Passirani, L. Desigaux, et al. The encapsulation of DNA molecules within biomimetic lipid nanocapsules[J]. Biomaterials, 2009,(30):3197~3204.

[7]　Yu Zhang, Siyu Zhu, Lichen Yin, et al. Preparation, characterization and biocompatibility of poly(ethylene glycol)-poly(n-butyl cyanoacrylate) nanocapsules with oil core viaminiemulsion polymerization[J]. European Polymer Journal, 2008,(44):1654~1661.

[8]　杨文静, 王婷, 何农跃. CS/TPP 纳米微胶囊的制备及其载药性能[J]. 高等学校化学学报, 2009, 30(3): 625~628.

[9]　肖作兵, 邵莹莹. 薄荷纳米香精的制备技术研究[J]. 香料香精化妆品, 2008,(3):44~48.

[10]　S. Theisinger, K. Schoeller, B. Osborn, et al. Encapsulation of a fragrance via miniemulsion polymerization for temperature controlled release[J]. mAcromolecular Chemistry and Physics, 2009,(210):411~420.

[11]　L. Ouali, V. Monthoux, D. Latreche, et al. Polymeric particles and fragrance delivery systems[P]. US: 7279542 B2, 2007-10-9.

[12]　Y. Okamoto, K. Kawakami, K. Miyatake, et al. Analgesic effects of chitin and chitosan[J]. Carbohydrate Polymers, 2002,(49):249~252.

[13]　莫名月, 李国明, 方雷, 等. 壳聚糖载药微囊的制备及应用研究进展[J]. 天津化工, 2005, 19(6):1~3.

[14]　A. A. Elzatahry, M. S. Mohy Eldin. Preparation and characterization of metronidazole-loaded chitosan nanoparticles for drug delivery application[J]. Polymers for Advanced Technologies, 2008,(19):1787~1791.

[15]　Hongqian Bao, Lin Lia, Hongbin Zhang. Influence of cetyltrimethylammonium bromide on physicochemical properties and microstructures of chitosan-TPP nanoparticles in aqueous solutions[J]. Journal of Colloid and Interface Science, 2008,(328):270~277.

[16]　谢宇, 胡金刚, 魏娅, 等. 离子凝胶法制备壳聚糖纳米微粒[J]. 应用化工, 2009, 38(2):171~173.

[17]　孟平蕊, 李良波, 陈翠仙, 等. 壳聚糖-三聚磷酸钠聚离子复合膜的研究[J]. 高分子材料科学与工程, 2004, 20(2):188~194.

[18]　杨培慧, 刘媚, 张建莹, 等. 5-氟尿嘧啶/壳聚糖载药纳米微球的制备及性能[J]. 化学研究与应用, 2009, 20 (1):42~46.

Preparation of Tuberose Fragrance-loaded Chitosan-Sodium Tripolyphosphate Nanocapsules

XIAO Zuo-bing [1]　　**WANGming-xi**[1,2]　　**HU Jing**[1]　　**ZHOU Ru-jun**[1,2]　　**HUANG Li-li**[1]

(1. *School of Perfume and Aroma Technology*, *Shanghai Institute of Technology*, *Shanghai* 200235, *China*; 2. *College of Food Science*, *Shanghai Ocean University*, *Shanghai* 201306, *China*)

Abstract　On the base of using chitosan(CS) and sodium tripolyphosphate(TPP) as wall materials, the preparation of tuberose fragrance-loaded CS-TPP nanocapsules by adopting ionic gelation method was discussed in this paper. The effects of the mass concentration of wall materials、the quantity of tuberose fragrance、the content of emulsifier、the emulsifying process and the reaction time to the size distribution of fragrance-loaded nanocapsules were presented systematically. The fragrance-loaded nanocapsules were characterized by dynamic light scattering(DLS)、transmission electron microscopy (TEM), infrared spectroscopy(IR) and thermogravimetric analysis(TGA). Results showed that the average particle size was 138nm, the polydispersity was 0.100 and the fragrance loading capacity was 28.4% when the CS mass concentration was 1.71mg/ mL, the TPP mass concentration was 0.8mg/mL、the ratio between fragrance and wall-materials was 1.2, the ratio between emulsifier and fragrance was 1/2, ultrasonic emulsi-fication for 15min and reaction time was 1h. Under high temperature, the release rate of tuberose fragrance loaded by CS-TPP nanocapsule was decreased significantly and the aroma lasting time was extended.

Keywords　Chitosan, Sodium tripolyphosphate, Ionic gelation, Nanocapsule, Tuberose fragrance

Nanoencapsulation of Rose Fragrance with Polybutylcyanoacry-late as Carrier and its Application in Textiles*

XIAO Zuo-bing[1,3]   HU Jing[1]   WANG Ming-xi[1]   LI Zhen[1]

ZHOU Ru-jun[2]   MA Shuang-shuang[3]

(1. School of Perfume and Aroma Technology,

Shanghai Institute of Technology, Shanghai 200235, China;

2. College of Food Science, Shanghai Ocean University, Shanghai 201306, China;

3. School of Biological Engineering, East China University of Science and

Technology, Shanghai 200237, China)

Abstract   Nanoencapsulation of rose fragrance with polybutylcyanoacrylate(PBCA) as carrier was prepared via ion polymerization under the emulsion system, and their aroma properties applied in the cotton textiles was studied. The successfulion polymerization reaction of polybutylcyanoacrylate leading to the wall formation of encapsulating rose fragrance was demonstrated by Fourier transform infrared spectroscopy (FTIR). The distribution and morphology of nanocapsules were studied using Dynamic Light Scattering (DLS) and Scanning Electron Microscope (SEM). The durability of the cotton textiles finished by nanocapsule was studied by Gas Chromatography-Mass Spectrometry (GC-MS) and Electronic nose. FT-IR displayed that PBCA interacted with rose fragrance via the hydrogen bonds. DLS demonstrated that rose fragrance nanocapsule had a unimodal size distribution and its average size (51.4nm) was bigger than that of PBCA nanoparticle (25.7nm). SEM also showed that the spherical nanocapsule kept 50~60nm in diameter and dispersed evenly. GC-MS and Electronic nose illustrated that the aroma release from the cotton textile finished by nanocapsule after washing 50 cycles was kept invariable in contrast to that by rose fragrance. Based on the results, it can be concluded that the impregnation of rose fragrance nanocapsule with the wall of PBCA on the cotton textiles was an effective method for keeping the aroma sustained-release property.

* National "973" Foundation (Item No.: 2009CB226104), National Natural Science Foundation (Item No.: 20876097) and Science and Technology Commission of Shanghai Municipality Nano Foundation (Item No.: 0952nm06100)

Keywords Polybutylcyanoacrylate, Nanocapsule, Rose fragrance, Textile, Electronic nose

1 Introduction

Polymeric nanoparticles are named nanocapsules as they contain a polymeric shell and an oil core. Nanocapsules have been widely studied as drug carriers, which is attributed to that they can improve drug sustained release[1], drug selectivity and effectiveness[2], drug bioavailability and decrease drug toxicity[3]. Since polyalkylcyanoacrylate nanocapsule was synthesized by Couvreur and Florence[4~5] via interfacial polymerization, it has attracted great interest in the pharmaceutical applications[6~13], such as the release of calcitonin, administration of insulin or blood substitutes, which belongs to its excellent biocompatibility and biodegradability.

Li et al. [14] studied the influence of the factors such as pH value, BSA loading, polymeric nanocapsule shell and protein molecular weight on the in vitro release of bovine serum albumin (BSA) from polybutylcyanoacrylate (PBCA) nanocapsule prepared by interfacial polymerization in water-in-fragrance microemulsion in detail. Bogdan M et al. [15] prepared a nanocapsule by interfacial polymerization of ethyl-2-cyanoacrylate monomer in fragrance-in-water emulsion. Besides, the chemical nature of the individual system components and the nanocapsule was investigated by high-resolution ^{1}H and ^{13}C nuclear magnetic resonance.

However, few presented research has focused on nanocapsule containing fragrances or perfumes. Especially, up to now, the encapsulation of fragrances or perfumes into PBCA nanocapsule has not been reported. There are only a number of studies[16~20] related to microencapsulation of flavors and fragrances. Rodrigues SN and the colleagues[21] used interfacial polymerization to produce polyurethane/urea (PUU) microcapsules with a perfume for industrial application on the textile substrate. A bimodal size distribution in volume of microcapsule was observed, showing many small particles with mean particle size of 1μm and large particles with mean particle size of 10μm. Ouali et al [22] reported that 200 ~ 260nm spherical nanocapsule encapsulated perfumes was added to the softener base in a fabric application. The results showed that the release of perfume was about 3 to 5 times higher compared to perfumed softener without nanocapsules after 3 days.

We describe in this paper the formation of nanocapsules, composed of an organic liquid core(rose fragrance) and a PBCA shell with mean diameter of 50nm, and their aroma properties applied in the cotton textiles was studied. The chemical structure of nanocapsules was determined FTIR. The distribution and morphology of rose fragrance nanocapsules were analyzed by DLS and TEM. The washing durability of the impregnated cotton textiles with rose fragrance nanocapsules was investigated by GC-MS and

Electronic nose to avoid the complex application experiments.

2　Experimental

2. 1　Materials

Hydrochloric acid (HCl), sodium hydroxide (NaOH) and polyoxyethylene (20) sorbitan monolaurate (tween-20) were all purchased from Sinopharm Chemical Reagent Co., LTD. Butylcyanoacrylate (BCA) was bought from Zhejiang Jinpeng Chemical Company and used without further purification. Rose fragrance was obtained from Shenzhen GuanLiDa Boton Flavors & Fragrances Co., LTD. Deionized water was applied for the polymerization processes.

2. 2　Nanocapsulation of rose fragrance with polybutylcyanoacrylate

A 50mL glass beaker was equipped with amAgnetic stirrer. The reactor beaker charged with deionized water (25g), tween-20 (0.65g) and rose fragrance (0.1g) was stirred at 1100rpm for 10min until the uniform emulsion was obtained. Then, pH of the system was adjusted at 2.0 with an aqueous solution of HCl (1mol/L). BCA (200uL) was added into the beaker at the speed of 3droplets/min. After that, the reaction was carried out at 30℃ for 2h using a stirring rate of 375r/min. At last, pH of this system was controlled to 7.0 using an aqueous solution of NaOH (1mol/L). Fig. 1 illustrated the preparation process of rose fragrance nanocapsule.

2. 3　Impregnation of nanocapsules on textiles

The nanocapsules were applied in the finishing process of textiles fabrication using the cotton fabrics, in which the cotton fabrics to be treated is impregnated using nanocapsules. The cotton fabrics (25g) were immersed in 0.2% rose fragrance emulsion (750g) and 0.2% nanoencapsulated rose fragrance (750g) emulsion for 2h in the vacuum. The finished fabrics were dried at 50℃. Washing disposal: The specimens (50g) were weighed and laundered in a home washer. The washing conditions were as followings: permanent press cycle, 1500g 40℃ water, 10min warm water wash, cold rinse, and spin. The detergent used in each cycle was 3g nonperfumed commercial washing agent purchased from Nice Group Company. The samples after washing 20cycles were dried at 40℃. Heating disposal: The specimens were heated for 30min at 90℃.

2. 4　FTIR analysis

Fourier transforms infrared spectrometer (FTIR) analysis of PBCA particle, PBCA-R nanocapsule and rose fragrance after freeze drying was performed by VETOR-7

FTIR (Bruker Company, German).

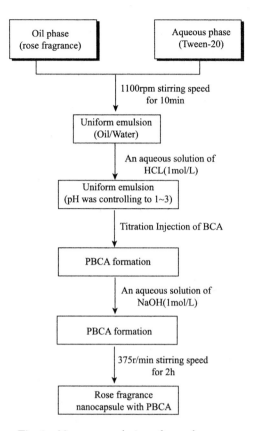

Fig. 1   Nanoencapsulation of rose fragrance
nanocapsule with PBCA

2. 5   DLS analysis

Dynamic light scattering (DLS) analysis of PBCA emulsion and PBCA-R nanocapsule emulsion was determined by Zetasizer Nano ZS (Malvern Instruments Ltd. UK).

2. 6   SEM analysis

A Phillips FEI Quanta 200FEG Scanning electron microscope (Phillips FEI Company, Netherland) was applied for observation of PBCA particle and PBCA-R nanocapsule. The samples were dried on a glass slide, which was placed on a carbon-coated stub and then sputter-coated with Pd by Cressingyon Sputter Coater 208HR.

2. 7   GC-MS analysis

A SPME holder (Bellefonte, PA, USA) formAnual sampling combined with Agilent 6890A gas chromatograph (Agilent Technologies, USA) was used to perform the experiments. A fused silica fiber, coated with a 100mm layer of dimethylpolysiloxane (PDMS), was chosen to extract the volatile components of the selected samples.

The PDMS coating phase was chosen because of the high reproducibility presented and the lower coefficients of variance obtained as compared to CAR/PDMS fiber. It was commercially available in several thicknesses and the 100mm layer is the most commonly used PDMS fiber. Before initial use, the fiber was conditioned for 2h at 250℃. The fiber was held at 250℃ for 25min prior to each extraction and allowed to come to room temperature for 10min.

Release of rose fragrance from the cotton fabrics was determined by GC-MS. 3g aromatic cotton fabrics after mechanical treatment were enclosed into the vials. The sample vials were placed into a water-bath at 70℃ for 30min. After this time, the SPME fiber was exposed to the headspace 1cm above the aromatic cotton fabrics to absorb the analytes. After 30min, the fibre was withdrawn into the needle and then introduced into a heated chromatograph injector for desorption and analysis.

The analysis of rose fragrance, the cotton fabrics finished by rose fragrance nanocapsule and rose fragrance was performed with GC-MS (Agilent Technologies Inc, New York, USA) in order to identify their main components. An Agilent 6890N gas chromatograph with a 5973C mass detection in the range $30\sim450$mass/charge range was used with a HP-Innowax polar column (60m×0.25mmi. d. ×0.25μm film, Supelco). The carrier gas was ultra-purified helium at a flow rate of 1.0mL/min. The injection had been conducted in a splitless mode for 3min at 250℃. The temperature program was isothermal for 2min at 60℃ and rose to 240℃ using a rate of 4℃/min, finally, it was heated up to 250℃ and held for 20min. Interface temperature was 250℃. The mass spectra were acquired with a source temperature of 230℃, under a 70eV ionization potential. Analyses were performed in triplicate. When rose fragrance was determined, nAlkanes were run under the same conditions as the samples to calculate the Kovats index values of compounds.

2. 8　Electronic nose analysis

A FOX 4000 Electronic nose (MOS Company, Toulouse, France) with 18 metal oxide semiconductor gas sensors and CTC HS100 headspace auto-sampler (CTC Analytics AG, Switzerland) was used for the detection of aromas released to the air from rose fragrance and PBCA-R nanocapsule. The device consists of an array of non-specific gas sensors and a sample chamber. The identification codes of the sensors were as the following: T30/1 (sensor 1), P10/1 (sensor 2), P10/2 (sensor 3), P40/1 (sensor 4), T70/2 (sensor 5), PA2 (sensor 6), P30/1 (sensor 7), P40/2 (sensor 8), P30/2 (sensor 9), T40/2 (sensor 10), T40/1 (sensor 11), TA2 (sensor 12), LY2/LG (sensor 13), LY2/G (sensor 14), LY2/AA (sensor 15), LY2/GH (sensor 16), LY2/gCT1 (sensor 17) and LY2/gCT (sensor 18). The whole set of sensors' signals was referred as a "fingerprint". The preparation of headspace sample was standardized using controlled temperature and stirring to obtain reproducible aroma composition. 0. 1g sample was placed in 10mL vial. The vial was heated for 2min at 50℃ in order to produce an equilibrium headspace. The vial was agitated at 500 rpm during heating. Thereafter, 500 μL of headspace were injected with a 150mL/min flow of dry air. The headspace gas was automatically taken using a syringe which was pre-heated to 60℃ at the speed of 500μL/s. The acquisition time and time between subsequent analyses were 120 s and 600 s, respectively. Samples are analyzed with seven repetitions for each sample.

By calculating the eigenvectors of the covariance matrix of the original inputs, PCA transforms the original independent variables into new axes and calculate the principal components (PCs) as new variables by relevant algorithm to replace the original data. The PCs are orthogonal and account as much as possible for the variability in the original variables[23]. PC plot can indicate the interrelationships between different variables. In this study, PCA was performed using XLSTAT ver. 7. 5 (Addinsoft, New York, NY, USA).

3　Results and Discussion

3. 1　FTIR analysis

The difference among the structure of rose fragrance, PBCA particle and rose fragrance nanocapsule is illustrated in Fig. 2. Rose fragrance is a kind of the mixed compound. The main absorption peaks appeared in FTIR spectra of rose fragrance including the wide absorption peak $3410cm^{-1}$ of—OH, the three peaks $2800cm^{-1}$ to $3000cm^{-1}$ of alkyls, the absorption peak of $1727cm^{-1}$ of —CHO and the absorption peak of $1690cm^{-1}$ of—CO—. The obvious absorption peak $3477cm^{-1}$ in FTIR curve of PBCA belongs to the extending vibration of—OH, which is caused by the reason that BCA is polymerized via the ion polymerization. Besides, the absorption peak $1642cm^{-1}$ of —C=C—still exists in the curve of PBCA, which is attributed to that the whole polymerization of BCA has not been polymerized completely. In comparison with FTIR spectrums of rose fragrance, PBCA and rose fragrance nanocapsule, the absorption peak of—OH in rose fragrance nanocapsule spectrum shifts to $3489cm^{-1}$, which demonstrates that rose fragrance can interact with PBCA via the hydrogen bonds. The disappearance of absorption peak $1642cm^{-1}$ of—C=C—shows that BCA has been polymerized completely.

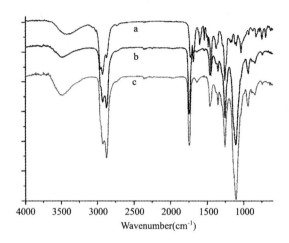

Fig. 2　FTIR result of rose fragrance, PBCA and rose fragrance nanocapsule

(a. rose fragrance, b. rose fragrance nanocapsule, c. PBCA)

3. 2　DLS analysis

PDI: polydispersion index.

Tab. 1 and Fig. 3 indicate the difference between the DLS analysis results of PBCA and rose fragrance nanocapsule. The average diameter of nanocapsule (51. 4nm) increases in contrast to that of PBCA (25. 7nm), which demonstrates that the rose fragrance has been encapsulated into PBCA wall. However, the polydispersion index of rose fragrance nanocapsule decreases compared to that of PBCA, which shows that the nanocapsule with the addition of rose fragrance disperses evenly. The reason for this phenomenon is that the strong hydrogen bonds function between the hydroxyl groups on the surface of PBCA prepared via the anionic polymerization leads to the aggregation of PBCA particles because of the electropositive beta carbon. After the incorporation of rose fragrance, the function between the hydroxyl groups of the fragrance and PBCA can weaken the aggregation among PBCA particles to make rose fragrance nanocapsule disperse evenly.

Tab. 1　DLS Result of PBCA and PBCA-R Nanocapsule

Type	Size(nm)	PDI	Zeta(mV)
PBCA	25. 7	0. 216	$-5. 39$
Rose fragrance nanocapsule	51. 4	0. 074	$-5. 38$

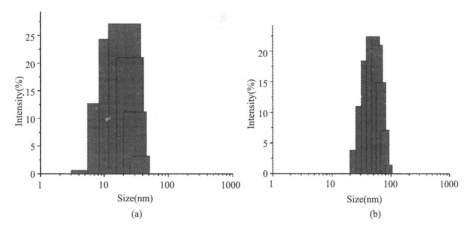

Fig. 3 DLS result (a. PBCA, b. rose fragrance nanocapsule)

Both zeta electricity potentials of PBCA and rose fragrance nanocapsule are negative as shown in Table 1. There is unconspicuous difference between the above two kinds of the samples, which belongs to the anionic polymerization of the reaction system.

3. 3 SEM analysis

Fig. 4 and Fig. 5 display that both PBCA and rose fragrance nanocapsule with PBCA prepared via anion polymerization are even spherical particles. PBCA particles are about 30~40nm, but the dispersibility is not good due to their aggregation as shown in Fig. 4. Fig. 5 displays that the average size of rose fragrance nanocapsule with PBCA is increased to 50~60nm compared to that of PBCA particles, but the aggregation of rose fragrance nanocapsule decreases.

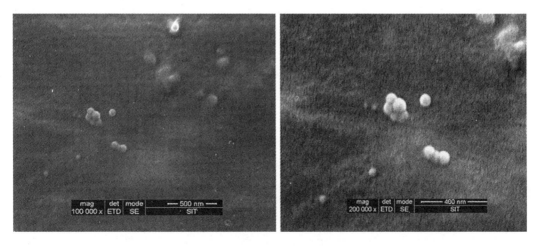

Fig. 4 SEM result of PBCA

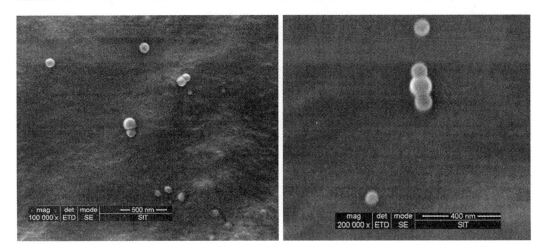

Fig. 5   SEM result of rose fragrance nanocapsule with PBCA

3. 4   GC-MS analysis

The evaluation of the fragrance concentration of the nanocapsule was based on the determination of the components in the headspace of the finished cotton fabrics after the mechanical treatment. The slow release property can be reflected via GC-MS comparison between the cotton fabrics finished by rose fragrance nanocapsule with PBCA and rose fragrance.

Tab. 2 demonstrates that the comparison between the loss percentages of main component in the gas phase of the fragrance release from the cotton textiles finished by rose fragrance and rose fragrance nanocapsule after washing. Whatever rose fragrance or rose fragrance nanocapsule, there is a decrease of fragrance in the textiles after washing treatment. However, when the impregnated cotton textiles with rose fragrance nanocapsules are subjected to washing 50 cycles, the average loss of rose fragrance components is 39. 86%. When related to the impregnated cotton textiles with the rose fragrance, the average loss increases up to 78. 28%. This is attributed to that rose fragrance has been encapsulated with the polymer so that the aroma can be released slowly. The impregnated cotton textiles with rose fragrance nanocapsule have the excellent sustained release property.

Tab. 2   The washing durability result of the impregnated
cotton textiles with rose fragrance nanocapsule and rose fragrance (RI: Retain index)

Name	RI	Mass quality (%)	Rose fragrance nano-capsule	Rose fragrance	Change ratio
			Loss ratio (%)		
Linalool	1114	6. 32	57. 54	100	42. 46
Phenethyl alcohol	1131	7. 71	26. 48	93. 25	66. 77

continued

Name	RI	Mass quality (%)	Rose fragrance nano-capsule	Rose fragrance	Change ratio
			Loss ratio (%)		
β-Citronellol	1235	9.29	42.31	93.49	51.18
Phenylethyl acetate	1227	3.50	46.35	66.79	20.44
Heliotropin	1354	9.67	29.33	96.43	67.10
Diphenyl oxide	1400	5.73	42.44	81.20	38.76
α-Methyl ionone	1502	2.58	37.69	93.40	55.71
Ethyl vanillin	1447	8.02	49.14	83.88	34.74
Neryl acetate	1354	4.41	19.70	85.06	65.36
2-ethyl-4-(2, 2, 3-trimethyl-3-cy-clopenten-1-yl)-2-buten-1-ol	1539	5.12	85.97	93.49	7.52
Diethyl phthalate	1571	2.25	13.15	100	86.85
Cedryl methyl ether	1614	3.70	54.96	60.99	6.03
Acetyl cedrene	1746	7.60	42.48	52.63	10.15
Dibutyl sebacate	1775	4.54	40.46	48.50	8.04
Isopropyl myristate	1796	4.73	22.14	57.52	35.38
1,3,4,6,7,8-Hexahydro-4,6,6,7,8,8-hexameth yl-cyclopenta-γ-2-benzopyran	1815	9.38	24.14	53.38	29.24
3-Methylcyclopentacanone	1928	5.45	43.31	70.70	27.39
Average			39.86	78.28	38.42

3.5 Electronic nose analysis

Although PCA itself can not be used as a classification tool, it may indicate the data trend in visualizing dimension space. Fig. 6(a) and Fig. 6(b) give an overall picture of the distribution of the eighteen sensors with the separation of the samples. The initial two factors, which account for the most data variations 88.60% (75.90% and 12.70% for PC1 and PC2, respectively) related to chemical quality and indicated as positive or negative, are used tomAke differentiation clearer. As can be seen from Figure 6a, the difference between group a1 and group a3 is very small and the difference between group b1 and group b3 is big.

When examining the eighteen sensors distributions [Fig. 6(b)], the sensors positively contributing to the PC1 dimension (factor loading >0.8) were sensor S14, S15, S16 and S17. On the negative side of the PC1 axis, the main sensors (factor loadings< −0.8) were S13, S1, S2, S4, S5, S6, S7, S8, S9 and S10. In contrast, the important sensors of the PC2 dimension were S11 and S3.

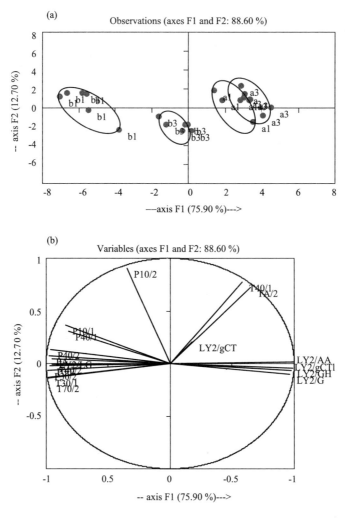

Fig. 6　PCA scores for the cotton fabrics finished by rose
fragrance and rose fragrance nanocapsule after washing
50 cycles and PCA loadings for 18 sensors

From the analysis Figure 6，it was concluded that washing has influenced the aroma release from the cotton fabrics finished by rose fragrance obviously. However，the aroma released from the cotton fabrics finished by rose fragrance nanocapsule after washing 50 cycles has not obvious variety in contrast to that without washing. This illustrated that the cotton fabrics finished nanocapsule has the excellent sustained release property.

4　Conclusions

In the present study we have successfully produced rose fragrance nanocapsules with the carrier of polybutylcyanoacrylate for the textiles application by usingion polymerization technique under the emulsion system. The completion of butylcyanoacrylate

(BCA) polymerization was checked by FTIR analysis. The absence of the peak at $1642cm^{-1}$ of $-C=C-$ confirmed that BCA was fully consumed through the initiation of OH^-. In addition, the absorption peak of $-OH$ in rose fragrance nanocapsule spectrum shifts to $3489cm^{-1}$, which demonstrates that rose fragrance can interact with PBCA via the hydrogen bonds.

The particle size distribution of nanocapsules measured using DLS was of unimodal size distribution in intensity, with a mean particle size of 51.4nm. The observation of nanocapsules by SEM confirmed the spherical shape, and more importantly, the absence of nanocapsule agglomerates.

Through GC-MS analysis, the rose fragrance release from the cotton textiles finished by nanocapsule and rose fragrance was quantified. When the impregnated cotton textiles with nanocapsules are subjected to washing 50 cycles, the average loss of rose fragrance components is 39.86%. However, when related to the impregnated cotton textiles with the rose fragrance, the average loss increases up to 78.28%. At the same time, PCA analysis of Electronic nose also confirms that the washing operation can't influence the aroma release from the impregnated cotton textiles with nanocapsules in contrast to that with rose fragrance. This illustrates that the cotton fabrics finished nanocapsule has the excellent washing durability.

References

[1] Z. M. Miao, et al. Study on drug release behaviors of poly [N-(2-hydroxyethyl)-L-aspartamide]-g-poly(E-caprolactone) nanoparticle and microparticles[J]. Biomacromolecules, 2006, (7): 2020~2026.

[2] P. Maddalena, et al. Improved antioxidant effect of idebenone-loaded polyethyl-2-cyanoacrylate nanocapsules tested on human fibroblasts[J]. Pharm. Resear., 2002, (19): 71~78.

[3] L. S. Fonseca, et al. Nanocapsule@xerogel microparticles containing sodium diclofenac: A new strategy to control the release of drugs[J]. Int. J. Pharm., 2008, (358): 292~295.

[4] P. Couvreur, et al. Polyalkylcyanoacrylate nanoparticles for delivery of drugs across the blood-brain barrier[J]. J. Pharm. Pharm., 1979, (31): 331.

[5] A. T. Florence, et al. Preparation of polymeric nanocapsules by miniemulsion polymerization[J]. J. Pharm. Pharm., 1979, (31): 422.

[6] M. Wohlgemuth, et al. Synthesis of poly(alkyl cyanoacrylate)-based colloidal nanomedicines[J]. J. Collo. Inter. Sci., 2003, (260): 324~331.

[7] M. Antcheva Study of the effect of polybutylcyanoacrylate nanoparticles and their metabolites on the primary immune response in mice to sheep red blood cells[J]. Biomater., 1998, (19): 2187~2193.

[8] P. Sommerfeld, et al. Sterilization of unloaded polybutyl-cyanoacrylate nanoparticles[J]. Inter. J. Pharm., 1998, (164): 113~118.

[9] K. P. Gao, X. G. Jiang. Polyalkylcyanoacrylate nanoparticles for delivery of drugs across the blood-brain barrier [J]. Inter. J. Pharm., 2006, (310): 213~219.

[10] V. Lenaerts., J. F. Nagelkerke, et al. In vivo uptake of polyisobutylcyanoacrylate nanoparticles by rat liver Kupffer, endothelial, and parenchymal cells[J]. J. Pharm. Sci., 1984, (73): 980~983.

［11］ Q. Zhang, et al. Preparation techniques of gentamicin polybutylcyanoacrylate nanoparticles［J］. Chin. Pharm. J., 1996, (31): 24~27.

［12］ Q. Zhang, et al. Increase in gentamicin uptake by cultured mouse peritoneal macrophages and rat hepatocytes by its binding to poly-butylcyanoacrylate nanparticles［J］. Inter. J. Pharm., 1998, (164): 21~27.

［13］ Y. C. Kuo, Loading efficiency of stavudine on polybutylcyanoacrylate and methylmethacrylate-sulfopropyl-methacrylate copolymer nanoparticles［J］. Inter. J. Pharm., 2005, (290): 161~172.

［14］ S. Li, et al. In vitro release of protein from poly(butylcyanoacrylate) nanocapsules with an aqueous core［J］. Colloid Polym. Sci., 2005, (283): 480~485.

［15］ M. Bogdan, et al. Preparation and NMR characterization of polyethyl-2-cyanoacrylate nanocapsules［J］. Applied magnetic Resonance, 2008, (34): 111~119.

［16］ M. Kukovic, E. Knez. Process for preparing carries saturated or coated with microencapsulated scents［C］. WO 96/09114, 1996.

［17］ J. C. Soper, et al. Method of encapsulating flavors and fragrances by controlled water transport into microcapsules［P］. US patent 6045835, 2000.

［18］ D. Quong. Activematerialwithin hydrogelmicrobeads［P］, WO 01/030145 A1, 2001.

［19］ L. Harris, L. Blevins. Process for applyingmicrocapsules to textilematerials and products formed［C］. by the process, WO 02/090643 A1, 2002.

［20］ A. Bochot, et al. Microencapsulation systems and applications of same［P］. WO 04/066906 A2, 2004.

［21］ S. N. Rodrigues, et al. Scentfashion: Microencapsulated perfumes for textile application［J］, Chem. Eng. J., 2009, (149): 463~472.

［22］ L. Ouali, et al. Polymeric particles and fragrance delivery systems［R］. U. S. Patent 2007/7279542, 2007.

［23］ D. Cozzolino, et al. Feasibility study on the use of visible and near infrared spectroscopy together with chemometrics to discriminate between commercial white wines of different varietal origins［J］. J. Agr. Food Chem., 2003, (51): 7703~7708.

Synthesis and Characterization of Polybutylcyanoacrylate Encapsulated Rose Fragrance Nanocapsule[*]

XIAO Zuo-bing[1,3]   HU Jing[1]   LI Zhen[1]

ZHOU Ru-jun[2]   WANG Ming-xi[1]   MA Shuang-shuang[3]

(1. School of Perfume and Aroma Technology, Shanghai Institute of Technology, Shanghai 200235, China;

2. College of Food Science, Shanghai Ocean University, Shanghai 201306, China;

3. School of Biological Engineering, East China University of

Science and Technology, Shanghai 200237, China)

Abstract Rose fragrance including many volatile compounds is widely applied in the textile and cosmetics industry, which belongs to its pleasant and long-lasting aroma. If it can be encapsulated into the polymer materials, so the duration of its aroma can be extended for a much longer period of time. Then in this paper polybutylcyanoacrylate(PBCA) encapsulated rose fragrance nanocapsule is prepared via anionic polymerization. The influence of the reaction conditions such as BCA contents, rose fragrance contents, polyoxyethylene (20) sorbitan monolaurate (tween-20) contents and pH on the average diameter and the encapsulation efficiency of polybutylcyanoacrylate(PBCA) encapsulated rose fragrance nanocapsule is investigated in detail. The average diameter of PBCA encapsulated rose fragrance nanocapsule is 51.4nm and the encapsulation efficiency is 43.75% using 200μL BCA, 0.5wt% rose fragrance, 2.5wt% tween-20 and when pH is 2. Transmission Electron Microscopy (TEM) displays that PBCA encapsulated rose fragrance nanocapsule keeps spherical, but the uniformity of the diameter is low. Fourier Transform Infrared Spectrometry (FTIR) demonstrates that BCA has been polymerized completely and can interact with rose fragrance via the hydrogen bonds. Gas chromatography-mass spectrometry (GC-MS) analysis shows that the loss percentages of main fragrance component released from the cotton fabrics finished by rose fragrance nanocapsule after 50 washing cycles is obvious lower than that by rose fra-

---

[*] National "973" Foundation (Item No.: 2009CB226104), National Natural Science Foundation (Item No.: 20876097) and Science and Technology Commission of Shanghai Municipality Nano Foundation (Item No.: 0952nm06100)

grance. Ultraviolet spectrum(UV) analysis explains that almost 60% of all fragrance is released from the cotton fabrics finished by rose fragrance, however, for rose fragrance nanocapsule, the release of fragrance from the cotton fabrics was only 30% during the same period. Encapsulation of PBCA on the fragrance by anionic polymerization appears to be an effective technique for encapsulating fragrance and provides a good slow releasing property.

Keywords　Nanocapsule, Fragrance, Polybutylcyanoacrylate, Release

1　Introduction

Fragrance and flavor have been used widely in many fields such as the food, medicine, tobacco, textile, leather, papermaking, cosmetics and so on, which belongs to their antibacterial effect [1], sedative effect[2] and tranquillization[3]. However, as we known, the main ingredients of the fragrance are labile and volatile. The most volatile perfuming materials are easy to be lost during the manufacture, storage and use of perfumes or perfumed consumer products. Therefore, the main focus of a fragrance lies in its stability, as well as in consumer products.

Recent years, the quick development of microencapsulation technique has provided release of an active ingredient, which is spread out over a more or less extended period of time, instead of being instantaneous. At present, many researches about spray-drying[4~7], coacervation[8~12] and inclusion complex with cyclodextrins[13~15] have been reported. But these techniques still have some disadvantages for instance; cyclodextrins will release the fragrance immediately when contacted with an aqueous medium, which limits its applications. Spray-drying and coacervation can't provide a certain controlled release of fragrance. So the researches about the encapsulation of polymeric carrier materials have been focused [16~21].

Rodrigues SN and the colleagues [22] used interfacial polymerization to produce polyurethane/urea (PUU) microcapsules with a perfume for industrial application on the textile substrate. A bimodal size distribution in volume of microcapsule was observed, showingm any small particles with mean particle size of 1μm and large particles with mean particle size of 10μm. The aroma release of microcapsules was evaluated after the fabrics impregnation. Ouali et al. [23] prepared 200-260nm spherical single polytertbutyl acrylate via emulsion polymerization firstly, and then chemically functionalized with ethylene glycoldimethacrylate at their surfaces to comprise perfume thereon is disclosed.

It can be concluded from the existing prior art that the researches about polymeric materials encapsulated fragrance nanocapsule are few. In this paper, the effect of BCA contents, rose fragrance contents, emulsifier contents and pH on the average diameter and the encapsulation efficiency of nanocapsule prepared via ion polymerization was evaluated in detail. The chemical function between rose fragrance and PBCA was characterized by FTIR. The microphotography of PBCA encapsulated rose fragrance nanocapsule was determined by TEM, then, nanocapsule was applied in the cotton fabrics. The release of fragrance components from the finished cotton fabrics was investigated by GC-MS and UV.

2　Experimental(Tab. 1)

2. 1　Materials

Hydrochloric acid (HCl), sodium hydroxide (NaOH) and polyoxyethylene (20) sorbitan monolaurate (tween-20) were all purchased from Sinopharm Chemical Reagent Co., LTD. Butylcyanoacrylate (BCA) was bought from Zhejiang JinPeng Chemical Company and used without further purification. Rose fragrance was compounded by ourselves. The components of rose fragrance were as shown in Tab. 1. Deionized water was applied for the polymerization processes.

Tab. 1　The main components of rose fragrance

No.	Name	Mass quality (%)
1	Linalool	5. 32
2	Phenethyl alcohol	6. 71
3	β-Citronellol	9. 29
4	Phenylethyl acetate	3. 50
5	Heliotropin	9. 67
6	Neryl acetate	5. 73
7	Diphenyl oxide	2. 58
8	Geraniol	11. 02
9	α-Methyl ionone	4. 41
10	2-ethyl-4-(2,2,3-trimethyl-3-cyclopenten-1-yl)-2-buten-1-ol	5. 12
11	Diethyl phthalate	2. 25
12	Cedryl methyl ether	3. 70
13	Acetyl cedrene	6. 60
14	Dibutyl sebacate	4. 54
15	Isopropyl myristate	4. 73
16	1,3,4,6,7,8-Hexahydro-4,6,6,7,8,8-hexamethyl-cyclopenta-γ-2-benzopyran	9. 38
17	3-Methylcyclopentacanone	5. 45

2. 2　Preparation of PBCA Encapsulated Rose Fragrance Nanocapsule

A 50ml glass beaker was equipped with a magnetic stirrer. The reactor beaker charged with deionized water (25g), tween-20 (variable) and rose fragrance (variable) was stirred at 1100r/min for 10min until the uniform emulsion was obtained. Then, pH of the system was adjusted (variable) with an aqueous solution of HCl (1mol/L). BCA (variable) was added into the beaker at the speed of 3droplets/min. After that, the reaction was carried out at 30℃ for 2h using a stirring rate of 375r/min. At last, pH of this system was controlled to 7. 0 using an aqueous solution of NaOH (1mol/L).

2. 3　Application of Fragrance in Cotton Fabrics

The cotton fabrics (25g) were immersed in 0. 2% compounding rose fragrance emulsion (750g) and 0. 2% nanoencapsulated rose fragrance (750g) emulsion for 2hours in the vacuum. The finished fabrics were dried at 50℃. Washing disposal: The specimens (50g) were weighed and laundered in a home washer. The washing conditions were as followings: permanent press cycle, 1500g 40℃ water, 10min warm water wash, cold rinse, and spin. The detergent used in each cycle was 3g nonperfumed commercial washing agent purchased from Nice Group Company. The samples after washing 20cycles were dried at 40℃. Heating disposal: The specimens were heated for 30min at 90℃.

2. 4　Determination of Encapsulation Efficiency

The mixture of 2g PBCA encapsulated rose fragrance nanocapsule (exactly to 0. 0002g) and 20mL n-hexane was added into 25mL centrifugal tubes. The mixture was done centrifugal function at the speed of 10000r/min for 20min (CT 15RT Versatile Refrigerated Centrifuge, Shanghai Techcomp). 10mL supernatant solution in the centrifugal tube was put into the constant weighing bottle(W_1). The weighing bottle was distilled for 1h until the solution was dry. After then, the weighing bottle was placed into a desiccator to cool for 30minutes and then weighed (W_2). The encapsulation efficiency (E) was obtained according to the following formula.

$$E(\%) = \frac{W - (W_2 - W_1)}{W} \times 100\% \tag{1}$$

W : The total mass of rose fragrance.

2. 5　DLS Determination

Dynamic light scattering (DLS) analysis of PBCA encapsulated rose fragrance nanocapsule emulsion was determined by Zetasizer Nano ZS (Malvern Instruments Ltd. , UK)(Fig. 1).

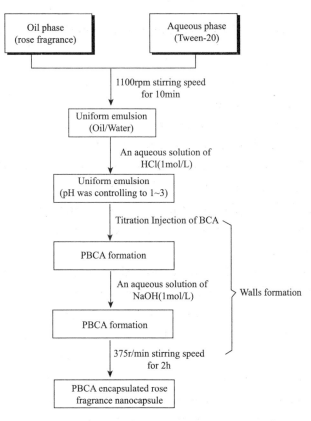

Fig. 1　The preparation process of PBCA
encapsulated rose fragrance nanocapsule

2. 6　FTIR Determination

Fourier transform infrared spectrometer (FTIR) analysis of PBCA particle, PBCA encapsulated rose fragrance nanocapsule and rose fragrance after freeze drying was performed by VETOR-7 FTIR (Bruker Company, German).

2. 7　TEM Determination

Transmission Electron Microscopy (TEM) analysis of PBCA encapsulated rose fragrance nanocapsule was determined with H-600 electron microscope (Hitachi Company, Japan).

2. 8　TGA analysis

Thermogravimetric (TGA) analysis of PBCA particle and PBCA encapsulated rose fragrance nanocapsule after freeze drying was performed using a SDTQ600 thermogravimetric analyzer (TA Company, USA) under a stream of air. Both samples were heated from 20℃ to 500℃ at a scanning speed of 10℃/min.

2. 9　Release Determination of Rose Fragrance in the Finished Cotton Fabrics by GC-MS

A SPME holder (Bellefonte, PA, USA) for manual sampling combined with Agilent 6890A gas chromatograph (Agilent Technologies, USA) was used to perform the experiments. A fused silica fiber, coated with a 100mm layer of dimethylpolysiloxane (PDMS), was chosen to extract the volatile components of the selected samples.

The PDMS coating phase was chosen because of the high reproducibility presented and the lower coefficients of variance obtained as compared to CAR/PDMS fiber. It was commercially available in several thicknesses and the 100mm layer is the most commonly used PDMS fiber. Before initial use, the fiber was conditioned for 2h at 250℃. The fiber was held at 250℃ for 25min prior to each extraction and allowed to come to room temperature for 10min.

Release of rose fragrance from the cotton fabrics was determined by GC-MS. 3g aromatic cotton fabrics after mechanical treatment were enclosed into the vials. The sample vials were placed into a water-bath at 70℃ for 30min. After this time, the SPME fiber was exposed to the headspace 1cm above the aromatic cotton fabrics to absorb the analytes. After 30min, the fibre was withdrawn into the needle and then introduced into a heated chromatograph injector for desorption and analysis.

The analysis of the cotton fabrics finished by nanoencapsulated rose fragrance emulsion and compounding rose fragrance emulsion was performed with GC-MS (Agilent Technologies Inc, New York, USA) in order to identify its main components. An Agilent 6890N gas chromatograph with a 5973C mass detection in the range 30～450 mass/charge range was used with a HP-Innowax polar column (60m×0.25mm i. d. ×0.25μm film, Supelco). The carrier gas was ultra-purified helium at a flow rate of 1.0mL/min. The injection had been conducted in a splitless mode for 3min at 250℃. The temperature program was isothermal for 2min at 60℃ and rose to 240℃ using a rate of 4℃/min, finally, it was heated up to 250℃ and held for 20min. Interface temperature was 250℃. The mass spectra were acquired with a source temperature of 230℃, under a 70eV ionization potential. Analyses were performed in triplicate.

2. 10　Release Determination of Rose Fragrance in the Finished Cotton Fabrics by Ultraviolet spectrum

The UV spectrums of rose fragrance were determined by using a double-beam spectrophotometer UV (Cray-100, American Varian Company). The biggest absorption peak of rose fragrance was 246nm. Release of rose fragrance was determined by the addition of 3 g finished cotton fabrics immersed in 150mL anhydrous ethanol for 2h. The finished aromatic cotton fabrics were analyzed after 0, 2, 4, 6 and 8 D, 2mL anhydrous ethanol maceration extract in triplicate was determined at 246nm. The release curves were expresses as the absorbance of rose fragrance in relation to the amount of this compound present in the finished cotton fabrics vs. the time in days.

3   Results and discussion

3. 1   Ideal model of PBCA encapsulated rose fragrance nanocapsule

Rose fragrance was dissolved into the micelle formed by the surfactants with the mechanical function. When BCA was added into the system, BCA will be polymerized to form the walls encapsulated rose fragrance micelle via the initiation of-OH. By adjusting pH of the system, the polymerization speed of BCA should be controlled slowly. Fig. 2 shows the ideal model of PBCA encapsulated rose fragrance nanocapsule.

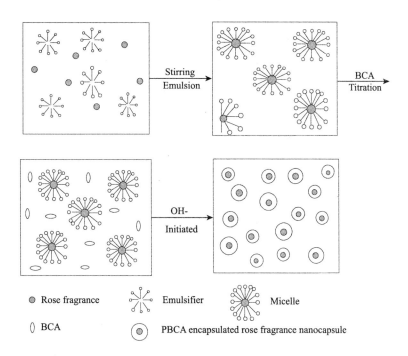

Fig. 2   Ideal Model of PBCA encapsulated rose fragrance nanocapsule

3. 2   Influence of the use level of BCA

Fig. 3 shows that the effect of the use level of BCA on the properties of PBCA encapsulated rose fragrance nanocapsule. The average diameter of nanocapsule is the smallest with $200\mu L$ BCA. With the increase of BCA, the diameter of nanocapsule decreased. This is because 1wt% surfactants (tween-20) is enough for 5wt‰ rose fragrance to form the tiny micelles. These micelles are easy to assemble between each other because of their large specific surface area so that the diameter of nanocapsule obtained firstly with $150\mu L$ BCA is big. When the content of BCA is higher than $200\mu L$, the diameters of nanocapsule increase appreciably. This is attributed to that the more BCA, the thicker the PBCA encapsulated on rose fragrance.

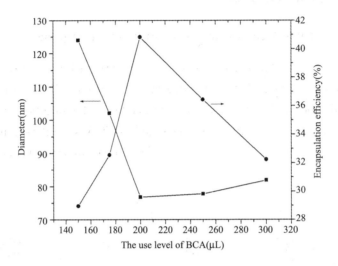

Fig. 3　Influence of the use level of BCA on the property of PBCA
encapsulated rose fragrance nanocapsule
（rose fragrance：0.8wt%，tween-20：1wt%，pH：1.5）

The encapsulation efficiency of nanocapsule at different contents of BCA is shown in Figure 3. The encapsulation efficiency of nanocapsule is the highest using $200\mu L$ BCA. When BCA is lower than $200\mu L$ the encapsulation efficiency of nanocapsule decreases, which is attributed to that BCA is too few to encapsulate the rose fragrance dissolved into the micelle. Besides, the encapsulation efficiency of nanocapsule also decreases with more than $200\mu L$ BCA which belongs to the quick polymerization speed of BCA.

3.3　Influence of the use level of rose fragrance

Fig. 4 displays that the average diameter of PBCA encapsulated rose fragrance nanocapsule enhances with rose fragrance increased, which belongs to more rose fragrance dissolved into the micelles. In addition to, the highest encapsulation efficiency of nanocapsule is obtained at 0.5wt% rose fragrance as shown in Figure 4. It's difficult for more rose fragrance to disperse into the micelles under the finite surfactants so that the encapsulation efficiency decreases.

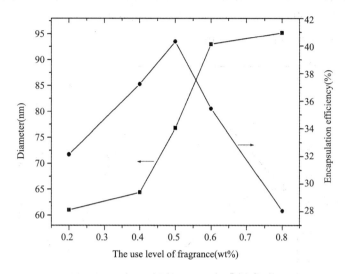

Fig. 4   Influence of the use level of rose fragrance on the property of PBCA encapsulated rose

fragrance nanocapsule

(BCA: 200μL, tween-20: 1wt%, pH: 1. 5)

3. 4   Influence of the use level of tween-20

The properties of PBCA encapsulated rose fragrance nanocapsule at different contents of tween-20 are shown in Fig. 5. The diameters of naocapsule decrease firstly then increase with the increase of tween-20. For this reason is that the increase of the emulsifiers is useful for the fragrance to disperse even and form the smaller micelle. The more the emulsifiers are, the smaller the micelles are. However, when the content of the emulsifiers constitute to increase, the tiny micelle is too easy to assemble between each other and make the diameter increased.

Fig. 5 also illustrates that the encapsulation efficiency of nanocapsule is the highest at 2. 5wt% tween-20. When the content of tween-20 is lower than 2. 5wt%, the increase of tween-20 is useful for fragrance to be encapsulated with BCA effectively. But more tween-20 is easy to make BCA dissolve into the hollow micelles and decrease the encapsulation efficiency. Besides, the viscidity of the system also improves with the enhancement of g tween-20 so that fragrance and BCA can't be separated evenly.

3. 5   Influence of pH

Fig. 6 displays the influence of pH on the diameter of PBCA encapsulated rose fragrance nanocapsule. The polymerization of BCA belongs to the anionic polymerization with the initiator of hydroxyls (OH^-). The hydroxyls in the aqueous solution are restrained at low pH so that the reaction speed of BCA polymerization is slow to decrease the diameter of nanocapsule. When pH is higher than 2, the diameter of nanocapsule decreases. This is attributed to that BCA has been polymerized at the fast polymerization speed before dissolving into the micelle.

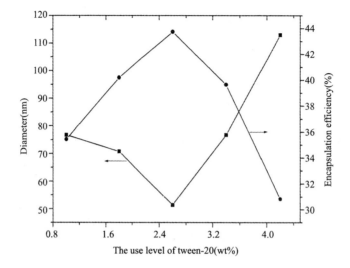

Fig. 5　Influence of the use level of emulsifiers on the property of PBCA encapsulated rose fragrance nanocapsule

(BCA: 200μL, rose fragrance: 0.5wt%, pH:1.5)

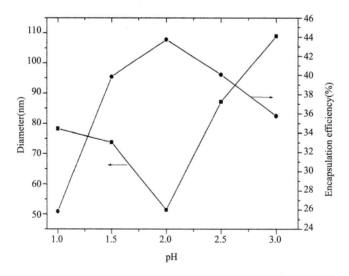

Fig. 6　Effect of pH on the property of PBCA encapsulated rose fragrance nanocapsule

(BCA: 200μL, rose fragrance: 0.5wt%, tween-20: 2.5wt%)

The encapsulation efficiency of nanocapsule increases firstly, and then decreases with pH increased as shown in Fig. 6. BCA is difficult to be polymerized and encapsulate the rose fragrance via anionic polymerization at low pH. But the encapsulation efficiency of nanocapsule decrease when pH is higher than 2, which belongs to the quick polymerization of BCA before encapsulating fragrance.

3.6 FTIR analysis

The difference among the structure of rose fragrance, PBCA and PBCA encapsulated rose fragrance nanocapsule is illustrated in Fig. 7. Rose fragrance is a kind of the mixed compound. The main absorption peaks appeared in FTIR spectra of rose fragrance including the wide absorption peak $3410cm^{-1}$ of —OH, the three peaks $2800cm^{-1}$ to $3000cm^{-1}$ of alkyls, the absorption peak of $1727cm^{-1}$ of —CHO and the absorption peak of $1690cm^{-1}$ of—CO—. The obvious absorption peak $3477cm^{-1}$ in FTIR curve of PBCA belongs to the extending vibration of—OH, which is caused by the reason that BCA is polymerized via the ion polymerization. Besides, the absorption peak $1642cm^{-1}$ of -C=C—still exists in the curve of PBCA, which is attributed to that the whole polymerization of BCA has not been polymerized completely. In comparison with FTIR spectrums of rose fragrance, PBCA and PBCA encapsulated rose fragrance nanocapsule, the absorption peak of—OH in PBCA encapsulated rose fragrance nanocapsule spectrum shifts to $3489cm^{-1}$, which demonstrates that rose fragrance can interact with PBCA via the hydrogen bonds. The disappearance of absorption peak $1642cm^{-1}$ of—C=C—shows that BCA has been polymerized completely.

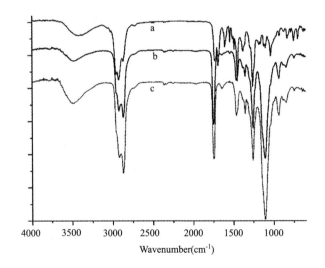

Fig. 7   FTIR analysis (a. rose fragrance, b. PBCA encapsulated rose fragrance nanocapsule, c. PBCA)

3.7　TEM analysis

Fig. 8 demonstrates that PBCA encapsulated rose fragrance nanocapsules are the spherical particles. The diameter of nanocapsule disperses uneven. Theminimum of nanocapsule diameter is about 30nm, but the maximum reaches 100nm. Rose fragrance is dispersed under the emulsification of tween-20 to form the micelle. BCA dissolved into the micelle is polymerized to encapsulate the rose fragrance.

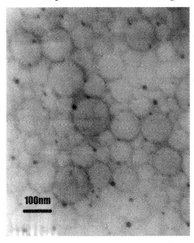

Fig. 8　TEM result of PBCA encapsulated rose fragrance nanocapsule

3.8　TGA analysis

Fig. 9 displays the thermogravimetric analysis (TGA) curves of PBCA and PBCA encapsulated rose fragrance nanocapsule. Two weight-loss stages of $180 \sim 220℃$ and $220 \sim 400℃$ are observed for PBCA. These correspond to the decomposition of surfactant (Tween-20) and PBCA, respectively. The TGA curve slope of PBCA encapsulated rose fragrance nanocapsule is smaller than that of PBCA, which means that PBCA has encapsulated rose flavor. The two weight-loss stages are also found in the TGA curve of PBCA encapsulated rose fragrance nanocapsule, which corresponds to the decomposition of rose fragrance and surfactant, the decomposition of PBCA.

3.9　GC-MS analysis

The evaluation of the fragrance concentration of the nanocapsule was based on the determination of the components in the headspace of the finished cotton fabrics after the mechanical treatment. The slow release property can be reflected via GC-MS comparison between the cotton fabrics finished by rose fragrance nanocapsule and that by rose fragrance.

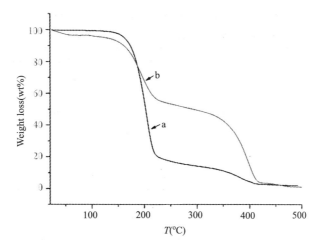

Fig. 9　TGA result of PBCA and PBCA
encapsulated rose fragrance nanocapsule

Tab. 2 demonstrates that the comparison between the loss percentages of main component in the gas phase of the fragrance released from the cotton fabrics finished by rose fragrance emulsion and nanocapsule emulsion after 50 washing cycles. Whatever rose fragrance or rose fragrance nanocapsule, there is a decrease of fragrance in the fabrics after washing treatment. However, the loss ratio of the main aromatic components of the cotton fibre finished by rose fragrance nanocapsule is obvious lower than that by rose fragrance as shown in Tab. 2. This is attributed to that rose fragrance has been encapsulated with the polymer so that the aroma can be released slowly. The cotton fabrics finished by rose fragrance nanocapsule has the excellent sustained release property.

3. 10　UV analysis

The profiles of the release for rose fragrance from the finished cotton fabrics in an alcoholic medium are presented in Fig. 10. For the cotton fabrics finished by rose fragrance, practically almost 60% of all rose fragrance is released from the cotton fabrics. However, for PBCA encapsulated rose fragrance nanocapsule, the release of rose fragrance from the cotton fabrics was only 30% during the same period, due to rose fragrance has been encapsulated by PBCA.

Although the cotton fabrics finished by rose fragrance nanocapsule has the sustained-release property at some extent according to the above analysis, one accentuated release is still observed for the cotton fabrics finished rose fragrance nanocapsule during the first 2d of the experiment, and afterwards the curves become linear and constant until 6d, indicating that nanocapsule is not really able to act as an effective barrier in the modulation of the release of these rose fragrance constituents.

Tab. 2　The washing durability result of the cotton fibre finished by rose fragrance nanocapsule and rose fragrance

Name	Loss ratio of nanoencapsulated rose fragrance(%)	Loss ratio of rose fragrance (%)	Change ratio
Linalool	57.54	100	42.46
Phenethyl alcohol	26.48	93.25	66.77
β-Citronellol	42.31	93.49	51.18
Phenylethyl acetate	46.35	66.79	20.44
Heliotropin	29.33	96.43	67.10
Diphenyl oxide	42.44	81.20	38.76
α-Methyl ionone	37.69	93.40	55.71
geraniol	49.14	83.88	34.74
Neryl acetate	19.70	85.06	65.36
2-ethyl-4-(2,2,3-trimethyl-3-cyclopenten-1-yl)-2-buten-1-ol	85.97	93.49	7.52
Diethyl phthalate	13.15	100	86.85
Cedryl methyl ether	54.96	60.99	6.03
Acetyl cedrene	42.48	52.63	10.15
Dibutyl sebacate	40.46	48.50	8.04
Isopropyl myristate	22.14	57.52	35.38
1,3,4,6,7,8-Hexahydro-4,6,6,7,8,8-hexamethyl-cyclopenta-γ-2-benzopyran	24.14	53.38	29.24
3-Methylcyclopentacanone	43.31	70.70	27.39

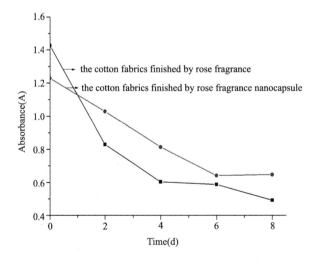

Fig. 10　UV result comparison of the cotton fabrics finished by rose fragrance and rose fragrance nanocapsule

4　Conclusions

The average diameter and encapsulation efficiency of PBCA encapsulated rose fragrance nanocapsule via ion polymerization are strongly depend upon BCA contents, rose fragrance contents, tween-20 contents and pH. The average diameter of PBCA encapsulated rose fragrance nanocapsule is 51. 4nm and the encapsulation efficiency is 43. 75% using 200μL BCA, 0. 5wt% rose fragrance, 2. 5wt% tween-20 and when pH is controlled to 2. TEM displays that PBCA encapsulated rose fragrance nanocapsule keeps spherical, but the uniformity of diameter is low. FTIR demonstrates that BCA has been polymerized completely and can interact with rose fragrance via the hydrogen bonds. GC-MS analysis shows that the loss percentages of main component in the gas phase of the fragrance released from the cotton fabrics finished by rose fragrance nanocapsule after 50 washing cycles is obvious lower than that by rose fragrance. UV analysis explains that almost 60% of all rose fragrance is released from the cotton fabrics finished by rose fragrance, however, for PBCA encapsulated rose fragrance nanocapsule, the release of rose fragrance from the cotton fabrics was only 30% during the same period.

References

[1]　F. Bakkali, et al. Biological effects of essential oils-a review[J]. Food Chem. Toxicol. , 2008, 46(2): 446~475.

[2]　M. Toda, K. Morimoto. Effect of lavender aroma on salivary endocrinological stress markers[J]. Arch. Oral. B. , 2008, (53): 964~968.

[3]　G. Kyle. Evaluating the effectiveness of aromatherapy in reducing levels of anxiety in palliative care patients: Results of a pilot study[J]. Complementary Therapies in Clinical Practice, 2006, 12(2): 148~155.

[4]　J. Jeroen, G. Soest. Encapsulation of Fragrances and Flavours: a Way to Control Odour and Aroma in Consumer Products[M]. Flavors Fragr. , ed. by D. R. Berger, Springer, Berlin Heidelberg, 2007: 439~453.

[5]　R. Anandaraman, R. Anne. Process for the preparation of flavor or fragrance microcapsules [P]. WO 016345, 2004.

[6]　F. Millqvist. Characterisation of spray-dried emulsions with mixed fat phases. Colloids Surf. B, 2003, (31): 65~79.

[7]　M. A. Mortenson, G. A. Reineccius. Encapsulation and release of menthol. part 1: The influence of osan modification of carriers on the encapsulation of L-menthol by spray drying[J]. Flavour Fragr. J. , 2008,(23): 392~397.

[8]　S. Lecleraq, K. Harlander, G. A. Reieccius. Formation and characterization of microcapsules by complex coacervation with liquid or solid aroma core[J]. Flavors Fragr. J. , 2009, (24): 17~24.

[9]　P. Debbie, R. Gary. Shelf life and flavor Release of Coacervated Orange Oil[M]. Micro/nanoencapsulation of Active Food Ingredients. ed by Q. R. Huang, et al. American Chemical Society, 2009, (18): 272~286.

[10]　J. C. Soper, et al. Encapsulation of flavors and fragrances by aqueous diffusion into microcapsules[P]. US Patent 6106875, 2000.

[11] M. E. Jason. Microencapsulation process by coacervation[P]. US Patent 5540927, 1996.

[12] A. S. Prata. et al. Encapsulation and release of a fluorescent probe, khusimyl dansylate, obtained from vetiver oil by complex coacervation[J]. Flavour Fragr. J., 2008, (23): 7~15.

[13] A. Kant, et al. Effect of β-cyclodextrin on aroma release and flavor perception[J]. J. Agric. Food Chem., 2004, (52): 2028~2035.

[14] T. A. Reineccius, et al. The effect of solvent interactions on α-, β-, and γ-cyclodextrin/flavor molecular inclusion complexes[J]. J. Agric. Food Chem., 2005, 53(2): 388~392.

[15] M. A. Mortenson, G. A. Reineccius. Encapsulation and release of menthol. part 1: The influence of osan modification of carriers on the encapsulation of L-menthol by spray drying[J]. Flavour. Fragr. J., 2008, 23(6): 392~397.

[16] M. J. Choi, U. Ruktanonchai, A. Soottitantawat, S. G. min. Food Res. Inter. 2009, 42 (8): 989~997.

[17] Kukovic M, Knez E. Process for preparing carries saturated or coated with microencapsulated scents[P]. WO 96/09114, 1996.

[18] Soper JC, Kim YK, Thomas MT. Method of encapsulating flavors and fragrances by controlled water transport into microcapsules[P]. US patent 6045835, 2000.

[19] Quong D. Activematerialwithin hydrogelmicrobeads[P]. WO01/030145 A1, 2001.

[20] L. Harris, L. Blevins. Process for applyingmicrocapsules to textilematerials and products formed by the process [P]. WO 02/090643 A1, 2002.

[21] A. Bochot, et al. Microencapsulation systems and applications of same[P]. WO 04/066906 A2, 2004.

[22] S. N. Rodrigues, et al. Scentfashion: Microencapsulated perfumes for textile application[J]. Chem. Eng. J., 2009, (149): 463~472.

[23] L. Ouali, V. Monthoux, D. Latreche. Bonneville. Polymeric particles and fragrance delivery systems[P]. US Patent 7279542, 2007.

芳香缓释棉织物的性能研究*

肖作兵[1]　胡静[1]　马双双[3]　周如隽[2]　李臻[1]　王明熙[2]

(1. 上海应用技术学院香料香精技术与工程学院，上海200235；

2. 上海海洋大学食品学院，上海201306；

3. 华东理工大学生物工程学院，上海200237)

摘要　本文直接将玫瑰香精纳米胶囊用于浸渍棉纤维从而制备芳香缓释棉织物。采用透射电镜(TEM)和动态激光光散射(DLS)对纳米香精胶囊的形貌和粒径大小进行表征；通过红外光谱(FT-IR)和X射线衍射(XRD)对纳米香精胶囊、棉纤维和芳香缓释棉织物的结构进行测定；并运用电子鼻和紫外光谱(UV)对芳香缓释棉织物进行香气缓释的性能测定。结果表明：将平均粒径为51.4nm，粒度分布系数为0.253的球形纳米香精胶囊通过浸渍的方法成功地引入棉织物中；并且当芳香棉织物经过20次洗涤及在90℃加热30min后，其香气强度较未处理的芳香棉织物分别降低了4.52％和3.91％。芳香棉织物放置8天后其浸渍液的紫外吸光度只较原有浸渍液减少了30％。上述结果说明采用纳米香精胶囊制备的芳香棉织物具有良好的香气缓释性。

关键词　芳香，棉纤维，纳米胶囊，缓释性

1　引言

香精具有抗菌[1]、镇静[2]、安神[3]等特殊效果，能够广泛地应用于食品、医药、烟草、皮革和日化等各个行业[4~7]。尤其是芳香纺织品已成为市场上日益关注的焦点[8]。因为芳香纺织品不仅可以带来持久愉悦的香气，而且还可以为纺织品赋予全新的保健功能。然而，香精的主要成分具有较强的挥发性，对光、热、氧敏感，易反应，在使用过程中香精的品质很难得到保证。所以，芳香纺织品香气释放的持久性已成为香料香精行业的重要问题。

近年来，国内外科研工作者大多采用微胶囊技术包覆香精并将其应用于纺织品进行加香处理[9,10]。微胶囊技术的成熟应用在一定程度上提高了香精的稳定性和缓释性。但

————————————

*"973"计划资助项目(项目编号：2009CB226104)；国家自然科学基金资助项目(项目编号：20876097)；上海市科委纳米专项项目(项目编号：0952nm06100)

是微胶囊香精用于加香棉纤维,在经过洗涤处理后织物的香气损失严重,这是因为粒径大于 $1\mu m$ 的微胶囊香精很难与棉纤维进行作用。纳米胶囊技术的发展为这一问题的解决提供了有效的途径[11]。Ouali 等[12]将粒径为 $200\sim260nm$ 的球形纳米香精胶囊直接添加到柔软的织物基底上。该加香棉织物放置 3 天后与普通香精加香棉织物相比,其香气强度强 3~5 倍。目前采用纳米香精对纺织品进行加香的研究还鲜见报道。本文将聚氰基丙烯酸丁酯包覆玫瑰香精纳米胶囊直接应用于纺织品加香,并对其性能进行研究。

2 实验部分

2.1 实验药品

玫瑰香精,工业级;氰基丙烯酸丁酯,工业级;聚氧乙烯山梨糖醇酐单月桂酸酯(吐温-20),氢氧化钠,盐酸,均为分析纯;二次蒸馏水,自制。

2.2 聚氰基丙烯酸丁酯包覆玫瑰香精纳米胶囊的制备

在三口烧瓶中加入一定比例的玫瑰香精、吐温-20 和去离子水,保持反应温度为 $25℃$,搅拌 30min,待体系乳化均匀后,用 0.1mol/L 的盐酸调节 pH,随后滴加氰基丙烯酸丁酯,待单体滴加完毕保温反应一定时间,用 0.1mol/L NaOH 溶液调节 pH 至中性,反应结束。

2.3 纺织品的芳香处理

将棉织物浸入玫瑰香精纳米胶囊乳液中,在负压条件下抽滤 2h。再将浸渍后的棉织物取出在 $50℃$ 下进行干燥。

洗涤处理:采用洗衣机对芳香棉织物进行洗涤处理,洗涤条件:$40℃$ 热水与棉织物质量质量比为 $30:1$,温水洗涤 10min 后再用冷水漂洗进行甩干,6%无香味商业用洗涤剂。芳香棉织物经过 20 次洗涤后在 $40℃$ 下进行干燥。

高温处理:将芳香棉织物在 $90℃$ 下加热 30min。

2.4 样品的表征

2.4.1 透射电镜(TEM)测定

采用 2%的磷钨酸将纳米香精胶囊染色后铺置于铜网上,待其完全干燥后采用日本电子株式会社透射电镜 H-600 观察其形态结构,加速电压为 75kV。

2.4.2 动态激光光散射(DLS)测定

采用英国马尔文公司的 Zetasizer 纳米激光粒度仪测定纳米香精胶囊的平均粒径和粒度分布系数。

2.4.3 红外光谱(FTIR)测定

采用德国布鲁克公司的红外光谱VETOR-7对冷冻干燥后的纳米香精胶囊、未处理的棉织物和加香处理后的棉织物进行测定。

2.4.4 X射线衍射(XRD)测定

采用日本理学的D/MAX2550VB/PCX射线衍射仪分析纳米香精胶囊、棉织物和芳香棉织物的化学结构和结晶态,扫描范围为2°～50°。

2.4.5 电子鼻测定

采用法国α-MOS公司的4000电子鼻测定洗涤和热处理前后芳香棉织物的香气变化程度。每个样品平行测定三次。

2.4.6 紫外光谱(UV)测定

采用美国瓦里安公司的双束紫外光谱Cray-100对玫瑰香精进行测定,确定其最大吸收峰在246nm。将3g芳香棉织物浸泡于150mL无水乙醇2h,测定玫瑰香精的含量。将放置了0、2天、4天、6天和8天的芳香棉织物分别浸泡于无水乙醇中,在246nm处测定浸泡液的紫外吸光度。每个样品重复测定三次。即可计算出芳香棉织物的香气缓释效果。

3 结果与讨论

3.1 玫瑰香精纳米胶囊的形貌

对玫瑰香精纳米胶囊进行透射电镜和动态激光光散射测定,分析该纳米胶囊的粒径和形貌。

图1是玫瑰香精纳米胶囊的粒径分布和形貌图。由图1(a)可知,聚氰基丙烯酸丁酯包覆玫瑰香精形成的纳米胶囊均为圆球状,分布均匀,无团聚现象,粒径均小于100nm。由图1(b)可知,该纳米香精胶囊的平均粒径为51.4nm,粒度分布系数为0.253,说明其粒径分布均匀。这与图1(a)透射电镜的测定结果一致。

3.2 红外光谱测定结果

分别对玫瑰香精纳米胶囊、棉织物和芳香棉织物的红外光谱进行测定,结果如图2所示。

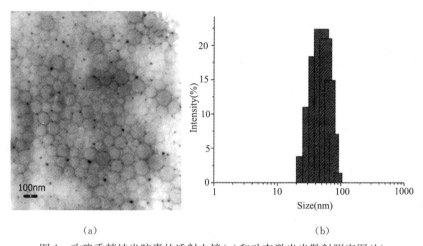

（a）　　　　　　　　　　　　　　（b）

图1　玫瑰香精纳米胶囊的透射电镜(a)和动态激光光散射测定图(b)

Fig. 1　The morphology of rose fragrance nanocapsule（a）TEM image；（b）DLS image

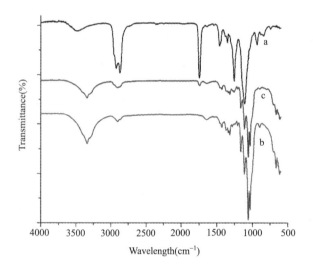

图2　玫瑰香精纳米胶囊(a)、棉纤维(b)和芳香棉纤维(c)的红外光谱测定结果

Fig. 2　FTIR result（a. nanocapsule；b. the cotton fabric；

c. the cotton fabric finished by nanocapsule）

　　由图2可知，玫瑰香精纳米胶囊、棉纤维和加香处理后的芳香棉纤维的红外谱图的区别较大。玫瑰香精胶囊的红外谱图在3489cm^{-1}处出现了明显的—OH伸缩振动峰，这主要是由玫瑰香精中含—OH的化合物及聚氰基丙烯酸丁酯反应过程中残留的—OH而引起的。此外，在玫瑰香精纳米胶囊的谱图中存在着明显的2871～3000cm^{-1}烷基伸缩振动峰和1746cm^{-1}的酯键吸收峰。将玫瑰香精纳米胶囊、棉纤维和芳香棉纤维三者的红外光谱比较可知，在1746cm^{-1}处的酯键吸收峰说明玫瑰香精纳米胶囊已经与棉纤维之间有一定的相互作用。

3.3 X射线衍射测定结果

分别对玫瑰香精纳米胶囊、棉织物和芳香棉织物进行X射线衍射的测定,其结果如图3所示。

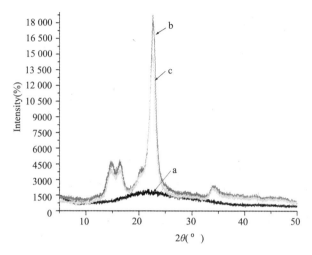

图3 玫瑰香精纳米胶囊(a)、棉纤维(b)和芳香棉纤维(c)的X射线衍射测定图谱
Fig. 3 XRD result (a. rose fragrance nanocapsule; b. the cotton fabric;
c. the cotton fabric finished by nanocapsule)

由图3可知,玫瑰香精纳米胶囊的X射线衍射曲线在20°附近有个馒头峰的出现,这说明玫瑰香精纳米胶囊是一个非晶态的材料,没有明显的晶体结构。而棉纤维和芳香棉纤维在22.5°附近均有尖锐的结晶峰出现,这是因为棉纤维自身的纤维素类物质就为结晶态。芳香棉纤维的结晶度为74.02%,未加香棉纤维的结晶度为77.30%,加香处理后棉纤维的结晶度较纯棉纤维略有降低,这是因为玫瑰香精纳米胶囊与棉纤维有一定相互作用。

3.4 电子鼻测定结果

分别对洗涤处理和热处理前后的芳香棉织物进行电子鼻测定,其结果如图4所示。

由图4(a)可知,洗涤处理后芳香棉织物的香气强度较未洗涤芳香棉织物下降了4.52%;由图4(b)可知,将芳香棉织物在90℃下加热30min,其香气强度较未加热处理的芳香棉织物下降了3.91%。下降程度均较小,因此经纳米香精胶囊加香处理后的芳香纺织品具有较好的热稳定性和缓释性能。

3.5 紫外光谱(UV)测定结果

分别对放置不同时间芳香缓释棉织物的无水乙醇浸渍液进行紫外测定,可以反映芳香棉织物的香气缓释效果。图5是芳香缓释棉织物的香精存在量随时间变化的趋势图。

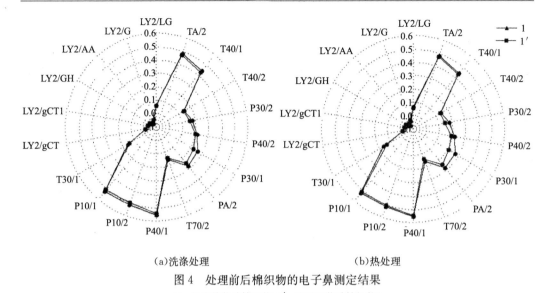

(a)洗涤处理 　　　　　　　(b)热处理

图 4　处理前后棉织物的电子鼻测定结果

（1. 处理前芳香棉织物；1′. 处理后芳香棉织物）

Fig. 4　Electronic nose result (a) Washing durability；(b) Heating durability

（1. the finished cotton fabric without disposal；1′. the finished cotton fabric after disposal）

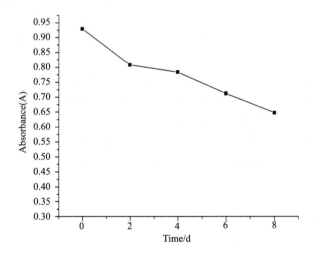

图 5　芳香棉织物的香精存在量与时间的关系图

Fig. 5　Relationship between fragrance encapsulated in aromatic cotton fabric and time

　　由图 5 可知,随着时间的推移,芳香缓释棉织物中的香精存留量有所减少,这是因为芳香缓释棉织物在放置的过程中其香气会逐渐进行释放。芳香棉织物放置 8 天后,其无水乙醇浸渍液的紫外吸光度为 0.648,较原有芳香缓释棉织物的浸渍液相比减少了30％。说明纳米香精胶囊对棉织物加香具有一定的缓释效果。尽管该纳米香精胶囊加香的棉织物具有一定缓释性,但还不能满足目前棉织物长期使用的要求。

4 结论

将玫瑰香精纳米胶囊直接浸泡棉织物最终获得芳香缓释棉织物。透射电镜（TEM）测定结果表明：玫瑰香精纳米胶囊为球形颗粒，分布均匀，其粒径小于 100nm。动态激光光散射测定了纳米香精胶囊的平均粒径为 51.4nm，粒度分布系数为 0.253，印证了透射电镜的测定结果。红外光谱分析说明纳米香精胶囊的酯键存在于芳香缓释棉织物中。X 射线衍射结果表明芳香棉织物的结晶度（74.02%）较纯棉织物（77.31%）下降了 3.02%。上述结果说明玫瑰香精纳米胶囊已经成功地引入到棉织物中。采用电子鼻对经洗涤和加热处理前后的芳香棉织物进行测定，芳香棉织物经 20 次洗涤后其香气强度较未处理的芳香棉织物下降了 4.52%；在 90℃加热 30min 后其香气强度下降了 3.91%。对放置不同天数后芳香棉织物的无数乙醇浸渍液进行紫外光谱测定，放置 8 天后芳香棉织物无水乙醇浸渍液的紫外吸光度为 0.648，较原有芳香缓释棉织物的浸渍液相比减少了 30%。上述实验结果说明芳香棉织物具有香气缓释性。

参考文献

[1] G. Kyle. Evaluating the effectiveness of aromatherapy in reducing levels of anxiety in palliative care patients：results of a pilot study[J]. Complementary Ther. Clinical Pract. ,2006,12(2):148~155.

[2] S. Q Li, J. E. Lewis, N. M. Stewart, L. Qian, H. J. Boyter. Effect of finishing methods on washing durability of microencapsulated aroma finishing[J]. Textile Inst. ,2008,99(2): 177~183.

[3] N. Gordon. Microencapsualtion in textile finishing[J]. Rev. Prog. Coloration. ,2001, (321): 57~64.

[4] A. Eugenio, B. Franco, G. Flavia, D. M. Tilmann, V. R. Saskia. In vivo monitoring of strawberry flavour release from model custards：Effect of texture and oral processing[J]. Flavour. Fragr. J. ,2005, 21(1): 53~58.

[5] Johnson AR. Multilayer cleansing tissue containing a perfume and/or an emollient suitable for human skin[J]. U. S. patent 1991/5055216.

[6] F. Bakkali, S. Averbeck, D. Averbeck, M. Idaomar. Biological effects of essential oils-a review[J]. Food Chem. Toxicol. ,2008, 46(2): 446~475.

[7] M. Toda, K. Morimoto. Effect of lavender aroma on salivary endocrinological stress markers[J]. Arch. Oral. B. ,2008, (53): 964~968.

[8] N. Gordon. Application of microencapsulation in textiles[J]. Int. J. Pharm. , 2002, (242): 55~62.

[9] S. N. Rodrigues, I. Fernandes, I. M. Martins. Microencapsulation of limonene for textile application[J]. Ind. Eng. Chem. Res. ,2008, 47(12): 4142~4147.

[10] S. N. Rodrigues, I. M. Martins, I. P. Fernandes, et al. Microencapsulated perfumes for textile application[J]. Chem. Eng. J. ,2009, (149): 463~472.

[11] M. N. Kumar. Nano and microparticles as controlled drug delivery devices[J]. J. Pharm. Pharma. Sci. , 2000, (3):234~258.

[12] L. Ouali, V. Monthoux , D. Latreche. Bonneville, Polymeric particles and fragrance delivery systems[J]. U. S. patent 2007/7279542.

Properties of Aroma Sustained-release Cotton Fabric

XIAO Zuo-bing [1]　　**HU Jing**[1]　　**LI Zhen**[1]　　**ZHOU Ru-jun**[2]
WANG Ming-xi[2]　　**MA Shuang-shuang**[3]

(1. *School of Perfume and Aroma Technology, Shanghai Institute of Technology, Shanghai 200235, China;*

2. *College of Food Science, Shanghai Ocean University, Shanghai 201306, China;*

3. *School of Biological Engineering, East China University of Science and Technology, Shanghai 200237, China*)

Abstract　　The aroma sustained-release cotton fabric was prepared by finishing rose fragrance nanocapsule directly. The morphology and the average size of fragrance nanocapsule was demonstrated by Transmission Electron Microscope (TEM) and Dynamic Light Scattering (DLS). The structure of nanocapsule, the cotton fabric and the cotton fabric finished by nanocapsule was characterized by Fourier Transform Infrared Spectrometer (FTIR) and X-Ray Diffraction (XRD). The aroma sustained-release properties of the finished cotton fabric were determined by electronic nose and ultraviolet spetrum (UV). The results showed that the fragrance nanocapsule was even spherical particle and kept lower than 100nm. Nanocapsule had been interacted with the cotton fabric successfully. The aroma strengths of the finished cotton fabric after washing 20 cycles and heating for 30min at 90℃ only decreased 4.52% and 3.91% separately in contrast to that without any disposal. The release of fragrance from the aroma cotton fabrics after placing 8days was only 30%. The aroma cotton fabric finished by fragrance nanocapsule has a good sustained-release property.

Keywords　　Aroma, Cotton fabric, Nanocapsule, Sustained-release

聚氰基丙烯酸丁酯包覆玫瑰香精纳米胶囊的制备*

肖作兵[1]　　胡静[1]　　王明熙[2]　　马双双[3]　　周如隽[2]　　李臻[1]　　戴水平[3]

(1. 上海应用技术学院香料香精技术与工程学院,上海 200235;

2. 上海海洋大学食品学院,上海 201306;3. 华东理工大学生物工程学院,上海 200237)

摘要　在乳液体系下采用离子聚合法制备了聚氰基丙烯酸丁酯包覆玫瑰香精纳米胶囊,采用红外光谱(FT-IR)、扫描电镜(SEM)、动态激光光散射(DLS)、热失重(TGA)和电子鼻对该纳米香精胶囊进行性能表征。结果表明,纳米香精胶囊中聚氰基丙烯酸丁酯与香精有一定氢键作用。纳米香精胶囊的粒径约 50～60nm,分布均匀且为圆球状。纳米香精胶囊和聚氰基丙烯酸丁酯均有两段热失重,在第一段热失重中纳米香精胶囊的质量损失率较聚氰基丙烯酸丁酯增加了17.45%。上述结果证明香精已被引入纳米胶囊内部。在对纳米香精胶囊和普通香精热处理后发现,纳米香精胶囊的香气强度无明显变化,高于普通玫瑰香精,证明纳米香精胶囊具有良好的稳定性和缓释性。

关键词　聚氰基丙烯酸丁酯,乳液,纳米胶囊,玫瑰香精

1　引言

香精作为一种重要的精细化工产品,已广泛地应用于纺织、食品、医药、烟草、皮革和日化等各个行业。然而,香精的主要成分具有较强的挥发性,对光、热、氧敏感,易反应,在使用过程中香精的品质很难得到保证。因此,研究如何保持其特征香气的稳定性和缓释性已成为香料香精行业的关键性问题。

近年来,国内外研究者分别采用喷雾干燥法[1~3]、复凝聚法[4,5]和包络法[6~8]等技术对香精进行包覆。Rodrigues[9]等采用界面聚合法制备了粒径约为 1μm 的聚氨酯包覆柠檬香精微胶囊,并将其应用于纺织品加香。微胶囊技术可在一定程度上提高香精的稳定性和缓释性,但粒径在微米级的局限性,使其对香精的包覆效率较低。随着纳米技术的发展,纳米胶囊具有与传统微胶囊不同的独特性质如包封率高、靶向性、稳定性和缓释性好等。纳米胶囊已在药物包埋、缓释方面得到了广泛应用[10]。

氰基丙烯酸酯目前已被广泛地应用于载药纳米胶囊[11~14]。Sai 等[11]在油包水的乳

* "973"计划资助项目(项目编号:2009CB226104)、国家自然科学基金资助项目(项目编号:20876097);上海市科委纳米专项项目(项目编号:0952nm06100)。

液体系中通过界面聚合法制备了聚氰基丙烯酸丁酯包覆牛血清蛋白纳米胶囊,研究了牛血清蛋白的包埋率、聚氰基丙烯酸丁酯的用量和体系 pH 对该纳米胶囊的体外缓释性的影响。Bogdan 等[12]在乳液体系中采用界面聚合法制备了聚氰基丙烯酸乙酯纳米胶囊,通过核磁共振法研究聚氰基丙烯酸乙酯的聚合机理。

　　氰基丙烯酸丁酯用于制备纳米香精胶囊至今未见报道。该单体作为纳米香精胶囊的壁材具有无毒、生物降解性好、货架期长等优点。因此本论文在乳液体系中通过离子聚合法原位制备了聚氰基丙烯酸丁酯包覆玫瑰香精纳米胶囊,并采用红外光谱、扫描电镜、动态激光光散射、热失重分析和电子鼻对该纳米胶囊进行性能表征,分析其稳定性和缓释性。

2　实验部分

2.1　试验药品

　　玫瑰香精,工业级;氰基丙烯酸丁酯,工业级;聚氧乙烯山梨糖醇酐单月桂酸酯(吐温-20),氢氧化钠,盐酸,均为分析纯;二次蒸馏水,自制。

2.2　聚氰基丙烯酸丁酯包覆玫瑰香精纳米胶囊的制备

　　在三口烧瓶中加入一定比例的玫瑰香精、吐温-20 和去离子水,保持反应温度为25℃,搅拌 30min 待体系乳化均匀后,用 0.1mol/L 的盐酸调节 pH,随后滴加氰基丙烯酸丁酯,待单体滴加完毕保温反应一定时间,用 0.1mol/L NaOH 溶液调节 pH 至中性,反应结束。

2.3　样品的表征

　　采用德国 Bruke 公司的红外光谱仪分析样品的结构,英国 Malvern 公司的 Zetasizer 纳米激光粒度仪和飞利浦公司的 FEI 扫描电镜测定样品的颗粒大小和形貌,美国 TA 公司的热重测定仪测定样品的热稳定性,法国 Alpha MOS 公司 FOX 4000 电子鼻测试样品的香气缓释性。

3　结果与讨论

3.1　样品的 FTIR 分析

　　分别将聚氰基丙烯酸丁酯、玫瑰香精和纳米香精胶囊进行红外光谱测定,结果如图 1 所示。

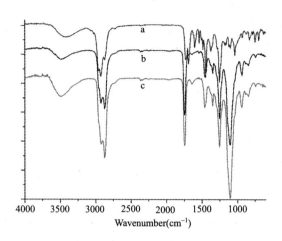

图1　红外光谱

(a. 玫瑰香精；b. 纳米香精胶囊；c. 聚氰基丙烯酸丁酯)

Fig. 1　FTIR analysis（a-rose fragrance，b- rose fragrance nanocapsule，c-PBCA）

　　表1是玫瑰香精主要成分一览表。玫瑰香精是一种混合物，醇类、酯类和醛类为其主要成分物质，主要含有—OH、—C=C—、—COO—及—CHO等官能团。由图1可知，在玫瑰香精红外光谱曲线上出现了$3410cm^{-1}$的羟基伸缩振动峰，$2800cm^{-1}$到$3000cm^{-1}$

表1　玫瑰香精主要成分一览表

Tab. 1　the main components of rose fragrance

名　　称	质量分数（wt%）	名　　称	质量分数（wt%）
丙酮	1.39	乙基香兰素	3.33
芳樟醇	16.32	乙位甲基紫罗兰酮	2.43
苯乙醇	5.71	208檀香	2.73
苯乙二甲缩醛	2.88	邻苯二甲酸二乙酯	2.14
乙位香茅醇	9.29	甲基柏木醚	2.70
乙酸苯乙酯	2.96	甲位己基桂醛	2.61
大茴香醛	2.87	甲基柏木酮	6.6
桂醇	3.31	癸二酸二丁酯	2.51
洋茉莉醛	6.67	十四酸异丙酯	3.73
乙酸橙花酯	1.68	佳乐麝香	7.58
二苯醚	2.58	酮麝香	3.45
香豆素	2.87	苯乙酸香茅酯	1.66

三个明显的烷基吸收峰,$1727cm^{-1}$的醛基伸缩振动峰以及$1690cm^{-1}$的羰基吸收峰。在聚氰基丙烯酸丁酯红外光谱曲线上出现了$3477cm^{-1}$明显的羟基吸收峰,这是因为氰基丙烯酸丁酯通过氢氧根离子引发进行阴离子聚合最终得到表面带有一定羟基的聚氰基丙烯酸丁酯。对比玫瑰香精、聚氰基丙烯酸丁酯和纳米香精胶囊三者的红外光谱可知,聚氰基丙烯酸丁酯谱图中的羟基吸收峰在纳米香精胶囊中已转移到$3489cm^{-1}$,这说明玫瑰香精和聚氰基丙烯酸丁酯之间有一定的氢键作用。并且没有$1642cm^{-1}$—C═C—的出现,说明氰基丙烯酸丁酯聚合完全。

3.2　样品的微观形貌表征

　　分别对聚氰基丙烯酸丁酯纳米颗粒与纳米香精胶囊进行 DLS 和 SEM 测定,结果如表 2、图 2 和图 3 所示。

表 2　聚氰基丙烯酸丁酯纳米颗粒和纳米香精胶囊 DLS 一览

Tab. 2　DLS result of PBCA nanoparticle and rose fragrance nanocapsule

样　　品	粒径(nm)	粒度分布系数	ζ 电位(mV)
聚氰基丙烯酸丁酯纳米颗粒	25.7	0.216	−5.39
纳米香精胶囊	51.4	0.074	−5.38

　　由表 2 可知,纳米香精胶囊的平均粒径(51.4nm)较聚氰基丙烯酸丁酯纳米颗粒(25.7nm)增加。说明香精被包覆于聚氰基丙烯酸丁酯中引起其粒径增大。但纳米香精胶囊的粒径分布较聚氰基丙烯酸丁酯更均匀。因为氰基丙烯酸丁酯的 α 位氰基呈强吸电性,使 β 位的碳原子呈强正电性,整个体系通过阴离子引发进行反应,制备的聚氰基丙烯酸丁酯表面带有大量羟基,羟基之间具有较强的氢键作用,从而导致聚氰基丙烯酸丁酯纳米胶囊之间相互团聚;而加入香精后,香精组分中的羟基可与聚氰基丙烯酸丁酯的羟基作用,减弱了纳米胶囊之间的团聚,因此纳米香精胶囊粒径分布均匀。

　　由表 2 还可知,纳米香精胶囊和聚氰基丙烯酸丁酯纳米颗粒的 ζ 电位均为负值,两者相差不大。这主要是由于该聚合体系为阴离子聚合反应,最终制备的纳米胶囊表面带有负电荷。

　　由图 2 和图 3 可知,在乳液体系中制备得到的样品均为圆球状颗粒,形状均匀。聚氰基丙烯酸丁酯纳米颗粒的粒径约 30～40nm,但颗粒之间相互粘结较多,因此纳米颗粒的粒径分布均匀性较低。加入香精后制备的纳米胶囊的粒径有所增加,约 50～60nm,但是纳米胶囊之间的粘结较少,粒径分布较均匀。SEM 的测定结果验证了 DLS 的实验结果。

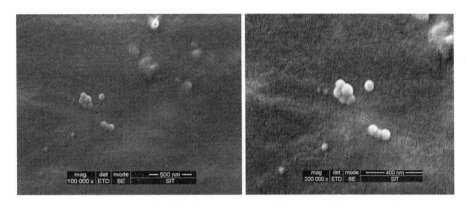

图 2　聚氰基丙烯酸丁酯纳米颗粒的 SEM 测定结果

Fig. 2　SEM result of polybutylcyanoacrylate nanoparticle

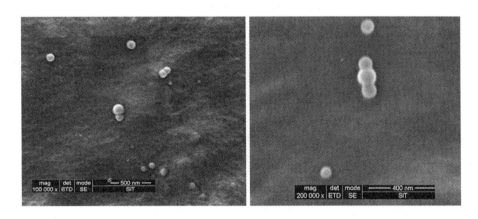

图 3　纳米香精胶囊的 SEM 测定结果

Fig. 3　SEM result of rose fragrance nanocapsule

3.3　样品的 TGA 测定结果

分别对玫瑰香精、聚氰基丙烯酸丁酯纳米颗粒和纳米香精胶囊进行热重测试,测定结果如图 4 所示。

由图 4 可知,香精在 50℃就开始逐渐分解至 200℃分解完毕。香精由醇、酚和醛等物质构成,是易挥发性物质。纳米香精胶囊在 120℃附近才逐渐开始分解,说明香精经聚氰基丙烯酸丁酯包覆后其热稳定提高。聚氰基丙烯酸丁酯纳米颗粒和纳米香精胶囊的热失重曲线都在 120～200℃和 200～400℃附近出现了两段热分解。聚氰基丙烯酸丁酯纳米颗粒在第一段 120～200℃的热分解过程中损失了 60.84%,纳米香精胶囊在同一热分解过程中损失了 78.29%,较聚氰基丙烯酸丁酯纳米颗粒增加了 17.45%。增加的质量分数主要是由于香精的存在,当作为壁材的聚氰基丙烯酸丁酯开始分解时,内部包覆的香精也会随之挥发。

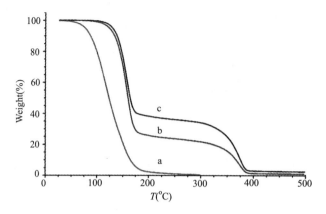

图 4　TGA 的测定结果

（a. 香精；b. 纳米香精胶囊；c. 聚氰基丙烯酸丁酯纳米颗粒）

Fig. 4　TGA Result

(a-rose fragrance, b-polybutylcyanoacrylate nanoparticle, c- rose fragrance nanocapsule)

对不同香精含量下制备的纳米香精胶囊进行热重测定,结果如图 5 所示。由图 5 可知,不同香精含量下制备的纳米香精胶囊均存在 120～200℃ 和 200～400℃ 两段热失重。随着香精含量的增加,纳米香精胶囊在第一段热失重区域中的质量损失率逐渐增加。这说明随着香精含量增加,则纳米香精胶囊内被包覆的香精含量也逐渐增加。

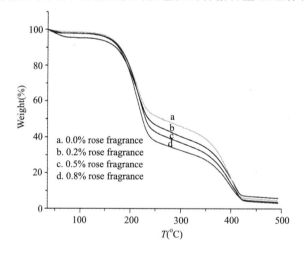

图 5　不同香精含量下制备的纳米香精胶囊的 TGA 测定结果

Fig. 5　TGA result of rose fragrance nanocapsule with different uses level of rose fragrance

3. 4　样品的电子鼻测定结果

分别将纳米香精胶囊和普通玫瑰香精在 90℃ 下加热 30min 和 120min,采用电子鼻考察其香气变化以衡量其稳定性和缓释性,结果如图 6 和图 7 所示。

由图 6 可知,将纳米香精胶囊和普通玫瑰香精在 90℃ 下加热 30min 后,普通玫瑰香

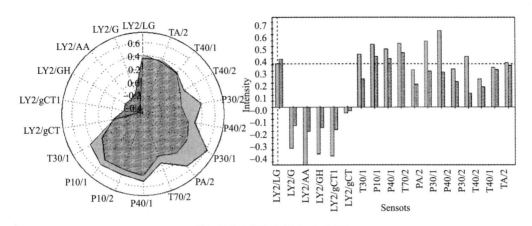

深色-纳米香精胶囊；浅色-普通香精

图 6　在 90℃下加热 30min 的气味指纹分析仪对比图

Fig. 6　Electronic nose comparison of rose fragrance nanocapsule and
rose fragrance heated under 90℃ for 30min

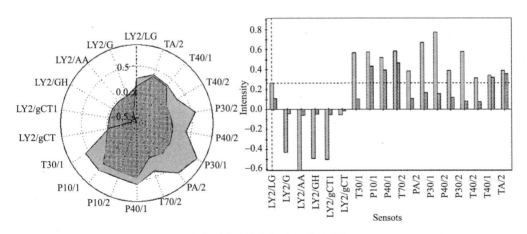

深色-纳米香精胶囊；浅色-普通香精

图 7　在 90℃下加热 120min 的气味指纹分析仪对比图

Fig. 7　Electronic nose comparison of rose fragrance nanocapsule and
rose fragrance heated under 90℃ for 120min

精的气味损失较大。这是因为普通香精没有壁材的保护，受高温影响而挥发；而纳米香精胶囊的香气强度仍保持较大。

　　对比图 6 和图 7 可知，随着加热时间的延长，纳米香精胶囊的香气强度变化不明显，而普通玫瑰香精的香气强度却显著降低，低于纳米香精胶囊。这说明经聚氰基丙烯酸丁酯包覆的纳米香精胶囊具有良好的稳定性和缓释性。

4　结论

本实验在乳液体系下通过离子聚合法制备了聚氰基丙烯酸丁酯包覆玫瑰香精纳米胶囊。FTIR 测定结果表明聚氰基丙烯酸丁酯与香精之间有一定的氢键作用。DLS 和 SEM 测定结果表明,纳米胶囊的粒径分布均匀,约 $50\sim60$nm,粒子形状为圆球状。与纯聚氰基丙烯酸丁酯相比,纳米香精胶囊的粒径变大,但分布更均匀。TGA 测定结果表明,纯聚氰基丙烯酸丁酯和纳米香精胶囊均具有两段热失重,纳米胶囊的第一段热失重质量损失增加了 17.45%。随着香精质量分数的增加,纳米胶囊的第一段热失重质量分数增加。电子鼻测定结果表明,纳米香精胶囊在 90℃下加热 120min 后香气强度无明显变化,且高于普通玫瑰香精,纳米香精胶囊具有良好的稳定性和缓释性。

参考文献

[1]　R. Anandaraman, R. Anne. Process for the preparation of flavor or fragrance microcapsules [J], WO 016345, 2004.

[2]　F. Millqvist. Characterisation of spray-dried emulsions with mixed fat phases[J]. Colloids Surf. B., 2003, (31): 65~79.

[3]　M. Λ. Mortenson, G. A. Reineccius. Encapsulation and release of menthol. part 1: The influence of OSAn modification of carriers on the encapsulation of L-menthol by spray drying[J]. Flavour Fragr. J., 2008, (23): 392~397.

[4]　S. Lecleraq, K. Harlander, G. A. Reieccius. Formation and characterization of microcapsules by complex coacervation with liquid or solid aroma core[J]. Flavors Fragr. J., 2009, (24): 17~24.

[5]　J. C. Soper, X. G. Yang, D. B. Josephon. Encapsulation of flavors and fragrances by aqueous diffusion into microcapsules[J]. US Patent 6106875, 2000.

[6]　A. Kant, R. S. Linforth, J. Hort, A. J. Taylor. Effect of β-cyclodextrin on aroma release and flavor perception [J]. J. Agric. Food Chem., 2004, (52): 2028~2035.

[7]　T. A. Reineccius, G. A. Reineccius, T. L. Peppard. The effect of solvent interactions on α-, β-, and γ-cyclodextrin/flavor molecular inclusion complexes[J]. J. Agric. Food Chem., 2005, 53(2): 388~392.

[8]　M. A. Mortenson, G. A. Reineccius. Encapsulation and release of menthol. part 1: The influence of OSAn modification of carriers on the encapsulation of L-menthol by spray drying[J]. Flavour Fragr. J., 2008, 23(6): 392~397.

[9]　S. N. Rodrigues, I. M. Martins, I. P. Fernandes, et al. Scentfashion®: Microencapsulated perfumes for textile application[J]. Chem. Eng. J., 2009, (149): 463~472.

[10]　D. Crespy, A. Musyanovych, K. Landfester. Synthesis of polymer particles and nanocapsules stabilized with PEO/PPO containing polymerizable surfactants in miniemulsion[J]. Colloid Polym. Sci., 2006, (284): 780~787.

[11]　S. Li, Y. He, C. Li. et al. In vitro release of protein from poly (butyl-cyanoacrylate) nanocapsules with an aqueous core[J]. Colloid. Polym. Sci., 2005, 283(5): 480~485.

[12]　M. Bogdan, A. Nan, C. Pop, et al. Preparation and NMR Characterization of Polyethyl-2-cyanoacrylate Nanocapsules[J]. Appli. Magn. Reson., 2008, (34): 111~119.

[13]　M. Palumbo, A. Russo, V. Cardile, et al. Improved antioxidant effect of idebenone-loaded polyethyl-2-cyanoacrylate nanocapsules tested on human fibroblast[J]. Pharmaceutical Res., 2002, 19(1): 71~78.

[14] G. Lambert, E. Fattal, H. Alphandary, et al. Polyisobutylcyanoacrylate nanocapsules containing an aqueous core as a novel colloidal carrier for the delivery of oligonucleotides[J]. Pharmaceutical Res. , 2000, 17(6): 707~714.

Preparation of Polybutylcyanoacrylate Encapsulated Rose Fragrance Nanocapsule

XIAO Zuo-bing[1]   **HU Jing**[1]   **WANG Ming-xi**[1]

MA Shuang-shuang[3]   **ZHOU Ru-jun**[2]   **LI Zhen**[1]   **DAI Shui-ping**[3]

(1. *School of Perfume and Aroma Technology, Shanghai Institute of Technology, Shanghai 200235, China;*

2. *College of Food Science, Shanghai Ocean University, Shanghai 201306, China;*

3. *School of Biological Engineering, East China University of Science and Technology, Shanghai, 200237, China*)

Abstract   Polybutylcyanoacrylate (PBCA) encapsulated rose fragrance nanocapsule was prepared via anionic polymerization under the emulsion system successfully in this paper. The structure of polybutylcyanoacrylate encapsulated rose fragrance nanocapsule was determined by Fourier Transform Infrared Spectrometry(FT-IR), Scanning Electron Microscope (SEM), Dynamic Light Scattering (DLS), Thermogravimetry Analysis(TGA) and Electronic nose. FT-IR displayed that PBCA interacted with rose flavor via the hydrogen bonds. DLS and SEM showed that the diameter of the spheric polybutylcyanoacrylate encapsulated rose fragrance nanocapsule kept 50~60nm and dispersed even. In comparison of PBCA, the average size of PBCA encapsulated rose fragrance nanocapsule was increased, but it dispersed more even. TGA indicated that both of PBCA and PBCA encapsulated rose fragrance nanocapsule had two thermal decomposition periods. The weight loss of nanocapsule during the first decomposition increased 17. 45% compared to PBCA. Electronic nose confirmed that the heat operation can't influence the aroma strength of PBCA encapsulated rose fragrance nanocapsule. Besides, the aroma strength of nanocapsule was higher than that of the rose fragrance without encapsulation after thermal operation.

Keywords   Polybutylcyanoacrylate, Emulsion, Nanocapsule, Rose fragrance

Ni/Ce$_{0.5}$Zr$_{0.5}$O$_2$ 催化 CH$_4$-CO$_2$ 重整制合成气的研究*

潘秉荣[1,2]　王佳佳[1,2]　刘忠文[1,2]　刘昭铁[1,2]

(1. 应用表面与胶体化学教育部重点实验室,西安 710062；2. 陕西师范大学化学与材料科学学院,西安 710062)

摘要　采用络合分解法制备了 Ce$_{0.5}$Zr$_{0.5}$O$_2$ 固溶体。通过 TG、XRD 和 BET 等表征手段,对所制备的铈锆复合氧化物粉体的结构和性质进行了分析。选用等体积浸渍法制备了 Ni/Ce$_{0.5}$Zr$_{0.5}$O$_2$ 催化剂,考察了其 CO$_2$ 重整甲烷反应的催化性能。XRD 和 Raman 结果表明,采用络合分解法得到了高纯度、立方相 Ce$_{0.5}$Zr$_{0.5}$O$_2$ 固溶体。其中,以水杨酸作络合剂所得固溶体晶粒尺寸较小,具有良好的抗烧结性能。TPR 结果显示,载体的制备方法是影响催化剂还原行为的重要因素,同时,络合剂的种类直接影响催化剂的还原性能。CO$_2$ 重整甲烷反应结果表明,以水杨酸作络合剂所得 Ce$_{0.5}$Zr$_{0.5}$O$_2$ 负载 10%Ni 催化剂的活性和稳定性最好,与催化剂表征结果一致。

关键词　甲烷重整,二氧化碳,铈锆固溶体,镍,络合分解法

1　引言

铈锆复合氧化物作为催化剂、助催化剂或载体,因其优良的储氧性能(OSC)、高热稳定性等特性,已被广泛应用于氮氧化物催化脱除[1]、氯氟烃的催化脱除[2]、CO 氧化[3]、水煤气变换(WGS)[4]、三效催化转化以及催化重整[5]等反应。

大量铈锆固溶体制备及性质的研究结果表明,铈锆复合氧化物的制备方法对其热稳定性、还原行为等有着显著的影响[6~8]。曾研究过的主要制备方法有:化学沉淀法[9]、固相合成法[10]、高能球磨法[11]、溶胶-凝胶法[12]、表面活性剂模板法[13]等。为调控铈锆复合氧化物的结构和性质,本文采用络合分解法制备了一系列 Ce$_{0.5}$Zr$_{0.5}$O$_2$ 固溶体,重点考察了络合剂种类对所合成 Ce$_{0.5}$Zr$_{0.5}$O$_2$ 结构、性质的影响,并与传统共沉淀法制备的 Ce$_{0.5}$Zr$_{0.5}$O$_2$ 进行了比较。在此基础上,以甲烷干重整作为探针反应,考察了 Ce$_{0.5}$Zr$_{0.5}$O$_2$ 的结构和性质对 10%Ni/Ce$_{0.5}$Zr$_{0.5}$O$_2$ 催化性能的影响。

2　实验部分

2.1　载体和催化剂的制备

采用络合分解法制备 Ce$_{0.5}$Zr$_{0.5}$O$_2$。按化学计量比将 Ce(NO$_3$)$_3$·6H$_2$O 和

* "973"计划资助项目(项目编号:2009CB226105)

Zr(NO$_3$)$_4$·5H$_2$O 配成 0.2 mol·L^{-1} 的乙醇混合溶液（Ⅰ）。在室温搅拌下，将 0.2mol·L^{-1} 的柠檬酸（N）乙醇溶液，或水杨酸（S）乙醇溶液缓慢滴加到Ⅰ中。滴加完成后，继续搅拌 8h。在 75～80℃ 下蒸发至透明的凝胶，升高温度使其自燃，然后在不同温度下焙烧 4h，得到氧化物粉体，标记为 CZ-XY（X 表示所用络合剂种类，Y 表示焙烧温度）。同时，以柠檬酸作络合剂制备了 CeO$_2$，标记为 C-N。

作为对比，以 NH$_3$·H$_2$O 和 (NH$_2$)$_2$CO 为沉淀剂，采用并流法制备了 Ce$_{0.5}$Zr$_{0.5}$O$_2$。沉淀过程中 pH 控制在 10±0.2，沉淀完成后经过滤、洗涤、干燥处理后，于马弗炉中 600℃ 焙烧 4h，得到氧化物粉体，标记为 CZ-P。

以 Ni(NO$_3$)$_2$ 溶液等体积浸渍铈锆复合氧化物，经分散、干燥处理后，于马弗炉中 600℃ 焙烧 4h，得到 10wt.% Ni/Ce$_{0.5}$Zr$_{0.5}$O$_2$。

2.2 载体和催化剂的表征

热重分析在美国 TA 公司生产的 Q1000DSC Q600SDT 型热分析系统上进行。升温速率：20℃·min^{-1}；室温～1000℃；空气氛围。物相分析在日本 Rigalcu 公司 D/Max-3c 型衍射仪上进行。测试条件：Cu Kα 为辐射源，管电压 40kV，管电流 40mA，扫描范围 0～90°，扫描速度 8°·min^{-1}。拉曼光谱在美国 Therm Nicolet 公司的 ALMEGA-TM 型激光拉曼光谱仪上测定。波长：532nm，实验测量精度为 2cm^{-1}，范围 200～4000cm^{-1}。还原性能在美国麦克公司的 AutoChem Ⅱ-2920 型全自动化学吸附脱附仪上进行。将 0.0500g 样品置于 U 型石英管中，经过除杂等样品前处理，以 10% H$_2$-Ar 混合气为还原气体，流量 30mL·min^{-1}，以 10℃·min^{-1} 的升温速率升至 1000℃，以热导池（TCD）检测器进行检测。氮气吸附在采用 BEL JAPAN，INC 的 BEL SORP-max 型物理吸附仪上进行。样品在 350℃ 真空预处理 5h，在液氮温度下测定。

催化剂性能评价在固定床反应器中进行。将 0.15g 催化剂（40～60 目）按 1：3 稀释后均匀填装到内径为 8mm 的不锈钢管反应器中。催化剂还原条件为：在 H$_2$（5mL·min^{-1}）气氛中，700℃ 条件下还原 2.5h。原料气和尾气组成采用 GC9560 型热导池检测器的色谱仪（配备 13X 分子筛和 Poropak Q 填充柱）在线分析。转化率计算公式如下

$$\text{Conv. } X (\%) = [(X_{in} - X_{out}) / X_{in}] \times 100 \tag{1}$$

式中，X 为 CH$_4$ 或 CO$_2$。

3 结果与讨论

3.1 金属配合物热重（TG）分析

图 1 给出了用不同络合剂所得样品的热重曲线。由图可知，不论是以柠檬酸，还是水杨酸作为络合剂制备的金属配合物，600℃ 时均已分解完全，形成了铈锆复合氧化物或 CeO$_2$，因此选择 600℃ 作为制备 Ce$_{0.5}$Zr$_{0.5}$O$_2$ 的焙烧温度。

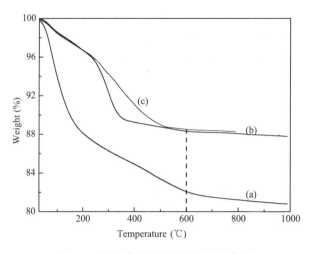

图 1　不同络合剂所得样品的 TG 曲线

Fig. 1　TG curves for metal complex of C-N（a），CZ-S（b），and CZ-N(c)

3.2　载体和催化剂物相和织构分析

图 2 为不同样品的 XRD 图和 Raman 谱图。由图 2(a)可知,不论是选用柠檬酸,还是水杨酸作为络合剂,均未出现 CeO_2 或 ZrO_2 的特征衍射峰,表明所得的氧化物粉体经 600℃焙烧后形成了均一的铈锆固溶体。为进一步确定 $Ce_{0.5}Zr_{0.5}O_2$ 的物相,用激光拉曼光谱对样品进行了测定,如图 2(b)所示。在 461.85cm^{-1} 处只有一个明显的 Raman 峰,归属为立方萤石结构特征峰[14]。因此,不论是选用柠檬酸,还是水杨酸作为络合剂,均获得了立方相 $Ce_{0.5}Zr_{0.5}O_2$ 固溶体。

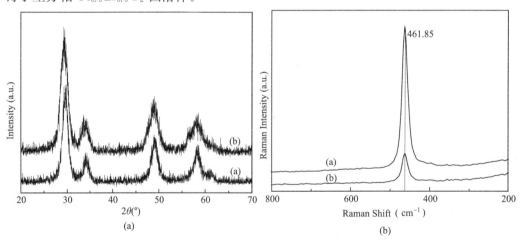

图 2　$Ce_{0.5}Zr_{0.5}O_2$ 的 XRD 图和 Raman 谱图

Fig. 2　XRD patterns and Raman spectra of the samples of CZ-N (a) and CZ-S (b)

图 3 给出了在不同温度下焙烧 4h 所得样品的 XRD 图。由图可知:在 500～600℃时,峰形较宽,表明样品的晶化程度较低,晶型不够完整;随着焙烧温度的升高,其峰形逐

渐变窄,衍射峰强度增加,表明样品的晶粒逐渐变大,晶化程度逐渐提高,但所有样品的特征峰所在位置基本相同,与 Alejandro Várez[15] 报道的结果一致,表明样品的晶相结构并未随温度升高而发生改变,表现出良好的热稳定性。

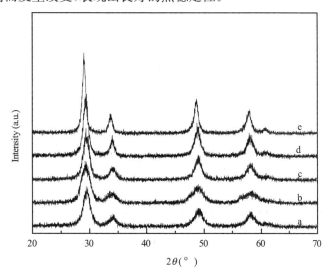

图 3　不同焙烧温度下 CZ-S 的 XRD 图

Fig. 3　XRD patterns of the CZ-S calcined for 4 h atthe temperatures of
500℃(a),600℃(b), 700℃(c),800℃(d), and 900℃(e)

结合 XRD 数据,依据谢乐(Scherrer)公式分别计算了所得样品垂直于(111)和(220)晶面的平均晶粒尺寸,计算结果见表 1。以水杨酸作络合剂所得铈锆复合氧化物,从500℃到800℃,晶粒尺寸随温度升高略有增加,但总体变化不大;即使在900℃下焙烧4h后,其晶粒尺寸仍小于 CZ-P 的晶粒尺寸,表明采用络合分解法,以水杨酸作络合剂制备的 Ce$_{0.5}$Zr$_{0.5}$O$_2$ 固溶体具有较好的抗烧结性能。

表 1　不同样品的晶粒尺寸和比表面积

Tab. 1　The crystal size and BET surface area of the different samples

样　品		CZ-S500	CZ-S600	CZ-S700	CZ-S800	CZ-S900	CZ-N600	CZ-P
晶粒尺寸（nm）	(111)	8.35	7.58	8.47	9.75	16.44	8.15	18.02
	(220)	8.84	8.63	9.56	9.85	15.45	6.87	16.70
BET 比表面积（m^2·g^{-1}）		64.06	37.78	30.09	29.44	20.26	19.41	47.60

表1还给出了不同样品的比表面积。在 500~900℃之间,CZ-S 系列样品的比表面积整体上随温度的升高而减小;在500℃时比表面积最大,达到了 64.06 m^2·g^{-1},但即使在 900℃焙烧 4h,比表面积仍大于 20m^2·g^{-1},表明其热稳定性较好,与晶粒尺寸计算结果相一致;而以柠檬酸作络合剂制备的载体在 600℃仅为 19.41 m^2·g^{-1}。表明络合剂的种类对所合成铈锆复合氧化物的比表面积和热稳定性影响显著,其中以水杨酸为络合剂获得的 Ce$_{0.5}$Zr$_{0.5}$O$_2$ 固溶体具有较大的比表面积和较高的热稳定性。

图 4 给出了 Ni/CZ-N 和 Ni/CZ-P 的 XRD 图。由图可知,催化剂 10$wt.$ % Ni/CZ-N 和 10$wt.$ % Ni/CZ-P 上 NiO 的特征衍射峰峰形和峰位基本一致。结合 XRD 图,依据谢乐(Scherrer)公式计算垂直于 NiO(200)晶面的平均晶粒尺寸分别为 18.22nm 和 25.62nm。

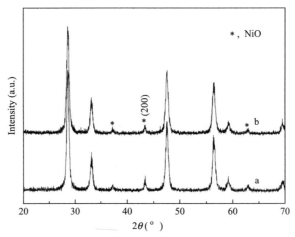

图 4　用不同制备方法所得催化剂的 XRD 图

Fig. 4　XRD patterns of 10wt. %Ni/CZ-N (a) and 10wt. % Ni/CZ-P (b)

3.3　载体与催化剂还原性能(H$_2$-TPR)

图 5(a)为载体的 H$_2$-TPR 谱图。由图可知,当加入 Zr 后,CeO$_2$ 的还原峰略向低温方向移动,最大还原峰温从 465 和 765℃分别降低至 440℃和 750℃。这可能是由于 Zr 取代了部分 Ce 后,导致 CeO$_2$ 晶格结构发生畸变,从而增加了萤石晶格中氧负离子的流动性,易于在较低温度下被还原,与文献报道结果一致[16]。

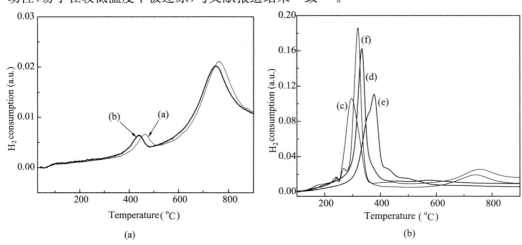

图 5　不同载体与催化剂的 H$_2$-TPR 图谱

Fig. 5　H$_2$-TPR profiles of C-N (a) and CZ-N (b),

Ni/C-N (c), Ni/CZ-N (d), Ni/CZ-S (e), and Ni/CZ-P (f)

图 5(b)给出了不同催化剂的 H$_2$-TPR 图谱。由图可知,在测试温度范围内出现了两组还原峰:低温峰归属于 NiO 的还原峰,高温峰则归属于 CeO$_2$ 还原峰。其中,Ni/CZ-N 和 Ni/CZ-P 在 750℃附近未出现 CeO$_2$ 的高温还原峰,而 Ni/CZ-N 和 Ni/CZ-S 出现了明显的 CeO$_2$ 还原峰。Ni/C-N、Ni/CZ-P、Ni/CZ-N、Ni/CZ-S 上 NiO 的最大还原峰温分别为 297、320、333、378℃。XRD 结果表明 Ni/CZ-P 上的 NiO 晶粒尺寸略大于 Ni/CZ-N,预示着 NiO 和载体间的相互作用依次增强。但是,还原峰面积即相对还原度按 Ni/CZ-P、Ni/C-N、Ni/CZ-S、Ni/CZ-N 顺序依次增大。同时,与其他催化剂较为对称的还原峰相比,Ni/CZ-S 在 350℃附近有一明显肩峰,表明存在与 CZ-S 相互作用不同的 NiO 粒子,导致 Ni/CZ-S 的最大还原峰温最高但相对还原度却小于 Ni/CZ-N。因此,由于 Ni/CZ-P 上的 NiO 晶粒尺寸较大,其与铈锆固溶体间的相互作用力较弱。载体的制备方法是影响催化剂还原行为的重要因素,同时,络合剂的种类直接影响催化剂的还原性能。

3.4 催化剂的性能评价

图 6 给出了不同催化剂对 CO$_2$ 重整甲烷反应的催化性能结果。由 CZ-S 与 CZ-N

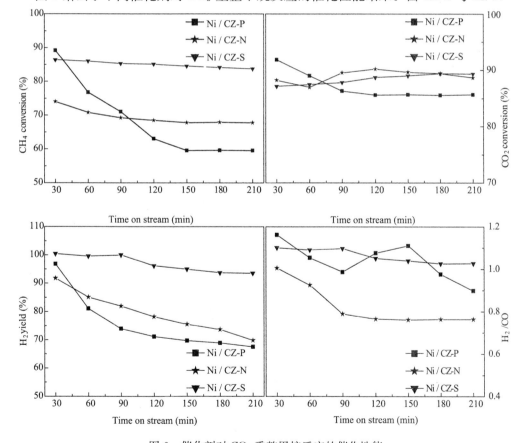

图 6 催化剂对 CO$_2$ 重整甲烷反应的催化性能

Fig. 6 Catalytic performance for the CO$_2$ reforming

of CH$_4$ over Ni/CZ-N, Ni/CZ-S, and Ni/CZ-P(continued)

(reaction condition:750℃, n(CH$_4$):n(CO$_2$)=1:1, GHSV=52 000mL·g^{-1}·h^{-1}, 1 atm.)

负载 $10wt.\%$ Ni 后催化性能的比较可知。Ni/CZ-S 催化剂在反应 3h 后,CH_4 转化率仍保持在 83.7%,CO_2 为 89%,而 Ni/CZ-N 分别仅为 67.7% 和 88.7%;表明相同条件下,前者不论是初活性,还是稳定性都明显优于后者。BET 结果显示,CZ-S 的比表面积($37.78\ m^2 \cdot g^{-1}$)远大于 CZ-N($19.41\ m^2 \cdot g^{-1}$),有利于 NiO 在 CZ-S 表面分散,使得 Ni/CZ-S 的催化活性较高。另外,TPR 结果表明,Ni/CZ-S 上存在与 CZ-S 相互作用程度不同的 NiO 粒子,这可能是其较高稳定性的关键。

由 CZ-P、CZ-N 和 CZ-S 负载 $10wt.\%$ Ni 后催化性能的比较可知。在反应中 $10wt.\%$Ni/CZ-P 催化剂初活性较高,但其稳定性差。Ni/CZ-P 在反应 3h 后,CH_4 转化率降低了 30%,而 Ni/CZ-N 和 Ni/CZ-S 分别仅为 7% 和 2%;且 Ni/CZ-S 的 H_2/CO 也相对较稳定。表明催化剂的催化性能不仅决定于比表面积,还与晶粒尺寸和所形成固溶体的均匀度密切相关;同时说明载体制备方法对反应选择性也有影响。

4　结论

以水杨酸作为络合剂通过络合分解法制备铈锆氧化物,其比表面积、形成的固溶体均匀度均优于以柠檬酸的。在 900℃ 焙烧 4h,未出现相的分离,具有较好的高温热稳定性。负载镍后,其催化性能也优于用柠檬酸制备的载体。在共沉淀法和分解法制备的载体中,分解法制备的载体负载镍后,其催化性能优于共沉淀法所得的载体。

参考文献

[1] D. C. Sayle,S. A. Maicaneanu,G. W. Watsön. Atomistic Models for CeO_2(111), (110), and (100) Nanoparticles, Supported on Yttrium-Stabilized Zirconia [J]. J Am Chem Soc., 2002,124(38):11429~11439.

[2] B. De Rivas,R. López-Fonseca. M. A. Gutiérrez-Ortiz, et al. Role of water and other H-rich additives in the catalytic combustion of 1,2-dichloroethane and trichloroethylene [J]. Chemosphere, 2009, 75(10):1356~1362.

[3] 毛东森,杨志强,朱慧琳,等. 铈锆固溶体的微波辅助法制备及表征[J]. 无机化学学报, 2009, 25(5): 812~817.

[4] 刘欣一,王树东,王树东,等. Pt/CeO_2-ZrO_2 变换催化剂的制备、表征与性能 [J]. 催化学报, 2004, 25(2): 91~95.

[5] 廖卫平,索掌怀. $Zr_xCe_{1-x}O_2$ 的制备及其氢氧化物前驱体的热分解过程研究[J]. 烟台大学学报(自然科学与工程版), 2001, 20(4):254~258.

[6] 冯长根,胡玉才,王丽琼. 铈锆氧化物固溶体对全钯三效催化剂性能的影响[J]. 应用化学, 2003, 20(2): 159~162.

[7] 胡玉才,冯长根,王丽琼,等. 新一代三效催化剂的关键材料—$Ce_xZr_{1-x}O_2$ 固溶体研究进展[J]. 环境科学与技术, 2002, 25(4):42~44.

[8] P. Fornasiero,J. Kaspar,T. Montini, et al. Interaction of molecular hydrogen with three-way catalyst model of $Pt/Ce_{0.6}Zr_{0.4}O_2/Al_2O_3$ type [J]. J. Mole. Catal. A:Chem., 2003,(204-205):683~691.

[9] 董相廷,李铭,张伟,等. 沉淀法制备 CeO_2 纳米晶与表征[J]. 中国稀土学报, 2001, 19(1):24~26.

[10] 许大鹏,王权泳,张弓木,等. 单相 $Zr_{0.5}Ce_{0.5}O_2$ 立方固溶体的高压高温合成[J]. 高等学校化学学报, 2001, 22(4):524~530.

[11] A. Trovarelli,F. Zamar,J. Llorca, et al. Nanophase fluorite-structured CeO_2-ZrO_2 catalysts prepared by high-

energy mechanical milling [J]. Journal of Catalysis, 1997, 169(2): 490～502.

[12] 罗孟飞, 林瑞, 陈敏, 等. CeO$_2$-ZrO$_2$ 固溶体的制备与表征[J]. 中国稀土学报, 2000, 18(1): 35～37.

[13] D. Terribile, A. Trovarelli, J. Llorca. The preparation of high surface area CeO$_2$-ZrO$_2$ mixed oxides by a sur-factant-assisted approach [J]. Catalysis Today, 1998, 43(1-2): 79～88.

[14] 叶青, 徐柏庆. 柠檬酸溶胶-凝胶法制备的 Ce$_{1-x}$Zr$_x$O$_2$: 结构及其氧移动性[J]. Acta Phys. -Chim. Sin., 2006, 22(1): 33～37.

[15] Alejandro Várez, Julian Jolly, Patricia Oliete, et al. Multiphase transformations controlled by ostwald's rule in nanostructured Ce$_{0.5}$Zr$_{0.5}$O$_2$ powders prepared by a modified pechini route [J] Inorganic Chemistry, 2009, 48: 9693～9699.

[16] 郑向江, 郭灿雄, 文明芬, 等. (Ce-Zr)$_m$A$_{1-m}$O$_2$ 复合氧化物的制备及其表征[J]. 稀土, 2008, 29(5): 40～43.

Study on the CO$_2$ reforming of CH$_4$ to syngas over Ni/Ce$_{0.5}$Zr$_{0.5}$O$_2$

PAN Bing-rong[1,2]　　WANG Jia-jia[1,2]　　LIU Zhao-tie[1,2]　　LIU Zhong-wen[1,2]

(1. *Key Laboratory of Applied Surface and Colloid Chemistry (Shaanxi Normal University),*
Ministry of Education, Xi'an 710062, China;
2. *School of Chemistry & Materials Science, Shaanxi Normal University, Xi'an 710062, China*)

Abstract　　Cerium-zirconium composite oxides of Ce$_{0.5}$Zr$_{0.5}$O$_2$ were prepared by a complex-decomposition method. The structural and textural properties of the Ce$_{0.5}$Zr$_{0.5}$O$_2$ were characterized by TG, XRD, and N$_2$ adsorption-desorption techniques. The Ni/Ce$_{0.5}$Zr$_{0.5}$O$_2$ catalysts were prepared by impregnation method, and the nickel loaded samples were investigated for the CO$_2$ reforming of methane. XRD and Raman results show that the solid solutions of purely cubic Ce$_{0.5}$Zr$_{0.5}$O$_2$ were obtained via the complex-decomposition method irrespective of the complex agent used. Moreover, the crystal size of Ce$_{0.5}$Zr$_{0.5}$O$_2$ obtained using salicylic acid as a complex agent was smaller than that using citric acid as a complex agent, which is resistant to sintering. TPR results show that the reduction behavior of the catalyst was significantly influenced by the support properties determined by its preparation method and the complex agent used. Reforming results indicate that the catalyst of 10% Ni loaded on the Ce$_{0.5}$Zr$_{0.5}$O$_2$ prepared using salicylic acid as a complex agent showed the best performance among the catalysts investigated, which is consistent to the characterization results of the catalysts.

Keywords　　Methane reforming, CO$_2$, Cerium zirconium solid solution, Nickel, Complex-decomposition method

制备方法对 Ni-MgO-Al$_2$O$_3$ 催化剂上 CH$_4$-CO$_2$ 重整制合成气的影响*

王佳佳[1,2]　潘秉荣[1,2]　刘忠文[1,2]　刘昭铁[1,2]

（1. 应用表面与胶体化学教育部重点实验室，西安 710062；

2. 陕西师范大学化学与材料科学学院，西安 710062）

摘要　本文以共沉淀法分别制备了一系列不同组成的镁、铝双组分及镍、镁、铝三组分层状双金属氢氧化物（LDHs），650℃焙烧后获得了镁、铝和镍、镁、铝复合氧化物（Mg-Al-LDO 和 Ni-Mg-Al-LDO）。以硝酸镍为前驱体，采用等体积浸渍法制备了不同镍负载量的镁、铝复合氧化物催化剂（Ni/Mg-Al-LDO）。采用 XRD、H$_2$-TPR 和低温 N$_2$ 吸附等方法对所制备样品进行了表征分析。当 Mg/Al 比介于 1/1～3/1 之间或 Mg/(Ni＋Al)＝3/1 时，XRD 结果表明成功制备了结晶完好的双组分或三组分 LDHs。同时，Ni-Mg-Al-LDO 的比表面积大、孔体积和平均孔径远大于相同组成的 Ni/Mg-Al-LDO。在 P＝1atm，750℃，CH$_4$/CO$_2$＝1，GHSV＝44 000－53 200mL$_{(CH_4+CO_2)}$·g$_{cat.}^{-1}$·h^{-1} 条件下，考察了不同催化剂的 CH$_4$-CO$_2$ 重整性能。结果表明，Ni 的引入方式及其含量、Mg/Al 比明显影响 CH$_4$ 和 CO$_2$ 转化率、H$_2$ 收率及催化剂的稳定性。其中，20％Ni 含量的 Ni-Mg-Al-LDO 的活性和稳定性最好。结合前驱体及催化剂的表征结果，对上述反应结果进行了关联分析，认为 Ni 的引入方式及其含量、Mg/Al 比是影响其催化活性的关键，而催化剂的稳定性与 Ni 的引入方式密切相关。

关键词　层状双金属氢氧化物，镍，CO$_2$ 重整，甲烷，合成气

1　引言

近年来，随着人类认识温室效应的深入，作为最强温室气体之一的 CO$_2$ 的俘获（CO$_2$ capture）及其有效利用引起了日益广泛的重视，相关科技工作者对此进行了大量研究报道[1,2]。其中，作为 CO$_2$ 最为有效的转化途径之一，与天然气或煤层气（主要成分为甲烷）的清洁利用相结合的甲烷二氧化碳重整（CDR）反应，同时利用 CO$_2$ 和 CH$_4$ 两大温室气体，对温室气体减排具有重大意义，且合成气的 H$_2$/CO≤1，可作为羰基和有机含氧化合

* "973"计划资助项目（项目编号：2009CB226105）

物合成的原料气。因此，自 20 世纪 90 年代初以来[3]，对 CDR 催化剂及其相关工艺技术进行了广泛而深入的研究[4,5]。

目前，CDR 的研究焦点主要集中在研制高活性、高稳定性的催化剂上。虽然贵金属 Pt、Rh 等的催化活性和抗积碳性明显优于 Ni，但综合考虑催化剂性能、经济性及资源的贮量，Ni 基催化剂最优。大量研究结果表明，提高 Ni 基催化剂的性能主要有以下措施：①改变催化剂载体，因为载体的酸碱性及热稳定性会直接影响其催化性能[6]；②改变催化剂的制备方法，目的在于调变金属和载体间的相互作用、提高金属分散度和抗烧结性能[6]；③引入稀土等碱性氧化物作为助剂，以提高二氧化碳的吸附量，改善催化剂活性和抗积碳能力[7]。此外，还可以从 CDR 反应入手，比如向反应体系中通入 O$_2$ 等较强的氧化剂，以减缓或消除积碳，提高催化剂活性和寿命，改善其催化性能[4,5]。

层状双金属氢氧化物（LDHs）是一类结构相同但物理化学性质不同的阴离子层状无机功能材料[8]。独特的层状结构、金属阳离子组成的广泛性及特定的配位环境、可交换的层间阴离子、较大的比表面积等特性，赋予 LDHs 及失水后形成的双金属复合氧化物（LDO）作为催化剂或催化剂载体极大的设计空间，因而在催化领域得到了广泛的关注[9]。

为此，本文从调控酸碱性及金属 Ni 分散状态、改善金属和载体间相互作用的角度，以层状双金属氢氧化物为前驱体，制备了不同组成的 Ni-Mg-Al-LDO 和 Ni/Mg-Al-LDO 催化剂，考察了其催化 CDR 反应的性能，探讨了制备方法对其催化活性、稳定性的影响规律，并与催化剂的表征结果进行了合理的关联分析。

2 实验部分

2.1 催化剂制备

采用和文献[10]相似的共沉淀法制备 Mg-Al-LDH。以 Mg/Al＝3/1 Mg-Al-LDH 的合成过程详细说明如下。按 $n(Mg^{2+})/n(Al^{3+})＝3/1$，$c(Al^{3+})＝1.0\ mol\cdot L^{-1}$ 配制一定量的镁铝硝酸盐溶液。另称取一定量的 NaOH 和无水 Na$_2$CO$_3$ 配制成混合碱溶液 [$c(CO_3^{2-})＝0.1\ mol\cdot L^{-1}$，$c(OH^-)＝0.1\ mol\cdot L^{-1}$]。采用并流法将二者同时滴入 0.1 mol·L^{-1} 的 Na$_2$CO$_3$ 溶液中，搅拌并调整滴加速度，使溶液的 pH 值恒定为 10 左右。沉淀完成后，60 ℃晶化 24h，然后过滤并用蒸馏水洗涤至滤液至中性。滤饼经 80 ℃干燥 24h 得到 Mg-Al-LDH，650 ℃焙烧 4h，得到 Mg-Al-LDO。以 Ni(NO$_3$)$_2$·6H$_2$O 为前驱体，采用等体积浸渍法分别负载 10％、20％、25％的 Ni，经干燥、650 ℃焙烧后得到不同 Ni 负载量的催化剂，分别标记为 10 Ni/Mg-Al-LDO、20 Ni/Mg-Al-LDO、25 Ni/Mg-Al-LDO。如不作特殊说明，Mg-Al-LDO 中的 Mg/Al 比皆为 3/1。

采用类似文献[11]的方法制备 Ni-Mg-Al-LDO。固定 $n(Mg^{2+}+Ni^{2+})/n(Al^{3+})＝3/1$，通过改变 Mg/Ni 比来调整催化剂中的 Ni 含量。保持 $c(Al^{3+})＝0.375\ mol\cdot L^{-1}$，按目标催化剂组成配制一定量的镍、镁、铝硝酸盐混合溶液。另称取一定量的 NaOH 和无水 Na$_2$CO$_3$，配制成混合碱溶液 [$n(OH^-)＝2n(M^{3+})+n(M^{2+})$]，$n(CO_3^{2-})＝1/2n$

（OH⁻）。采用并流法将两者同时滴入 50mL 蒸馏水中，调整滴加速度，在搅拌下使溶液的 pH 始终保持在 8～9，滴完后 60 ℃晶化 24h，然后过滤并洗涤至中性。经干燥、650℃煅烧 4h，制得 Ni 含量分别为 10％、20％、25％的 Ni-Mg-Al-LDO 催化剂，分别标记为 10 Ni-Mg-Al-LDO、20 Ni-Mg-Al-LDO、25 Ni-Mg-Al-LDO。

2.2　表征方法

采用日本 Rigalcu 全自动 X 射线衍射仪进行物相分析。衍射源为 CuKα，管电压 40kV，管电流 40mA，扫描速度 7°·min⁻¹。采用美国麦克公司 AutoChem 2920 化学吸附仪进行 TPR 实验，催化剂用量为 0.0500g，10％H₂/Ar 混合气，流量 30mL·min⁻¹，程序升温速率 10 ℃·min⁻¹。低温 N₂ 吸、脱附在荷兰安米得 BelSorp-Max 型自动吸附仪上进行，测定前样品在 350 ℃下预处理 5h。

2.3　催化剂性能评价

CDR 反应在固定床流动反应装置上进行。将粒度为 20～40 目的催化剂与三倍催化剂体积的 20～40 目的陶瓷颗粒均匀混合，装填于反应炉的恒温区内。常压下程序升温还原，并在 700 ℃下保持 2.5h，还原气为 10％H₂/N₂ 混合气。然后，N₂ 吹扫 25min，升温至 750 ℃，切换为原料气，开始反应。原料气组成为 CO₂/CH₄＝1/1，空速 GHSV＝44 000～53 200mL₍CH₄+CO₂₎·g⁻¹꜀ₐₜ·h⁻¹。产物经冷凝除水后，反应尾气在上海华爱 GC-9560型气相色谱仪（Porapak Q 和 13X 填充柱，热导池检测器）在线分析。

3　结果与讨论

3.1　前驱体及催化剂物相分析

图 1 为 Mg/Al 比不同时所得 LDHs 样品的 XRD 图。从图中可以看出，当 Mg/Al 比分别为 1/1，2/1 和 3/1 时，所得样品分别在 11.7°、23.6°、60.9°和 62.4°处出现了 LDH 的特征(003)、(006)、(110)和(113)衍射峰，且没有其他衍射杂峰出现，表明它们均形成了层间阴离子为 CO₃²⁻ 的单一晶相 LDHs 层状结构[9]。而当 Mg/Al 比＝4/1 时，各衍射峰强度降低且明显宽化，(113)衍射峰消失，表明 LDH 的结晶度降低。进一步增加 Mg/Al 比至 5/1 时，LDH 的特征衍射峰强度明显降低，且出现了 Mg₂CO₃(OH)₂·3H₂O 相的衍射峰，表明较高 Mg/Al 比不利于单一晶相、高结晶度 LDHs 的生成。

不同组成 Ni-Mg-Al LDH 的 XRD 结果如图 2 所示。为方便比较，Mg-Al LDHs (Mg/Al＝3/1)的 XRD 结果也示于图 2 中。由图可见，在所考察的 Ni、Mg、Al 组成范围内，没有单一金属氧化物或氢氧化物的衍射峰出现，都生成了结晶完好、单一晶相的 Ni-Mg-Al LDHs，且 LDHs 各衍射峰强度基本不受 Ni、Mg、Al 组成的影响，表明 Ni 成功引入到了 LDHs 层状结构单元。相对于 Mg-Al LDHs，Ni-Mg-Al LDHs 的各衍射峰强度明显减弱且峰形宽化，表明其晶粒尺寸较 Mg-Al LDHs 小，这可能是由于 Ni²⁺ 同构取代层板上的 Mg²⁺ 致使层板规整度下降所造成的。

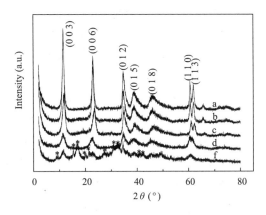

图 1　不同镁铝比 Mg-Al-LDHs 的 XRD 图

Fig. 1　XRD patterns of the Mg-Al-LDHs samples with different Mg/Al molar ratios
$[a. n(Mg)/n(Al)=1/1; b. n(Mg)/n(Al)=2/1; c. n(Mg)/n(Al)=3/1;$
$d. n(Mg)/n(Al)=4/1; e. n(Mg)/n(Al)=5/1]$. * 为 $Mg_2CO_3(OH)_2 \cdot 3H_2O$ 的特征峰

图 3 为 Ni/Mg-Al-LDO 和 Ni-Mg-Al-LDO 的 XRD 催化剂的 XRD 表征结果。由图可见,高温焙烧致使 Ni-Mg-Al-LDHs 和 Mg-Al-LDHs 的层板结构塌陷,XRD 图中 LDHs 的特征衍射峰消失。由于 Ni^{2+}(0.069nm)、Mg^{2+}(0.072nm)离子半径极为相近,难以从 XRD 衍射峰分辨 NiO、MgO 及其固溶体。但从图 3 可以看出,Ni-Mg-Al-LDO 在 40°左右的两个衍射峰(归属为 NiO、MgO 或其固溶体)均比同样 Ni 含量 Ni/Mg-Al-LDO 的衍射峰弱且宽,表明 Ni、Mg 在共沉淀途径制备的 Ni-Mg-Al-LDO 中的分布更为均匀。研究表明,高度分散的 NiO-MgO 复合金属氧化物有利于催化剂性能的提高[12]。

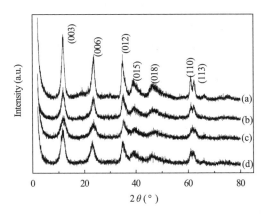

图 2　Ni-Mg-Al LDHs 的 XRD 图

Fig. 2　XRD patterns for Mg-Al-LDHs (Mg/Al=3/1) (a), 10Ni-Mg-Al-LDHs (b), 20Ni-Mg-Al-LDHs(c), and 25Ni-Mg-Al-LDHs (d)

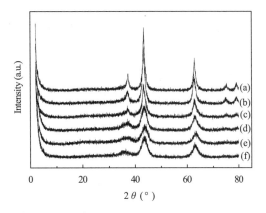

图 3　不同催化剂的 XRD 图

Fig. 3　XRD patterns for 25Ni/Mg-Al-LDO(a), 20Ni/Mg-Al-LDO(b), 10Ni/Mg-Al-LDO(c), 25Ni-Mg-Al-LDO (d), 20Ni-Mg-Al-LDO(e), and 10Ni-Mg-Al-LDO(f)

　　根据低温 N_2 吸、脱附等温线,计算了各催化剂的 BET 比表面积、孔容和孔径,结果汇总于表1。从表1可以看出,Mg-Al-LDO 和 Ni-Mg-Al-LDO 的比表面积相差不大,表明 LDO 的比表面积受其组成影响较小,这可能与两者的制备方法相同(焙烧 LDHs)且 Ni^{2+}、Mg^{2+} 离子半径相近密切相关。但从孔体积和孔径结果看,Ni 的引入明显增大了 Mg-Al-LDO 的孔容和平均孔径,且随 Ni 含量的增大存在一个极大值。与 Mg-Al-LDO 相比,浸渍 10% Ni 后所得 10Ni/Mg-Al-LDO 的比表面积大大减小,且随 Ni 含量增加,比表面积进一步降低,但并不存在线性关系。比较各催化剂的孔容结果可知,浸渍的 Ni 对 Mg-Al-LDO 的孔填充效应明显,特别是 10Ni/Mg-Al-LDO 催化剂。其中,20Ni-Mg-Al-LDO 的比表面积、孔容和平均孔径最大。

表1　不同样品的比表面积和孔分布

Tab. 1　The BET surface areas and pore properties for different samples

样品	BET 比表面积(m^2/g)	总孔容(mL/g)	平均孔径(nm)
Mg-Al-LDO	195.95	0.4045	8.2565
10Ni/Mg-Al-LDO	138.37	0.3314	9.5807
20Ni/Mg-Al-LDO	107.65	0.1754	6.5160
25Ni/Mg-Al-LDO	99.76	0.1740	6.9767
10Ni-Mg-Al-LDO	185.61	0.5768	12.430
20Ni-Mg-Al-LDO	197.84	0.7866	15.903
25Ni-Mg-Al-LDO	188.68	0.6950	14.734

3.2　催化剂的还原行为

　　为获得制备方法对催化剂还原行为的影响,进行了 H_2-TPR 测试,结果如图4所示。由图4可知,与催化剂制备方法及 Ni 含量无关,所有催化剂都只在约 800 ℃ 出现了一个

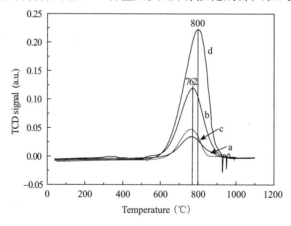

图4　催化剂 Ni/Mg-Al-LDO 和 Ni-Mg-Al-LDO 的 TPR 图

Fig. 4　TPR patterns for catalysts of Ni/Mg-Al-LDO and Ni-Mg-Al-LDO

a. 10Ni/Mg-Al-LDO；b. 25Ni/Mg-Al-LDO；c. 10Ni-Mg-Al-LDO；d. 25Ni-Mg-Al-LDO

明显的还原峰,可归结为 NiO 的一步还原过程。当 Ni 含量较低时(10%),Ni-Mg-Al-LDO 和 Ni/Mg-Al-LDO 的 TPR 峰形和最大还原峰温基本一致,且还原峰面积接近,表明制备方法对催化剂的还原行为没有明显影响。但当 Ni 含量较高时(25%),尽管 Ni-Mg-Al-LDO 和 Ni/Mg-Al-LDO 的 TPR 峰形一致,即都表现出 NiO 的单一还原峰,但 Ni-Mg-Al-LDO 的最大还原峰温明显增高,且还原峰面积较大,表明 Ni-Mg-Al-LDO 的还原度比较大。因此,Ni-Mg-Al-LDO 和 Ni/Mg-Al-LDO 的还原行为与其组成和制备方法密切相关。

3.3 反应结果

图 5 为 $CH_4/CO_2=1/1$,GHSV=44 000$mL_{(CH_4+CO_2)}$ · $g_{cat.}^{-1}$ · h^{-1},750 ℃反应条件下,不同 Mg/Al 比 Mg-Al-LDO 负载 10% Ni 催化剂上的 CDR 实验结果。由图可见,当 Mg/Al 比为 2/1 时,CH_4 和 CO_2 的转化率最低,但随反应时间的延长,转化率略有增加。对于其余组成的催化剂,在所考察的反应时间内,都得到了稳定且相近的 CH_4 和 CO_2 的

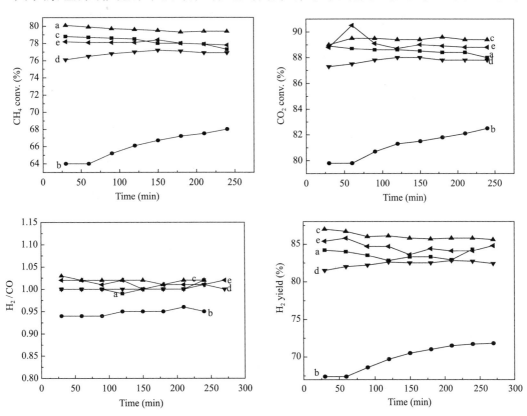

图 5　Mg/Al 比对 10Ni/Mg-Al-LDO 催化性能的影响

Fig. 5　The catalytic results of CDR over 10Ni/Mg-Al-LDO with various Mg/Al ratios

$[Ni(wt)\%=10\%,\ n(CH_4):n(CO_2)=1:1,\ 750\ ℃,\ GHSV=44\ 000mL_{(CH_4+CO_2)} · g_{cat.}^{-1} · h^{-1}]$

a. $n(Mg)/n(Al)=1/1$;b. $n(Mg)/n(Al)=2/1$;c. $n(Mg)/n(Al)=3/1$;

d. $n(Mg)/n(Al)=4/1$;e. $n(Mg)/n(Al)=5/1$

　　转化率。其中，Mg/Al＝3/1 时的 CH_4 和 CO_2 的转化率略高。值得指出的是，对于所考察的催化剂，CO_2 转化率总是明显高于 CH_4 转化率（约 10%～15%），预示着催化剂的稳定性较好。观察不同组成催化剂上的 H_2 收率和产物 H_2/CO 比结果，也可得到和转化率相近的变化规律。对于上述催化剂，其区别仅在于 Mg/Al 比，但 CH_4、CO_2 转化率和 H_2 收率等并不随 Mg/Al 比单调变化，表明 Ni/Mg-Al-LDO 的催化性能除与 Mg-Al-LDO 的酸碱性（MgO 含量）相关外，可能与 Mg-Al-LDH 前驱体的结构有关。前述 XRD 结果表明，Mg-Al-LDH 的结晶度、层状结构规整度等强烈依赖于其 Mg/Al 比。鉴于 Mg/Al＝3/1 时的 Mg-Al-LDO 表现出较高的催化性能，在下述实验中，固定 Mg/Al 或 (Mg＋Ni)/Al＝3/1，重点考察催化剂制备方法和 Ni 载量对其催化行为的影响。

　　图 6 为 CH_4/CO_2＝1/1，$52000mL_{(CH_4+CO_2)} \cdot g_{cat.}^{-1} \cdot h^{-1}$，750 ℃反应条件下，不同 Ni 含量 Ni-Mg-Al-LDO 和 Ni/Mg-Al-LDO 上 CDR 的实验结果。从图 6 可以看出，与催化剂组成无关，Ni-Mg-Al-LDO 上的 CH_4、CO_2 转化率和 H_2 收率均明显高于 Ni/Mg-Al-LDO，这与 TPR 和 XRD 结果一致，即对于相同组成的催化剂，Ni-Mg-Al-LDO 中 NiO 的晶粒尺寸较小（XRD 较大的半峰宽）且还原度较高（较大的 TPR 峰面积）。就 Ni-Mg-Al-

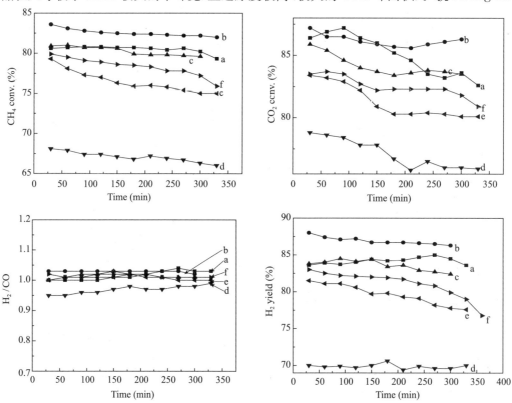

图 6　Ni-Mg-Al-LDO 和 Ni/Mg-Al-LDO 上的 CDR 反应结果

Fig. 6　The experimental results of CDR over Ni-Mg-Al-LDO and Ni/Mg-Al-LDO with different Ni loadings

a. 10 Ni-Mg-Al-LDO；b. 20 Ni-Mg-Al-LDO；c. 25Ni-Mg-Al-LDO；

d. 10Ni/Mg-Al-LDO；e. 20 Ni/Mg-Al-LDO；f. 25Ni/Mg-Al-LDO

$(n(CH_4) : n(CO_2)=1 : 1$, 750 ℃反应, GHSV=52 000$mL_{(CH_4+CO_2)} \cdot g_{cat.}^{-1} \cdot h^{-1})$

LDO 而言,随 Ni 含量增加,CH$_4$、CO$_2$ 转化率和 H$_2$ 收率都呈现出先增加后降低的变化规律,其中 20Ni-Mg-Al-LDO 的性能最高。但是,Ni/Mg-Al-LDO 上的 CH$_4$、CO$_2$ 转化率和 H$_2$ 收率随 Ni 含量的增加而单调增大。这可能由两种方法制备催化剂的结构、比表面积和孔特性(表 2)的明显差异而引起的。从 H$_2$/CO 曲线可以看出,所有催化剂上的产物 H$_2$/CO 都非常相近,为 1.00 ± 0.05,表明在所考察的反应条件下,除 CDR 外的逆水煤气变换等副反应并不严重。

从图 6 可以看出,随着反应的进行,Ni/Mg-Al-LDO 催化剂上的 CH$_4$ 和 CO$_2$ 转化率明显降低,但 Ni-Mg-Al-LDO 催化剂上的 CH$_4$ 转化率降低并不明显,表明 Ni-Mg-Al-LDO 具有较高的稳定性。积碳是 CDR 催化剂失活的最主要原因之一,为此,采用热重法分析了反应 6h 后催化剂上的积碳,结果见图 7。25Ni-Mg-Al-LDO 远小于 25Ni/Mg-Al-LDO 的失重率,说明反应后 25Ni-Mg-Al-LDO 上的积碳量远小于 25Ni/Mg-Al-LDO。因此,Ni-Mg-Al-LDO 的抗积碳能力强,其催化 CDR 的稳定性好,这与图 6 体现的信息一致。上述结果表明,LDO 催化剂的活性和稳定性与 Ni 的引入方式及其含量密切相关。

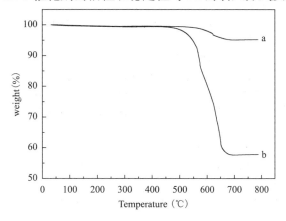

图 7　反应后催化剂的热重图

Fig. 7　TG patterns for the used catalysts of a. 25Ni-Mg-Al-LDO and b. 25Ni/Mg-Al-LDO

(The catalysts were tested under the conditions of 750 ℃ and 52000mL$_{(CH_4+CO_2)}$ · g$_{cat.}^{-1}$ · h^{-1} for 6h)

4　结论

采用层状双金属氢氧化物(LDHs)路线,通过共沉淀法和等体积浸渍法分别制备了不同组成的 Ni-Mg-Al-LDO 和 Ni/Mg-Al-LDO 催化剂,并考察了其 CDR 性能,结论如下:

(1) 当 Mg/Al 比介于 1/1~3/1 之间或 Mg/(Ni+Al)=3 时,成功制备了结晶完好的双组分或三组分 LDH。同时,Ni-Mg-Al-LDO 的比表面积大、孔体积和平均孔径远大于相同组成的 Ni/Mg-Al-LDO。当 Mg/Al 比大于 4 时,不能得到物相单一的 LDHs。

(2) 镍基催化剂的 CDR 性能与镍的引入方式、镍含量、Mg/Al 等密切相关,其中,20% Ni 含量的 Ni-Mg-Al-LDO 的活性和稳定性最好。

（3）依据 XRD、TPR 等催化剂表征结果和 CDR 反应结果，认为镍含量及其引入方式是决定催化剂活性和稳定性的关键因素。

参考文献

[1] A. P. E. York, T. C. Xiao, M. L. H. Green, et al. Methane oxyforming for synthesis gas production[J]. Catal. Rev. Sci. Eng., 2007, 49(4): 511~560.

[2] M. Rezaei, S. M. Alavi, S. Sahebdelfar, et al. CO_2 reforming of CH_4 over nanocrystalline zirconia-supported nickel catalysts[J]. Appl. Catal. B, 2007, (77): 346~354.

[3] A. T. Ashcroft, A. K. Cheetham, M. L. H. Green, et al. CO_2 Reforming of CH_4[J]. Catalysis Reviews, 1999, 41(1): 1~42.

[4] C. Song, W. Pan. Tyi-reforming of methane: z noval concept for catalytic production of industrially useful synthesis gas with desired H_2/CO ratio[J]. Catal. Today, 2004, 98(4): 463~484.

[5] C. Song, Global challenges and strategies for control, conversion and utilization of CO_2 for sustainable development involving energy, catalysis, adsorption and chemical processing[J]. Catal. Today, 2006, 115: 2~32.

[6] Mun-Sing Fan, Ahmad Zuhairi Abdullah, Subhash Bhatia Catalytic. Technology for carbon dioxide reforming of methane to synthesis gas[J]. Chemcatchem, 2009, (1): 192~208.

[7] 姜洪涛，李会泉，张懿. 甲烷三重整制合成气[J]. 化学进展，2006, 18(10): 1270~1277.

[8] 吕志，段雪. 阴离子层状材料的可控制备[J]. 催化学报, 2008, 29(9): 839~856

[9] 杜以波，D. G. Evans, 孙鹏，等. 阴离子型层柱材料的研究进展[J]. 化学通报，2000, (5): 20~24

[10] 王芳珠，杨坤，柴永明，等. 以镁铝水滑石为前驱体制备复合氧化物催化丙酮气相缩合反应[J]. 无机化学学报，2008, 24(9): 1417~1423.

[11] Mariana M. V. M. Souza, Nielson F. P. Ribeiro, Octávio R. Macedo Neto, et al. Autothermal reforming of methane over nickel catalysts prepared from hydrotalcite-like compounds[J]. Studies in Surface Science and Catalysis, 2007, (167): 451~456.

[12] 刘玉成，李峰. 新型 $CuO-ZnO-Al_2O_3$ 复合金属氧化物的制备及其结构研究[J]. 工业催化，2008, 16(10): 100~104.

CO_2 reforming of CH_4 to syngas over $Ni-MgO-Al_2O_3$ prepared with different methods

WANG Jia-jia[1,2]　　PAN Bing-rong[1,2]　　LIU Zhong-wen[1,2]　　LIU Zhao-tie[1,2]

(1. *Key Laboratory of Applied Surface and Colloid Chemistry（Shaanxi Normal University）, Ministry of education*, Xi'an 710062, China;

2. *School of Chemistry & Materials Science*, Shaanxi Normal University, Xi'an 710062, China)

Abstract　The layered double hydroxides (LDHs) were prepared via a co-precipitation method by using nitric salts of magnesium, aluminum, and/or nickel as precursors. The composite oxides of Mg-Al-LDO and Ni-Mg-Al-LDO were obtained by calcining the LDHs at 650℃. Alternatively, Ni/Mg-Al-LDO with various nickel loadings was prepared by incipient impregnation method using nickel nitric as a precursor. The obtained samples were characterized with XRD, H$_2$-TPR, and N$_2$ adsorption at-196℃. When the Mg/Al ratios are between 1/1-3/1 or Mg/(Ni+Al) equals to 3/1, XRD results indicate that well crystallized LDHs were successfully prepared. Moreover, the catalyst prepared by co-precipitation method (Ni-Mg-Al-LDO) showed much higher values in BET surface area, pore volume and average pore diameter than those of the corresponding sample prepared by impregnation method (Ni/Mg-Al-LDO). Under the reaction conditions of 1 atm, 750 ℃, CH$_4$/CO$_2$=1, GHSV=44000-53200mL$_{(CH_4+CO_2)}$ • g$_{cat.}^{-1}$ • h^{-1}, the catalysts were evaluated for the carbon dioxide reforming of methane (CDR). Results show that the conversions of CH$_4$ and CO$_2$, H$_2$ yield, and the stability of the catalyst were strongly affected by the preparation method of the catalyst, Ni loadings, and Mg/Al ratios. Among the catalyst tested for the titled reaction, the Ni-Mg-Al-LDO having 20% Ni showed the best performance. Combining the characterization data of the LDHs and LDOs with the reaction results, introduction method of Ni and the content and the Mg/Al ratio in Mg-Al-LDO are determined to be main factors for its catalytic activity while the preparation method of the LDO catalyst is crucial to its stability for the CDR.

Keywords LDHs, Nickel, Carbon dioxide reforming, Methane, Syngas

Pd@Co-B 双金属催化剂的制备及其催化性能的研究[*]

马金强　傅敏杰　徐烨　李辉

（上海师范大学化学系,上海 200234）

摘要　本文采用化学还原法制备了 Co-B 非晶态合金,然后通过置换反应在 Co-B 非晶态合金表面引入金属 Pd。通过调节 PdCl$_2$ 溶液的加入量,得到了不同 Pd 含量的 Pd@Co-B 双金属催化剂。通过 X 射线衍射(XRD)、透射电子显微镜(TEM)和 X 射线光电子能谱(XPS)等对催化剂的晶体结构、微观形貌和表面电子状态进行了研究。将所得的 Pd@Co-B 双金属催化剂用于液相 2-乙基-2-己烯醛加氢,结果表明加入少量 Pd 后其活性及选择性较单金属 Co-B 非晶态合金均有大幅度提高,显示出良好的工业应用前景,并进一步探讨了构效关系。

关键词　置换反应,非晶态合金,2-乙基-2-己烯醛,催化加氢

1　引言

　　辛醇是重要的化工中间体,主要用于邻苯二甲酸二辛酯、己二酸二辛酯和对苯二甲酸二辛酯等增塑剂,以及丙烯酸辛酯及其衍生物的合成,也用于压敏黏合剂、表面涂料、表面活性剂、抗氧剂、柴油和润滑油添加剂、纺织和化妆品工业用的溶剂和消泡剂等方面,是重要的有机化工原料和化学助剂原料[1]。辛醇通常是由 2-乙基-2-己烯醛(辛烯醛)催化加氢得到,而醛加氢工艺分为液相法和气相法,其中液相法能耗少、产品纯度高。目前国内应用的进口液相醛加氢催化剂可分为镍系、钯系、镍-铜系三种[2]。工业上通常使用铜系催化剂,但是铜系催化剂的反应温度和反应压力均比较高,这不仅造成能耗高、操作困难、对设备要求高,而且容易引起聚合和缩合等一些副反应。镍系催化剂也可用于加氢反应中,它的优点为反应温度低、操作能耗低,因此多使用于液相醛加氢反应中。但镍系催化剂的缺点是镍在催化剂中显酸性,加氢活性强,容易过度加氢而产生副产物。此外,钯系催化剂由于活性高也常用于醛加氢,但成本较高[1]。当前,工业上采用的辛烯醛加氢催化剂多为铜系催化剂,存在着催化效率低、制备过程环境污染等严重问题,已经越来越不适应人类可持续发展的战略目标。理想的催化反应应该具有原子经济性和绿

---

[*]"973"计划资助项目(项目编号:2009CB226106)

联系人:李辉,E-mail: lihui@shnu.edu.cn

色化学两大特征[3,4],因此,研制和开发新型高效、环境友好的催化材料用于辛烯醛加氢制备辛醇是所面临的最为迫切和紧要的任务。

非晶态合金是指构成合金的原子或它们的混合排列完全无序,在空间上不呈现周期性和平移性,它具有短程有序、长程无序的结构特点,是一种绿色催化剂。自从 1980 年国际上发表了第一篇关于非晶态合金催化性能的报道以来[5,6],引起了各国催化学者的广泛重视和兴趣,国内许多大学和研究机构以及包括日本、美国等国家的研究工作者相继采用多种成分的非晶态合金进行了深入的研究,取得了很多发现,展示了这种新型材料的美好前景。目前还有一些非晶态合金催化剂进行了工业化应用,其工业化前景相当明确。本文首先通过化学还原法制备了 Co-B 非晶态合金,然后通过置换反应在 Co-B 非晶态合金表面引入金属 Pd,通过调节 PdCl$_2$ 溶液的加入量,得到了不同 Pd 含量的 Pd@Co-B 双金属催化剂。将所制备的催化剂用于液相辛烯醛加氢反应,发现通过掺入少量的 Pd 后,其活性及选择性较 Co-B 均有大幅度提高。

2　实验部分

2.1　催化剂制备

1) Co-B:称取一定质量的 CoCl$_2$·6H$_2$O,其中 Co 的质量为 0.05g、0.1g、0.2g,将其溶解在水中。在搅拌状态下,加入一定量的 NaBH$_4$(2 M)溶液,得到黑色超细粒子并用蒸馏水洗涤多次直至洗涤液呈中性,然后用无水乙醇洗涤三次后保存在无水乙醇中备用。

2) Pd-B:在 PdCl$_2$(1.9mL,0.01 M)溶液中加入一定量的 NaBH$_4$(2 M)溶液,得到黑色超细颗粒并用蒸馏水洗涤多次直至洗涤液呈中性,然后用无水乙醇洗涤三次后将样品保存在无水乙醇中备用。

3) Pd@Co-B:称取一定质量的 CoCl$_2$·6H$_2$O,其中 Co 的质量为 0.2g,溶于水后加入一定量的 NaBH$_4$(2 M)溶液,得到黑色超细颗粒并用蒸馏水洗涤多次直至洗涤液呈中性后重新分散在水中。往上述溶液中加入一定体积的 0.01 M 的 PdCl$_2$ 溶液(0.48、0.95、1.43mL),反应 30min 后将所得的催化剂醇洗三次,保存在无水乙醇中备用。制得的催化剂分别标记为 Pd@Co-B-1、Pd@Co-B-2、Pd@Co-B-3。

2.2　催化剂表征

采用日本理学 D/max-rB 型 18kV 转靶 X-射线衍射仪分析样品的晶相结构。实验条件:CuKα 射线,Ni 滤波气,功率为 40kV×40mA,扫描范围 20°～80°。采用 JEOL TEM 2011 透射电子显微镜(TEM)观察样品的形貌,工作电压为 200kV。采用 ULVAC-PHI PHI5000 VersaProbe X-射线光电子能谱仪(XPS)测定非晶态合金催化剂的表面电子态和表面组成。以 Al Kα(1486.6eV)为发射源,测量时分析室压力为 10^{-9} t,通能为 46.95eV。所有非晶态合金催化剂的电子结合能均采用污染碳(C 1s = 284.6eV)进行校正。

2.3　活性测试

采用高压液相加氢反应考察不同催化剂的催化活性和选择性。催化反应在 250mL 高压釜中进行,反应条件:一定量的催化剂、3mL 2-乙基-2-己烯醛、40mL 乙醇、$P_{H_2}=$ 1.0MPa、$T=373K$、搅拌速度为 800rpm。记录前 30min 内 H_2 下降的压力,通过理想气体方程式计算单位质量 Co 上的吸氢速率(R^m,质量比活性)作为催化剂初始活性。反应产物用气相色谱分析,色谱条件为:色谱柱以 6201 红色硅藻土($d=0.2\sim0.3mm$)为载体,阿匹松树脂 L 为固定液,载气为氮气,FID 检测器。

3　结果与讨论

3.1　催化剂结构和电子状态的表征

由$[PdCl_4]^{2-}/Pd$ 和 Co^{2+}/Co 的标准电极电势可知,$\varphi[PdCl_4]^{2-}/Pd^\theta=0.591$ V,$\varphi Co^{2+}/Co^\theta=-0.277$ V,因此,$[PdCl_4]^{2-}$ 可自发地与 Co 发生置换反应生成金属态的 Pd。图 1 为所制得催化剂的 XRD 谱图。如图所示,所有新鲜的样品在 $2\theta\approx45°$处均出现一个特征弥散峰,表明其具有典型的非晶态结构[7~9]。将新鲜制得的 Pd@Co-B-3 在 673K 于氮气气氛中热处理 2h 后,XRD 谱图中出现新的衍射峰,分别对应于金属态的 Co 和晶态的 Co-B 合金,表明 Co-B 非晶态合金发生部分晶化,并伴随有部分合金的分解。同时,在新鲜的和热处理后的 Pd@Co-B-3 样品的 XRD 谱图中并没有观察到 Pd 的特征衍射峰($2\theta\approx40°$),说明 Pd 在体系中呈高度分散状态[10]。

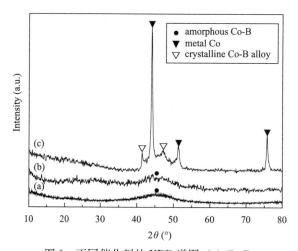

图1　不同催化剂的 XRD 谱图:(a) Co-B;
(b) Pd@Co-B-3; (c) Pd@Co-B-3 在氮气中于 673K 热处理 2h
Fig. 1　XRD patterns of (a) Co-B, (b) Pd@Co-B-3, and
(c) Pd@Co-B-3 after being treated at 673K for 2h in N_2 flow

图 2 为样品的 TEM 照片。从图中可以看出，当加入 Pd 后，并没有改变 Co-B 非晶态合金的形貌结构。从样品的 SAED 照片（见插图）可以看出，催化剂具有非晶态结构，这与 XRD 的结果一致。

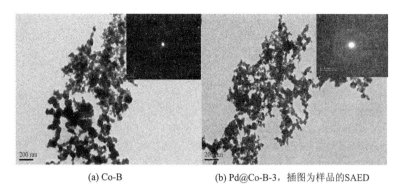

(a) Co-B   (b) Pd@Co-B-3，插图为样品的SAED

图 2　不同催化剂的 TEM 照片

Fig. 2　TEM images of (a) Co-B, (b) Pd@Co-B-3. Insets are the corresponding SAED images

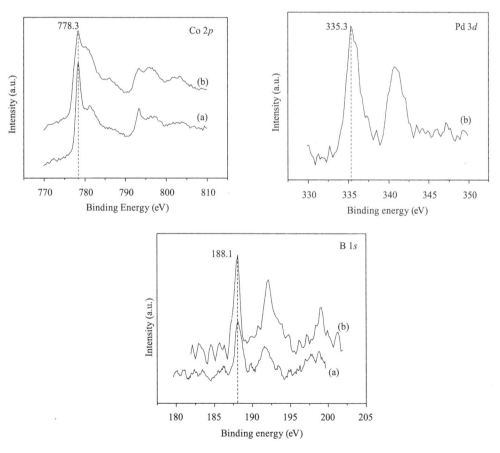

图 3　样品的 XPS 谱图 (a)Co-B, (b)Pd@Co-B-3

Fig. 3　XPS of (a) Co-B, and (b) Pd@Co-B-3

图 3 为样品的 XPS 谱图。Co-B 和 Pd@Co-B-3 样品中 Co $2p_{3/2}$ 的电子结合能均为 778.3eV，对应于金属态的 Co[11]。Pd@Co-B-3 样品中 Pd $3d_{5/2}$ 的电子结合能为 335.3eV，对应于金属态的 Pd[12]，该结果表明 $[PdCl_4]^{2-}$ 被 Co 完全还原为金属 Pd。Co-B 和 Pd@Co-B-3 样品中 B 1s 的电子结合能均为 188.1eV，与单质 B 的标准结合能 (187.1eV) 相比增加了 1.0eV[13]，这是由于 Co^{2+} 被 $NaBH_4$ 还原时形成了 Co-B 非晶态合金，在该合金中电子从 B 转移到 Co 使得 Co 富电子而 B 缺电子[14,15]。而在 Pd@Co-B-3 中 Pd 的摩尔百分比仅为 0.38%，Pd 和 Co 之间是否存在电子转移，很难从其电子结合能 的变化中观察到。因此 Pd 和 Co 之间是否存在电子相互作用有待于进一步的研究。

3.2　催化活性

表 1 给出了不同 Co-B 非晶态合金用量对该反应的影响。结果表明，随着 Co-B 用量 的增加反应时间缩短。然而，当 Co-B 的用量升至 0.2g 时，反应 7 小时后仍有 20% 以上 的副产物 (2-乙基-2-己烯醇)。这是由于增加 Co-B 的用量虽然能有效催化辛烯醛中 C＝O 键的氢化，但不能将辛烯醛中的 C＝C 完全氢化。由于金属 Pd 对 C＝C 氢化 具有高催化活性，接下来选择以 0.2g Co-B 作为研究基础，考察加入不同量的 Pd 对催化 剂活性和选择性的影响。由表 2 可知，加入 Pd 后催化剂活性明显提高，而且随着 Pd 用 量的增加其选择性也有所上升。当 Pd 的加入量为 1.5mg 时，产物的得率可达到 100%。 图 4 为不同催化剂上的反应进程图，可以看出加入 Pd 后，中间产物 (2-乙基-1-己醛) 有一 个明显先升后降的过程，而且底物完全转化的时间也大大缩短。这主要归因于 Pd 对 C＝C 的加氢有很高的活性，而且活性的大小与 Pd 的结构及电子状态也有一定关系。

表 1　不同用量的 Co-B 催化剂活性[a]

Tab. 1　Catalytic performance of Co-B catalysts with various amount.

催化剂用量(g)	R_H^m(mmol · h^{-1} · g^{-1})	反应时间(h)	得率(%)
0.05	51.3	13	65
0.1	52.5	10	74
0.2	51.7	7	78

a　反应条件：3mL 辛烯醛，40mL 乙醇，T＝373K，P_{H_2}＝1.0MPa，搅拌速度＝800r/min。

表 2　不同 Pd 含量的 Pd@Co-B 催化剂的活性[a]

Tab. 2　Catalytic performances of Pd@Co-B catalysts with various Pd content

催化剂	Pd 用量(mg)	R_H^m(mmol · h^{-1} · g^{-1})	转化率(%)	选择性(%)		时间(h)
				EHO[b]	2-EHO[b]	
Pd@Co-B-1	0.5	60.8	100	91	9	4
Pd@Co-B-2	1.0	72.1	100	95	5	3
Pd@Co-B-3	1.5	81.5	100	100	0	3

a　反应条件：0.2g Co-B，3mL 辛烯醛，40mL 乙醇，T＝373K，P_{H_2}＝1.0MPa，搅拌速度＝800r/min；

b　EHO 为 2-乙基-1-己醇，2-EHO 为 2-乙基-2-己烯-1-醇。

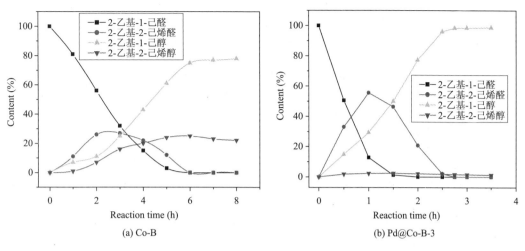

图 4　不同催化剂上辛烯醛加氢反应进程图

Fig. 4　Reaction profiles of 2-ethyl-2-hexenaldehyde hydrogenation over (a) Co-B, and (b) Pd@Co-B-3

从前面 XRD 谱图分析可知,置换反应得到的 Pd@Co-B 双金属催化剂中 Pd 高度分散在 Co-B 上,这样就使得 Pd 活性位的暴露量增大,即具有高的活性比表面积。为了验证这一观点,我们将 0.2g Co-B 与 1.5mg Pd 机械混匀(标记为 Pd+Co-B)后应用于该反应,结果表明其活性远远低于通过置换反应制得的样品(见表 3)。此外,我们还将 1.5mg Pd 直接用于该反应,结果发现 Pd 的活性很低。因此,Pd@Co-B 催化性能的提高主要归因于催化剂中 Pd 活性位分散度的提高。

表 3　不同方法制备的催化剂的活性[a]

Tab. 3　Catalytic performances of catalysts prepared by different method

催化剂	R_H^m(mmol·h^{-1}·g^{-1})	转化率(%)	选择性(%)		时间(h)
			EHO[b]	2-EHO[b]	
Pd@Co-B-3	81.5	100	100	0	3
Pd + Co-B-3	55.3	100	83	17	7

a　反应条件:3mL 辛烯醛,40mL 乙醇,$T=373$K,$P_{H_2}=1.0$MPa,搅拌速度=800rpm;

b　EHO 为 2-乙基-1-己醇,2-EHO 为 2-乙基-2-己烯-1-醇。

4　结论

本文通过化学还原法制备了 Co-B 非晶态合金催化剂,通过置换反应在催化剂表面引入金属 Pd,通过调节 Pd^{2+} 的加入量,得到了不同 Pd 含量的 Pd@Co-B 双金属催化剂。将所制备的催化剂用于液相辛烯醛加氢反应,发现通过掺入少量的 Pd 后,其活性及选择性较 Co-B 均有大幅度提高。主要归因于:①Pd 本身对 C=C 加氢活性比较高;②通过 $[PdCl_4]^{2-}$ 与 Co^{2+} 的置换反应可使 Pd 物种高度分散在 Co-B 上,因此能进一步促进 C=C 的加氢。

参考文献

[1]　宋艳丽,孙发民,郭立艳,等. 醛加氢生产辛醇新型催化剂的研究[J]. 天津化工. 2002,(4):4~6.

[2]　李东立,戴伟,朱洪法,等. 高活性高选择性液相醛加氢催化剂[J]. 石油化工. 2000, 29 (11): 835~840.

[3]　M. J. F. M. Verhaak, A. J. van Dillen, J. W. Geus. Disproportionation of n-propylamine on supported nickel catalysts [J]. Appl. Catal. A,1994, 109 (2): 263~275.

[4]　Z. B. Yu, M. H. Qiao, H. X. Li, et al. Preparation of amorphous Ni-Co-B alloys and the effect of cobalt on their hydrogenation activity [J]. Appl. Catal. A, 1997, 163 (1-2): 1~13.

[5]　G. V. Smith, W. E. Brower, M. S. Matyjaszczyk, et al. New Catalyst System. In Processing 7 the International Congress Catalysis, Tokyo, Japan, 1980, 355.

[6]　A. Molnar, G. V. Smith, M. Bartok. New catalytic materials from amorphous metal alloys [J]. Adv. Catal. , 1989, (36): 329~383.

[7]　W. R. Thomas, C. H. Richard, E. C. John. Facile reduction of unsaturated compounds containing nitrogen [J]. J . Org. Chem. , 1972, 37 (3): 3552~3553.

[8]　H. X. Li, X. F. Chen, M. H. Wang, et al. Selective hydrogenation of cinnamaldehyde to cinnamyl alcohol over an ultrafine Co-B amorphous alloy catalyst [J]. Appl. Catal. A, 2003, 253(2): 127~130.

[9]　H. Li, J. Liu, S. H. Xie, et al. Highly active Co-B amorphous alloy catalyst with uniform nanoparticles prepared in oil-in-water microemulsion [J]. J. Catal. , 2008, 259 (1): 104~110.

[10]　S. R. Wang, W. Lin, Y. X. Zhu, et al. Pd-based bimetallic catalysts prepared by replacement reactions [J]. Catal. Lett. , 2007, 114 (3-4): 169~173.

[11]　X. Q. Wang, R. Y. Saleh, U. Sozkan, Reaction network of aldehyde hydrogenation over sulfided Ni – Mo/Al₂O₃ catalysts [J]. J. Catal. , 2005, 231 (1): 20~32.

[12]　P. M. T. M. van Attekum, J. M. Trooster. Bulk-and surface-plasmon-loss intensities in photoelectron, Auger, and electron-energy-loss spectra of Mg metal [J]. Phys. Rev. B, 1979, (20): 2335~2340.

[13]　Y. Chen. Chemical preparation and characterization of metal – metalloid ultrafine amorphous alloy particles [J]. Catal. Today 1998, 44 (1-4): 3~16.

[14]　J. F. Deng, H. X. Li, W. J. Wang. Progress in design of new amorphous alloy catalysts [J]. Catal. Today. , 1999, 51 (1): 113~125.

[15]　H. X. Li, H. Li, J. Zhang, et al. Ultrasound-assisted preparation of a highly active and selective Co-B amorphous alloy catalyst in uniform spherical nanoparticle [J]. J. Catal. , 2007, 246 (2): 301~307.

Preparation of Pd-Co-B bimetallic catalyst and its catalytic performance for 2-ethyl-2-hexenaldehyde hydrogenation

MA Jin-qiang　FU Min-jie　XU Ye　LI Hui

(*Department of Chemistry*, *Shanghai Normal University*, *Shanghai* 200234, *China*)

Abstract　Co-B amorphous alloy was prepared by chemical reduction of cobalt ions with borohydride in aqueous solution. Then, Pd was introduced into this system by galvanic replacement reaction between Co and Pd^{2+}. Pd@Co-B catalysts with different Pd content could be obtained via adjusting the amount of Pd^{2+} in reaction mixture. The crystal structure, morphology, and surface electronic state of as-prepared catalyst were characterized by XRD, TEM, and XPS etc. During the liquid-phase hydrogenation of 2-ethyl-2-hexenaldehyde, the as-prepared Pd@Co-B catalyst exhibited extremely active and more selectivity than the monometallic Co-B amorphous alloy, showing potential application in industry. The correlation of the catalytic performances to the structural properties has been tentatively established.

Keywords　Replacement reaction, Amorphous alloy, 2-Ethyl-2-hexenaldehyde, Catalytic hydrogenation

高分散 PdAu/C 的制备及其选择性催化氧化性能的研究[*]

牛卫永[1]　徐烨[1]　董福兴[1]　王森林[1]　张春雷[2]　李辉[1]

(1. 上海师范大学化学系，上海 200234；2. 上海华谊(集团)公司技术研究院，上海 200241)

摘要　以反式 1,2-环己二胺四乙酸(CyDTA)为稳定剂，采用改进的液相还原方法，制备得到尺寸均匀高分散的 Pd/C-CyDTA 催化剂，并通过掺杂金属 Au 制备得到双金属 PdAu/C-CyDTA 催化剂。采用 XRD、XPS、ICP、BET、ChemBET 和 TEM 等方法表征了催化剂的结构、组成、物理比表面、化学比表面和形貌等。以乙二醛液相选择性氧化反应为探针反应，比较了 PdAu/C-CyDTA、Pd/C-CyDTA 和 Pd/C 的催化活性。在反应温度 311K，空气流速 0.1 L/min，pH7.7 的条件下，PdAu/C-CyDTA 显示出最优异的催化活性。在上述反应条件下，PdAu/C-CyDTA 催化反应 20h 后，乙二醛转化率达到 55%，乙醛酸产率达到 19%。PdAu/C-CyDTA 的高催化活性可归因于 Au 对 Pd 纳米颗粒的分散作用和对金属 Pd 表面电子结构的调变。

关键词　Pd/C，高分散，选择性氧化，乙醛酸

1　引言

乙醛酸是一种重要的精细化工中间体，广泛应用于香料、制药和化妆品等行业[1,2]。工业上乙醛酸的生产主要有乙二醛硝酸氧化法、草酸电解还原法和顺酐臭氧氧化法[3,4]。其中乙二醛硝酸氧化法被广泛采用，但该法对设备腐蚀严重、副产品草酸量大、环境污染大、产品纯度低，已逐渐被淘汰。为实现乙醛酸的绿色化生产，近年来开发了许多新合成工艺，如丙烯氧化裂解法[4]、乙二醛或乙醇酸酶催化法[6]和乙二醛空气氧化法[7]，其中具有开发前景的是乙二醛空气氧化法。该法采用液相催化反应，以空气中的氧气为氧化剂，以金属为催化剂，不仅克服了传统制备方法难分离的缺点，而且有反应条件温和、成本低、环境友好等优点，是一条具有发展前景的工艺路线。目前研究的乙二醛液相氧化催化剂主要是贵金属(如 Pt、Pd 等)[8]。为提高单一贵金属的催化活性和选择性，近年来 M. Devillers 等重点考察了一些助剂(如 Bi、Pb、Ru、Au)对 Pd 基、Pt 基催化剂的助催化

———————————

[*] "973"计划资助项目(项目编号：2009CB226106)

联系人：李辉，E-mail：lihui@shnu.edu.cn

作用[9~11]。研究发现,双金属 PdAu/C 催化剂在乙二醛选择性氧化制乙醛酸反应中催化活性大大优于单金属 Pd/C 催化剂[12]。通常,Pd-基催化剂的制备均选用醋酸钯做前驱体,在管式炉 500℃氮气保护下焙烧 18h 后获得。该制备方法除了成本较高、不便于操作外,制得的催化剂中 Pd 活性位分散度不高,且难以控制。最近有报道,在制备 Pd/C 催化剂的过程中通过加入 1,2-环己二胺四乙酸(CyDTA)作为选择性稳定剂可以制备出均匀、高分散的 Pd/C 催化剂[13],制得的 Pd/C 催化剂在甲酸电催化氧化中显示出提高的催化活性。本文采用这一改进的液相还原方法制备出均匀、高分散的 PdAu/C 催化剂,应用到乙二醛选择性催化氧化生成乙醛酸的合成中,可使乙二醛的转化率和乙醛酸的产率比文献报道的大大提高[9~11],且该催化剂制备方法操作方便、成本低。

2 实验部分

2.1 催化剂制备

取 23.5mL 0.01mol/L 的 $PdCl_2$ 水溶液和 0.12g CyDTA,再加入 26.5mL 水,使用 0.1mol/L 的 NaOH 溶液调 pH 接近 9,搅拌该溶液 2h。在持续搅拌下加入 0.5g 活性碳(比表面积 1500m^2/g),继续搅拌 2h 后,缓慢滴加 100mL 0.05mol/L 的 $NaBH_4$ 水溶液。继续搅拌 1h 后,过滤、水洗后 60℃真空干燥 12h。获得的催化剂以 Pd/C-CyDTA 表示。按照同样的方法,在反应液中加入 2.7mL 0.043mol/L 的 $HAuCl_4$ 水溶液和 0.19g CyD-TA,制得 PdAu/C-CyDTA 催化剂。按照同样的方法,在不含 $PdCl_2$ 的水溶液中添加 13mL 0.01mol/L 的 $HAuCl_4$ 水溶液和 0.07g CyDTA 后再加入 37mL 水,制得 Au/C-CyDTA 催化剂。作为对照,在不添加 CyDTA 的条件下,按照传统的液相还原方法制得 Pd/C 催化剂。

2.2 催化剂表征

催化剂负载量的测定采用 Varian VISTA-MPXICP-OES 型等离子光谱(ICP)。实验条件为正向功率 1000 W,冷却气流速 160mL/min Ar,辅助气为 0.4mL/min Ar,载气为 0.71mL/min Ar,溶液提升量为 2.6mL/min,观察高度为 16mm。配制测试溶液时,用王水浸泡待测样品 2.0h,定量转移至容量瓶中,稀释至组分浓度的$(10\sim100)\times10^{-6}$,进行 ICP 分析。采用 JEOL TEM 2011 透射电子显微镜(TEM)观察催化剂中金属 Pd 和 Au 纳米粒子的大小和分散度。采用 QuantaChrome Nova 4000e 型自动物理吸附仪测定催化剂载体的比表面积。先在液氮温度 77K 下测量样品对 N_2 的物理吸附脱附等温线,再由 BET 方程计算样品的比表面积。采用日本理学 D/max-rB 型 18kV 转靶 X 射线衍射仪测定催化剂中金属 Pd 和 Au 的晶态结构,射线采用波长为 0.154 05nm 的 $CuK\alpha$,管电压为 40kV,管电流为 100mA,单色器为石墨,发射夹缝(DS)=1.0°,接受夹缝(RS)=0.15nm,测角器扫描速率为 4°/min,所有谱线均未经背景扣除和光滑处理,扫描范围为 10°~80°。采用 ULVAC-PHI PHI5000 VersaProbe X 射线光电子能谱仪(XPS)测定催化剂的表面电子态和表面组成,以 $AlK\alpha$(1486.6eV)为发射源,测量时分析室压力为 10^{-9}

torr,通能为 46.95eV。样品被黏附在两面胶上,然后放置在预处理室的样品架上对催化剂样品进行 XPS 分析测量。采用 Micro-meritics AutoChem II 2920 型化学吸附仪测定催化剂中金属活性比表面积。

2.3　活性测试

在五口反应烧瓶中加入 400mL 0.1mol/L 的乙二醛溶液和 200mg 催化剂,空气按照 100mL/min 的速度持续通入。反应液加热到 38 ℃,在 1000r/min 下使用机械搅拌装置持续搅拌。为了抑制乙二醛发生歧化反应,通过使用一个自动滴加装置滴加 1mol/L 的 NaOH 溶液维持反应液的 pH 为 7.7。反应时间 20h,使用高效液相色谱分析反应液,以计算乙二醛的转化率和乙醛酸的选择性。

3　结果与讨论

由制得的 PdAu/C-CyDTA 样品的电子能谱图(图 1)可以看出,Pd 和 Au 共存于活性碳载体上。

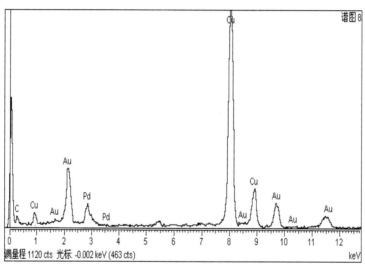

图 1　PdAu/C-CyDTA 样品的 EDS 能谱
Fig. 1　EDS of PdAu/C-CyDTA sample

为了进一步测试样品中 Pd 和 Au 的价态,采用 XPS 进行分析,图 2 为 PdAu/C-CyDTA 样品的 XPS 图谱。PdAu/C-CyDTA 样品中 Pd $3d_{5/2}$ 的电子结合能为 335.6eV,对应于金属态的 Pd。PdAu/C-CyDTA 样品中 Au $3d_{5/2}$ 的电子结合能为 84.1eV,也与金属 Au 的电子结合能一致。该结果与下面 XRD 结果一致,证明 PdAu/C-CyDTA 样品中 Pd 和 Au 均是以金属态存在。由此可见,按照该改进的液相还原法制备得到的 PdAu/C-CyDTA 样品中 Pd 和 Au 形成了双金属催化剂。与单质 Pd 和单质 Au 的电子结合能相比,PdAu/C-CyDTA 样品中 Pd 和 Au 的电子结合能没有发生显著的变化,因此,Pd 和 Au 之间是否形成合金有待于进一步的研究。

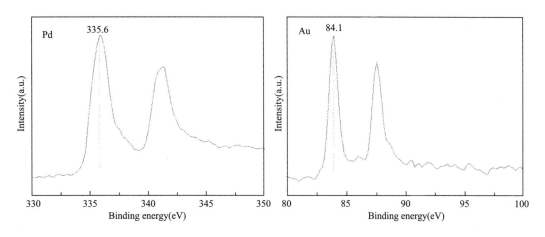

图 2   PdAu/C-CyDTA 样品的 XPS 能谱

Fig. 2   XPS of PdAu/C-CyDTA sample

　　图 3 为制得的四种催化剂的 XRD 图谱。由图谱可知,不加 CyDTA 制备出的 Pd/C 具有明显的面心立方 Pd (111)和(200)面的特征衍射峰(JCPDS 05-0681)[13~16]。在反应体系中加入 CyDTA 稳定剂后获得的 Pd/C-CyDTA 样品中,上述衍射峰强度下降,甚至发生部分重叠。由此可见,制得的 Pd/C-CyDTA 样品中 Pd 粒子晶粒尺寸小,这是由于在 CyDTA 的分散作用下 Pd 粒子在活性碳上分布更加均匀所致。在制备金样品的过程中虽然也加入了 CyDTA 稳定剂,但获得的 Au/C-CyDTA 样品具有明显的单质 Au 的特征衍射峰 Au (111),(200),(220)和(311) (JCPDS 04-0784)[17]。双金属 PdAu/C-CyD-TA 样品的 XRD 图谱中没有观察到明显的金属 Pd 的特征衍射峰,只有相应于单质 Au 的宽化弥散峰存在。金属 Pd 的衍射峰未检出可能是由于单质 Au 的衍射峰信号较强所致。与 Au/C-CyDTA 样品相比,PdAu/C-CyDTA 样品中单质 Au 的衍射峰发生了明显

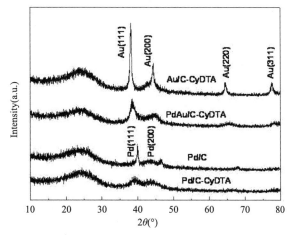

图 3   样品的 XRD 谱图

Fig. 3   XRD patterns of samples

的宽化,这可归因于样品中双金属 PdAu 的晶粒较小。由此可见,制备的双金属 PdAu/C-CyDTA 样品中,双金属 AuPd 具有较高的分散度,因此具有较小的晶粒尺寸。

样品中金属粒子的分散度和颗粒尺寸可以通过 TEM 进行直观观察,图 4 是制得的样品的 TEM 照片。由图 4(a)可见,Pd/C 样品中金属 Pd 分散极不均匀,不仅颗粒较大,且有大量粒子团聚现象,这是由于普通制备方法难以控制金属 Pd 的粒径尺寸和分散度所致。而 Pd/C-CyDTA[图 4(b)]和 PdAu/C-CyDTA[(图 4(c)]样品与 Pd/C 样品明显不同,由于在制备过程中有 CyDTA 分散剂的存在,制得的相应纳米粒子在活性碳上均匀分散,且颗粒尺寸较小。

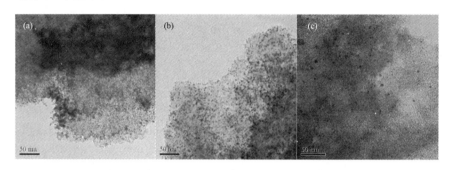

图 4 TEM 照片:(a) Pd/C,(b) Pd/C-CyDTA,(c) PdAu/C-CyDTA

Fig. 4 TEM images:(a) Pd/C, (b) Pd/C-CyDTA, and (c) PdAu/C-CyDTA

样品中金属分散度的不同还可以由金属活性比表面积数据进一步得到证实。CO 化学吸附测量结果显示,Pd/C 样品的活性比表面积为 $20.4 m^2/g$,而 Pd/C-CyDTA 样品的活性比表面积为 $46.5 m^2/g$,表明采用当前制备方法制得的 Pd/C-CyDTA 样品中金属 Pd 粒子分散度得到了较大的提高。而通过混合两种金属制得的双金属 PdAu/C-CyDTA 样品的活性比表面积为 $50.3 m^2/g$,表明双金属中 Pd 和 Au 互相有分散作用,制得的样品中双金属 PdAu 的分散度进一步得到了提高。

表 1 总结了四种催化剂用于液相乙二醛空气氧化反应的催化性能数据。ICP 分析显示,Pd/C、Pd/C-CyDTA 和 PdAu/C-CyDTA 催化剂具有相似的 Pd 负载量,因此不同催化剂在反应体系中含有几乎相同的金属 Pd 用量。由表 1 中催化活性数据可见,Au/C-CyDTA催化剂在乙二醛选择性氧化反应中没有活性,而其他三种含 Pd 催化剂均有催化活性,表明在当前反应条件下 Pd 是乙二醛氧化反应的活性中心。当采用 Pd/C 作为催化剂时,在反应 20h 乙二醛转化率为 28%,乙醛酸的产率为 6%。而 Pd/C-CyDTA 催化剂在反应 20h 后乙二醛转化率达到 48%,乙醛酸的产率为 14%,由此可见用 CyDTA 作为分散剂制备的催化剂中 Pd 活性位的分散度大大增加,Pd 活性位粒径的降低有利于提高其表面能,从而大大增强了金属 Pd 对乙二醛的脱氢能力,即氧化生成乙醛酸的活性。同时,金属 Pd 活性位粒径的降低还有利于提高对乙醛酸的选择性。当采用 PdAu/C-CyDTA作为催化剂时催化活性最高,反应 20h 后乙二醛转化率达到 55%,乙醛酸的产率达到 19%。这可归因于 Au 的掺杂进一步提高了 Pd 活性位的分散度,从而大大提高了乙二醛催化氧化的活性。此外,Au 的掺杂可能减弱乙醛酸在催化剂表面的吸附强度,从而抑制乙醛酸的深度氧化,进一步提高对乙醛酸的选择性。

表 1 催化剂的结构性质和在乙二醛氧化反应中的催化性能[a]

Tab. 1 Structural properties and catalytic performances of the as-prepared catalysts during the oxidation of glyoxal

催化剂	Pd 负载量(%)	乙二醛转化率(%)	得率(%)				乙醛酸选择性(%)
			乙醛酸	乙醇酸	甲酸	草酸	
Au/C-CyDTA	—	0	—	—	—	—	—
Pd/C	4.2	28	6	20	0.5	1	22
Pd/C-CyDTA	4.4	48	14	12	20	2	29
PdAu/C-CyDTA	4.4	55	19	10	22	4	35

a 反应条件:0.2g 催化剂,400mL 0.1mol/L 乙二醛,$T=38℃$,空气流速$=100$mL/min,搅拌速度$=1000$r/min,pH$=7.7$,反应时间$=20$h。

4 结论

本文以 CyDTA 为选择性稳定剂,采用浸渍-液相化学还原法合成了尺寸均匀、高分散的双金属 PdAu/C-CyDTA 催化剂,应用到液相乙二醛空气氧化反应中,大大提高了乙二醛的转化率和乙醛酸的选择性。催化活性的提高可归因于 Pd 活性位分散度的提高,有利于提高金属 Pd 对乙二醛的脱氢氧化能力。催化选择性的提高可归因于 Au 的掺杂减弱了乙醛酸在催化剂表面的吸附强度,有效避免了乙醛酸的深度氧化。

参考文献

[1] 李建生,姚沛. 国内香兰素合成技术进展[J]. 精细与专用化学品,1999,7(2):17~18.

[2] 李建生,林宁,秦丽娟. 用乙醛酸合成尿囊素[J]. 精细与专用化学品. 1999,7(20):23~24.

[3] 李荣才. 乙醛酸合成方法及其应用[J]. 江苏化工,1999,27(6):10~14.

[4] R. Burmeister, K. Deller, B. Despeyroux, et al. Catalyst for the production of a glyoxylic acid by catalytic oxidation of glyoxal and method of its production [P]. US5395965, 1995.

[5] P. Gallezot, R. de Mésanstourne, Y. Christidist, et al. Catalytic oxidation of glyoxal to glyoxylic acid on platinum metals [J]. J. Catal. , 1992, 133 (2): 479~485.

[6] F. Alardin, P. Ruiz, B. Delmon, et al. Bismuth-promoted palladium catalysts of the selective oxidation of glyoxal into glyoxalic acid [J]. Appl. Catal. A, 2001, 215 (1-2): 125~136.

[7] F. Alardin, B. Delmon, P. Ruiz, et al. Stability of bimetallic Bi-Pd and Pb-Pd carbon supported catalysts during their use in glyoxal oxidation [J]. Catal. Today, 2000, 61 (1-4): 255~262.

[8] D. Rohan, B. K. Hodnett. Reactivity and stability of vanadium oxide catalysts of the oxidation of butan-2-ol by hydrogen peroxide [J]. Appl. Catal. A, 1997, 151 (2): 409~422.

[9] S. Velusamy, T. Punniyamurthy. Novel vanadium-catalyzed oxidation of alcohols to aldehydes and ketones under atmospheric oxygen [J]. Org. Lett. , 2004, 6 (2): 217~219.

[10] H. Saito, S. Ohnaka, S. Fukuda. A process for the producing of gluconic acid by oxidizing gluco in the presence of a catalyst [P]. EPO142725B1, 1987.

[11] A. Deffernez, S. Hermans, M. Devillers. Bimetallic Bi-Pt, Ru-Pt and Ru-Pd and trimetalic catalysts for the selective oxidation of glyoxal into glyoxalic acid in aqueous phase [J]. Appl. Catal. A, 2005, 282 (1-2): 303~313.

[12]　S. Hermans, M. Devillers. Gold as a promoter for the activity of palladium in carbon-supported catalysts for the liquid phase oxidation of glyoxal to glyoxalic acid [J]. Catal. Lett. , 2005, 99 (1-2): 55~64.

[13]　X. M. Wang, Y. Y. Xia. Synthesis, Characterization and catalytic activity of an ultrafine Pd/C catalyst for formic acid electro oxidation [J]. Electrochim. Acta, 2009, 54 (28): 7525~7530.

[14]　董国君,王伟. 负载型金属催化剂催化 KBH$_4$ 水解析氢性能研究[J]. 工业催化, 2007,15 (2):1008~1143.

[15]　梁秋霞,马磊,李小年,等. 浸渍法制备 Pd/C 催化剂过程中 Pd 前驱体的平衡吸附量与吸附态[J]. 催化学报, 2008,29 (2):145~152.

[16]　M. Gurrath, T. Kuretzky, H. P. Boehm, et al. Palladium catalysts on activated carbon supports: Influence of reduction temperature, origin of the support and pretreatments of the carbon surface [J]. Carbon, 2000, 38 (8): 1241~1255.

[17]　Y. Önal, S. Schimpf, P. Claus. Structure sensitivity and kinetics of D-glucose oxidation to D-gluconic acid over carbon-supported gold catalysts [J]. J. Catal. , 2004, 223 (1): 122~133.

Preparation of PdAu/C with High Dispersion Degree and its Application in Selective Oxidation

NIU Wei-yong[1]　**XU Ye**[1]　**DONG Fu-xing**[1]　**WANG Sen-lin**[1]　**ZHANG Chun-lei**[2]　**LI Hui**[1]

(1. *Department of Chemistry*, *Shanghai Normal University*, *Shanghai* 200234, *China*;

2. *Technology Research Institute of Shanghai Huayi* (*Group*) *Cooperation*, *Shanghai* 200241, *China*)

Abstract　　Using trans-1, 2-diamino-cyclohexane-N, N, N', N'-tetraacetic acid (CyDTA) as a stabilizer, a Pd/C-CyDTA catalyst with uniform size and high dispersion degree was synthesized through an improved liquid-phase reduction method. A bimetallic PdAu/C-CyDTA catalyst was also obtained via adding Au to the preparation system. With the characterization of XRD, XPS, ICP, BET, ChemBET, and TEM, the structure, composition, physical specific surface area, active surface area, and morphology of the as-prepared catalysts were investigated. Liquid-phase selective oxidation of glyoxal to glyoxylic acid was selected as probe reaction to evaluate the catalytic activity of PdAu/C-CyDTA, Pd/C-CyDTA, and Pd/C. The oxidation reaction was performed at 311K, 0. 1 L/min of air flow rate, and pH 7. 7. PdAu/C-CyDTA showed the highest reactivity. Under this reaction conditions, a 55% conversion of glyoxal and a 19% yield of glyoxylic acid was achieved over PdAu/C-CyDTA after reaction for 20h. The enhanced catalytic activity of PdAu/C-CyDTA could be attributed to both the dispersion effect and the surface electronic structure adjusting effect of Au on Pd nanoparticles.

Keywords　Pd/C,Dispersion,Selective oxidation,Glyoxylic acid

介孔直通孔道氧化硅纳米球负载 Ru-B 非晶态合金催化剂应用于葡萄糖加氢*

王森林　董福兴　徐烨　牛卫永　李辉

（上海师范大学化学系,上海 200234）

摘要　本文采用新型的介孔直通孔道氧化硅小球(SNs)作为载体,以浸渍法结合 KBH₄ 还原法 RuCl₃ 制备了 Ru-B@SNs 非晶态合金催化剂,并将其用于液相葡萄糖加氢制山梨醇反应。制得的 Ru-B@SNs 催化剂显示出非常高的催化活性,其活性几乎为工业用 Raney Ni 催化剂的 200 倍,具有潜在的应用前景。同时,由于载体的稳定作用该负载型 Ru-B@SNs 催化剂具有较好的热稳定性。结合 XRD、DSC、TEM、XPS 和氢化学吸附等表征手段,揭示了介孔直通孔道氧化硅小球的独特结构对催化剂非晶态合金结构和表面电子能态的影响,初步探讨了载体对于催化活性的影响。

关键词　葡萄糖,加氢,山梨醇,氧化硅,非晶态合金

1　引言

山梨醇是一种重要的化工和医药原料,广泛应用于食品、药物、烟草及化妆品等行业[1],国内外主要通过葡萄糖催化加氢生产山梨醇,常用 Raney Ni 作为催化剂。但是,Raney Ni 催化剂的制备过程涉及碱抽滤,对环境构成污染。因此,迫切需要开发研制高效和对环境友好的新型催化剂。由于负载型镍基或其他过渡金属催化剂在葡萄糖加氢中的催化活性远远低于 Raney Ni,故工业化应用难度很大。非晶态合金具有独特的几何结构和表面电子态特征,在许多催化加氢反应中表现出优异的催化性能,已引起人们广泛的关注。目前,制备非晶态合金催化剂一般采用化学还原法,其缺点是制备的催化剂表面积仍较低、粒子尺寸分布广、小颗粒的存在造成易团聚,不利于提高活性、选择性和热稳定性。1988 年,Deng 等[2]首次制得负载型非晶态合金催化剂,将非晶态合金高度分散在载体上是改善非晶态合金催化性能的重要手段,负载型非晶态合金催化剂已成为国

* "973"计划资助项目(项目编号:2009CB226106)

联系人:李辉,E-mail: lihui@shnu.edu.cn

内外研究的主流。制备负载型非晶态合金采用的载体既有常规的 $Al_2O_3^{[3\sim8]}$、$SiO_2^{[9\sim12]}$、$MgO^{[13]}$、膨润土[14]等，也有介孔 $SiO_2^{[15\sim17]}$ 和碳纳米管[18]等新型材料。制备方法包括浸渍还原法、还原剂浸渍法和化学沉积法[19]等。通过选择特定孔结构和酸（或碱）性的载体来满足不同反应的需要，从而拓宽负载型非晶态合金催化剂的应用领域。负载化可增加非晶态合金催化剂的比表面积和活性中心的数目，提高催化活性，从而降低催化剂的制备成本；由于非晶态合金高度分散在载体上及其与载体之间的相互作用可提高非晶态合金的热稳定性，抑制其晶化；负载型非晶态合金催化剂不仅可用于气固相反应，在液相反应中负载型非晶态合金催化剂更便于回收。

　　介孔材料如今在生物药物以及生物缓释技术方面得到越来越广泛的关注，在催化领域由于介孔材料有着较大的比表面积和孔容，能作为理想的载体帮助催化剂活性位的分散、提高催化剂的热稳定性以及其抗中毒能力而得到越来越广泛的应用。而传统的介孔材料为微米级尺寸，由于其孔道相对较长，在催化剂制备过程中不利于粒子的均匀分散，在反应过程中可能存在传质的影响。因此，为了提高负载型非晶态合金的催化性能需要寻找合适的介孔材料作为载体，这类载体必须具有较短的孔道，在 KBH_4 还原金属的过程中能有利于 H_2 的释放，防止其在孔道扩散将已形成的非晶态合金粒子顶出孔道使得粒子团聚。此外，较短的孔道有利于反应底物的传输，加快反应的进程，有效缩短反应的时间提高催化剂的利用效率。本文采用具有直通孔道的介孔氧化硅纳米球为载体，负载 Ru-B 非晶态合金，用于液相葡萄糖加氢反应。并与 MCM-41 负载的 Ru-B 非晶态合金相比较，结果发现直通孔道介孔氧化硅小球的独特结构对催化剂非晶态合金结构和表面电子能态有着显著的影响，初步探讨了载体对于催化活性的影响。

2　实验部分

2.1　催化剂制备

　　具有直通孔道的介孔氧化硅小球（SNs）的制备参照文献[20]的方法合成，具体的合成方法如下，0.20g 十六烷基三甲基溴化铵，加入 96mL 水和 0.70mL 2.0M NaOH 溶液，80℃下搅拌 1.5h 使得表面活性剂充分混合均匀，然后滴加 1.0mL 正硅酸四乙酯，维持搅拌 2h 后，静止 20h 使其充分陈化，抽滤得到的白色固体在马弗炉中 550℃焙烧 6h，得到白色粉末状固体。称取上述载体（SNs）1.0g，加入一定量的 $RuCl_3$ 溶液室温下浸渍过夜，然后在 50℃下烘干 2h，在于马弗炉中 200℃焙烧两小时，冷却后搅拌下缓慢滴加 KBH_4 还原至无气泡产生，水洗至中性于蒸馏水中保存待用。由于 SNs 孔结构与介孔硅材料 MCM-41 类似，只是孔道相对较短，因此，采用 MCM-41 为载体同样负载 Ru-B 进行比较。

2.2　催化剂表征

　　样品的非晶态合金结构由 X 射线衍射（XRD）确定，XRD 谱采用日本理学 D/max-rB型 18kV 转靶 X-射线衍射仪测得；催化剂中 Ru 和 B 的含量采用 Varian VISTA-MPX-

ICP-OES 型等离子体发射光谱仪分析(ICP)测定；样品形貌及粒子大小由 JEOL TEM 2011 透射电子显微镜(TEM)获得；非晶态合金催化剂的表面电子态和表面组成，采用 ULVAC-PHI PHI5000 VersaProbe X 射线光电子能谱仪(XPS)测定。

2.3　活性测试

葡萄糖加氢反应在 200mL 高压釜中进行。依次加入 1g 催化剂、50mL 质量分数 50%的葡萄糖溶液，通 H_2 4～5 次以置换釜内的空气，最后通 H_2 至 3.0MPa。将高压釜置于油浴中缓慢加热至所需要反应温度(373K)，待高压釜内的压力达到平衡后开启磁力搅拌器，开始反应。为消除扩散效应对反应动力学的影响，控制搅拌转速为 1200r/min 以上。观察反应过程中 H_2 压力的变化以计算单位质量 Ru(或 Ni)上的吸氢速率获得质量比活性(R^m)。反应产物用液相色谱分析，以计算转化率和选择性。

3　结果与讨论

3.1　催化剂结构和电子状态的表征

图 1 为 Ru-B@SNs 的 XPS 谱图。从图中可以看出 Ru 主要是以金属态存在，其在 Ru $3d_{5/2}$ 能级中的电子结合能为 280.0eV，与纯金属 Ru 在 Ru $3d_{5/2}$ 能级上的结合能 (280.0eV)完全一致。而由 B $1s$ 能级可见，与 Ru 形成合金的单质 B 的结合能为 187.6eV，比纯 B 的标准结合能(187.1eV)高 0.5eV，说明在 Ru-B@SNs 样品中，部分电子由 B 转移到 Ru，使 Ru 富电子，而 B 缺电子。上述结果与超细 Ru-B 非晶态合金获得的结果基本相同，表明载体 SNs 不显著改变 Ru-B 非晶态合金的电子结构。

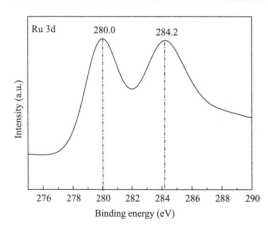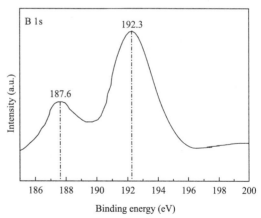

图 1　Ru-B@SNs 样品的 XPS 图谱

Fig.1　XPS of Ru-B@SNs sample.

从图 2 的 TEM 照片可以看出，制得的 SNs 为球状纳米颗粒(平均直径 80nm)，且具有直通的规整介孔结构[图 2(a)]，孔径与 MCM-41 相似[图 2(b)]。新鲜制备的 Ru-B@SNs 样品中的 Ru-B 纳米粒子均匀地分散在载体的孔道中[图 2(c)]。而 Ru-B/MCM-41

中的 Ru-B 粒子相对于 Ru-B@SNs 来说团聚的较多,并且多在外表面上[(图 2(d)]。这主要归因于 SNs 相对于 MCM-41 具有较短的孔道,在 Ru-B 非晶态合金制备过程中有利于产生的氢气及时排出,防止产生的 Ru-B 颗粒迁移团聚。

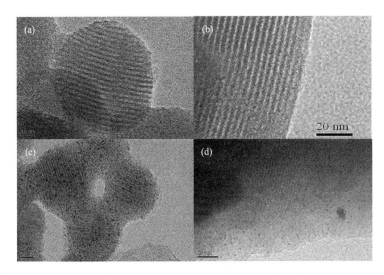

图 2 TEM 照片:(a) SNs,(b) MCM-41,(c) Ru-B@SNs,(d) Ru-B/MCM-41

Fig. 2 TEM images:(a) SNs, (b) MCM-41, (c) Ru-B@SNs, and (d) Ru-B/MCM-41

由图 3(a)的小角 XRD 可以看出,载体 SNs 在在 $2\theta \approx 2° \sim 5°$ 出现了介孔氧化硅 (100)、(110)和(200)面的特征衍射峰,进一步证实制得的 SNs 具有规整的介孔孔道结构,与文献报道的一致[20]。SNs 负载了 Ru-B 粒子之后[图 3(b)],在 $2\theta \approx 1.6 \sim 3.0°$ 间的 (100)面衍射峰仍保留,说明负载金属之后并未改变载体的有序结构。但是(100)面衍射峰强度下降,其他两个衍射峰消失,表明 SNs 的有序介孔结构部分破坏,这是由于 Ru-B 粒子填充在 SNs 的介孔孔道之中所致。

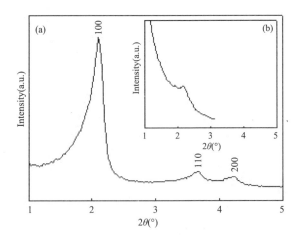

图 3 小角 XRD 图谱:(a) SNs,(b) Ru-B@SNs

Fig. 3 Low-angle XRD patterns of (a) SNs,and (b) Ru-B@SNs

新鲜制得的 Ru-B@SNs 样品的广角 XRD 图谱(图 4)中除了 $2\theta \approx 22°$ 处二氧化硅的弥散峰外,仅在 $2\theta \approx 45°$ 处出现一高度宽化的弥散峰,表明它具有典型的非晶态结构。插图中的 SAED 照片也进一步证明其非晶态结构。实验中我们于 873K 在氮气气氛中热处理样品 2h,催化剂仍未出现晶态 Ru 的特征衍射峰,说明该样品的热稳定性非常好。这可归因于 SNs 载体的作用,由于载体孔道的限域作用,可以使得 Ru-B 粒子固定在载体的孔道中,在热处理的过程中能较好地阻止粒子的迁移团聚,保证了其非晶态合金的稳定性。即使部分 Ru-B 非晶态合金在热处理过程中可能发生晶化,甚至分解,由于载体的限域作用,仍能保证晶态 Ru-B 和/或晶态 Ru 的高分散。

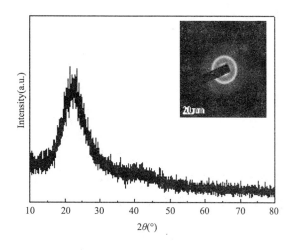

图 4　Ru-B@SNs 的广角 XRD 图谱(插图为 SAED 照片)

Fig. 4　Wide-angle XRD pattern of Ru-B@SNs (The inset is the SAED image of Ru-B@SNs)

该结果同样能通过 DSC 证明,从图 5 中可以看出,Ru-B@SNs 较之 Ru-B@MCM-41 的晶化温度提高了近 30K,表明 SNs 载体对 Ru-B 非晶态合金结构具有显著的稳定化作用。这是因为 Ru-B@SNs 中的 Ru-B 粒子主要处于 SNs 的介孔孔道内,而 Ru-B@MCM-41 中的 Ru-B 粒子较多处于 MCM-41 的外表面。处于孔道内的 Ru-B 非晶态合金由于孔道的限域作用,热稳定性得到了提高。

3.2　催化活性

由图 6 的动力学研究可见,反应速率 R^m 与 P_{H_2} 成线性正比关系,因此可认为葡萄糖加氢反应对 H_2 为一级反应。与葡萄糖浓度的关系为:在葡萄糖浓度较小时($c < 50\%$),R^m 随葡萄糖浓度的增大而变大,葡萄糖加氢反应对葡萄糖浓度为一级反应;但当葡萄糖浓度大于 50% 时,葡萄糖浓度的改变对 R^m 无显著影响,葡萄糖加氢反应对葡萄糖浓度为零级反应。上述现象可归因于葡萄糖浓度较高时葡萄糖在催化剂表面达到饱和吸附,加氢反应速率与溶液中葡萄糖的浓度关系不大,表现为零级反应动力学。只有当葡萄糖浓度较低($c < 50\%$)时,由于其未达到饱和吸附,才表现为对葡萄糖浓度的一级反应动力学。

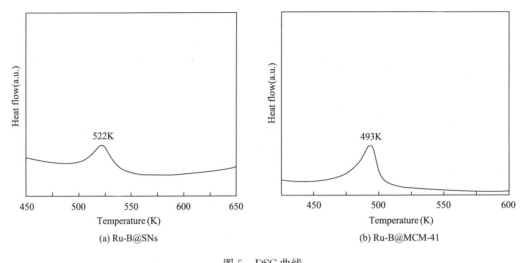

图 5　DSC 曲线

Fig. 5　DSC curves of (a) Ru-B@SNs, (b) Ru-B@MCM-41

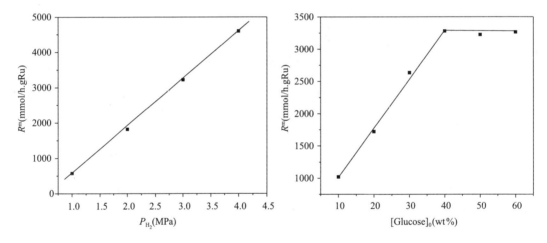

图 6　Ru-B@SNs 上葡萄糖加氢反应的 R^m 与(a) P_{H2} , (b) 葡萄糖浓度的关系

Fig. 6　Dependence of R^m on (a) P_{H2} , (b) glucose concentration during glucose

hydrogenation over Ru-B@SNs

　　从表 1 的活性数据可以看出来, Ru-B@SNs 的质量比活性(R^m)远高于 Ru-B@ MCM-41,这表明 Ru-B@SNs 具有较高的催化活性。由于两个载体上负载的 Ru-B 非晶态合金具有类似的组成、负载量和电子结构,可以认为 Ru-B@SNs 和 Ru-B@MCM-41 具有相同的本征活性。因此,Ru-B@SNs 相对较高的催化活性可归因于其活性中心具有较高的分散度。由于 SNs 具有较短的直通介孔孔道,在催化剂制备过程中能防止生成的 Ru-B 非晶态合金团聚,因此制得的 Ru-B 非晶态合金具有较小的粒径,大大提高了 Ru 活性位的分散度。与工业应用的 Raney Ni 催化剂相比,Ru-B@SNs 的 R^m 提高了 600 多倍。这一方面归因于 Ru-B@SNs 具有较高的分散度,一方面归因于 Ru-B@SNs 具有较高的本征活性。一般来讲,贵金属 Ru 在催化加氢中相对于 Ni-基催化剂具有较高的本征

活性。同时,Ru-B@SNs 中 Ru-B 的非晶态合金结构也大大提高了其本征活性,这可由 Ru-B@SNs 晶化后本征活性大大下降(见表 1)得到证实。

表 1　催化剂的结构性质和催化性能[a]

Tab. 1　Structural properties and catalytic behaviors of the as-prepared catalysts

催化剂	组成(摩尔比)	负载量(%)	R^m(mmol·h^{-1}·g^{-1})	转化率(%)
Ru-B@SNs	$Ru_{88}B_{12}$	4.3	3224	100
Ru-B@MCM-41	$Ru_{89}B_{11}$	4.4	2156	88
Crystallized Ru-B@SNs[b]	$Ru_{88}B_{12}$	4.3	587.3	45
Raney Ni	Ni	—	4.79	5

a　反应条件:1.0g 催化剂,50mL 50 wt%的葡萄糖水溶液,T＝373K,P_{H_2}＝3.0MPa,搅拌速度＝1200r/min,反应时间＝1.5h;

b　Ru-B@SNs 在氮气气氛下于 873K 热处理 2h。

通过测定反应温度为 343、353、363、373、383 和 393K 时葡萄糖加氢的起始速率 R^m,以 log R^m 对 1/T 作图(图 7):由斜率可以算出 Ru-B@SNs 非晶态合金催化剂上葡萄糖加氢的宏观活化能为 E_a＝19.4 kJ/mol,明显低于 Raney Ni 催化剂在此反应中的宏观活化能(E_a＝52.8 kJ/mol)。再次证明 Ru-B@SNs 非晶态合金催化剂的催化活性高于 Raney Ni 催化剂。

从图 8 的催化剂套用测试可以看出,Ru-B@SNs 催化剂具有较好的使用寿命,在循环使用 8 次后活性下降了大约 10%。从循环使用 8 次后的 TEM 照片(图 9)可以看出,在循环使用 8 次后其粒子已经开始团聚,这可能是活性下降的主要原因。

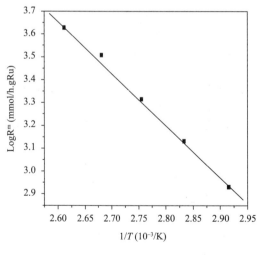

图 7　Ru-B@SNs 上葡萄糖加氢反应的 R^m 与反应温度的关系

Fig. 7　Dependence of R^m on the reaction temperature during glucose hydrogenation over Ru-B@SNs

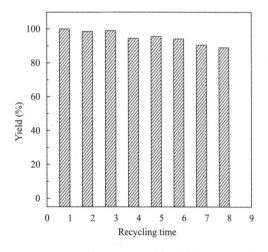

图 8　Ru-B@SNs 催化剂在葡萄糖加氢反应中使用寿命测试

Fig. 8　Sorbitol yield over Ru-B@SNs as a function of recycling runs

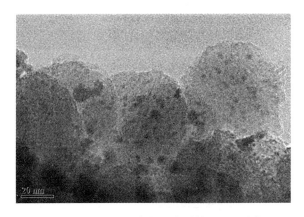

图 9　Ru-B@SNs 套用 8 次后的 TEM 照片

Fig. 9　TEM image of Ru-B@SNs after 8 consecutive runs

4　结论

以新型介孔直通孔道氧化硅纳米球为载体,制备了负载型 Ru-B 非晶态合金催化剂,在液相葡萄糖加氢制山梨醇反应中展现了良好的催化活性,要远远优于 Ru-B@MCM-41和普通工业使用的 Raney Ni 催化剂。其高活性归因于载体的特殊形貌结构有利于 Ru-B纳米颗粒负载于载体介孔孔道内,一方面提高了 Ru 活性中心的分散度,另一方面提高了Ru-B 非晶态合金的热稳定性。

参考文献

[1]　K. V Gorp, E. Boerman, C. V. Cavenaghi, et al. Catalytic hydrogenation of fine chemicals: sorbitol production [J]. Catal. Today, 1999, 52 (2-3): 349~361.

[2]　J. F. Deng, X. P. Zhang, E. Z. Min. Amorphous nickel phosphorus alloy deposited on a support and its hydrogenation activity [J]. Appl. Catal. A, 1988, 37 (1): 339~343.

[3]　李凤仪,张荣斌,石秋杰等. 稀土在负载型非晶态 NiB/Al$_2$O$_3$ 合金上作用研究[J]. 中国稀土,2000,21 (4): 38~42.

[4]　J. Li, M. H. Qiao, J. F. Deng. Amorphous Ni-B/γ-Al$_2$O$_3$ catalyst prepared in a modified drying approach and its excellent activity in benzene hydrogenation [J]. J. Mol. Catal. A, 2001, 169 (1-2): 295~301.

[5]　李江,乔明华,邓景发. 前躯体干燥法对非晶态 Ni-B/γ-Al$_2$O$_3$ 催化剂性能的影响[J]. 高等学校化学学报,2001,22 (6):1022~1024.

[6]　G. Luo, S. R. Yan, M. H. Qiao. Effect of tin on Ru-B/γ-Al$_2$O$_3$ catalyst for the hydrogenation of ethyl lactate to 1,2-propanediol [J]. Appl. Catal. A, 2004, 275 (1-2): 95~102.

[7]　Z. L. Ma, R. L. Jia, C. J. Liu. Production of hydrogen peroxide from carbon monoxide, water and oxygen over alumina-supported Ni catalysts [J]. J. Mol. Catal. A, 2004, 210 (1-2): 157~163.

[8]　G. Luo, S. R. Yan, M. H. Qiao. Effect of promoter on the structures and properties of the RuB/γ-Al$_2$O$_3$ catalyst [J]. J. Mol. Catal. A, 2005, 230 (1-2): 69~77.

[9]　W. J. Wang, M. H. Qiao, H. X. Li. Study on the deactivation of amorphous NiB/SiO$_2$ catalyst during the

selective hydrogenation of cyclopentadiene to cyclopentene [J]. Appl. Catal. A, 1998, 168 (1): 151~157.

[10] H. Li, H. X. Li, J. F. Deng. Glucose Hydrogenation over Ni-B/SiO$_2$ Amorphous Alloy Catalyst and the Promoting Effect of Metal Dopants [J]. Catal. Today, 2002, 74 (1-2): 53~63.

[11] B. Liu, M. H. Qiao, J. Q. Wang. Amorphous Ni-B/SiO$_2$ catalyst prepared by microwave heating and its catalytic activity in acrylonitrile hydrogenation [J]. J. Chem. Technol. Biotechnol, 2003, 78 (5): 512~517.

[12] 王友臻, 乔明华, 胡华荣, 等. 高选择性苯乙酮加氢 Ni-Sn-B/SiO$_2$ 非晶态催化剂的制备及表征[J]. 化学学报, 2004, 62 (14): 1349~1352.

[13] 王来军, 张明慧, 李伟, 等. NiB、NiB/MgO 非晶态合金催化剂的制备、表征及其加氢性能[J]. 石油化工, 2004, 33 (1): 14~19.

[14] 张荣斌, 李凤仪. 钕对非晶态 NiB/膨润土催化剂性能的影响[J]. 稀土, 2004, 25 (3): 42~45.

[15] S. T. Wong, J. F. Lee, J. M. Chen, et al. Preparation and characterization of MCM-41 and silica supported nickel boride catalysts [J]. J. Mol. Catal. A, 2001, 165 (1-2): 159~167.

[16] X. Y. Chen, H. R. Hu, B. Liu, et al. Selective hydrogenation of 2-ethylanthraquinone over an environmentally benign Ni-B/SBA-15 catalyst prepared by a novel reductant-impregnation method [J]. J. Catal. , 2003, 220 (1): 254~257.

[17] X. Y. Chen, S. A. Wang, J. H. Zhuang, et al. Mesoporous silica-supported Ni-B amorphous alloy catalysts for selective hydrogenation of 2-ethylanthraquinon [J]. J. Catal. , 2004, 227 (2): 419~427.

[18] 胡长员, 李凤仪, 张荣斌, 等. 碳纳米管对非晶态 NiB 合金催化剂性能的影响[J]. 分子催化, 2005, 19 (5): 346~350.

[19] L. J. Wang, W. Li, M. H. Zhang. The interactions between the NiB amorphous alloy and TiO$_2$ amorphous catalysts [J]. Appl. Catal. A, 2004, 259 (2): 185~19.

[20] J. L. Gu, W. Fan, A. Shimojima, et al. Organic – inorganic mesoporous nanocarriers integrated with biogenic ligands [J]. Small, 2007, 3 (10): 1740~1744.

Hydrogenation of Glucose over Ru-B Amorphous Alloy Catalyst Supported on Mesoporous Silica Nanosphere with Straight Channels

WANG Sen-lin　　DONG Fu-xing　　XU Ye　　NIU Wei-yong　　LI Hui

(*Department of Chemistry, Shanghai Normal University, Shanghai 200234, China*)

Abstract　Using a novel mesoporous silica nanosphere with straight channels as host matrix, a supported Ru-B amorphous alloy catalyst was prepared through impregnation of support with RuCl$_3$ solution follow by chemical reduction with KBH$_4$ solution. During liquid-phase glucose hydrogenation to sorbitol, the as-prepared supported Ru-B catalyst exhibited dramatically high activity, nearly 200 times higher than Raney Ni catalyst, a traditional catalyst for the title reaction, showing a good potential catalyst application. Meanwhile, the as-prepared supported Ru-B catalyst possessed excellent thermal stability owing to the stabilizing effect of support. Based on the characterization results of ICP, XRD, DSC, TEM, XPS and hydrogen chemsorption, the promotional effect of the special support on the amorphous alloy structure and the surface electronic characteristics of the catalyst, and thus on its activity was discussed briefly.

Keyword　Glucose, Hydrogenation, Silica, Amorphous alloy

金属催化剂和酶结合动态动力学拆分苯乙醇*

胥元峰　杨勇　张昉　李辉

(上海师范大学化学系,上海 200234)

摘要　以叔丁基胺硼烷为还原剂采用化学还原法制备了尺寸均匀的金属 Pd 纳米颗粒,并将其固载在有序介孔硅(SBA-15)材料上,制得了 Pd@SBA-15 外消旋催化剂。将脂肪酶 CALB 固定在外表面甲基化的 SBA-15 类型介孔硅材料上以提高酶的稳定性,制得了 CALB@CH$_3$-SBA-15 动力学拆分催化剂。将上述制得的 Pd@SBA-15 和 CALB@CH$_3$-SBA-15 结合在一锅反应体系中进行动态动力学拆分苯乙醇,展现出对苯乙醇高效的拆分速率。最后,对一锅反应体系的反应条件进行了优化,在微波加热方式下达到了苯乙醇 83% 的转化率。

关键词　动态动力学拆分,酶,苯乙醇

1　引言

　　目前,动力学拆分法是获得单一异构体的手性化合物最主要的方法之一[1],但理论上其最大转化率仅为 50%。研究者后来又提出了一种新的拆分技术——动态动力学拆分技术,此法突破了动力学拆分法最高 50% 转化率的限制,其理论最高转化率可以达到100%。动态动力学拆分原理示意见图 1。实现动态动力学拆分方法需要满足的条件为:①动力学拆分过程不可逆;②底物(S$_S$)的构型不稳定,能在一定的反应条件下现场消旋化,且它的立体异构化速度 k_{rac} 相对于反应速度 k_S 足够大,一般 $k_{rac} > 10\ k_S$;③选择性 E(k_R/k_S)不能低于 20;④产物(P$_R$)在反应条件下能够稳定存在且不易发生消旋化[2]。目前,主要研究的动态动力学拆分体系是外消旋催化剂与酶联用的反应体系,其中酶的作用是动力学拆分。因此,还要考虑选择的消旋化条件不能影响酶的拆分效果,以及溶剂和温度对酶动力学拆分效力的影响[3]。自 Willians 课题组首次报道用脂肪酶-钯结合"一锅法"拆分丙烯酸酯[4]和脂肪酶-钌串联拆分仲醇[5]后,适于动态动力学拆分的各种催化剂被设计出来,并取得了满意的效果。随后,Sheldon[6]、Bäckvall[7]、Park[8]等题组分别

* "973"计划资助项目(项目编号:2009CB226106)、上海市科委基础研究重点项目(项目编号:09JC1411400)

联系人:李辉,E-mail: lihui@shnu.edu.cn

研究了这一拆分体系。虽然使用均相有机金属作为外消旋催化剂[9~18]具有较高的催化效率,但均相催化体系始终存在产物分离困难、后处理步骤繁琐等问题。同时,有机金属催化剂一般比较昂贵,更限制了它们的广泛应用。因此,寻找出一种具有高效消旋性能可回收利用的催化剂与酶联用动态动力学拆分手性化合物的体系已成为当今手性拆分科研工作者研究的热点课题。

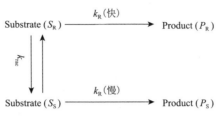

图 1　动态动力学拆分原理

Fig. 1　The mechanism of dynamic kinetic resolution

　　本文采用金属作为消旋催化剂,将拆分体系与消旋体系结合起来用于拆分苯乙醇,此种方法动态动力学拆分苯乙醇体系至今尚未见报道。研究发现,本拆分体系存在的主要问题是外消旋催化剂的消旋速率与酶的拆分速率相差太大,消旋速率与拆分速率的不匹配导致了整个拆分体系效率较低。因此,寻找出一种外消旋速率与酶拆分速率相匹配的固相催化剂是解决当前动态动力学拆分体系问题的关键所在。

2　实验部分

2.1　催化剂制备

　　4.5nm Pd 纳米粒子的合成[19]:在氮气气体保护下,75mg 乙酰丙酮钯[Pd(acac)$_2$]溶解在 15mL 的油胺中。在 10min 内升温至 60℃,溶液呈无色。300mg 叔丁基胺硼烷(BTB)溶解在 3~4mL 的油胺中之后,快速倒入含 Pd 的油胺溶液中反应,形成深褐色的溶液。然后将反应体系的温度按 3℃/min 程序升温至 90℃,并将其温度在 90℃ 保持 60min。将反应液冷却至室温,将 30mL 无水乙醇加入到反应液中,8000 rmp 离心分离产品。最后产品分散在正己烷中以备用。

　　负载型 Pd@SBA-15 的合成:量取 10mg Pd 纳米粒子的正己烷溶液于 50mL 的圆底烧瓶中,加入一定量的 SBA-15 载体(理论负载量 5%),超声 2h 以确保 Pd 纳米粒子能完全进入 SBA-15 的孔道中。旋转蒸发正己烷,20mL 的冰醋酸加入到 Pd@SBA-15 中升温至 70℃,并将其保持 10h 以完全去除覆盖在 Pd 纳米粒子表面的油胺。冷却至室温,将 30mL 乙醇加入到溶液中,8000rpm 离心分离。将收集的产品醇洗数次,封存在无水乙醇中。

　　Amano lipase PS from Candida antarctica 酶的处理过程:2.5g 原酶溶解在 50mL 磷酸缓冲溶液(pH=7.0)中,在室温条件下振荡 6h,离心分离不溶解的物质。使用 Bradford[20]方法测定溶液中酶的含量。

　　CALB@SBA-15 制备过程:一定量的载体浸入到 20mL 含酶 50mg/mL 的缓冲溶液

（pH＝8.0）中,搅拌 10h,离心分离。将收集到的样品分别用缓冲溶液、正己烷洗涤数次。将样品真空干燥后备用。

2.2　催化剂表征

采用 JEOL TEM 2011 透射电子显微镜（TEM）观察样品的形貌,工作电压为 200kV。采用美国 Nicolet 公司的 Magna 550 红外光谱仪进行样品测试获得傅里叶红外光谱（IR）,样品测试采用 KBr 压片法,测试条件扫描次数不少于 32 次。

2.3　活性测试

在 15mL 的反应釜中加入 0.5mmol 外消旋的苯乙醇,5mL 正己烷,60mg Pd@SBA-15（Pd 含量为 2mg）,60mg CALB@SBA-15（酶含量 1mg）和 1.5mmol 乙烯乙酸酯。用 5%的氢氩混合气充放 4～5 次以置换反应釜内的空气,最后将釜内的氢气分压控制在一定的压力下,将反应釜置于一定的温度的油浴或微波中反应一定时间,冷却至室温,离心分离,使用 0.2μm 滤头过滤上层清液,进行色谱检测。

3　结果与讨论

从 TEM 照片可以看出,在油胺体系中合成的 Pd 纳米粒子尺寸较均一,平均粒径在 4.5nm 左右［见图 2(a)］。由图 2(b)可见,大部分 Pd 纳米粒子在超声的作用下已均匀地分散到了 SBA-15 的孔道之中,表明当前方法可以将 Pd 纳米粒子很好地分散到介孔材料的孔道中,这有利于提高消旋催化剂的稳定性。

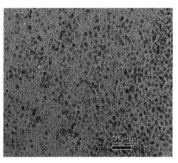　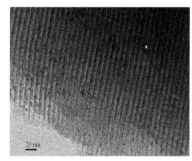

(a) Pd纳米粒子　　　　　　　　　　　(b) Pd@SBA-15

图 2　TEM 照片

Fig. 2　TEM images of (a) Pd nanoparticles，and (b) Pd@SBA-15

由红外光谱谱图（图 3）可知,Pd@SBA-15 醋酸清洗前样品中 2927cm^{-1} 和 2850cm^{-1} 分别对应油胺分子中—CH$_2$—CH$_2$—CH$_2$—基团中 C—H 键的反对称和对称伸缩振动峰。经醋酸处理之后的 Pd@SBA-15 样品中 C—H 键的反对称和对称伸缩振动峰已完全消失。这表明 Pd 纳米粒子表面覆盖的油胺分子在醋酸的作用已完全被去除干净。油胺分子的去除,增大了 Pd 纳米粒子表面原子的暴露率,从而提高了反应的活性。

在本课题组前期工作得出的最佳消旋和动力学拆分的条件下,本文将消旋反应与动

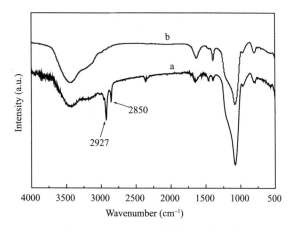

图 3　Pd@SBA-15 样品的红外光谱

a. 醋酸清洗前；b. 醋酸清洗后

Fig. 3　FTIR spectra of Pd@SBA-15 before(a), and after being washed with acetic acid(b)

力学拆分同时组合在一个反应体系中进行，考察 Pd 金属催化剂和酶共存于一个反应体系的相容性。表 1 为 Pd 金属催化剂与酶联用进行动态动力学拆分实验的结果数据。从实验结果来看，金属 Pd 催化剂的存在对酶的拆分不存在影响，同时酶的存在也不影响金属 Pd 催化剂的消旋性能。因此，可得出在此一锅反应体系中 Pd 金属催化剂与脂肪酶具有较好的相容性，它们之间的相互影响不大，能共存于一个反应体系，且在相同的反应条件下能各自作用互不干扰。从实验的数据可看出，在反应 24h 之后，金属 Pd 催化剂与酶结合一锅反应体系中动态动力学拆分消旋的苯乙醇，苯乙醇的转化率可达到 72%。已经远远超过了经典动力学拆分最大转化率 50% 的限制，这证实当前拆分体系进行动态动力学拆分的可行性。同时从表 1 数据还可知，体系反应 24h 之后，体系中苯乙醇的 ee 值高达 99%，这是由于酶的拆分速率远远高于 Pd 金属催化剂对 S-苯乙醇的消旋速率所致。S-苯乙醇在金属 Pd 催化剂的作用下消旋后，其中 R-苯乙醇立即被体系中的酶动力学拆分走，导致体系中只有 S-苯乙醇的存在。因此，可知当前拆分体系的瓶颈所在是金属 Pd 催化剂的消旋速率仍较低。若要进一步提高此拆分体系的效率，关键在于提高金属 Pd 催化剂的消旋速率。

表 1　不同加热方式对拆分体系的影响[a]

Tab. 1　Influence of different heating methods on the resolution system

加热方式	P_{H_2} (MPa)	时间(h)	转化率(%)	ee 值(%)	选择性(%)
油浴加热	0.025	24	72	99	80
微波加热	0.010	8	83	99	79

　　a　拆分条件：60mg Pd@SBA-15（ICP 测定 Pd 含量 2mg），60mg CALB@SBA-15（酶含量 1mg），5mL 正己烷，0.5mmol（±）苯乙醇，1.5mmol 乙酸乙烯酯，65 μL 正奎烷（内标），$T=343$K。

　　为了进一步提高金属 Pd 催化剂的消旋速率，我们采用微波加热的方式，并考察了不同加热方式与此拆分体系效率之间的关系，其实验结果比较见表 1。从表中数据可知，微波加热的方式大大地提高了一锅反应体系的总体效率，在 8h 之内体系中苯乙醇的转化率已达到了83%。与油浴加热方式相比,苯乙醇的转化率不仅提高了9%,而且其反应时间大大缩短。这可能是由于微波独特的加热方式所致,极大地提高了金属Pd催化剂的消旋速率,因此其拆分体系的总体效率得到了大大的提高。这与文献上报道的结果相一致[20],其原因可归因为微波加热方式可以改变金属催化剂的表面电子状态和表面结构,进而影响催化剂的反应活性和选择性。

我们对微波加热方式一锅动态动力学拆分苯乙醇同系物的拆分效率也进行了考察,其实验结果见表2。从表中数据可知,微波加热方式一锅动态动力学拆分苯乙醇的同系物,也具有较高的拆分效率。这说明了此一锅拆分体系对苯乙醇的手性同系物拆分具有一定的普适性。同时,从表中数据可知,当对位基团的取代基团为推电子基团时,此反应体系的拆分速率较快。例如,当甲氧基取代对位基团时,其拆分速率最快,在4h内对甲氧基苯乙醇的转化率能即可达到80%。当对位基团被吸电子基团氯原子取代之后,其拆分速率变得较缓慢,但是反应8h之后其转化率(63%)仍高于50%。从拆分速率来看,对位取代为推电子基团时,有利于总体拆分速率的提高;当对位为吸电子基团时,降低拆分体系的总体拆分速率。这是由于金属Pd催化剂消旋苯乙醇时产生含有α-C$\oplus$的中间物种,当苯环对位被推电子基团取代时,将有利于该碳正物种的形成,因此消旋速率加快。从酶拆分出来的酯基产物的ee值来看,苯环对位被推电子基团取代时不利于的酶的高效选择性。虽然对甲氧基苯乙醇在4h内的转化率可高达80%,但酶拆分出来的相应酯基化合物的ee值仅为88%。因此,底物苯环对位推电子基团的存在会大大降低酶对底物的立体结构的选择性,具体原因在进一步的研究中。

表2　微波加热方式一锅反应体系对苯乙醇同系物的催化效率
Tab. 2　Microwave-assisted dynamic kinetic resolution of racemic phenylethanol

拆分底物[a]	时间(h)	转化率(%)	ee值(%)
	8	83	99
	8	63	99
	8	81	94
	4	80	88

a　拆分条件:60mg Pd@SBA-15 (ICP测定Pd含量2mg),60mg CALB@SBA-15 (酶含量1mg),5mL正己烷,0.5mmol (±)苯乙醇,1.5mmol乙酸乙烯酯,65 μL正壬烷(内标),T=343K。

4　结论

本文采用动态动力学拆分的方法拆分了外消旋的苯乙醇及其同系物,其转化率均超过了经典动力学拆分最高理论转化率50％的限制,并展现出对苯乙醇高效的拆分速率。通过对一锅反应体系的拆分条件优化,最终在微波加热方式的条件下,苯乙醇的转化率最高达到了83％。

参考文献

［1］ O. Pàmies, J. E. Bäckvall. Combined metal catalysis and biocatalysis for an efficient deracemization process ［J］. Curr. Opin. Biotechnol, 2003, 14 (4): 407~413.

［2］ 马红敏,邵瑞链,马治华,等. 动力学拆分法的研究进展［J］. 有机化学,2000, 20 (4): 454~463.

［3］ N. J. Turner. Controling chirality ［J］. Curr. Opin. Biotechnol, 2003, 14 (4): 401~406

［4］ J. V. Allen, J. M. Williams. Dynamic kinetic resolution with enzyme and palladium combinations ［J］. Tetrahedron Lett. , 1996, 37 (11): 1859~1862.

［5］ P. M. Dinh, J. A. Howarth, A. R. Hudnott, et al. Catalytic racemisation of alcohols: Applications to enzymatic resolution reactions ［J］. Tetrahedron Lett. , 1996, 37 (42): 7623~7626.

［6］ A. Dijksman, J. M. Elzinga, Y. X. Li, et al. Efficient ruthenium-catalyzed racemization of secondary alcohols: application to dynamic kinetic resolution ［J］. Tetrahedron: Asymmetry, 2002, 13(8): 879~884.

［7］ B. A. Persson, A. L. E. Larsson, J. E. Bäckvall, Ruthenium-and enzyme-catalyzed dynamic kinetic resolution of secondary alcohols ［J］. J. Am. Chem. Soc. , 1999, 121 (8): 1645~1650.

［8］ M. J. Kim, Y. Chung, D. Kim, (S)-Selective dynamic kinetic resolution of secondary alcohols by the combination of subtilisin and an aminocyclopentadienylruthenium complex as the catalysts ［J］. J. Am. Chem. Soc. , 2003, 125 (38): 11494~11495.

［9］ O. Pàmies, J. E. Bäckvall. Chemoenzymatic dynamic kinetic resolution ［J］. Trends Biotechnol. , 2004, 22 (3): 130~135.

［10］ O. Pàmies, J. E. Bäckvall. Combination of enzymes and metal catalysts. A Powerful Approach in Asymmetric Catalysis ［J］. Chem. Rev. , 2003, 103 (8): 3247~3261.

［11］ O. Pàmies, J. E. Bäckvall. Combined metal catalysis and biocatalysis for an efficient deracemization process ［J］. Curr. Opin. Biotechnol. , 2003, 14 (4): 407~413.

［12］ M. J. Kim, Y. Anh, J. Park. Dynamic kinetic resolutions and asymmetric transformations by enzymes coupled with metal catalysis ［J］. Curr. Opin. Biotechnol. ,2002, 13 (6): 578~587.

［13］ B. Mart, K. Bogur, J. E. Backvall. Highly compatible metal and enzyme catalysts for efficient dynamic kinetic resolution of alcohols at ambient temperature ［J］. Angew. Chem. Int. Ed. , 2004, 43 (47): 6535~6539.

［14］ B. Mart, M. Edin, J. E. Backvall, et. al. Combined ruthenium(II) and lipase catalysis for efficient dynamic kinetic resolution of secondary alcohols. Insight into the racemization mechanism ［J］. J. Am. Chem. Soc. , 2005, 127 (24): 8817~8825.

［15］ J. H. Choi, M. J. Kim, J. Park. Aminocyclopentadienyl ruthenium chloride: catalytic racemization and dynamic kinetic resolution of alcohols at ambient temperature ［J］. Angew. Chem. Int. Ed. , 2002, 41 (13): 2373~2376.

［16］ G. K. M. Verzijl, J. G. de Vries, Q. B. Broxterman. Removal of the acyl donor residue allows the use of simple alkyl esters as acyl donors for the dynamic kinetic resolution of secondary alcohols ［J］. Tetrahedron: Asymmetry, 2005, 16 (9): 1603~1610.

［17］ B. A. C. van As, J. van Buijtenen, A. Heise, et al. Chiral oligomers by iterative tandem catalysis ［J］. J. Am. Chem. Soc. , 2005, 127 (128): 9964~9965.

［18］ T. H. Riermeier, P. Gross, A. Monsees, et al. Dynamic kinetic resolution of secondary alcohols with a readily available ruthenium-based racemization catalyst ［J］. Tetrahedron Lett. , 2005, 46 (19,9): 3403~3406.

[19] V. Mazumder, S. Sun. Oleylamine-mediated synthesis of Pd nanoparticles for catalytic formic acid oxidation [J]. J. Am. Chem. Soc. , 2009 131 (13): 4588~4589.

[20] S. Narayan, M. G. Finn, K. B. Sharpless et al. On water: unique reactivity of organic compounds in aqueous suspension [J]. Angew. Chem. Int. Ed. , 2005, 44 (21): 3275~3279.

[21] A. N. Parvulescu, E. Van der Eycken, P. A. Jacobs, et al. Microwave-promoted racemization and dynamic kinetic resolution of chiral amines over Pd on alkaline earth supports and lipases [J]. J. Catal. , 2008, 255 (2): 206~212.

Dynamic Kinetic Resolution of Racemic Phenylethanol Via the Combination of Metallic Catalyst with Lipase

XU Yuan-feng   YANG Yong   ZHANG Fang   LI Hui

(*Department of Chemistry, Shanghai Normal University, Shanghai* 200234, *China*)

Abstract   Uniform metallic Pd nanoparticles were prepared through chemical reduction method with borane-tert-butylamine complex, which were subsequently immobilized on the ordered mesoporous silica (SBA-15) to prepare a racemization catalyst (Pd@SBA-15). In order to improve the stability of CALB (lipase from candida antarctica), a kinetic resolution catalyst (CALB@CH_3-SBA-15) was prepared via immobilizing lipase on the SBA-15-type mesoporous silica outersurface-functionalized with methyl-groups (CH_3-SBA-15). Finally, we combined the Pd@SBA-15 with CALB@CH_3-SBA-15 in one-pot dynamic kinetic resolution of racemic phenylethanol, and optimized the reaction conditions. A 83% conversion of racemic phenylethanol was achieved under a microwave-assisted condition.

Keywords   Dynamic kinetic resolution, Lipase, Phenylethanol

微乳法制备空壳 Ni-B 非晶态合金催化剂及其应用*

董福兴　徐烨　王森林　牛卫永　李辉

（上海师范大学化学系,上海 200234）

摘要 在甲苯、十二烷基苯磺酸钠和水组成的 W/O 乳状液体系中,用 BH_4^- 还原 Ni^{2+} 制得了中空 Ni-B 非晶态合金,并用 XRD、XPS、ICP、BET、TEM 和化学吸附等方法表征了催化剂的结构、组成、物理比表面、化学比表面和形貌等。通过对氯硝基苯催化加氢制对氯苯胺反应来评价其催化性能。结果表明,与普通方法直接用 BH_4^- 水溶液还原 Ni^{2+} 水溶液合成的实心 Ni-B 非晶态合金催化剂相比,空壳 Ni-B 非晶态合金具备更高的催化活性和选择性。初步探讨了空壳 Ni-B 非晶态合金特殊形貌对催化性能的影响。

关键词 微乳法,非晶态合金,催化加氢

1 引言

非晶态合金是 20 多年来材料科学研究的一大成就,非晶态合金由于结构上不同于晶态金属,并且在热力学上处于不稳或亚稳态,具有一般合金所不具备的特性,如高强度、耐腐蚀性、超导电性等优良的力学、磁学、电学及化学性质,已广泛应用于国民经济的各个方面。作为催化剂,非晶态合金已经广泛应用于加氢、氧化、裂解和异构化等反应,其中最有希望实现工业化的是加氢反应,非晶态合金催化加氢的研究日益受到人们的重视。本课题组在乙腈选择性加氢制乙胺,糠醛选择性加氢制糠醇,肉桂醛选择性加氢制肉桂醇,葡萄糖加氢制山梨醇等的研究中发现非晶态合金催化剂的活性和选择性一般均高于相应的晶态催化剂[1~4]。由于非晶态合金的各向同性性质,制得的非晶态合金主要以实心纳米颗粒存在。因此,对非晶态合金形貌的调控及形貌对催化性能的影响的研究较少。

近年来,特殊形貌的纳米级材料由于它们在光学、电学、磁学和催化领域方面表现出特殊的性能而被广泛研究[5~7]。其中,中空材料具有比表面积大、密度小、易回收、成本低

---

* "973" 计划资助项目(项目编号:2009CB226106);国家自然科学基金资助项目(项目编号:20973113)

联系人:李辉,E-mail:lihui@shnu.edu.cn

和表面渗透性好等优点[8~11]，在催化上比通常的实心体表现出更好的催化性能。尤其是中空微球内表面凹陷，其多个活性位可能具有协同作用，使其具有更好的催化效果[12]。通常中空材料的制备方法为硬模板法，但该方法具有步骤繁琐的缺点。最近，在乳状液中合成中空材料已经得到实现，制得了一系列的球形中空材料（例如：碳酸钙，硅土和面心立方镍）[13]。本文采用化学还原法，在微乳体系中成功制备出中空 Ni-B 非晶态合金，并考察了其催化对氯硝基苯（p-CNB）液相选择性加氢的性能。

2　实验部分

2.1　催化剂制备

在温度为 10℃ 条件下，0.28g 十二烷基苯磺酸钠溶于 10mL 甲苯中形成的油相与 5.0mL 含 0.25g Ni^{2+} 的 $NiCl_2$ 溶液相混合，形成油包水型（W/O）微乳液，混合后搅拌 2h 使其均匀混合，形成均匀的分散体系。然后将 5.0mL KBH_4（1.0mol/L）缓慢滴加到上述混合物中，溶液慢慢变黑，待气泡完全放出后，加入酒精搅拌一段时间静止沉降。沉降后去除上清液，将下面液体转移至离心管中，1000r/min 离心 10min 分离液体，酒精洗涤数次后，得到 Ni-B 非晶态合金催化剂，记为 Ni-B(H) 储存于酒精中待用。

2.2　催化剂表征

样品的非晶态合金结构由 X 射线衍射（XRD）确定，XRD 谱采用日本理学 D/max-rB 型 18kV 转靶 X-射线衍射仪测得；催化剂中元素 Ni 和 B 的含量采用 Varian VISTA-MPXICP-OES 型等离子体发射光谱仪分析（ICP）测定；样品形貌及粒子大小由 JEOL TEM 2011 透射电子显微镜（TEM）获得；非晶态合金催化剂的表面电子态和表面组成，采用 ULVAC-PHI PHI5000 VersaProbe X 射线光电子能谱仪（XPS）测定；采用 Quanta-Chrome Nova 4000e 型自动物理吸附仪测定非晶态合金催化剂的比表面积和孔结构；采用 Micromeritics AutoChem II 2920 型化学吸附仪测定非晶态合金的活性比表面积及 H_2 的吸附能力。

2.3　活性测试

采用 100mL 高压反应釜进行 p-CNB 加氢反应。反应条件：0.10mol/L p-CNB 的乙醇溶液 50mL，氢压 P_{H_2} 为 1.0MPa，反应温度为 373K，搅拌速度为 800r/min，反应时间为 2.0h。p-CNB 加氢反应的目标产物是对氯苯胺（p-CAN），由气相色谱仪分析反应产物以确定反应物的转化率和产物的选择性。用常规实心球型 Ni-B 非晶态合金作为对比催化剂，记为 Ni-B(S)。

3　结果与讨论

3.1　催化剂结构鉴定和组成分析

非晶态合金长程无序的特点使其衍射峰显示为连续宽化的峰,如图 1 所示 XRD 表明,与传统方法制得的 Ni-B(S)非晶态合金相似[图 1a],Ni-B(H)在 $2\theta=45°$ 左右[图1b]出现了一个非晶态结构的特征弥散峰[14]。在氮气保护下,Ni-B(H)在 673K 下热处理 2h,从图 1c 可以明显看出,结果原来的弥散峰强度增强了,金属 Ni 和晶态 Ni-B 衍射峰开始出现,这表明 Ni-B 非晶态合金开始晶化并且有分解的迹象。

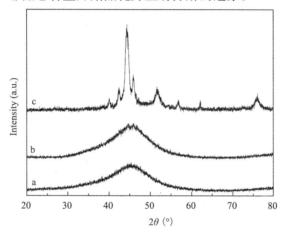

图 1　XRD 图谱:a. Ni-B(S),b. Ni-B(H),c. Ni-B(H)在氮气中于 673K 热处理 2h

Fig. 1　XRD patterns of a. Ni-B(S), b. Ni-B(H), and c. Ni-B(H) after being treated at 673K for 2h in N_2 flow

图 2 的 XPS 图谱表明,在 Ni-B(H)和 Ni-B(S)中,Ni 都仅存在一种状态,与金属 Ni 的 Ni $2p_{3/2}$ 标准电子结合能(853.0eV)一致[15],说明所有 Ni 存在形态均为单质态。B 以单质态和氧化态的形式存在,1s 电子结合能分别为 188.0eV 和 192.2eV。与纯 B 单质的电子结合能(187.1eV)[113]相比,元素 B 元素的电子结合能正移了 0.9eV,此结果表明 B 供电子给 Ni,Ni 富电子而 B 缺电子。

XRD 和 XPS 表征结果均表明了 Ni-B 非晶态合金的形成。根据 XPS 峰面积计算可得到,在 Ni-B(S)样品中,Ni-B 合金中表面 B 与 Ni 的物质的量的比值为 18/82,比 Ni-B(H)样品对应的比值 10/90 要高,这表明该实验方法改变了 Ni-B 非晶态合金的表面组成,与常规合成方法得到的 Ni-B(S)非晶态合金相比,Ni-B(H)合金中表面元素 B 含量较低。此外,ICP 分析也表明:Ni-B(H)样品的体相组成为 $Ni_{80}B_{20}$,Ni-B(S)样品的体相组成为 $Ni_{70}B_{30}$。由此可知,Ni-B(H)中 B 的含量要低于 Ni-B(S)。这是由于在 W/O 微乳体系中,水分子被包裹在油中,不能自由移动,反应只在油水界面上进行,导致产品中 B 含量降低。

图 3 为样品的 TEM 照片。由图 3(a)可见,常规方法制得的 Ni-B(S)非晶态合金以

实心纳米颗粒存在,且纳米颗粒尺寸不均匀。这是因为镍离子与硼氢化钾反应剧烈,反应过程中放出大量的热[16],造成部分形成的 Ni-B 纳米颗粒团聚。与 Ni-B(S)不同,在微乳体系中制备得到的 Ni-B(H)样品以空壳球的形式存在[图 3(b)],其空壳球粒径分布均匀,空壳球直径分布约为 70~100nm,其直径的平均值大约为 80nm。

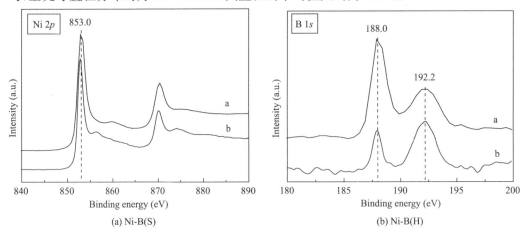

图 2　XPS 谱图

Fig. 2　XPS of (a) Ni-B(S), and (b) Ni-B(H)

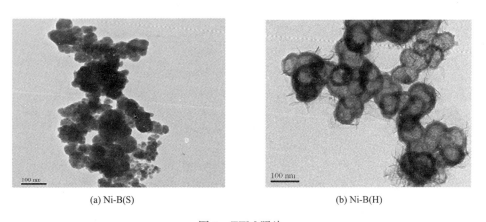

图 3　TEM 照片

Fig. 3　TEM images of (a) Ni-B(S), and (b) Ni-B(H)

　　图 4 为空壳样品 Ni-B(H)的 N_2 吸脱附等温线,其呈现出介孔特征的 IV 型吸-脱附等温线,表明空壳样品 Ni-B(H)的外壳具有介孔结构。通过氮气吸附实验,测得 Ni-B(H)样品的比表面积(S_{BET})为 285m^2/g,比实心 Ni-B(S)(52m^2/g)高了很多。此外,通过化学吸附测得的 Ni-B(H)样品的活性比表面积(S_{Ni},36m^2/g)也比 Ni-B(S)样品(S_{Ni},12m^2/g)要高。由于 Ni-B(H)样品中的十二烷基苯磺酸钠和甲苯被彻底洗掉,可归因于形成的中空结构增加了样品的比表面积和活性比表面积。

3.2　催化剂活性测试

　　采用液相 p-CNB 催化加氢合成 p-CAN 这个反应来检测催化剂的反应活性,图 5 显示的是以实心 Ni-B(S)和空壳 Ni-B(H)为催化剂，p-CNB 催化加氢过程中反应物和产物随反应时间的变化曲线。

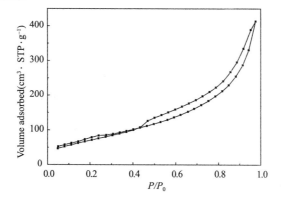

图 4　Ni-B(H)样品的 N₂ 吸-脱附等温线

Fig. 4　N₂ adsorption/desorption isotherm of Ni-B(H)

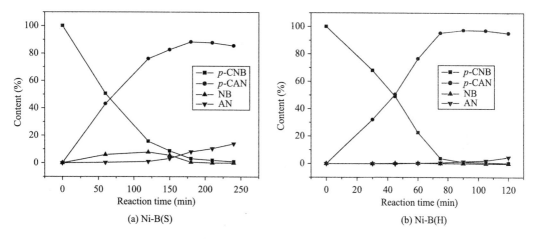

(a) Ni-B(S)　　　　　　　　　　　(b) Ni-B(H)

图 5　催化剂上 p-CNB 加氢反应进程图

Fig. 5　Reaction profiles of p-CNB hydrogenation over (a) Ni-B(S), and (b) Ni-B(H)

反应产物中，除了主产物 p-CAN 之外，仅得到了副产物苯胺(AN)和硝基苯(NB)。因此，可能反应路线见机理图 1。

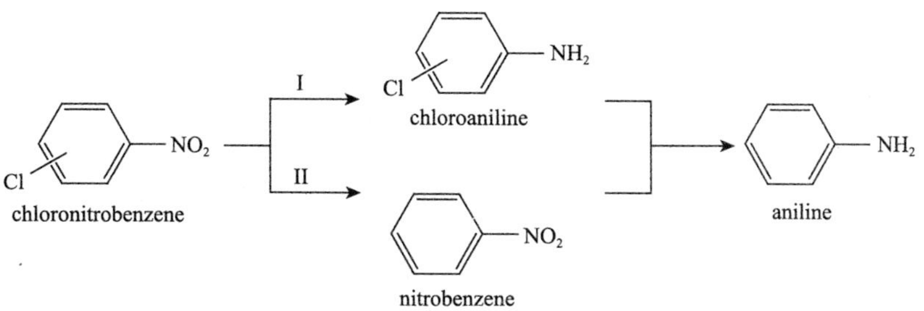

机理图 1　可能的 CNB 加氢路径

Scheme 1　Plausible pathway of p-CNB hydrogenation

　　对催化性能进行分析可以得出:空壳 Ni-B(H)作催化剂时,反应时间短,产物选择性高,显然,空壳 Ni-B(H)样品的催化性能要优于实心 Ni-B(S)样品。但本征活性(TOF)大小的顺序为:实心 Ni-B(S) > 空壳 Ni-B(H)。由 XPS 能谱图得出,实心 Ni-B(S)中 B 含量要高于空壳 Ni-B(H),因此实心 Ni-B(S)中 Ni 的电子云密度要比空壳 Ni-B(H)高[17]。由于硝基(—NO$_2$)在金属 Ni 表面吸附的过程中 Ni 的 $d_{x^2-y^2}$ 轨道电子反馈到—NO$_2$ 的反键轨道 $\pi^*_{NO_2}$ 中,使得吸附的—NO$_2$ 容易被活化。因此,具有高电子密度的 Ni-B(S)具有较高的本征活性。尽管空壳 Ni-B(H)样品的本征活性低,但是催化活性依然较好。这是由于空壳 Ni-B(H)壳体表面有介孔级别的孔道,这使得反应物分子可以吸附在空壳 Ni-B 粒子壳层的内外两侧,这样 Ni-B(H)可以为反应底物提供更多的活性位。因此,空壳 Ni-B(H)活性的增强应该归因于其具有更高得活性比表面积。此外,空壳 Ni-B(H)的选择性比实心 Ni-B(S)要稍微高一些。根据 H$_2$-TPD 曲线(图 6)可见,与实心 Ni-B(S)相比,空壳 Ni-B(H)表现出更窄的脱附温度范围,这表明空壳 Ni-B(H)中 Ni 活性位的分布要比实心 Ni-B(S)均一些,这是空壳 Ni-B(H)选择性高的原因之一[18]。另外,空壳 Ni-B(H)有两个氢的脱附峰,分别在 635K 和 676K,而实心 Ni-B(S)仅仅在 652K 左右出现一个脱附峰,而且这个峰介于空壳 Ni-B(H)的两个吸附峰之间。这表明空壳 Ni-B(H)样品中外表面和内表面上 Ni 活性位的性质是不同的。空壳的内外表面相对于平面发生了变形,可能导致在凹的内壳与凸的外壳之间存在着电子转移而导致两侧之间存在着电势差,这与碳纳米管上发现的现象一样[19~21]。电子云密度较低的 Ni 的活性部位能够识别和优先与富电子的基团作用[22]。也就是说,空壳 Ni—B(H)上更有利于 p-CNB 中的—NO$_2$ 相对 Cl 原子的竞争吸附[23]。当—NO$_2$ 与 Ni 作用时,由于共轭效应,—NO$_2$ 的吸电子作用使得 Cl 上孤对电子向苯环转移,C—Cl 的极性便削弱了[24]。结果,脱去氯原子的反应变得更加困难,致使反应选择性提高了。

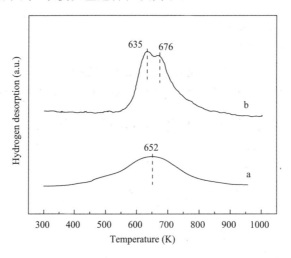

图 6　样品的 H$_2$-TPD 曲线

a. Ni-B(S);b. Ni-B(H)

Fig. 6　H$_2$-TPD curves of (a) Ni-B(S), and (b) Ni-B(H)

此外,通过离心过滤方法可以很容易地将空壳 Ni-B(H)从反应体系中分离出去,而其自身有自支撑能力,在加氢过程中可以防止 Ni-B 非晶态合金团聚。因此,该催化剂可以重复使用三次而催化活性没有下降。

4   结论

本文,我们通过微乳法制备出中空 Ni-B 非晶态合金催化剂,通过一系列的表征手段验证了空壳催化剂的特殊形貌、高的比表面和活性比表面,通过在液相 p-CNB 加氢中表现出更高的催化性能,与实心 Ni-B 相比具有更高的催化活性。对空壳 Ni-B 催化剂催化性能好的原因分析可以得出结论:由于球壳曲面而造成的缺电子的表面更容易吸附 p-CNB 中的-NO₂,从而提高了 p-CAN 的选择性。

参考文献

[1] H. X. Li, H. Li, J. Zhang, et al. Ultrasound-assisted preparation of a highly active and selective Co-B amorphous alloy catalyst in uniform spherical nanoparticles [J]. J. Catal. , 2007, 246 (2): 301~307.

[2] H. S. Luo, H. X. Li, L. Zhuang. Furfural hydrogenation to furfuryl alcohol over a novel Ni-Co-B amorphous alloy catalyst [J]. Chem. Lett. , 2001, 30 (5): 404~405.

[3] Y. D. Wu, H. X. Li, Y. Wan, et al. Comparative studies on catalytic behaviors of various Co-and Ni-based catalysts during liquid phase acetonitrile hydrogenation [J]. Catal. Today, 2004, (93-95): 493~503.

[4] H. B. Guo, H. X. Li, Y. P. Xu, et al. Liquid phase glucose hydrogenation over Cr-promoted Ru-B amorphous alloy catalysts [J]. Mater. Lett. , 2002, 57 (2): 392~398.

[5] Y. F. Lu, H. Y. Fan, A. Stump, et al. Aerosol-assisted self-assembly of mesostructured spherical nanoparticles [J]. Nature, 1999, 398 (6724): 223~226.

[6] J. T. Hu, T. W. Odom, C. M. Lieber. Chemistry and physics in one dimension: Synthesis and properties of nanowires and nanotubes [J]. Acc. Chem. Res. , 1999, 32 (5): 435~445.

[7] J. N. Cha, G. D. Stucky, D. E. Morse, et al. Biomimetic synthesis of ordered silica structures mediated by block copolypeptides [J]. Nature, 2000, 403 (6767): 289~292.

[8] S. W. Kim, M. Kim, W. Y. Lee, et al. Fabrication of hollow palladium spheres and their successful application to the recyclable heterogeneous catalyst for Suzuki coupling reactions [J]. J. Am. Chem. Soc. , 2002, 124 (26): 7642~7643.

[9] X. Chen, W. Yang, S. Wang, et al. Amorphous Ni-B hollow spheres synthesized by controlled organization of Ni-B nanoparticles over PS beads via surface seeding/electroless plating [J]. New J.Chem. , 2005, 29 (2):266~268.

[10] Y. Li, P. Zhou, Z. Dai, et al. A facile synthesis of PdCo bimetallic hollow nanospheres and their application to sonogashira reaction in aqueous media [J]. New J. Chem. , 2006, 30 (6): 832~837.

[11] P. Zhou, Y. Li, P. Sun, et al. A novel Heck reaction catalyzed by Co hollow nanospheres in ligand-free-condition [J]. Chem. Commun. , 2007, 14 (3): 1418~1420.

[12] X. Zhang, D. Li. Metal-compound-induced vesicles as efficient directors for rapid synthesis of hollow alloy spheres [J]. Angew. Chem. Int. Ed. , 2006, 45 (36): 5971~5974.

[13] D. Walsh, B. Lebeau, S. Mann. Morpho-synthesis of calcium carbonate (vaterite) microsponges [J]. Adv. Mater. , 1999, (11): 324~328.

[14] A. Yokoyama, H. Komiyama, H. Inoue, et al. The hydrogenation of carbon-monoxide by amorphous ribbons

[J]. J. Catal. , 1981, 68 (2): 355~361.

[15] L. Salvati, L. E. Makovsky, J. M. Stencel, et al. surface spectroscopic study of tungsten-alumina catalysts using x-ray photo-electron, ion-scattering, and raman spectroscopies [J]. J. Phys. Chem. , 1981, 85 (24): 3700~3707.

[16] J. F. Deng, H. X. Li, W. J. Wang. Progress in design of new amorphous alloy catalysts [J]. Catal. Today, 1999, 51 (1): 113~125.

[17] H. X. Li, H. Li, W. L. Dai, et al. Preparation of the Ni-B amorphous alloys with variable boron content and its correlation to the hydrogenation activity [J]. Appl. Catal. , A 2003, 238 (1): 119~130.

[18] H. X. Li, H. Li, J. Zhang, et al. Ultrasound-assisted preparation of a highly active and selective Co-B amorphous alloy catalyst in uniform spherical nanoparticles [J]. J. Catal. , 2007, 246 (2): 301~307.

[19] R. C. Haddon. Chemistry of the fullerenes the manifestation of strain in a class of continuous aromatic-molecules [J]. Science, 1993, 261 (5128): 1545~1550.

[20] D. Ugarte, A. Chatelain, W. A. Heer. Nanocapillarity and chemistry in carbon nanotubes [J]. Science, 1996, 274 (5294): 1897~1899.

[21] X. L. Pan, Z. Fan, L. Chen, et al. Enhanced ethanol production inside carbon-nanotube reactors containing catalytic particles [J]. Nature Mater. , 2007, 6 (7): 507~511.

[22] A. Corma, P. Serna, P. Concepción, et al. Transforming nonselective into chemoselective metal catalysts for the hydrogenation of substituted nitroaromatics [J]. J. Am. Chem. Soc. , 2008, 130 (27): 8748~8753.

[23] V. Kratky, M. Kratky Kralik, M. Mecarova, et al. Effect of catalyst and substituents on the hydrogenation of chloronitrobenzenes [J]. Appl. Catal. A, 2002, 235 (1-2):225~231.

[24] Q. Xu, X. M. Liu, J. R. Chen, et al. Modification mechanism of Sn^{4+} for hydrogenation of p-chloronitrobenzene over PVP-Pd/γ Al_2O_3[J]. J. Mol. Catal. , A 2006, 260 (1-2): 299~305.

Hollow Ni-B Amorphous Alloy Prepared by Emulsion Method and its Catalytic Application

DONG Fu-xing　XU Ye　WANG Sen-lin　NIU Wei-yong　LI Hui

(*Department of Chemistry, Shanghai Normal University, Shanghai* 200234, *China*)

Abstract　Hollow Ni-B nanospheres were synthesized through chemical reduction of nickel ions with borohydride in a W/O type emulsion system comprised of toluene, sodium dodecyl benzene sulfonate, and water. With the characterization of XRD, XPS, ICP, BET, TEM and chemsorption, the resulting hollow Ni-B nanospheres were identified to be amorphous alloys with a hollow chamber. During liquid-phase p-chloronitrobenzene hydrogenation, the as-synthesized Ni-B catalyst exhibited a much-higher activity and even better selectivity than the dense Ni-B nanoparticles prepared by direct reduction of nickel ions with borohydride. The effect of special morphology of hollow Ni-B amorphous alloy on the catalytic properties was studied briefly.

Keywords　Emulsion method, Amorphous alloy, Catalytic hydrogenation

厚松散层下综放开采动态地表沉陷特征研究*

郭文兵　黄成飞　陈俊杰

(河南理工大学能源科学与工程学院,焦作 454000)

摘要　通过建立地表移动观测站,对厚松散黄土层下综放开采地表沉陷进行了现场实测。根据观测站资料,分析了动态地表移动特征及相关参数;对综放开采引起的地表裂缝特征进行了研究,提出了超前裂缝角及超前裂缝距的概念,并给出了地表裂缝角的大小;得出了起动距、超前影响角、地表最大下沉速度及最大下沉速度滞后角等动态地表移动参数。研究表明:该区域具有地表移动剧烈、地表下沉速度大,地表破坏严重等特点。研究成果对"三下"采煤及采动区建筑物的保护具有重要意义。

关键词　厚松散层,综放开采,动态地表移动特征,地表裂缝,地表沉陷

1 引言

随着大量的煤炭资源从地下采出,所引起的地表沉陷及采动损害问题日益突出[1,2]。矿山开采沉陷不仅破坏矿区生态环境,而且对地表土地及村庄建筑物造成严重损害,影响矿区乃至社会工农业生产和可持续发展。为最大限度地解放村庄下压煤,提高资源回收率,控制地表沉陷,同时最大限度地保护地表村庄建筑物,需要开展岩层与地表移动规律的研究。目前研究地表移动最有效的方法是现场观测。通过建立地表移动变形观测站,对地表移动变形进行观测,掌握开采引起的地表移动变形规律,获得地表移动规律及参数,为"三下"采煤奠定基础。因此,建立地表移动观测站进行地表移动规律和参数的研究具有重要的理论和实际意义[3,4]。

赵家寨煤矿位于河南省郑州矿区,行政区划属河南省新郑市管辖。井田东距新郑市约 8km,距离郑州市 53km。井田范围内自然村庄较多,随着采矿生产的进行,对地面的影响范围也会日趋扩大,村庄建筑物下压煤开采问题突出,必须有针对性地研究开采引起的岩层和地表移动规律。由于矿井为新建矿井,首采工作面有条件建立地表移动观测站进行实测研究。该矿第四系地表湿陷性黄土层厚,在厚湿陷性黄厚层条件下进行开

────────────

*"973"计划资助项目(项目编号:2009CB226107);国家自然科学基金资助项目(项目编号:50974053)

采,地表沉陷具有特殊性,开采沉陷具有移动剧烈、破坏严重、有突发塌陷的危害等特点。不但损坏地表建筑物,而且造成大面积农田损毁等。本文以观测站实测资料为基础,分析地表移动的动态特征及其特殊性。

2 地质采矿条件及观测站情况

2.1 煤矿地层概况

赵家寨井田内地层均被新生界地层覆盖,由老到新依次为寒武系上统、奥陶系中统、石炭系中上统、二叠系及第三、四系。其中,二叠系山西组和石炭系太原组为井田主要含煤地层。井田第三系为湖滨相沉积,可分为底部半固结砂砾石组和上部黏土、砂质黏土组。砂砾石组岩石浸水后易崩解,黏土、砂质黏土组中间夹有数层薄粉细砂,黏土具中等压缩性、水稳性极差的特点,砂层易坍塌。第四系上部主要为次生黄土,其中有少量成层分布的僵结石,大孔隙发育,具垂直节理,压实程度差,透水性好,具有湿陷性和轻度潜蚀现象,且厚度较大,平均在 120m 左右,松散层具有厚湿陷性黄土层特征。

2.2 工作面地质采矿条件

赵家寨煤矿首采工作面为 11206 综采工作面,位于 11 采区西翼中下部,东临 11 采区回风上山,西部为 11 采区边界。工作面为走向长壁布置,开采煤层为二$_1$煤,工作面正式开始回采时间为 4 月初。工作面设计走向长 2165m,倾斜长 170m,该面二$_1$煤层厚度变化较大,煤厚至东向西由薄变厚,平均厚度为 6.54m,煤层倾角在 4.0° ~ 9.0° 之间,平均倾角为 6.5°。工作面标高 −245.0 ~ −163.0m,地面标高在 +131 ~ +138m 之间,平均采深为 313m。工作面采用综合机械化放顶煤采煤法回采,全部垮落法管理顶板。根据钻孔柱状图分析,二$_1$煤层 11206 工作面的覆岩综合评价系数 P 约为 0.674,上覆岩层岩性综合评定为中硬偏软岩层。

2.3 观测站情况

地表移动观测站采用剖面线状形式布设,设计走向观测线一条,倾斜观测线两条,走向观测线与两条倾斜观测线互相垂直,分别布置在地表移动盆地走向、倾斜主断面上,观测线布设成"干"字型,观测线与工作面相对位置如图 1 所示。走向观测线(即 A 线,在切眼的一侧)长度为 590m,测点间距设计为 25m。布置 25 个测点,分别为 A$_1$、A$_2$、A$_3$、…、AC;倾斜观测线两条(B、C 线),互相平行,间距为 50m,每条测点数为 29 个,长度为 710m,两条倾斜观测线长度相同。编号自下山向上山方向顺序增加,两条观测线分别为 B$_1$、B$_2$、B$_3$、…、C$_1$、C$_2$、C$_3$、…控制点分别布设观测线两端,共计 9 个,本观测站布置共需埋设 83 个工作测点,测点结构见图 2 所示。观测站设计的相关参数见表 1 所示。

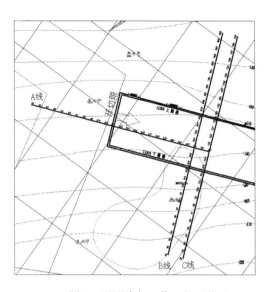

图 1　观测线与工作面相对位置

Fig. 1　Location of surveying lines and the panel

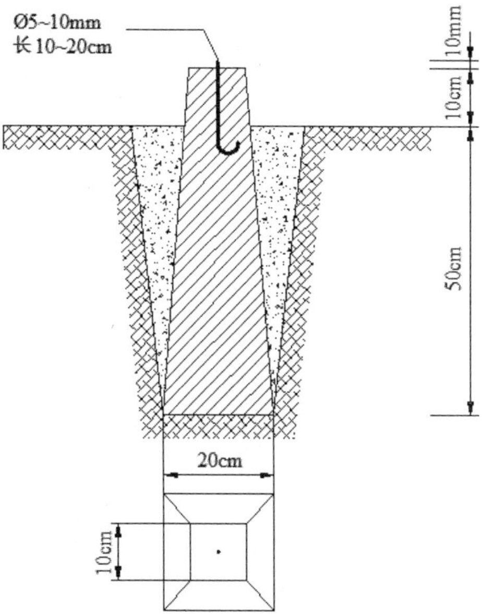

图 2　观测点构造图

Fig. 2　Configuration of the surveying pegs

表 1　观测站参数

Tab. 1　Parameters of the surveying station

观测线名称	长度(m)	测点间距(m)	测点个数	采深(m)	观测站设计所用参数
A 线(沿走向)	590	25	25	313	最大下沉角 $\theta=86.1°$ 走向移动角 $\delta=73°$
B 线(沿倾向)	710	25	29	303~322	上山移动角 $\gamma=73°$ 下山移动角 $\beta=69.1°$
C 线(沿倾向)	710	25	29	303~322	松散层移动角 $\varphi=45°$

3　厚湿陷性黄土层地表裂缝特征

3.1　地表裂缝特征实测

厚松散层湿陷性黄土下开采,工作面上方地表移动特征出现了特殊性,通过多次现场调查和测量,在 11206 工作面上方地表裂缝有如下特征:

(1) 在工作面前方地表出现了明显的裂缝(区)群,地表裂缝随工作面向前推进而前移,形成动态超前裂缝群,如图 3 所示。当工作面向前推进,超前裂缝区有规律地前移,工作面后方裂缝在现场调查中部分裂缝出现了逐渐闭合趋势。随着工作面的推进,地表裂缝沿推进方向经历了拉伸-压缩的动态过程。在现场对最前方裂缝并进行了定位测量。

(2) 工作面边界(上、下巷道及开切眼)以外出现的地表裂缝(群)区距离开采边界较近。当工作面开采面积增大,切眼、上、下山边界附近的裂缝区域扩大,而工作面上方的地表裂缝区域也扩大并向前移动;当工作面开采面积进一步增大,切眼、上、下山边界外围裂缝区域的范围不再扩大。现场找到最外侧裂缝并进行了定位测量。裂缝区域地表非连续移动变形明显,出现了地表裂缝、台阶、塌陷坑等破坏形式,局部地表裂缝宽度最大达到50cm。

(3) 在工作面上方局部出现了反向台阶裂缝,反向台阶裂缝即裂缝的台阶下沉方向与地表倾斜的方向相反,如图4所示。

图3 地表超前裂缝群

Fig. 3 Surface cracks in front of faceline

图4 台阶与反向台阶裂缝

Fig. 4 Step cracks and reverse step cracks

3.2 地表裂缝特征分析

根据煤矿具体的地质采矿条件和地表裂缝特征,对地表裂缝发育特征分析如下:

(1) 湿陷性黄土具有与一般粉土与黏性土不同的特征,黄土的抗拉伸变形能力很小,结构疏松,多空隙,垂直节理发育,含有大量多种可溶性盐,受水浸湿后被溶化,土中胶结力减弱,导致土粒变形[5~8]。该区域黄土具有湿陷性,并且厚度较大,黄土层中垂直裂隙发育程度高。黄土层中的垂直裂缝在土层中形成了弱面,这些弱面阻滞了土层中的移动传递,在拉伸变形作用下使得垂直裂隙沟通扩张,在裂缝中释放水平移动与变形,形成地表裂缝。

(2) 开采工作面煤层厚度不稳定,局部较大,而采深相对较小,综采放顶煤开采一次性采高大,全部垮落法管理顶板,开采强度相对大,对地表影响程度严重。黄土覆盖层越厚,黄土覆盖层与基岩厚度之比越大,这种破坏越严重。

(3) 分析认为,地表出现反向台阶裂缝特征的主要原因有:①由于多种因素导致工作面推进速度不一致,没有均匀连续推进;②第四系松散黄土层厚度大;③煤层厚度不稳定等。

3.3 裂缝角与超前裂缝角

(1) 超前裂缝角:将工作面前方地表出现的超前裂缝群最外侧裂缝的点与当时工作面的连线和水平线在煤柱一侧的夹角定义为超前裂缝角。此时,最前方裂缝到工作面的水平距离称为超前裂缝距。根据现场多次实测结果进行整理计算得出：该工作面超前裂缝角平均为82°。

（2）裂缝角：根据现场实测，对工作面上山、下山及开切眼（走向）的最外侧裂缝进行定位、测量，通过对现场实测数据的计算得出：该工作面走向裂缝角为80.5°，下山裂缝角约为76.6°，上山裂缝角约为80°。经过对比分析可知，厚湿陷性黄土层条件下的地表裂缝角均偏大。

4 地表动态移动特征及参数

4.1 地表沉陷观测

为了全面揭示动态地表沉陷变形的全过程，自2009年3月20日建立观测站，已进行了七次水准测量，二次导线测量。每次观测时工作面开采情况及地表沉陷情况见表2所示。目前21081工作面已推进600多米，走向观测线点的移动已基本稳定，走向观测线下沉曲线见图5所示。每次现场观测的同时对地表裂缝的位置、方向进行了测量。根据观测数据及现场调查的情况，对地表移动起动距、超前影响距及影响角、地表最大下沉速度等动态地表移动特征进行分析。

表2　工作面推进过程中对应的地表下沉观测结果

Tab. 2　Surface subsidence observed results during coalface advance

观测日期（年.月.日）	工作面推进距离(m)	采厚(m)	推进速度(m/月)	采出率(%)	最大下沉值(mm)	最大下沉速度(mm/d)
2009.06.06	100	4.0	50	85	1356	19.9
2009.07.05	155	4.0	55	85	2611	50.6
2009.10.04	330	4.3	58	85	4514	42.3
2009.11.07	390	5.6	60	97	4589	51.0
2009.12.08	468	5.5	75	90	4611	12.2
2010.01.09	544	6.0	76	85	4660	8.1

4.2 起动距

研究表明：起动距的大小主要和开采深度及上覆岩层的物理力学性质有关[9~11]。我国一般在初次采动时，起动距约为$(1/4\sim1/2)H_0$，H_0为平均开采深度。美国煤矿的起动距大约为开采深度的$1/6\sim1/3$[12]。

根据我国的经验，本观测站在工作面推进$H_0/4$即约100m时，进行了首次水准测量，结果地表下沉已达到1356mm，因此没有测出地表下沉值为10mm时的工作面推进距离。但根据现场调查地表沉陷情况、工作面推进速度和时间估算，地表开始下沉的工作面推进距离应在$50\sim60$m，即约$(1/5\sim1/6)H_0$。即起动距与一般地质采矿条件下相比偏小。分析认为主要原因有第四系松散黄土层较厚、工作面开始推进速度慢、工作面倾斜长相对较大、综放开采方法开采强度大等。

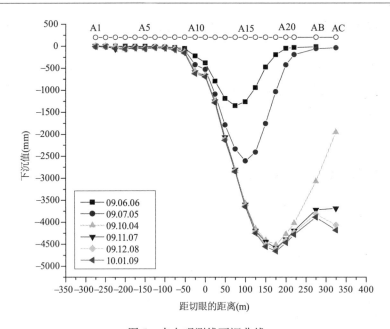

图5　走向观测线下沉曲线

Fig. 5　Surface subsidence curves along strike line

4.3　超前影响距及影响角

　　根据超前影响角的定义,以实测走向主断面的下沉数据为依据,分析11206工作面走向方向超前影响距及超前影响角。在下沉曲线图中,求得工作面前方地表开始移动下沉值为10mm的点。综合分析取其平均值,最终确定出超前影响距平均约为183m,超前影响角约为59.7°,见表3。

　　影响超前影响角大小的因素有采动程度、工作面推进速度和上覆岩层岩性等。分析认为该条件下超前影响角较小的原因有采动程度相对较大,工作面推进速度相对慢、松散黄土层较厚及上覆岩层岩性偏软等。

表3　超前影响角计算表

Tab. 3　Calculation of fore-effect angle

观测日期 (年.月.日)	工作面推进 距离(m)	下沉10mm点距 切眼距离(m)	超前影响 距(m)	超前影响 角(°)	平均超前 影响距(m)	平均超前 影响角(°)
2009.6.6	100	343	188	59.0	183	59.7
2009.7.5	155	278	178	60.3		

4.4　工作面推进过程中地表下沉速度

　　(1)下沉速度曲线:通过对实测数据进行计算分析,得出走向观测线上各点不同时间区间的下沉速度。在地表非充分采动时,随着工作面的推进,地表各点下沉速度逐渐增大,最大下沉速度也增大。选取下沉速度最大的三个特征点A17、A20、AC绘制成下沉速度曲线,如图 6 所示。随着工作面的推进,地表下沉速度曲线形状基本不变。地表点的下沉速度经历一个由小到大再到小的动态变化过程。

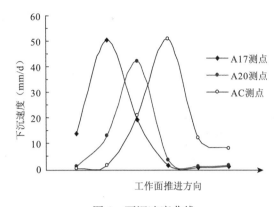

图 6　下沉速度曲线

Fig. 6　Surface subsidence velocity curves

（2）地表最大下沉速度:最大下沉速度衡量地表移动剧烈程度,它取决于煤层开采厚度、煤层倾角、工作面开采尺寸、工作面推进速度、采煤方法和顶板管理方法、煤层开采深度、覆岩性质等。实测得出了该地质采矿条件下的地表最大下沉速度最大值为 51mm/d,最大下沉速度点有规律地向前移动。根据综采开采地表最大下沉速度的计算公式[12]

$$V_{\max} = k\sqrt{c}\,W_{fm}/H_0$$

式中:$V_{\max}$ 为最大下沉速度 mm/d; c 为工作面推进速度,m/d; W_{fm} 为工作面的地表最大下沉值,mm; H_0 为平均开采深度,m; K 为决定于覆岩性质的下沉速度系数。通过对实测数据计算分析得:$V_{\max}$ 为 51mm/d;工作面推进速度 c 平均约为 2m/d; W_{fm} 约为 4660mm; H_0 平均采深取 313m,因此得出该工作面的下沉速度系数 K 为 2.4。

（3）最大下沉速度滞后距:最大下沉速度点的位置滞后工作面一段距离,根据实测数据得出地表最大下沉速度点与相应的工作面位置,得出最大下沉速度滞后距,按照下列公式计算最大下沉速度滞后角为

$$\varphi = \operatorname{arccot}\frac{L}{H_0}$$

式中:L 为滞后距,m; H_0 为平均采深,m。对数据计算分析可知:不同的工作面推进速度,滞后距不同,实测得到最大下沉速度滞后距约为 65～76.5m,计算得最大下沉速度滞后角为 76.3°～78.3°。地表最大下沉速度滞后角可确定在回采过程中对应地表移动的剧烈区,对采动地面保护具有重要意义。

5　结论

（1）通过在首采工作面建立地表移动观测站,对第四系厚湿陷性黄土层下综采放顶煤开采动态地表移动特征进行了现场实测,分析研究了该地质采矿条件下的动态地表移动规律。研究表明:该区域具有地表移动剧烈、地表下沉速度大,地表破坏严重等特点。

（2）根据观测站资料,对第四系厚湿陷黄土层下综放开采引起的地表裂缝特征进行了研究。提出了超前裂缝角及超前裂缝距的概念;分析了地表出现超前裂缝、反向台阶裂缝的原因;并给出了裂缝角的大小,即走向裂缝角为 80.5°,下山裂缝角约为 76.6°,上山裂缝角约为 80°,超前裂缝角约为 82°。

（3）分析研究了地表动态移动规律的特殊性,得出了该条件下地表移动的起动距约为平均采深(1/5～1/6),与一般地质采矿条件下相比偏小;确定出超前影响距平均约为 183m,超前影响角约为 59.7°。

（4）根据实测资料,分析了地表点在工作面推进过程中的下沉速度以及该地质采矿条件下的地表最大下沉速度,得出工作面下沉速度系数 K 为 2.4;最大下沉速度滞后距在 65～76.5m 之间,最大下沉速度滞后角为 76.3°～78.3°。

参考文献

[1] 郭文兵,柴华彬. 煤矿开采损害与保护[M]. 北京:煤炭工业出版社,2008.
[2] 李白英. 开采损害与环境保护[M]. 北京:煤炭工业出版社,2004.
[3] 国家煤炭工业局. 建筑物、水体、铁路及主要井巷煤柱留设与压煤开采规程[M]. 北京:煤炭工业出版社,2000.
[4] 谭志祥,王宗胜,李运江,等. 高强度综放开采地表沉陷规律实测研究[J]. 采矿与安全工程学报,2008,25(1):59～62.
[5] 陈希哲. 上力学地基基础(第四版)[M]. 北京:清华大学出版社,2003.
[6] 余学义,李邦帮,李瑞斌,等. 西部巨厚湿陷性黄土层开采损害程度分析[J]. 中国矿业大学报,2008,37(1):43～45.
[7] 黄平路,陈从新,肖国峰,等. 复杂地质条件下矿山地下开采地表变形规律的研究[J]. 岩土力学,2009,30(10):3020～3024.
[8] 康建荣. 山区采动裂缝对地表移动变形的影响分析[J]. 岩石力学与工程学报,2008,27(1):59～64.
[9] 腾永海,王金庄. 综采放顶煤地表沉陷规律及机理[J]. 煤炭学报,2008,33(3):264～267.
[10] 王利,张修峰. 巨厚覆岩下开采地表沉陷特征及其与采矿灾害的相关性[J]. 煤炭学报,2009,34(8):1048～1051.
[11] 郑志刚,滕永海,王金庄,等. 综采放顶煤条件下动态地表沉陷规律研究[J]. 矿山测量,2009,(2):61～62.
[12] Syd S. Peng. Coal Mine Ground Control (Third Edition) [M]. Printed in the United States of America,2008.

Study on the Dynamic Surface Subsidence Characteristics of Fully Mechanized Caving Mining under Thick Alluvium

Guo Wen-bing　　Huang Cheng-fei　　Chen Jun-jie

(*School of Energy Science and Engineering*, *Henan Polytechnic University*, *Jiaozuo* 454000 ,*China*)

Abstract　By setting up the surface movement surveying station, surface subsidence of fully mechanized cavingmining under thick loess alluvium was observed. Based on the data of the surveying station, the dynamic surface movement characteristics and parameters were analysed. The characteristics of the surface cracks due to fully mechanized caving mining were studied. The concept of the front crack angle and the front crack distance were bring forward and surface crack angles were figured out. The dynamic surface movement parameters such as starting distance, fore-effect angle, the maximum surface subsidence velocity and the lagging angle of the maximum subsidence velocity were also figured out in this paper. The results indicate that the surface movement is intensive, the surface subsidence velocity is rapid and the ground surface is badly destroyed in this coal mining area. It is important for mining under "3-body" and structures protection in coal mining areas.

Keywords Thick alluvium, Fully mechanized caving mining method, Dynamic surface movement characteristics, Surface cracks, Surface subsidence

煤与瓦斯突出预警的改进的灰色关联模型*

杨玉中　卢小平

(河南理工大学,焦作 454000)

摘要　为了提高灰色关联方法的客观性,提出了改进的灰色关联模型。以熵理论确定出了序列的均衡度,以客观权重——熵权和灰色关联系数合成为加权灰色关联度,由均衡度和加权灰色关联度合成均衡接近度,并以此作为评价准则,使预警结果更符合客观实际。通过将该方法对平顶山东矿区 4 个回采工作面的突出危险性进行预警分析,得出了各工作面突出危险性的差异程度,并提出了相应的防范对策。结果表明,该方法较一般的灰色关联评价更合理、更符合实际。

关键词　煤与瓦斯突出,预警,灰色关联,均衡接近度

1　引言

煤与瓦斯突出是一种极其复杂的煤与瓦斯一起突然喷出的动力现象,危害性极大,是导致瓦斯重特大事故的主要原因。在 2001~2009 年每年的煤矿重特大事故中,瓦斯事故均占据了首位。因此,如何对煤与瓦斯突出的危险性进行预警,并采取有效的预防措施是消除突出危害,提高煤矿生产安全性的重要措施之一。

到目前为止,煤与瓦斯突出危险性评价及预警分析的方法已有很多,如模糊综合评价法[1]、灰色关联评价法[2]、事故树分析法[3]、基于神经网络[4]和遗传算法[5]的评价法等[6]。在众多的方法中,有些方法的计算过于复杂[3~5],有些又很难避免主观性[1,3]。本文提出的改进的灰色关联模型则可以避免上述缺点,而且计算简单,便于推广应用。

2　改进的灰色关联模型

2.1　熵与熵增定理

设有限离散序列 $X = \{x_i \mid i = 1, 2, \cdots, n\}$,$\forall i, x_i \geqslant 0$,且 $\sum\limits_{i=1}^{n} x_i = 1$,称

---

　*"973"计划资助项目(项目编号:2009CB226107);河南省重点科技攻关计划资助项目(项目编号:092102310317);河南理工大学博士基金资助项目(项目编号:B2008-60)

$$H(X) = -\sum_{i=1}^{n} x_i \ln x_i, \text{其中} : 0\ln 0 \equiv 0 \tag{1}$$

为序列 X 的熵。

熵增定理 设 X 为有限离散序列 $X = (x_i | i = 1, 2, \cdots, n)$，$\forall i, x_i \geqslant 0$，且 $\sum_{i=1}^{n} x_i = 1$，$H(X)$ 为序列 X 的熵，则任何使 $x_1, x_2, \cdots, x_n$ 趋于均等的变动，即使序列 X 趋于常数列的变动都会使熵增加。

2.2 均衡度

由熵增定理可知，熵是离散序列 X 的分量值均衡程度的测度，熵越大序列就越均衡。对于元素个数为 n 的离散序列 X 而言，序列的极大熵是当序列中的各元素均相等时，只与元素个数有关的常数 $\ln n$。因此，序列的均衡度 B 就可以定义为

$$B = H(X)/H_m \tag{2}$$

式中：H_m 为序列极大熵。

显然，B 越大序列就越均衡，特别地，当 $B = 1$ 时，$H(X) = H_m$，序列为一个常数列。

2.3 加权灰色关联度

灰色关联度是参考序列和比较序列接近程度的测度。关联度由关联系数计算得出，关联系数的计算式为

$$L_i(k) = \frac{\min\limits_{i}\min\limits_{k} |v_k^* - v_k^i| + \rho \max\limits_{i}\max\limits_{k} |v_k^* - v_k^i|}{|v_k^* - v_k^i| + \rho \max\limits_{i}\max\limits_{k} |v_k^* - v_k^i|} \tag{3}$$

式中：ρ 为分辨系数，在 $[0,1]$ 中取值，通常取 0.5；v_k^* 为参考序列的第 k 个值；v_k^i 为第 i 个比较序列的第 k 个值；$\min\limits_{i}\min\limits_{k} |v_k^* - v_k^i|$ 为两级最小差；$\max\limits_{i}\max\limits_{k} |v_k^* - v_k^i|$ 为两级最大差。

因为关联系数列中数据很多，信息过于分散，比较不便，所以有必要将各个时刻关联系数集中为一个值。将关联系数集中处理的常用方法是求平均值，但此种处理方法没有考虑各因素的重要性差别，所以结果可能出现较大的偏差。本文提出将关联系数加权，得到加权灰色关联度，其计算式可表示为

$$r_{\alpha i} = \sum_{k=1}^{n} a_k L_i(k) \tag{4}$$

式中：$r_{\alpha i}$ 为参考序列与第 i 个比较序列的关联度；a_k 为第 k 个因素的熵权，其计算方法见文献[7]。

2.4 灰色关联评价模型

设 $E = \{e_i | i = 1, \cdots, m\}$ 为预警对象的集合，$S = \{s_j | j = 1, \cdots, n\}$ 为预警指标的集合，不同预警对象的不同指标值矩阵 $V = \{v_{ij} | i = 1, \cdots, m; j = 1, \cdots, n\}$，$e^*$ 为由预警对象集 E 构成的理想对象 $e^* = \{v_j^* | v_j^* = \max\limits_{i} v_{ij}$ 或 $\min\limits_{i} v_{ij}$ 或实际理想值$\}$。预警的具体步骤如下：

（1）确定理想对象 e^*

$$e^* = \{v_j^* \mid v_j^* = \max_i v_{ij} \text{ 或} \min_i v_{ij} \text{ 或实际理想值}\}$$

（2）各预警对象与理想对象指标值的预处理

数据预处理的方法很多，这里仅给出常用的线性变换的计算式，即

$$\boldsymbol{V}' = \{v_{ij}' \mid v_{ij}' = v_{ij}/v_j^*\} \tag{5}$$

（3）计算预警对象与理想对象的差值

$$\boldsymbol{C}_i = \{c_{ij} \mid c_{ij} = \mid v_j^* - v_{ij}' \mid\}$$

即某一预警对象的差值是一个序列。

（4）计算加权灰色关联度

首先计算各特征的熵权，然后以理想对象 e^* 为参考序列，各预警对象为比较序列，由式（3）和（4）计算理想对象与各预警对象的加权灰色关联度。

（5）对各预警对象的差值序列归一化

归一化后的序列为

$$\boldsymbol{C}'_i = \{c'_{ij} \mid c'_{ij} = c_{ij}/\sum_{k=1}^{n} c_{ik}, j = 1, 2, \cdots, n\} \tag{6}$$

（6）计算序列 $\boldsymbol{C}_i'$ 的熵及均衡度

由式（1），有

$$H(\boldsymbol{C}'_i) = -\sum_{j=1}^{n} c'_{ij} \ln c'_{ij}, H_m - \ln n, B_t - H(\boldsymbol{C}'_i)/H_m$$

虽然加权灰色关联度考虑了各因素的重要性差异，但不能完全避免由少数几个关联系数较大的点决定关联度的倾向。如图1所示，若只考虑加权灰色关联度，则曲线 A 更接近于曲线 S，但得出这样的结论显然是不合理的。而均衡度可以测度各预警对象与理想对象接近的均衡程度，因此考虑均衡度就可以避免这种倾向。

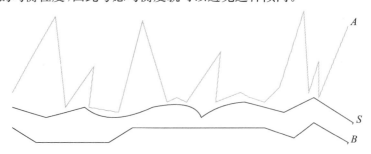

图1　离散序列接近程度示意图

Fig. 1　Sketch map of adjacent degree between discrete sequences

（7）计算均衡接近度并进行预警

灰色关联度是序列接近度的测度，均衡度是序列均衡程度的测度，所以就可以由关联度和均衡度的乘积构造出评价的均衡接近度准则，有

$$w = \boldsymbol{B} \times \boldsymbol{r} \tag{7}$$

w 值越大的预警对象越均衡接近理想对象，该预警对象就越好。这样就可以根据 w 值的大小来衡量不同预警对象的优劣程度。

3 煤与瓦斯突出危险性预警分析

平顶山东矿区是煤与瓦斯突出的高发区,严重影响了矿井的安全高效生产。该区域中的八矿、十矿和十二矿等矿井均为高突出矿井,矿井瓦斯地质条件具有代表性,主要开采戊组和己组煤层。影响煤与瓦斯突出的因素很多,此处选取了开采深度等 9 个指标,如表 1 所示。通过对平顶山东矿区八矿、十矿和十二矿的灾害调查,选取了地质条件和煤层赋存条件相似的开采戊组煤层的 4 个工作面进行危险性预警分析,这 4 个工作面采集的原始数据如表 1 所列。对其中的定性指标如软分层厚度变化、倾角变化、地质构造、打钻时的动力现象,邀请 10 名专家进行打分,每项指标实行 10 分制,剔除异常值后,将专家评分的平均值作为该指标的评定值。

表 1 原始数据
Tab. 1 Original data

工作面编号	X_1(m)	X_2(m)	X_3	X_4	X_5	X_6	X_7	X_8	X_9(MPa)
e_1	490	3.3	8.5	6.1	8.6	0.18	3.9	7.3	2.84
e_2	557	3.4	6.8	7.5	9.2	0.25	3.5	8.6	1.45
e_3	446	5.0	5.4	9.3	8.9	0.21	1.5	9.1	3.95
e_4	840	5.2	8.7	8.9	7.4	0.28	3.5	9.4	3.23

注:X_1 为开采深度,m;X_2 为煤层厚度,m;X_3 为软分层厚度变化;X_4 为煤层倾角变化;X_5 为地质构造;X_6 为煤的普氏系数 f;X_7 为最大瓦斯涌出初速度 v,L/min;X_8 打钻时动力现象;X_9 为最大瓦斯压力,MPa。

(1)确定理想对象

在预警指标体系中,X_1、X_2、X_7、X_9 为成本型指标,越小越好;其余的指标为效益型指标,越大越好。所以理想对象为 $e^* = \{446, 3.3, 8.7, 9.3, 9.2, 0.28, 1.5, 9.4, 1.45\}$。

(2)计算各指标的熵权

确定出各指标的熵权系数为 $A_1 = \{0.152, 0.102, 0.081, 0.060, 0.015, 0.064, 0.247, 0.021, 0.258\}$。

(3)各预警对象与理想对象指标值的预处理

根据式(5)对原始数据进行预处理,处理后的结果为

$$\boldsymbol{V'} = \begin{bmatrix} 1 & 1 & 1 & 1 & 1 & 1 & 1 & 1 & 1 \\ 1.099 & 1 & 0.977 & 0.656 & 0.935 & 0.643 & 2.600 & 0.777 & 1.959 \\ 1.249 & 1.030 & 0.782 & 0.806 & 1 & 0.893 & 2.333 & 0.915 & 1 \\ 1 & 1.515 & 0.621 & 1 & 0.967 & 0.750 & 1 & 0.968 & 2.724 \\ 1.883 & 1.576 & 1 & 0.957 & 0.804 & 1 & 2.333 & 1 & 2.228 \end{bmatrix}$$

(4)计算预警对象与理想对象的差值

计算各预警对象与理想对象的差值,组成差值矩阵为

$$
C = \begin{bmatrix}
0.099 & 0 & 0.023 & 0.344 & 0.065 & 0.357 & 1.6 & 0.223 & 0.959 \\
0.249 & 0.030 & 0.218 & 0.194 & 0 & 0.107 & 1.333 & 0.085 & 0 \\
0 & 0.515 & 0.379 & 0 & 0.033 & 0.250 & 0 & 0.032 & 1.724 \\
0.883 & 0.576 & 0 & 0.043 & 0.196 & 0 & 1.333 & 0 & 1.228
\end{bmatrix}
$$

（5）计算加权灰色关联度

以理想对象 e^* 为参考序列，各预警对象为比较序列，由式（3）和式（4）计算理想对象与各预警对象的加权灰色关联度 $R = \{0.6447, 0.7761, 0.7494, 0.5750\}$。

（6）各预警对象的差值序列归一化

由式（6）对差值序列归一化，结果为

$$
C' = \begin{bmatrix}
0.027 & 0 & 0.006 & 0.094 & 0.018 & 0.097 & 0.436 & 0.061 & 0.261 \\
0.112 & 0.014 & 0.099 & 0.087 & 0 & 0.048 & 0.601 & 0.038 & 0 \\
0 & 0.176 & 0.129 & 0 & 0.011 & 0.085 & 0 & 0.011 & 0.588 \\
0.207 & 0.135 & 0 & 0.010 & 0.046 & 0 & 0.313 & 0 & 0.288
\end{bmatrix}
$$

（7）计算序列 C_i 的熵及均衡度

由式（1）和式（2）计算出各预警对象的均衡度分别为：$B_1 = 0.697$，$B_2 = 0.602$，$B_3 = 0.542$，$B_4 = 0.686$

（8）计算均衡接近度并进行评价

由式（7）可计算出各预警对象与理想对象的均衡接近度分别为：$w_1 = 0.449$，$w_2 = 0.467$，$w_3 = 0.406$，$w_4 = 0.394$。根据预警准则可知，$e_2 > e_1 > e_3 > e_4$。

根据预警结果可知，工作面 e_2 发生煤与瓦斯突出的风险性最小，即最安全，其次是工作面 e_1，e_3，工作面 e_4 发生突出的风险性最大。所以防突工作的重点应是 e_4，应采取必要的措施以诱导突出或消除突出，防止突出伤害事故的发生。工作面 e_3 的突出危险性和 e_4 相差很小，所以也不能放松警惕，应加强煤与瓦斯突出的预测工作，以防事故的发生。工作面 e_1 和 e_2 虽然突出危险性小于 e_3 和 e_4，但这两个工作面突出危险性与理想对象的接近度较小，所以在日常生产中也不能掉以轻心。

4　结束语

煤与瓦斯突出危险性评价及预警是防止突出事故发生的重要措施之一。本文提出的改进的灰色关联预警模型是对煤与瓦斯突出危险性预警方法的改进和发展，改进的灰色关联方法利用熵理论确定的数列的均衡度以及加权灰色关联度合成为均衡接近度，并以此作为评价准则，克服了灰色关联方法中灰色关联度由较大的关联系数点决定的倾向，使得结果更加客观、合理。该方法是对灰色关联方法的改进和发展。但该方法和灰色关联方法一样，不能用于预警分析单一对象，只能对多预警对象的优劣进行排序，所以该方法尚需进一步发展和完善。

参考文献

［1］　郭德勇，范金志，马世志，王仪斌．煤与瓦斯突出预测层次分析-模糊综合评判方法［J］．北京科技大学学报，

　2007，29(7)：660～664.
[2] 伍爱友,肖红飞,王从陆,等. 煤与瓦斯突出控制因素加权灰色关联模型的建立与应用[J].煤炭学报,2005,30
　　(1);58～62.
[3] 康钦容,唐建新,张卫中,等. 事故树分析法在白皎煤矿煤与瓦斯突出安全评价中的应用[J].矿业安全与环保,
　　2006,33(3);83～85.
[4] 由伟,刘亚秀,李永,等. 用人工神经网络预测煤与瓦斯突出[J].煤炭学报, 2007, 32(3)：285～287.
[5] 施式亮,伍爱友. 基于神经网络与遗传算法耦合的煤与瓦斯突出区域预测研究[J].中国工程科学,2009,11
　　(9);91～96.
[6] 孙继平,李迎春,付兴建. 煤与瓦斯突出预报数据关联性的聚类分析[J].湖南科技大学学报(自然科学版),
　　2006, 21(4);1～4.
[7] 杨玉中,张强. 煤矿运输安全性的可拓综合评价[J].北京理工大学学报,2007,27(2);184～188.

Improved Grey Correlative Model for Early Warning on Coal and Gas Outburst

YANG Yu-zhong　　LU Xiao-ping

(*Henan Polytechnic University*, *Jiaozuo* 454000, *China*)

Abstract　The improved grey correlative model was put forward in order to improve the objectivity of grey correlative method. Balanced degree was ascertained by entropy theory. Weighted grey correlative degree was synthesized by grey correlative coefficient and entropy weights. Balanced adjacent degree, which was derived from weighted grey correlative degree and balanced degree, was taken as the evaluation criteria in the improved model. Therefore, early warning result is more reasonable. The model has been applied in the early warning analysis of coal and gas outburst for fourmining faces from east area of Ping Dingshan mining area. The risk differences among four faces were attained. At the same time, corresponding countermeasures to prevent outburst are put forward. The results indicate that the improved method be more reasonable and objective than general grey correlative method.

Keywords　Coal and gas outburst, Risk assessment, Grey correlative, Balanced adjacent degree

三维激光扫描在沉陷区三维重建中的应用研究[*]

卢小平¹　于海洋¹　郭文兵²　李天子³　陈俊杰⁴

(1. 河南理工大学矿山空间信息技术国家测绘局重点实验室，焦作 454003；2. 河南理工大学能源科学与工程学院，焦作 454003；3. 河南理工大学测绘与国土信息工程学院，焦作 454003；4. 河南理工大学万方科技学院，焦作 454003)

摘要　煤矿沉陷区三维重建对于开采沉陷监测、模拟与预计研究具有重要意义。三维激光扫描技术提供了一种全新三维地形获取手段，能够自动、连续、快速采集数据。本文利用三维激光扫描系统获取的煤矿开采沉陷区点云数据，通过低点与孤立点粗差去除、基于 TIN 模型的滤波分类以及克里金插值分析实现了开采沉陷区三维重建。通过对赵家寨某煤矿沉陷区的实地观测，证实了该方法的有效性，其精度能够满足沉陷监测、模拟与预测研究的需要。

关键词　开采沉陷监测，三维激光扫描，DEM，点云滤波

1　引言

在煤炭资源大规模持续开发过程中，由于地下煤层开采导致上覆岩层出现位移和变形，引发一系列地质灾害问题，较突出有采空区塌陷、地裂缝、地面沉陷等，并进而引发建筑物出现裂缝与倒塌、道路路基的沉陷、矿井淹没等重大地质灾害事故。要保护矿区井巷、建筑物、水体及铁路等，减少开采沉陷造成的损失，必须研究地下开采引起的岩层与地表移动规律[1]。

三维激光扫描是一种集成了多种高新技术的新型测绘仪器，采用非接触式高速激光测量方式，以点云的形式获取地形及复杂物体三维表面的阵列式几何图形数据。三维激光扫描测量技术已成为空间数据获取的一种重要技术手段。同传统的测量手段相比，三维激光扫描测量技术不需要合作目标，可以自动、连续、快速的采集数据；具有不接触性、穿透性；实时、动态、主动性；高密度、高精度；数字化、自动化等特点。使用三维激光扫描对开采沉陷引起的地表移动进行观测，可以较快的获得整个区域的空间位置及垂直相对位置的变化，从而确定整个地表移动区域的下沉情况。这样得到的结果更为全面、直观、为预计参数的求定和地表移动情况的分析提供了大量高精度的数据。三维激光扫描用

---

* "973"计划资助项目(项目编号：2009CB 226107)

于研究开采沉陷较其他变形监测技术手段(如全站仪、精密水准仪、GPS 和近景摄影等),在数据采集的效率、模型的数据精度、监测工作的难易程度、数据处理的速度和数据分析的准确性等方面都具有较为明显的优势[2,3]。

三维激光扫描仪获取的点云数据经过数据预处理、建立模型,最终可得到高精度的数字高程模型(digital elevation model,DEM)。将首次和末次观测得到的 DEM 模型相减,即得到整个区域对应任意坐标的下沉值,然后将区域划分成一定大小的格网,输出格网结点的大地坐标和下沉值,即可获得整个区域的下沉数据。其中 DEM 模型的建立是数据处理的重点和难点。论文在论述三维激光扫描系统工作原理的基础上,针对河南省新郑市赵家寨煤矿某开采沉陷区三维激光扫描监测的实例,建立了沉陷区三维重建的技术流程。

2 三维激光扫描系统工作原理

试验中采用的三维激光扫描系统为莱卡公司的 ScanStation 2。该系统由三维激光器、数码相机、扫描仪旋转平台、软件控制平台,数据处理平台及电源和其他附件设备共同构成,是一种集成了多种高新技术的新型空间信息数据获取仪器。仪器内部有激光器和旋转轴互相正交的两个反光镜。窄束激光脉冲在反光镜作用下,沿纵、横向依次扫过被测区域,测量每个激光脉冲从发出经被测物表面再返回仪器所经过的时间差(或者相位差)来计算距离 S,如图 1 所示。同时测量每个激光脉冲与仪器固有坐标系 X 轴的夹角 α,以及与 XOY 面的夹角 φ(如图 1 所示),可以由下列公式(1)计算被测物体表面点的三维坐标[4]。

$$\begin{cases} X = S\cos\varphi\cos\alpha \\ Y = S\cos\varphi\cos\alpha \\ Z = S\cos\varphi\cos\alpha \end{cases} \quad (1)$$

徕卡 HDS ScanStation 2 三维激光扫描仪性能如表 1 所示。利用三维激光扫描技术,可以深入到任何复杂的现场环境及空间中进行扫描操作,并可以直接实现各种大型的、复杂的、不规则、标准或非标准的实体或实景三维数据完整的采集,进而快速重构出实体目标的三维模型及线、面、体、空间等各种制图数据。同时,还可对采集的三维激光点云数据进行各种后处理分析,如测绘、计量、分

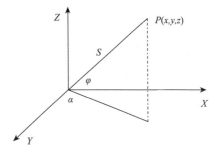

图 1 三维激光扫描仪内部坐标系统
Fig.1 Interior coordinate system of 3D laser scanner

析、模拟、展示、监测、虚拟现实等操作。采集的三维点云数据及三维建模结果可以进行标准格式转换,输出为其他工程软件能识别处理的文件格式。

表 1　徕卡 HDS ScanStation 2 三维激光扫描仪性能

Tab. 1　Characteristics of Leica HDS ScanStation 2

扫描仪类型	脉冲式	扫描精度	6mm/50m 距离
扫描距离	300m	视场角	360°×270°
扫描速度	50 000 点/s	水平系统	双轴倾斜补偿器

3　监测区概况与数据获取

　　试验监测区位于河南省新郑市赵家寨煤矿某开采沉陷区,北距郑州市 40km,地貌主要为平原区,如图 2。监测区地表主要为农田,地形起伏较小,道路近水平延伸,煤矿开采沉陷后形成沉陷盆地。地表植被覆盖冬春季为小麦、夏秋季为玉米。为减少植被影响,监测时间应选取秋收后至小麦春季返青前以及小麦收割后季节。本次数据获取时间为 2010 年 3 月 10 日。监测区农田冬小麦已有一定高度,对于获取的三维地表模型精度有一定影响,需分离去除。监测区内道路两侧的行道树也需要滤波去除。

图 2　监测沉陷区全景与仪器布设

Fig. 2　Panorama of monitor subsidence area and instrument build

　　三维激光扫描沉陷监测中需要解决的难点包括以下几个方面:测站布设和控制标靶的架设;各站次扫描坐标系统的统一;点云数据的滤波与分类;沉陷变形信息的提取;沉陷监测误差的估算;沉陷数据显示等。具体实施时将三维激光扫描仪架设在变形区域附近,安装两个以上控制标靶。控制标靶是拼接各站扫描点云的基准点,也是大地坐标与仪器内部坐标的转换媒介,其位置必须准确测定。主要可采用以下两种方案进行沉陷变形监测。

　　一种方案是在沉陷监测区域安装多个标准标靶,根据点云颜色和形状,用 Cyclone 软件能够从扫描点云中自动识别标靶,并输出球心坐标,通过比较各时段扫描数据中相同标靶的坐标变化来提取变形信息。该方法要求变形前与变形后两次扫描时标靶的位置与高度应保持不变,并布设较多标靶,实际操作中较难控制。

　　另一种方案是根据点云数据建立沉陷区的数字高程模型,统一多次获取 DEM 的坐标系统,用基于模型求差的方法分析沉陷变形。DEM 是一定范围内格网点的平面坐标 (X, Y) 及其高程(Z) 的数据集,它主要是描述区域地貌形态的空间分布。通过比较相同平面坐标点的高程变化可以分析沉陷变形大小。用基于 Matlab 的自主开发软件制作表格、文本、断面图、曲线图、三维变形曲面图来表示开采沉陷变形。本次监测实施过程中采用第二种方案进行监测。

4 数字高程模型的建立

4.1 孤立点与低点去除

对于获取的三维激光扫描数据,首先通过滤波方法去除其中的误差点,包括低点、空中孤立点等。低点分离主要去除其中的高程明显低于周围点高程的错误点,在处理时将需要判断的点设为目标中心点,比较目标中心点的高程与其周围间距在一定范围内(半径为 R)其他点的高程。如果中心点的高程明显比周围点的高程低,它就将被归类为低点。

孤立点是指在一定范围的三维空间内的分布异常稀疏的一些点,设定某一点为目标点,以目标点为中心点,设定搜索半径 R,形成一定的大小的 3D 搜索空间。如果这个空间内包含的点数小于设定的最少点数阈值 N,这个目标点就归为孤立点,予以去除。

4.2 地面点与非地面点分离

为了得到沉陷区的 DEM 数据以构建三维模型,在数据处理过程中,我们要将那些并非地面点回波信号所产生的数据剔除掉,如建筑物、植被(小麦、行道树等),因为由这些地物的回波信号所计算出来的高程并不是地表面的高程,因此机载激光雷达数据在完成了地面点三维坐标计算之后,还必须要进行滤波计算[5,6]。激光雷达数据的滤波是指从激光脚点数据点云中提取数字地面高程模型需要将其中的地物数据点去掉。

对于自然起伏的地形表面而言,其邻近激光脚点的高程变化通常很小,可以认为高程是连续的。由于人工建造或某些自然现象,也会出现一些高程不连续的情况,但是这些情况也有自身的特点,例如陡坎,通常只会引起某个方向的高程突变;而建筑物、植被等在其周围都会引起高程突变,出现邻近激光脚点的高程变化很剧烈的现象。鉴于上述这些情况,我们就可以基于其不同的特征对数据进行滤波处理。

目前的滤波分类算法主要包括基于局域高程最小值的方法、基于坡度或高程阈值的方法、基于表面模型的滤波算法以及基于聚类分割的算法等。滤波的基本原理是基于临近激光脚点间的高程突变(局部不连续)一般不是由地形的陡然起伏所造成,而很可能是较高点位于某些地物上。因此,在进行滤波计算时,判断某点是否位于地形表面时,需要设置一定的阈值对临近激光脚点的高差或坡度进行判断,如果两点的高程差或坡度差没有超过给定的阈值,则认为该激光脚点为地面上的点,否则将其滤除掉。在对沉陷区的三维激光扫描数据处理的过程中,采用了一种基于 TIN 模型的滤波方法[7],其具体算法实现如下。

第一步,把整个点云数据集细分成一系列方形(nn)的栅格,并选择出每个栅格内最低点作为地面种子点。每个栅格的尺寸 n 设置应大于研究区域非地面目标(如建筑物)的最大尺寸。基于 Delauney TIN 生成算法,用地面种子点建立初始 TIN 表面模型。

第二步,以三角形表面上的每一个目标点到该三角形表面的距离 d 以及目标点到三角形表面顶点连线与表面的最大角夹角 $\max(\alpha, \beta, \gamma)$ 作为判别条件。即目标点到不规则栅格网中相应三角形顶点角度以及该目标点到三角形面的距离与相应的阈值条件进行比较。如果目标点的距离和角度小于预先定义的阈值,该点将被加入到地面点集[图 3(a)]。但是,在这个迭代的过程中,对于复杂区域,特别是具有陡峭的斜坡,由于阈值条件的针对性,会出现一些真实的地形点,比如陡坡转角上的边缘点,始终都不能满足添加到三角网的阈值条件,常常被漏选,对于出现的这种情况,Axelsson 所采用的镜像的方法,在一定程度上解决了陡坡上边缘点的被漏选的可能性[图 3(b)]。

第三步,用地面点集构建一个新的 TIN,重复第二、三步直到没有目标点再加入到地面点集。

在基于 TIN 表面模型提取地面点数据的基础上,利用 Kriging 算法[8]生成数字高程模型。

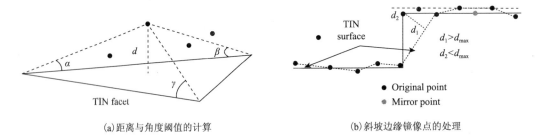

(a)距离与角度阈值的计算　　　　　　　　(b)斜坡边缘镜像点的处理

图 3　基于 TIN 表面模型的滤波算法[7]

Fig. 3　The filtering algorithm based on TIN a, Distance and angle threshold b,
The mirror point on the edge of slope

5　试验分析

图 4(a)为三维激光扫描仪获取的点云数据,获取时点云间隔设置为 0.20m(距离测站 100m 处)。处理过程中,对各站扫描数据进行拼接,输入实地测量的标靶坐标信息,将扫描站独立坐标系转换到大地坐标系中。然后去除孤立点和低点噪声,并利用基于 TIN 模型的滤波方法分离地面点与非地面点,以去除植被信息。在基于 TIN 模型滤波过程中,角度阈值设置为 87°,距离阈值设置为 0.16m。通过目视检查滤波结果,手动更改错分的地面点与非地面点,最后利用 Kriging 算法插值生成 DEM。

沉陷盆地三维模型如图 4(b)所示。图 4(c)、4(d)分别为该沉陷盆地的等值线图和剖面图,剖面位置为图 4(c)中虚线 AB 位置。所构建的三维沉陷模型能够较好的描绘沉陷盆地的整体形态,并能够清楚的展现盆地边缘台阶裂缝的分布情况,为开采沉陷模拟与沉陷预计提供了高精度的三维地形数据。

ScanStation 2 三维激光扫描仪单点位精度±6mm(50m 距离)。基于 DEM 构建的方法实质是求所有单点数据的加权平均值,精度优于±6mm(50m)。而用传统的全站仪

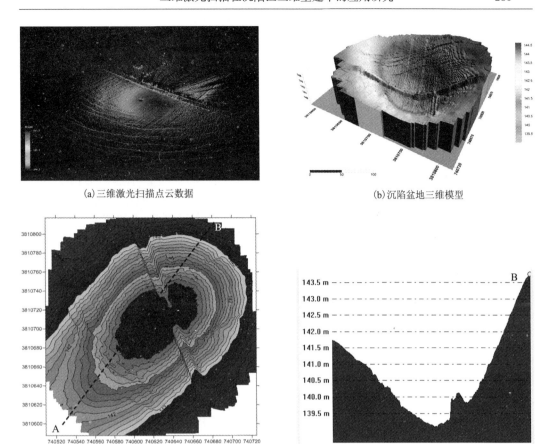

(a)三维激光扫描点云数据   (b)沉陷盆地三维模型

(c)沉陷盆地等值线   (d)沉陷盆地剖面(c图中AB位置)

图 4   赵家寨煤矿某沉陷盆地三维重建

Fig. 4   The 3D reconstruction of mining subsidence in Zhaojiazhai coalmine (a), Point cloud of D laser scanner (b), 3D model of subsidence basin (c), The contour map (d), The profile of Line AB

来观测,其精度在厘米级。本次扫描监测与传统方法比较,监测结果最大不符值为 9mm,能够满足沉陷监测要求。

6   结论

论文建立了一种基于三维激光扫描系统的开采沉陷监测方法。通过低点与孤立点粗差去除、基于 TIN 模型的滤波分类以及克里金插值分析构建了相应的点云数据提取 DEM 的技术流程,实现了开采沉陷区三维重建。基于三维激光扫描的沉陷监测能够确定整个地表下沉区域的移动情况,其结果更为全面、直观,为预计参数的求定和地表移动情况的分析提供了大量高精度的数据。与其他常规变形监测技术手段相比较,在数据采集的效率、模型的数据精度、监测工作的难易程度、数据处理的速度和数据分析的准确性等方面都具有较为明显的优势。

参考文献

[1] 李秋,秦永智,李宏. 激光三维扫描技术在矿区地表沉陷监测中的应用研究[J]. 煤炭工程,2006,(4):97～99.

[2] 张舒,吴侃,王响雷,等. 三维激光扫描技术在沉陷监测中应用问题探讨[J]. 煤炭科学技术,2008,36(11):92～95.

[3] 李清泉,杨必胜,史文中,等. 三维空间数据的实时获取、建模与可视化[M]. 武汉:武汉大学出版社,2003.

[4] 马立广. 地面三维激光扫描测量技术研究[D]. 武汉:武汉大学,2005.

[5] M. A. Lefsky, et al. Lidar remote sensing for ecosystem studies[J]. BioScience, 2002, 52 (1) : 19～30.

[6] C. Wang, M. Menenti, M. Stoll, A. Feola, E. Belluco, M. Marani. Separation of ground and low vegetation signatures in LiDAR measurements of salt marsh environments[J]. IEEE Transactions on Geoscience and Remote Sensing , 2009,47 (7).

[7] P. Axelsson. DEM generation from laser scanner data using adaptive tin models[C]. International Archives of Photogrammetry and Remote Sensing, XXXIII, Part B3, 2000:85～92.

[8] N. A. C. Cressie. The origins of kriging[J]. Mathematical Geology, 1990, (22):239～252.

3D Reconstruction of Mining Subsidence Area Supported by 3D Laser Scanning

LU Xiao-ping[1]　　**YU Hai-yang**[1]　　**GUO Wen-bing**[2]　　**LI Tian-zi**[3]　　**CHEN Zhun-jie**[4]

(1. *Key Laboratory of Mine Spatial Information Technologies of SBSM, Henan Polytechnic University, Jiaozuo, 454003, China*; 2. *School of Energy Science and Engineering, Henan Polytechnic University, Jiaozuo, 454003 China*; 3. *School of Surveying and Land Information Engineering, Henan Polytechnic University, Jiaozuo 454003 China*; 4. *School of Wanfang Science and Engineering, Henan Polytechnic University, Jiaozuo 454003, China*)

Abstract　The three dimensional reconstruction of coal mining subsidence area is essential for monitoring, simulating and forecasting of mining subsidence. The three dimensional laser scan has provided one new 3D terrain-data acquisition method, which can gather data automatically, continually and fast. In this paper the point cloud data of mining subsidence area was acquired by three dimensional laser scanners. In the data process the gross errors, include the low points and the isolated points, were eliminated firstly. Then 3D reconstruction of mining subsidence was realized based on the TIN model's filter classification as well as the Kriging interpolation analysis. Through the test in Zhaojiazhai coal mining subsidence area, the validity of the method put forward was confirmed. The data precision can satisfy the need of settlement monitor, the simulation and the forecast research.

Keywords　Mining subsidence monitoring, 3D terrestrial laser scanning, DEM, Filtering of point cloud

基于多源遥感信息矿区堆状物提取方法研究[*]

王双亭[1,2]　　都伟冰[1,2]　　卢小平[1]　　艾泽天[1,2]

(1. 河南理工大学矿山空间信息技术国家测绘局重点实验室,焦作 454003；

2. 河南理工大学测绘与国土信息工程学院,焦作 454003)

摘要　利用多源遥感信息提取矿区堆状物,可以大范围监测和评估矿区生产情况、环境保护、土地利用现状等。针对煤矿区地表大都被黑色尘埃覆盖,光谱特征不明显的缺陷,本文先由机载激光雷达(Light detection and ranging,LiDAR)数据中提取出数字表面模型 DSM,从而建立坡度图像,再对高分辨率影像进行正射纠正,采用面向对象的信息提取方法,将融合后的遥感信息分割为若干个同质区域,通过分析每个区域内高程信息、坡度信息、离散度信息、光谱信息、拓扑信息,从而建立堆状物提取模型。实验表明,该方法能够高效、精确地提取出煤矿区的堆状物。

关键词　多源遥感信息,数字表面模型,堆状物模型

1　引言

矿山开采是我国生产活动和经济增长的重要手段。同时,矿区环境监测也是促进经济发展和环境保护的重要内容。由于煤矿区的地表特征不规则,加之高分辨率影像的几何形变、噪声信息也较为明显,同物异谱和异物同谱现象的普遍存在,这些特点使得利用单一光谱信息进行特征提取技术的效率和精度受到限制。R. Bernstein 等把一种基于统计信息和结构信息相结合的方法应用于遥感图像处理系统,从而提取出目标的形状信息。这种方法还能够从 1 米分辨率的多谱段遥感影像中提取出塔和电力线。

G. Priestnall 等用基于 LiDAR 数据的 DSM 为洪水泛滥区建立模型,从 DSM 中提取出 DEM 和粗糙的表面层。进一步地基于粗糙表面层特征的地形信息和光谱信息,用人工神经网络的分类提取的方法,提取出建筑物和树木。Yinghai Ke 等把 QuickBird 多光谱影像和 LiDAR 数据协同分析,利用面向对象的方法对森林植被进行分类提取,证明了综合利用多源数据进行分类提取比单一的利用一种数据进行分类提取的效果要好。荆

───────────────

[*]"973"计划资助项目(编号 2009CB226107)；河南省 2009 年基础与前沿技术研究计划项目(编号 092300410056)

青青等利用主成分分析法和马氏距离监督分类法,对 ASTER 多光谱遥感影像中的煤矸石分布信息进行提取,快速准确地提取出煤矸石的分布范围。葛春青等利用面向对象的方法对高分辨率影响进行分割,通过建立决策树知识库对地物分类提取,为地物光谱混杂地区地物提取做了有益的尝试。孟波等对 TM 影像进行 K-T 变换,运用非均匀有理样条,模拟实现了绿度、亮度和湿度组成的三维视图,提取了煤区内植被的绿度信息,对某煤矿区的植被污染进行了应用研究,结果表明此方法可以及时、快速地提取煤矿区植被污染区域。煤矿区地物复杂,堆状物作为煤矿区重要地物特征,对监管矿区生产情况,保护矿区生态环境提供重要的信息。本文利用多源遥感信息协同分析和面向对象信息提取的优点,对煤矿区堆状物提取的方法进行探索研究。

2　基于多源遥感信息的矿区堆状物提取原理

2.1　多分辨率、多尺度、多源影像分割

实验利用多分辨率分割算法(如图1),这种算法用一种成对的区域融合算法"自下而上"连续地把已有的影像区域或像素合并。该算法能够最小化对象的异质性,同时最大化对象的同质性。影像分割的目的正是把影像空间分成一些有意义的各具特性的同质区域,使得目标物具有较高的高程、坡度和光谱信息一致性,以便目标分类和提取。图1显示了这种分割算法总体的框架。用小波变换的方法构建金字塔结构的多分辨率影像,在金字塔结构的不同层次,影像有着不同的分辨率。通过这种成对区域融合算法将影像分割到金字塔结构的最底层 (I_L)。金字塔结构的 (I_L) 层区域通过相似系数小波变换进行融合归并,融合归并后的影像再用逆小波变换在 (I_{L-1}) 层进行运作,直到 L 等于 0。这里,(I_0) 是具有全(原始)分辨率的图像。

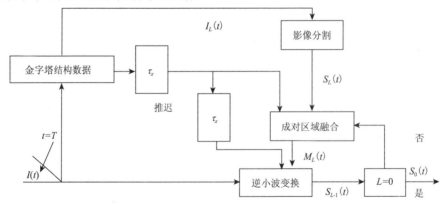

图 1　多分辨率分割流程图

Fig. 1　Multi-resolution segmentation flowchart

研究采用的试验区范围堆状物特征明显,采用"自上而下"的方法多尺度分割,即先进行大尺度区域划分,分割出地物区域单元,然后对感兴趣的目标单元进行细分割。图像分割降低了用于分类的单元数。分割尺度越大,需要处理的单元数就越少。通过图像

分割,可以把融合图像转化为更抽象、更紧凑的形式,使得更高层次的分析与理解成为可能。

为提高分割精度,实验将 DSM 图像、坡度图像与高分辨率影像融合分割。融合后的影像包含了 LiDAR 数据的高程信息、坡度信息可以将该矿区的堆状物与地面其他地物清晰区别出,简化影像分割的难度,提高影像分割的正确性。

I_t 是 t 时刻的影像序列,$I_L(t)$ 是第 L 层小波分解的分波段影像,$S_L(t)$ 是已分割影像,$M_L(t)$ 是成对区域融合影像,$S_0(t)$ 是分割后的全(原始)分辨率影像。

2.2 基于 DSM 的高分辨率影像正射纠正

一般的正射纠正是采用 DEM 模型进行纠正,但如果在地表特征大部分都高于地面的地区就会造成高出地面的房屋和树木等地表特征目标的坐标投影差。而采用 DSM 模型纠正,高出地面的房屋和树木等目标的平面位置和比例都能正确地纠正过来,最后得到真正射影像,从而使高分辨率影像继承了 LiDAR 数据的正射特性,使得堆状物提取的结果具有较高的精度。

利用间接法进行正射纠正,根据数字表面模型像点 P 的地面坐标 $p(x,y,z)$,反求其在高分辨率影像上的像点 $P(x,y)$,并将 p 的灰度值赋给 P。计算出的像点坐标 $p(I, J)$ 一般不是整数值,需通过重采样内插出相应的灰度值,常用的方法有最临近点法、双线性内插法、双三次卷积法等。进行真正射纠正主要包括以下几个主要步骤:①利用 DSM 进行正射纠正,改正由地形起伏和建筑物高差等造成的投影差;②检测并标识较高人工地物遮挡的区域;③进行正射纠正,遮挡区域保持空白;④利用相邻真正射影像对被遮挡区进行填充。

基于原始 LiDAR 数据获取的 DSM 生成的整个试验区的影像正射影像。正射纠正后的影像具有真实的几何信息和详尽的地物信息,地物位置偏离得到了校正,为进一步的堆状物提取的精度奠定基础。

2.3 堆状物提取模型

本文利用面向对象方法进行信息提取已不局限于利用像元的灰度信息,而注重利用经图像分割后得到的目标地物基元的特征信息,影像上主要包括绿地、房屋、道路、山体、堆状物和裸地等地表特征。将 DSM、坡度图像与高分辨率影像融合后,按照多分辨率多尺度分割出的每个区域块作为待分类对象,综合考察每个对象包含的多源遥感融合信息,如果这个对象满足划分为某一类的准则,则将这个区域内所有像素划分为此类中。将分割后的区域看作对象,需要将区域内 5 种信息量化,定义 5 个统计量 F_1、F_2、F_3、F_4、F_5、F_6,建立起堆状物提取的模型(图 2)。

道路的坡度较小;建筑物、树木的边缘坡度较大,但边缘坡度分布不均匀;山体的坡度较大,但是坡面不均匀。由于煤堆四周的坡度较大、坡面均匀的特征,因此可以把这一特征作为堆状物提取的重要特征。

(1)光谱信息:区域对象内的光谱值的均值为

$$F_1 = \sum_{i=1}^{n} (R_i + G_i + B_i)/3 \tag{1}$$

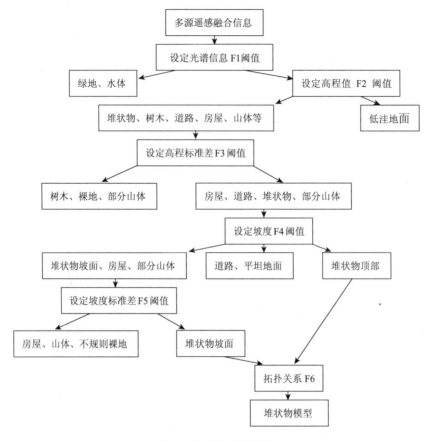

图 2　堆状物提取模型

Fig. 2　The extraction model of pile-like object

由于堆状物光谱特征不明显,用 F_1 变量区分出试验区光谱特征较明显的地物,如大面积绿地、水体等。

（2）高程信息:区域内地面点高程值的均值为

$$F_2 = \sum_{i=1}^{n} (Z_i/n) \tag{2}$$

式中,Z 为像素点的高程值,n 为区域内的像素点个数。高程信息是堆状物提取的重要参考信息。一般地,堆状物都高于平均地面,山体一般都远远高于地面,设置一定的高程阈值,区分出地面和部分山体。

区域内高程值的标准差

$$F_3 = \sqrt{(\sum_{i=1}^{n} (Z_i - \overline{Z})^2)/(n-1)} \tag{3}$$

（3）坡度信息:p 点的梯度定义为

坡度

$$\mathrm{grad}f(x,y) = f_x \vec{i} + f_y \vec{j} \tag{4}$$

$$\beta = \arctan \sqrt{f_x^2 + f_y^2} \tag{5}$$

区域内坡度值均值

$$F_4 = \sum_{i=1}^{n} (\beta_i / n) \tag{6}$$

区域内坡度值标准差

$$F_5 = \sqrt{(\sum_{i=1}^{n} (\beta_i - \bar{\beta})^2)/(n-1)} \tag{7}$$

（4）拓扑关系：拓扑信息变量 F_6，包含在堆状物坡面内部的区域，与堆状物相邻度系数最高，虽然高程和坡度信息不明显，仍属于堆状物一类。

3　煤矿区堆状物提取实验

3.1　利用机载 LiDAR 点云数据建立 DSM 和坡度图像

机载 LiDAR 数据最主要的用途是获取数字表面模型 DSM（图 3），原始机载 LiDAR 数据是按照时间采集和存储的，它的分布表现为随机离散的点云。这些数据直接处理非常困难，需要进行预处理，即对原始点云数据进行重采样，得到重采样的规则格网的数据。根据给定尺寸划分正方形格网，从每个格网单元中选取高程最低的激光点，作为地面种子点加入到不规则三角网（TIN）中，构成初始 DTM。一般格网尺寸应该大于激光点云数据中最大堆状物大小，但是最大堆状物的尺寸大小很多时候不能正确估计。在这种情况下，为了降低最大建筑物大小对种子点选取的影响，对所选出来的种子点拟合一个参考平面，根据区域的地形坡度阈值将残差大的点从种子点中去除。TIN 中所有的三角形遍历结束后，将获得的地面点重新加入 TIN。重复迭代执行，直至满足设定的最少地面点或者迭代最大次数，迭代结束。从而建立该区域的数字表面模型，为堆状物、房屋、树木等高出地面的地物分离做准备。坡度计算本质上还是对 x、y 方向的梯度的求解。在格网 DSM 上计算 x、y 方向的梯度的，一般是在局部范围内（3×3 移动窗口）。利用数值微分方法或局部曲面拟合方法建立坡度图像（图 4）。

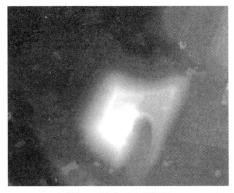 

图 3　数字表面模型　　　　　　　　　　图 4　坡度图像
Fig. 3　DSM　　　　　　　　　　　　　Fig. 4　Slope image

3.2　影像分割

影像分割的基本原则是：所生成的对象要尽量大，必要时又要尽可能小。在底层采用大尺度分割,使分割的对象正好保证地物目标边界的同质性即可。虽然目标地表特征边缘掺杂有其他地表特征,但可最大限度地保证目标地物不被分割为异质区域。然后进行小尺度分割,即在大尺度分割基元的感兴趣区域(如堆状物地表特征的边缘区域)基础上进行分割,总体与局部形状都一致,保存了其间上下文关系。大尺度分割尺度的设定应接近最大堆状物的大小,小尺度分割应接近最大建筑物大小,设定几个合适尺度即可。将 DSM、坡度图像和高分辨率影像 R 波段进行波段融合显示。采用"自上而下"的方法设定多尺度分割参数为 25、10 像素,保存大尺度分割后的感兴趣的区域,用多分辨率分割算法再对感兴趣区域进行分割(图 5 和图 6)。

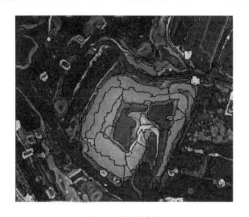

图 5　分割结果

Fig. 5　Segmentation result

图 6　提取结果

Fig. 6　Extraction result

3.3　堆状物提取的规则

eCognition 中有两种分类方法:最邻近分类和隶属度函数分类。最邻近分类器是快速简单,基于给定的特征空间和样本的分类方法。区分类别时,特征空间可以是多维的,因而这种方法被广泛采用。大多数相关的文献中所采用的也是这种分类。本文利用堆状物提取模型,通过对分割后区域的变量分别进行训练,设定合适的变量阈值,建立起堆状物提取模型(表 1)。

表 1　煤堆提取的具体规则

Tab. 1　Specific rules for extraction coal pile

假设地物	变量(规则)	条　件
分离水体、低洼地区	区域内高程值的均值	$F_1 < 176.88$
分离建筑物、树木	区域内高程值标准差	$F_2 \leqslant 0.22$
分离道路、平坦地面	区域内坡度值的均值	$F_3 < 20.3$
分离裸地、其他	区域内坡度值的标准差	$F_4 > 6.28$
分离植被	区域内光谱值$[(R+G+B)/3]$	$0.03 \leqslant F_5 \leqslant 0.22$
融合堆状物顶部	区域的相邻度系数	$F_6 > 0.89$

3.4 精度分析

为了准确地评价特征提取方法的精度(或误差)和有效性,有必要将面向对象提取结果(图6)与实地数据对比。

因为场景边界的复杂性,特别是树木、小型房屋、裸地的光谱特征的混淆以及离散度等限制,使得堆状物提取模型有一定的限制,因此与实地数据做对比,进行精度分析(表2)。实地数据煤矿区大小煤堆两块区域,利用堆状物提取模型提取出煤堆特征两块。将提取的较大的区域为区域一,较小区域定为区域二。以下分别对这两块提取出的区域的面积精度、相似度进行分析。

表2 煤堆提取精度分析
Tab. 2 Extraction accuracy of the coal pile

面积精度及相似度	区域一	区域二	总体精度
面积精度	0.9986	0.9449	0.9985
相似度(Kappa 系数)	0.9518	0.9372	0.9509

从表2可知,分类提取后煤堆的总体面积精度了99%以上,总体KAPPA系数达到了95%以上。其中区域二的面积精度和Kappa系数较小;区域一的面积精度和Kappa系数较高。该方法用于大型煤堆的提取效果较好。总体来说,用该堆状物提取模型对煤矿区地表特征进行提取,大大提高了堆状物提取的效率,并且保持了较高的准确度。

4 结论与展望

本文通过分割多源遥感融合信息,把分割后的同质区域作为待训练对象,建立起堆状物提取模型。每个对象根据其包含的高程、光谱、坡度信息和拓扑关系分析其归属。从精度分析的结果来看,该方法切实可行。该方法能够应用于矿区生产监测和地物三维建模。

参考文献

[1] V. Walter. Object-based classification of remote sensing data for change detection[J]. ISPRS Journal of Photogrammetry & Remote Sensing ,2004,(58):225~238.

[2] Yinghai Ke, Lindi J. Quackenbush , Jungho Im. Synergistic use of QuickBird multispectral imagery and LIDAR data for object-based forest species classification[J]. Remote Sensing of Environment ,2010,(114):1141~1154.

[3] Jong-Bae Kim, Hang-Joon Kim. Multiresolution-based watersheds for efficient image segmentation[J]. Pattern Recognition Letters,2003,(24):473~488.

[4] F. Akhlaghian Tab, G. Naghdya, A. Mertins. Scalable multiresolution color image segmentation[J]. Signal Processing ,2006,(86):1670~1687.

[5] 管海燕,邓非,等.面向对象的航空影像与LiDAR数据融合分类[J].武汉大学学报(信息科学版),2009,(34):

830～833.

[6]　陈生,王宏,等. 面向对象的高分辨率遥感影像桥梁提取研究[J]. 中国图像图形学报, 2009,(14):585～589.

[7]　潘慧波,等. 从 LiDAR 数据中获取 DSM 生成真正射影像[J]. 测绘工程,2009,(18):47～50.

Research on Pile-like Object Extraction Model in Mine Area Based on Multisource Remote Sensing Information

WANG Shuang-ting[1,2]　　**DU Wei-bing**[1,2]　　**LU Xiao-ping**[1]　　**AI Ze-tian**[1,2]

(1. *Key Laboratory of Mine Spatial Information Technologies*（*Henan Polytechnic University*, *Henan Bureau of Surveying and Mapping*）, *State Bureau of Surveying and Mapping*, *Jiaozuo* 454003, *China*; 2. *School of Surverying and Land Information*, *Henan Polytechnic University*, *Jiaozuo* 454003, *China*)

Abstract　Extracting pile-like object using multisource remote sensing technology is effectively available for the fields of supervising production, protecting environment, surveying the situation of land use in mine area in a large scale. Since there is a defect that the surface of coal mine area has been covered with black dust and the spectral character is inconspicuous, we developed a new way to find the coal pile. First, we set up the clinometric map based on the DSM we collect from the data that the airborne laser radar generated in coal mine area. After we ortho-rectified the high resolution images, the object orientated information extraction method is adopted to divide the fused multi-source remote sensing information into some homogeneous areas. Then we can build the pile-like object model by means of analyzing the elevation information, slope information, dispersion information, spectral information, topology information. Furthermore, the experiment has proved it is a high-efficient and precise way to find the pile-like object in coal mine area.

Keywords　Multi-source remote sensing information, Digital surface model, Pile-like object mode

新型能源植物——芒草酶解工艺条件优化*

胡婷春[1,2]　杨青丹[3]　苏小军[2]　熊兴耀[1,2]　王克勤[2]

(1. 湖南农业大学园艺园林学院,长沙 410128;2. 湖南省作物种质创新与资源利用重点实验室,
长沙 410128;3. 湖南农业大学食品科技学院,长沙 410128)

摘要　采用纤维素酶对芒草进行酶解糖化,运用 DNS 法测定芒草酶解液中还原糖的含量,对酶解温度、酶解时间、加酶量、固液质量比 4 个因素进行单因素试验分析,再通过正交试验对酶解条件进行优化。试验结果表明,最佳酶解条件:酶解温度为 40℃,酶解时间为 60h,加酶量为 240U·g^{-1},固液质量比为 1∶65。

关键词　芒草,酶解,还原糖

芒草(*Miscanthus sinensis* Andress),多年生禾本科 C$_4$ 禾草,植株高度可达 4m,异花传粉,自交不亲和,寿命通常为 18~20a,最长可达 25a。它原产于东亚,广泛分布在从东南亚到太平洋岛屿的热带、亚热带和温带地区,全属共 4 组 17 种,我国产 6 种,主要分布在长江以南的广大区域[1~4]。其适应性强、生物产量高、纤维品质好且灰分低,因而被国内外公认为是最具潜力的能源作物之一[5,6]。

1　材料与方法

1.1　材料与仪器

1.1.1　试验材料

芒草(*Miscanthus sinensis* Andress)采自湖南农业大学芒草基地。将芒草 50 ℃烘干 8h,粉碎,过 40 目筛,即为待检样品。

1.1.2　试验仪器及设备

XS 型中草药粉碎机(广州华凯机电设备有限公司)、ZHWY-C211C 多功能智能组合

* "973"计划资助项目(项目编号:2009CB226108)
联系人:熊兴耀,E-mail:xiongxingyao@126.com

摇床(上海智城分析仪器制造有限公司)、UV-754 型紫外可见分光光度计(上海仕元科学器材有限公司)、移液枪(湖南碧洲生物科技有限公司)、玻璃仪器气流烘干器(巩义市子华仪器有限责任公司)、DHG-9423A 型电热恒温鼓风干燥箱(上海精宏实验设备有限公司)、电子天平[赛多利斯科学仪器(北京)有限公司]等。

1.2　试验方法

1.2.1　酶解条件单因素试验

芒草中的木质纤维素在纤维素酶作用下能转化生成为还原糖。采用 DNS 法,能准确检测出其酶解液中还原糖含量[7,8],进而确定芒草中木质纤维素的酶解情况。分别以反应温度、反应时间、加酶量、料水比为考察因素进行单因素试验,分析其各因素对酶解结果的影响规律,为进一步确定最佳工艺条件提供依据。由于已知所用纤维素酶最适 pH 为 4.8,因此,本试验中所有反应均设计在最适 pH 下进行[9]。

(1)反应温度

在酶解时间为 48h,加酶量为 90 U·g⁻¹,料水比为 1∶50 的条件下,以水解温度为考察因素做单因素试验。称取芒草样品 1g 于 150mL 三角瓶,加入纤维素酶液 3mL(酶活力 90 U)、pH 4.8 醋酸-醋酸钠缓冲液 47mL,可透气玻璃纸密封后置于 40 ℃、45 ℃、50 ℃、55 ℃、60 ℃可控温摇床中进行酶解,48h 后取出,采用 7200 分光光度计 540nm 波长下检测还原糖含量,即酶解结果。

(2)反应时间

在酶解温度为 50 ℃,加酶量为 90 U·g⁻¹,料水比为 1∶50 的条件下,以反应时间为考察因素做单因素试验。称取芒草样品 1g 于 150mL 三角瓶,加入纤维素酶液 3mL(酶活力 90 U)、pH 4.8 醋酸-醋酸钠缓冲液 47mL,可透气玻璃纸密封后置于 50 ℃可控温摇床中进行酶解,分别反应 0h、12h、24h、36h、48h、60h、72h 后取出,检测酶解结果。

(3)加酶量

在酶解时间为 48h,酶解温度 50 ℃,料水比为 1∶50 的条件下,以加酶量为考察因素做单因素试验。称取芒草样品 1g 于 150mL 三角瓶,分别加入的纤维素酶液 1mL、2mL、3mL、4mL、5mL、6mL、7mL、8mL、9mL(酶活力:30 U·mL⁻¹)、对应加入 pH 4.8 醋酸-醋酸钠缓冲液 49mL、48mL、47mL、46mL、45mL、44mL、43mL、42mL、41mL,可透气玻璃纸密封后置于 50 ℃可控温摇床中进行酶解,48h 后取出,检测酶解结果。

(4)料水比

在酶解时间为 48h,酶解温度 50 ℃,加酶量为 90 U·g⁻¹的条件下,以料水比为考察因素做单因素试验。称取芒草样品 1g 于 150mL 三角瓶,加入纤维素每页 3mL(酶活力 90 U),分别加入 pH 4.8 醋酸-醋酸钠缓冲液 27mL、37mL、47mL、57mL、67mL,即在料水比 1∶30、1∶40、1∶50、1∶60、1∶70 的条件下,用可透气玻璃纸密封后置于 50 ℃可控温摇床中进行酶解,48h 后取出,检测酶解结果。

1.2.2　酶解工艺条件正交优化试验

根据单因素试验结果,选取反应温度、反应时间、加酶量、料水比 4 个因素相应的 3

个水平值,采用$L_9(3^4)$正交表设计正交实验,通过将试验结果进行方差分析得出较优组合,通过极差分析筛选出影响试验结果的关键因素,从而确定酶解工艺的最优条件。

2 结果与分析

2.1 酶解条件单因素试验

2.1.1 反应温度对酶解结果的影响

由图1可知,随着反应温度由40℃升高到45℃,还原糖含量有小幅度上升,说明此时温度升高有利于酶解;而从45℃升高到50℃时,还原糖含量小幅下降,说明此时温度的升高开始对酶解反应产生不利影响;当温度进一步升高至55℃、60℃时,还原糖产量大幅下降,主要原因可能是由于过高的温度使部分纤维素酶失活,从而对酶解反应产生了明显的抑制左右。由此可以推测,纤维素酶解的最适温度在45℃左右。

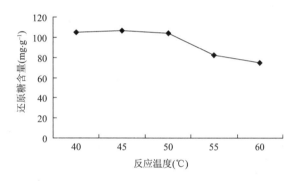

图1 反应温度对还原糖含量的影响

Fig. 1 The impact of temperature on the content of reducing sugar

2.1.2 反应时间对酶解结果的影响

由图2可知,在酶解过程的前12h,随着酶解时间的增加,还原糖的产量快速提高;12~60h,还原糖产量上升趋势较平缓,60h时达到最高;60h后呈下降趋势。说明随着酶解时间的增加,芒草纤维质不断被酶解为还原糖,但60h后由于酶解时间过长,导致了不利于酶解的副反应发生。因此,最适酶解时间应在60h左右。

2.1.3 加酶量对酶解结果的影响

由图3可知,当加酶量由30 U·g⁻¹增加至210 U·g⁻¹,还原糖产量呈缓慢上升趋势;当加酶量由210 U·g⁻¹增加至240 U·g⁻¹时,还原糖产量急剧上升;当加酶量进一步增加时,还原糖产量不再继续升高。由此可知,增加酶用量有利于酶解反应,但由于受到反应底物量的限制,最适加酶量应在240 U·g⁻¹左右。

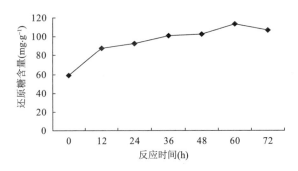

图 2　反应时间对还原糖含量的影响

Fig. 2　The impact of time on the content of reducing sugar

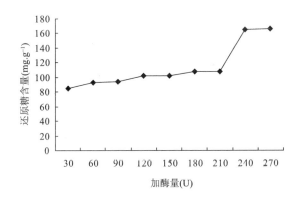

图 3　加酶量对还原糖含量的影响

Fig. 3　The impact of amount of enzyme on the content of reducing sugar

2.1.4　料水比对酶解结果的影响

由图 4 可知,本试验中的最佳固液比在 1/60 左右。不同的固液比,对酶解反应有着不同影响,这是由于不同的固液比影响着酶与反应底物是否充分接触,固液比过高,会导

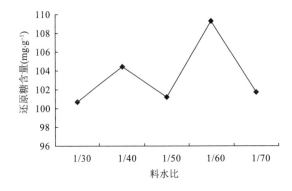

图 4　料水比对还原糖含量的影响

Fig. 4　The impact of solid/liquid ratio on the content of reducing sugar

致反应底物无法与酶充分接触,影响还原糖产量;固液比过低,反应体系中含水量会过高,除同样会影响酶与底物的接触外,还会增大后续发酵提取工艺的成本,并造成水资源的浪费。

2.2 酶解条件的优化

根据以上单因素试验结果,为每个因素选取 3 个水平,采用 L9(34)正交表对该 4 个因素进行正交试验,考察各因素之间的相互作用。试验因素和水平见表 1,试验结果和分析见表 2。

表 1　正交试验因素水平
Tab. 1　Orthogonal experience factors

因　素	反应温度(℃) A	反应时间(h) B	料水比 C	加酶量(U·g^{-1}) D
1	40	55	1：55	210
2	45	60	1：60	240
3	50	65	1：65	270

由表 2 可以看出,RA＞RD＞RC＞RB 可见反应温度对酶解影响最为显著,其次为加酶量和料水比,而反应时间对酶解影响最小,因此酶解芒草可以采用较短的反应时间以提高生产效率。最佳酶解条件为 A1B2C3D2 即反应温度为 40 ℃,反应时间为 60h,料水比为 1：65,加酶量为 240 U·g^{-1}。

表 2　正交试验结果分析
Tab. 2　The analysis of orthogonal experience result

序　号	A 反应温度	B 反应时间	C 料水比	D 加酶量	还原糖产量(mg·g^{-1})
试验 1	1	1	1	1	118.55
试验 2	1	2	2	2	128.79
试验 3	1	3	3	3	130.45
试验 4	2	1	2	3	120.93
试验 5	2	2	3	1	126.88
试验 6	2	3	1	2	127.36
试验 7	3	1	3	2	122.12
试验 8	3	2	1	3	120.93
试验 9	3	3	2	1	112.13
K_1	125.931	120.537	122.282	119.188	
K_2	125.058	125.534	120.616	126.089	
K_3	118.395	123.313	126.486	124.106	
R	7.536	4.997	5.87	6.901	

3　讨论

试验结果表明,纤维素酶酶解芒草的最优酶解条件为:酶解温度为 40 ℃,酶解时间为 60h,料水比为 1：65,加酶量为 240U・g⁻¹。在此条件下,纤维质能得到较充分的降解,最大程度上发挥酶的作用,同时能有效地节约能源,减少副产物的产生。但本试验仅仅是针对芒草直接酶解糖化的效果进行的,如果是针对纤维质燃料乙醇生产原料进行酶解糖化,则还需进一步综合考虑能耗、发酵反应抑制物的产生以及其他实际生产成本等因素,最佳酶解处理条件可能还须作出适当调整。

参考文献

[1] I. Lewandowski, J. M. O. Scurlockb, E. Lindvall, et al. The development and current status of perennial rhizomatous grasses as energy crops in the US and Europe[J]. Biomass and Bioenergy, 2003,(25)：335～361.

[2] J. M. Greef, M. Deuter. Syntaxonomy of miscanthus ×giganteus greef et deu[J]. Angew. Bot. , 1993,(67)：87～90.

[3] 赵南先,萧运峰. 安徽省的芒属植物资源及其开发利用[J]. 武汉植物研究,1990,8(4)：374～382.

[4] 解新明,周峰,赵燕慧,等. 多年生能源禾草的产能和生态效益[J]. 生态学报,2008,28(5)：2329～2342.

[5] I. Lewandowski,J. C. Clifton-Brown,J. M. O Scurlock, et al. Miscanthus：European experience with a novel energy crop[J]. Biomass and Bioenergy, 2000, 19(4)：209～227.

[6] 费世民,张旭东,杨灌英,等. 国内外能源植物资源及其开发利用现状[J]. 四川林业科技,2005,26(3)：20～26.

[7] 胡婷春,王克勤,熊兴耀,等. 60Co-γ 辐照对甘蔗生料糖化的影响[J]. 核农学报,2010,(1)：74～78.

[8] 胡婷春,熊兴耀,王克勤,等. 60Co-γ 辐照对马铃薯薯生料糖化的影响[J]. 湖南农业大学学报(自然科学版),2010,(1)：45～49.

[9] 刘庆玉,孟凡磊,张敏. 稀酸预处理玉米秸秆条件优化的试验研究[J]. 可再生能源,2009,(6)：40～42.

Single Factor Analysis and Optimization on Enzyme Hydrolysis of New Energy Plant: *Miscanthus Sinensis* Andress

HU Ting-chun[1,2]　　**YANG Qing-dan**[3]　　**SU Xiaojun**[2]　　**XIONG Xing-yao**[1,2]　　**WANG Keqin**[2]

(1. *College of Horticulture and Landscape, Hunan Agricultural University, Changsha* 410128,
China；2. *Hunan provincial key Laboratory of Crops Germplasm Innovation and Utilization, Changsha Hunan* 410128；3. *College of Food science and technology, Changsha* 410128,*China*)

Abstract　　In this work, miscanthus was saccharified by cellulase, and reducing sugar in the enzymes-hydrolyzed was measured by DNS method. After analysis on enzyme hydrolysis temperature, enzyme hydrolysis time, amount of enzyme and solid/liquid ratio separately, the optimized enzyme hydrolysis conditions were obtained by orthogonal experiments：miscanthus was treated with 240 U・g⁻¹ cellulase at 40℃ for 60h, and solid/liquid ratio is 1/65.

Keywords　　Miscanthus,Enzyme hydrolysis,Reducing sugar

⁶⁰Co-γ 辐照预处理对芦苇微晶纤维结构和氧化特性的影响*

王克勤[1,2]　　熊兴耀[1,3]*　　陈静萍[2]　　陈亮[2]　　杨青丹[1]

(1. 湖南农业大学 生物质醇类燃料湖南省工程实验室,长沙 410128;2. 湖南省原子能农业应用研究,
长沙 410125;3. 湖南省作物种质创新与资源利用重点实验室,长沙 410128)

摘要　采用⁶⁰Co-γ辐照处理芦苇微晶纤维素,通过扫描电镜(ESM)、X射线衍射(XRD)和远红外光谱分析芦苇微晶纤维素形态结构和辐照氧化特性,初步探讨芦苇微晶纤维辐照降解作用机理。结果表明,在400~2000kGy辐照剂量处理后的微晶芦苇纤维素的形态结构发生改变,结构变得疏松,表面和内部结构受到一定的损伤,并随辐照处理剂量的增加损伤加剧。辐照处理的微晶芦苇纤维素虽然晶型没有发生改变,但是能使纤维素分子中的氢键受到破坏,400kGy辐照剂量处理后的微晶芦苇纤维素的晶面直径、衍生强度和半峰高宽发生变化,结晶度开始下降。在800kGy辐照剂量处理后芦苇微晶纤维产生两个新的羰基和芳香环的特征峰(1734cm⁻¹, 1501cm⁻¹)官能团,表明辐照处理对芦苇微晶纤维具有氧化降解作用。

关键词　芦苇,微晶纤维,辐照,预处理,结构

植物木质纤维是自然界中蕴藏量最大的生物能源物质之一,但纤维素、半纤维素和木质素通过共价或非共价键相联结,紧密构成了木质纤维素,而纤维素的分子内和分子间存在大量的氢键形成具有高结晶度纤维素聚集态结构,并受到严密的保护,很难进行水解反应和生物转化。近20年来国内外研究工作者主要围绕原料预处理技术、纤维素酶制备和水解技术、戊糖己糖乙醇发酵三个关键技术开展木质纤维资源制取燃料乙醇的研究。但从总体技术水平和经济水平上看,木质纤维资源制取燃料乙醇大规模工业化应用的时机还没有完全成熟,还需要进一步对木质纤维素降解预处理方法进行研究,实现利用木质纤维资源制取燃料乙醇关键技术的突破。彭华峰等人[1]采用超声波处理木浆粕纤维素,其纤维结晶结构发生很大的变化,可以加快纤维素的溶解速度。王献玲等人[2]研究微晶纤维素(MCC)超声波活化处理前后的超分子结构、形态结构和可及度的变化。邵知强等人[3]研究了闪爆对纤维素的形态、聚合度、超分子结构及其溶解性。

本文采用⁶⁰Co-γ辐照预处理技术,研究了芦苇微晶纤维素在辐照预处理前后分子结构、形态结构和可及度的变化,辐照对微晶纤维素氧化降解性能的影响。

---

* "973"计划资助项目(2009CB226108)

联系人:熊兴耀,E-mail:xiongxingyao@126.com

1　材料与方法

1.1　材料与仪器

1.1.1　材料

试验样品原料为芦苇及芦苇微晶纤维,湖南省泰格林集团沅江造纸厂。

1.1.2　仪器

D500-X 西门子衍射仪(德国西门子);Quanta 200 扫描电子显微镜(美国 FEI 公司);WQF-310FTIR 红外光谱仪(北京第二光学仪器厂)。

1.2　方法

1.2.1　芦苇纤维质样品辐照处理

称取一定量的芦苇原料粉末和芦苇微晶纤维,分别采用 0kGy、400kGy、800kGy、1200kGy、1600kGy、200kGy 剂量辐照处理,辐射源为 ^{60}Co,辐射源强度是 $9.99\times10^{15}Bq$。辐照剂量率为 2kGy/min。

1.2.2　芦苇形态结构的扫描电镜观察

选取一些经辐照预处理的样品。将样品用生理盐水清洗、用四氧化锇固定、用乙醇或丙酮脱水,然后在临界点干燥器中用固体二氧化碳置换剂置换中间介质,进行临界干燥。将干燥的样品用导电性好的粘合剂粘在金属样品台上,然后放在真空蒸发器中喷镀一层 50～300Å 厚的金属膜。在日本电子 JSM-6360LV 扫描电镜下观察。

1.2.3　芦苇纤维 X 射线衍射(XRD)分析

将样品粉末(粒度小于 200 目)压后,用 X 射线衍射仪测定试样的结晶结构。扫描速度:4°/min,步宽:0.02°,Cu 靶,管压为 36kV,管流为 30mA,狭缝 0.3°、0.15°、0.3°。波长:1.5406Å。

1.2.4　芦苇微晶纤维远红外光谱(IR)分析

红外光谱测定采用 KBr 压片法。取 100mg 左右的 KBr 于玛瑙钵中研碎,加约 1mg 样品,研匀,压片。将其在 400～4000cm^{-1} 范围内扫描,以波长(μm)或波数(cm^{-1})为横坐标,百分透过率为纵坐标,得到了该物质的红外吸收光谱。

2　结果与讨论

2.1　辐照处理对芦苇微晶纤维素形态结构的影响

图 1 是芦苇纤维质材料经辐照处理前后的扫描电镜照片。从图 1 可以看出,处理前

(a)芦苇纤维的形态结构完整,表面光滑,辐照处理后[(b)~(f)]纤维的表面结构发生了明显的变化,表面出现凹坑或裂纹,结构变得松散。当辐照剂量达到800kGy时,芦苇纤维表现为较强的破坏作用。随着辐照剂量的增加,芦苇纤维的破坏程度进一步增加。图2是经酸碱处理得到的芦苇微晶纤维辐照处理前后的扫描电镜照片,可以更加清晰的看到辐照处理对芦苇微晶纤维形态结构的影响。未辐照的芦苇微晶纤维(a)外观形态完整。经辐照处理后[(b)~(f)]芦苇微晶纤维表面产生裂缝和断裂,微纤维束解体,随着辐照剂量的增加,微晶纤维表面的破损程增加。

图1 不同辐照剂量处理芦苇的扫描电镜图
(a)未处理;(b)400kGy;(c)800kGy;(d)1200kGy;(e)1600kGy;(f)2000kGy
Fig. 1 scanning electron micrographs of Phragmites Australis in different irradiation doses
(a) no treatment;(b)400kGy;(c)800kGy;(d)1200kGy;(e)1600kGy;(f)2000kGy

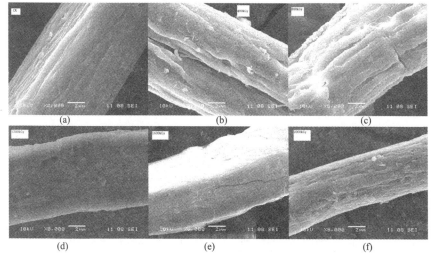

图2 不同辐照剂量处理芦苇微晶纤维的扫描电镜图
(a)未处理;(b)400kGy;(c)800kGy;(d)1200kGy;(e)1600kGy;(f)2000kGy
Fig. 2 scanning electron micrographs of Phragmites Australis microcrystalline
cellulose treated in different irradiation doses
(a)no treatment;(b)400kGy;(c)800kGy;(d)1200kGy;(e)1600kGy;(f)2000kGy

2.2　辐照处理对芦苇微晶纤维素结构的影响

从图3可以看出,辐照处理对芦苇微晶纤维素晶型没有太多的改变。芦苇原料在2θ角28.263°有一晶峰,晶面直径3.1550Å,半高峰宽0.22Å。经酸碱处理得到的芦苇微晶纤维这一晶峰消失,被酸碱所破坏。在400～2000kGy辐照剂量范围内,芦苇微晶纤维晶胞没有很大的变化,只是在400kGy辐照剂量下,微晶纤维晶胞衍生强度相对较低。从表1对不同辐照剂量处理的芦苇微晶纤维素X衍射主峰比较分析来看,在400～2000kGy辐照剂量范围内,芦苇微晶纤维素X衍射角发生偏移,衍射角由22.644°偏移到22.117°,晶面直径、衍射强度和半高峰宽表现为无规则的变化,在400kGy辐照剂量下,芦苇微晶纤维素晶面直径、衍射强度和半高峰宽表现为最低水平。这可能是因为辐射作用使纤维素分子间的氢键受到一定程度的破坏,分子排列的规整性减少,结晶度下降。

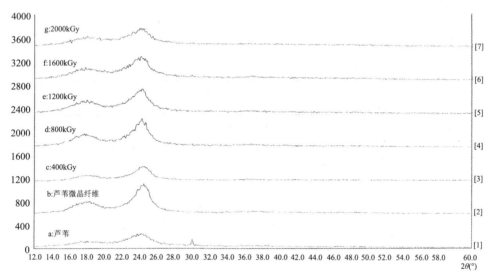

图3　不同辐照剂量处理的芦苇微晶纤维素X衍射图谱

a. 芦苇;b. 芦苇微晶纤维;c. 400kGy;d. 800kGy;e. 12000kGy;f. 1600kGy;g. 2000kGy

Fig. 3　X-ray diffraction picture of Phragmites Australis and its microcrystalline cellulose treated in different irradiation doses

a. Phragmites Australis;b. microcrystalline cellulose;c. 400kGy;d. 800kGy;e. 12000kGy;f. 1600kGy;g. 2000kGy

表1　不同辐照剂量处理的芦苇微晶纤维素X衍射主峰比较

Tab. 1　comparing diffraction peak of Phragmites Australis microcrystalline cellulose treated in different irradiation doses

处理剂量(kGy)	CK	400	800	1200	1600	2000
$2\theta(°)$	22.644	22.528	22.41	22.44	22.317	22.117
晶面直径(Å)	3.9235	3.9435	3.9638	3.9587	3.9803	4.0050
衍生强度(CPS)	369	169	350	270	231	162
半高峰宽(°)	0.17	0.14	0.17	0.31	0.22	0.14

2.3 辐照处理对芦苇微晶纤维素的红外光谱分析

图 4 是不同辐照剂量处理芦苇微晶纤维素的红外光谱,从图谱分析来看,辐照处理可引起芦苇微晶纤维素分子结构发生变化。在 800kGy 辐照剂量处理后芦苇微晶纤维产生两个新的特征峰($1734cm^{-1}$,$1501cm^{-1}$)官能团,提示辐照样品在 $1734cm^{-1}$ 处产生新的羰基(C =O)吸收峰和 $1501cm^{-1}$ 处产生新的芳香环吸收峰。当辐照剂量超过 800kGy 时,其中一个新的芳香环特征峰($1501cm^{-1}$)官能团消失,表明辐照处理对芦苇微晶纤维分子结构产生影响,使纤维素分子产生裂解,具有氧化降解作用。

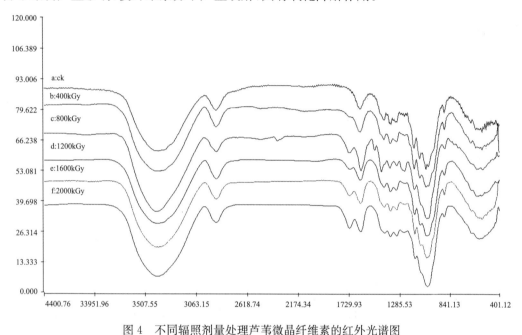

图 4 不同辐照剂量处理芦苇微晶纤维素的红外光谱图

a. ck;b. 400kGy;c. 800kGy;d. 1200kGy;e. 1600kGy;f. 2000kGy

Fig. 4 Infrared spectrum picture of Phragmites Australis microcrystalline cellulose treated in different irradiation doses

a. ck;b. 400kGy;c. 800kGy;d. 1200kGy;e. 1600kGy;f. 2000kGy

3 结论

通过对芦苇微晶纤维形态结构和氧化特性的研究表明,辐照处理芦苇微晶纤维的作用机理主要是产生辐射电离的化学效应和辐射氧化作用。当纤维素辐照处理剂量超过一定程度时,纤维素吸收的 γ 光子能量达到一定的水平,使纤维素分子处于激发态和发生电离,从形态结构上看,辐照产生对纤维素分子崩溃和对固体界面的损伤两种作用,其结果导致微晶纤维素的结晶度下降、颗粒变的疏松、表面出现凹坑或裂纹。结晶度和形态结构的变化,使微晶纤维素的比表面积增加,从而使纤维素的可及度增大,对溶解性增加。但辐照作用时间过长时,可导致分子间强烈的相互碰撞和聚集,同时纤维素可能裂解为自由基，使活性羟基的数量减少，羰基的数量增加，辐照氧化作用增强。对于芦苇微晶纤维来说，辐照剂量在 400～800kGy 范围内，具有显著的辐照降解作用。

参考文献

[1] 彭华峰，汪少朋，黄关葆. 超声波处理后纤维素结构的变化及在 NMMO 中的溶解性能[J]. 纤维素科学与技术，2008,16(4):48～52.

[2] 王献玲，方桂珍，胡春平. 超声波活化处理对微晶纤维素结构和氧化反应性能的影响[J]. 高等学校化学学报，2007,28(3):565～567.

[3] 邵知强，田文智. 纤维素蒸汽闪爆改性及其在 NaOH 溶液中溶解的试验研究[J]. 人造纤维，2005,189(5):2～10.

Influence on Structure and Oxidation Character of Microcrystalline Cellulose with ^{60}Co-γ Irradiation Pretreatment in Phragmites Communis Trirn

WANG Ke-qin[1,2]　　XIONG Xing-yao[1,3]　　CHEN Jing-ping[2]

CHEN Liang[2]　　YANG Qing-dan[1]

(1. *Hunan Engineering Laboratory for Alcohol Fuels from Biomass*, *Hunan Agricultural University*, *Changsha* 410128, *China*; 2. *Hunan Institute of Atomic Energy Application in Agriculture*, *Changsha*, *Hunan* 410125,*China*; 3. *Key Laboratory for Crop Germplasm Innovation and Utilization of Hunan Province*, *Changsha Hunan*, 410128 *China*)

Abstract　In order to discuss the irradiation degradation mechanism, Morphological structure and oxidation character of Phragmites Australis microcrystalline cellulose with ^{60}Co-γ irradiation pretreatment were studied by ESM, XRD and IR The results from scanning electron microscope observation show that γ-ray can effectively destroy the structure of Phragmites Australis and its microcrystalline cellulose in 400 to 2000kGy irradiation doses. Its morphological structures have loose changes and enhance the degree of damage to materials with increasing doses of radiation. Although crystal form of microcrystalline cellulose with irradiation treatment has no significant change, but hydrogen bond in cellulose molecules were damaged and crystallinity decline. Crystalface diameter, derived intensity and peak width half height of microcrystalline cellulose in 400kGy has changes. Two new characteristic peaks ($1734cm^{-1}$, $1501cm^{-1}$) of carbonyl and aromatic nucleus functional groups were emerged in 800kGy irradiation doses. It shows irradiation treatment have oxidative degradation for Phragmites Australis microcrystalline cellulose.

Keywords　Phragmites communis trirn, Microcrystalline cellulose, Irradiation, pretreatment，Structure

^{60}Co-γ 射线辐照预处理木质纤维素的降解效果[*]

王克勤[1,2]　熊兴耀[1]*　程可可[3]　苏小军[1]

(1. 湖南农业大学 生物质醇类燃料湖南省工程实验室,长沙 410128;2. 湖南省原子能农业应用研究所,长沙 410125;3. 清华大学核能与新能源技术研究院,北京 100084)

摘要　利用^{60}Co-γ 射线具有的高穿透力和高能量,研究经辐照预处理的甘蔗渣、干稻草秸秆、玉米秸秆木质纤维素降解作用和酸解、酶解效果。结果表明,经 500～2500kGy 剂量辐照预处理的甘蔗渣、玉米秆、稻草秸秆材料的组织结构有效地被破坏,且随着辐射剂量加大破坏程度增强;在 5% 的硫酸溶液酸水解条件下,γ 射线辐照预处理可促进木质纤维素的酸水解作用,酸水解效率可提高 18.2%～24.2%,酸水解产生的葡萄糖浓度随辐照强度的增加而增加,但木糖、阿拉伯糖的浓度并未提高,甚至有减少的趋势;γ 射线辐照预处理可促进木质纤维素的酶水解作用,在底物浓度为 10%,酶用量为 30FPU,酶解48h 的条件下进行酶解,不同辐照剂量预处理木质纤维素材料比未辐照处理木质纤维材料的酶解效率提高 37.2%～67.6%,葡萄糖生成量可提高 9.7～22.9g/L;木质纤维材料密度对辐照预处理的酶水解效果产生一定影响,当木质纤维材料密度提高到 0.8～0.9g/cm³ 时,不同木质纤维素材料的底物酶水解率、纤维素酶水解率、葡萄糖生成量均有所下降。

关键词　木质纤维素,γ 辐照预处理,酸水解,酶水解,葡萄糖

1　引言

随着化石能源大量减少,生物质新能源将缓解日益突出的能源问题,可替代的新能源已受到重大关切。全球生物质总量的 90% 是木质纤维素,大约每年有 $200×10^9$ t,其中容易获得的潜在的初级生物质残余物大约有 $8×10^9～20×10^9$ t[1]。在中国每年有 $7×10^8$ t 作物秸秆,$2×10^8$ t 林业废弃物和木材加工残余物和数百万吨的果渣未能被利用[2]。

木质纤维素水解后可生成葡萄糖、木糖等发酵糖类,可经发酵转化为乙醇[3]有机酸[4]和其他可替代石化产品的化合物。近十多年以来,人们主要关注纤维质材料物理

---

* "973"计划资助项目(项目编号:2009CB226108)

联系人:熊兴耀,E-mail:xiongxingyao@126.com

的、化学的、生物的和物理化学的预处理方法,通过对生物质材料的预处理,增加纤维素的表面积,有利于纤维素的水解,以提高木质纤维素的转化效率。目前物理的挤压处理与加热和添加化学品相结合的预处理方法应用较为普遍[5]。魏民等[6]研究热碾玉米秸秆稀酸水解产物的还原糖浓度比不经预处理的稀酸水解产物的还原糖浓度高 50%。蒸汽爆破[7]可能是最接近于商业应用的预处理技术。王堃、鲁平等采用蒸汽爆破预处理麦草原料,使纤维素的酶水解率达到 72.4%[8,9]。杨雪霞、陈洪章、李佐虎等[10]研究玉米秸秆氨化汽爆处理使玉米秸秆的酶解率提高到 42%～97%。如盐酸[11]、磷酸[12]、硝酸[13]和硫酸各种无机稀酸被用于有木质纤维素的生物质的预处理,由于它的高水解效率和低成本,有希望作为一个领先的水解工艺[14]。张木明等研究采用酸处理、碱处理和机械粉碎三种方法对稻草秸秆纤维素酶解产糖率分别为 9.25%、33.16%和 10.64%[15]。

　　长期以来,大多数科学家关注单一的预处理方法研究,许多化学方法和汽爆方法在近十年得到很好的发展。尽管综合方法能将生物质中的葡萄糖、木糖和木素有效地分离,但对于不同的木质纤维需要开发更多综合的,有效的,经济的,适用的和环境友好的预处理方法。本研究的目的是探讨 ^{60}Co-γ 辐照预处理方法在改善木质纤维结构和纤维素的酶解效率。

2　材料与方法

2.1　试验材料

　　干稻草秸秆(湘辐 994)在 2006 年 8 月从湖南省原子能农业应用研究所实验田收集,玉米秸秆、甘蔗渣、Saccharomyces cerevisiae TG-1 由清华大学应用化学研究所实验室提供。研究中所用的纤维质粉末试验材料经干燥粉碎后室温下贮存于塑料袋中备用。试验中所用的成型板材是经过 200 t 的液压机在 105 ℃热蒸汽热压 15min 成型的,纤维板密度分别为 0.834g/cm³、0.809g/cm³、0.913g/cm³。Cellulase ZC-1700 由北京中纺化工有限公司提供。

2.2　辐照预处理

　　所有辐照预处理试验在湖南省辐照中心的 ^{60}Co 辐照装置中完成的。一批干稻草粉、玉米秸秆粉、甘蔗渣粉末原材料约各 120g 在常温下于玻璃瓶中进行辐照预处理,不同密度的纤维热压板各约 400g 于金属筐中在常温下进行辐照预处理,辐射源强度为 9.99×10¹⁵Bq,辐照处理剂量率 2.0kGy/h。辐照处理剂量分别为 0kGy、500kGy、1500kGy、2000kGy、2500kGy。

2.3　扫描电子显微镜

　　选取一些经辐照预处理的纤维质样品。将样品用生理盐水清洗、用四氧化锇固定、用乙醇或丙酮脱水,然后在临界点干燥器中用固体二氧化碳置换剂置换中间介质,进行临界干燥。将干燥的样品用导电性好的粘合剂粘在金属样品台上,然后放在真空蒸发器中喷镀一层 50～300Å 厚的金属膜。用日本电子 JSM-6360LV 扫描电镜观察。

2.4　酸水解

称取 5g 经辐照处理的原料样品,用 1.0% 的稀硫酸配制成 10% 的纤维样品液于高压釜中,在 124℃ 的温度下反应 60min,样品液冷却,过滤后测定其葡萄糖、木糖和阿拉伯糖含量,滤渣用去离子水充分洗涤 2～3 次后,在 105℃烘至恒重测定。

2.5　纤维素酶水解

在酶水解前测定木质纤维样品的纤维素含量,样品在 50℃,0.1M 柠檬酸缓冲溶液(pH 为 4.5),纤维素酶用量为 30FPU/g,汽浴振荡转速 140r/min,纤维素的转化率为酶解 48h 之后的纤维素转化为葡萄糖的百分率。糖的产量按每克纤维素产生产 1.11g 葡萄糖,每克半纤维素产生 1.13g 戊糖。

2.6　糖的分析

辐照预处理纤维质材料酸水解、酶水解和发酵液中的葡萄糖、木糖和阿拉伯糖的含量采用高效液相色谱(HPLC)测量。色谱条件:色谱柱为 HPX-87H 柱,柱温 65 ℃;流动相为 0.005mol/L H_2SO_4,流速 0.8mL/min;检测器为 RID-10A 型折光示差检测器,进样量为 20 μL。

3　结果与讨论

3.1　辐照预处理纤维组织表面结构的影响

通过 JSM-6360LV 扫描电镜观察,对未辐照和 1000kGy 辐照剂量处理的稻草秸秆、甘蔗蔗、玉米秆样品进行比较分析,从图 1 可以看出,可以发现^{60}Co-γ 射线辐照处理稻草秸秆、甘蔗渣、玉米秸秆其表面结构发生显著变化。辐照处理稻草秸秆能有效地破坏稻草秸秆表面的蜡质、硅晶体及纤维组织结构,可使甘蔗渣纤维表面结构产生断裂,玉米秸秆纤维表面结构产生凹陷,有利于纤维素酶渗透到纤维束的表面,可提高纤维素酶的酶解效率。

3.2　辐照预处理纤维的稀酸水解效果

甘蔗渣、玉米秸秆、稻草秸秆经不同剂量辐照预处理后,在底物浓度为 10% 的 1% 的硫酸溶液中进行酸水解,水解温度 124℃,水解反应时间为 60min,收集水解产物。从图 2、图 3、图 4 可以看出辐照预处理木质纤维材料酸水解产生的单糖数量。木质纤维材料酸水解的单糖产量受辐照预处理的影响。从图 2 可以看出,不同辐照剂量处理样品稀酸水解葡萄糖的生成量随着辐照剂量的增大而增大。每 5g 甘蔗渣、玉米秸秆、稻草粉末经 2500kGy 辐照剂量预处理酸水解产生的葡萄糖分别为 0.9g、0.8g、0.67g。在 500～2500kGy 辐照剂量范围内,甘蔗渣粉末酸水解产生的葡萄糖最高,当辐照处理剂量超过 2000kGy 时,

20kV ×1 000 10um CK SEI

（a）未辐照处理的稻草秸秆表面图

（a）untreated rice straw surface(×1000)

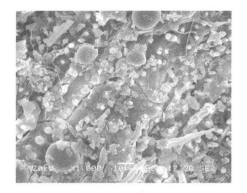

20kV×1 000 10um 1000kGy SEI

（b）1000kGy 辐照处理的稻草秸秆表面图

（b）1000kGy irradiated rice straw surface(×1000)

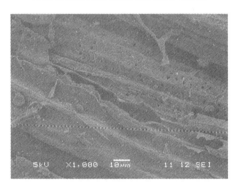

5kV ×1 000 10um CK SEI

（c）未辐照处理的甘蔗渣纤维表面图

（c）untreated bagasse surface(×1000)

5kV×1 000 10um 1000kGy SEI

（d）辐照处理的甘蔗渣纤维表面图

（d）1000kGy irradiated rice straw surface(×1000)

5kV ×1 000 10um CK SEI

（e）未辐照处理的玉米秸秆纤维表面图

（e）untreated corn stalk surface(×1000)

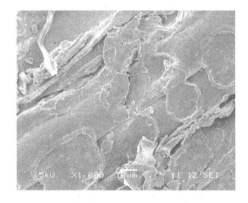

5kV×1 000 10um 1000kGy SEI

（f）辐照处理的玉米秸秆纤维表面图

（f）1000kGy irradiated corn stalk surface(×1000)

图1 稻草、甘蔗渣、玉米秸秆未处理和辐照预处理的纤维表面扫描电镜显微图像

Fig. 1 Scanning electron micrographs of untreated and pretreated Rice straw，Bagasse，Corn stalk

葡萄糖产量趋于平缓。从图3可以看出,随着辐照剂量的增加,辐照预处理粉末样品酸水解木糖量呈减少的趋势。从图4可以看出,辐照预处理粉末样品酸水解的阿拉伯糖生成量变化无规律性,不同辐照处理剂量和样品纤维素种类存在差异。图5可以看出,甘蔗渣、玉米秸秆、稻草秸秆酸水解率随辐照剂量增大而不断提高,当辐照剂量达到2500kGy,酸水解率很高,分别达到69.2%、71.2%、70.1%,比未辐照的酸水解率提高30%左右。因此,辐照预处理能提高木质纤维素酸水解效率和葡萄糖的生成量,但木糖、阿拉伯糖的生成量随辐照剂量增大甚至有减少的趋势。

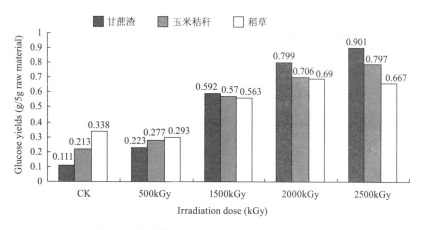

图2 辐照预处理粉末样品酸水解葡萄糖产量

Fig. 2 The yields of glucose from irradiation pretreated powder samples in acid hydrolysis

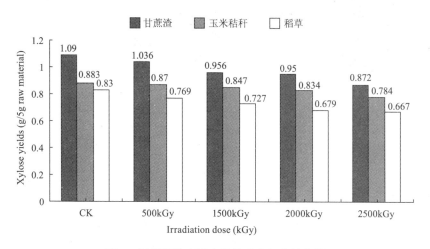

图3 辐照预处理粉末样品酸水解木糖产量

Fig. 3 Xylose yields of irradiation pretreated samples powder in acid hydrolysis

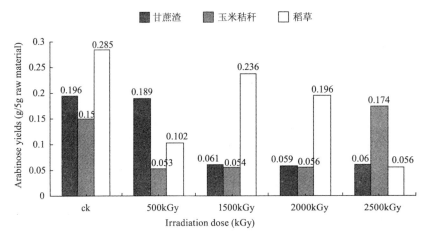

图 4　辐照预处理粉末样品酸水解阿拉伯糖生成量的变化

Fig. 4　Arabinose yields of irradiation pretreated samples powder in acid hydrolysis

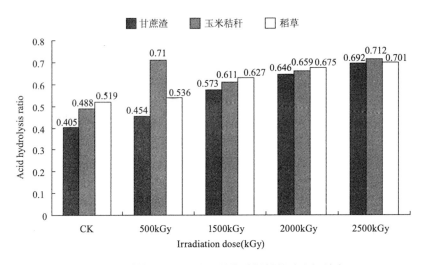

图 5　不同剂量辐照预处理纤维质材料的酸水解效率

Fig. 5　Acid hydrolysis ratio of raw material in different irradiation dose pretreatment

3.3　辐照预处理纤维的酶水解效果

　　甘蔗渣、玉米秸秆、稻草秸秆经不同剂量辐照预处理后,纤维质材料样品底物浓度
10％,加入 30FPU(2mL∶2mL)纤维素酶 ZC-1700,酶解 48h。从图 6 可以看出,甘蔗渣、
玉米秸秆、稻草秸秆的酶解效率均随辐照剂量增大而不断提高,甘蔗渣酶解效率增量最
大,当辐照预处理剂量达到 2000kGy 时,而呈下降的趋势;稻草秸秆在辐照处理剂量 500～
1500kGy 范围内,纤维素酶解效率增长最快。甘蔗渣和玉米秸秆在辐照处理剂量 500～
2000kGy 范围内,纤维素酶解效率增长最快。从图 7 可以看出,辐照处理样品底物酶解率
随辐照剂量增大而不断提高,当辐照预处理剂量达到 2000kGy 时,而呈下降的趋势;如
图 8 所示,经辐照预处理的不同纤维质材料酶解后单位体积所产生的葡萄糖量存在差异,

甘蔗渣秆在辐照处理剂量 500～1500kGy 范围内,葡萄糖浓度增长最快。稻草秸和玉米秸秆在辐照处理剂量 500～2000kGy 范围内,纤维素酶解效率增长最快。当辐照预处理剂量达到 2000kGy 时,葡萄糖生成量趋于下降的趋势。如图 9 所示。辐照预处理粉末样品纤维素酶水解木糖生成量随辐照剂量的增大而增加,当辐照预处理剂量达到 2000kGy 时,则呈下降的趋势。

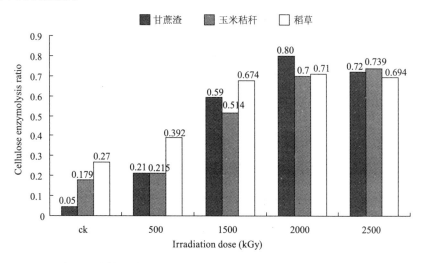

图 6　不同剂量辐照预处理纤维质材料的纤维素酶水解率变化

Fig. 6　Enzyme hydrolysis ratio changes of raw material in different irradiation dose pretreatment

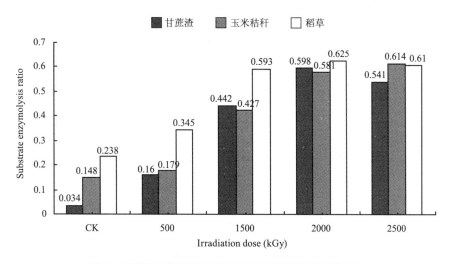

图 7　不同剂量辐照预处理纤维质材料底物酶解率变化

Fig. 7　Substrate enzyme hydrolysis ratio changes of raw material
in different irradiation dose pretreatment

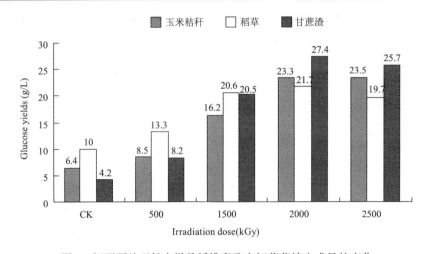

图 8　辐照预处理粉末样品纤维素酶水解葡萄糖生成量的变化

Fig. 8　Glucose yields of irradiation pretreated samples powder in cellulase hydrolysis

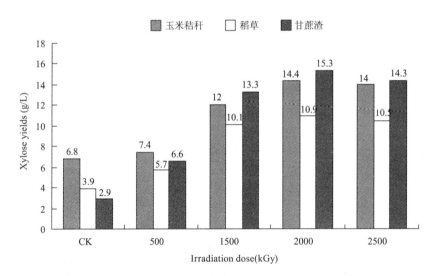

图 9　辐照预处理粉末样品纤维素酶水解木糖生成量的变化

Fig. 9　Xylose yields of irradiation pretreated samples powder in cellulase hydrolysis

3.4　辐照预处理高密度木质纤维材料的酶解效果

提高木质纤维素材料的密度相对可提高木质纤维材料的辐照量,从而可降低辐照成本。甘蔗渣、玉米秆和稻草粉末经热压成型处理,密度可提高到 $0.8 \sim 0.9 \mathrm{g/cm^3}$,从图 10~图 14 可以看出不同密度材料辐照预处理酶解效果表现出较大差别。甘蔗渣、玉米秸秆纤维材料经不同辐照剂量预处理后,在底物浓度 10%、纤维素酶用量 30FPU(2mL∶2mL)、酶解时间为 48h 的条件下,纤维素的酶解效率和葡萄糖、木糖浓度在 500~2000kGy 辐照剂量范围内,随着剂量的增加而增加,超过 2000kGy 辐照剂量时,葡萄糖、木糖浓度不但不再增加,反而有下降的趋势。阿拉伯糖的浓度随辐照剂量的增加而减少。甘蔗渣辐照预处理粉末材料酶解最大的葡萄糖、木糖浓度比热压成型板材料酶解的最大葡萄糖、木糖浓度分别高出 6.1g/L 和 3.2g/L。玉米秸秆辐照预处理粉末材料酶解最大葡萄糖、木糖浓度比热压成型板材料酶解最大葡萄糖、木糖浓度分别高7.7g/L和3.2g/L。甘蔗渣辐照预处理粉末材料最大酶解率比热压成型板材料最大酶解率高 22.7%。玉米秸秆辐照预处理粉末材料最大酶解率比热压成型板材料最大酶解率高 21.0%。

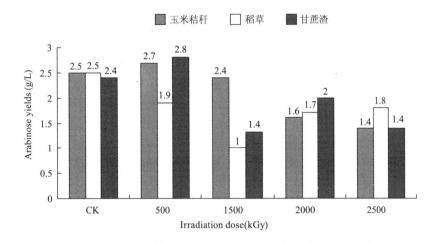

图 10　辐照预处理粉末样品纤维素酶水解阿拉伯糖生成量的变化

Fig. 10　Arabinose yields of irradiation pretreated samples powder in cellulase hydrolysis

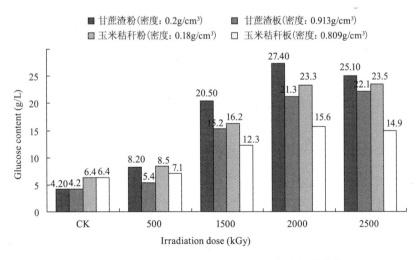

图 11　不同辐照剂量预处理不同密度纤维材料纤维素酶解葡萄糖生成量(g/L)

Fig. 11　glucose yields of different density raw material enzymatic hydrolysis
by pretreated in different irradiation dose

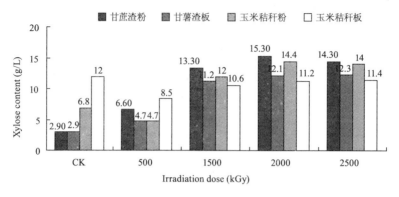

图 12　不同辐照剂量预处理不同密度纤维材料纤维素酶解木糖生成量（g/L）

Fig. 12　Xylose yields of different density raw material enzymatic hydrolysis
by pretreated in different irradiation dose

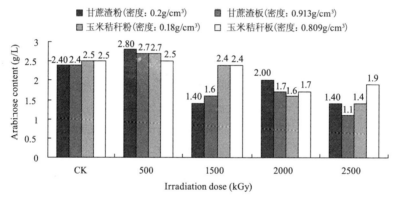

图 13　不同辐照剂量预处理不同密度纤维材料纤维素酶解阿拉伯糖生成量（g/L）的变化

Fig. 13　Arabinose yields of different density raw material enzymatic hydrolysis
by pretreated in different irradiation doses

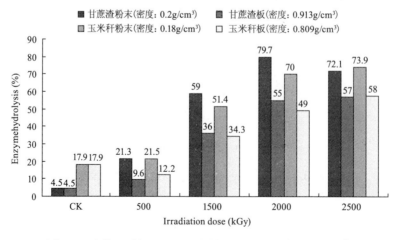

图 14　不同辐照剂量预处理不同密度材料纤维素酶解率（%）

Fig. 14　Enzymatic hydrolysis ratio of cellulose for different density raw material
enzymatic hydrolysis by pretreated in different irradiation dose

4 结论

纤维质预处理在整个生物质转化和转化成本中产生重要的影响。选择预处理技术一个基本功能是要获得经济可行的产量。辐照预处理是改善甘蔗渣、玉米和稻草秸秆酶的消化率的一个有效的方法。扫描电镜分析表明辐照剂量在 500～2500kGy 范围内，辐照预处理对生物质结构产生重大改变。

辐照预处理能提高木质纤维材料的酸水解率，与未处理材料相比，在 1.0% 的稀硫酸水解条件下，木质纤维素的酸水解率增加 18.2%～28.7%。葡萄糖产量随辐照剂量的增加而增加，木糖和阿拉伯糖产量无太大变化。

辐照预处理能促进木质纤维材料的酶水解率。与未处理材料相比，甘蔗渣、玉米和稻草秸秆的消化率提高 38.7%～56.4%。在 500～2500kGy 辐照剂量范围内，纤维素最高的酶水解率分别达到 79.70%、73.9%、71.0%，与未处理材料相比，增加 44%～75%。葡萄糖浓度 11.7～23.2g·L^{-1}，阿拉伯糖产量随辐照剂量的增加而减少。

原料密度对辐照预处理的酶解效果产生重要影响。当纤维质原料密度提高到 0.8～0.9g（cm^3）$^{-1}$ 时，纤维素的底物消耗率、酶水解率和葡萄糖产量相对降低。

参考文献

[1] Yan Lin, Shuzo Tanaka. Ethanol fermentation from biomass resources: current state and prospects[J]. Appl Microbiol Biotechnol, 2006, 69(6): 628.

[2] Song Zhan-qian. Biomass resources and forest chemical industry[J]. (China). Chemistry and industry of forest products, 2005, 25(B10): 12.

[3] 王丽．陈卫平．纤维质原料制燃料酒精的研究进展．酿酒科技, 2005, 129(3): 57～60.

[4] 庄桂．利用纤维素原料发酵生产乳酸的研究[J]．郑州粮食学院学报, 2000, 21(1): 10～12.

[5] D. Litzen, D. Dixon, P. Gilcrease, R. Winter. Pretreatment of biomass for ethanol production: US, 20060141584 [P]. 2006-6-29.

[6] Wei Min, Chen Yuping, Yang Deqin, Jiang Jianchun. Study on hydrolysis of corn stalks using dilute sulfuric acid[J](China). Biomass Chemical Engineering, 2007, 41(5): 36～38.

[7] H. H. Brownell, E. K. C. Yu, J. N. Saddler. Steam-explosion pretreatment of wood-effect of chip size, acid, moisture-content and pressure-drop[J]. Biotechnol. Bioeng., 1986, (28): 792～810.

[8] 王堃,蒋建新,宋先亮．蒸汽爆破预处理木质纤维素及其生物转化研究进展．生物质化学工程, 2006, 40(6): 37～42.

[9] 罗鹏, 刘忠．蒸汽爆破预处理条件对麦草酶水解影响的研究[J]．林业科技, 2007, 32(5): 37～40.

[10] 杨雪霞、陈洪章、李佐虎．玉米秸秆氨化汽爆处理及其固态发酵[J]．过程工程学报, 2001, 1(1): 86～89.

[11] Yang Xue-xia, Chen Hong-zhang, Li Zuo-hu. Steam-explosion of Ammoniated Corn Straw and Subsequent Solid State Fermentation[J]. The Chinese Journal of Process Engineering, 2001, 1(1): 86～89.

[12] I. S. Goldstein, J. M. Easter. An improved process for converting cellulose to ethanol[J]. Tappi Journal, 1992, (75): 135～140.

[13] B. H. Um, M. N. Karim, L. L. Henk. Effect of sulfuric and phosphoric acid pretreatments on enzymatic hydrolysis of corn stover[J]. Applied Biochemistry and Biotechnology, 2003, (105): 115～125.

[14] T. A. Lloyd, C. E. Wyman. Combined sugar yields for dilute sulfuric acid pretreatment of corn stover followed

　　by enzymatic hydrolysis of the remaining solids[J]. Bioresource Technology, 2005,(96): 1967~1977.

[15]　J. D. Mc Millan. Pretreatment of lignocellulosic biomass [J]. ACS Symposium Series, 1994, 566:292~324.

[16]　张木明,徐振林,张兴秀,等. 预处理对稻草秸秆纤维素酶解产糖及纤维素木质素含量的影响[J]. 农产品加工·学刊,2006,3(58):4~6.

The Degradation Effect of Lignocellulose with
^{60}Co γ-rays Radiation Pretreatment

WANG Ke-qin[1,2]　**XIONG Xing-yao**[1]　**CHENG Keke**[3]　**SU Xiao-jun**[1]

(1. *Hunan Engineering Laboratory for Alcohol Fuels from Biomass*, *Hunan Agricultural University*, *Changsha 410128*, *China*; 2. *Hunan Institute of Atomic Energy Application in Agriculture*, *Changsha 410125*, *China*;

3. *Institute of Nuclear and New Energy Technology*, *Tsinghua University*, *Beijing 100084*, *China*)

Abstract　In this study, the degradation effects of lignocellulosic raw material (bagasse, rice straw, corn stalk) by ^{60}Co γirradiation pretreatment at a dose loading from 500~2500kGy was studied. The results from scanning electron microscope observation show that γ-ray can effectively destroy the tissue structure of fiber and enhance the degree of damage to materials with increasing doses of radiation. Acid hydrolysis and enzymatic hydrolysis of pretreated lignocellulosic raw materials was carried out further to evaluate the pretreatment performance. When compared to lignocellulosic material that has not been pretreated, irradiation pretreatment can increase the substrate acid hydrolysis conversion rate by 18.2%~24.2%. The glucose concentration in the acid hydrolysate increases as the radiation dose intensity increases, but D-xylose and arabinose concentrations did not improve, even having a downward trend. The irradiation pretreatment can also promote the substrate enzymatic hydrolysis conversion rate (at a substrate concentration of 10%, enzyme dosage of 30 FPUg^{-1} substrate). Compared to lignocellulosic material without pretreatment, irradiation pretreatment can increase substrate conversion rate by 37.2%~67.6% with different irradiation doses. The glucose concentration increased by 9.7 to 22.9g L^{-1} when compared to lignocellulosic material that had not been pretreated. When the raw material density is increased to 0.8~0.9g (cm^3)$^{-1}$, the rates of substrate enzymatic hydrolysis and cellulose enzymatic hydrolysis as well as the glucose yield are decreased.

Keywords　Lignocelluloses, γ-irradiation pretreatment, Acid hydrolysis, Enzymatic hydrolysis, Glucose, Degradation

芦苇微晶纤维辐照酶解工艺优化*

杨青丹[1]　王克勤[1,2]　熊兴耀[1,3]　陈亮[2]

(1. 湖南农业大学生物质醇类燃料湖南省工程实验室,长沙 410128;

2. 湖南省原子能农业应用研究所,长沙 410125;

3. 湖南农业大学湖南省作物种质创新与资源利用重点实验室,长沙 410128)

摘要　采用[60]Co-γ 辐照处理芦苇微晶纤维,以提高芦苇纤维的酶解效果,通过 DNS 法测定芦苇微晶纤维酶解液中还原糖的含量,研究酶用量、酶解温度、酶解时间、底物浓度对芦苇微晶纤维酶解效果的影响,通过 L9(3⁴) 正交试验对芦苇微晶纤维酶解条件进行优化,建立芦苇微晶纤维辐照酶解新工艺。研究结果表明:芦苇微晶纤维在 0~2000kGy 辐照剂量范围内,辐照预处理最佳剂量为 800kGy。芦苇微晶纤维最优辐照酶解条件:预处理辐照剂量为 800kGy,酶解时间 36h,酶用量 50U/g,底物浓度为 10%,酶解温度 50℃。

关键词　芦苇,微晶纤维素,酶解,辐照,优化

随着化石能源危机和全球变暖,人们对新型替代生物能源日益关注,发展清洁可再生能源正成为世界上很多国家新能源政策的重要组成部分。据统计,地球上每年光合作用形成的植物生物量 2000 多亿 t[1]。

目前,木质纤维素材料的预处理主要有物理、化学、物理化学、生物等方法,但每种方法都存在一定的缺陷。有研究报道[2]发现棉纤维素经[60]Co-γ 射线和高能电子辐射后,无定形区和晶区表面的部分共价键断裂形成自由基,自由基引发纤维素发生降解反应。陈静萍等[3]人研究发现通过[60]Co-γ 射线辐射处理稻草秸秆,纤维素晶体结构被破坏,稻草秸秆表面的蜡质、硅晶体随着辐照剂量的增大破损程度增大,提高了可溶性还原糖和总糖的含量;之后与纤维素酶协同处理稻草秸秆,纤维素转化率提高到 88.7%,可溶性还原糖为 21.44%,可溶性总糖 75.85%。

本研究探讨了经[60]Co-γ 射线辐照处理的芦苇微晶纤维与纤维素酶协同作用提高纤维的酶解效率。采用正交试验优化芦苇微晶纤维预处理辐照剂量、酶用量、酶解温度、酶解时间、底物浓度等因素的最佳工艺条件。

---

* "973"计划资助项目(项目编号:2009CB226108)

联系人:王克勤,E-mail:wkq6412@163.com

1　材料与方法

1.1　材料与仪器

1.1.1　试验材料

试验样品原料为芦苇微晶纤维,湖南省泰格林集团沅江造纸厂。纤维素酶(15000U,绿色木霉,上海国药)。葡萄糖、氢氧化钠、3,5-二硝基水杨酸、丙三醇,乙酸等均为分析纯。

1.1.2　试验仪器

UV-754 型紫外可见分光光度计(上海仕元科学器材有限公司);ZHWY-C211C 多功能智能组合摇床(上海智城分析仪器制造有限公司);酸度计。

1.2　方法

1.2.1　芦苇微晶纤维制备与辐照处理

称取一定量的芦苇微晶纤维,分别采用 0kGy、400kGy、800kGy、1200kGy、1600kGy、2000kGy 剂量辐照处理,辐射钴源强度为 9.99×10^{15} Bq,辐照剂量率为 2kGy/h。

1.2.2　纤维素酶液的配制

取 1g 纤维素酶粉溶于 1000mL 的醋酸缓冲液,调节 pH 为 4.8,即为纤维素酶液(15U/mL)。

1.2.3　还原糖的测定

芦苇微晶纤维辐照酶解后还原糖分析,参照文献[4]。

1.2.4　芦苇微晶纤维最适剂量的确定

不同辐照剂量处理的芦苇微晶纤维在底物浓度为 10%,分别以 30U/g、45U/g、60U/g酶用量,在 pH 为 4.8,50℃温度下,酶解 48h。酶解后过滤定容至 100mL,测还原糖含量。还原糖产量确定芦苇微晶纤维最适的辐照处理剂量。

1.2.5　单因素试验

称取经 800kGy 辐照剂量处理的芦苇纤维素 5.00g,分别以酶用量、酶解温度、酶解时间和底物浓度因素进行单因素试验,单因素试验设计表见表 1。

表 1 单因素试验设计
表 1 单因素试验设计
Tab. 1 single factor design of experiment

酶用量(U/g)	温度(℃)	时间(h)	底物浓度(g/mL)
15	30	24	0.02
30	35	36	0.04
45	40	48	0.06
60	45	60	0.08
75	50	72	0.10
—	55	84	0.12

1.2.6 芦苇粗纤维素酶解正交试验

根据单因素试验结果,选择酶用量、酶解温度、酶解时间、底物浓度 4 个因素和相应的 3 个水平值,采用 L9(3⁴)正交表对这些因素进行正交试验(表 2 和表 3)。通过极差分析,从而优化辐照酶解条件。

表 2 正交试验因素水平
Tab. 2 Orthogonal experience level of factors

因 素	酶用量(U/g)	酶解温度(℃)	酶解时间(h)	底物浓度(%)
1	30	40	36	6
2	40	45	48	8
3	50	50	60	10

表 3 正交试验设计
Tab. 3 orthogonal experimental design

序 号	酶用量 A(U/g)	酶解温度 B(℃)	酶解时间 C(h)	底物浓度 D(h)
1	1	1	1	1
2	1	2	2	2
3	1	3	3	3
4	2	1	2	3
5	2	2	3	1
6	2	3	1	2
7	3	1	3	2
8	3	2	1	3
9	3	3	2	1

2 结果与分析

2.1 不同辐照剂量处理对芦苇微晶纤维素的酶解效果

在 0～2000kGy 辐照剂量范围内,通过辐照预处理的芦苇微晶纤维分别在不同纤维素酶活条件下进行酶解,通过测定纤维转化生成的还原糖含量,评价辐照剂量对芦苇微晶纤维酶解效果的影响。参照文献 DNS 法[4]测定还原糖的方法,制作葡萄糖标准曲线方程为 $Y= 0.2101X+0.0048$,其中,Y 为吸光度,X 为葡萄糖含(mg),$R^2=0.9999$。芦苇微晶纤维素样品在底物浓度 10%,50℃温度条件下,分别用酶量 30U/g、45U/g、60U/g,在 pH 为 4.8 条件下酶解 48h。酶解后过滤定容至 100mL,通过测得样品液的吸光度计算出样品酶解的还原糖百分含量,如图 1 所示。从图 1 可以看出,在 30U/g 低酶量条件下,0~800kGy 辐照处理剂量芦苇微晶纤维还原糖产量变化不大,当辐照剂量增加到 1600kGy 时,还原糖产量迅速增加,表现为较好的辐照效应,当辐照剂量超过 2000kGy 时,还原糖产量开始下降,表现为酶效降低。当酶量增加到 45U/g 时,0~800kGy 辐照处理剂量芦苇微晶纤维还原糖产量增加较快,当辐照剂量从 800kGy 增加到 2000kGy 时,还原糖产量增加趋于平稳。当酶量增加到 60U/g 时,芦苇微晶纤维酶解还原糖产量变化和用酶量 45U/g 基本相同,不表现酶效作用。因此,从经济考虑,选择 800kGy 预处理辐照剂量,可表现为辐照与酶解的协同作用效果。

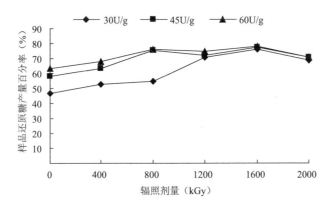

图 1　不同辐照剂量处理芦苇微晶纤维不同酶量酶解的还原糖产量

Fig. 1　Reducing sugar yields of Phragmites Australis microcrystalline cellulose treated in different irradiation dose in various enzyme dosage

2.2　不同酶解条件对芦苇微晶纤维酶解效果的影响

2.2.1　纤维素酶用量对芦苇微晶纤维酶解效果的影响

在底物浓度为 10%,50℃酶解温度,pH 为 4.8 的条件下,分别用不同用量纤维素酶对芦苇微晶纤维进行酶解。从图 2 可以看出,酶用量从 15U/g 增加到 45U/g,表现为酶解效率增加、还原糖的产量显著的增加,但当酶用量大于 45U/g 时,酶解效率降低、还原糖的产量趋于平稳。结果表明纤维素酶用量在 20~50U/g 范围内,纤维素酶与辐照处理有协同作用效果,纤维素可以充分水解。

2.2.2　酶解温度对芦苇微晶纤维酶解效果的影响

在芦苇微晶纤维酶解底物浓度 10%,酶用量 30U/g,pH 为 4.8 条件下,在不同酶解温度下酶解 48h,从图 3 可以看出,酶解温度从 30℃到 50℃,样品的还原糖产量不断增加,酶解效果好,但当酶解温度高于50℃时,水解效果明显下降。说明纤维素酶对温度比较敏感,温度太低,酶解效率不高;温度太高,酶又容易失活。

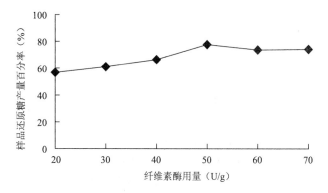

图2　不同纤维素酶用量的芦苇微晶纤维酶解还原糖的产量

Fig. 2　Reducing sugar yields of Phragmites Australis microcrystalline cellulose in various enzyme dosage

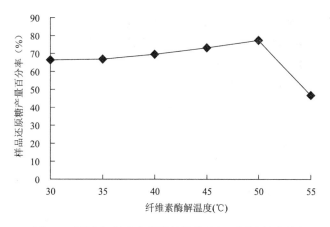

图3　不同酶解温度芦苇微晶纤维酶解还原糖的产量

Fig. 3　Reducing sugar yields of Phragmites Australis microcrystalline cellulose
in various enzymatic hydrolysis temperature

2.2.3　酶解时间对芦苇微晶纤维酶解效果的影响

在芦苇微晶纤维酶解底物浓度10%,酶用量30U/g,50℃酶解温度,pH为4.8条件下,在不同酶解时间下酶解48h,由图4可以看出,纤维素的酶解周期比较长,在初期反应速度很快,还原糖产量增加较快,36h后增加幅度较小,48h时还原糖产量高达81%,48h以后还原糖含量下降的速度很快。这主要是在反应初始,底物与纤维素酶充分接触吸附,纤维素酶解速度较快,随着时间的延长,纤维素的量减少,反应液中还原糖的浓度增加,对酶解产生抑制作用。

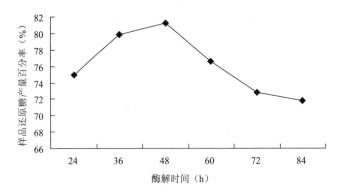

图 4　不同酶解时间芦苇微晶纤维酶解还原糖的产量

Fig. 4　Reducing sugar yields of Phragmites Australis microcrystalline cellulose in various enzymatic hydrolysis time

2.2.4　底物浓度比对芦苇微晶纤维酶解效果的影响

在芦苇微晶纤维酶用量 30U/g,50℃酶解温度,pH 为 4.8 条件下,酶解 48h,由图 5 可以看出,随着底物浓度的增加,酶解效率和还原糖产量随着提高,底物浓度为 8% 所得还原糖产量最高,酶解效率高,这是因为酶首先吸附在纤维素的表面上,然后发生化学反应,但当底物浓度大于 10%,酶与纤维素不能充分接触,从而影响酶解的充分进行,还原糖得率也随之下降。

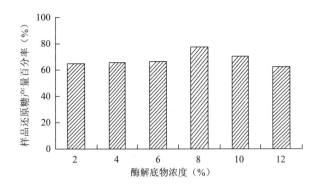

图 5　不同酶解底物浓度芦苇微晶纤维酶解还原糖的产量

Fig. 5　reducing sugar yields of Phragmites Australis microcrystalline cellulose in various enzymatic hydrolysis substrate concentration

2.3　芦苇微晶纤维酶解条件优化

在单因素试验基础上,采用 L9(3^4)正交试验,优化酶用量、酶解温度、酶解时间、底物浓度各因素之间的相互作用。由表 4 可知,四个因素的极差 $R_C > R_A > R_D > R_B$,因此既选水平下四因素对工艺影响的贡献程度分别为酶解时间>酶用量>底物浓度>酶解温度。考虑到综合经济效益以及因素对工艺的影响程度,确定其中最佳酶用量水平为 A_2,最佳

酶解温度水平为 B_1,最佳酶解时间水平为 C_1,最佳酶解底物浓度水平 D_3,为由此得出最佳酶解条件是 $A_2B_1C_1D_3$,即酶用量 40U/g,酶解温度 40℃,酶解时间 36h,底物浓度为 10%。

表 4 正交试验结果
Tab. 4 The analysis of orthogonal experience results

序号	酶用量 A	酶解温度 B	酶解时间 C	底物浓度 D	还原糖产量(%)
1	1	1	1	1	69.0
2	1	2	2	2	71.6
3	1	3	3	3	54.8
4	2	1	2	3	77.4
5	2	2	3	1	50.2
6	2	3	1	2	81.0
7	3	1	3	2	59.8
8	3	2	1	3	81.83
9	3	3	2	1	79.17
K_1	65.133	68.733	77.277	66.123	
K_2	69.533	67.877	76.057	70.800	
K_3	73.600	71.657	54.933	71.343	
R	8.467	3.78	22.344	5.22	

3 结论

采用 $^{60}Co\text{-}\gamma$ 辐照处理芦苇微晶纤维,可以提高芦苇纤维的酶解效果,增加纤维素还原糖的产量。芦苇微晶纤维在 0~2000kGy 辐照剂量范围内,辐照预处理最佳剂量为 800kGy。通过 L9(3^4)正交试验对芦苇微晶纤维酶解条件进行优化,建立芦苇微晶纤维辐照酶解新工艺。芦苇微晶纤维最优辐照酶解条件:纤维素酶用量 40U/g,酶解温度 40℃,酶解时间 36h,酶解底物浓度 10%。在此条件下,纤维素能得到充分水解,并且能有效地节约能源,减少副产物的产生。

参考文献

[1] 李淑君. 植物纤维素水解技术[M]. 化学工业出版社,2009,(1):1.

[2] 宫宁瑞,常德华,张剑容,等. 棉纤维素辐射降解的后效应[J]. 北京理工大学学报,1998,18(5):647~649.

[3] 陈静萍,王克勤,彭伟正,等. 60Co-γ 射线处理稻草秸秆对其纤维素酶解效果的影响[J]. 激光生物学报,2008,17(1):39~42.

[4] 朱海霞. 3,5-二硝基水杨酸(DNS)比色法测定马铃薯还原糖含量的研究[J]. 中国马铃薯,2005,19(5):266~269.

Process Optimization of Microcrystalline Cellulose for Phragmites Australis with Irradiation and Enzymatic Hydrolysis

YANG Qing-dan[1]　　WANG Ke-qin[1,2]　　XIONG Xing-yao[1,3]　　CHEN Liang[2]

(1. *Biomass alcohol fuel engineering laboratory of Hunan province*, *Hunan Agricultural University*, *Changsha* 410128;2. *Hunan Institute of Atomic Energy Application in Agriculture*, *Changsha* 410125, *China*;3. *Crop Germplasm and Utilization Laboratory of Hunan province*, *Hunan Agricultural University*, *Changsha* 410128,*China*)

Abstract　Phragmites Australis microcrystalline cellulose was treated by ^{60}Coγ-rays in order to improve its enzymatic hydrolysis effect. Influence on enzymolysis effects of Phragmites Australis microcrystalline cellulose in enzyme dosage, enzymatic temperature, enzymatic time and substrate concentration was studied. The water-soluble deoxidize carbohydrate were measured by DNS method. Enzymatic hydrolysis conditions of Phragmites Australis microcrystalline cellulose were optimized by L9(3^4)orthogonal experimental design. Enzymatic hydrolysis new technology of Phragmites Australis microcrystalline cellulose was established. The results show the best irradiation pretreatment dose was 800kGy within 0 to 2000kGy irradiation dose. The optimal enzymatic hydrolysis conditions of Phragmites Australis microcrystalline cellulose: 800kGy irradiation dose, 36 hours enzymatic hydrolysis time, 50U • g^{-1} enzyme dosage, 10% substrate concentration and 50℃ enzymatic temperature.

Keywords　Phragmites australis, microcrystalline cellulose, Irradiation, Enzymatic hydrolysis, Optimization

辐照-酶处理对玉米秸秆的影响*

易锦琼[1,2]　熊兴耀[1]

(1. 湖南省作物种质创新与资源利用重点实验室,长沙 410128;2. 湖南农业大学园艺园林学院,长沙 410128)

摘要　本试验以^{60}Co 为辐照源,研究了 0～2000kGy 不同辐照剂量处理对玉米秸秆水解及酶解还原糖产量的影响,采用 DNS 法测定样品中水溶性还原糖的含量,探讨了辐照剂量与还原糖生成量之间的关系。结果表明:①较高剂量的辐照对玉米秸秆有明显的降解糖化作用,1200kGy、1600kGy、2000kGy 剂量辐照后玉米杆和玉米叶的还原糖含量分别提高了 69.88%,445.63%。②辐照后玉米秸秆易于酶解,随着辐照剂量的增大,酶解产糖量显著增加。辐照后的玉米杆和玉米叶经酶解处理,其还原糖含量分别增加了 16.63%～184.13%和8.49%～228.45%。

关键词　辐照,玉米秸秆,酶解

以生物质燃料乙醇作为石油的代用能源,其关键是降低燃料乙醇的生产成本。目前利用淀粉生产燃料乙醇的技术已十分成熟,且淀粉质原料也易从农业生产中得到。但利用成本更低来源更广的木质纤维素作为生产燃料乙醇的原料将是今后发展的重要方向。这些丰富而廉价的纤维素原料包括[1]:①农业废弃物,如稻草、玉米秸秆、甘蔗渣等;②工业废弃物,如制浆造纸的工业废渣、锯木屑等;③林业废弃物,如软木、硬木、碎木片等;④城市生活垃圾,如废纸。利用木质纤维素制备燃料乙醇的技术瓶颈是如何有效地改变纤维的特殊结构以提高其反应活性[2]。常用的木质纤维原料预处理方法较多,包括物理法、化学法、物理化学法、生物法等[3~6],这些方法都存在一定的缺陷,如效率低、耗能大,生成对后续水解、发酵工艺有抑制作用的副产物等[7~8]。辐照处理作为一种物理手段,可使纤维素聚合度下降,结构松散,反应可及度提高,具有处理时间短、操作简单、能耗低、不污染环境等优点[9]。

因此,笔者以玉米秸秆为原料,研究了辐照预处理对玉米秸秆酶解的影响。

1　材料与方法

1.1　试验材料与仪器

试验材料与仪器:

---

* "973"计划资助项目(项目编号:2009CB226108)

联系人:熊兴耀,E-mail:xiongxingyao@126.com

玉米秸秆(采自湖南省农科院作物所试验基地);

纤维素酶[无锡市雪梅酶制剂科技有限公司生产(4 万单位/g)];

柠檬酸、柠檬酸钠、3,5-二硝基水杨酸、氢氧化钠、甘油等(均为分析纯);

WFJ-7200 型可见分光光度计[尤尼柯(上海)仪器有限公司];

双层恒温培养振荡器(上海智诚分析仪器制造有限公司);

低速离心机(北京京立离心机有限公司)。

1.2　材料前处理

将玉米秆和玉米叶进行分离,清洗并除去其中的杂质、尘埃,烘箱中 60℃烘干。用中草药粉碎机粉碎后,分别装瓶备用。

1.3　辐照处理

将上述材料分装于 250ml 玻璃瓶中,在室温下进行辐照。采用 ^{60}Co 辐射源,源强为 9.99×105Bq ,剂量率为 2kGy/h。辐照剂量分别为 0、400kGy、800kGy、1200kGy、1600kGy、2000kGy。辐照后的样品密封于玻璃瓶中,室温下避光保存。

1.4　辐照后玉米秸秆中还原糖含量测定

各称取 1g 不同辐照剂量玉米秸秆粉末于 150mL 碘量瓶中,加入 20mL 蒸馏水。将碘量瓶置于恒温振荡器中,设置温度为 50℃、转速为 140r/min,水提 4h 后离心取上清液,测定其还原糖含量。设三组平行。

1.5　辐照后玉米秸秆的酶水解方法

各称取 1g 不同辐照剂量玉米秸秆于 150mL 碘量瓶中,加入 20mL、pH4.8 的柠檬酸-柠檬酸钠缓冲液和 2mL、2.5g/L 纤维素酶液。在温度为 50℃、转速 140r/min 的恒温振荡器中反应 48h。酶解完成后沸水浴终止反应,酶水解产物于离心机中 5000r/min,离心 5min 得到上清液,测定其还原糖含量。设三组平行。

1.6　还原糖的分析方法

离心后的上清液经适当倍数的稀释后,采样 DNS 法对还原糖含量进行测定[10~11]。

2　结果与分析

2.1　辐照对玉米秸秆中还原糖含量的影响

对玉米秸秆进行不同剂量的辐照处理,玉米秆和玉米叶中的水溶性还原糖含量均发生了变化,如图 1 所示。较低的辐照剂量 400kGy、800kGy 对玉米叶几乎没有降解作用,还原糖含量变化不大。1200kGy、1600kGy 剂量下降解产糖的效果较为明显,而 2000kGy 剂量的辐照使得玉米叶中的还原糖含量急剧增加。采用 2000kGy 剂量的辐照处理后,1g

玉米叶中还原糖含量增加到 159.606mg,未辐照的材料还原糖含量仅为 29.252mg,增大率为 445.63%。玉米秆在 400kGy、800kGy 剂量辐照后还原糖含量减少,1200kGy、1600kGy 剂量下辐照降解得糖较少,经 2000kGy 剂量辐照后,1g 玉米秆还原糖含量由 90.154mg 增大到 153.15mg,增加了 69.88%。何源禄等[12]认为低剂量的辐照作用主要导致大分子聚合,高剂量才对纤维素有明显降解作用。本研究中还原糖含量随辐照剂量的变化在一定程度上验证了此规律。

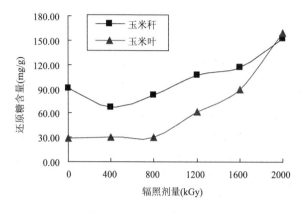

图 1　辐照对玉米秸秆降解糖化的影响

Fig. 1　Effects of degradation on corn straw after Irradiation

2.2　辐照-酶解对玉米秸秆的影响

玉米秸秆经不同剂量辐照处理后,添加纤维素酶对其进行酶解,测得各剂量辐照处理与酶结合降解玉米秸秆所得还原糖含量变化情况如图 2。从图中可看出,辐照处理后的玉米秸秆,其酶解后还原糖含量的增加与辐照剂量在一定范围内成正相关。玉米杆还原糖含量变化分 2 个区。当辐照剂量在 400~1200kGy 之间时,随着剂量的增加,还原糖含量缓慢增加;在 1200~2000kGy 之间时,还原糖产量显著提高。玉米叶的变化情况也分为 2 个区,当剂量从 0 增加到 400kGy 时酶解得糖量基本不变。在 400~2000kGy 间,酶解产糖量随剂量的增加而骤增,呈稳定上升趋势。

如图 2 所示,当剂量为 800~2000kGy,辐照处理结合酶降解玉米叶的效果优于玉米秆,可能是由于玉米秆和玉米叶纤维素组分比例差异造成的。总的来说,辐照-酶解相结合处理玉米秸秆效果优于单一的辐照处理和单一酶处理,这一结论与陈静萍等[13]的研究相符。

3　讨论

以玉米秸秆纤维素制取燃料乙醇,由于木质纤维素结构复杂,降低了酶制剂与纤维素的有效接触,使得酶解效率低,材料利用率低。本试验采用辐照处理玉米秸秆,使其发生了一些变化,如秸秆中水溶性还原糖含量增加,酶解得糖率增大,这些变化可能是辐照

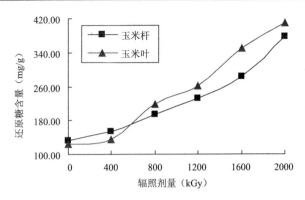

图 2　辐照-酶照玉米秸秆还原糖含量变化情况

Fig. 2　Changes of reducing sugar of corn straw with compound treatment radiation-enzyme

作用改变玉米秸秆纤维素结构造成的,即一方面部分纤维素、半纤维素被直接降解成糖,致使辐照后的材料中还原糖含量增加;另一方面辐照作用于纤维素结构,使得纤维素-半纤维素-木质素的紧密结构被破坏,间隙增大,利于酶进入木质纤维素内部,有效酶触面积增大,从而降解效率提高,原料利用率提高。笔者认为,辐照作为一种方便、高效的清洁能源,应用于纤维素材料的预处理,能有效提高材料的糖化率,与纤维素酶协同处理木质纤维素是生物质燃料乙醇转化的最佳途径。

参考文献

［1］ Jeewon Lee. Biological conversion of lignocellulosic biomass to ethanol[J]. J. Biotechnol,1997,(56):1~24.

［2］ 张强,陆军,侯霖,等. 玉米秸秆发酵法生产酒精的研究进展[J]. 饲料工业,2005,26(9):20~23.

［3］ 刘德礼,谢林生,马玉录. 木质纤维素预处理技术研究进展[J]. 酿酒科技,2009,(1):105~109.

［4］ 唐爱民,梁文芷. 超声波活化处理提高纤维素选择性氧化反应性能的研究[J]. 声学技术,2000,19(3):121~124.

［5］ 黄玉龙,庞中存,崔治家,等. 小麦秸秆木质纤维素预处理技术研究[J]. 酿酒科技,2009,(7):21~23.

［6］ 柯静,余洪波,徐春燕,等. 促进玉米秸秆酶解效率的化学处理方法比较[J].纤维素科学与技术,2008,16(1):7~12.

［7］ 计红果,庞浩,张容丽,等. 木质纤维素的预处理及其酶解[J]. 化学通报,2008(5):329~335.

［8］ 金慧,王黎春,杜风光,等. 木质纤维素原料生产燃料乙醇预处理技术研究进展[J]. 酿酒科技,2009 (7):95~98.

［9］ 唐爱民,梁文芷. 纤维素预处理技术的发展[J]. 林产化学与工业,1999,19(4):81~88.

［10］ 孙伟伟,曹维强,王静. DNS法测定玉米秸秆中总糖[J]. 食品研究与开发,2006,27(6):120~122.

［11］ 赵春玲,王秀霞,李琼. 3,5-二硝基水杨酸比色法测定废烟草中总糖[J]. 湖北工业大学学报,2006,21(6):62~65.

［12］ 何源禄,王玉华. 苏联植物纤维原料辐射水解研究进展[J]. 核技术,1987,(2):1~6.

［13］ 陈静萍,王克勤,熊兴耀,等. ⁶⁰Co-γ 射线处理稻草秸秆对其纤维质酶解效果的影响[J]. 激光生物学报,2008,17(1):38~42.

Effect of Combined Gama-Irradiation and Hydrolysis Treatment on Corn Straw

YI Jin-qiong[1,2]   **XIONG Xing-yao**[1]

(1. *Hunan Provincial Key Laboratory for Gerplasm Innovation and Utilization of Crop*, *Changsha* 410128,*China*;2. *College of Horticulture and Landscape Architecture*, *Hunan Agricultural University*, *Changsha* 410128,*China*)

Abstract   The influence of the different-energy irradiation between 0 to 2000kGy on saccharification and enzymatic hydrolysis of corn straw sugar with the radiation source of ^{60}Co was studied. Adopt DNS method in hopes of the analysis of the relation between irradiation-dosage and content of reducing sugar. The result shows that the higher dose of irradiation brings significant increase in the corn straw saccharification. Saccharification of 2000kGy gamma treated corn stalks and corn leaves give a higher 69. 88%, 445. 63% increase in reducing sugar than untreated. At lower dose a slight increase reducing sugar has been found as compared to unirradiated sample. The result also indicates that enzyme combined with gama-irradiation treated on corn stalk, with the rise of radiation dose, the enzyme significantly increases sugar yield. Content of reducing sugar of corn stalks and corn leaves has been increased by 16. 63%~184. 13% and 8. 49%~228. 45% after irradiation.

Keywords   Irradiation,Corn straw, Enzymatic hydrolysis

$PSi_6/PSi_6^+/PSi_6^-$ 结构和稳定性的理论研究 *

常玉　李国良　高爱梅　陈红雨　李前树

(华南师范大学化学与环境学院，广州 510006)

摘要　采用密度泛函(DFT)中的 B3LYP 方法，选择 6-311+G* 基组进行计算，优化并得到了 PSi_6/ PSi_6^+/ PSi_6^- 的基态结构以及一系列次稳定结构。计算了它们的相对能量，并对三者结构和能量进行了对比。与纯 Si_7 结构类似，PSi_6/ PSi_6^+/ PSi_6^- 均以五角双锥结构为最稳定结构。增加电子和减少电子对次稳定结构影响较大：增加电子改变了次稳定结构构型，减少电子改变了次稳定结构的稳定性顺序。

关键词　密度泛函，B3LYP，PSi_6/ PSi_6^+/ PSi_6^-，稳定结构

1 前言

近年来能源危机的日趋严重，作为良好半导体材料的硅材料在太阳能电池领域得到大量应用。硅晶体为金刚石结构，其中的硅原子为 sp^3 杂化，四个最邻近的原子构成共价四面体，硅晶体中所有价电子均束缚在共价键上，没有自由电子，不能导电。当在纯硅中掺入特定类型的杂质原子则会产生载流子，增强导电性。如掺入五价杂质元素磷、As 时，其五个价电子中有四个与周围的硅原子形成共价结合，第五个电子没有可供结合的键，成为自由电子导电。若掺入微量三价元素硼时，则形成空穴载流子导电。实际的硅晶体中，B、P、As 同时存在，即在硅晶体中实际存在着空穴-电子对，形成 P-N 结。当光线照射太阳电池表面时，一部分光子被硅材料吸收；光子的能量传递给了硅原子，使电子发生了跃迁，成为自由电子在 P-N 结两侧集聚形成了电位差。这种少数载流子数量越多，光转换效率越高。但在多晶硅中还同时存在着 C/O/N/Cu/Fe/Ti/Ni 等杂质以及大量晶体微缺陷。这些微缺陷和杂质形成一些深能级并成为光生少数载流子的复合中心，严重影响着电池的光转换效率。因此这些杂质的存在对于晶体硅的导电性能及太阳能电池的光转换效率有着重要的影响，开展杂质对于晶体性能影响的研究非常重要。

原子簇化学在非低温超导理论研究方面起过非常重要的作用。从原子簇的角度开

* "973"计划资助项目(项目编号：2009CB226109)

联系人：陈红雨，E-mail: hychen@scnu.edu.cn

展杂质对于半导体硅的性质、结构的影响以及对于太阳能电池用多晶硅的影响对于该领域的研究也将具有启发式的推动作用。对于太阳能电池的光电转换效率的提高将有很大的影响。

近年来,从原子簇角度考察这些掺杂元素影响的研究开展较多。关于金属尤其是过渡金属原子掺杂硅原子簇的研究开展得较多[1~10]。研究表明:由于硅悬键的存在,纯硅在形成大尺寸团簇时其稳定性较差。掺入了杂质原子以后,较有效地饱和了硅中的悬键,稳定性大大提高。研究表明,非金属掺杂不同于金属掺杂。其容易形成取代结构和戴帽结构,而金属掺杂则易形成笼状结构。但掺杂后整体稳定性都有所提高。关于非金属原子掺杂的研究主要集中在 C、N 等非金属方面[11~13],关于 P 掺杂硅原子簇的影响研究较少,特别是具有带电掺杂 P 的原子簇的研究目前还没有发现。但在太阳能电池光电转换的过程中,这种带电体是存在的。对于带电掺杂 P 的 Si 原子簇的性能的研究非常必要。

一系列关于纯硅原子簇的研究表明 Si_7 的稳定性较其相邻原子簇较高[5,7,14]。因此我们选取 Si_7 原子簇作为我们考虑的结构母体,用一个磷原子取代其中的一个硅原子用密度泛函理论(DFT)中的 B3LYP 方法对结构进行优化,考察磷原子对于纯硅原子簇结构及其稳定性的影响。在此基础上,考察在中性原子簇上加上或去掉一个电子对于中性原子簇结构及其稳定性等相关性质的影响。

2 方法

采用密度泛函理论(DFT)中的 B3LYP 泛函方法,选取 6-311＋G* 基组进行计算,所有的技术在 Gaussian 03 程序包[15]上进行。为了验证所选方法和基组的合理性,我们在相同条件下计算了 Si 原子以及 P 原子的离解能和电子亲和势。我们计算得到的 Si 原子的离解能和电子亲和势分别为 8.11eV、1.33eV,P 原子的离解能和电子亲和势分别为 10.39eV、0.91eV,它们相对应的实验值分别为 Si 原子的离解能和电子亲和势为 8.15eV 和 1.5eV,P 原子的离解能和电子亲和势分别为 10.49eV 和 0.77eV。以上数据显示,我们的计算值和实验值非常接近。同时,我们还计算了 Si_2 二聚体和其负离子的键长及离解能,并与实验值进行了比较。我们的计算结果表明三态的 Si_2 具有较低能量。相应的 Si-Si 键长为 2.28Å,离解能为 3.06eV。由实验值获得的相关键长为 2.25Å,离解能为 3.33eV。以上结果说明我们所选择的计算方法适合计算 P 掺杂的 Si 团簇的二元半导体体系。

3 结果与讨论

图 1、图 2 和图 3 分别给出了优化后 PSi_6、PSi_6^{+}、PSi_6^{-} 的较稳定的结构及其相对能量值。每个结构以 6x-y 的形式进行命名。其中,x 指 n、c、a 三个字母,分别代表中性、正离子和负离子原子簇;y 指 1~6 的阿拉伯数字,代表着该结构的稳定性大小,数字越大,则该结构稳定性越差。

3.1 中性

中性 PSi_6 的较稳定结构大致包括两种类型，五角双锥和双戴帽三角双锥结构。具体结构如表 1 所示。如图 1 所示，最稳定结构 6n-1 为 C_{2v} 五角双锥结构。此结构和纯硅 Si_7 的结构非常类似，可看作由一个 P 原子取代五边形上一个 Si 原子后形成的结构。如果 P 原子的取代位变为五角锥的锥形顶点如图 1 中 6n-2 所示，则该结构稳定性将有所降低，其相对能量将较图 1 中 6n-1 升高 2.85kcal/mol（1cal＝4.1868J，下同）。另外一种较稳定的结构类型为三角双锥戴帽结构，不同的戴帽位置和不同的 P 取代位置对结构的稳定性有着很大的影响。三角双锥中最稳定的结构如图 1 中 6n-3 所示，P 原子取代了锥形顶点的 Si 原子，其他两个硅原子面戴帽于三角双锥的下半锥，呈面对称。该结构相对能量较图 1 中 6n-1 高出 4.21kcal/mol。如果 P 的取代位置变为三角双锥基三角其中一顶点，结构的能量也将随之升高，其相对能量变为 5.11kcal/mol，稳定性降低，如图 1 中 6n-4 所示，两 Si 原子的戴帽为顺式面戴帽。图 1 中 6n-5 呈 P 原子锥形顶点取代结构，与图 1 中 6n-3 不同的是两个 Si 的面戴帽位置与 P 原子处于同一半锥，即 P 原子与两 Si 原子间距较近，其相对能量较图 1 中 6n-1 高出 5.17kcal/mol。可以看出，图 1 中 6n-4 和 6n-5 两结构能量相近，相差仅为 0.06kcal/mol，可视为简并结构。图 1 中 6n-6 与 6n-4 类似，均为 Si 原子的顺式面戴帽结构，不同的是 P 原子在图 1 中 6n-6 中取代的是锥顶点 Si 原子，则此结构稳定性较 6n-4 降低，其相对能量为 6.78kcal/mol。各结构具体参数如表 1 所示。

表 1　PSi₆ 团簇的结构参数
Tab. 1　Structural parameters of PSi₆ clustser

PSi_6	parameters		ΔE	PSi_6	parameters		ΔE	PSi_6	parameters		ΔE
6n-1	R_{1-7}	2.418	0.00	6n-3	A_{213}	65.3		6n-5	R_{4-5}	2.465	
	R_{1-2}	2.376			D_{2413}	71.2			R_{3-4}	2.548	
	R_{2-3}	2.473		6n-4	R_{1-2}	2.443	5.11		A_{312}	64.3	
	A_{215}	115.5			R_{1-4}	2.545			A_{342}	64.6	
	A_{123}	103.7			R_{1-5}	2.448			A_{352}	70.1	
	D_{5123}	180.0			R_{4-5}	2.477			D_{3452}	79.8	
6n-2	R_{1-2}	2.376	2.85		R_{2-4}	2.556		6n-6	R_{2-3}	2.507	
	R_{2-6}	2.471			R_{2-6}	2.462			R_{2-5}	2.601	
	A_{613}	106.7			R_{1-7}	2.315			R_{1-3}	2.365	
6n-3	R_{1-2}	2.301	4.21		A_{514}	59.4			R_{1-5}	2.489	
	R_{1-4}	2.571			A_{312}	112.3			R_{3-6}	2.477	
	R_{2-4}	2.484			A_{512}	59.5			R_{2-6}	2.559	
	R_{2-3}	2.484			D_{5124}	69.0			A_{312}	62.1	
	R_{4-5}	2.695		6n-5	R_{1-2}	2.559	5.17		A_{325}	93.6	
	R_{2-5}	2.614			R_{1-6}	2.323			D_{1235}	47.9	
	A_{243}	57.8			R_{3-5}	2.370					

注：ΔE 的单位为 kcal/mol；R 代表键长，单位为 Å；A 代表三原子所成角度；D 代表二面角。

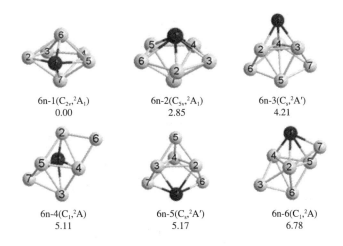

6n-1(C_{2v},$^2A_1$)
0.00

6n-2(C_{5v},$^2A_1$)
2.85

6n-3(C_s,$^2A'$)
4.21

6n-4(C_1,^2A)
5.11

6n-5(C_s,$^2A'$)
5.17

6n-6(C_1,^2A)
6.78

图 1 PSi_6 的稳定性较高结构及相对能量

Fig. 1   Representative low energy structures and their relative energies of PSi_6 clusters

由此结构与能量分析可以看出，五角双锥为 PSi_6 最稳定构型。对于同类型结构，以 P 原子取代配位数较低所成结构较为稳定。如图 1 中 6n-1 为 4 配位，同类型结构 6n-2 为 5 配位；6n-3 为 3 配位，同类型其他结构均为 4 配位。可能由于 P 原子外孤对电子的排斥作用，Si 原子面戴帽时，通常尽量占据较 P 原子距离较远位置。

3.2   正离子

从中性原子簇去掉一个电子后，其结构基本构型未发生明显变化。和中性原子簇 PSi_6 类似，五角双锥结构 6c-1 为 PSi_6^+ 最稳定构型，保持 C_{2v} 对称性不变，P 原子占据基五角形一顶点位置(图 2)。

但 P—Si2 键由中性 2.376Å 变为 2.429Å，Si2—Si3 键由 2.473Å 增长至 2.505Å。相应基五角形角度 A_{215} 由 115.5° 增加至 117.4°。但 P—Si6 键键长则由 2.418Å 减小为 2.347Å，Si2—Si6 键由 2.573Å 减小至 2.549Å，二面角 D6517 由 84.1° 减小为 76.3°。整个锥形结构被纵向压缩而被横向拉伸。也就是说，去掉一个电子后，基五角形上 P 原子与 Si 原子间作用以及各 Si 原子间相互作用均有所减弱，而锥形顶点 Si 原子与基面原子间的作用则有所增强。6c-2 为正离子 PSi_6^+ 另外一个稳定性较强五角双锥构型，比 6c-1 高 1.2kcal/mol，其结构和 6n-2 类似，磷原子占据锥形顶点位置，为 C_{5v} 对称结构。详细结构数据分析表明与中性结构对比，去除一个电子后，该锥形结构被纵向压缩，横向拉伸，锥顶点原子与基面原子间作用增强，而基面各原子间相互作用被减弱。6c-3、6c-4、6c-5、6c-6 均为双戴帽三角双锥结构，其相对能量分别比 6c-1 高 3.61kcal/mol、4.57kcal/mol、5.76kcal/mol 和 7.90kcal/mol。与中性结构相比较而言，它们的稳定性次序有所改变，且 6c-4 除了之外，P 原子更趋于占据基三角形顶点的位置。各结构具体参数见表 2。

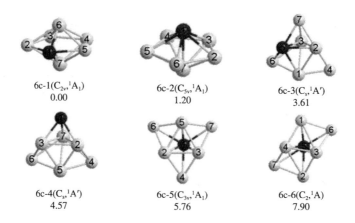

6c-1(C_{2v},$^1A_1$)　　　　6c-2(C_{5v},$^1A_1$)　　　　6c-3(C_s,$^1A'$)
0.00　　　　　　　　1.20　　　　　　　　3.61

6c-4(C_s,$^1A'$)　　　　6c-5(C_{3v},$^1A_1$)　　　　6c-6(C_2,^1A)
4.57　　　　　　　　5.76　　　　　　　　7.90

图 2　PSi_6^+ 的稳定性较高结构及相对能量

Fig. 2　Representative low energy structures and their relative energies of PSi_6^+ clusters

表 2　PSi_6^+ 团簇的结构参数

Tab. 2　Structural parameters of PSi_6^+ clustser

PSi_6^+	parameters		ΔE	PSi_6^+	parameters		ΔE	PSi_6^+	parameters		ΔE
6c-1	R_{1-5}	2.429	0.0	6c-3	R_{5-6}	2.325		6c-4	D_{5731}	132.2	
	R_{1-6}	2.347			A_{235}	59.3		6c-5	R_{1-2}	2.440	5.76
	R_{5-6}	2.548			A_{137}	104.0			R_{2-5}	2.563	
	A_{215}	117.4			D_{5237}	66.8			A_{415}	104.6	
	A_{154}	103.2			D_{1357}	139.3			A_{213}	63.3	
	D_{2154}	0.0		6c-4	R_{1-3}	2.233	4.57	6c-6	R_{1-4}	2.404	7.9
6c-2	R_{1-6}	2.482	1.20		R_{3-7}	2.589			R_{1-5}	2.465	
	R_{6-7}	2.487			R_{2-3}	2.576			R_{4-5}	2.442	
	A_{562}	108.0			R_{3-5}	2.473			R_{5-6}	2.681	
6c-3	R_{5-7}	2.325	3.61		R_{3-6}	2.349			R_{2-5}	2.465	
	R_{35}	2.443			A_{372}	59.7			A_{415}	58.7	
	R_{2-5}	2.493			A_{157}	96.8			A_{452}	59.2	
	R_{1-2}	2.657			D_{3174}	64.1			D_{1453}	82.8	

注:ΔE 的单位为 kcal/mol；R 代表键长,单位为 Å；A 代表三原子所成角度；D 代表二面角。

3.3　负离子

在中性原子簇上加上一个电子后得到的优化构型如图 3 所示,其影响与去掉一个电子相比较略有不同。P 原子取代基五角形顶点 Si 原子的五角双锥结构 6a-1 仍然是最稳定的构型,对称性 C_{2v}。与中性原子簇相对比结果表明:P—Si2 键键长由中性 2.376Å 缩短为 2.328Å,Si2—Si3 键长由 2.473Å 减小至 2.421Å。相应基五角形角度 A_{215} 稍有减小,由 115.5°变为 114.9°。但 P—Si6 键键长则由 2.418Å 增加至 2.507Å,Si2—Si6 键由 2.573Å 变为 2.647Å,二面角 D6517 增大,由 84.1°变为 93.0°。此变化正与加上电子所带来的影

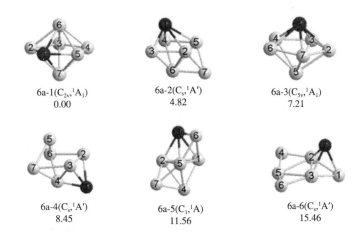

图 3 PSi_6^- 的稳定性较高结构及相对能量

Fig. 3 Representative low energy structures and their relative energies of PSi_6^- clusters

响相反:整个锥形结构被纵向拉伸和横向压缩。也就是说,去掉一个电子后,基五角形上 P 原子与 Si 原子间作用以及各 Si 原子间相互作用均有所增强,而锥形顶点 Si 原子与基面原子间的作用则有所减弱。PSi_6^- 的次稳定结构 6a-2 为一个变形的 C_s 对称的面戴帽四角双锥结构,其能量比 6a-1 高 4.82kcal/mol,P 原子位于锥形顶点,Si 原子戴帽于底锥面上。P 原子位于锥形顶点的五角双锥结构 6a-3 较四角双锥结构更不稳定,其能量高出 6a-2 2.39kcal/mol。第四个相对较稳定的优化结构 6a-4 同样呈现面戴帽变形四角双锥结构,能量高出 6a-1 8.45kcal/mol。与 6a-2 不同的是,P 原子占据了面戴帽的位置。6a-5 是两 Si 原子顺式面戴帽的三角双锥结构,P 原子取代了双锥顶点位置的 Si 原子,此结构与中性原子簇 6n-6 非常类似,能量相对 6a-1 高出 11.56 kcal/mol。6a-6 是一个完全不同于中性和阳离子原子簇的新的构型。该构型中除 Si1 外,几乎所有的 Si 原子处于同一平面,以三角形方式进行排列,二面角 D1324 为 155.4°,P 原子面戴帽于 1、2、3 号 Si 原子组成的平面,其能量比 6a-1 高 15.46kcal/mol。各结构具体参数如表 3 所示。

4 结论

1) PSi_6 原子簇稳定构型包括五角双锥和双戴帽三角双锥两种结构。其最稳定构型和纯硅 Si_7 的构型类似,均为五角双锥结构,可看成 P 原子取代纯硅 Si_7 上的一个 Si 原子构成。类似构型中,P 原子趋于占据配位数较少的位置。

2) 从中性原子簇上去掉一个电子,最稳定构型基本保持不变,为 P 原子取代基五角形顶点 Si 原子构成的五角双锥结构。但产生一定变形,锥形被纵向压缩,横向拉伸。其他次稳定结构均为双戴帽三角双锥结构,对比于中性原子簇,其稳定性顺序发生改变。

3) 在中性原子簇上加上一个电子,最稳定构型保持五角双锥结构,P 原子占据相同位置。但同样发生变形,变形情况与阳离子恰恰相反,锥形被纵向拉伸,横向压缩。

4) 加上一个电子对次稳定结构影响较大,负离子次稳定结构较多呈现变形四角双锥构型。

表 3　PSi$_6^-$ 团簇的结构参数
Tab. 3　Structural parameters of PSi6-clustser

PSi$_6^-$	parameters		ΔE	PSi$_6^-$	parameters		ΔE	PSi$_6^-$	parameters		ΔE
6a-1	R$_{1-6}$	2.507	0.0	6a-3	D$_{4672}$	0.0		6a-5	R$_{3-6}$	2.222	
	R$_{5-6}$	2.647		6a-4	R$_{1-3}$	2.393	8.45		R$_{2-4}$	2.667	
	R$_{1-2}$	2.328			R$_{1-4}$	2.185			R$_{1-4}$	2.483	
	A$_{215}$	114.9			R$_{5-7}$	2.377			R$_{2-7}$	2.566	
	A$_{154}$	103.9			R$_{4-7}$	2.386			R$_{4-7}$	2.404	
	D$_{1543}$	0.0			A$_{413}$	69.4			A$_{235}$	60.9	
6a-2	R$_{1-3}$	2.05	4.82		A$_{312}$	65.0			D$_{3521}$	67.6	
	R$_{1-2}$	2.710			A$_{412}$	69.4		6a-6	R$_{1-3}$	2.374	
	R$_{3-6}$	2.564			A$_{756}$	84.7			R$_{2-3}$	2.511	
	R$_{2-7}$	2.421			D$_{7326}$	0.0			R$_{1-7}$	2.502	
	A$_{325}$	97.0			A$_{512}$	59.5			R$_{3-7}$	2.278	
	A$_{432}$	83.0			A$_{312}$	69.0			R$_{3-6}$	2.338	
	A$_{312}$	55.9		6a-5	R$_{1-5}$	2.661	11.56		R$_{5-6}$	2.265	
	A$_{362}$	55.2			R$_{2-5}$	2.645			A$_{312}$	63.9	
	D$_{5432}$	0.0			R$_{3-2}$	2.446			D$_{7132}$	61.8	
6a-3	R$_{1-2}$	2.527	7.21		R$_{3-5}$	2.750			D$_{3246}$	0.0	
	R$_{2-5}$	2.665									

注：ΔE 的单位为 kcal/mol；R 代表键长，单位为 Å；A 代表三原子所成角度；D 代表二面角。

参考文献

［1］　M. Li, J. J. Zhao, J. G. Wang, et al. Growth behavior and magnetic properties of SinFe (n=2-14) clusters [J]. Phys. Rev. B,2006,(73):125439-1-8.

［2］　C. Y. Xiao, F. Hagelberg, W. A. Lester Jr. Geometric, energetic, and bonding properties of neutral and charged copper-doped silicon clusters[J]. Phys. Rev. B,2002,(66):075425-1-23.

［3］　P. Guo, Y. R. Zhao, F. Wang, et al. Structural and electronic properties of TaSi$_n$(n=1-13) clusters: A relativistic density functional investigation[J]. J. Chem. Phys. , 2004,(121):12265~12275.

［4］　Y. Z. Lan, Y. L. Feng. Comparative study on the geometric and energetic and properties, absorption spectra, and polarizabilities of charged and neutral Cu@Si$_n$ clusters (n=9-14) [J]. Phys. Rev. A,2009,(79):033201-1-9.

［5］　C. Majumder, S. K. Kulshreshtha. Influence of Al substitution on the atomic and electronic structure of Si clusters by density functional theory and molecular dynamics simulations[J]. Phys. Rev. B,2004,(69):115432-1-8.

［6］　W. F. Ding, B. X. Li. A first-principles study of Al$_n$Si$_{mn}$ clusters (m=6,9,10;n<m) [J]. Journal of Molecular Structure:THEOCHEM, 2009,(897):129~138.

［7］　S. Nigam, C. Majumder, S. K. Kulshreshtha. Structural and electronic properties of Si$_n$, Si$_n^+$, and AlSi$_{n-1}$ (n=2-13) clusters: Theoretical investigation based on *ab initio* molecular orbital theory[J]. J. Chem. Phys. , 2004, (121):7756~7763.

［8］　R. Kishi, S. Iwata, A. Nakajima, K. Kaya. Geometric and electronic structures of silicon-sodium binary clusters. Ionization energy of Si$_n$Na$_m$[J]. J. Chem. Phys. , 1997,(107):3056~3069.

[9] D. S. Hao, J. R. Liu, W. G. Wu, J. C. Yang. Stidu pm strictires and electron affinities of small potassium-silicon clusters Si_nK ($n=2$-8) and their anions with Gaussian-s theory[J]. Theor Chem Acc., 2009, (124): 431~437.

[10] L. H. Lin, J. C. Yang, H. M. Ning, et al. Silicon-sodium binary clusters Si_nNa ($n<10$) and their anions: Structures, thermochemistry, and electron affinities[J]. Theochem., 2008, (851): 197~206.

[11] Y. Achiba, M. Kohno, M. Ohara, et al. Electron detachment spectroscopic study on carbon and silicon cluster anions[J]. Joural of Electron Spectroscopy and Related Phenomena., 2005, (142): 231~240.

[12] G. Jungnickel, T. Frauenheim, K. A. Jackson. Strucure and energetics of Si_nN_m clusters: Growth pathways in a heterogenous cluster system[J]. J. Chem., Phys., 2000, (112): 1295~1305.

[13] 张俊, 赵高峰, 井群等. 第一性原理研究 Si_nB ($n=1$-12) 团簇的稳定性[J]. 原子与分子物理学报, 2007, (8): 91~94.

[14] J. C. Yang, W. G. Xu, W. S. Xiao. The small silicon clusters Si_n ($n=2-10$) and their anions: structures, themochemistry, and electron affinities[J]. Journal of Molecular Structure: THEOCHEM, 2005, (719): 89~102.

[15] M. J. Frisch, G. W. Trucks, H. B. Schlegel, et al. Gaussian 03, Revision D. 01, Gaussian, Inc., Wallingford, CT, 2004.

Theoretical Study on the Configurations and Stabilities of $PSi_6/ PSi_6^+/ PSi_6^-$ Clusters

CHANG Yu   LI Guo-liang   GAO Ai-mei   CHEN Hong-yu   LI Qian-shu

(*Chemistry and Environment Institute*, *South China Normal University*, *Guangzhou* 510006, *China*)

Abstract   Density functional theory (DFT-B3LYP) method in conjunction with 6-311+G* basis sets was used to investigate the configurations and energies of $PSi_6/ PSi_6^+/ PSi_6^-$ clusters. Similar to that of the pure Si_7 cluster, $PSi_6/ PSi_6^+/ PSi_6^-$ clusters all prefer the pentagonal biypramid as their lowest energy structures. Adding or removing one electron onto or from the neutral has more effect on the metastable. configurations. Adding one electron completely changes their configurationss while removing one electron changes their stability order.

Keywords   Density functional theory, B3LYP, $PSi_6/ PSi_6^+/ PSi_6^-$, The lowest energy structure

$AsSi_5/AsSi_5^-/AsSi_5^+$ 的结构及稳定性的理论研究 [*]

高爱梅　李国良　常玉　陈红雨　李前树

(华南师范大学化学与环境学院,广州 510006)

摘要　本文采用密度泛函(DFT)理论方法在 B3LYP/6-311＋G* 水平下对砷掺杂硅原子簇 $AsSi_5/AsSi_5^-/AsSi_5^+$ 的几何结构、能量、相对稳定性等做了较为深入细致的研究。通过优化计算,我们共找到了 $AsSi_5/AsSi_5^-/AsSi_5^+$ 的 23 种稳定异构体,其中 $AsSi_5$ 的 8 种、$AsSi_5^-$ 的 8 种和 $AsSi_5^+$ 的 7 种。最稳定的 $AsSi_5/AsSi_5^+$ 异构体(5n-1 和 5c-1)均为 C_s 对称性的面戴帽三角双锥结构,但 As 所在的位置略有变化;$AsSi_5^-$ 的最稳定结构则是具有 C_{4v} 对称性的四角双锥结构(5a-1)。5n-1、5a-1 和 5c-1 的 HOMO-LUMO 能隙表明它们的稳定性顺序应为 $AsSi_5^- > AsSi_5 > AsSi_5^+$。

关键词　砷掺杂硅原子簇,几何构型,密度泛函理论

1　引言

硅一种重要的半导体材料,在微电子工业和基础研究中具有不可替代的地位。硅原子簇是连接小分子硅体系和硅固体之间的桥梁,并且表现出与固体材料截然不同的性质,其所表现出来的光学、电学和化学等性质备受世人关注。在过去的十几年间,已有大量的论文报道了硅原子簇的物理和化学性质[1~3]。但是,由于悬键的存在,纯硅不利于形成大尺寸的稳定团簇。如果在纯硅团簇中掺入杂质原子,将会有效地饱和硅悬键,其稳定性明显高于同一尺寸的纯硅团簇,并且其结构和性质与纯硅团簇相比均发生一些变化。目前,研究者对过渡金属和主族原子掺杂的硅原子簇进行了大量实验和理论上的研究工作[4~6]。

砷在半导体工业中占有重要的地位,不仅是一种重要的 n-型硅掺杂元素,能提高硅材料的导电能力;而且可在硅材料表面形成一层保护膜,有效阻止其他杂质的进一步渗入。虽有文献从实验角度研究硅中掺杂砷时的最佳温度范围、影响因素等[7],但对于砷

---

[*] "973"计划资助项目(项目编号:2009CB226109)

联系人:李前树,E-mail: qsli@scnu.edu.cn

掺杂硅原子簇的结构与性能的理论研究还未见有详细的报道。

本工作中,我们选择与纯硅幻数团簇 Si$_6$ 具有相同原子数的砷掺杂 AsSi$_5$ 团簇为研究对象,采用密度泛函理论(DFT)方法在 B3LYP/6-311+G* 水平下对中性和离子 AsSi$_5$/AsSi$_5^-$/AsSi$_5^+$ 原子簇的几何结构、能量、相对稳定性等做了细致的理论研究。

2　理论和计算方法

所有计算都是利用 Gaussian 03 程序进行的[8]。所得到的 AsSi$_5$、AsSi$_5^-$ 和 AsSi$_5^+$ 异构体均在 B3LYP/6-311+G* 水平下全优化得到[9~10]。因本研究包括了阴离子和阳离子,因而我们在 6-311G 基组的基础上引入了 d 极化函数和 sp 弥散函数。同时,对每个优化结构,我们在同样的计算水平下进行了振动频率计算,以确定每个驻点的性质。

3　结果与讨论

我们构建了中性和离子的砷掺杂硅原子簇 AsSi$_5$/AsSi$_5^-$/AsSi$_5^+$ 的多种初始结构,每种结构计算了两种电子态,即:中性原子簇 AsSi$_5$ 的二重态和四重态,离子原子簇 AsSi$_5^+$/AsSi$_5^-$ 的单重态和三重态。现将相对能量低于 40.0kcal/mol 的稳定异构体分别列于图 1~图 3 中,这些结构均无虚频。表 1 给出了 AsSi$_5$/AsSi$_5^-$/AsSi$_5^+$ 部分稳定异构体的键长、键角、二面角。

表 1　AsSi$_5$/AsSi$_5^-$/AsSi$_5^+$ 的低能结构的优化键长(单位:Å)

Tab. 1　Optimized bond distances (Å) for some low-energy isomers of the AsSi$_5$/AsSi$_5^-$/AsSi$_5^+$ clusters

Isomer	Coord.	Geom.	Isomer	Coord.	Geom.	Isomer	Coord.	Geom.	Isomer	Coord.	Geom.
5n-1	R_{12}	2.359		D_{6314}	119.9		R_{25}	2.400		R_{23}	2.462
	R_{16}	2.582	5n-3	R_{12}	2.518		R_{34}	2.494		R_{24}	2.380
	R_{23}	2.618		R_{15}	2.59		R_{35}	2.399		R_{34}	2.634
	R_{25}	2.417		R_{16}	2.559		R_{39}	2.392		R_{35}	2.314
	R_{35}	2.442		R_{25}	2.549	5a-3	R_{12}	2.397	5c-2	R_{12}	2.402
	R_{36}	2.391		R_{26}	2.364		R_{15}	2.504		R_{13}	2.437
	A_{364}	65.2		R_{34}	2.487		R_{23}	2.527		R_{16}	2.976
	D_{1263}	120.2		R_{35}	2.349		R_{24}	2.379		R_{23}	2.544
5n-2	R_{12}	2.386	5a-1	R_{12}	2.508		R_{25}	2.653		R_{25}	2.503
	R_{16}	2.508		R_{23}	2.549		R_{26}	2.578		R_{34}	2.741
	R_{23}	2.487		R_{26}	2.494		R_{46}	2.527		R_{35}	2.443
	R_{25}	2.412	5a-2	R_{12}	2.450		R_{56}	2.399		R_{36}	2.385
	R_{35}	2.599		R_{13}	2.673	5c-1	R_{12}	2.589	5c-3	R_{12}	2.515
	R_{36}	2.339		R_{16}	2.454		R_{13}	2.547		R_{23}	2.434
	A_{214}	66.1		R_{23}	2.777		R_{14}	2.536		R_{26}	2.566

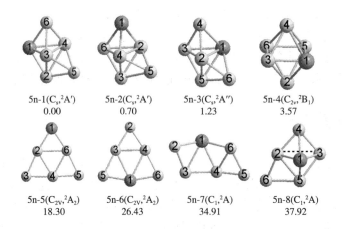

图 1　AsSi$_5$ 的优化结构及其相对能量（kcal/mol）

Fig. 1　Optimized geometries of AsSi$_5$ isomers and their relative energies（kcal/mol）

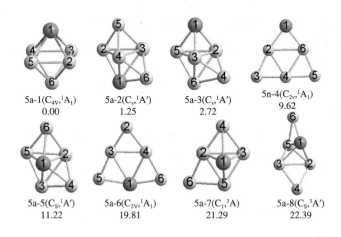

图 2　AsSi$_5^-$ 的优化结构及其相对能量（kcal/mol）

Fig. 2　Optimized geometries of AsSi$_5^-$ isomers and their relative energies（kcal/mol）

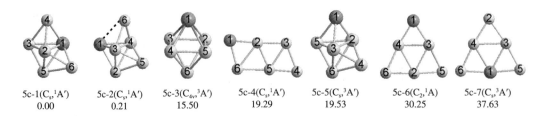

图 3　AsSi$_5^+$ 的优化结构及其相对能量（kcal/mol）

Fig. 3　Optimized geometries of AsSi$_5^+$ isomers and their relative energies（kcal/mol）

3.1　AsSi$_5$ 的几何结构

对于中性原子簇 AsSi$_5$,我们优化得到了 8 个不同的异构体,其中 Si 原子面戴帽的三角双锥结构 5n-1 能量最低,As 原子在三角双锥基三角形的一个顶点处。当 5n-1 异构体的 As 原子移到三角双锥的轴向顶点或基三角形的另一顶点位置时,形成 AsSi$_5$ 的第二和第三稳定异构体 5n-2 和 5n-3。这三种异构体结构类似,均为具有 C$_s$ 对称性的面戴帽三角双锥结构,只是帽原子的位置不同。另外,异构体 5n-1,5n-2 和 5n-3 的能量也很接近,最大的能量差也只有 1.23kcal/mol,表明这三种结构几乎是能量简并的,As 原子的位置不同对异构体稳定性影响不大。文献报道,Si$_5$ 原子簇的最稳定异构体呈三角双锥结构[3],因而 5n-1~5n-3 三种异构体均可以看作是 Si$_5$ 基态结构的面戴帽产物。5n-4 是一个具有 C$_{2v}$ 对称性、^{2}B$_1$ 电子态的四角双锥结构,其能量比 5n-1 高 3.57kcal/mol。5n-5 和 5n-6 均为 C$_{2v}$ 对称性的平面三角形结构,不同的是前者 As 原子在大三角形的一个顶点处,而后者 As 原子在内三角形的一顶点处。5n-5 和 5n-6 也可以看作是菱形的 Si$_4$ 结构双边戴帽的产物。延展面结构 5n-7 可以看作边戴帽的吊秋千结构,As 原子占据于中心位置,其能量比 5n-1 高 34.91kcal/mol。异构体 5n-8 是边戴帽三角双锥结构,为四重态,没有对称性(C$_1$)。

3.2　AsSi$_5^-$ 的几何构型

如图 2 所示,我们得到负离子 AsSi$_5^-$ 的 8 种异构体。与中性 AsSi$_5$ 原子簇不同,最稳定的 AsSi$_5^-$ 异构体 5a-1 是具有 C$_{4v}$ 对称性的四角双锥结构,其电子态为^{1}A$_1$,As 原子位于双锥的轴向顶点位置。As1-Si2、Si2-Si3 和 Si2-Si6 键长分别为 2.508Å、2.549Å 和 2.494Å。5a-2 和 5a-3 是面戴帽的 C$_s$ 对称性三角双锥结构,分别对应于中性 AsSi$_5$ 原子簇的 5n-1 和 5n-2。5a-2 和 5a-3 的能量分别比 5a-1 高 1.25 和 2.72kcal/mol,因而类似于中性 AsSi$_5$ 原子簇,5a-1 至 5a-3 可近似看作能量简并的三种异构体。平面三角型结构 5a-4 对应于中性 AsSi$_5^-$ 原子簇 5n-5,具有 C$_{2v}$ 对称性和^{1}A$_1$ 电子态。5a-5 ～ 5a-7 的能量分别比 5a-1 高 11.22、19.81 和 21.29kcal/mol,其整体构型分别类似于 5n-3、5n-6 和 5n-8,说明加上一个电子对原子间的相对位置关系影响不大。

3.3　AsSi$_5^+$ 的几何构型

中性 AsSi$_5$ 原子簇失去一个电子变成带正电荷的 AsSi$_5^+$ 原子簇,优化后我们得到了 7 种稳定的 AsSi$_5^+$ 阳离子异构体,如图 3 所示。5c-1 和 5c-2 是具有 C$_s$ 对称性的 Si 面戴帽三角双锥结构,能量相近,分别与 5n-3 和 5n-1 有着相似的几何构型。5c-3 是 C$_{4v}$ 对称性的四角双锥结构,为三重态,其能量明显比 5c-1 高(15.50kcal/mol),As1-Si2、Si2-Si3 和 Si2-Si6 的键长分别为 2.515Å、2.434Å 和 2.566Å。虽与阴离子原子簇的 5a-1 结构类似,但 5c-3 结构呈现四周键长变长、基四边形键长变短的趋势。我们还得到与中性异构体相对应的结构 5c-4 ～ 5c-7,但其能量顺序略有变化,且均比 5c-1 高 19kcal/mol 以上,具体构型如图 3 所示,此处不再详细讨论。

3.4　稳定性讨论

最高占据轨道(HOMO)的能级反映了原子簇分子失去电子能力的强弱,按 Koopmanns 定理,HOMO 能级的负值代表该物质的第一电离能,HOMO 能级越高,电离能越低,该原子簇越易失去电子;而最低未占据轨道(LUMO)的能级在数值上与分子的电子亲和势相当,LUMO 越低,该原子簇越易得到电子。从表 2 可以看出,中性和正离子 $AsSi_5^+$ 原子簇最稳定结构的 HOMO 能级和 LUMO 能级均为负值,说明原子簇不易失去电子,易得到电子;负离子 $AsSi_5^-$ 的最稳定异构体 5a-1 的 LUMO 能级为正,说明其不易再得到一个电子。HOMO-LUMO 能隙的大小反映了电子从占据轨道向空轨道发生跃迁的能力,在一定程度上代表分子参与化学反应的能力。能隙越大化学稳定性越强;反之,能隙越小,化学活性较强,稳定性越差。5n-1、5a-1 和 5c-1 的 HOMO-LUMO 能隙分别为 2.63eV、3.15eV 和 2.51eV,表明其稳定性顺序应为 $AsSi_5^- > AsSi_5 > AsSi_5^+$。

表 2　　$AsSi_5 / AsSi_5^+ / AsSi_5^-$

Tab. 2　The HOMO-LUMO gaps for the most stable. $AsSi_5$, $AsSi_5^+$ and $AsSi_5^-$ isomers

Orbital energy (a. u.)					
Cluster	Symmmetry	State	HOMO	LUMO	Gap (eV)
5n-1	C_s	$^2A'$	−0.2034	−0.10686	2.63 [a]
5a-1	C_{4v}	$^1A_1$	−0.05513	0.06073	3.15
5c-1	C_s	$^1A'$	−0.39962	−0.30731	2.51

a　According to the α-orbitals.

4　结论

本文采用密度泛函理论方法在 B3LYP/6-311＋G* 水平下对中性和离子的 $AsSi_5$/$AsSi_5^-$/$AsSi_5^+$ 原子簇进行了理论研究,优化得到了 $AsSi_5$,$AsSi_5^-$ 和 $AsSi_5^+$ 原子簇相对能量低于 40.0kcal/mol 的稳定异构体分别有 8 种、8 种和 7 种。最稳定的 $AsSi_5/AsSi_5^+$ 异构体(5n-1 和 5c-1)均是 C_s 对称性的面戴帽三角双锥结构,只是 As 原子所在的位置略有变化;$AsSi_5^-$ 的最稳定结构则是具有 C_{4v} 对称性的四角双锥结构(5a-1)。5n-1、5a-1 和 5c-1 的 HOMO-LUMO 能隙分析表明它们的稳定性顺序为 $AsSi_5^- > AsSi_5 > AsSi_5^+$。

参考文献

[1]　K. M. Ho, et al. Structures of medium-sized silicon clusters [J]. Nature,1998, (392): 582~585.

[2]　A. A. Shvartsburg, B. Liu, Z. Y. Lu, C. Z. Wang, M. F. Jarrold, K. M. Ho. Structures of germanium clusters: Where the growth patters of silicon and germanium clusters diverge [J]. Phys. Rev. Lett. ,1999,(83): 2167~2170.

[3]　J. C. Yang, W. G. Xu, W. S. Xiao. The small silicon clusters $Si_n(n=2-10)$ and their anions: structures, themochemistry, and electron affinities [J]. J. Mol. Struct. THEOCHEM,2005,(719):89~102.

[4]　S. M. Beck. Mixed metal-silicon clusters formed by chemical reaction in a supersonic molecular beam: implications for reactions at the metal/silicon interface [J]. J. Chem. Phys. , 1989,(90):6306~6312.

[5]　C. Majumder. , S. K. Kulshreshtha. Influence of Al substitution on the atomic and electronic structure of Si clusters by density functional theory and molecular dynamics simulations [J]. Phys. Rev. B, 2004, (69):115432.

[6]　S. Nigam. , C. Majumder. , S. K. Kulshreshtha. Structural and electronic properties of Si_n, Si_n^-, and PSi_{n-1} clusters ($2 \leqslant n \leqslant 13$): Theoretical investigation based on ab initio molecular orbital theory [J]. J. Chem. Phys. , 2006,(125):074303.

[7]　P. M. Fahey, P. B. Griffin, J. D. Plummer. Point-defects and dopant diffusion in silicon [J]. Rev. Mod. Phys. ,1989,(61): 289~384.

[8]　M. J. Frisch. , G. W. Trucks. , H. B. Schlegel. ,et al. Gaussian 03, Revision D. 01, Gaussian, Inc. , Wallingford, CT, 2004.

[9]　A. D. Becke. Density-functional thermochemistry. III. The role of exact exchange[J]. J. Chem. Phys. , 1993, (98):5648~5652.

[10]　C. Lee. , W. Yang, R. G. Parr. Development of the Colle-Salvetti correlation-energy formula into a functional of the electron density[J]. Phys. Rev. B,1988,(37):785~789.

A Theoretical Study on Structures and Stabilities of AsSi$_5$/AsSi$_5^-$/AsSi$_5^+$

GAO Ai-mei　LI Guo-liang　CHANG Yu　CHEN Hong-yu　LI Qian-shu

(*School of Chemistry and Environment, South China Normal University, Guangzhou* 510006, *China*)

Abstract　The geometries and energies of the As-doped small silicon clusters AsSi$_5$/AsSi$_5^-$/AsSi$_5^+$ have been investigated by density functional theory (DFT) method at the B3LYP/6-311+G(d) level. The results show that there are 8 isomers of AsSi$_5$, 8 isomers AsSi$_5^-$ of and 7 isomers of AsSi$_5^+$ clusters. The global minimum of AsSi$_5$/AsSi$_5^+$ are all side-capped trigonal bipyramidal structures. For AsSi$_5^-$, the most stable. isomer has C$_{4v}$ symmetry tetragonal bipyramidal structure. To understand the stability of AsSi$_5$/AsSi$_5^-$/AsSi$_5^+$ clusters, the frontier molecular orbitals of their most stable. isomers are analyzed.

Keywords　As-doped silicon cluster, Geometry, Density functional theory

氧化造渣法提纯冶金硅除硼的研究*

胡玉燕　卢东亮　林涛　孙艳辉　郭长娟　陈红雨　李前树

(华南师范大学化学与环境学院,广州 510006)

摘要　冶金法制备太阳能级硅是目前多晶硅材料研究领域的热点。氧化造渣法除杂质,尤其是对其他方法难以去除的 B 杂质的脱除,具有明显的优势。本文从渣组分的密度、黏度和液相线温度等方面对渣相进行筛选,既可以使杂质元素硼顺利氧化进入渣相,而且又保证了精炼反应的顺利进行。以 SiO_2-Na_2CO_3 为氧化造渣剂对冶金硅进行了脱硼试验,优化了渣相组分配比、渣金比、保温熔炼时间等工艺参数。实验结果表明,当温度为 1500℃、渣相组分配比为 SiO_2：60%、Na_2CO_3：40%、渣金比 0.3、保温熔炼时间 60min 时,杂质元素 B 的去除率达到最高 88.28%,元素 B 的含量仅为 7ppmw,达到了较好的精炼效果。

关键词　冶金级硅,氧化精炼,造渣,除硼

1　引言

目前,全球性的能源短缺、环境污染与气候变暖正日益困扰着人类社会,“寻求绿色替代能源,实现可持续发展”已成为世界各国共同面临的课题。太阳能被视为当前最重要的可再生能源之一。据估计,到 2020 年世界太阳能光伏产量将达到每年 30GW 的水平,比 2000 年的 278MW 将高出几十倍。制备太阳能电池的材料种类繁多,但硅以其高转换效率、低生态影响以及实际应用中长期不降解等优点,成为太阳能发电器件中最主要的材料[1~5]。

影响太阳能电池硅材料性能的主要是物理缺陷和化学杂质含量分布情况。物理缺陷可以在后续反复拉晶或凝固过程中消除,而前提是将影响载流子寿命和扩散长度等问题的杂质元素含量降低。太阳能电池材料需要控制的杂质元素主要有两类:一类是金属元素,例如 Fe、Ti、Al、Cu、Ca、As 等,另一类是非金属元素,例如 B、P 等。对于许多金属元素由于其平衡分凝系数远小于 1(也称分凝系数),金属硅凝固过程中,大多数溶于其中的杂质元素将在硅晶体晶界或者最后凝结部位析出,因此反复区域熔融或者定向凝固

---
* “973”计划资助项目(项目编号:2009CB226109)

联系人:陈红雨,E-mail:hychen@scnu.edu.cn

的方法可以将金属杂质排除；对于非金属元素 P，由于其具有较高的饱和蒸汽压（1823K，Si 蒸气压为 0.4Pa，而 $P_P=3.45\times10^4$Pa），可以由真空蒸馏将杂质元素 P 去除；而对于非金属元素 B 由于其具有较大的平衡分凝系数（$k=0.8$）和较低的蒸汽压（1823K 时，$P_B=6.78\times10^{-7}$Pa），所以难以通过一般的冶金法去除。

根据 B 与硅热力学性质的差异，目前除硼的主要技术有：①等离子体熔炼：日本 Kawasaki Steel 公司以冶金硅为原料，使用两步提纯，在等离子炉中，在氧化气氛（如 H_2O、O_2、Cl_2）下除 B；日本 JFE 钢铁同样在 Ar 气中熔化金属硅，用等离子焊枪去除 B[6,7]。②氯化精炼除硼：可以利用改良西门子化学法除 B[8]。③氧化造渣除 B：根据元素氧化自由能与温度的关系，使 B 与造渣剂发生反应生成氧化物浮于渣层，最后切除渣层而去除杂质 B[9]。对于技术①，由于等离子体熔炼装置对设备要求高，价格昂贵，不适合低成本冶金法制备太阳能级硅；对于技术②，由于我国至今未掌握改良西门子法的关键技术，同时由于该法能耗大，污染重，故不适合我国多晶硅行业的发展。与以上两种方法相比较，氧化造渣法除硼技术③，由于其设备要求简单，价格低廉，且环境污染少，是一种低成本、低生态影响、专门定位于太阳能级多晶硅的生产方法。本文就是以氧化体系 SiO_2-Na_2CO_3 为造渣剂对冶金级硅进行精炼，研究其除硼的效果。

2 精炼渣系的物理化学性质

氧化精炼的实质是将液态硅中的杂质元素氧化，使氧化产物进入渣相，金属和炉渣达到热力学平衡，从而达到脱除杂质的目的。所用的氧化剂主要有气体如 O_2、固体氧化剂如 SiO_2 及合成炉渣如 SiO_2-Na_2CO_3 等。本文以 SiO_2-Na_2CO_3 为精炼渣系，为了更好地了解精炼过程中渣金间的相互作用，以及精炼反应结束后易于分离出硅晶体，必须对所选渣相体系的液相相温度、黏度、密度等基本物性进行分析。

文献[10～13]指出，硅的熔点为 1414℃。含有杂质后熔点会下降。精炼过程中炉渣应为熔融态，因此要求炉渣的熔点不能太高。图 1 给出了 SiO_2-Na_2O 二元渣系的相图。由图可见，$w(SiO_2)<85$ ％的较大区域内，SiO_2-Na_2O 二元体系的熔点均在 1300℃以下，故选取此区域时，炉渣在达到硅的熔点时都为熔融态，利于精炼反应的顺利进行。

氧化精炼过程中，在达到精炼要求的情况下，渣系密度应该尽量与硅密度有一定的差别，使精炼后产生的炉渣能够与硅容易分离。如果炉渣密度过大可导致炉渣下沉，或浮于硅系中，形成夹杂。一般要求精炼结束后炉渣密度小于硅的密度，使炉渣上浮，更易于硅的分离。

文献[15～16]给出了硅的密度与温度的关系：$\rho=2533-0.45(T-T_m)$（kg/m^3）（T_m 表示所用硅的熔点，$T_m=1400$℃），根据上式可计算硅在 1450℃和 1550℃时的密度：

$$T=1450℃,\ \rho=2510\ kg/m^3$$
$$T=1550℃,\ \rho=2470\ kg/m^3$$

图 2 给出了 SiO_2-Na_2O 体系密度。由图可知，在 1300℃时，$w(Na_2O)>20$％即 $w(SiO_2)<80$％时，体系密度小于硅的密度，且随温度的升高，密度有所降低。因此，所选组成应在此范围内。

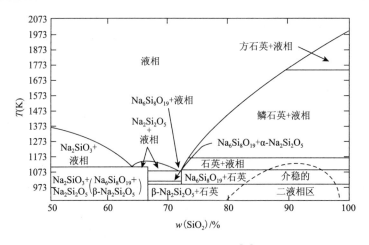

图 1　SiO₂-Na₂O 的相图[14]

Fig. 1　The phase diagram of SiO₂-Na₂O system[14]

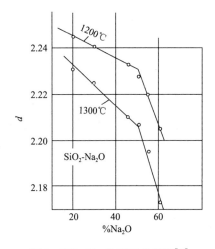

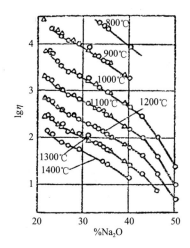

图 2　SiO₂-Na₂O 系统的密度[14]　　　　图 3　SiO₂-Na₂O 系统的黏度[14]

Fig. 2　The density of SiO₂-Na₂O system[14]　　Fig. 3　The viscosity of SiO₂-Na₂O system[14]

　　黏度是对冶金反应速率、金属损失、炉衬寿命等都有重要影响的熔渣性质,有时甚至成为冶炼能否顺利进行的关键。因此,任何冶炼过程都要求熔渣黏度适宜。通常,在保持足够氧化性的基础上,用于精炼作用的渣系,要求具有较好的流动性,即黏度不要太高,这样可以改善反应的动力学条件,利于精炼反应的进行。图 3 为黏度($\lg\eta$)与 SiO₂-Na₂O 渣系组成间等温线。由图知,随着 SiO₂ 含量的增加,黏度增大,在含有多量 SiO₂(0～20％ Na₂O)的渣系区域内黏度增大最显著。在 30％～35％ Na₂O 范围内,曲线上形成轻微的转折,这可能是与渣系内有二硅酸钠分子存在有关。所以 1400℃时,$w(\mathrm{Na_2O})$ >25％即 $w(\mathrm{SiO_2})$<75％时,渣系满足对黏度的要求,其黏度在 100 Pa·s 之下,且随 Na₂O 含量的增加,黏度下降。

　　通过比较分析知,$w(\mathrm{Na_2O})$>25％, $w(\mathrm{SiO_2})$<75％的 SiO₂-Na₂O 体系是合适的渣

系。本文研究渣相组分配比、渣金比、保温熔炼时间等对杂质 B 的脱除能力（Na_2O 以 Na_2CO_3 的形式进行添加）。

3　实验

3.1　实验原料

实验采用冶金硅样品均为浙江开化元通硅业有限公司提供的。冶金硅型号为 441♯ 硅块，纯度约为 99%。实验使用造渣剂为 SiO_2 和 Na_2CO_3，实验设备为普通的感应熔炼炉。

3.2　氧化造渣

为了保证较低的实验成本，获得更多的实验数据，1～9 号实验采用正交实验设计，选择了 3 因素 3 水平（表 1），由此来优化设计脱硼渣的渣相组分配比、渣金比和保温精炼时间，为取得进一步的脱硼效果指明研究方向。本文中的所有实验都是在 1500℃进行保温熔炼。

表 1　正交试验

Tab. 1　Orthogonal experiment

水　平	因　素		
	A（配比）	B（渣金比）	C（精炼时间）
1	SiO_2：60%、Na_2CO_3：40%	0.1	30min
2	SiO_2：50%、Na_2CO_3：50%	0.3	60min
3	SiO_2：40%、Na_2CO_3：60%	0.5	120min

3.3　取样及检测

将硅锭经 SYJ-150 低速金刚石切割机切去渣层，再经切割机切割取样用电感耦合等离子体发射光谱仪（ICP-AES）对提纯前后的硅块进行纯度分析。

4　结果与讨论

4.1　正交试验结果

表 2 为 B 去除率的正交试验结果。由表 2 可知，冶金硅经过氧化造渣后，杂质硼的含量相对于原始样品都有明显的降低。杂质元素 B 的最高去除率为 88.28%，即由最初的 60ppmw，降到精炼后的 7ppmw。由计算的综合平均值 $K1$、$K2$、$K3$ 分析可知，平均最优化的条件为 A1B2C2，即为 2 号实验。由计算的极差 R 值的大小分析可知，影响提纯效果的最主要因素是渣相组分配比，其次为渣金比，次要因素为保温熔炼时间。对于杂质元素 B 的去除率来看，渣相组分配比是关键因素，配方 1 相对于配方 2 来说平均去除率

高出 13.28%,配方 2 相对于配方 3 来说平均去除率高出 14.84%,说明配方 1 对 B 的去除效果是相当好的。渣金比与保温熔炼时间对 B 的去除率的影响没有前者显著,所以为了节约原料、节省能源、保护炉龄等,可以适当选用较小的渣金比及较短的保温熔炼时间,这样对于 B 的去除率虽然有所影响,但影响不大。

表 2　正交试验结果表
Tab. 2　Results of orthogonal experiment

水　平	因　素			B 的去除率(%)
	A(配比)	B(渣金比)	C(精炼时间)	
1	1(SiO_2:60%、Na_2CO_3:40%)	1(0.1)	1(30min)	82.03
2	1(SiO_2:60%、Na_2CO_3:40%)	2(0.3)	2(60min)	88.28
3	1(SiO_2:60%、Na_2CO_3:40%)	3(0.5)	3(120min)	84.37
4	2(SiO_2:50%、Na_2CO_3:50%)	1(0.1)	2(60min)	71.09
5	2(SiO_2:50%、Na_2CO_3:50%)	2(0.3)	3(120min)	69.53
6	2(SiO_2:50%、Na_2CO_3:50%)	3(0.5)	1(30min)	74.22
7	3(SiO_2:70%、Na_2CO_3:30%)	1(0.1)	3(120min)	54.69
8	3(SiO_2:70%、Na_2CO_3:30%)	2(0.3)	1(60min)	58.59
9	3(SiO_2:70%、Na_2CO_3:30%)	3(0.5)	2(60min)	57.03
$K1$	84.89%	69.27%	71.61%	
$K2$	71.61%	72.13%	72.13%	
$K3$	56.77%	71.87%	69.53%	
R	0.2812	0.0286	0.0260	

4.2　讨论

4.2.1　渣相组分配比对 B 去除率的影响

由图 4 渣相组分配比对 B 去除的影响可看出,渣相组分配比 1(SiO_2:60%、Na_2CO_3:40%),对杂质元素 B 的去除效果最好,可能由于该配方中 Na_2O 加入量适中,可以和最高限度的氧化杂质 B,发生 $2[B]+3(Na_2O)=6[Na]+(B_2O_3)$ 反应,从而使杂质 B 通过迁移、氧化、形渣过程而与熔体硅分离。配比 2(SiO_2:50%、Na_2CO_3:50%)的效果稍差可能由于加入的 Na_2CO_3 过量,影响了杂质 B 的分布,所以提纯效果变差;配比 3(SiO_2:70%、Na_2CO_3:30%)的效果差可能因为渣中的 SiO_2 含量过高,形成了聚合阴离子 SiO_4^{4-} 基团,结构复杂,质点大,所以黏度也较大,反应的动力学条件不好,同时 Na_2CO_3 的量可能也不足,所以不能有效地除 B 杂质。

4.2.2　渣金比对 B 去除的影响

图 5 给出了渣金比对 B 去除率的影响。由图可知,渣金比为 0.3 时,对杂质元素 B 的

去除效果最好。渣金比为 0.1 时效果稍差,可能是由于加入的初渣量不够,不能使足量的 Na_2O 与杂质元素 B 反应,所以去除率不高;渣金比为 0.5 时效果更差,可能因为炉渣加入量太多,不利于反应平衡后的渣金分离,且反应的流动性不好,所以 B 的去除率低。

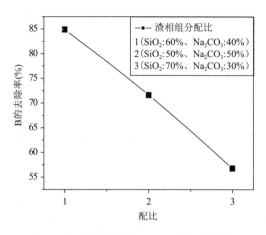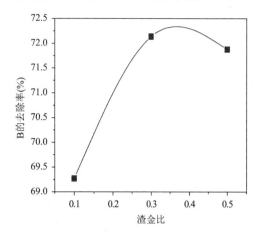

图 4　渣相组分配比对 B 去除率的影响

Fig. 4　Influence of the main compositions of the oxidant on the removal efficiency of boron

图 5　渣金比对 B 去除率的影响

Fig. 5　Influence of the slag/metal ratio on the removal efficiency of boron

4.2.3　保温熔炼时间对 B 去除的影响

图 6 给出保温熔炼时间对 B 去除率的影响。由图可看出,保温熔炼时间为 60min 时,对杂质元素 B 的去除效果最好。当保温时间低于此值,如 30min 时,可能由于 B 还没有与精炼体系有充分的反应时间,所以效果欠佳;当保温时间高于此值为 120min 时,可能因为反应达到了最大平衡后,又发生了杂质的重新分布-扩散作用,所以延长时间,并不利于杂质元素 B 的去除。

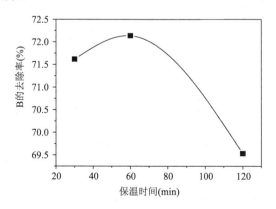

图 6　保温熔炼时间对 B 去除率的影响

Fig. 6　Influence of melting and holding time on the removal efficiency of boron

综合起来,即在温度为 1500℃、渣相组分配比(SiO_2:60％、Na_2CO_3:40％)、渣金比

0.3、保温熔炼时间 60min 时,脱除 B 的效果最好。实验中 2 号实验符合这个工艺条件,精炼后 B 的含量为 7ppmw,脱硼率为 88.28%。

另外,对硅中的其他元素,该精炼渣系也都有一定的脱除能力,尽管在精炼过程中,可能由于渣系中含有 Na_2CO_3,会使硅中的钠含量有所增加,但其在后续的处理过程中很容易去除,对应用不构成大的危害。

5 结论

氧化造渣法可以有效的去除金属硅中的杂质元素 B,选用的 SiO_2-Na_2CO_3 氧化精炼体系具有较低的液相线温度、较低的黏度及密度,所以有利于精炼反应的顺利进行及精炼后的渣金分离。

在渣金比、保温时间和渣相组成诸因素中,渣相组成配比是最关键的影响因素。在温度 1500℃、精炼体系配方为(SiO_2:60%、Na_2CO_3:40%)、渣金比 0.3、保温熔炼时间 60min 时,杂质元素 B 去除率为 88.28%,含量仅为 7ppmw,达到了很好的精炼效果。

参考文献

[1] A. Müller, M. Ghosh, R. Sonnenschein. Silicon for photovoltaic applications[J]. Mater. Sci. Eng., B, 2006, (134): 257~262.

[2] A. Goetzberger, C. Hebling, H. W. Schock. Photovoltaic materials, history, status and outlook[J]. Mater. Sci. Eng., R, 2003, (40): 1~46.

[3] 席珍强,杨德仁,陈君. 铸造多晶硅的研究进展[J]. 材料导报,2001,15(2):67~69.

[4] 王新国. 硅系合金氧化精炼过程的热力学研究[M]. 上海:上海大学出版社,2001.

[5] 陈红雨. 电池工业节能减排技术[M]. 北京:化学工业出版社,2008.

[6] N. Yuge, M. Abe. Purification of metallurgical-grade silicon up to solar grade[J]. Progress in Photovoltaics: Research and Applications Prog., 2001, (9): 203~209.

[7] S. D. Wolf., J. Szlufcik., Y. Delannoy. Solar cells from upgrade metallurgical grade (UMG) and plasma purified UMG multi-crystalline silicon substrates[M]. Sol. Energy Mater. Sol. Cells, 2002, (72): 49~58.

[8] 梁骏吾. 电子级多晶硅的生产工艺[J]. 中国工程科学,2000,2(12):34~29.

[9] A. V. T. Leandro, M. Kazuki. Removal of Boron from Molten Silicon Using CaO-SiO₂ Based Slags[J]. ISIJ Int., 2009, (49): 783~787

[10] J. K. Tuset, L. Ottem, R. Livik. Principles of Silicon Refining[M]. Silicon for Chemical Industry. Norway: Geiranger Press, 1992:1~10.

[11] C. M. Kenneth. Thermophysical Properties of Silicon[J]. ISIJ Int. (Supplement), 2000, (40):130~138.

[12] B. Robert, C. Andrew. Measurements of the Surface Tension of the Iron-Silicon System Using Electromagnetic Levitation[J]. ISIJ Int. (Supplement), 2000, (140): 157~159.

[13] A. T. Dinsdale SGTE data for pure elements[J]. calphad, 1991, (15): 317.

[14] K. C. 叶夫斯特罗比耶夫,H. A. 托罗波夫. 硅化学与硅酸盐物理化学[M]. 汪仲钧译. 北京:高等教育出版社,1957: 312~317.

[15] A. Schei. Production of High Silicon Alloys[M]. Trondheim, Norway: Tapair Forlag Press, 1998:234.

[16] C. Dumay Cramb. Cummunications: density and interfacial tensions of liquid Fe-Si alloys[J]. Metall. and Mat. Trans. B, 1995, 26B: 173.

Study of the Removal of Boron from Metallurgical Grade Silicon by Oxidation Slagging Method

HU Yu-yan   LU Dong-liang   LIN Tao   SUN Yan-hui   GUO Chang-juan
CHEN Hong-yu LI Qian-shu

(*School of Chemistry and Environment*, *South China Normal University*, *Guangzhou* 510006, *China*)

Abstract   Refining of solar grade silicon by metallurgical method is the research hotspot of polycrystalline field. Slagging method is benefit to the removal of the impurities especially to boron exsisted in the raw silicon. In this study, the influence of the density, the viscosity and liquidus temperature of the slag components on the refining process were discussed, and then the slag system SiO_2-Na_2CO_3 was choosed as the slagging agents. And then the impact factors on the removal efficiency of boron such as the composition of SiO_2 and Na_2CO_3, the ratio of slag to silicon and the refining time were investigated by the orthogonal experiment. The results showed that the optional parameters of the oxidation refining for removing boron were as follows: the main composition of the oxidant is "SiO_2:60%,Na_2CO_3:40%"; the slag/metal ratio is 0.5; time for refining is 60min at 1500℃. The results indicated that the removal efficiency of boron was 88.28%, and the content of boron in MG-Si can be reduced to 7ppmw under the best refining process

Keywords   Metallurgical grade silicon, Oxidation refining, Slagging, Removing boron

FeSi$_7$/FeSi$_7^+$/FeSi$_7^-$ 团簇的密度泛函理论研究*

刘源　李国良　高爱梅　陈红雨　李前树

(华南师范大学化学与环境学院,广州 510006)

摘要　本文用密度泛函理论的 B3LYP/6-311＋G* 方法对 FeSi$_7$/FeSi$_7^+$/FeSi$_7^-$ 团簇的几何结构进行了优化,并对其最稳定构形的 HOMO-LUMO 能系、电离能和电子亲和势进行了讨论。结果表明,戴帽的五角双锥结构为 FeSi$_7$ 和 FeSi$_7^-$ 团簇最稳定的几何构形,而对 FeSi$_7^+$,最稳定的构形为戴帽的三角双锥结构; FeSi$_7^+$ 的 HOMO-LUMO 能系比 FeSi$_7$ 和 FeSi$_7^-$ 的都大,有着更强的化学反应稳定性; FeSi$_7$ 的电离能（AIP）和电子亲和势（AEA）分别为 152.95 和 65.68kcal/mol。

关键词　团簇,稳定结构,HOMO-LUMO 能系,电离能,电子亲和势

1　引言

原子分子团簇是由几个乃至数千个原子或分子通过一定的物理或化学结合力组成的相对稳定的微观或亚微观聚集体。团簇的微观结构特点和奇异的物理化学性质为制造和发展特殊性能的新材料开辟了另一途径。例如,团簇红外吸收系数、电导特性和磁化率的异常变化以及某些团簇超导临界温度的提高等特性可用于研制新的敏感组件、储氢材料、磁性组件和磁性液体、高密度磁记录介质、微波及光吸收材料、超低温和超导材料、铁流体和高级合金等[1]。硅由于悬键的存在,不易形成较大尺寸的稳定团簇,如果用过渡金属掺杂,则硅的稳定性有明显的增强。近年来,掺杂的硅团簇得到了人们广泛的理论和实验研究[2~11]。

在多晶硅的提纯过程中,我们发现有大量的铁杂质存在。为了更好地去除多晶硅中的铁,从理论上研究铁掺杂的硅团簇将会是十分有意义的。Ma 等[5]用 DFT/PW91 方法研究了中性的 FeSi$_n$（n＝2~14）小团簇,结果表明,当 n＝12 时,Fe 原子完全陷入了硅笼,当 n＝5,7,10,12 时,FeSi$_n$ 团簇有着更强的稳定性,并且当 n＝9 左右,FeSi$_n$ 团簇的磁性开始消失。Mahtout 和 Belkhir[6] 研究了 FeSi$_n$（9≤n≤12）团簇的电磁性和结构的稳定

＊"973"计划资助项目(项目编号:2009CB226109)

联系人:陈红雨,E-Mail: hychen@scnu.edu.cn

性,他们发现 Fe 原子促进了 Si 团簇的稳定性,并发现电子自旋向上的团簇比电子自旋向下的团簇有着更大的 HOMO-LUMO 能系差。以上的研究都是基于中性的团簇,由于离子团簇在实验中有着重要的作用,我们决定从相对稳定的中性 $FeSi_7$ 团簇入手,系统地研究硅原子簇 $FeSi_7/FeSi_7^+/FeSi_7^-$ 的性质和稳定性。

2 计算方法

研究团簇的基础是确定其基态的构型,由于初始结构数目很大,为了得到可靠的低能结构,我们对初始结构的设计主要是采取以下的三种方法:①以稳定的 Si_8 结构为模板,用 Fe 原子取代其中的一个 Si 原子;②将 Fe 原子吸附到 Si_7 团簇的稳定结构中;③将 Si 原子吸附到 $FeSi_6$ 团簇的稳定结构中;④参照一些其他的 MSi_6 团簇的稳定构型。选好初始结构后,我们再用密度泛函理论的 $B3LYP/6-311+G^*$ 方法对 $FeSi_7/FeSi_7^+/FeSi_7^-$ 进行计算。B3LYP 泛函采用 Becke 的三参数交换相关函数[12]及 Lee-Yang-Parr 相关函数[13]。因本研究包括阴离子和阳离子,因而我们在 6-311G 基组的基础上引入了 d 轨道极化函数和 sp 弥散函数。对中性团簇,我们考虑了一、三和五重态。对离子团簇,我们都考虑了二、四和六重态。一旦计算中有虚频的出现,我们会沿着虚频的振动方向,对坐标进行调整,直到获得真正的极小值点。所有的计算都是在 Gaussion 03 下进行的。

3 结果与讨论

3.1 $FeSi_7/FeSi_7^+/FeSi_7^-$ 团簇的几何构型

3.1.1 中性 $FeSi_7$ 团簇

对中性 $FeSi_7$ 团簇,我们得到了七个能量相对较低的稳定结构,如图 1 所示。能量最低的结构 7n-1 可以看成为一个面戴帽的五角双锥结构,它拥有着 C_s 的对称性和 $^3A'$ 的电子态。我们同时也计算了此结构的单重态和五重态,结果发现能量比三重态的分别高 27.60 和 1.34kcal/mol。后面的六个结构也都是三重态或五重态的。7n-2 也是一个戴帽的五角双锥结构,只不过 Si 原子戴在了另外一个不含 Fe 原子的面上,其电子态为 ^5A。7n-2 的能量比 7n-1 仅仅高了 2.43kcal/mol。第三稳定的结构 7n-3 为一扭曲的立方体,其能量比 7n-1 也仅高了 2.68kcal/mol。Ma 等[5]计算出此结构是中性 $FeSi_7$ 最稳定的结构。以上三种结构由于能量极其的相近,都可以作为基态结构的候选者。7n-4 是一个扭曲的四棱柱结构,具有 ^5A 的电子态,其能量比 7n-1 高 6.96kcal/mol。Ma 等[5]虽然也算出了此结构,但他们发现此结构不太稳定,其能量比基态的高出了 36.79kcal/mol。7n-5 可以看成一个 Si 戴帽的三角双锥结构,三个 Si 原子分别戴在三个不含 Fe 原子的面上。此结构拥有着 C_s 的对称性和 $^5A''$ 的电子态,能量比 7n-1 高了 9.45kcal/mol。7n-6 是一个 Si 戴帽的四角双锥结构,两个 Si 原子分别带在不含 Fe 原子并且相对的两个面上。它的对称性和电子态分别为 C_{2v} 和 $^3A_1$,能量比 7n-1 高了 15.23kcal/mol。7n-7 是一个 Fe

在六元环上的六角双锥结构,此结构拥有着 C_{2v} 的对称性和 $^5A_1$ 的电子态,能量比 7n-1 高了 17.36kcal/mol。

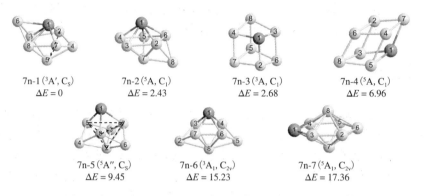

图 1　在 B3LYP/6-311+G* 水平下优化出 FeSi$_7$ 的异构体

Fig. 1　Optimized structures of the FeSi$_7$ isomers at the B3LYP/6-311+G* levels

3.1.2　正离子 FeSi$_7^+$ 团簇

对正离子的 FeSi$_7^+$ 团簇,我们得到了八个相对稳定的结构,如图 2 所示。其中的七个与中性 FeSi$_7$ 是类似的。除了 7c-6 和 7c-8 的多重态为二,其余稳定结构的多重态都为四。三戴帽的三角双锥结构 7c-1 变成了能量最低的结构,它具有 C_s 对称性和 $^4A''$ 电子态。在 7c-1 中,键长 Si3—Si5,Si3—Si4 和 Si4—Si5 分别为 2.946Å,2.947Å 和 2.946Å。与其对应的 7n-5 结构相比,7c-1 整体上更加紧凑。Si 戴帽在不含铁原子面的五角双锥结构 7c-2 变成了亚稳定的结构,它的能量比 7c-1 仅仅高了 1.14kcal/mol。7c-3 为 Fe 原子在六元环上的六角双锥结构,它拥有 C_{2v} 的对称性和 $^4B_1$ 的电子态,能量比 7c-1 高 3.76kcal/mol。7c-3 中 Si7—Si8 键长为 2.568Å,比 7n-7 中相应的键长短,而环上的键长与 7n-7 环上的键长基本相等,所以 7c-3 比 7n-7 也更加的紧凑。7c-1,7c-2 与 7c-3 之间的能量差很小,表明它们几乎是能量兼并的。7c-4 的结构与 7n-4 类似,其能量比 7c-1 的高了 7.28kcal/mol。7c-4 中,最短的 Fe—Si 和最短的 Si—Si 键长分别为 2.433Å 和

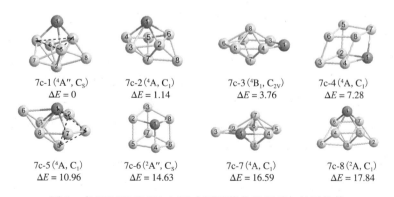

图 2　在 B3LYP/6-311+G* 水平下优化出 FeSi$_7^+$ 的异构体

Fig. 2　Optimized structures of the FeSi$_7^+$ isomers at the B3LYP/6-311+G* levels

2.349Å。异构体 7n-1 去掉一个电子优化后得到 Si 戴帽五角双锥结构 7c-5,其能量比 7c-1 高了 10.96kcal/mol。另外,与 7n-1 相比,7c-5 中最短的 Fe—Si 键变长了,最短的 Si—Si 键变短了。扭曲的立方体 7c-6 的能量比 7c-1 高了 14.63kcal/mol,它有着 C_s 的对称性和 $^2A''$ 的电子态。7c-7 可以看作是一个边戴帽的五角双锥结构,在中性 FeSi$_7$ 中没有算出此结构,它有着 C_1 的对称性和 ^4A 的电子态,能量比 7c-1 高了 16.59kcal/mol。异构体 7c-8 的构型类似于 7n-6,但 7c-8 中最短的 Fe—Si 键变短了,最短的 Si—Si 键变长了。从以上的描述可以看出,正电荷对团簇的结构还是有一定影响的,虽然 FeSi$_7^+$ 与 FeSi$_7$ 稳定结构的类型差不多,但同类结构能量的次序发生了较大的变化,而且同类结构的键长也有一定的改变。

3.1.3　负离子 FeSi$_7^-$ 团簇

对负离子的 FeSi$_7^-$ 团簇,也得到了八个相对稳定的结构,如图 3 所示。与中性 FeSi$_7$ 一样,Si 原子戴帽的五角双锥结构仍然是 FeSi$_7^-$ 团簇中最稳定的两个结构。7a-1 具有 C_1 对称性和 ^4A 电子态,其最短的 Fe—Si 键长为 2.426Å,最短的 Si—Si 键长为 2.372Å,与 7n-1 中相应的键长相比均变长了。7a-2 有着 C_1 的对称性和 ^4A 的电子态,它的能量比 7a-1 高 13.34kcal/mol,此能量差远远大于了 7n-1 与 7n-2 之间的能量差。7a-2 中最短的 Fe—Si 和最短的 Si—Si 键长均为 2.424Å,同样的也比 7n-2 中相应的键长要长。Hao 等[7] 发现戴帽的五角双锥结构对 LiSi$_7$ 来说也是较为稳定的。扭曲的立方体构型 7a-3 有着 C_s 的对称性和 $^2A'$ 的电子态,其能量比 7a-1 高了 14.90kcal/mol。7a-3 中最短的 Fe—Si 键长为 2.281Å,与 7n-3 中相应的键长几乎相等,而 7a-3 中最短的 Si—Si 键为 2.422Å,比 7n-3 中相应的键长要长。戴帽的三角双锥结构 7a-4 具有 C_s 对称性和 $^6A''$ 电子态,最短的 Fe—Si 和 Si—Si 键长分别为 2.411Å 和 2.395Å,7a-4 比 7n-5 更为的松散。而 Yang 等[8] 则发现 C_{3v} 对称性的戴帽三角双锥为负离子 Si$_8^-$ 团簇的基态结构。7a-5 类似于 7n-6,只不过 7a-5 中最短的 Fe—Si 键与 Si—Si 键都比 7n-6 中相应的键长要长。7a-6、7a-7 和 7a-8 三个结构的能量均比基态的能量高 29kcal/mol 以上,其具体结构不再描述。由以上结果可以看出,负离子 FeSi$_7^-$ 团簇基本保持了中性 FeSi$_7$ 的稳定构型,而且能量的次序也基本保持不变,但是 FeSi$_7^-$ 的构型更为松散。

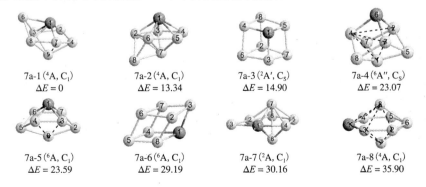

7a-1 (^4A, C_1)　　　7a-2 (^4A, C_1)　　　7a-3 ($^2A'$, C_s)　　　7a-4 ($^6A''$, C_s)
$\Delta E = 0$　　　$\Delta E = 13.34$　　　$\Delta E = 14.90$　　　$\Delta E = 23.07$

7a-5 (^6A, C_1)　　　7a-6 (^6A, C_1)　　　7a-7 (^2A, C_1)　　　7a-8 (^4A, C_1)
$\Delta E = 23.59$　　　$\Delta E = 29.19$　　　$\Delta E = 30.16$　　　$\Delta E = 35.90$

图 3　在 B3LYP/6-311＋G* 水平下优化出 FeSi$_7^-$ 的异构体

Fig. 3　Optimized structures of the FeSi$_7^-$ isomers at the B3LYP/6-311＋G* levels

3.2　HOMO-LUMO 能隙

HOMO-LUMO 能隙为最低未占据轨道与最高占据轨道的能量差,其能反应团簇分子在化学反应中的活泼性。一般来说,HOMO-LUMO 能隙越大,化学反应的活泼性就越小。经计算得到 $FeSi_7$,$FeSi_7^+$ 和 $FeSi_7^-$ 团簇能量最低结构的 HOMO-LUMO 能隙分别为 36.74,65.46 和 54.86kcal/mol。带电的 $FeSi_7^+$ 和 $FeSi_7^-$ 团簇比中性的 $FeSi_7$ 化学稳定性强,而正离子 $FeSi_7^+$ 的 HOMO-LUMO 能系最大,说明它的化学稳定性在三者中是最强的。

3.3　电离势和电子亲和能

除了 HOMO-LUMO 能隙以外,我们也计算了 $FeSi_7$ 团簇的绝热电离势（AIP）和绝热电子亲和能（AEA）。电离势用来衡量团簇丢失电子的难易程度,AIP 越大,团簇就越难电离。电子亲和能为团簇获得一个电子成为一价负离子所放出的能量,AEA 越大,团簇就越容易获得电子。它们的计算公式为

$$AIP = E_T(FeSi_7^+) - E_T(FeSi_7)$$
$$AEA = E_T(FeSi_7) - E_T(FeSi_7^-)$$

其中 $E_T(FeSi_7)$、$E_T(FeSi_7^+)$、$E_T(FeSi_7^-)$ 分别代表了最稳定 $FeSi_7$/$FeSi_7^+$/$FeSi_7^-$ 的总键能。计算得出 $FeSi_7$ 的 AIP 和 AEA 分别为 152.95 和 65.68kcal/mol。杨[9]算出 YSi_7 的 AIP 和 AEA 分别为 178.70kcal/mol 和 66.10kcal/mol。Guo 等[10]算出 $TaSi_7$ 的 AIP 为 194.83kcal/mol。Hao 等[11]计算出 KSi_7 的 AEA 为 44.08kcal/mol。Hao 等[7]算出 Si_8 和 $LiSi_7$ 的 AEA 分别为 66.41 和 60.14kcal/mol。由上可以看出 $FeSi_7$ 比 YSi_7 和 $TaSi_7$ 更易丢失电子,而比 KSi_7 和 $LiSi_7$ 更易得到电子。

4　结论

本文主要讨论了 $FeSi_7$/$FeSi_7^+$/$FeSi_7^-$ 团簇的稳定几何构型,对 $FeSi_7$ 和 $FeSi_7^-$ 来说,最稳定的结构为 Si 戴帽的五角双锥,而对 $FeSi_7^+$,最稳定的为 Si 戴帽的三角双锥。与中性的 $FeSi_7$ 相比,$FeSi_7^+$ 和 $FeSi_7^-$ 团簇结构基本保持了中性团簇的框架。但 $FeSi_7^+$ 与 Fe—Si_7 相比,相同结构的能量大小顺序发生了较大的变化。对于 $FeSi_7$ 与 $FeSi_7^-$ 的相同构形,$FeSi_7^-$ 显得更为的松散。最稳定 $FeSi_7$/$FeSi_7^+$/$FeSi_7^-$ 团簇的 HOMO-LUMO 能隙分别为 36.74,65.46 和 54.86kcal/mol,正离子 $FeSi_7^+$ 的 HOMO-LUMO 能系最大,说明它的化学稳定性在三者中是最强的。最稳定 $FeSi_7$ 团簇的 AIP 和 AEA 分别为 152.95 和 65.68kcal/mol,经对比发现,$FeSi_7$ 比 YSi_7 和 $TaSi_7$ 更易丢失电子,而比 KSi_7 和 $LiSi_7$ 更易得到电子。

参考文献

[1] 王广厚. 团簇物理学[M]. 上海：上海科学技术出版社，2003.

[2] S. M. Beck. Mixed metal-silicon clusters formed by chemical reaction in a supersonic molecular beam: Implications for reactions at the metal/silicon interface [J]. J. Chem. Phys. , 1989, (90): 6306~6312.

[3] H. Hiura, T. Miyazaki, T. Kanayama. Formation of metal-encapsulating Si cage clusters [J]. Phys. Rev. Lett. , 2001, (86):1733~1736.

[4] M. Ohara, K. Koyasu, A. Nakajima, K. Kaya. Geometric and electronic structures of metal (M)-doped silicon clusters (M=Ti, Hf, Mo and W) [J]. Chem. Phys. Lett. , 2003, (371):490~497.

[5] L. Ma, J. J. Zhao, J. G. Wang, B. L. Wang, Q. L. Lu, G. H. Wang. Growth behavior and magnetic properties of $Si_nFe(n=2\sim14)$ clusters [J]. Phy. Rev. B,2006, (73):125439.

[6] S. Mahtout, M. A. Belkhir. Structure, magnetic and electron properties of Fe encapsulated by silicon clusters [J]. Phys. Lett. , A, 2006, (360):384~389.

[7] D. S. Hao, J. R. Liu, J. C. Yang. A Gaussian-3 theoretical study of small silicon-lithium clusters: Electronic structures and electron affinities of Si_nLi^- ($n=2\sim8$) [J]. J. Phys. Chem. A, 2008, (112):10113~10119.

[8] J. C. Yang, W. G. Xu, W. S. Xiao. The small silicon clusters $Si_n(n=2-10)$ and their anions: Structures, thermochemistry, and electron affinities [J]. Theo. Chem. , 2005, (719):89~102.

[9] 杨阿平. 钇、稼金属掺杂硅基团簇的密度泛函理论研究[D]. 西安：西北大学,2007.

[10] P. Guo, Z. Y. Ren, A. P. Yang, J. G. Han, J. Bian, G. H. Wang. Relativistic computational investigation: The geometries and electronic properties of $TaSi_n^+$ ($n=1\sim13$, 16) clusters [J]. J. Phys. Chem. A, 2006, (110):7453~7460.

[11] D. S. Hao, J. R. Liu, W. G. Wu, J. C. Yang. Study on structures and electron affinities of small potassium-silicon clusters $Si_nK(n=2\sim8)$ and their anions with Gaussian-3 theory [J]. Theor. Chem. Acc. , 2009, (124):431~437.

[12] A. D. Becke. Density-functional thermochemistry III: The role of exact exchange [J]. J. Chem. Phys. ,1993, (98):5648~5652.

[13] C. Lee, W. Yang, R. G. Parr. Development of the Colle-Salvetti correlation-energy formula into a functional of the electron density [J]. Phys. Rev. B, 1988, (37):785~789.

A Density Functional Theory Study of FeSi₇/FeSi₇⁺/FeSi₇⁻ Clusters

LIU Yuan   LI Guo-liang   GAO Ai-mei   CHEN Hong-yu   LI Qian-shu

(*School of Chemistry and Environment*, *South China Normal University*, *Guangzhou* 510006, *China*)

Abstract   The geometries of FeSi₇/FeSi₇⁺/FeSi₇⁻ clusters have been systematically investigated using density functional theory approach at B3LYP/6-311+G* level. Besides, the HOMO-LUMO gaps, adiabatic ionization potentials (AIP) and adiabatic electron affinities (AEA) of the most stable. FeSi₇/FeSi₇⁺/FeSi₇⁻ clusters are also considered. Results show that Si-capped pentagonal bipyramid isomers are the most stable. structures of $FeSi_7$ and $FeSi_7^-$, and Si-capped triangle bipyramid structure of $FeSi_7^+$. The HOMO-LUMO gap of $FeSi_7^+$ is bigger than that of $FeSi_7$ and $FeSi_7^-$, which means $FeSi_7^+$ has a weaker chemical reactivity than $FeSi_7$ and $FeSi_7^-$. The AIP and AEA of $FeSi_7$ are 152. 95 and 65. 68kcal/mol, respectively.

Keywords　Clusters, stable. structures, HOMO-LUMO gaps, Adiabatic ionization potential, Adiabatic electron affinity

Si-Al 合金法去除冶金级硅中 B 的研究*

卢东亮　胡玉燕　林涛　孙艳辉　陈红雨　李前树

(华南师范大学化学与环境学院,广州 510006)

摘要　本文提出一种低成本的合金法去除冶金级硅中杂质 B 的方法,同时研究了硅晶体从硅铝熔体中分离的过程。利用金相显微镜、X 射线能谱仪和电感耦合等离子体发射光谱仪(ICP-AES)对硅的结构组织和纯度进行表征和分析。通过合金法提纯,硅中的 B 含量由 128ppmw(ppmw 为按质量计的百万分之一,下同)降低至 27.62ppmw。此外,还研究了硅铝合金法提纯和氢氟酸处理相结合的纯化过程,此方法可将杂质 B 的含量减小至 13.81ppmw,去除率达 89.21 %。实验结果表明硅铝合金法除 B 是一种有前景的制备多晶硅的方法。

关键词　硅铝合金化,冶金级硅,除硼,分离过程

1　引言

　　太阳能光伏发电以其技术成熟、资源永不枯竭、环境负担小等特点而成为 21 世纪最有希望大规模应用的清洁能源之一[1]。世界各国尤其美、日、德等发达国家先后发起了大规模的国家光伏发展计划,刺激光伏产业迅速发展。据保守估计,2020 年全球光伏发电容量将达到 30GW 以上,光伏市场的高速增长将持续 20 年以上[2]。在已研发出的各种太阳能电池中,硅以其高储量性、制备工艺的相对成熟性、合适的能带结构、洁净无污染性及高的稳定性等优点,成为光伏市场太阳能电池的主要材料[3]。其中,多晶硅与单晶硅相比,转换效率适中(仅比单晶硅低 4%~5%,且随着硅片生长及电池加工处理技术的进步,效率必将得到进一步的提高),制造成本较低,即性价比较高[2]。

　　迄今约 90 %的光伏电池以多晶硅铸锭或直拉单晶硅棒经切片、抛光后作为衬底,通过制结、减反射膜制备、丝网印制等一系列工艺制成[4]。但是目前,生产太阳能电池的多晶硅原料大都是纯度达不到电子级硅要求的废料或者是直拉单晶硅锭的切边料等,这些废料经过重熔浇注成多晶硅锭。因此仅靠这样的多晶硅原料供应已无法满足光伏产业发展的需求,由于原料供不应求,造成多晶硅价格上涨,太阳能电池成本增加,这严重制

*　"973"计划资助项目(项目编号:2009CB226109)

联系人:陈红雨,E-mail:hychen@scnu.edu.cn

约了太阳能电池的普及使用[5]。现有的多晶硅生产工艺主要有改良西门子法、硅烷法、流化床法、冶金法和其他方法。冶金法制备太阳能级硅因其成本低，能耗少，环境友好性强的优点而成为研发热点。

冶金法制备太阳能级硅（Solar Grade Silicon，简称 SOG-Si），是以冶金级硅（Metal-lurgical Grade Silicon，简称 MG-Si）为原料（98.5％～99.5％），采用冶金法将杂质去除，最终得到纯度在 99.9999％以上的太阳能电池用多晶硅原料。不同冶金级硅中的杂质基本相同，可分为两类：一类是 Al、Fe、Ca、Mg、Mn、Cr、Ti、V、Zr 和 Cu 等金属杂质；另一类为 B、P、As 和 C 等非金属杂质[6]。其中，大部分金属杂质因具有很小的分凝系数，所以可以通过定向凝固除去。非金属杂质 P 具有远大于硅元素的饱和蒸气压、在高温真空环境中更易以气体形式从硅熔体表面挥发出去的特性，应用高真空设备抽出硅熔体中挥发的杂质气体，达到去除杂质的目的[7]。杂质元素 B 在硅中的分凝系数较大（$k_0 = 0.8$），同时蒸气压较小，所以很难去除。

Takeshi[8]研究了不同温度下 B 在固相 Si 和 Si-Al 熔体中的分离，指出 B 的分凝系数随温度的降低而减小，并计算得到在 1273K 时，B 的分凝系数为 0.22。基于此，本文进行了低温下 Si-Al 合金化除硼的研究。首先将 Si 和 Al 合金化，然后通过降温使硅凝固并与硅铝熔体分离，从而达到纯化冶金级硅的目的。在此基础上，将合金化提纯与湿法提纯相结合，最终得到低 B 高纯多晶硅。

2　实验

2.1　Si-Al 合金化提纯

原料选用型号为 441♯ 的 200 目冶金级硅粉和纯度为 99％的铝粉。为了更好地研究 Si 与 Si-Al 熔体的分离，实验选用 SK 管式电炉进行加热。

称取 1.3g Si 粉和 5g Al 粉，混合后置于氧化铝材质瓷舟中，在高纯氩气保护下逐渐加热到 1000K 并保温 6 小时。反应完成后，温度调节至 873K，保温 2 小时，气体保护下自然冷却，流程如图 1 所示。

2.2　球磨和浸出

采用 SYJ-150 低速金刚石切割机将分层后的样品切割，使 Si 和 Si-Al 合金分离。将硅破碎后用球磨机进行球磨处理，得到 200 目的硅粉。用稀 HCl 和稀 H_2SO_4 的混合溶液及 HF 溶液在超声场中对硅粉进行酸浸出处理，浸出时间为 2 小时，去离子水洗涤后真空干燥。

2.3　表征及检测

对分层后的样品切割，采用偏光显微镜观察合金和硅的微观组织。采用 Oxford ISIS-300 X-射线能谱仪对合金和硅相进行表征分析，分析相关组成。

采用电感耦合等离子体发射光谱仪（ICP-AES）对提纯后的硅粉进行纯度分析。

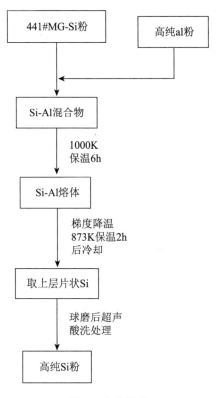

图 1 实验流程

Fig. 1 The flow chart of the experiment

3 结果和讨论

3.1 实验原理及分析

合金化纯化过程实际上以熔融金属作溶剂,通过改变温度使溶质在溶剂中的溶解度降低,从而达到饱和而析出溶质的过程。一般来说,合金法使用的大多数金属溶剂应符合以下几点:①易于获得并且操作安全;②能够溶解足够数量的溶质,可得到有用尺寸的晶体;③在生长温度时溶液蒸气压要低,以防止溶剂不必要的损失,并排除高压危险;④对容器材料是化学稳定的;⑤易于与溶质晶体分离[9]。

合金化纯化冶金级硅以金属 Al 为溶剂,不仅符合上述条件,而且工艺操作可在较低温度下进行,耗能较少。B 是冶金级硅中的一种浅能级非金属杂质,一般作为晶体硅中掺杂剂以控制电学性能,但在掺杂之前必须将冶金级硅晶格中排布不规则的 B 含量降低。合金法除 B 可以通过在低温下从 Si-Al 熔体中结晶析出多晶硅,与定向凝固不同的是 B 在晶体 Si 和 Si-Al 熔体中的分凝系数有了明显的减小,从而得到低 B 多晶硅。

3.2　微观组织分析及表征

利用偏光显微镜对样品的切面进行微观组织分析,如图 2(a)所示,可以发现有明显的分层:上层为片状 Si(夹杂少量 Si-Al 共晶体),下层为细小颗粒的 Si-Al 共晶体。分层是由于固态 Si 和 Si-Al 熔体密度不同——固态 Si 的密度约为 $2.33g/cm^3$,而 Si-Al 熔体的密度为 $2.4g/cm^{3[10]}$。同时,对上层片状 Si 进行观察,如图 2(b)所示,为含有枝状晶的片状结构。枝状晶的形成主要起因于晶体的生长动力学。普遍认为 Si 晶体的枝状生长是因为在动力学上其生长是受扩散控制的过程。因为枝状晶的尖锐先导端,允许潜热或受排斥的溶质扩散而失去。同时,当枝状晶从熔体中生长时,其溶质含量会发生变化。在溶质使晶体的熔点降低的情况下,溶质将在液体中富集。结果使得所生长晶体的最初部分——枝状晶——的纯度较高[9]。

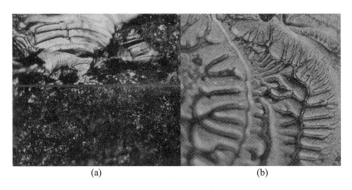

(a)　　　　　　　　　　　　　　(b)

图 2　硅铝合金金像组织图

(a)层状结构的硅铝合金；(b)片状硅

Fig. 2　Metallographic structure of Si-Al alloys

(a)Si-Al alloys with layered structure；(b)flaky silicon

对分层后的样品做能谱分析,如图 3 和图 4 所示。上层(图 3)表面致密、平整,组成以硅为主,夹杂少量铝;下层(图 4)表面粗糙,有球型凸起和空穴结构,组成以铝、硅为主,含有大量的 Ti、K、Fe 等物质。实验起始时,置于底部的冶金级硅粉在缓慢升温后,逐渐溶解于溶剂铝中,形成溶液。溶质硅完全溶解后通过降温得到饱和溶液,并通过缓慢降温控制硅的结晶析出。由于分凝作用,杂质大部分存在于液相的硅铝熔体中,而析出的硅晶体纯度较高。由于固态硅的密度较小,所以可以上浮至熔体上层。过程中需要在比共晶温度较高的温度条件下保温一定时间,保证大部分硅晶体处于上层。同时,保温时间不能过长,否则因为杂质的扩散作用,导致杂质重新分布。

3.3　球磨和酸洗条件分析

切取上层硅体,由于硅晶体中夹杂以铝为主的杂质,所以需要通过球磨使 Si-Al 共晶体和杂质与晶体 Si 分离,进而以酸洗提纯的方式得到高纯多晶硅。硅的颗粒越小,比表面积越大,吸附能力越强,Si 表面越容易吸附 H^+,越有利于去杂反应的进行。但是,由于吸附作用较大,反应物不易离开硅粉表面进入溶液;对 H 和 H_2 的吸附影响了除杂反应；

颗粒较小影响回收率[11]。所以本实验通过球磨得到 200 目的硅粉,并进行酸洗处理。

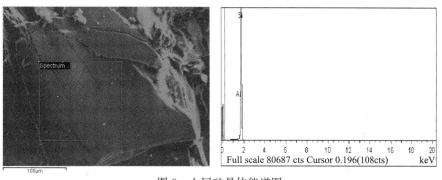

图 3 上层硅晶体能谱图

Fig. 3 EDX analysis of the upper silicon crystals

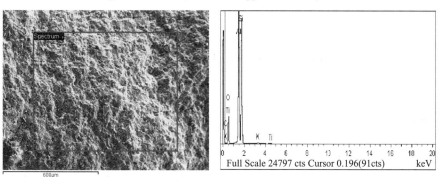

图 4 下层硅-铝合金能谱图

Fig. 4 EDX analysis of the lower layer Si-Al alloys

分别采用 HCl(5.3mol/L)和 H_2SO_4(1.5mol/L)的混合溶液、HF(0.8mol/L)溶液对硅粉进行酸洗处理,在超声场条件下处理 2 小时,之后去离子水洗涤并用真空干燥。原始 441# 硅粉(样品 1),经过不同酸处理得到样品 2、3,合金法提纯后的硅粉经过不同酸洗处理得到样品 4、5,如表 1 所示。利用 ICP-AES 对处理前后的样品分析对比提纯效果,结果如图 5 所示。原始 441# 硅粉(样品 1)中 B 的含量 128ppmw,经混合酸处理后,B 含量为 115.00ppmw(样品 2);经 HF 酸处理后含量为 48.52ppmw(样品 3)。实验表明,浓盐酸与硫酸的混合溶液对 B 的去除有很小的作用。与酸洗提纯相比,合金法提纯可以将B 的含量减少至 27.62ppmw(样品 4),效果明显,而经过合金纯化和 HF 酸处理后降低至13.81ppmw(样品 5),去除率为 89.21 %。

表 1 不同酸洗提纯所得的样品

Tab. 1 Samples purified by different kinds of acids

酸液 　　　　　样品	HCl 和 H_2SO_4 混合溶液	HF 溶液
441# 原样	2	3
合金化处理样	4	5

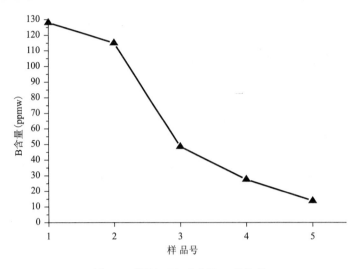

图 5 不同处理方式去除 B 的效果

Fig. 5 Effect of the removal of boron by different treatments

4 结论

1) 实验表明,Si-Al 合金法纯化冶金级硅可以通过控制硅的溶解和结晶析出,并在重力场的作用下使析出的高纯硅与 Si-Al 熔体分离,分离效果明显,有利于下一步的除杂。

2) 通过与酸洗实验做对比,研究了合金法对去除冶金级硅中杂质 B 的去除效果。原始含量为 128ppmw 的杂质元素 B,在合金法纯化后减小至 27.62ppmw,去除率为 72.38%。结果表明此实验方法较 HF 酸洗去除杂质元素 B 有很大提高。

3) 合金法提纯与酸洗提纯相结合,在超声场作用下,用低浓度 HF 溶液处理后,B 的含量降低至 13.81ppmw,去除率为 89.21%。实验表明,合金法提纯与酸洗提纯相结合的方法对去除冶金级硅中杂质 B 是很有效果的。

参考文献

[1] 陈红雨. 电池工业节能减排技术[M]. 北京:化学工业出版社,2008.

[2] 刘宁,张国梁,李廷举,等. 太阳能级多晶硅冶金制备技术的研究进展[J]. 材料导报,2009,23(10):15~18.

[3] T. M. Bruton, General trends about photovoltaic based on crystalline silicon[J]. Solar Energy Mater. Solar Cells, 2002,72(124):3210.

[4] 黄莹莹,郭辉,黄建明. 精炼法提纯冶金硅至太阳能级硅的研究进展[J]. 功能材料,2007,9(38):1397~1398.

[5] 马晓东,张剑,李廷举. 冶金法制备太阳能级多晶硅的研究进展[J]. 铸造技术,2008,29(9):1288~1289.

[6] 于战良. 冶金级硅直接制备太阳能级硅预处理实验研究[D]. 昆明:昆明理工大学,2007.

[7] Tmiki,Kmorita,N Sano. Thermodynamics of phosphorus in molten silicon[J]. Metall. Mater. Trans. B., 1996,(27B):937~941.

[8] Takeshi Yoshikawa,Kazuki Morira. Removal of B from Si by Solidification Refining with Si-Al Melts[J]. Met-

all. Mater. Trans. B., 2005,(36B):731~736.

[9] B. R. Pamplin. 晶体生长 [M]. 刘如水,沈德中,张红武等译. 北京:中国建筑工业出版社,1981:436~139.

[10] Takeshi Yoshikawa, Kazuki Morira. Refining of Si by the solidification of Si-Al Melt with Electromagnetic Force[J]. ISIJ International,2005,45(7):967~971.

[11] 杨春梅,陈红雨. 酸浸出法提纯冶金硅[J]. 功能材料(增刊),2008,(39):686~688.

Research on Removal of Boron from Metallurgical Grade Silicon by Si-Al Alloying

LU Dong-liang HU Yu-yan LIN Tao SUN Yan-hui
CHEN Hong-yu LI Qian-shu

(*School of Chemistry & Environment, South China Normal University, Guangzhou,510006, China*)

Abstract   A low-cost process for removing boron from metallurgical grade silicon was developed by Si-Al alloying, and the separation procedure of silicon grains from Si-Al melt by solidification was investigated in this paper. The microstructure and purity of silicon were characterized and detected by metallographic analysis, energy dispersive X-ray spectrometers analysis and inductive coupled plasma atomic emission spectroscopy analysis. The results showed that the content of boron in the purified silicon decreased from 128.00ppmw to 27.62ppmw. In addition, the process of purification with Si-Al alloying combined with the treatment of hydrofluoric acid could remove boron to a low content of 13.81ppmw, the removal rate of which is 89.21%. The results indicated that the removal of boron from metallurgical grade silicon by Si-Al alloying is an efficient and prospective method.

Keywords   Si-Al alloying, Metallurgical grade silicon, Removing boron, Separation procedure

多晶硅的氯化除杂研究[*]

叶其辉　林涛　卢东亮　胡玉燕　孙艳辉　郭长娟

马国正　陈红雨　李前树

(华南师范大学化学与环境学院，广州 510006)

摘要　本文从理论角度分析了多晶硅氯化除杂的热力学和动力学机理，并通过实验研究了一次氯化焙烧和氯化焙烧与湿法氯化浸出相结合的二次氯化对多晶硅除杂的影响。结果表明：一次氯化焙烧对杂质钙的效果最明显，钛、铝、锰次之，铁、硼、磷效果不明显。焙烧时间与除杂率并不成正比。而氯化焙烧后再进行氯化浸出，可使杂质元素的去除率有大幅度提高，尤其 Fe 和 B 元素可有效通过氯化浸出除去。

关键词　多晶硅，氯化焙烧，氯化浸出，除杂

1　引言

与传统能源相比，太阳能发电具有清洁性、安全性、资源充足等优点。目前，多晶硅太阳能电池在太阳能光伏产业中占有主要地位。用于太阳能电池中光电转化的关键材料多晶硅的提纯近年来备受关注[1~2]。

目前，世界上的主流技术有两种：改良西门子法和硅烷法。它们占据了世界上绝大部分的多晶硅生产线，是多晶硅生产规模化的重要技术[3]。改良西门子法是以 HCl(或 Cl₂，H₂)和冶金级工业硅为原料，在高温下合成为 $SiHCl_3$ 然后对 $SiHCl_3$ 进行化学精制提纯、多级精馏，使其纯度达到 9N 以上，最后在还原炉中 1050℃用超高纯的氢气对 Si-HCl₃进行还原而生长成高纯多晶硅棒。硅烷法[4]是以氟硅酸、钠、铝、氢气为主要原料制取高纯硅烷，然后硅烷热分解生产多晶硅的工艺。其中，95％的硅烷可以转换成多晶硅。它既可以生产出棒状多晶硅，也可以生产出粒状多晶硅。

湿法提纯可以在常温下进行，设备要求比较简单。早在 1960 年，日本学者就已经对铁矽材料湿法提纯硅材料进行了深入研究，随后挪威学者[5]采用添加 1％～10％Ca 的硅

───────────

[*]"973"计划资助项目(项目编号：2009CB226109)

联系人：陈红雨. E-mail：hychen@scnu.edu.cn

合金在 $FeCl_3$ 和 $HF+HNO_3$ 里进行两步浸出处理,继而葡萄牙学者[6]利用不同酸(HCl、H_2SO_4、HNO_3、HF 及混合酸)浸出工业硅,研究了不同浓度、粒度和浸出时间的提纯效果。王宇等[7]分析了硅粉回收率、硅粉尺寸及酸洗浓度工艺参数对杂质去除及成本影响。通过比较,湿法提纯工艺一般可以获得 99.9%～99.97% 纯度的硅。该方法不能得到更高纯度的硅的主要原因是它无法将一些非金属杂质,如 B、P 等有效除去。正由于生产出来的产品纯度不高,它只能与其他方法结合使用才能得到高纯度硅。但湿法冶金的工艺流程相对简单,这使它可以作为一种有效的前处理或后续处理方法。

本文介绍一种氯化焙烧和氯化湿法浸出相结合的氯化冶金方法,从理论和工艺条件探讨二次氯化除杂的可能性。

2 实验

2.1 实验试剂及仪器

冶金硅为浙江元通开化硅业有限公司生产,型号为:441♯过 200 目筛的纯度为 99% 的硅粉。其他所需主要试剂:高锰酸钾,盐酸,氢氟酸,浓硫酸均为化学纯。主要仪器设备:GDL1300X 管式炉,沈阳科晶设备制造有限公司,石墨反应舟。采用电感耦合等离子体发射光谱(ICP-AES)检测多晶硅样品纯度。

2.2 氯化焙烧

将研磨后的硅粉放进反应舟中,放入管式炉,连接实验装置。实验装置如图 1 所示。本文采用浓盐酸和高锰酸钾制备氯气,依次通过固体干燥剂,浓硫酸,得到干燥的氯气进入管式炉中,尾气导入氢氧化钠溶液三级吸收。

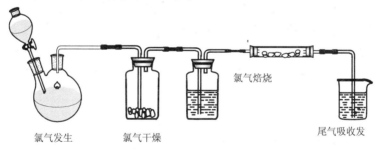

氯气发生　　　氯气干燥　　　　　　　　　　　　　　　　尾气吸收发

图 1　氯化焙烧试验装置

Fig. 1　The device of chloridizing roasting

反应初期,严格控制漏斗使氯气缓慢产生,往管式炉中通氯气,使管中的空气排走,然后将炉温控制为 1000 ℃。反应一段时间后,停止加热并停止通氯气,自然冷却,取出样品,用 ICP-AES 进行检测。

2.3 氯化焙烧和氯化浸出的二次氯化

将经过氯化焙烧后的硅粉,冷却至 200～300℃,取出后依次放入 6mol/L、3mol/L、

1mol/L 的盐酸和 2mol/L 的氢氟酸混合液中反应 1 小时,每次反应后用二次水洗涤2～3次,最后把粉末放入真空干燥箱中进行干燥。产品干燥后用 ICP-AES 进行检测。

3　结果与讨论

3.1　氯化焙烧的热力学理论分析

金属卤化物与相应金属的其他化合物比较,大都具有低熔点、高挥发性和易溶于水等性质,因此将矿石中的金属氧化物转变为氯化物,并利用上述性质将金属氯化物与基体分离,这就是卤化冶金[8]。其中,最常用的是氯化冶金,包括氯化焙烧和湿法氯化浸出。氯化冶金对于处理复杂多金属矿石或低品位矿石以及难选矿石,从中综合分离提取各种金属比较适宜。

多晶硅中含有较多的金属杂质,Al 以取代硅原子和充填硅原子间隙为主,而其他金属杂质则以单个原子和金属沉淀(硅化物,氧化物)两种形式存在与硅体中。我们通过氯化浸出和氯化焙烧相结合,将多晶硅中的金属元素转变为金属氯化物除去。

氯化焙烧中,硅中的杂质原子和氧化物发生如下反应为

$$(1/n) \, Me(s) + 1/2 \, Cl_2(g) = (1/n) \, MeCl_n(s,l,g) \tag{1}$$

$$MeO_{x/2}(s) + (x/2) \, Cl_2(g) = MeCl_x(s,l,g) + x/4 \, O_2(g) \tag{2}$$

经热力学计算,硅中某些金属氧化物在焙烧温度下的吉布斯自由能为正值,如 TiO_2、Fe_2O_3,这些物质在氯化焙烧过程中不会发生转变,也就是说,这些杂质不能被生成氯化物而除去。但也有一些金属氧化物在焙烧温度下的吉布斯自由能为负值,这些物质可转变成氯化物除去,如 CaO 等[9]。

对于氯化浸出过程,从热力学的角度分析,常温下大部分金属氧化物杂质与氯化氢反应的吉布斯自由能为负值,说明它们在常温下可以被氯化。除了某些金属杂质,如铜等,在常温下与氯化氢反应的吉布斯自由能为正值之外,其他金属杂质均能被氯化氢所氯化。因此,通过用一定浓度的氯化氢溶液对多晶硅进行浸出处理,可以使一部分金属杂质变成氯化物。

$$MeO_{x/2}(s) + x \, HCl \, (aq) = MeCl_x(aq) + x/2 \, H_2O \tag{3}$$

$$Me(s) + xHCl \, (aq) = MeCl_x(aq) + x/2 \, H_2(g) \tag{4}$$

这些氯化物的溶解度比较大,容易进入溶液通过多次洗涤而除去。在氯化焙烧之后,不能挥发出去的氯化物可以通过酸浸氯化进一步去除。

3.2　氯化焙烧的动力学理论分析

当用氯气氯化金属氧化物时,氯化反应在气、固相之间进行,反应为多相反应,有关多相反应动力学的一般规律,对于氯化反应也适用。固、气相之间的多相反应的动力学一般由下列五个步骤组成:

1)气相反应物向固相反应物表面扩散。

2）气相反应物在固相表面被吸附。

3）气相反应物与固相反应物发生反应。

4）气相产物在固相表面解吸。

5）气相产物经扩散离开固相表面。

整个反应速度由五个步骤中反应速度最慢的一步来决定。在较低温度下,化学反应速度较慢,此时步骤3）决定整个多相反应的速度。当温度升高时,化学反应速度增加较快,这时扩散速度虽然比低温时为高,但和反应速度比较,则扩散速度相对较慢,此时扩散步骤1）决定整个多相反应的速度。金属氧化物被氯气氯化的反应即为此种情况。当温度较低时,化学反应速度决定了多相反应的速度,这时称反应处于动力学区;当温度升高时,扩散速度决定了多相反应的速度,这时称反应处于扩散区。对于处于动力学区的反应,可以采用提高温度,增加固相反应物的细度等方法来提高反应速度。而反应处于扩散区,则除了用提高温度的方法提高扩散速度外,还可以用加大气流速度等方法来提高扩散速度。

由于多晶硅在氯化焙烧过程中处于一个相对较高的温度,而且晶界结构比晶体内疏松,杂质原子容易在此处发生重聚。这是因为晶粒内杂质原子形成一个很强的弹性应变场,化学势较高;晶界处结构疏松,应变场低,化学势低（相对与体内杂质而言）,所以体内杂质会往晶界处集中。当温度升高时,这种趋势更为明显。在加热的过程中,杂质会向晶界处集中,但由于不同原子的扩散系数不一样,导致有的杂质扩散很快,在高温下只需很短时间就可完成表面偏聚过程,有的却数小时尚不可能充分完成表面偏聚。

根据扩散动力学原理,假定在高温过程中金属杂质不与硅反应,在硅中为固溶状态,其扩散距离 $L(\text{cm})$ 为[10]

$$L = 2.45(Dt)^{1/2} \tag{5}$$

式中,D 为扩散系数（cm^2/s）;t 为扩散时间（s）;扩散系数 D 随温度按指数迅速变化

$$D = D_0 \exp(-E/RT) \tag{6}$$

式中,D_0 为常数;R 为气体常数;T 为绝对温度;E 为激活能。

假设硅粉颗粒为球状（半径为 $50\mu m$）,由不同杂质原子在硅中的扩散系数,可估算出其从硅粉中心扩散到表面所需的时间,这代表了杂质充分完成表面偏聚所需的时间。表1是硅中主要杂质完成表面偏聚所需的时间,可见不同杂质的扩散偏聚动力学相差较大,Fe 的扩散很快,在高温下只需很短时间就可完成表面偏聚过程,而 Al 较难,在高温下数小时尚不可能充分完成表面偏聚。至于 B 和 P,计算表明它们要实现表面偏聚就更加困难,理论上充分完成偏聚所需的时间完全不可能在实践中达到。

3.3　一次氯化焙烧除杂实验结果

首先比较硅粉在氯化焙烧前后的杂质含量,结果如表2所示。从表2可以看到,对于铁杂质,硅中的铁主要以金属间化合物存在,但铁的氯化物的稳定性比硅的氯化物高,被硅所置换,所以氯化焙烧对除铁的效果甚微;对于以金属态存在的杂质铝、钛、锰,易被氯化形成氯化物除去,以氧化态存在的,则氯化对其基本不起作用;对于杂质钙,无论是

金属态还是氧化物态均极易与氯气反应,效果尤为明显;而对于非金属杂质硼、磷,氯化焙烧作用甚微。

表 1　硅中某些杂质在不同温度的扩散系数与所需扩散时间

Tab. 1　Diffusion coefficient and required time of certain impurities in silicon at different temperature

杂质	800℃		1000℃		1200℃	
	$D(cm^2/s)$	$t(s)$	$D(cm^2/s)$	$t(s)$	$D(cm^2/s)$	$t(s)$
Fe	5.6×10^{-7}	7.5	2.4×10^{-6}	1.8	7.0×10^{-6}	6×10^{-1}
Al	3.0×10^{-10}	1.4×10^{4}	3.0×10^{-10}	1.4×10^{4}	3.0×10^{-10}	1.4×10^{4}
Ti	1.0×10^{-17}	4.2×10^{11}	7.3×10^{-13}	5.8×10^{8}	9.0×10^{-13}	4.7×10^{8}
B	6.6×10^{-17}	6.4×10^{10}	3.3×10^{-14}	1.3×10^{8}	4.0×10^{-12}	1.1×10^{6}
P	6.6×10^{-17}	6.4×10^{10}	3.3×10^{-14}	1.3×10^{8}	4.0×10^{-12}	1.1×10^{6}

表 2　硅粉在氯化焙烧前后的杂质含量($\times10^{-6}$)

Tab. 2　The content of impurities of pre and post chloridizing roasting in silicon

时间 ＼ 杂质	Fe	Al	Ca	Ti	Mn	B	P
焙烧前	4032	3753	723	335	426	128	135
焙烧后	3897	1564	186	126	252	112	132
除杂率	0.033	0.583	0.743	0.624	0.409	0.125	0.022

3.4　氯化焙烧时间与除杂率的关系

图 2 是不同氯化时间与除杂率的关系。从图中可以看到,氯化焙烧对杂质钙的效果最明显,钛、铝、锰次之,铁、硼、磷效果不明显。氯化时间到达 20min 后,如再增加氯化时间,除杂效果并不会明显增强,这是由于氯气只能与硅粉表面的金属和部分金属氧化物反应,当表面可反应杂质消耗到一定程度,就会达到一个平衡状态,很难继续反应,且随着氯化时间的增长会导致硅粉的损失。因此,氯化焙烧时间应控制在 20min 以内。

3.5　氯化浸出

比较一次氯化焙烧和二次氯化(氯化焙烧＋氯化浸出)后得到的样品纯度,结果如图 3 所示。从图中可以看到,二次氯化后各杂质元素的去除率均有一定程度的增加。一些在一次氯化焙烧中效果较差的杂质,如铁、硼,在二次氯化处理后去除率急剧提高,而其他一次氯化去除效果甚佳的杂质,在二次氯化后去除率更进一步提高。

造成这种情况的原因主要有:

1)一般来说杂质在高温焙烧下会在晶界处发生偏聚,晶界结构比晶体内疏松,杂质原子容易在此处发生重聚。当温度升高时,杂质原子扩散很快,在高温下只需很短时间就可完成表面偏聚过程。另外,氯化形成的部分不能挥发的氯化物,也容易在酸浸出时除去。因此,虽然一次氯化不足以将它除去,但通过氯化浸出可以大幅度提高杂质的去除率。

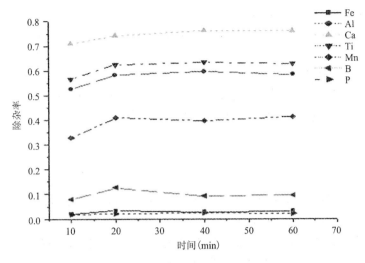

图 2　不同氯化时间与除杂率的关系

Fig. 2　The relationship of impurities removal rate and chloridizing time

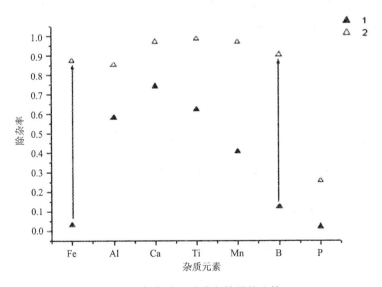

图 3　氯化处理后除杂效果的比较

Fig. 3　The impurities removal rate after chloridizing treatment

2）酸浸时氢氟酸的作用有助于让 H^+ 在 Si 表面和内部进行除杂。反应初期，在表面空穴作用下，表面硅原子在氢氟酸中溶解，耗尽空穴的表面将被钝化。硅被氢所钝化形成大量 Si—H 键。氢原子和硅原子的电负性相近，Si—H 键中 Si 上的正电性不足以吸引 F^-，但在空穴的作用下，溶液中的 F^- 被吸引，对 Si—H 键进行亲核进攻，形成 Si—F 键，由于 Si—F 键极化的影响，另一个 F^- 也被吸引，又形成一个 Si—F 键，同时一个电子进入硅衬底，生成 H_2。由于 Si—F 键群的影响，背后的 Si—Si 键的电子密度降低，此时，弱键受到 HF 的攻击使得硅表面原子仍与 H 成键，而部分溶解的硅原子以 SiF_6^- 的形式进入溶液。这样硅中将会出现很多微小孔洞,HCl 通过孔洞进入硅的内部,把其中的金属杂质去除[11]。

　　3) 硼是一种较难去除的非金属杂质,但通过二次氯化后,硼的去除率达到 90.6 %。这是因为一次氯化后的冷却过程还处于高温状态,部分 Si 粉的表面被氧化形成 SiO_2,由于杂质的扩散作用,引起硼杂质在 SiO_2-Si 界面的重新分布。而重新分布的规律与杂质分别在 Si 和 SiO_2 中的固溶度及扩散系数有关。杂质在 SiO_2-Si 界面处按一定规律的重新分布产生明显的"分凝效应"[12],硅粉表面附近处的大量硼杂质进入表面 SiO_2 相,以致在后续氯化浸出时,氢氟酸溶液将含有大量硼的二氧化硅层溶解,使硼的含量大大降低。

4　结论

　　1) 氯化焙烧对杂质钙的效果最明显,钛、铝、锰次之,铁、硼、磷效果不明显。说明氯化焙烧只能去除金属硅中部分杂质。

　　2) 氯化时间到达 20min 之后,如再增加氯化时间,除杂效果并不会明显增强,反而会导致硅的损失。因此氯化焙烧时间宜控制在 20min 以内。

　　3) 氯化焙烧后进行氯化浸出,可使杂质元素的去除率有一定程度的增加。其中,铁的扩散速度最快,可在短时间内偏聚在晶界,而硼通过分凝效应进入焙烧过程中形成的 SiO_2 层,可有效通过氯化浸出除去。

参考文献

[1]　A. Müller, M. Ghosh, R. Sonnenschein. Silicon for photovoltaic applications[J]. Mater. Sci. Eng. B, 2006, (134):257~262.

[2]　A. Goetzberger, et al. Photovoltaic materials, history, status and outlook[J]. Mater. Sci. Eng., 2003,(40):1~46.

[3]　蒋荣华,肖顺珍. 国内外多晶硅发展现状[J]. 半导体技术, 2001, 26(11):7~10.

[4]　汤传斌. 粒状多晶硅生产概况[J]. 有色金属, 2001,(3):29~31.

[5]　Application and filing Complete Specification. improvements in or relating to refining of silicon in a ferrosilicon material[P]. Patent:C01b 852,710.

[6]　I. C. Santos. Purification of metallurgical grade silicon by acid leaching[J]. Hydrometallurgy, 1990,(23):237~246.

[7]　王宇. 硅材料湿法提纯理论分析及工艺优化[J]. 太阳能学报, 1995, 16(2):175~179.

[8]　《稀有金属手册》委员会编. 稀有金属手册(上册)[M]. 北京:冶金工业出版社,1992.

[9]　魏寿昆编著. 冶金过程热力学[M]. 上海:上海科学技术出版社,1980.

[10]　胡庚祥,蔡珣. 材料科学基础[M]. 上海:上海交通大学出版社. 2000.

[11]　S Tomohito. Thermodynamic study of the effect of calcium on removal of phosphorus from silicon by acid leaching treatment [J]. Metall. Mater. Trans. B, 2004,(35):277~284.

[12]　王荣,尚世琦. 硼扩散杂质分布研究 [J]. 辽宁大学学报, 2010,(2):4~5.

Comparartive Study of the Removal of the Impurities from the Polycrystalline Silicon by Chlorination

YE Qi-hui LIN Tao LU Dong-liang HU Yu-yan SUN Yan-hui GUO Chang-juan
MA Guo-zheng CHEN Hong-yu LI Qian-shu

(*School of Chemistry and Environment, South China Normal University, Guangzhou 510006, China*)

Abstract The removal of impurities from polycrystalline silicon were studied by the analysis of the mechanisim of the thermodynamic and kinetic properties and the chlorination experiments of polycrystalline silicon. The results showed that the chlorination baking can remove the calcium effiently and titinium, aluminium and manganesium were not so good as that of calcium, while there are little function for iron, boron and phosphorous. More over, the remove efficiency is not incresing with the increse of the chlorination baking time. While the combination of wet leaching of hydrofluoric acid and hydrochloride acid and the chlorination baking process was obviously efficient for the most of impurities in silicon, especially for iron and boron.

Keywords Polycrystalline, Chlorination baking, Acid leaching, Removal of impurities

掺硼小硅原子簇 $BSi_5/BSi_5^+/BSi_5^-$ 的理论研究[*]

翟秀明　李国良　陈红雨　李前树

(华南师范大学化学与环境学院,广州 510006)

摘要　本文采用密度泛函理论方法在 B3LYP/6-311+G* 水平下对掺杂硼原子的小硅原子簇 BSi_5, BSi_5^+ 与 BSi_5^- 的结构和性质进行了理论研究。通过计算,我们得到了 18 个 BSi_5(5n-1~5n-6), BSi_5^+(5c-1~5c-8)和 BSi_5^-(5a-1~5a-4)优化结构。涉及的几何结构都在给定的对称性限制下完全优化得到的。结果显示:中性的 BSi_5 具有变形的边戴帽三角双锥状基态结构,为二重态;正离子的 BSi_5^+ 和负离子的 BSi_5^- 的基态结构分别呈变形的五角形结构和四角双锥结构,两者均为单重态。我们从其 18 种异构体结构中选取最稳定的基态结构作为研究重点深入讨论了其前线轨道情况,以更好地了解小硅原子簇掺杂硼原子后的稳定性变化。此外,我们还计算了 BSi_5 的电离势和电子亲和势,以便为类似的实验研究提供理论基础和铺垫。

关键词　密度泛函理论,掺硼小硅原子簇,结构,电离势,电子亲和势

1　引言

　　硅是微电子工业的重要支柱,与许多不同学科领域,例如化学、物理、表面吸收和材料工程等的研究密切相关。随着电子器件的不断小型化,对硅原子簇——介于单个硅原子与硅晶体之间的中间种类——的研究引起了人们的极大兴趣。在过去的几十年,纯硅原子簇在实验上和理论上已得到了广泛的研究。与碳原子在成簇时更易采取 sp 或 sp^2 杂化形式形成线状、环状或笼结构不同,硅原子在成簇时倾向于采取 sp^3 杂化键合形成三维立体结构,使得纯硅原子簇的表面存在悬键,从而使其活性大大增加。

　　由于悬键的存在,纯硅不利于形成大尺寸的稳定团簇。如果在纯硅原子簇中掺入杂质原子,将会有效地饱和其悬键,使其稳定性明显高于同一尺寸的纯硅原子簇。掺入杂原子提供了一种稳定硅原子簇的方法。目前,研究者对过渡金属原子掺杂的硅原子簇进行了大量实验和理论上的研究工作。20 世纪 80 年代末,Beck 的先驱工作促进了对掺杂

---

*　"973"计划资助项目(项目编号:2009CB226109)

联系人:李国良,E-mail:glli77@yahoo.com.cn

硅原子簇的研究。他用激光汽化和超声扩散技术产生了过渡金属替换纯硅团簇中一个硅原子,即 MSi_n($M=Cr$, Mo, W, Cu; $n \leqslant 18$)。他指出在光分解试验中,掺杂了金属原子的硅原子簇 MSi_{15}^+ 和 MSi_{16}^+ 比相同原子数的纯硅原子簇在质谱实验中有更高的丰度,即掺杂了金属原子的硅原子簇更稳定些。2005 年,Koyasu 等通过质谱和光电子离子谱得到了 MSi_{16}($M=Ti$、Hf、Mo、W)并发现中性的 $TiSi_{16}$ 硅原子簇是一个闭壳层结构,其最高占据轨道(HOMO)和最低空轨道(LUMO)的轨道能隙非常大。

最近对于掺杂非过渡金属原子的硅原子簇的研究也在积极地开展中。Majumder 等指出与纯硅原子簇 Si_{n+1} 的相比掺铝硅原子簇 $AlSi_n$($n=4$, 6, 10)的平均结合能降低了且硅原子间的键长伸长了。用原子 M($M=C,B,Be,Si,Al,Li,Na,Mg$)作为杂原子掺入到 Si_{10} 原子簇中形成 MSi_{10} 原子簇时,主要产生的是 p-p 轨道相互作用而 s-p 间的相互作用很弱,其 MSi_{10} 稳定性的顺序为 $CSi_{10} > BSi_{10} > BeSi_{10} > Si_{11} > AlSi_{10} > LiSi_{10} > NaSi_{10} > MgSi_{10}$,与质量较重的杂原子相比,质量较轻的杂原子与硅原子簇的结合会更紧密些。

随着多晶硅在太阳能电池中需求量的不断增加,人们更加关注纯化多晶硅。在实验中发现,去除多晶硅中的少量硼非常困难,因此试图利用理论计算的方法来探索其原因,这正是本文的研究目的。以前的实验表明纯硅原子簇 Si_6 是个比较稳定的幻数。Sun 等也在他们的飞行时间质谱研究中证实了硅原子簇负离子 ASi_5^-($A=B$ 和 Al)具有幻数行为。为更全面地研究掺硼硅原子簇的结构、性质及稳定性,我们采用密度泛函理论方法对 $BSi_5/BSi_5^+/BSi_5^-$ 进行了系统地计算研究。

2 理论计算方法

所有计算都是利用 Gaussian 03 程序进行。所得到的 BSi_5、BSi_5^+ 和 BSi_5^- 异构体均在 B3LYP/6-311+G* 基组水平上全优化得到。B3LYP 泛函采用 Becke 的三参数交换相关函数及 Lee-Yang-Parr 相关函数。6-311G 指对硼原子采用标准的三劈裂基组 6-311G,对硅原子使用 McLean-Chandler 的 (12s,9p)/⌈6s5p⌉ 基组。因为本研究包括阴离子和阳离子,所以在 6-311G 基组的基础上加上了 d 极化函数和 sp 弥散函数。对每个优化结构,我们都进行了振动频率分析,以确定其驻点性质。后面所讨论的所有结构都没有虚的振动频率,表明其都为(局部)极小点。自洽场迭代的收敛标准控制在 10^{-8} hartree 以下。

3 结果与讨论

本文计算的初始几何结构主要来源于用 B 原子添加到 $Si_5^{(\pm)}$ 中或是 $Si_6^{(\pm)}$ 中的一个 Si 原子被 B 原子替换得到。对每种结构,我们考虑了两个电子自旋多重度,即:中性 BSi_5 的二重态和四重度,离子 BSi_5^+/BSi_5^- 的单态和三重态。现将相对能量低于 30.0kcal/mol 的 $BSi_5/BSi_5^+/BSi_5^-$ 优化结构分别列于图 1~图 3 中。表 1~表 3 给出了相应结构的几何参数(键长、键角、二面角)。

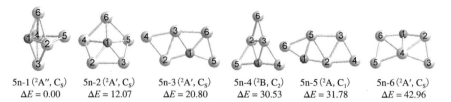

$5n\text{-}1\ (^2A'',\ C_s)$　$5n\text{-}2\ (^2A',\ C_s)$　$5n\text{-}3\ (^2A',\ C_s)$　$5n\text{-}4\ (^2B,\ C_2)$　$5n\text{-}5\ (^2A,\ C_1)$　$5n\text{-}6\ (^2A',\ C_s)$

$\Delta E = 0.00$　　$\Delta E = 12.07$　　$\Delta E = 20.80$　　$\Delta E = 30.53$　　$\Delta E = 31.78$　　$\Delta E = 42.96$

图 1　在 B3LYP/6-311＋G* 水平下优化出的 BSi_5 的异构体

Fig. 1　Optimized structures of the BSi_5 isomers at the B3LYP/6-311＋G* levels

表 1　在 B3LYP/6-311＋G* 水平下优化出 BSi_5 结构的几何参数

Tab. 1　Optimized geometries of the BSi_5 isomers at the B3LYP/6-311＋G* levels

Isomer	Coord.	Geom.	Isomer	Coord.	Geom.	Isomer	Coord.	Geom.	Isomer	Coord.	Geom.
5n-1	R_{12}	1.986		R_{46}	2.386		R_{23}	2.474		D_{4325}	171.2
	R_{13}	2.036		D_{4615}	125.0		R_{25}	2.327		D_{2516}	178.4
	R_{56}	2.625	5n-3	R_{12}	2.010		R_{26}	2.352		D_{3251}	168.8
	R_{16}	1.965		R_{13}	2.025		D_{5123}	135.8	5n-6	R_{12}	1.911
	R_{23}	2.473		R_{15}	1.955	5n-5	R_{12}	1.916		R_{14}	2.127
	R_{25}	2.379		R_{16}	2.047		R_{15}	2.003		R_{23}	2.315
	R_{26}	2.625		R_{23}	2.370		R_{16}	1.883		R_{24}	2.473
	D_{1245}	165.0		R_{24}	2.314		R_{23}	2.423		R_{34}	2.345
5n-2	R_{12}	2.034		R_{34}	2.309		R_{24}	2.269		D_{2146}	162.9
	R_{14}	2.021		R_{36}	2.421		R_{25}	2.545		D_{5641}	149.1
	R_{16}	2.121		R_{56}	2.303		R_{34}	2.314			
	R_{23}	2.372	5n-4	R_{12}	2.186		R_{35}	2.460			
	R_{24}	2.506		R_{14}	1.923		R_{56}	2.360			

3.1　中性 BSi_5 原子簇

中性 BSi_5 原子簇全部低能量的电子态都是二重态并且没有虚频。BSi_5 的基态呈变形的边戴帽三角双锥结构(5n-1)，其中 B 原子占据弯曲菱形的长对称轴的一个顶点。此结构可通过用 B 原子取代 Si_6 原子簇的基态结构中的一个 Si 原子得到。优化得到的 5n-1结构中的最短的 B—Si 键长和 Si—Si 键长分别为 $R_{16}=1.965$Å 与 $R_{25}=2.379$Å。5n-2 是一个有趣的结构，它呈扭曲的准平面五角形结构，是由 B 原子占据 Si_5 五角形结构的中心形成的，顶点帽角度 A_{415} 为 113°。结构 5n-2 的能量比基态 5n-1 高 12.1kcal/mol。平面结构 5n-3 可视为边戴帽梯形结构，其中 B 原子占据梯形结构的中央，其能量比基态 5n-1 高 20.8kcal/mol。第四稳定结构 5n-4 呈 C_2 对称性，其二面角 D_{5123} 为 135.8°。结构 5n-5 类似于 5n-3，其能量比最低能量结构 5n-1 高 31.8kcal/mol。综上，从能量的角度看，B 原子占据顶角时，其能量更低些。蝶形结构 5n-6 的能量比 5n-1 高 40kcal/mol 以上。

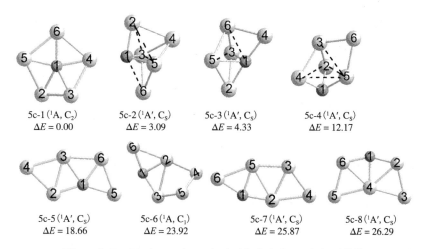

图 2　在 B3LYP/6-311+G* 水平下优化出的 BSi$_5^+$ 的异构体

Fig. 2　Optimized structures of the BSi$_5^+$ isomers at the B3LYP/6-311+G* levels

表 2　在 B3LYP/6-311+G* 水平下优化出 BSi$_5^+$ 结构的几何参数

Tab. 2　Optimized geometries of the BSi$_5^+$ isomers at the B3LYP/6-311+G* levels

Isomer	Coord.	Geom.	Isomer	Coord.	Geom.	Isomer	Coord.	Geom.	Isomer	Coord.	Geom.
5c-1	R_{12}	2.073		R_{15}	2.147		R_{23}	2.346	5c-7	R_{12}	1.928
	R_{14}	2.001		R_{16}	2.229		R_{24}	2.307		R_{15}	1.964
	R_{16}	1.979		R_{23}	2.444		R_{34}	2.408		R_{16}	1.920
	R_{23}	2.462		R_{36}	2.376		R_{36}	2.364		R_{23}	2.346
	R_{25}	2.477		R_{46}	2.341		R_{56}	2.290		R_{24}	2.397
	R_{46}	2.517	5c-4	R_{12}	1.949	5c-6	R_{12}	1.974		R_{25}	2.541
5c-2	R_{12}	1.919		R_{15}	1.908		R_{13}	1.911		R_{34}	2.280
	R_{13}	1.984		R_{23}	2.425		R_{16}	1.930		R_{35}	2.311
	R_{16}	2.257		R_{35}	2.526		R_{23}	2.616		R_{56}	2.367
	R_{24}	2.586		R_{36}	2.395		R_{24}	2.318	5c-8	R_{12}	1.898
	R_{34}	2.373		A_{214}	107.6		R_{25}	2.711		R_{14}	2.034
	R_{36}	2.374		A_{215}	93.20		R_{26}	2.484		R_{23}	2.280
	D_{4536}	136.5		A_{436}	111.3		R_{35}	2.350		R_{24}	2.445
	D_{1356}	91.70	5c-5	R_{12}	1.929		R_{45}	2.381		R_{34}	2.471
5c-3	R_{12}	1.922		R_{13}	2.054		A_{316}	160.8		A_{216}	153.6
	R_{13}	2.147		R_{15}	2.041		A_{324}	77.80		D_{3421}	173.1
	R_{14}	1.934		R_{16}	1.971		D_{5324}	56.00			

3.2　带正电荷 BSi$_5^+$ 硅原子簇

　　阳离子 BSi$_5^+$ 的 8 个异构体如图 2 所示,它们都呈单重态。能量最低的结构 5c-1 是一个变形的五边形结构,呈 C$_2$ 对称性,C$_2$ 轴穿过 6Si—1B 并且平分 2Si—1B—3Si 角。

对 5c-1 的进一步讨论见第四部分(图4)。值得注意的是 5c-1 的 HOMO 中在顶点硅原子(6Si)和两个相邻硅原子间(4Si 与 5Si)间为反键,而在 2Si 与 3Si 间为成键。因此,结构 5c-1 的侧边键长 5Si—6Si 和 3Si—4Si 较长,分别为 2.517Å 和 2.477Å,底边键长 2Si—3Si 最短,为 2.462Å。结构 5c-2 在能量上只比结构 5c-1 高 3.1kcal/mol,它呈现边戴帽的弯曲三角双锥构型,1B—2Si,1B—3Si 和 1B—6Si 键长分别为 1.919Å,1.984Å 和 2.257Å。帽原子 4Si 向上弯曲靠近顶点原子 2Si 使得结构 5c-2 看起来也像个面戴帽的三角双锥,其中 4Si—2Si 间的距离只有 2.586Å,比 4Si—3Si 键长(2.373Å)仅长了~ 0.2Å。另外两个边带帽三角双锥结构 5c-3 和 5c-4 的能量比基态结构 5c-1 分别高 4.3 与 12.2kcal/mol。结构 5c-1,5c-2 与 5c-3 之间的能量差很小,表明它们热力学稳定性相近。结构 5c-5 与中性的 5n-3 结构类似,两个结构的最大键长差为仅为~0.1Å(3Si—4Si)。结构 5c-6 是一个准扇形结构,其 B 原子不在几何结构中心。结构 5c-7 和 5c-8 分别与中性硅原子簇中 5n-5 和 5n-6 的结构相类似。5c-6,5c-7 和 5c-8 的能量都较高,都比基态结构 5c-1 高 20kcal/mol 以上。

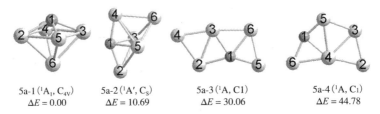

5a-1 ($^1A_1$, C_{4v})   5a-2 ($^1A'$, C_S)   5a-3 (^1A, C1)   5a-4 (^1A, C1)
$\Delta E = 0.00$ $\Delta E = 10.69$ $\Delta E = 30.06$ $\Delta E = 44.78$

图 3   在 B3LYP/6-311+G* 水平下优化出 BSi$_5^-$ 的异构体

Fig. 3   Optimized structures of the BSi$_5^-$ isomers at the B3LYP/6-311+G* levels

表 3   在 B3LYP/6-311+G* 水平下优化出的 BSi$_5^-$ 结构的几何参数

Tab. 3   Optimized geometries of the BSi$_5^-$ isomers at the B3LYP/6-311+G* levels

Isomer	Coord.	Geom.	Isomer	Coord.	Geom.	Isomer	Coord.	Geom.	Isomer	Coord.	Geom.
5a-1	R_{12}	1.980		R_{34}	2.617		R_{24}	2.337		R_{24}	2.313
	R_{24}	2.582		R_{35}	2.580		R_{34}	2.258		R_{34}	2.465
	R_{26}	2.491		R_{36}	2.364		R_{36}	2.432		R_{35}	2.462
5a-2	R_{12}	1.925	5a-3	R_{12}	2.095		R_{56}	2.323		R_{45}	2.658
	R_{13}	2.126		R_{13}	2.025	5a-4	R_{14}	2.086		R_{46}	2.378
	R_{14}	1.900		R_{15}	1.907		R_{15}	1.922			
	R_{15}	2.126		R_{16}	2.140		R_{16}	1.882			
	R_{23}	2.486		R_{23}	2.408		R_{23}	2.277			

3.3 带负电荷 BSi$_5^-$ 硅原子簇

人们对掺硼硅原子簇负离子已进行过一些飞行时间质谱研究和理论计算。图 3 列了 BSi$_5^-$ 的不同异构体。呈 C_{4v} 对成性的四角双锥结构 5a-1 的能量最低且没有虚频,表明其应为 BSi$_5^-$ 的基态结构。第四部分对 5a-1 进行的稳定性分析表明高离域的 π 电子应该对其稳定性发挥了重要的作用。面戴帽结构 5a-2 与 BSi_5 的最稳定结构 5n-1 类似,它比最低能量结构 5a-1 高 10.7kcal/mol。5a-3 的能量高出基态结构 5a-1 30.1kcal/mol。扇形结构 5a-4 在 BSi_5^- 的 4 个异构体中能量最高。在 5a-4 中,最短键长分别是 B—Si 和 Si—Si,分别为 $R_{16}=1.882\text{Å}$ 和 $R_{23}=2.277\text{Å}$。

3.4 HOMO-LUMO 能隙

HOMO-LUMO 能隙的大小可帮助我们理解原子簇的稳定性。$BSi_5/BSi_5^+/BSi_5^-$ 原子簇基态结构的 HOMO、LUMO 能级及 HOMO-LUMO 能隙列于表 4。从表 4 可以看到 BSi_5,BSi_5^+ 和 BSi_5^- 原子簇的 HOMO-LUMO 能隙分别为 3.73,2.80 和 3.93eV。负离子 BSi_5^- 的 HOMO-LUMO 能隙最大,这与 BSi_5^- 原子簇的实验结果相一致,也表明了其幻数性质。

表 4　最稳定的 BSi_5,BSi_5^+ and BSi_5^- 异构体的 HOMO-LUMO 能隙

Tab. 4　The HOMO-LUMO gaps for the most stable. BSi_5,BSi_5^+ and BSi_5^- isomers

Cluster	Symmmetry	State	Orbital symmetry		Orbital energy (a. u.)		Gap (eV)
			HOMO	LUMO	HOMO	LUMO	
BSi_5	C_s	$^2A''$	a'	a'	-0.2290	-0.0918	3.73^a
BSi_5^+	C_2	^1A	a	b	-0.4068	-0.3039	2.80
BSi_5^-	C_{4v}	$^1A_1$	e	e	-0.0669	0.0790	3.97

a　依据 α-orbitals.

图 4 画出了 BSi_5,BSi_5^+ 和 BSi_5^- 掺杂硅原子簇的 HOMO。对中性结构 5n-1,HOMO 包含 σ 与 π 成分,其中的 π 成分主要来自于 4 个准平面原子(1B,2Si,4Si 和 5Si)间的作用,而 σ 成分分别来自于 2 个顶点硅原子(3Si 和 6Si)和 4 个准平面原子的作用。从另一个角度看,四个与硼相邻的硅原子(2Si,3Si,4Si 和 6Si)都可以向硼原子的 p 轨道贡献一对电子形成配键,从而使 B—Si 结合起来。5n-1 的 α-HOMO-1 主要是 σ 成键轨道,β-HOMO 与 α-HOMO 相似。对于正离子 5c-1,HOMO 部分成键和部分反键,因为 σ 成键作用贡献较大。负离子 5a-1 的 HOMO 与中性 5n-1 的非常相似。

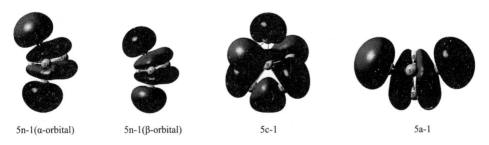

5n-1(α-orbital)　　　5n-1(β-orbital)　　　5c-1　　　5a-1

图 4　基态结构 5n-1,5c-1 和 5a-1 的 HOMO 轮廓图

Fig. 4　The contour maps of the HOMO for the most stable-1,5c-1 and 5a-1 isomers

4 结论

含 4、6、7 和 10 个硅原子的硅原子簇是幻数，这在实验上已得到了证实。本文在 B3LYP/6-311+G* 理论水平下对 BSi_5，BSi_5^+ 和 BSi_5^- 密度泛函理论研究。结果表明，BSi_5 的基态结为一个变形的边戴帽三角双锥结构。带电荷的 BSi_5^+ 和 BSi_5^- 原子簇的最稳定结构分别为 C_2 对称性的变形五角形结构和 C_{4v} 对称性的四角双锥结构。对 BSi_5，BSi_5^+ 和 BSi_5^- 基态结构的前线轨道分析解释了这些结构稳定性原因。希望本文的研究能为进一步理论及实验研究提供帮助。

参考文献

[1] D. A. B. Miller. Silicon integrated circuits shine[J]. Nature,1996,(384):307.

[2] K. Raghavachari, C. M. Rohlfing. Bonding and stabilities of small silicon clusters: A theoretical study of Si_7—Si_{10}[J]. J. Chem. Phys. ,1988,(89):2219.

[3] Q. J. Zang, Z. M. Su, W. C. Lu, C. Z. Wang, K. M. Ho. A first-principles study of oxidation pattern in magic Si_7 cluster[J]. Chem. Phys. Lett. ,2006,(430):1.

[4] R. B. King, T. Heine, C. Corminboeuf, P. V. R. Schleyer. Antiaromaticity in bare deltahedral silicon clusters satisfying wade's and hirsch's rules: An apparent correlation of antiaromaticity with high symmetry[J]. J. Am. Chem. Soc. , 2004,(126):430.

[5] K. Raghavachari. Theoretical study of small silicon clusters: Equilibrium geometries and electronic structures of $Si_n (n=2—7,10)$[J]. J. Chem. Phys. ,1986,(84):5672.

[6] K. Raghavachari. Theoretical study of small silicon clusters: Cyclic ground state structure of Si_3[J]. J. Chem. Phys. ,1985,(83):3520.

[7] L. A. Curtiss, P. W. Deutsch, K. Raghavachari. Binding energies and electron affinities of small silicon clusters $(n=2—5)$ [J]. J. Chem. Phys. ,1992,(96):6868.

[8] C. Xu, T, R. Taylor, G. R. Burton, D. M. Neumark. Vibrationally resolved photoelectron spectroscopy of silicon cluster anions $Si_n^- (n=3—7)$ [J]. J. Chem. Phys. ,1998,(108):1395.

[9] X. Zhu, X. C. Zeng. Structures and stabilities of small silicon clusters: Ab initio molecular-orbital calculations of Si_7—Si_{11}[J]. J. Chem. Phys. ,2003,(118):3558.

[10] M. V. Ramakrishna, A. Bahel. Combined tight-binding and density functional molecular dynamics investigation of Si_{12} cluster structure[J]. J. Chem. Phys. ,1996,(104):9833.

[11] C. R. Zacharias, M. R. Lemes, A. D. P. Júnior, D. S. Orcero. Predicting structural models for silicon clusters[J]. J. Comput. Chem. ,2003,(24):869.

[12] Y. Lan, Y. Feng, Y. Wen, B. Teng. Absorption spectra and frequency-dependent polarizabilities of small silicon clusters: A density functional study[J]. J. Mol. Struct: Theochem. ,2008,(854):63.

[13] L. Zhao, W. Lu, W. Qin, C. Z. Wang, K. M. Ho. Comparison of the growth patterns of Si_n and Ge_n clusters $(n=25—33)$[J]. J. Phys. Chem. A, 2008,(112):5815.

[14] B. Li, P. Cao, X. Zhou. Electronic and geometric structures of Si_n^- and $Si_n^+ (n = 2—10)$ clusters and in comparison with Si_n[J]. Phys. Stat. Sol. ,2003,(238):11.

[15] J. M. Goicoechea, S. C. Sevov. Naked deltahedral Silicon clusters in solution: Synthesis and Characterization of Si_9^{3-} and Si_5^{2-}[J]. J. Am. Chem. Soc. ,2004,(126):6860.

[16] V. Que'neau, E. Todorov, S. C. Sevov. Synthesis and structure of Isolated silicon clusters of nine atoms[J].

J. Am. Chem. Soc. ,1998,(120):3263.

[17] E. Kaxiras. Effect of surface reconstruction on stability and reactivity of Si clusters[J]. Phys. Rev. Lett. , 1990,(64):551.

[18] E. Kaxiras, K. Jackson. Shape of small silicon clusters[J]. Phys. Rev. Lett. ,1993,(71):727.

[19] C. Majumder, S. K. Kulshreshtha. Impurity-doped Si10 clusters: Understanding the structural and electronic properties from first-principles calculations[J]. Phys. Rev. B,2004,(70):245426.

[20] S. Zorriasatein, K. Joshi, D. G. Kanhere. Dopant-induced stabilization of silicon clusters at finite temperature [J]. Phys. Rev. B,2007,(75):045117.

[21] J. Wang, Q. M. Ma, Z. Xie, Y. Liu, Y. C. Li. From Si_nNi to NiSin: An investigation of configurations and electronic structure[J]. Phys. Rev. B,2007,(76):035406.

[22] S. M. Beck. Studies of silicon cluster-metal atom compound formation in a supersonic molecular beam[J]. J. Chem. Phys. ,1987,(87):4233.

[23] S. M. Beck. Mixed metal-silicon clusters formed by chemical reaction in a supersonic molecular beam: Implications for reactions at the metal/silicon interface[J]. J. Chem. Phys. ,1989,(90):6306.

[24] K. Koyasu, M. Akutsu, M. Mitsui, A. Nakajima. Selective formation of MSi_{16}(M = Sc, Ti, and V)[J]. J. Am. Chem. Soc. ,2005,(127):4998.

[25] C. Majumder, S. K. Kulshreshtha. Influence of Al substitution on the atomic and electronic structure of Si clusters by density functional theory and molecular dynamics simulations [J]. Phys. Rev. B. , 2004, (69):115432.

[26] L. A. Bloomfield, R. R. Freeman, W. L. Brown. Photofragmentation of Mass-Resolved Si_{2-12}^+ clusters[J]. Phys. Rev. Lett. ,1985,(54):2246.

[27] K. D. Rinnen, M. L. Mandich. Spectroscopy of neutral silicon clusters $Si_{18}-Si_{41}$: Spectra are remarkably size independent[J]. Phys. Rev. Lett. ,1992,(69):1823.

[28] M. F. , Jarrold, E. C. Honea. Dissociation of Large silicon clusters: The approach to bulk behavior[J]. J. Phys. Chem. ,1991,(95):9181.

[29] T. P. Martin, H. J. Schaber. Mass spectra of Si, Ge, and Sn clusters. [J]. Chem. Phys. ,1985,(83):855.

[30] Z. Sun, Z. Yang, Z. Gao, Z. Tang. Experimental and theoretical investigation on binary semiconductor clusters of B/Si and Al/Si[J]. Rapid Commun. Mass Spectrom. ,2007,(21):792.

[31] M. J. Frisch, G. W. Trucks, H. B. Schlegel, et al. Gaussian 03, Revision D. 01, Gaussian, Inc. , Wallingford CT.

[32] D. Becke. J. Chem. Density-functional thermochemistry, III, 'the role of exact exchange[J]. Phys. ,1993, (98):5648.

[33] C. Lee, W. Yang, R. G. Parr. Development of the Colle-Salvetti correlation-energy formula into a functional of the electron density[J]. Phys. Rev. B, 1988,(37):785.

[34] A. J. H. Wachters. Gaussian basis set for molecular wavefunctions containing third-row atoms [J]. J. Chem. Phys. ,1970,(52):1033.

[35] P. J. Hay. Gaussian basis sets for molecular calculations: The representation of 3d orbitals in transition-metal atoms[J]. J. Chem. Phys. ,1977,(66):4377.

[36] C. Xiao, F. Hagelberg, W. A. Lester Jr. Geometric, energetic, and bonding properties of neutral and charged copper-doped silicon clusters[J]. Phys. Rev. B, 2002,(66):075425.

Structures and Properties of the BSi$_5$, BSi$_5^+$ and BSi$_5^-$ Clusters

ZHAI Xiu-ming LI Guo-liang CHEN Hong-yu LI Qian-shu

(School of Chemistry and Environment, South China Normal University,
Guangzhou 510006, *China)*

Abstract   The geometries and energies of the boron-doped small silicon clusters BSi$_5$, BSi$_5^+$ and BSi$_5^-$ have been systematically investigated by means of density functional theory method at the B3LYP/6-311+G* level.   All the geometries considered have been completely optimized within the given symmetry constraints. 18 isomers of BSi$_5$ (5n-1 to 5n-6), BSi$_5^+$ (5c-1 to 5c-8) and BSi$_5^-$ (5a-1 to 5a-4) clusters have been predicted.   The global minimum of BSi$_5$ has a doublet state and a distorted edge-capped trigonal bipyramidal structure.   For charged boron-doped silicon clusters BSi$_5^+$ and BSi$_5^-$, the most stable. isomers have C$_2$ symmetry distorted pentagonal structure and C$_{4v}$ symmetry tetragonal bipyramidal structure, respectively, which both are in singlet state.   To understand the stability of the BSi$_5$, BSi$_5^+$ and BSi$_5^-$ clusters, the frontier molecular orbitals of their most stable. isomers are analyzed.   Moreover, the ionization potentials and electron affinities of BSi$_5$ are also calculated, which express a proof for the clusters' stability.

Keywords   DFT, Boron-doped silicon clusters, Structures, Ionization potential, Electron affinity

O_2/CO_2 气氛下模型化合物 NO 释放规律研究[*]

王贲　苏胜　孙路石　向军　胡松　费华　卢腾飞

(华中科技大学煤燃烧国家重点实验室,武汉 430074)

摘要　为揭示 O_2/CO_2 燃烧过程中煤挥发份氮中的 NO 生成机理,在 800℃～ 1200℃ 温度范围内,选取吡啶为煤含氮模型化合物,采用傅里叶红外光谱仪 (FT-IR)在控温实验炉中进行了吡啶燃烧实验,研究了不同 CO_2 浓度,氧过量系数以及温度等对 NO 释放规律的影响,并对反应过程中 CO、NH_3、HCN 等进行了详细测量和分析。结果表明:CO_2 对 NO 生成影响是双向的,在还原性气氛中,CO_2 的浓度升高促进了 NO 生成;而在氧化性气氛中,CO_2 浓度的升高则抑制了 NO 的形成。在不同的条件下,NH_3、HCN、CO 等的反应途径对 NO 的释放具有显著影响。温度的变化对 NO 浓度影响较大,在氧气过量系数为 1.2 时,随着温度升高,NO 浓度先升高后降低,峰值出现在 1000℃。

关键词　模型化合物,吡啶,O_2/CO_2 气氛,燃烧,NO

1 引言

O_2/CO_2 燃烧方式作为一种可以经济有效的从燃煤电站锅炉的烟气中捕集回收 CO_2,同时又可有效降低 SO_2 和 NO 等污染物排放的新型燃烧方式,受到了国内外普遍关注。近年来,国内外许多单位都开展了 O_2/CO_2 燃烧方式下 NO 排放特性的研究[1~7],对 O_2/CO_2 燃烧方式下影响 NO 排放特性的主要因素进行了实验研究,但由于试验装置和反应条件差别,试验结论有所不同。另外,由于煤的分子结构及化学成分十分复杂,并且由于其氮元素含量低,使得直接针对煤中氮机理的研究和分析变得十分困难。然而,用煤的模型化合物模拟研究煤氮的转化规律,可以排除矿物以及其他杂质的干扰,更加客观准确地掌握煤中不同形态含氮官能团在不同气氛和条件下的反应变化规律,这对深入揭示 O_2/CO_2 燃烧方式下 NO 的反应机理具有重要意义。

本文采用煤中比较具有代表性的含氮化合物吡啶在 O_2/CO_2 气氛中进行燃烧实验,讨论 O_2 过量系数,CO_2 浓度,温度等对反应产物的影响,以揭示在 O_2/CO_2 燃烧方式下煤中挥发份氮的释放规律。

---

* "973"计划资助项目(项目编号:2010CB227003);国家自然科学基金资助项目(项目编号:50976038)

联系人:王贲,E-mail: wangbengust@yahoo.com.cn

2　实验过程

实验系统如图1所示。实验中用高纯氩气作为吡啶载气，氩气流量为400ml/min，为避免环境温度的改变而影响吡啶的进样量，对盛装吡啶溶液的U型管进行水浴加热，温度恒定在30℃，吡啶进样量为2.185g/h，氧气和二氧化碳作为反应气氛，通过调节转子流量计来实现不同的流量配比。吡啶蒸气经氩气携带与氧气和二氧化碳经过混气瓶进入石英管反应器中，为防止吡啶蒸汽在进入反应器之前发生冷凝，从U型管出口到石英管入口处均铺设电加热带，温度控制在130℃。卧式温控炉采用石英管作为加热元件，炉温由热电偶测量，设置程序升温速率为20℃/min。气体成分分析采用GASMET D4000便携红外分析仪，可在线测量HCN、NH_3、CO等气体浓度，分辨率为$8cm^{-1}$，扫描速度10次/s。尾气通过活性炭吸收。实验中，定义吡啶完全燃烧时所需要氧气量为理论氧气量，据此定义氧过量系数α。

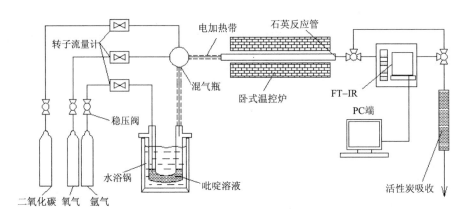

图1　实验系统示意图

Fig. 1　Experimental schematic diagram

3　实验结果与讨论

3.1　CO_2浓度的影响

图2为1000℃时初始CO_2浓度下不同产物的浓度。由图2(a)可以看出，当$\alpha=0.8$时，随着CO_2浓度的升高，NO的浓度逐渐升高，但在还原性气氛下总体浓度较小。此时由图2(b)、2(c)、2(d)可以看出，随着CO_2浓度增大，CO、NH_3和HCN的浓度虽然在还原性气氛下较高但却一直下降，这说明此时CO_2浓度的增加对NO的还原不利，NH_3和HCN的消耗主要反应生成了NO，导致NO的浓度随着CO_2浓度的增加而逐渐升高。在$\alpha=1$时，随着CO_2浓度的升高，NO浓度逐渐升高，此时NH_3浓度逐渐减少，HCN浓度逐渐增加但总量很小，这证明此时NO的增加主要是来源于NH_3的氧化反应，而部分HCN可能是NH_3二次反应生成的产物。当$\alpha=1.2$时，随着CO_2浓度增加，NO浓度逐

渐降低,此时,在氧化性气氛下 CO 浓度几乎为零,HCN 浓度逐渐上升但总量很小,NH_3 浓度也逐渐上升。这说明当氧量足够时,NO 浓度随着 CO_2 浓度的增加而降低。这是因为当吡啶的量和 α 一定时,CO_2 浓度的增加稀释了炉内的氧化性气氛,促进了 HCN、NH_3 等还原性物质的生成,从而使 NO 的浓度逐渐降低,这与刘彦,Hu. Y 等人的研究结果是一致的[8,9]。另外,从图 2 可以看出,NH_3 较 HCN 对 CO_2 浓度的变化更加敏感,随着 CO_2 浓度的改变,NH_3 的浓度变化明显,而 HCN 变化幅度则很小。尤其是在 $\alpha \geqslant 1$ 的情况下。在温度为其他条件下时气体产物生成规律也有相同的趋势。

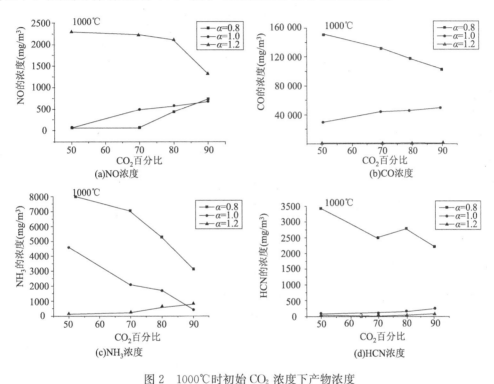

图 2 1000℃时初始 CO_2 浓度下产物浓度

Fig. 2 Experimental results of the main output gases as a function of the CO_2 concentration

3.2 氧气过量系数的影响

图 3 为吡啶在 1000℃下气体产物浓度随过量氧气系数的变化的趋势。如图所示,在所有的工况下,随着实验范围内过量空气系数按 0.8、1.0、1.2 的增大,烟气中 NO 的浓度持续增大,这与文献[8]的研究结果是一致的。

由图 3(a)和可知,CO_2 浓度一定的条件下,当 $\alpha < 1.0$ 时,还原气氛中 HCN,NH_3 的浓度随着氧气过量系数的增加均逐渐降低,并且 HCN 的含量都低于 NH_3 的含量,此时 NO 的浓度虽然增加但上升的十分缓慢。这主要是因为还原性气氛下,NH_3 和 HCN 的浓度较大,抑制了 NO 的生成反应。当 $\alpha > 1$ 时,此时 HCN 和 NH_3 浓度缓慢减小,NO 浓度显著升高,这是由于氧化性气氛下,HCN 和 NH_3 均被氧化成 NO。本实验中没有对 N_2 的含量进行检测,但是由图可知,在 $\alpha < 1$ 时,随着过量氧气系数的增大,HCN 和 NH_3

的下降速率较快,而 NO 生成速率较慢;相反的,当 $\alpha > 1$ 时,随着过量氧气系数的增大,HCN 和 NH₃ 的下降速率减慢而 NO 生成速率增大。可以推断前者大量减少的 HCN 和 NH₃ 是因为和反应生成的 NO 发生了还原反应生成 N₂。图 3(b)显示的是 CO₂ 浓度为 70% 时气体产物释放规律,其趋势与图 3(a)中 CO₂ 浓度为 80% 时是一致的,实验中当 CO₂ 浓度为其他值时其规律与图 3(a)和图 3(b)所示规律也是一致的。

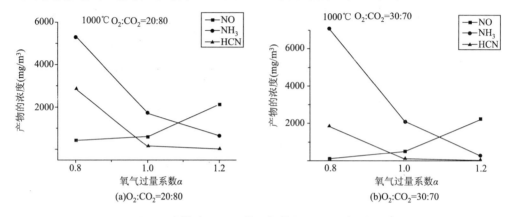

(a)O₂:CO₂=20:80　　　　　　　　　　　　(b)O₂:CO₂=30:70

图 3　不同氧气过量系数下气体产物浓度释放曲线

Fig. 3　Experimental results of the main output gases as a function of the stoichio metry

3.3　温度的影响

图 4 为不同温度下的气体产物浓度释放曲线。图 4(a)显示,随着温度的升高,NO 先增大后减小,在 1000℃ 时达到最大。当温度 <1000℃ 时,NO 浓度逐渐升高,此时 CO 和 HCN 的浓度明显降低,而 NH₃ 浓度缓慢升高。这是由于在低于 1000℃ 时,随着温度升高,氧化反应速率逐渐增大,吡啶热解虽然产生了大量的 NH₃,但被迅速氧化生成 NO,导致 NH₃ 浓度虽然上升但比较缓,而此时 HCN 由于可能是 NH₃ 二次反应产物,其一旦生成就好被迅速氧化成 NO,因此表现为 HCN 浓度一直降低。而当温度 >1000℃ 时,CO、NH₃、HCN 浓度均有所升高,NO 浓度急剧下降,这是因为当温度超过 1000℃ 时,氧化速率相较还原速率低,这和[10]得到的结论是一致的。而一些学者对煤在 O₂/CO₂ 气氛下生成的 NO 规律显示峰值出现在 1200℃,这很有可能是因为煤粉在高温区煤焦氮被进一步氧化导致 NO 峰值增加。另外,文献[11,12]均发现随着温度的升高,煤在 O₂/CO₂ 气氛下燃烧 NO 的生成量随温度的升高而增加,这与本实验中的结果其实并不矛盾。因为煤氮的产生分为挥发份氮和焦氮生成,而挥发份 N 释放较快,在 800~1000℃ 挥发份中最主要的氮化物是 HCN 和 NH₃ 就已经析出和燃烧,随温度继续上升,在挥发份燃烧将近结束时,焦炭氮开始燃烧,固定碳中的氮随碳燃烧释放出来,导致 NO 的随着温度的升高持续增加。

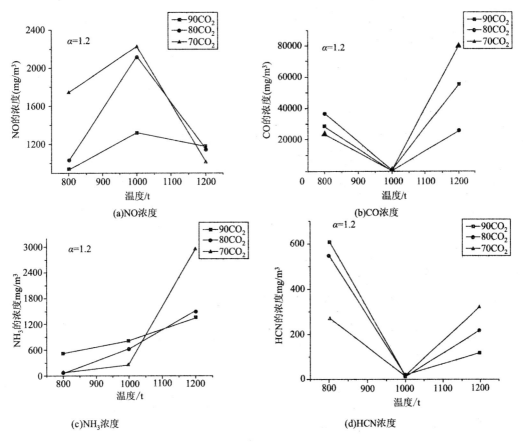

图 4　不同温度下的气体产物浓度释放曲线

Fig. 4　Experimental results of the main output gases as a function of the temperature

4　结论

本文利用吡啶作为煤中氮的模型化合物在卧式温控炉中研究了 NO、HCN、NH_3 等气体的释放规律,并对影响其转化的主要因素进行了详细分析,得到以下主要结论:

1) CO_2 对 NO 生成影响是双向的,它依赖与燃烧气氛。在还原性气氛中,CO_2 的浓度升高促进了 NO 生成,但是幅度非常有限。而在氧化性气氛中,CO_2 浓度的升高稀释了氧化性气氛,抑制了 NO 的形成。当 $\alpha \geqslant 1$ 时,NH_3 较 HCN 对 CO_2 浓度变化更为敏感,而 HCN 浓度一直较低。部分 HCN 可能是 NH_3 二次反应生成的产物。

2) 氧气过量系数对吡啶在 O_2/CO_2 气氛中的燃烧影响较为单一。在富燃区,随着氧气过量系数的增加,HCN、NH_3 浓度剧减少,HCN 浓度更是下降到几乎为零,NO 上升极为缓慢并一直维持在较低水平;而在贫燃区,HCN、NH_3 的下降趋于平缓,NO 急剧上升。

3) 吡啶的燃烧受温度的影响较大,随着温度升高,NO 浓度先升高后降低,1000℃时出现峰值。这和 CO 以及 HCN 浓度的变化趋势恰好相反。证明当温度在 1000℃时,氧化反应的速率达到最大,还原性气体迅速被氧化为 NO。

参考文献

[1] S. H. Goldthorpe, P. J. I Cross, J. E. Davison. System studies on CO_2 abatement from power plant[J]. Energy Convers. Mgmt. ,1992,33(5-8):459～466.

[2] S. Nakayama, Y. Noguchi Pulverized coal combustion in O_2/CO_2 mitures on a power plant for CO_2 recovery[J]. Energy Convers. Mgmt. ,1992,33(5-8):379～386.

[3] Tan Yewen, E. Croiset, Douglas Marka, et al. Combustion characteristics of coal in a miture of oygen and recycled flue gas [J]. Fuel,2006,85(4):507～512.

[4] Chen Jyhcherng, Liu Zhenshu, Huang Jiansheng. Emission characteristics of coal combustion in different O_2/N_2, O_2/CO_2 and O_2/RFG atmosphere[J]. Journal of Hazardous Materials,2007,142(1-2):266～271.

[5] T. Yamadea, T. Kiga, M. Okaua. Characteristics of pulverized-coal combustion in CO_2 recovery power plant applied O_2/CO_2[J]. JSME International Journal,1998,41(4):1017～1022.

[6] Y. Hu,N. Kobayashi. The reduction of recycled-NO in coal combustion with O_2/recycled flue gas under low recycling ratio[J]. Fuel,2001,(80):1851～1855.

[7] Croiset E, Thambimuthu K V, NO and SO_2 emissions from O_2/CO_2 recycle coal combustion[J]. Fuel,2001, (80):2117～2121.

[8] 刘彦. O_2/CO_2 煤粉燃烧脱硫及 NO 生成特性实验和理论研究. 浙江:浙江大学,2004.

[9] Y. Hu, S. Naito, N. Kobayashi, M. Hasatani. 2000. CO_2, NO and SO_2 emissions from the combustion of coal with high oygen concentration gases[J]. Fuel,2000, (79):1925～1932.

[10] 于岩. O_2/CO_2 燃烧技术中 NO 排放特性的实验研究及机理分析 [D]. 河北:华北电力大学,2003.

[11] E. E. Khalil. Modeling of furnace and combustors[M]. abacus Press,1982:1～260.

[12] D. B. Spalding. Mathematical Models of Continuous combustion[M]. Plenum Press,1972.

Release Rule of NO by Using Model Compounds Pyridine under O_2/CO_2 Atmosphere

WANG Ben   SU Sheng   SUN Lu-shi   XIANG Jun   HU Song   FEI Hua   LU Teng-fei

(State Key Laboratory of Coal Combustion, Huan zhong University of
Science and Technology, Wuhan 430074, China)

Abstract   To reveal the formation mechanism of NO during coal combustion under O_2/CO_2 atmosphere, pyridine, as a nitrogenous model compound of coal, was combusted in a horizontal furnace with FT-IR detected the concentration of resulting gases . The influences of oxygen excess coefficient, CO_2 concentration and combustion atmosphere on the release of NO was studied. The concentration of CO, NH_3 and HCN in flue gas were also measured and analyzed in detail. Under reducing atmosphere, the formation rate of NO increased gradually while HCN and NH_3 decreased with increasing CO_2 concentration; In oxidizing atmosphere, the formation of NO was inhibited by increasing CO_2 concentration. Under different conditions, the reaction paths were of prominent influence to for NO formation. The variation of temperature had large influence on the concentrations of NO. At $\alpha=1.2$, with temperature increasing, the concentrations profile of NO was increased at first and then decreased.

Keywords　Model compound, Pyridine, O₂/CO₂ atmosphere, NO

煤常压化学链气化制氢的热力学研究[*]

卢腾飞　胡松　向军　石金明　许凯

(华中科技大学煤燃烧国家重点实验室,武汉 430074)

摘要　利用 HSC Chemistry 软件,将煤中的水分和挥发分折算,对基于 CaO 捕集 CO_2 的煤化学链气化制氢系统在常压状况下的性能进行分析,研究温度、H_2O/C、CaO/C 等参数对系统主要气体产物的影响,并且确定了岭南仓烟煤常压下气化制氢的最佳工况为 750℃,$C/H_2O/CaO$ 摩尔比为 1∶2.5∶1.3,此时氢气干燥浓度为 72.76%,制氢效率为 69.4%。对比了岭南仓烟煤、西武匠无烟煤和山西褐煤的气化情况,发现三者气化产物随不同因素的变化基本相同,主要差别是由于其固定碳的含量以及挥发分的总量和成分不同造成的。在不考虑煤反应活性情况下,煤阶越高,气化制氢的效果也越好。

关键词　煤气化,制氢,HSC

1　引言

进入 21 世纪,全球气候变暖日益受到人们的关注,而 CO_2 的减排也成为全球各国不可推卸的责任。2009 年,中国的总碳排放量已经超过美国成为世界第一,达到了 72.192 亿 t,在哥本哈根的全球气候大会上,我国也做出了到 2020 年,中国单位国内生产总值二氧化碳排放比 2005 年下降 40%～45% 的承诺。如果要实现这一目标,我国就必须控制在能源结构中占主要地位的煤的利用过程中产生的 CO_2。

氢能被誉为"二十一世纪"的能源,氢是一种极为理想的新能源,具有资源丰富,燃烧热值高,清洁无污染,适用范围广的特点[2],在未来必将被大量应用。本文中所提出的煤化学链气化制氢就是利用煤气化将高污染的煤的化学能转化为无污染的氢能,且能量转换效率高,还可以实现 CO_2 的零排放。

针对利用煤气化制氢这一理念,很多机构都提出了自己的方法。日本的 Shi-Ying Lin 和 Yoshizo Suzuki 等人提出了 HyPr-RING[3],美国的 Liangshih Fan, Fanxing Li 等人也提出了 SCL,CDCL 以及 CLP 三种方法来制取氢气[4],国内的中科院工程热物理研

---

[*] "973"计划资助项目(项目编号:2010CB227003;2009CB226100);

联系人:卢腾飞,E-mail:lutengfei1986@126.com

究所肖云汉提出了"含碳能源直接制氢",并且进行了相关的定容定压实验[5];浙江大学的骆仲泱和王勤辉提出了新型近零排放煤气化燃烧集成利用系统[6]。这些方法虽然各自选取的工作条件不同,但其思路是一致的,那就是利用 CaO 来促进煤的气化,从而制取氢气。

本文中利用模拟的方法评价了煤化学链气化制氢系统的常压性能,对影响该系统制氢效率的因素进行计算,并求出了所用煤种气化的最佳工况和对应的制氢效率;对比了不同煤种的气化情况,讨论了煤阶对气化的影响。

2 系统介绍

基于 CaO 捕捉 CO_2 煤化学链气化制氢系统主要利用以下几个反应制取氢气

$$C + H_2O \longrightarrow CO + H_2 \qquad \Delta H^{\circ}_{298} = 132kJ/mol \qquad (1)$$

$$CO + H_2O \longrightarrow CO_2 + H_2 \qquad \Delta H^{\circ}_{298} = -41.5kJ/mol \qquad (2)$$

$$CaO + CO_2 \longrightarrow CaCO_3 \qquad \Delta H^{\circ}_{298} = -178kJ/mol \qquad (3)$$

以上反应的总反应为

$$C + 2H_2O + CaO \longrightarrow CaCO_3 + 2H_2 \qquad \Delta H^{\circ}_{298} = -88kJ/mol \qquad (4)$$

同传统的制氢系统相比,该系统的主要优点在于:①制取的 H_2 浓度高;②可以在低于 1173K 下进行较快的放热和催化反应;③高的水蒸气分压可以促进碳的转化;④可以实现 CO_2 的捕捉;⑤主要污染物可以被 CaO 所吸收,减少污染物排放[7]。

3 软件模拟

吉布斯自由能最小化方法是求解热力学平衡态的常用方法之一。其原理是对于一个给定压力和温度的化学反应系统,在原子组成守恒的情况下,当系统处于平衡态时,体系的总自由能为最小[8]。HSC Chemistry 是目前世界上使用最广泛的热化学计算应用软件,可以基于系统吉布斯自由能最小化原理来计算多相体系中各成分的平衡组成。因此本文利用该软件的这一功能来计算 CLG 中不同条件对气化炉产物的影响。

煤是一种由多种有机物和无机物所组成的复杂混合物,其成分比较复杂,因此在计算中采用简化算法:忽略煤灰对反应产物的影响,即计算中不予考虑;输入物只包括煤中的固定碳、主要挥发分和水分。

首先引入[X]/[C]表征挥发分以及水分同固定碳的比例,从而将挥发分主要成分以及水分等引入到计算系统中,这比使用纯碳或者煤的元素分析结果更加符合实际情况。

$$\frac{[X]}{[C]} = \frac{V_{ad} \cdot Y_i}{\sum Y_i \cdot M_i \cdot (F_C/12)} \qquad (5)$$

$$\frac{[X]}{[C]} = \frac{M_{ad}/18}{F_C/12} \qquad (6)$$

计算挥发分和水分时分别利用式(5)和式(6),其中为 V_{ad} 为煤的挥发分含量;M_{ad} 为水分的含量;F_C 为固定碳的含量;Y_i 为煤热解挥发分成分的体积分数;M_i 为各成分的分子量[9]。

本文中所使用的煤为岭南仓烟煤、西武匠无烟煤和山西褐煤,其煤质特性如表1,热解气主要成分的体积分数以及换算后的结果如表2所示。

表 1　所用烟煤煤质特性
Tab. 1　Properties of the bituminite

煤 样	工业分析(wt,ad%)				元素分析(wt,ad%)				发热量(MJ/kg)
	V_{ad}	M_{ad}	A_{ad}	FC_{ad}	C_{ad}	H_{ad}	N_{ad}	S_{ad}	
岭南仓烟煤	29.68	2.96	23.96	43.41	57.96	4.18	1.12	1.33	24.2144
西武匠无烟煤	7.21	3.28	26.04	63.47	64.69	2.81	0.67	1.04	
山西褐煤	40.97	6.62	16.18	36.23	49.80	4.89	0.78	0.97	

表 2　所用烟煤热解气和水分折算结果
Tab. 2　The conversion of moisture and volatile

煤 样	热解气成分体积分数(%)				热解气和水分换算后结果				
	CO_2	CO	CH_4	H_2	CO_2	CO	CH_4	H_2	H_2O
岭南仓烟煤	28.99	20.29	42.03	8.70	0.094	0.066	0.136	0.028	0.045
西武匠无烟煤	19.89	6.89	56.58	16.67	0.02	0.008	0.068	0.020	0.034
山西褐煤	17.74	58.24	14.62	9.40	0.128	0.420	0.105	0.068	0.122

4　结果与讨论

在常压煤气化制氢系统中,影响制氢性能的因素有很多,包括温度、C/H_2O、C/CaO 等[10]。在本文中,选取以上三个主要因素进行分析。

4.1　温度

温度对整个气化过程起着重要的作用,温度过高产生的 $CaCO_3$ 会再次分解,使得 CaO 吸收 CO_2 的过程被削弱,同时会使(2)平衡向左移动,最终降低 H_2 的产量,此外温度过高会使煤中的灰分和 $CaCO_3$、CaO 的混合物粘结加重,从而增加后续分离工艺的难度,降低 CaO 的循环利用率;温度过低,反应(1)进行程度不够,且整体反应速率较慢,也会影响 H_2 的产量[9]。因此合理的反应温度对整个制氢系统至关重要。

常压下,$C/H_2O/CaO$ 摩尔比为 $1:2:1$,$1kg$ 岭南仓烟煤的气化产物随温度的变化曲线如图1所示。

由图1(a)可以看出,在550℃之前,CO 和 CO_2 一直保持在 $0mol$,而 CH_4 量也较低,H_2 量也随着温度升高一直增加,其浓度也在550℃时达到最大的79.7%。图1(b)中 $CaCO_3$ 量也达到最大,说明在此温度下,CaO 在气化中的促进作用最明显。之后随着温度升高,由于吸热反应(1)、(7)的进行[11],CH_4 减少,CO 量持续增加,同时 CaO 的促进作用开始减弱,因此 CO_2 的量也有所变多。在750℃时 H_2 量最大,说明此时气化已经最大化。继续升温,温度会 CaO 对 CO_2 吸收的抑制更加明显,使 H_2 的产量和浓度进一步降低。

$$CH_4 + H_2O \longrightarrow CO + 3H_2 \qquad (7)$$

若单从生成的 H_2 浓度考虑,温度应选取 550℃,但此时 H_2 的生成量只有 4.61mol,且温度过低,反应速率也较低,不利于气化的大型和快速化。在 750℃时,有 6.71H_2 生成,虽然此时 H_2 浓度只有 67.7%,但是可以通过增加 CO 变换系统进一步提高,较高的温度使反应的速率大大提高,因此从提高 H_2 产量以及设备的大型化等方面综合考虑,气化的最适温度应为 750℃。

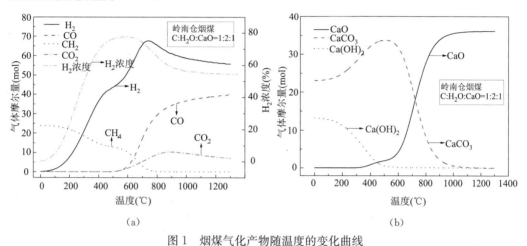

图 1 烟煤气化产物随温度的变化曲线

Fig. 1 Gasification products with different temperature

4.2 H_2O/C 比

H_2O/C 摩尔比也会影响系统制氢效率。过多的水蒸气会将不必要的水加热到特定高温高压条件,降低系统效率,水蒸气过少,气化缺少足够的氢来源,也会影响反应的有效进行[9]。图 2 为常压下,750℃,C：CaO 摩尔比 1：1 时,1kg 岭南仓烟煤气化时 H_2O/C 摩尔比对产物的影响情况。

如图 2(a),显然,H_2O/C 摩尔比对产物的影响以 1.5 为分界。当小于 1.5 时,加入的 H_2O 大多进行了气化反应(1),没有足够的 H_2O 去参与变换反应(2),这就使得 CO 的量较高,而 CO_2 也产生较少,因此在此之前,图 2(b)中 $CaCO_3$ 的增加也较缓慢。之后随着 H_2O/C 摩尔比的增加,促进了(2)的进行,因此 CO 的量减少,同时 H_2 和 CO_2 继续增加,而 $CaCO_3$ 的形成速率也较之前有较大提高。可见 H_2O 的增加对提高 H_2 的产量和干燥浓度是有利的,但也应控制在一定范围内,如图 2(a)所示,当 H_2O/C 摩尔比过高时,未反应的 H_2O 大幅度增加,也就是说有大量的 H_2O 被加入到了系统中,吸收了大量的反应热,但仅有少数参与反应,此时生成水蒸气所耗的能量大于多生成的氢气的能量,会降低系统的效率,因此从这两方面考虑,H_2O/C 摩尔比不应过高,从反应平衡考虑,可取 2.0~2.5。

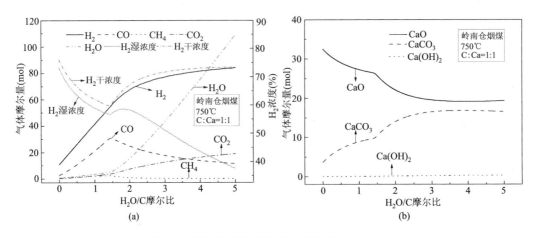

图 2　烟煤气化产物随 H_2O/C 摩尔比的变化曲线

Fig. 2　Gasification products with different molar ratio of H_2O/C

4.3　CaO/C 比

在常压 750℃,C∶H_2O 摩尔比 1∶2 时,1kg 岭南仓烟煤气化产物随 CaO/C 摩尔比的变化曲线如图 3 所示。在开始阶段,由于 CaO 不足,因此 CO_2 不能被有效吸收,反应(2)不能有效进行,CO 和 CO_2 量都较高。随着 CaO 的增多,吸收更多的 CO_2,放出更多的热量,从而促进(1)(2)的进行,因此 H_2 的量也不断增加。在图 3(b)中,继续加大 CaO 的量,$CaCO_3$ 增加很少,CaO 对反应的促进作用变弱,因此再增加 CaO 对于整个制氢过程作用不大,H_2 的产量和浓度已经稳定,反而会加重原料的消耗和后续再生炉的负担。在 CaO/C 摩尔比为 1.5 时,由于钙基吸收剂不同形态的低温共熔还有可能引起结块现象,对循环不利[12~14],所以,从整个变化过程来看,应适当控制 CaO/C 的比在 1.0~1.5 之间。

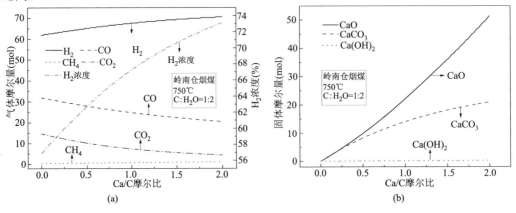

图 3　烟煤气化产物随 Ca/C 摩尔比的变化曲线

Fig. 3　Gasification products with different molar ratio of CaO/C

4.4　煤种

　　图 4 为岭南仓烟煤（LNC）、西武匠无烟煤（XWJ）和山西褐煤（SXHM）均为 1kg 时，气化气中 H_2 的摩尔量和浓度分别随温度、H_2O/C 摩尔比和 CaO/C 摩尔比变化的对比。

　　容易看出，三者的变化趋势基本一致。可见对于不同煤种来说，温度、H_2O/C 摩尔比和 CaO/C 摩尔比对其气化时的影响基本相同。同时，可以发现，气化时，H_2 的生成量以及浓度的大小关系为：西武匠无烟煤＞岭南仓烟煤＞山西褐煤。这种差别是由三种煤的固定碳含量以及挥发分的总量与成分不同造成的。在忽略了煤的空隙结构、表面特性等关系到煤反应活性的因素的条件下，煤阶越高，进行煤气化制氢效率越高。

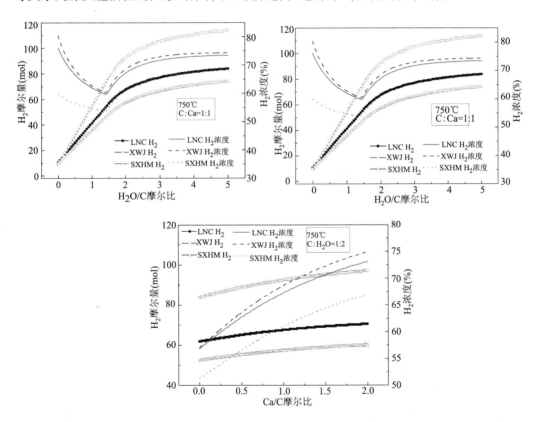

图 4　不同煤种气化 H_2 摩尔量和浓度随不同因素变化对比

Fig. 4　The comparison of H_2 production and content among different coal

4.5　制氢效率

　　我们引入制氢效率 φ 来表征系统的优劣，其计算公式为

$$\varphi = \frac{m_{H_2} \cdot LHV_{H_2}}{m_F \cdot LHV_F + m_{H_2O} \cdot \Delta h + m_{CaO} \cdot C \cdot \Delta t} \tag{8}$$

其中 m_{H_2}、m_F、m_{H_2O} 和 m_{CaO} 分别为产物 H_2、所用煤、水和 CaO 的质量，kg；LHV_{H_2} 和 LHV_F 分别为 H_2 和所用煤的低位发热量，kJ/kg；Δh 为水从常温到 750℃ 的熵差，kJ/kg；C 为 CaO 从常温到 750℃ 的平均比热，kJ/kg·℃；ΔT 为温差，℃。

对于岭南仓烟煤，从氢产量和系统的负担多方面考虑，我们选取常压条件下煤气化制氢的最佳反应条件为 750℃，$C/H_2O/CaO$ 摩尔比为 1：2.5：1.3。此工况下，1kg 岭南仓烟煤气化产物摩尔量为：H_2 74.89，CH_4 0.38，CO 18.92，CO_2 8.82，氢气的干燥浓度为 72.76%，系统的制氢效率为：69.4%。这和其他人计算的纯碳制氢效率 65% 有差别[9]，主要原因是计算中工况选择的不同。可见，基于 CaO 捕捉 CO_2 原理的煤化学链气化制氢系统可以有效的提高能量利用率，在实现 CO_2 捕捉的同时，得到高纯度高热值的 H_2。

5　结论

利用 HSC 对常压下影响岭南仓烟煤的气化制氢的各因素进行计算，并对比了不同煤种的变化情况，计算了岭南仓烟煤最优工况下的制氢效率，得到如下主要结论：

温度过高 CaO 对制氢的促进作用不明显，过低气化反应进行程度不够，反应速率也较慢，选取 750℃ 最佳。H_2O/C 摩尔比的升高对制氢有利，可以提高 H_2 产量，但是也会造成能量的浪费。一定程度上提高 CaO/C 摩尔比会促进 CO_2 的吸收，促进制氢，但是在大于 1.5 以后效果不明显。

岭南仓烟煤、西武匠无烟煤和山西褐煤的气化产物随不同因素的变化情况基本一致，主要差别是由于三者的固定碳含量以及挥发分总量和成分不同造成的。在不考虑煤的反应活性条件下，煤阶越高，气化制氢时效果越好。

综合考虑，常压下岭南仓烟煤气化制氢的最佳工况取为：750℃，$C/H_2O/CaO$ 摩尔比为 1：2.5：1.3，此时氢气干燥浓度为 72.76%，制氢效率为 69.4%。

参考文献

[1] 姚文涛，徐浩，葛琳．中国的能源现状及发展前景展望[J]．科学促进发展，2009，(1)：189．

[2] 孙登科．新型近零排放煤气化燃烧综合利用系统分析与优化[D]．杭州：浙江大学，2007．

[3] Shi-Ying Lin, Yoshizo Suzuki, Hiroyuki Hatano, Michiaki Harada. Developing an innovative method, HyPr-RING, to produce hydrogen from hydrocarbons [J]. Energy Conversion and Management, 2002, (43): 1283～1290.

[4] Liangshih Fan, Fanxing Li, Shwetha Ramkumar. Utilization of chemical looping strategy in coal gasification processes[J]. Particuology, 2008, (6): 131～142.

[5] 王峰，田文栋，肖云汉．煤直接制氢实验研究．中国电机工程学报[J]，2007，27(32)：40～45.

[6] 沈洵．新型近零排放煤气化燃烧利用系统[D]．杭州：浙江大学，2004．

[7] Shi-Ying Lin, Yoshizo Suzuki, Hiroyuki Hatano, Michiaki Harada. Hydrogen production from hydrocarbon by integration of water carbon reaction and carbon dioxide removal (HyPr RING method) [J]. Energy & Fuels, 2001, (15): 339～343.

[8] 关键．新型近零排放煤气化燃烧集成利用系统的机理研究[D]．杭州：浙江大学，2007．

［9］ 王智化,王勤辉,骆仲泱,周俊虎,等．新型煤气化燃烧集成制氢系统的热力学研究[J]．中国电机工程学报,
2005,25(12)：91～97.

［10］ 乔春珍,肖云汉,原鲲,王峰．煤一步制氢的影响因素分析[J]．化工学报,2004,(55)：34～38.

［11］ Shiying Lina,Michiaki Harada,Yoshizo Suzuki,Hiroyuki Hatano. Hydrogen production from coal by separating carbon dioxide during gasifi cation [J]. Fuel,2002,(81)：2079～2085.

［12］ Koji Kuramoto,Katsuyuki Ohtomo,Koichi Suzuki,Shinji Fujimoto,et al. Localized Interaction between coal-included minerals and Ca-Based CO_2 sorbents during the high-pressure steam coal gasification (HyPr RING) process [J]. Industrial and Engineering Chemistry Research,2004,(43)：7989～7995.

［13］ Curran G P,Clancey J T,Scarpiello D A,Fink C E,Gorin E. Carbon dioxide acceptor process [J]. Chemical Engineering progress,1966,(62)：80.

［14］ G. P. Curran, C. E. Fink, E. Gorin. Kinetics of lignite char gasification,relation to CO_2 acceptor process [J]. Ind. Eng. Chem. Process Des. ,Dev. ,1969,(8)：559.

Thermodynamic Aanalysis on Hydrogen Production by Chemical-looping Gasification of Bituminite

LU Teng-fei   HU Song   XIANG Jun   SHI Jin-ming   XU Kai

(State Key Laboratory of Coal Combustion Huangzhong University of
Science and Tecnology,Wuhan 430074,China)

Abstract   The performance of chemical-looping gasification of coal,using CaO capture CO_2,was investigated by the HSC Chemistry based on the convesion of moisture and volatile. The influence of different parameters on main gas products were studied. Based on this,the optimum gasification condition of Linnancang bituminite was considered as 750 ℃,25bar,$C/H_2O/CaO$ molar ratio of 1：2. 5：1. 3. On this condition,the dry concentration of hydrogen is 78. 5% and the efficiency of hydrogen production is 82. 87%. Besides moisture would make for gasification for improving H_2O/C,while CH_4 contained in volatilize could reduce hydrogen concentration,leading to the increase of burden of subsequent purification equipment. Compared with the gasification of ShanXi bituminite,it was found that its gas products changed with different parameters much the same as Linnancang bituminite,and the main difference was caused by their different total gross and compostition of volatile.

Keywords   Coal gasification,Hydrogen production,HSC

煤焦 CO_2 气化特性及其动力学模型研究*

许凯[1]　向军[1]　胡松[1]　程晓青[2]　石金明[1]　陈刚[1]

(1. 华中科技大学煤燃烧国家重点实验室,武汉 430074;2. 湖北省武汉市凯迪电力股份有限公司,武汉 430223)

摘要　在 STA409 型热重分析仪上采用程序升温的方法研究煤焦的 CO_2 气化反应特性,主要从煤种、制焦终温、制焦升温速率等方面来考察煤焦的气化反应性并进行了煤焦的气化反应动力学计算。结果表明,煤焦的气化反应性一般随原煤的煤化度的升高而降低,在高温下灰分的熔融会降低煤焦的反应性;热解终温对煤焦的气化反应性的影响会由于煤种的差异、升温速率的不同而不同;快速热解会使煤焦的碳层结构无序度增大,增加煤焦的活性位数,相比较慢速热解煤焦具有更好的气化活性;扩散模型可较好的表征焦气化动力学,采用 Doyle 近似函数和 Coats-Redfem 近似函数对气化过程进行拟合,计算各气化反应活化能值,比较发现 Doyle 近似函数拟合的效果要略高于 Coats-Redfem 近似函数。

关键词　煤焦 CO_2 气化,程序升温,气化反应性,反应动力学,扩散模型

1　引言

煤气化能明显提高煤炭利用率,且可以较容易地将煤中硫化物氮化物脱除。以煤气化为基础的能源及化工系统正在成为世界范围内高效、清洁、经济地开发和利用煤炭的热点技术和重要发展方向。热解是煤气化转化的根本,煤的气化反应性很大程度上取决于煤的热解过程[1~4]。煤焦的气化活性不仅受煤种影响,而且还与灰分、终温及升温速率等操作条件有关。Hindmarsh[5]等的研究认为,原煤的变质程度对煤焦的气化反应性的影响是最大的,要远大于加热速率、热解终温和停留时间的影响。谢克昌[6]曾选用七种不同煤阶的煤样进行制焦,考察所得焦炭的气化反应性,发现无烟煤的反应性是最差的。Autul Sharma[7]的研究表明,煤中矿物质对煤焦气化的催化作用表现在它可以降低热处理过程中煤分子排列的有序程度,从而提高煤焦气化反应活性。Lu[8]等在实验中发现,慢速热解所得煤焦的显微结构要比快速升温速率热解所得煤焦更加有序。因此对不同煤种的热解、气化特性以及煤种与温度等相互作用的研究就显得尤为重要,同时研究煤

---

*　"973"计划资助项目(项目编号:2009CB226100)

联系人:许凯,E-mail:shajia0711@126.com

焦气化反应性和动力学特性对提高反应效率、优化反应器设计、实现煤的洁净高效转化、揭示影响气化规律的本质和在更深层次上把握气化反应的规律具有积极的指导意义。

本文对 3 种我国典型煤种的热解与气化特性进行了研究,以气-固反应的一般动力学模型为基础,对制得的焦样进行了气化特性和机理研究,并采用扩散模型进行了动力学模拟,得出各煤焦气化反应动力学参数。

2 实验部分

2.1 实验原料和条件

本实验选用山西阳泉无烟煤,东北贫煤,云南小龙潭褐煤,为了便于表示样品 1 为山西阳泉无烟煤,2 为东北贫煤,3 为云南小龙潭褐煤。在管式炉中 N_2 气氛下热解制得 850℃、950℃、1000℃煤焦(用 K 表示快焦,M 表示慢焦)。

气化实验采用德国 NETZSCH 公司 STA409 型热综合分析仪,称取 20mg 样品,气化剂为 CO_2,CO_2 流量为 100mL/min,采用程序升温方式,升温速率为 20℃/min,由室温升至 1200℃,然后在 1200℃下停留 30min。计算机自动给出反应过程的煤焦失重曲线(TG)和失重速率曲线(DTG)。

利用式(1)与式(2)分别计算煤焦气化碳转化率 x 和煤焦气化速率 R 为

$$x = \frac{m_0 - m_{(t)}}{m_0 - m_{\text{final}}} \tag{1}$$

$$R = -\frac{1}{m_0}\frac{\mathrm{d}m}{\mathrm{d}t} \tag{2}$$

式中,m_0 为 0 时刻热天平的读数,mg;$m_{(t)}$ 为 t 时刻热天平的读数,mg;m_{final} 为煤焦气化反应失重结束后的质量,mg;$\frac{\mathrm{d}m}{\mathrm{d}t}$ 为煤焦气化反应失重速率,mg/min。

2.2 气固反应模型

煤的气化通常被描述成一个不可逆气-固反应,研究其动力学需要对传递效应和反应同时加以考虑[6]。采用如下方法,可以对实验的模型进行选择。

设定反应模型为 $f(x)$,其中 x 为反应转化率,计算方法同上面。同时设定温度 T 与时间 t 有线性关系为

$$T = T_0 + \lambda t \tag{3}$$

式中,λ 为升温速率,常数,K·s^{-1}。

动力学方程的一般形式为

$$\frac{\mathrm{d}x}{\mathrm{d}t} = kf(x) = A\mathrm{e}^{-\frac{E}{RT}}f(x) \tag{4}$$

式中,x 为反应转化率,%;t 为反应时间,min;n 为反应级数;E 为活化能,kJ/mol;T 为绝对温度,K;R 为气体常数,kJ/(mol·K);A 为指前因子,min^{-1}。

对式(4)进行积分并令 $\alpha = E/(RT)$,则

$$\int \frac{\mathrm{d}x}{f(x)} = F(x) = \frac{AE}{\lambda R} P(\alpha) \tag{5}$$

$$\ln F(x) - \ln P(\alpha) = \ln \frac{AE}{\lambda R} \tag{6}$$

式中，$P(\alpha) = \int\limits_{\alpha}^{\infty} \frac{\mathrm{e}^{-\alpha}}{\alpha^2} \mathrm{d}\alpha$

目前，已得出一些 $P(\alpha)$ 的近似函数[13,14]：Doyle 近似函数和 Coats-Redfern 近似函数等。联合式(6)得出：

Doyle 近似函数的近似表达式为

$$\ln F(x) = \ln \frac{AE}{\lambda R} - 5.33 - \frac{E}{RT} \tag{7}$$

Coats-Redfern 近似函数的表达式为

$$\ln\left[\frac{1}{T^2} F(x)\right] = \ln \frac{AR}{\lambda E} - \frac{E}{RT} \tag{8}$$

$\ln P(\alpha)$ 是 $1/T$ 的线性函数，因此 $\ln F(x)$ 也必然是 $1/T$ 的线性函数。对于正确的反应机制，$\ln F(x)$ 与 $1/T$ 必然是一条直线，由此可以判断反应模型。

3　结果与讨论

3.1　煤焦气化反应性研究

主要从煤种、制焦终温、制焦升温速率这几方面来考察煤焦的气化反应性。对于程序升温的过程，本文采用最大反应性值的大小来衡量焦的气化反应性，即最大反应性越大，该焦的反应性越好[9]。最大反应性值的大小可通过式(2)计算比较得出。

3.1.1　煤种对煤焦气化反应性的影响

图 1 中给出三种煤在本文的实验条件下制得的快慢焦的反应性的比较情况。从这两个图中我们可以很清楚地看到虽然终温不同，热解速率不同，三种煤制得的焦，其气化速率的大小都表现为：小龙潭褐煤＞阳泉无烟煤＞东北贫煤。谢克昌[6]等指出煤焦的反应性一般随原煤的煤化度的升高而降低，低煤化度煤的芳香环缩合度较小，但桥键、侧链和官能团较多，低分子化合物较多，其结构无方向性，孔隙率和比表面积大，因此其气化反应性好；随着煤化度加深，芳香环缩合程度逐渐增大，桥键、侧链和官能团逐渐减少。同时由图 2 可以发现可以看出 2 号煤为可塑性的结块煤或粘结煤，高温下灰分的熔融和团聚降低了具有催化作用的灰分在煤焦中的分散度，从而影响了其催化活性[10]，所以它的气化反应性是最差的。

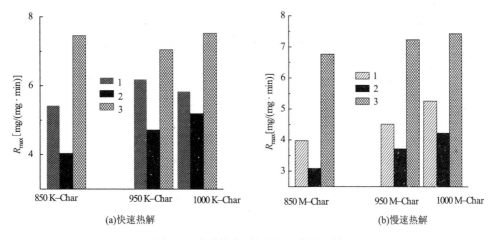

图1　3种煤快焦、慢焦的反应性比较

Fig. 1　Reactivity comparison of different coal chars[(a)fast pyrolysis;(b)slow pyrolysis]

图2　三种煤在热解温度为 850℃ 下制得的快焦

Fig. 2　Photos of different coal chars made in the temperature of 850℃

3.1.2　热解终温对煤焦气化反应性的影响

一般认为,煤焦的气化活性随制焦温度的提高而下降。这是因为:随着制焦温度的增加,煤焦中的碳结构排列会越来越有规则,芳香层尺寸增大,使得煤焦中的氢含量及活性较高的边缘碳原子与活性低的石墨平面层内碳原子的比例降低;同时由于芳香层石墨化程度增加,活性位减少,由于芳香层堆积排列的有序程度增加,可供反应的微孔数量减少,也会影响气化过程中反应气体在微孔中的扩散系数[5]。

在实验中发现,煤焦的气化反应性并不严格遵循上述规律,热解终温对煤焦的气化反应性的影响会由于煤种的差异,升温速率的不同而不同。

图3给出了慢焦的气化速率随热解终温的变化情况。从图中可以很清楚地看到,不管是哪种煤,在慢速热解条件下,它们的最大气化速率随着热解终温增加呈单调递增趋势,通过线性拟合发现,三种煤的增加的速率分别为:1>2>3。这可能是由于在温度较低时挥发分析出,其中一部分为焦油,它们处于半析出状态堵塞了部分孔,随着热分解的

温度升高,残留在煤粉孔隙中的焦油被析出,并且还有很多较轻的挥发份物质析出,这样使得煤粉的比表面积在之后迅速增大,使最高气化速率呈现递增的趋势[10]。

图 4 为快焦的气化速率随热解终温的变化情况。从图中可以看出,2 号煤在快速热解的情况下,气化速率随着热解终温的增加而单调递增,通过线性拟合发现,其增加速率几乎与慢速热解情况下一致。1 号煤随着热解终温的不同呈现出先增后减的趋势,而 3 号煤则表现为先减后增。

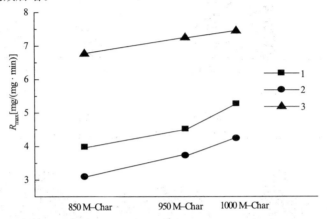

图 3　慢焦的气化速率随热解终温的变化曲线

Fig. 3　Variation of gasification rates with

char-making temperatue for slow pyrolysis coal char

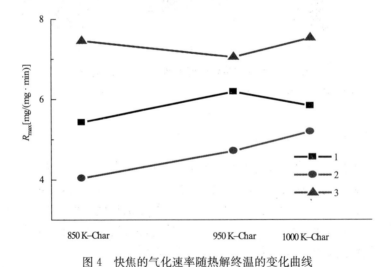

图 4　快焦的气化速率随热解终温的变化曲线

Fig. 4　Variation of gasification rates with char-making

temperatue for fast pyrolysis coal char

3.1.3　热解升温速率对煤焦气化反应性的影响

对于相同制焦终温的煤焦来说,制焦升温速率主要影响热解过程中挥发分逸出的快慢和整个热解过程时间的长短,而这些方面会影响煤焦的孔结构和微晶结构进而影响其气化反应性。

图 5 给出了 1 号煤,3 号煤制焦终温分别为 850℃、1000℃在不同的升温速率下制得的煤焦的气化反应速率曲线。从图中可以看出,快速热解制得的焦的反应速率都要高于慢速热解的焦。一般认为这是因为快速热解会使煤焦的碳层结构无序度增大,增加煤焦的活性位数。而且快速热解会提高热解过程中煤小分子物质的流动性,从而降低了气体和挥发分逸出的阻力,气体和挥发分的快速逸出使煤焦的孔隙增多,孔壁变薄,所以煤焦具有更多的微孔结构和更大的表面积,有利于气化反应的进行。有学者研究指出,慢速热解所制得的煤焦含有大量的沉积炭,与乱层炭相比,沉积炭会降低煤焦表面的活性位数,从而抑制煤焦气化反应而快速热解所得煤焦的碳微晶结构中含有较多的晶格缺陷,可以增加气化反应活性[11,12]。

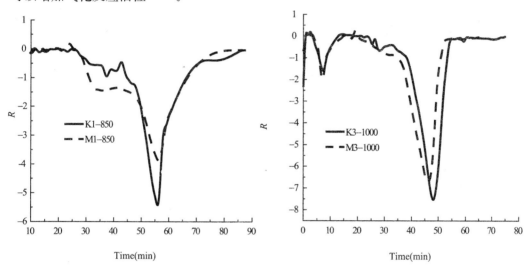

图 5 不同升温速率下煤焦的气化反应速率曲线

Fig. 5 Variation of gasification rates with different heating rates for coal char

3.2 煤焦非等温热重法的气化动力学

表 1 列出了常见的气固反应模型,依据模型选择依据,对这些气固反应模型进行评价,获得描述热重气体实验的合适的反应模型。图 6 和图 7 给出了 K2-1000 号焦,M3-1000 号焦对上述几种反应模型的评选结果,每条曲线对应一种机制,合理的气化模型应该其 $\ln F(x)$ 与 $1/T$ 应是一条直线。

参照图 6 和图 7 以及表 2 计算结果发现,针对两种不同煤种,不同热解条件下制得的焦一维扩散模型的线性相关系数分别为 0.9902、0.8901,比其他反应机制的相关系数要高。因此,在本文实验条件下获得的动力学数据采用一维扩散模型对不同变质程度煤在不同的热解条件下制得的焦进行气化反应性研究是合适的。焦的气化反应采用一维扩散模型,其数学表达式为

$$\ln x^2 = \ln \frac{AE}{\lambda R} - 5.33 - \frac{E}{RT} \tag{9}$$

$$\ln\left[\frac{x}{T}\right]^2 = \ln \frac{AR}{\lambda E} - \frac{E}{RT} \tag{10}$$

式中：λ——升温速率，常数。

表 1　常见的气固反应模型的微分和积分表达式[6]

Tab. 1　The common differential and integral expression for gas-solid reaction model

代号	反应模型	微分形式 $f(x)$	积分形式 $F(x)$
D_1	一维扩散	$1/2\,x$	x^2
D_2	二维扩散	$1/[-\ln(1-x)]$	$x + (1-x)\ln(1-x)$
D_3	三维扩散（柱对称）	$2/3[(1-x)^{2/3}-1]$	$(1-\frac{2}{3}x)-(1-x)^{\frac{2}{3}}$
D_4	三维扩散（球对称）	$2/3(1-x)^{2/3}[1-(1-x)^{1/3}]$	$[1-(1-x)^{\frac{1}{3}}]^2$
A_1	随机核化模型（$n=1$）	$1-x$	$-\ln(1-x)$
A_2	随机核化模型（$n=2$）	$2(1-x)[-\ln(1-x)]^{1/2}$	$[-\ln(1-x)]^{\frac{1}{2}}$
A_3	随机核化模型（$n=3$）	$3(1-x)[-\ln(1-x)]^{2/3}$	$[-\ln(1-x)]^{\frac{1}{3}}$
R_2	收缩核模型（柱对称）	$2(1-x)^{1/2}$	$1-(1-x)^{\frac{1}{2}}$
R_3	收缩核模型（柱对称）	$3(1-x)^{2/3}$	$1-(1-x)^{\frac{1}{3}}$

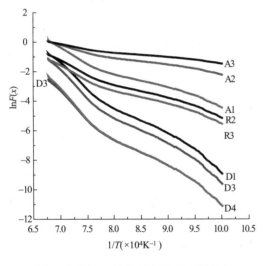

图 6　K2-1000 号焦反应模型评选结果

Fig. 6　Reaction model selection results of
No. K2-1000 coal char

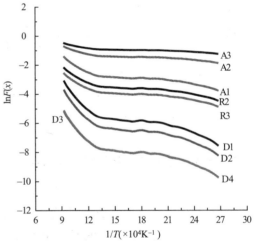

图 7　M3-1000 号焦反应模型评选结果

Fig. 7　Reaction model selection results of
No. M3-1000 coal char

式（9）和式（10）中的 T、x 可以方便地从热重曲线中求得。通过 $\ln x^2 - \frac{1}{T}$，$\ln\left[\frac{x}{T}\right]^2 - \frac{1}{T}$ 作图，由其斜率和截距可以计算出活化能 E 和指前因子 A。

表 2 焦气化反应模型对应的相关性系数

Tab. 2 The correlation coefficient corresponds to coal char gasification reaction model

相关系数 r		D1	D2	D3	D4	A1	A2	A3	R2	R3
焦样编号	K 2-1000	0.9902	0.9882	0.9873	0.9855	0.9826	0.9826	0.9826	0.9869	0.9855
	M 3-1000	0.8901	0.8886	0.8881	0.8870	0.8855	0.8855	0.8855	0.8878	0.8870

由焦气化的 TG 和 DTG 曲线可以得到,当温度低于 800K 时,焦气化反应速率较慢,因此采用该段数据计算的结果误差较大;当温度大于 1100K 时焦样颗粒直径缩小,这时焦样的气化反应模式发生变化,仍采用模型来计算反应动力学参数显然是不合适的[6]。统一选取焦样气化温度区间在 800~1100K 之间的热重实验数据,绘制了 Arrhenius 曲线,计算活化能和指前因子。图 8 给出了几种焦的 $\ln x^2$-1000/ T 和 $\ln (x/T)^2$-1000/ T 拟和关系图,从图中可以看出,在 800~1100K 温度区间内,采用 Doyle 近似函数拟合与 Coats-Redfem 近似函数拟合都具有很好的拟合效果。

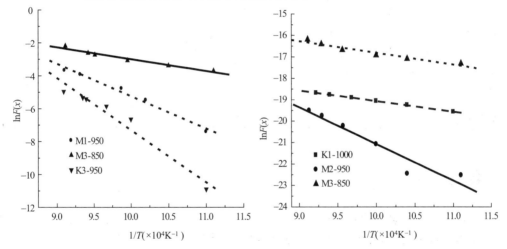

图 8 $\ln x^2$-1000/T 焦的和 $\ln(x/T)^2$-1000/T 拟和关系图

Fig. 8 The $\ln x^2$-1000/ T and $\ln(x/T)^2$-1000/ T chart of coal char using linear fit

动力学计算的活化能值反映了不同煤焦的气化反应性,即煤焦的反应性越好,活化能值越低。活化能的不同所体现出来的煤焦气化反应性的差异同样从煤种、热解终温和热解升温速率三个方面加以分析,从表 3 可以看出:①不同煤种在相同热解终温和升温速率下,活化能大小为:3<1<2,对比前面所述反应性分析结果,得到一致的结论,即三种煤制得的焦,其气化速率的大小都表现为:小龙潭褐煤>阳泉无烟煤>东北贫煤。②不同的热解终温焦样在其他两个条件相同时,随着热解终温的升高,慢焦的活化能越来越低,对比前面所述反应性分析结果,呈现出相反的趋势,这表明用最大反应速率来表征气化反应活性并不能完全体现出活化能大小。③不同的升温速率制得焦样在其他两个条件相同时,快速热解制得焦样活化能高,对比前面所述反应性分析结果,得到一致的结论,即快速热解制得的焦的反应速率都要高于慢速热解的焦。

从表3中同时发现,使用Doyle近似函数和Coats-Redfem近似函数求取的焦样的反应动力学参数值存在一定差别,Doyle近似函数求得的值高于Coats-Redfem近似函数求得的值,但他们之间的差异不是太大。从相关系数来看,这两种近似函数都可以达到很高的拟合效果,Doyle近似函数拟合的效果要略高于Coats-Redfem近似函数。

表3　非催化气化反应的动力学计算结果
Tab. 3　Non-catalytic gasification kinetics results

焦样代号	Doyle 近似			Coats-Redfem 近似		
	活化能 E (kJ/mol)	指前因 A (min^{-1})	相关系数 r	活化能 E (kJ/mol)	指前因 A (min^{-1})	相关系数 r
K1-850	1.4213E+02	1.2917E+05	0.998 00	1.2585E+02	2.2710E+04	0.99 668
M1-850	2.2638E+02	7.1482E+06	0.968 80	2.1036E+02	3.4491E+06	0.961 25
M1-950	1.6032E+02	3.7530E+03	0.984 50	1.4376E+02	8.2147E+02	0.979 41
M1-1000	1.9925E+02	1.4375E+05	0.979 17	1.8264E+02	4.9642E+04	0.972 89
K2-850	8.4063E+01	1.9381E+03	0.996 81	6.7606E+01	1.0615E+02	0.994 32
M2-850	2.2789E+02	6.1366E+06	0.939 89	2.1966E+02	2.1293E+06	0.928 65
M2-950	2.3510E+02	3.6708E+06	0.936 86	2.4371E+02	1.6448E+07	0.8278
M2-1000	2.6100E+02	2.9023E+07	0.844 77	4.2767E+01	1.0700E-02	0.969 12
M3-850	5.8694E+01	4.1396E-01	0.982 33	4.2317E+01	1.0019E-02	0.969 49
M3-950	6.9492E+01	7.7590E-01	0.994 39	5.3121E+01	2.7889E-02	0.990 73
M3-1000	7.0049E+01	6.6504E-01	0.996 05	5.3676E+01	2.4361E-02	0.993 57

4　结论

采用程序升温热重法对制得的焦样进行了气化特性和机理研究,并采用扩散模型进行了动力学模拟,得出各焦气化反应动力学参数,得出以下主要结论:

1)热解速率不同,三种煤制得的焦,其气化速率的大小都表现为:小龙潭褐煤>阳泉无烟煤>东北贫煤。可塑性的结块煤或粘结煤,高温下灰分的熔融和团聚降低了具有催化作用的灰分在煤焦中的分散度,从而影响了其催化活性。热解终温对煤焦的气化反应性的影响会由于煤种的差异,升温速率的不同而不同。快速热解制得的焦的反应速率都要高于慢速热解的焦。

2)扩散模型对焦进行动力学模拟实验的拟合程度是最佳的,采用Doyle近似函数和Coats-Redfem近似函数进行拟合,计算各气化反应活化能值,对比反应性分析结论,结果反映了煤焦的反应性,发现Doyle近似函数拟合的效果要略高于Coats-Redfem近似函数。

参考文献

[1]　J. G. Alonso, A. G. Borrego, D. Alvarez, et al. Influence of pyrolysistemperature on char optical texture and reac-

tivity[J]. Journal of Analytical and Applied Pyrolysis,2001,58-59(11):887~909.

[2] K. Jamil,et al. Pyrolysis of a Victorian brown coal andgasification of nascent char in CO_2 atmosphere in a wire-mesh reactor[J]. Fuel,2004,83(7-8):833~843.

[3] 唐黎华,吴勇强,朱学栋,等. 高温下制焦温度对煤焦气化活性的影响[J]. 燃料化学学报,2002,30(1):16~20.

[4] 范晓雷,周志杰,王辅臣,等. 热解条件对煤焦气化活性影响的研究进展[J]. 煤炭转化,2005,28(3):74~79.

[5] C. J. Hindmarsh,K. M. Thomas,W. X. Wang,et al. A comparison of the pyrolysis ofcoalinwire-mesh and entrained-flow reactors[J]. Fuel,1995,74(8):1185~1190.

[6] 谢克昌. 煤的结构与反应性[M]. 北京:科学出版社. 2002.

[7] Atul Sharma,Hayato Kadooka,Takashi Kyotani,Akira Tomita. Effect of microstructural changes on gasification reactivity of coal chars during low temperaure gasification[J]. Energy&Fuels,2002,16(1):54~61.

[8] L. Lu,et al. Char structural ordering during pyrolysis and combustion and its influence on char reactivity[J]. Fuel,2002,81(9):1215~1225.

[9] 何宏舟,骆仲泱,岑可法. 一个可用于比较煤焦反应性的判据[J]. 浙江大学学报. 2006,40(11):1998~2001.

[10] 丘纪华. 煤粉在热分解过程中比表面积和孔隙结构的变化[J]. 燃料化学学报,1994,22(3):316~320.

[11] Kyriacos Zygourakis. Effect of pyrolysis conditions on the macropore structure of coal-derived chars[J]. Energy&Fuels 1993,7(1):33~41.

[12] E. Lester,M. Cloke. The Characterization of coals and their respective chars formedat 1300℃ in a drop tube furnace[J]. Fuel,1999,(78):1645~1658.

[13] M. J. Starink. The determination of activation energy from linear heating rate experiments:a comparison of the accuracy of isoconversion methods[J]. Thermochimica Acta,2003,(404):163~176.

[14] Edwige Sima-Ella,Gang Yuan,Tim Mays. A simple kinetic analysis to determine the intrinsic reactivity of coal chars[J]. Fuel,2005,(84):1920~1925.

Study on Kinetic Characteristics of Coal Char CO_2 Gasification Process

XU Kai [1] XIANG Jun [1] HU Song [1] CHENG Xiao-qing [2] SHI Jin-ming [1] CHEN Gang [1]

(1. *the State Key Laboratory of Coal Combustion ,Huazhong University of Science and Technology ,Wuhan* 430074,*China*;

2. *WuhanKaidi Electric Power CO. ,Ltd. ,Wuhan* 430223,*China*)

Abstract Characteristics of coal char CO_2 gasification was investigated by the non-isothermal thermogavimetric analyzer(STA409),the effect of coal rank ,char-making temperature,char-making heating rates on the gasification reactivity of resultant char was also investigated,simultaneously,gasification kinetics characteristics of resultant char was computed. It was shown that,generally,char gasification reactivity decline with a rising coal rank,while at high temperatures,the fusion of coal ash will reduce the char gasification reactivity;final pyrolysis temperature on char gasification reactivity will vary from coal species and the heating rate;fast pyrolysis will increase the disorder of carbon layer structure,compared to slow pyrolysis,the gasification activity of fast pyrolysis resultant char is better; it was found that diffusion model could preferfit the kinetics modeling experiments, what's more, the Doyle and the Coats-Redfem approximation functions were fitted to calculate the value of the gasification reaction activation energy, through which the results reflected the reactivity of coal char, finding that the Doyle approximation function fits the results better.

Keywords　　Coal char gasification with CO_2, Non-isothermal, Gasification reactivity, Gasification kinetics characteristics, Diffusion model

生物质焦气化特性研究*

江龙[1]　胡松[1]　向军[1]　孙路石[1]　陈刚[1]　付鹏[1]　杨涛[2]　黄丹[1]

［1. 华中科技大学煤燃烧国家重点实验室,武汉 430074;

2. 阿尔斯通(武汉)工程技术有限公司,武汉 430061］

摘要　采用管式炉试验台对谷壳和棉秆热解焦水蒸气气化过程进行研究,了解反应过程中生成气的析出情况及碱/碱土金属析出规律。结果表明,两种焦样气化过程中 CO 和 H_2 是主要析出气体,其中 H_2 的析出量最大,而 CH_4 和 CO_2 析出量则明显低于 CO 和 H_2,这表明在焦气化过程中发生了蒸汽重整反应,以水蒸气作为气化剂提高了生成气中 H_2 和 CO 的含量,从而提高了产气的热值。两种气化焦中碱/碱土金属析出率随着焦样碳转化率的提高而递增,其中 K 和 Ca 析出量较大,Na 和 Mg 基本无析出。谷壳焦中碱/碱土金属在碳转化率为 73% 之前有一个明显的析出过程,而棉秆则在碳转化率为 35% 之前和 80% 之后有两个明显的析出过程。总体而言,碱/碱土金属的析出量都很小,表明水蒸气气化阶段并没有发生较为明显的碱/碱土金属析出。

关键词　生物质,热解焦,碱/碱土金属,气化

1　引言

当今世界面临着日益严重的能源和环境问题,生物质能作为一种低硫、低氮以及 CO_2“零排放”的可再生清洁能源正受到全世界原来越多的重视。但生物质中碱/碱土金属含量很高,在其热利用过程中很容易出现严重的结渣、聚团、积灰和受热面腐蚀等问题[1],此外碱/碱土金属对生物质的热转化过程还具有一定的催化作用[2~5]。生物质焦气化过程是生物质热利用的重要过程,因而研究焦气化过程中碱/碱土金属的迁移对将来生物质能的工业化应用具有重要意义。

生物质气化是在不完全燃烧条件下,利用空气中的氧气或含氧物质作气化剂,将生物质转化为含 CO,H_2,CH_4 等可燃气体的过程。根据气化环境的不同生物质气化可分为空气气化、富氧气化、水蒸气气化和热解气化[6]。Hirohata 等[7]对生物质水蒸气气化

---
*“973”计划资助项目(项目编号:2010CB227003);国家自然科学基金资助项目(项目编号:50976043)

过程进行研究,发现在气化温度较高时焦中碱/碱土金属的转化增强。Matsuoka 等[8]研究了劣质煤气化过程中碱/碱土金属迁移,发现其中几乎所有的 Ca 和 Mg 都留在气化焦中,而 Na 和 K 在气化过程中蒸发进入气相。Daniel 等[9]研究了生物质焦在水蒸气气化过程中焦结构和反应性的变化,发现碱/碱土金属盐的剧烈挥发不是在水蒸气气化阶段发生的。陈安合等[10]研究了秸秆、树皮等五种生物质样品热解和气化过程中 Cl 及碱金属的逸出行为,认为减少生物质在热转换器中 Cl 和碱金属 K、Na 以气态组元的逸出可有效遏制积灰、腐蚀等现象以及减少污染物气体排放,并得出了减少 Cl 和碱金属 K、Na 逸出的理论最佳气化温度是 900K 的结论。

本文以棉秆和谷壳作为研究对象,在管式炉上采用水蒸气作为气化剂对热解焦进行气化试验,测定了气化过程中主要析出气体的含量及气化焦中残留的碱/碱土金属的含量,分析了热解焦的气化特性以及碱/碱土金属析出规律。

2　实验部分

2.1　实验原料

试验选用棉秆和谷壳二种典型生物质作为实验原样,采用西班牙 Las Navas 公司的 TGA2000 工业分析仪和德国 Vario 公司的 EL-2 元素分析仪进行了工业分析和元素分析,其结果如表1所示。

表 1　实验用生物质工业分析、元素分析
Tab. 1　Elemental and industrial analysis of experimental biomasses

样品	工业分析(%)				元素分析(%)				
	M	V	FC	A	C_{ad}	H_{ad}	N_{ad}	S_{ad}	O_{ad}
谷壳	6.73	61.23	14.96	17.09	38.45	5.22	0.45	—	55.88
棉秆	6.41	75.77	15.12	2.7	44.85	5.72	0.76	—	48.67

2.2　实验装置

试验台架如图 1 所示。该试验装置的主体反应器是一个 40mm×1600mm 的石英玻璃反应管,物料反应所需的热量主要由额定功率为 4kW 管式电炉来提供,通过 KSY-6D-16 型温控仪控制管式炉温度。试验采用了石英玻璃管作为反应器,各部件之间采取磨口密封连接,石英管内快速流通的载气能实现气相产物的快速析出并保证在物料推出炉内加热段后快速冷却。试验所用瓷舟是规格为 60mm×30mm×15mm 的特制刚玉瓷舟,耐高温并能够承受温度的骤冷骤热。台架尾部设置水封,以确保管内微正压。试验对尾部烟气中的焦油进行了收集,从而确保气体检测仪的正常使用。

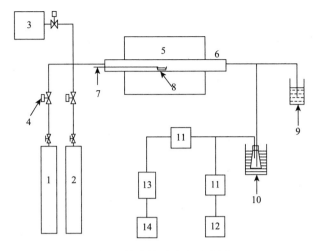

图1　管式炉试验台示意图

1. N_2 气瓶；2. CO_2 气瓶；3. 水蒸气发生器；4. 流量计；5. 电加热炉；6. 石英管；

7. 取送样铁丝；8. 刚玉瓷舟；9. 水封；10. 焦油收集器；11. 过滤器；

12. 煤气分析仪；13. 便携红外多组分气体分析仪；14. 计算机

Fig. 1　Schematic diagram of fixed-bed furnace

2.3　实验步骤

2.3.1　焦样制备

本文选用管式炉温度设定在 900℃ 恒温，通入流量为 800mL/min 的纯氮气作为载气条件下停留 60s 制得的快速热解焦样。首先将谷壳和棉秆两种生物质原样经过干燥处理及粉碎，称量一定量样品平铺于瓷舟内。注意样品平铺厚度要适当，以免气体扩散影响实验精确度。待管式炉温度升至 900℃ 稳定后，将盛有样品的瓷舟迅速推入管式炉中心加热区域，停留 60s 后立即推出反应区域，待冷却后收集焦样。为避免制样过程出现偶然误差，通常每个样品由 3～5 次实验制备得到。

2.3.2　析出气体在线检测及气化焦样中残留碱/碱土金属的检测

管式炉温度设定在 1000℃ 恒温，通入流量为 200mL/min 的纯氮气作为载气，调节蒸汽发生器保证水蒸气流量保持在 200mL/min，石英管进出口管路均进行保温，温度控制在 140℃ 左右以防止水蒸气凝结。称量制备好的焦样 0.5g 平铺于瓷舟内，将样品瓷舟快速推入管式炉（加热速率在 800～1000℃/s）并同时计时，采用便携多组分气体分析仪检测析出气体成分。

选取不同气化时间下所得到的气化焦样进行微波消解和电感耦合等离子发射光谱（ICP-AES）检测以获得碱金属/碱土金属浓度信息。微波消解采用意大利 Milestone 公司 ETHOS 型微波消解仪，ICP-AES 检测采用美国热电佳尔-阿许公司 TraceScan Advantage™ 单道扫描等离子体发射光谱仪，具体消解及检测过程参见文献[11]。为尽量减小实验误差，本实验对每个样品进行平行检测。

3 结果与讨论

3.1 热解焦气化过程中生成气析出特性

棉秆和谷壳两种快速热解焦样在 1000℃下气化时的生成气析出检测结果如图 2。图中主要析出气体 H_2 和 CO 所对应的纵坐标为左侧纵坐标,CH_4 和 CO_2 所对应的纵坐标为右侧纵坐标。

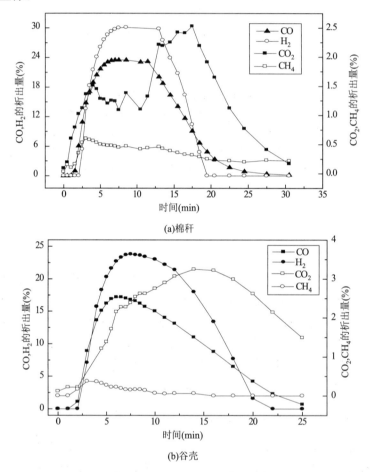

(a)棉秆

(b)谷壳

图 2 生物质热解焦在 1000℃下气化时的气体析出特征

Fig. 2 Release characteristic of produced
gases during gasification of pyrolysis coke at 1000℃

热解焦中碳含量很高,因此焦气化过程发生的主要反应式为

$$C + H_2O \longrightarrow CO + H_2 \qquad (-131kJ/mol) \qquad (1)$$

$$CO + H_2O \longrightarrow CO_2 + H_2 \qquad (+41kJ/mol) \qquad (2)$$

$$C + CO_2 \longrightarrow 2CO \qquad (-172kJ/mol) \qquad (3)$$

$$C + O_2 \longrightarrow CO_2 \qquad (-408.4kJ/mol) \qquad (4)$$

$$C + 1/2O_2 \longrightarrow CO \qquad (-122.9kJ/mol) \qquad (5)$$

由图可以看出,CO/H_2 曲线与 CO_2 曲线相比是成反比的,即 CO/H_2 的析出出现波峰时 CO_2 出现波谷,这符合气化过程中的反应式。整个试验条件有利于反应式(1)、(2)、(3)的进行,因此两种生物质焦样气化过程中 CO 和 H_2 的析出量很大,是主要析出气体,而 CH_4 和 CO_2 析出量较小。析出气体中 H_2 析出量最大,CO 其次,CH_4 的析出量最小,这表明在焦样气化过程中发生了蒸汽重整反应,以水蒸气作为气化剂提高了生成气中 H_2 和 CO 的含量,提高了产气的热值。这与 Gil 等[12]在常压泡状流化床反应器内研究空气、水蒸气和水蒸气-氧气三种不同的气化剂对气化产物的影响得出以水蒸气为气化介质时,氢气的百分含量最高,相应生成气的热值最高的结论相一致。

几种气体组分的析出开始于 2min 左右,在 30min 左右停止,其中棉秆焦中的 CO 和 H_2 析出百分量在 10min 左右时达到最大值,分别达到 23.5% 和 30.1%,而谷壳中 CO 和 H_2 的析出百分量在 8min 左右达到最大值,分别达到 16.8% 和 23.8%。

根据以上气体析出曲线,本试验从中选取 2min,5min,8min,25min 四个特征时间点来制取气化焦样,对制得的气化焦样中残留的碱/碱土金属进行分析,从而得出碱/碱土金属的析出规律。

3.2 热解焦气化过程中碱/碱土金属绝对含量的变化

碱/碱土金属绝对含量是指某时刻焦样中碱/碱土金属质量占原焦样质量的百分比,其中原焦样就是 2.3.1 小节中制备得到的快速热解焦。图 3 给出了热解焦在 1000℃下气化过程中碱/碱土金属绝对含量的变化曲线。

由图 3 可以看出,碱/碱土金属的绝对含量随着碳转化率的提高均呈现出递减趋势,即碱/碱土金属析出率随着焦样碳转化率的提高而递增,说明碱/碱土金属伴随着焦气化过程的进行而不断析出。两种焦样中 Na 和 Mg 的绝对含量都很小,两者析出规律相近,曲线较平稳,这说明在之前的焦样制备过程中 Na 和 Mg 已大部分析出,焦样中 Na 和 Mg 含量很少,在气化过程中基本无析出。对比两种焦样可以发现,谷壳焦中的 K 析出率最大,析出速率也最大,其次是 Ca,而棉秆焦中 Ca 的析出率及析出速率最大,这应该是由于棉秆焦中 Ca 含量高于谷壳焦而造成的。总体而言,两种样品气化过程中碱/碱土金属的析出量都很小,在转化率接近 100% 时,谷壳和棉秆中 K 的析出量分别只有 0.6% 和 1.2%,Ca 的析出量分别是 0.2% 和 2.6%,而 Na 和 Mg 的析出量则更低。这与 Daniel 等[9]研究生物质焦在水蒸气气化过程中焦结构和反应性的变化得出的碱/碱土金属盐的剧烈挥发不是在水蒸气气化阶段发生的结论相一致。

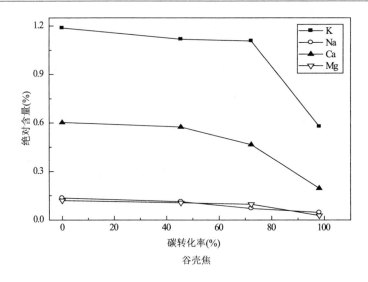

谷壳焦

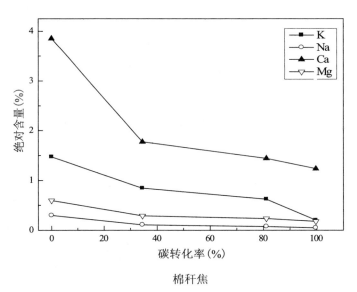

棉秆焦

图3　生物质热解焦在1000℃下气化过程中碱/碱土金属的绝对含量变化特征

Fig. 3　Variation of absolute content of AAEMs during
gasification of pyrolysis coke of biomasses at 1000℃

3.3　热解焦气化过程中碱/碱土金属相对含量的变化

碱/碱土金属相对含量是指某时刻焦样中碱/碱土金属质量占此时制得焦样质量的百分比。不同停留时间下制得焦样中碱/碱土金属的相对含量变化如图4所示，该图表示不同时刻焦样中碱/碱土金属占此刻制得焦样质量百分比的变化。

可以看出，谷壳焦中碱/碱土金属的相对含量在碳转化率为73％之前随着碳转化率的提高而递增，而在碳转化率达到73％以后碱/碱土金属的相对含量有明显的降低，这说明样品在碳转化率达到73％之后的失重速率小于碱/碱土金属的析出速率，即此阶段碱/

碱土金属有一个快速析出过程,此时 K 和 Ca 的析出速率大于焦样气化速率。而棉秆焦中的碱/碱土金属析出与谷壳焦的不大一致,在碳转化率为 35％之前碱/碱土金属的相对含量有一个递减的过程,而在碳转化率为 35％~80％递增,超过 80％后又有一个明显的递降趋势,这表明在碳转化率为 35％之前和 80％之后碱/碱土金属析出量较大,有两个快速析出的过程。

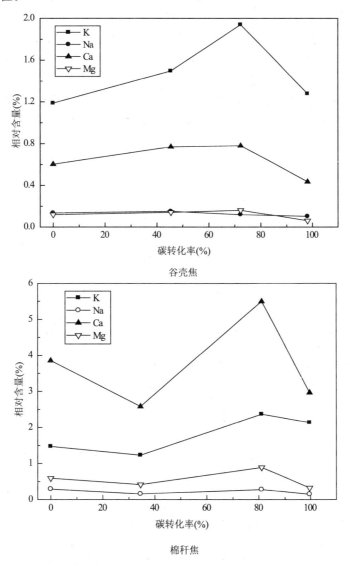

图 4 气化焦中碱/碱土金属的百分含量

Fig. 4 Percentage content of AAEMs in gasified char

4 结论

本文在管式炉试验台上对棉秆焦和谷壳焦进行了在氮气气氛下的以水蒸气为气化

剂的气化试验,并根据检测到的气体析出曲线的特征选取了四个特征时间点制取了四种气化焦样并对气化焦样进行了一系列的试验检测,从中分析生物质焦样气化的特性并定量分析了该气化过程中碱/碱土金属的析出变化规律。具体有以下几个结论:

1) 谷壳和棉秆焦气化过程中 CO 和 H_2 是主要析出气体,而 CH_4 和 CO_2 析出量则明显低于 CO 和 H_2,H_2 析出量最大。这表明在焦气化过程中发生了蒸汽重整反应,以水蒸气作为气化剂提高了生成气中 H_2 和 CO 的含量,提高了产气的热值。

2) 谷壳和棉秆焦气化过程中,碱/碱土金属析出率随着焦样碳转化率的提高而递增,其中 Na 和 Mg 基本无析出。总体而言两种样品气化过程中碱/碱土金属的析出量都很小,表明碱/碱土金属盐的剧烈挥发不是在水蒸气气化阶段发生的。

3) 谷壳和棉秆焦在气化过程中的析出规律不大一致,谷壳在碳转化率达到 73% 后有一个明显的快速析出过程,而棉秆焦则在气化过程中有两个比较明显的快速析出过程。

参考文献

[1] M. Zevenhoven, et al. The prediction of behavior of ashes from five different solid fuels in fluidized bed combustion[J]. Fuel, 2000, (79): 1353~1361.

[2] 马孝琴,骆仲泱,方梦祥,余春江,岑可法. 添加剂对秸秆燃烧过程中碱金属行为的影响[J]. 浙江大学学报(工学版), 2006, 40(4): 600~604.

[3] R. Brown, et al. Catalytic effects observed during the co-gasification of coal and switchgrass[J]. Biomass & Bioenergy. 2000, (18): 499~506.

[4] D. Mckee. Mechanisms of the alkali metal catalyzed gasification of carbon[J]. Fuel. , 1983, (62): 170~175.

[5] 米铁,陈汉平,等. 生物质灰化学特性的研究[J]. 太阳能学报, 2004, 25(2): 236~241.

[6] 吴创之,马隆龙. 生物质能现代化利用技术[M]. 北京:化学工业出版社, 2003.

[7] O. Hirohata, et al. Release behavior of tar and alkali and alkaline earth metals during biomass steam gasification[J]. Energy & Fuels. , 2008, 22(6): 4235~4239.

[8] K. Matsuoka, et al. Transformation of alkali and alkaline earth metals in low rank coal during gasification. Fuel. , 2008, 87(6): 885~893.

[9] M. K. Daniel, et al. Drastic changes in biomass char structure and reactivity upon contact with steam[J]. Fuel. , 2008, (87): 1127~1132.

[10] 陈安合,杨学民,林伟刚. 生物质热解和气化过程 Cl 及碱金属逸出行为的化学热力学平衡分析[J]. 燃料化学学报, 2007, 35(5): 540~547.

[11] 杨涛. 生物质快速热解气化过程中碱/碱土金属析出规律的试验研究[D]. 武汉:华中科技大学, 2009.

[12] J. Gil, et al. Biomass gasification in atmospheric and bubbling fluidized bed: Effect of the type of gasifying agent on the product distribution[J]. Biomass and Bioenergy, 1999, 17(5): 389~403.

Study on Characteristics of Biomass Char Gasification

JIANG Long[1] HU Song[1] XIANG Jun[1] SUN Lu-shi[1]

CHEN Gang[1] FU Peng[1] YANG Tao[2] HUANG Dan[1]

(1. *State Key Laboratory of Coal Combustion, Huazhong University of Science and Technology, Wuhan* 430074, *China*;

2. *ALSTOM (Wuhan) Engineering & Technology Co., Ltd, Wuhan* 430061, *China*)

Abstract A tube furnace was used to investigate the characteristics of the devolatization gas and alkali / alkaline earth metal (AAEMs) during steam gasification of pyrolysed char of rice husks and cotton stalk in the paper. The result indicated that CO and H_2 was the main release gas, in which H_2 had the largest release amount, while release amount of CH_4 and CO_2 was obviously lower than that of the CO and H_2 during steam gasification of the two char, which suggests that steam reforming reaction occured in gasification process resulted in improving content of H_2 and CO in produced gas and increasing its heat. Release rate of AAEMs increased with enhancement of carbon conversion of two gasified chars, in which K and Ca had larger release amount but Na and Mg almost had no release. AAEMs in rice husks char had a conspicuous releasing phase below carbon conversion of 73% while that of cotton stalk char had two this phases below carbon conversion of 35% and over 80%, respectively. In general the release amount of AAEMs was very small which suggests distinct release of AAEMs dose not occur in steam gasification phase.

Keywords Biomass, Pyrolysed char, Alkali/alkaline earth metal, Gasification

基于能耗排序法的节能发电调度
模式下火电负荷分配算法研究*

李刚[1]　程春田[1]　曾筠[1]　孙斌[2]　林成[2]

(1. 大连理工大学水电与水信息研究所，大连市 116023；
2. 贵州电力调度通信局，贵阳市 550002)

摘要　由于煤耗曲线缺乏，等微增率算法尚不能应用于实际生产。鉴于此，本文提出了节能发电调度模式下的能耗排序算法求解火电负荷优化分配问题。该方法能够有效地解决火电机组参与调峰、机组爬坡限制和相邻日负荷衔接等问题，并能保证火电机组承担负荷平稳过渡，避免过多燃料消耗的增加。贵州电网节能试点运行数据表明，本文提出的能耗排序算法具有实际可操作性，符合节能发电调度要求，是一套行之有效的负荷分配算法，很好地解决了从设计煤耗到实测煤耗过渡期间求解火电负荷分配问题。

关键词　节能发电调度，能耗排序法，负荷分配

1　引言

为确保我国"十一五"节能减排战略目标的实施，以及电力行业节能减排目标的实现，国家发改委等部门颁布了节能发电调度办法[1]，并确定 5 个节能发电调度试点省，目的在于探索并攻克电力节能发电调度的关键与共性技术，加快节能环保发电调度的技术支撑平台建设，建立和完善节能环保指标体系。

截至 2008 年年底，我国电力总装机容量为 79 253 万 kW，其中水电装机容量为 17 152 万 kW，占 21.64%，火电装机容量 60 132 万 kW，占 75.87%，目前及未来很长一段时间内，火电一直保持电力供应的主导地位，因此节能发电调度首先需要研究的是节能发电调度模式下的火电机组负荷分配问题。

等微增率法是解决机组负荷优化分配问题的一种典型方法，它的原理简单易懂，实现方便可靠，一直被工程技术人员作为解决负荷优化分配问题的首选方法，也是国家节能发电调度推荐方法[1~3]。然而，目前正处于从设计煤耗到实测煤耗的过渡阶段，煤耗曲线的缺乏使得等微增率算法尚不能在实际生产中得到应用，需要研究一种在过渡阶段符

---

* "973"计划资助项目（项目编号：2009CB226111）；国家自然科学基金资助项目（项目编号：50909011）

联系人：李刚，Email：glee@dlut.edu.cn

合节能发电调度思想的火电负荷分配模型及算法,并且满足火电机组需要参与系统调峰的要求和实际运行中受到各种约束限制,同时力求火电机组调峰过程中所承担负荷平稳过渡,避免负荷频繁变化引起的燃料消耗增加。

因此,本文结合实际工程中应用较多的优先顺序法原理和特点[4~5],提出了融入节能发电调度思想的能耗排序算法求解火电机组负荷分配问题。该方法能够有效地解决火电机组的调峰问题、机组爬坡与相邻日期衔接等复杂电网安全约束和实际应用问题,并能保证火电机组承担负荷平稳过渡,避免过多燃料消耗的增加。贵州电网节能试点运行表明,本文提出的能耗排序算法具有实际可操作性,是一套行之有效的负荷分配算法,很好地解决了从设计煤耗到实测煤耗过渡期间求解火电负荷分配问题。

2 能耗排序法

能耗排序算法借鉴了传统排序法思想,引入了节能发电调度原则,作为过渡时期由于煤耗曲线缺乏尚不能得到实际应用的等微增率算法的替代方法,很好地解决了节能发电调度模式下火电负荷分配问题。

2.1 排序准则

依据节能发电调度基本原则,按照各类发电机组类型、能耗水平、减排水平事先排序,同类型火力发电机组按照减排水平和能耗水平由低到高排序,减排节能优先。机组减排水平按是否已上脱硫设备来排序,脱硫设备已上的火电机组排在前面,未上的则排在后面。减排水平相同时,按照机组的能耗水平由低到高排序,机组实际运行能耗水平近期暂依照设备制造厂商提供的机组有关能耗参数(供电标煤耗)排序,逐步过渡到按照实测数据排序,对因环保和节水设施运行引起的煤耗实测数据增加做适当调整。

2.2 求解思路

能耗排序算法的原理是以上述排序原则确定的火电机组发电排序表为基础,结合节能发电调度的思想,依据系统负荷需求曲线的变化趋势来分配火电机组承担的负荷,使容量大、能耗低的机组增加其发电量,容量小、能耗高的机组减少其电量。其分配负荷的基本思路是:首先确定每台机组负荷各时刻基值。为保证短期发电调度计划曲线前后两天衔接负荷值满足机组的爬坡速率,所以计划日 00:00~00:15 时段的负荷基值等于前一日 23:45~24:00 时段的负荷值,而其余各点每台机组承担负荷的基值与前一个时段负荷相同。其次依据系统负荷曲线变化趋势分配负荷。当负荷需求增加时,根据排序表中机组从上到下的顺序依次增加其负荷,直至负荷需求偏差被分配完为止;当负荷需求减少时,根据排序表中机组从下到上的顺序依次减少其负荷,直至负荷需求偏差被分配完为止。在负荷分配过程中,机组增减负荷幅度控制在其允许爬坡速率范围内,同时需要检查机组承担负荷是否满足最大、小技术出力要求。

对于火电装机比重较大的电网,水电不能完全满足系统调峰、调频、备用等要求,需要火电参与调峰,尤其是在枯水期,要求火电参与调峰的深度就更大。在这种情况下,应用上述求解思路分配负荷往往会碰到如下问题:容量大、煤耗低的火电机组在低谷段率先爬坡,直至带满负荷为止,然而到了高峰段就有可能存在负荷需求没有分配完的情况,需要容量小、煤耗高的火电机组来承担,然而这类火电机组爬坡速度较慢,很难一下子带满负荷,需要按照爬坡速率逐步过渡,这样就会导致系统负荷分配不完,此时就需要容量大、煤耗低的火电机组共同参与爬坡调峰,可这类机组已经带满负荷无法参与调峰。为此,增加负荷最小持续段数(负荷维持不变的时段数)约束,当系统负荷需求变化时,找出负荷持续时段数最大的火电机组,如果存在多台机组,则根据系统负荷需求是增加还是减少,在排序表中从上到下或是从下到上找出相应的火电机组,让其先承担负荷的变化,然后依次寻找符合要求的机组承担余下变化负荷,直至满足系统负荷变化需求。

　　节能排序算法流程图如图 1 所示。

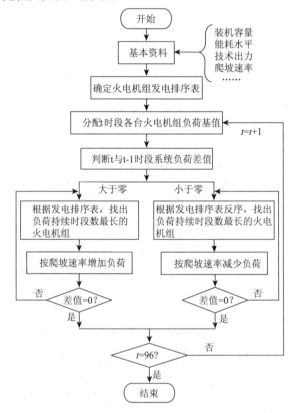

图 1　能耗排序算法流程图

Fig.1　Flow chart of ECPL

求解步骤如下:

1) 依据减排节能原则确定火电机组发电排序表。

2) 确定 t 时段各台火电机组负荷基值,与 $t-1$ 时段承担负荷值相等。

3) 判断 t 时段系统需求负荷与前一时段差值,如果为正,则到第 4 步;如果为负,则到第 5 步。

4) 首先找出负荷持续时段数最大的火电机组,然后按照其爬坡速率增加其负荷。如果有两台或是多台机组持续时段数相同,则根据排序表,排在前面的火电机组先增加其负荷,反复运行直至差值分配完为止。

　　5) 首先找出负荷持续时段数最大的火电机组,然后按照其爬坡速率减少其负荷。如果有两台或是多台机组持续时段数相同,则根据排序表的相反顺序,排在后面的火电机组先减少其负荷,反复运行直至差值分配完为止。

　　6) 判断 $t = 96$ 与否,如果是,计算完成,否则 $t = t + 1$,跳到步骤 2。

3　实际运行算例分析

3.1　火电机组发电排序表

　　截至 2008 年年底,贵州电网统调装机容量达到 22 583MW,中调及以上直调机组容量为 21 886MW。其中,统调火电机组为 64 台,装机容量为 16 790MW,占总装机 76.72%。

　　根据文中讲述的排序准则确定火电机组发电排序表如下表 1 所示,由于篇幅有限,表 1 列出排序中部分机组信息。

表 1　贵州电网统调火电机组发电排序表
Tab. 1　Generation sorting table of thermal unit

排　序	火电厂机组	装机容量(MW)	标煤耗[g/(kW·h)]
5	鸭溪电厂♯3 机	300	311.42
6	鸭溪电厂♯4 机	300	311.42
7	黔西电厂♯1 机	300	313.58
8	黔西电厂♯2 机	300	313.58
9	黔西电厂♯3 机	300	314.97
10	黔西电厂♯4 机	300	314.97
11	鸭溪电厂♯1 机	300	316.36
12	鸭溪电厂♯2 机	300	316.36
29	黔北电厂♯1 机	300	327
30	黔北电厂♯2 机	300	327
31	黔北电厂♯3 机	300	327
32	黔北电厂♯4 机	300	327
33	安顺一厂♯1 机	300	329.97
34	安顺一厂♯2 机	300	329.97
38	贵阳电厂♯8 机	200	340.24
39	清镇电厂♯7 机	200	348.61
40	清镇电厂♯8 机	200	348.61
41	贵阳电厂♯9 机	200	350
51	凯里电厂♯1 机	125	358

续表

排　序	火电厂机组	装机容量(MW)	标煤耗[g/(kW·h)]
52	凯里电厂♯2机	125	358
55	凯里电厂♯3机	125	352
56	凯里电厂♯4机	125	352
57	金沙电厂♯1机	125	370
58	金沙电厂♯2机	125	370
59	金沙电厂♯3机	125	370
60	金沙电厂♯4机	125	370

3.2 算例分析

贵州电网自2008年1月1日正式进入节能发电调度试点运行以来,一直采用能耗排序算法进行火电负荷分配。仅1月份全网煤耗就下降5g/(kW·h);但随后2月遭受凝冻灾害影响,300MW机组全部解列,接入地区电网的200MW及以下火电机组为满足安全约束负荷率较高,煤耗较去年同期增加;3月随着凝冻灾害结束,大容量、低能耗机组陆续并网发电,煤耗又较去年同期减小。据统计,2008年1~10月火电共节约标准煤105.9万t(折合原煤168.4万t)。

图2和图3分别为贵州电网统调各电厂2008年10月25日和2008年10月26日计划曲线,由图可以看出,利用本文所提能耗排序算法分配各火电机组承担负荷曲线是合理的,而且在调峰过程中平稳过渡,并未出现火电承担负荷频繁变动的情况。对于煤耗较小的黔西电厂,分配的负荷明显较多;煤耗稍大的安顺一厂和黔北电厂,分配负荷只是会参与调峰,低谷时段基本在最低负荷线上运行;煤耗较大的遵义电厂,分配的负荷全天基本都在最低负荷上运行,不会参与调峰。

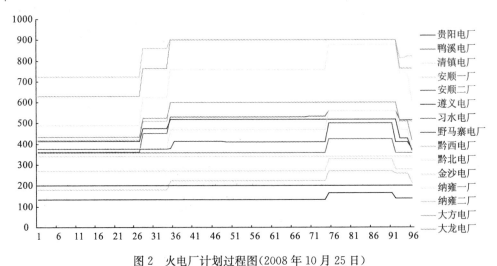

图2　火电厂计划过程图(2008年10月25日)

Fig.2　Generation plan curve of 2008.10.25

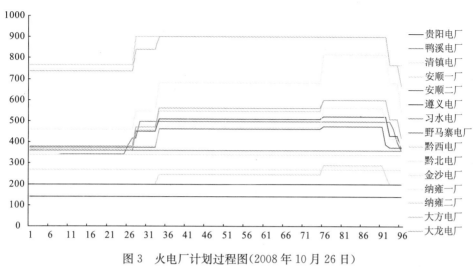

图 3　火电厂计划过程图(2008 年 10 月 26 日)

Fig. 3　Generation plan curve of 2008. 10. 26

　　表 2 列出了常规方法和能耗排序算法分别对 2008 年 10 月 25 日火电计划数据进行负荷分配的结果,从表中数据可以看出,排序表靠前的大容量、低能耗的火电机组发电量明显增加,而排序表靠后的小容量、高能耗的火电机组发电量则相应地减少。利用各台火电机组设计标煤耗计算耗煤量可知,全天火电耗煤量能耗排序算法比常规方法减少159.1t 标准煤。

表 2　日运行计划耗煤分析(2008. 10. 25)

Tab. 2　Analysis of coal consumption

电厂名称	常规方法		能耗排序算法	
	电量($\times 10^4$ kW·h)	耗煤量(t)	电量($\times 10^4$ kW·h)	耗煤量(t)
贵阳电厂	947	3558.8	772	2902.7
鸭溪电厂	469	1654.7	495	1748.2
清镇电厂	960	3676.8	862	3299.5
安顺一厂	550	1991	555	2009.1
安顺二厂	525	1937.2	533	1964.9
遵义电厂	600	2304	560	2149.4
习水电厂	1219	4533.1	1093	4064.5
野马寨电厂	1121	4213.1	1098	4126.6
盘县电厂	1765	6549.5	1594	5914.7
凯里电厂	1200	4632	1200	4632
黔西电厂	1538	5353.5	1831	6371
黔北电厂	2237	8031.7	2246	8062.2
金沙电厂	685	2458.7	685	2458.7

电厂名称	常规方法		能耗排序算法	
	电量（×10⁴kW·h）	耗煤量(t)	电量（×10⁴kW·h）	耗煤量(t)
纳雍一厂	1656	5929.8	1704	6099.4
纳雍二厂	1474	5276.9	1509	5401.3
大方电厂	931	3238.1	1103	3836.7
大龙电厂	1058	3757.2	1098	3896.1
盘南电厂	2558	8695.5	2558	8695.5
总　　计	21493	77791.6	21496	77632.5

注：节能调度较常规方法减少标准煤 159.1t。

表 3 统计的是采用能耗排序算法对 2008 年 10 月 25 日～31 日进行负荷分配得到的各火电厂负荷率，可以看出大容量、低能耗火电机组负荷率明显较小容量、高能耗火电机组的负荷率大的多。

综上所述，本文提出的能耗排序算法分配给火电机组承担的负荷曲线是合理的，符合实际运行要求，而且也充分体现了节能发电调度的思想，是从设计煤耗过渡到实测煤耗阶段切实可行的火电负荷分配算法。

表 3　贵州电网统调火电厂负荷率
Tab. 3　Generation load rate of thermal power

日期 （年．月．日）	2008.10.25	2008.10.26	2008.10.27	2008.10.28	2008.10.29	2008.10.30	2008.10.31
贵阳电厂	70.29	70.00	72.50	70.16	70.00	70.00	70.00
鸭溪电厂	95.19	90.59	86.04	89.51	87.54	87.29	92.05
清镇电厂	70.29	70.00	72.50	71.21	70.00	70.00	72.07
安顺一厂	72.26	67.48	78.23	69.17	66.93	73.18	69.17
安顺二厂	92.18	89.03	71.58	81.01	69.06	70.16	88.70
遵义电厂	80.00	80.00	80.00	80.00	80.00	80.00	80.00
习水电厂	66.99	66.67	66.67	66.67	66.67	66.67	66.67
野马寨电厂	71.12	62.50	67.55	64.98	62.50	62.50	65.00
黔西电厂	92.10	92.18	85.57	87.57	93.95	88.56	90.58
黔北电厂	81.88	65.91	74.90	65.83	72.40	73.49	68.39
金沙电厂	68.00	68.00	68.00	68.00	68.00	68.00	68.00
纳雍一厂	76.46	72.23	61.56	60.69	59.06	60.16	75.58
纳雍二厂	84.45	74.04	62.94	78.10	74.21	72.56	89.69
大方电厂	90.91	82.20	74.47	83.61	86.81	83.59	89.70
大龙电厂	84.55	85.00	75.62	83.77	73.12	73.49	87.21

4 结论

　　本文提出的节能发电调度模式下能耗排序算法借鉴了传统排序法思想,引入了节能发电调度原则,并且考虑了火电机组参与调峰问题、机组爬坡与相邻日期衔接等电网安全约束和实际运行需求。贵州电网节能试点运行数据表明,该算法优化分配给火电机组承担的负荷曲线不仅合理可行,符合实际运行要求,而且充分体现了节能发电调度思想,是一套切实可行的火电负荷分配算法。

参考文献

[1]　发展改革委、环保总局、电监会、能源办. 国办发[2007]53 号:节能发电调度办法(试行),2007,8.

[2]　傅书遏,王海宁. 关于节能减排与电力市场的结合[J]. 电力系统自动化,2008,32(6):31～34.

[3]　傅书遏. 2008 电网控制中心新技术综述[J]. 电网技术,2009,33(9):1～7.

[4]　附小军. 火电厂负荷经济调度及报价策略的研究[D]. 南京:东南大学,2005.

[5]　马玲,王爽心. 基于改进动态规划法的火电厂负荷经济调度[J]. 北京交通大学学报,2005,29(4):100～103.

Study of Energy Consumption Priority List for Solving Thermal Power Load Distribution under Energy-Saving Generation Operation

LI Gang[1]　　CHENG Chun-tian[1]　　ZENG Yun[1]　　SUN Bin[2]　　LIN Cheng[2]

(1. *Institute of Hydropower & Hydroinformatics, Dalian University of Technology, Dalian* 116024, *China*;

2. *Guizhou Electric Power Dispatching & Communication Bureau, Guiyang* 550002, *China*)

Abstract　At present, the equal incremental principle can't be effectively applied in the project for short of coal consumption curve. Therefore, this paper presents a new method named energy consumption priority list (ECPL) to resolve the problem of thermal unit commitment in the mode of energy-saving generation operation. The ECPL method solving many questions as well as possible, such as peak shaving with thermal unit, unit climbing capacity, can ensure thermal unit to assume load smoothly and avoid enhancing overfull energy consumption. The energy-saving pilot running data of GuiZhou Power Grid indicate that the ECPL method provided by this paper has high interoperability and meets the demand of energy-saving generation operation. It's a practical method for solving unit commitment, which resolves thermal unit commitment problem from designed energy consumption to actual energy consumption.

Keywords　Energy saving generation operation, Energy consumption priority list, Unit commitment.

以 SBA-15 为载体的硫化钼基合成气转醇催化剂的制备[*]

胡瑞珏[1,2]　苏海全[1,2]　杨绪壮[2]　王统[2]

(1. 内蒙古大学生命科学学院,呼和浩特 010021;

2. 内蒙古自治区煤炭化学重点实验室,内蒙古大学化学化工学院,呼和浩特 010021)

摘要　以 P123 为模板剂,正硅酸乙酯为硅源,共溶剂分别为均三甲苯(TMB)和 N,N—二甲基甲酰胺(DMF),通过水热合成路线合成了孔径 8～15nm 的具有高度有序二维六方结构 SBA-15 介孔材料作为硫化钼基合成气转低碳醇催化剂载体。通过一步水热合成路线得到的硫化钼基合成气转醇催化剂 2 保持 SBA-15 结构,其比表面积为 $518m^2/g$,孔容为 $0.82cm^3/g$,平均孔径为 7.4nm。SEM 表明其形貌呈现为分散均匀的"米粒"状,粒径约为 $1\mu m$。催化剂 2 的局部 TEM 图为"球中球"的核壳结构;核部分通过 EDS 表征发现主要由硫化钼组成。

关键词　SBA-15 介孔材料,载体,硫化钼,合成气转醇,催化剂

1 引言

低碳混合醇具有良好的燃烧、化学加工等性能,使其成为首选的清洁汽油添加剂和替代燃料。低碳醇经分离可得到乙、丙、丁、戊醇等经济价值较高的醇类,可作为基本的有机化工原料。目前,德国,美国,加拿大,意大利和中国等国都开始使用甲醇或乙醇作为燃料,同时添加低碳混合醇或甲基叔丁基醚(MTBE)作为助溶剂与汽油一起燃烧。2000 年全球 MTBE 需求量达 2000 万 t。但近期的研究发现,MTBE 作为汽油添加剂存在严重的问题,如储存、运输及使用过程中易于泄漏和污染饮用水等,威胁人类健康。最近美国加州通过动物试验确认了 MTBE 对人类有致癌作用,已决定于 2002 年前对其禁用。由于 MTBE 作为汽油添加剂在美国加州已经被禁止使用,使得低碳混合醇作为汽油添加剂具有重大意义。低碳混合醇以其良好的性能指标一直被定位在汽油添加剂,低碳混合醇的应用前景取决于性能优异的催化剂的开发、生产的经济性及其环保价值,尤其是对于最后一点的关注,更能体现低碳混合醇的潜在优势。

醇燃料具有燃烧充分、效率高且 CO、NO_x 及烃类排放量少等优点。目前国外已开发

---

* 联系人:苏海全,E-mail: haiquansu@yahoo.com

了以甲醇为主的"甲基燃料"和以乙醇为主的"乙基燃料",此外以不同醇与烃混合物为主的"烃醇混合燃料"也颇有发展前途。其中甲醇燃料的生产技术较为成熟,但它作为车用燃料存在重要缺陷:①与汽油的混溶性较差,相分离严重;②对金属、橡胶、合成塑料等材料有腐蚀;③与现行的燃料系统不相匹配。尤其是最后一点是甲醇燃料普及应用的主要障碍。而高级醇则不存在上述问题,在美国、澳大利亚等国家目前已在使用掺和 5%~20%乙醇的燃料,有的国家如巴西已经在使用 100%的乙醇燃料。随着技术进步及成本降低,醇燃料的应用优势是十分明显的。目前乙醇通常采用发酵和化学两种方法合成:发酵法不仅污染严重而且粮食消耗很大,1t 乙醇需消耗 4t 粮食或 7t 蜜糖,我国人均耕地及粮食较少,长远看这种方法不适合我国国情;化学合成则需消耗大量硫酸,存在设备腐蚀及硫酸回收等缺点。目前乙醇合成的主要方向是合成气直接合成法(低碳醇合成)和甲醇同系化法,尤其是生物质超临界水气化经合成气直接合成被认为是最具竞争力和发展前景的方法之一。

二硫化钼催化剂体系由于具备优异的抗硫性和高的水煤气变换反应活性,被视为很有前景的合成气制备混合醇催化剂体系之一。二硫化钼催化反应体系操作条件相对温和,产物主要为直链正构醇,最大的特点是其独特的抗硫性,可避免耗资巨大的深度脱硫,降低经济成本,而且钼硫催化剂具有水煤气变换反应活性,产物水含量低,有利于产品的后续脱水。美国 Dow 公司和 Carbide 联合会首先研发碱金属修饰二硫化钼催化剂合成气制备混合醇的工艺。其反应所用的催化剂需满足较高温度(270~330℃)和压力(10~28MPa,H_2/CO 比为 1~2)的造作条件。体系中没有 CO_2 时,产品混合物中含有 70%~80%的醇和 15%~30%的烃类。总醇的产率可以达到 0.3g/ml(cat).h,但是混合醇中 50%以上为甲醇。产物含水量相当低,约0.2%,而现有的其他方法一则高达 8%,所得混合醇的辛烷值可达 120,适于用作汽油添加剂[1~3]。

二硫化钼催化剂体系最突出的技术问题而合成气转乙醇转化率和选择性问题,因而进行细致的基础探索工作从而为大规模产业化提供理论依据十分必要。

SBA-15 介孔材料因其具有较高的比表面积、较大的孔容、规则的孔道以及改善的机械和水热稳定性[4,5],在催化、分离、生物及纳米材料等领域引起人们的广泛兴趣[6~8]。本文以 SBA-15 介孔材料为载体,以硫化钼最为催化活性中心,制备了一系列硫化钼基合成气转低碳醇催化剂前体,并对载体和部分催化剂进行了结构表征和研究。

2 载体和催化剂

2.1 载体和催化剂的制备

六方有序孔状分子筛 SBA-15 载体参照文献合成[4,5]。在 40℃恒温条件下,将一定量的三嵌段共聚物 P123($EO_{20}PO_{20}EO_{20}$,Ma=5800,Aldrich 公司)溶于适量的蒸馏水、共溶剂和浓盐酸的混合液中,剧烈搅拌 4h 后缓慢滴加适量的正硅酸乙酯(TEOS,

A. R.），随后连续搅拌 24h，移入聚四氟乙烯衬底的 200mL 高压釜中，90℃下晶化 72h，冷却、抽滤、洗涤，100℃下干燥过夜，最后在 540℃下焙烧 6h 以去除模板剂，即可得到载体样品。制备过程中所用各物质摩尔比为：$n(TEOS)$：$n(P123)$：$n(HCl)$：$n(H_2O)$ ＝1：0.017：5.8：181。所用共溶剂分别为均三甲苯（TMB）和 N,N－二甲基甲酰胺 （DMF）。

催化剂参比样品 1 按照 Dow 化学公司报道方法制备[9]。$(NH_4)_6Mo_7O_{24}\cdot 6H_2O$ 水溶液与过量的 $(NH_4)_2S$ 水溶液混合，在 60℃下搅拌 1h 后。所制得 $(NH_4)_2MoS_4$ 溶液与 $Co(CH_3CO_2)_2$ 溶液同时滴入到 30% 的乙酸溶液中（物质摩尔比为 Mo：Co＝2：1），在 50℃下搅拌 1h。抽滤、洗涤，室温下干燥，于管式炉中，N_2 气氛下，程序升温（5℃/min）至 550℃下保持 1h，自然降温得到黑色粉末。

催化剂样品 2 的制备：在 40℃恒温条件下，将一定量 P123 溶于适量的蒸馏水和浓盐酸的混合液中，剧烈搅拌 4h 后缓慢滴加适量的 TEOS，再同时加入 $(NH_4)_2MoS_4$ 溶液与 $Co(CH_3CO_2)_2$ 溶液，随后在 50℃下连续搅拌 24h，移入聚四氟乙烯衬底的 200mL 高压釜中，90℃下晶化 72h，冷却、抽滤、洗涤，100℃下干燥过夜，于管式炉中，N_2 气氛下，程序升温（5℃/min）至 550℃下保持 1h，自然降温得到棕黑色粉末。

催化剂样品 3 的制备：在 40℃恒温条件下，取一定量的催化剂参比样品 1，置于 P123 的蒸馏水和浓盐酸的混合液中，剧烈搅拌 4h 后缓慢滴加适量的 TEOS，随后连续搅拌 24h，移入聚四氟乙烯衬底的 200mL 高压釜中，90℃下晶化 72h，冷却、抽滤、洗涤，100℃下干燥过夜，最后在 540℃下焙烧 6h。

催化剂样品 4～7 的制备：将计量的 SBA-15 载体加入到 $(NH_4)_2MoS_4$ 水溶液中，室温下浸渍 3h，蒸发除水，所得的固体在 120℃下烘干 5h，于管式炉中，N_2 气氛下，程序升温（5℃/min）至 550℃下保持 1h，自然降温得到 Co 的担载量为 5%，Mo 的担载量分别为 10%、15%、20%、25%，催化剂记为 Co、Mo(m，n)/SBA-15，其中 m、n 分别表示 Co、Mo 的摩尔分数（结构表征部分尚未完成）。

2.2　载体和催化剂的表征

小角 X 射线谱（LXRD）由 Bruker D8 粉末衍射仪（CuKα）测定，采用 Ni 滤光片，在管压 40kV，管流 40mA 的情况下扫描；N_2 吸附-脱附等温线用 Micromeritics ASAP 2020 装置在液氮 77K 测定，比表面积按照 Barrett-Emmett-Teller（BET）方法计算，孔容以及孔径分布采用脱附支曲线通过 Barrett-Joyner-Halenda（BJH）模型计算；透射电镜 （TEM）测试在日本 JEOL 公司 JEM-2010 型透射电镜上进行；透射电镜附件为 OXFORD 公司 INCA 能量分散谱仪（EDS）用于测试 B-U 元素能谱；扫描电镜（SEM）分析由日本 JEOL 公司 JSM-6380LV 扫描电镜完成。

3 结果与讨论

3.1 载体的 SBA-15 表征结果与讨论(图 1)

图 1(a)为未添加共溶剂制备的载体 SBA-15 样品的小角 XRD 衍射谱图。从图可以看到,样品在小角 $2\theta=0.80°$,$1.38°$,$1.60°$附近有 3 个衍射峰,分别对应于(100),(110)和(200)晶面的特征衍射峰,这是六方相介孔结构的典型特征衍射峰[4~5],说明合成的材料具有高度有序二维六方介观结构(空间群为 P6mm)的特征。图 1(b)和图 1(c)分别列出了 SBA-15 的 N_2-吸附/脱附等温线和孔径分布曲线。由图 1(b)可见,所制备的 SBA-15 载体样品呈现典型Ⅳ型等温线和 H1 型滞后环。图 1(c)表明样品具有狭窄的孔径分布,从吸附和脱附等温线计算出的孔径分布均为 7.8nm,表明其具有良好的一维柱状孔道结构。表 1 列出了不同方法制备的载体 SBA-15 样品的比表面,孔容和孔径。实验表明加入共溶剂 DMF 或 TMB 后,SBA-15 载体样品的孔径都有所增加。质量比 DMF/P123=0.25 时,所得样品平均孔径为 13.1nm;质量比 TMB/P123=3 时,所得样品平均孔径为可达到 14.8nm。SBA-15 载体样品的孔径可通过改变加入共溶剂 TMB 的量在一定范围内调控。加入共溶剂 DMF 后,载体样品 2 的比表面积较 SBA-15 载体 1 的 $668m^2/g$ 下降约 1/2 至 $386m^2/g$;当共溶剂 TMB/P123 的质量比为 0.25、0.5、0.75 时,载体样品的比表面积较未添加共溶剂制备的载体 SBA-15 样品有所增加,分别为 $772m^2/g$、$737m^2/g$ 和 $742m^2/g$;而 TMB/P123 等于或大于 1 时,所得载体比表面积较载体 1 略有减低。

图 2 为未添加共溶剂制备的载体 SBA-15 样品的投射电镜图。由图 2(a)可见 SBA-15 样品的均匀一维柱状孔道结构的纵向排列;图 2(b)可见其一维柱状孔道横向的六方有序孔结构。图 3 为添加共溶剂 TMB 制备的载体 SBA-15 样品 3 的扫描电镜图。由图可见,当添加共溶剂质量比为 TMB/P123=0.25,同时制备体系中加入一定量的氯化钾时,制得的载体样品 3 外观形貌为 $1\sim1.5\mu m$ 的均匀颗粒状。

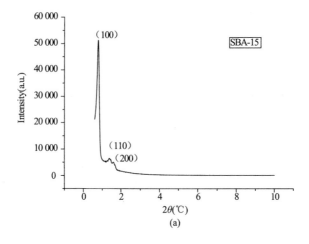

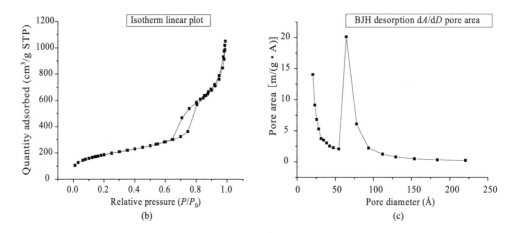

图 1　(a)载体 SBA-15 的小角 XRD 谱图;(b)N₂-吸附/脱附等温线;(c)孔径分布

Fig. 1　(a)Low-angle XRD patterns,(b) nitrogen adsorption/desorption isotherms,and
(c) pore size distribution of SBA-15 supporter samples

表 1　载体 SBA-15 的孔结构参数
Tab. 1　Structural parameters of SBA-15 supporter samples

载体编号	不同方法制备的 SBA-15 载体	BET 比表面(m²/g)	孔容(cm³/g)	孔径(Å)
1	SBA-15	668	1.31	78
2	SBA-15 DMF/P123=0.25	386	1.26	131
3	SBA-15 TMB/P123=0.25	772	2.19	113
4	SBA-15 TMB/P123=0.5	737	2.06	109
5	SBA-15 TMB/P123=0.75	742	1.79	97
6	SBA-15 TMB/P123=1	622	1.72	110
7	SBA-15 TMB/P123=2	628	2.24	142
8	SBA-15 TMB/P123=3	586	2.18	148

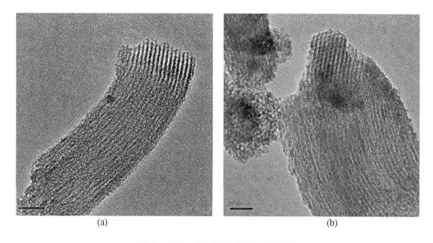

图 2　SBA-15 样品的 TEM 照片

Fig. 2　TEM images of SBA-15 sample

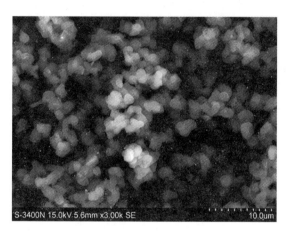

图 3　SBA-15 TMB/P123＝0.25 样品 3 的 SEM 照片

Fig. 3　SEM images of SBA-15 TMB/P123＝0.25 sample 3

　　图 4 为添加共溶剂 DMF 制备的载体 SBA-15 样品 2 的透射电镜图。由图 4 可见，载体 2 保持完好的一维有序介孔结构，与图 2 比较，载体孔径较未添加共溶剂制备的载体 SBA-15 样品 1 的孔径增大，而孔壁变薄，TEM 结果与表 1 中孔测试实验结果一致。

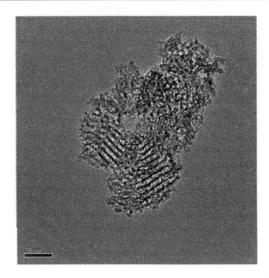

图 4　SBA-15 DMF/P123＝0.25 样品 2 的 TEM 照片

Fig.4　TEM images of SBA-15 DMF/P123＝0.25 sample 2

3.2　催化剂表征结果与讨论

催化剂参比样品 1 的 N_2-吸附/脱附等温线和孔径分布曲线结果表明,样品为无规则非孔结构(见图 5)。实验测得其比表面积为 $18m^2/g$,孔容为 $0.07cm^3/g$,平均孔径为 15.1nm。

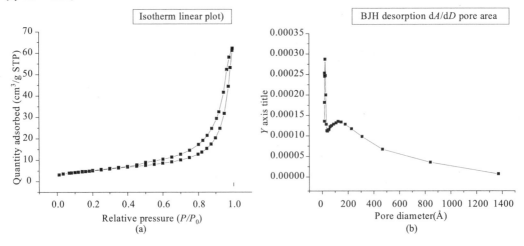

图 5　(a)催化剂样品 1 的 N_2-吸附/脱附等温线;(b)孔径分布

Fig.5　(a) Nitrogen adsorption/desorption isoherms,and (b) pore size distribution of catalyst 1

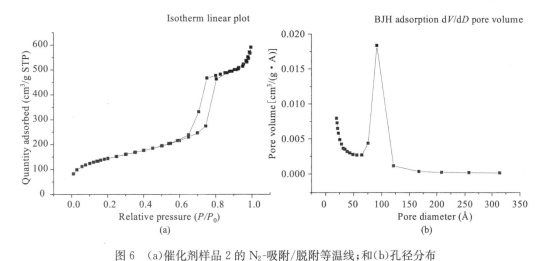

图 6　（a)催化剂样品 2 的 N₂-吸附/脱附等温线；和(b)孔径分布

Fig. 6　（a) Nitrogen adsorption/desorption isotherms，and（b) pore size distribution of catalyst 2

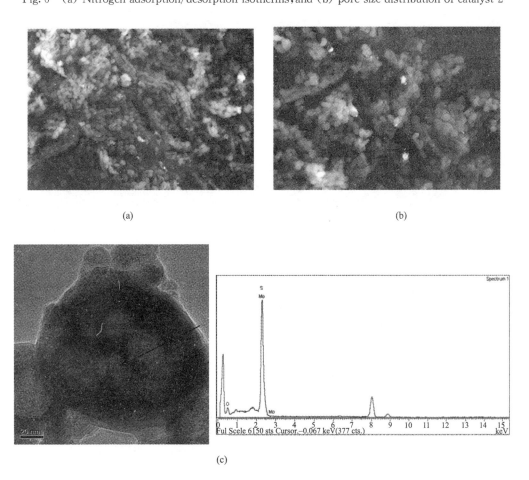

图 7　催化剂样品 2 的 SEM 照片(a)、(b)及 TEM 照片和能谱图(c)

Fig. 7　（a),（b)SEM images TME images and EDS（c) of catalyst 2

催化剂样品 2 的 N_2 吸附和脱附等温线和孔径分布曲线呈现典型Ⅳ型等温线和 H1 型滞后环(图 6),表明催化剂 2 的结构为高度有序六方介孔结构,载体 SBA-15 的特征被保留。实验测得其比表面积为 $518m^2/g$,孔容为 $0.82cm^3/g$,平均孔径为 7.4nm。通过载体 SBA-15 的引入,硫化钼催化剂 2 的比表面积较传统制备的催化剂 1 有大大提高,有望显示出更高的催化活性。图 7(a)、(b)为催化剂 2 的扫描电镜照片,样品呈现为分散均匀的"米粒"状,粒径约为 $1\mu m$。从 TEM 图 7(c)来看,催化剂 2 的局部为"球中球"的核壳结构;核部分通过 EDS 表征发现主要由钼、硫、氧元素组成,$Mo:S:O=1:3:1$。

图 8(a)为催化剂 3 的扫描电镜照片,样品呈现为分散均匀的"米粒"状,粒径约为 $1\mu m$。从 TEM 图 8(b)来看,催化剂 3 呈现核壳结构;核部分通过 EDS 表征发现主要由钼、钴、硫、氧、硅元素组成,而壳的部分由氧、硅元素组成;说明核为硫化钼-硫化钴,壳为六方有序结构 SBA-15 型氧化硅。

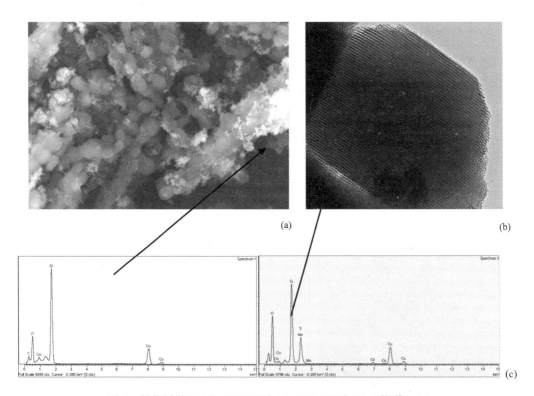

图 8 催化剂样品 3 的 SEM 照片(a)、TEM 照片(b)和能谱图(c)

Fig. 8 SEM images(a),TME images(b) and EDS (c) of catalyst 3

参考文献

［1］ J. Iranmahbooba, D. O. Hill. Alcohol synthesis from syngas over $K_2CO_3/CoS/MoS_2$［J］. Catalysis Letters, 2002, 78 (1-4):49～55.

［2］ V. Subramani, S. K. Gangwal. A review of recent literature to search for an efficient catalytic process for the conversion of syngas to ethanol［J］. Energy & Fuels, 2008, (22):814～839.

［3］ 李德宝, 马玉刚, 齐会杰, 李文怀, 孙予罕, 钟炳. CO 加氢合成低碳混合醇催化体系研究新进展［J］. 化学进展, 2004, 16(4):584～592.

［4］ D. Zhao, J. Feng, Q. Huo, N. Melosh, G. H. Fredrickson, B. F. Chmelka, G. D. Stucky. Triblock copolymer syntheses of mesoporous silica with periodic 50: to 300: angstrom pores［J］. Science, 1998, (279): 548～552.

［5］ D. Zhao, Q. Huo, J. Feng, B. F. Chmelka, G. D. Stucky. Nonionic triblock and star diblock copolymer and oligomeric surfactant syntheses of highly ordered, hydrothermally stable, mesoporous Silica Structures［J］. J. Am. Chem. Soc., 1998, (120):6024～6037.

［6］ 袁勋, 柳玉英, 禚淑萍, 邢伟, 孙运泉, 代晓东, 刘欣梅, 阎子峰. 有序介孔炭的合成及液相有机大分子吸附性能研究［J］. 化学学报, 2007, (65):1814～1820.

［7］ Y. H. Zhang, et al. Synthesis, characterization of bimetallic Ce-Fe-SBA-15 and its catalytic performance in the phenol hydroxylation［J］. Microporous Mesoporous Mater. 2008, (113):393～399.

［8］ J. M. Sun, H. Zhang, R. J. Tian, D. Ma, X. H. Bao, D. S. Su, H. F. Zou. Ultrafast enzyme immobilization over large-pore nanoscale mesoporous silica particles［J］. Chem. Commun., 2006:1322～1330.

［9］ R. R. Stevens. Process for producing alcohols from synthesis gas［P］. U. S. Patent No. 4,882,360, 1989, 10.

Preparation of Molybdenum Sulfide Catalyst with SBA-15 as Support for Alcohol Synthesis from Syngas

HU Rui-jue[1,2] **SU Hai-quan**[1,2] **YANG Xu-zhuang**[2] **WANG Tong**[2]

(1. *China College of Life Sciences, Inner Mongolia University, Hohhot* 010021, *China*;

2. *Inner Mongolia Key Laboratory of Coal Chemistry, School of Chemistry and Chemical Engineering, Inner Mongolia University, Hohhot* 010021, *china*)

Abstract Highly ordered SBA-15 mesoporous silica supports composed of two-dimensional hexagonal arrays of channels that range from 8-15 nm in diameter were synthesized through a hydrothermal route by using P123 as a template, tetraethyl orthosilicate as a silica source, 1,3,5-trimethylbenzene (TMB) or N,N-dimethylformide (DMF) as co-solvent. Molybdenum sulfide catalyst 2 with SBA-15 hexagonal mesoporous structure was prepared through a one-step hydrothermal route, and the specific surface area, pore volume and the average pore size of the materials is $518m^2/g$, $0.82cm^3/g$ and 7.4 nm, respectively. SEM reveals that catalyst 2 possesses rice-like morphology with the size about 1μm. TEM shows the balls-in-ball core-shell structure with the molybdenum sulfide core which has been proved by EDS.

Keywords　　SBA-15 mesoporous silica, Supports, Aalcohol synthesis from syngas, Catalysts

合成气制低碳醇碳化钼催化剂的研究*

瑙莫汗　苏海全[1,2]　杨绪壮[2]　史学敏[2]　胡瑞珏[1,2]　王育伟[2]

(1. 内蒙古大学生命科学学院,呼和浩特 010021；

2. 内蒙古自治区煤炭化学重点实验室,内蒙古大学化学化工学院,呼和浩特 010021)

摘要　合成了介孔分子筛 SBA-16 和 SBA-16 球,通过 XRD、TEM、SEM 和 FT-IR 表征发现,合成的介孔分子筛具有 SBA-16 的典型立方笼状结构,具有均匀的孔道和较厚的孔壁,颗粒均匀,表面光滑。通过直接法一步合成了 $MoO_3/$ SBA-16 和 $MoO_3/$SBA-16 球,用甲烷/氢气$[V(CH_4)/V(H_2)=1/4]$混合气体进行程序升温还原碳化,获得了相应的 $Mo_2C/$SBA-16 和 $Mo_2C/$SBA-16 球催化剂。

关键词　低碳醇,介孔分子筛,SBA-16,碳化钼

1　引言

20 世纪 70 年代以来,能源开发和环境保护成为人类社会生存和发展的两大战略主题。随着自然资源的不断消耗,积极寻求和开发新的能源体系已摆到十分迫切的位置。作为世界最大的产煤国,我国富煤少油的能源结构特点更为明显。从资源利用和环境保护的角度看,利用高效洁净煤炭资源技术,开发"绿色燃料"具有重要的战略意义和应用前景。由合成气直接合成低碳混合醇是煤炭资源洁净利用的重要途径之一。目前开发的多种低碳醇催化剂体系中,碳化钼基催化剂,以其类贵金属的特点、优异的抗硫性和良好的合成低碳混合醇的性能,被认为是一类颇有前景的催化剂体系[1,2]。

自 1992 年 Mobil 的科学家 Kresge 和 Beck 等成功合成了 M41S 系列硅基中孔分子筛[3,4]为起点,随后合成的 SBA-n 系列、MSU 系列、HMS、FSM-16、MAS 系列、JLU 系列,都引起了人们的极大关注。这类新颖的介孔材料不仅突破了原有的沸石分子筛孔径范围过小的局限,还具有量子限制效应、小尺寸效应、表面效应、宏观量子隧道效应以及介电限域效应,从而体现出许多不同于大尺寸材料的新的性质。特别是 SBA 系列介孔分子筛,与 MCM 系列相比,它们具有更大的孔径和更厚的孔壁,更适合作高温高压反应催化剂的载体[5]。其中介孔分子筛 SBA-16 具有统一尺寸的超大笼状立方对称结构、较厚的孔壁、高的比表面积和热稳定性,尤其是其三维孔道的连通性更有利于物料传输及反应分子的扩散,因此

* "973"计划资助项目(项目编号:2009CB226112)

联系人:苏海全,E-mail:haiguansu@yahoo.com

SBA-16在催化、吸附、分离和生物分子固定方面有着良好的应用前景。

　　由于有序介孔材料其大的比表面积和高的孔容,因而具有较强的吸水、吸潮能力,这将进一步加剧有序介孔材料的团聚,给有序介孔材料的存储、输运、后加工及应用带来不便。而微球的几何外形在减少粉体的团聚,改善其流动性等方面有明显的优势,因此将有序介孔材料制成球形可以把微球与有序介孔材料的优点结合起来,既能保留有序介孔材料的高比表面积、大孔容、孔径大且分布窄的特点,又可减少有序介孔材料的团聚,增加其流动性。

　　目前碳化物催化剂大多采用 Al_2O_3 和 SiO_2 等为载体,活性组分的分散性较差,反应过程中碳化物活性组分颗粒易团聚,在一定程度上影响了催化剂的活性和稳定性。如果将碳化物的活性组分组装到介孔分子筛 SBA-16 的孔道中,有可能阻止其团聚,得到分散性好的催化剂,从而更有效地提高催化剂的活性和寿命[6]。

　　传统的浸渍法往往不能使活性组分均匀地分散在分子筛的孔道中,而通常认为直接法可以解决这一问题。因此,本文主要选取介孔分子筛 SBA-16 和 SBA-16 球为载体,通过直接法一步合成了 MoO_3/SBA-16 和 MoO_3/SBA-16 球的样品,用甲烷/氢气[$V(CH_4)/V(H_2)=1/4$]混合气体进行程序升温还原碳化,获得了相应的 Mo_2C/SBA-16 和 Mo_2C/SBA-16 球催化剂,期望将活性组分碳化钼修饰到 SBA-16 分子筛的表面和孔道中,以考察通过直接法和浸渍法合成的催化剂对合成气制备低碳醇反应催化性能的影响。

2　实验部分

2.1　催化剂的制备

2.1.1　载体的制备

　　介孔分子筛 SBA-16 的制备[7]:在 35℃恒温条件下,将三嵌段共聚物 $EO_{20}PO_{70}EO_{20}$(P123,Aldrich)和 $EO_{106}PO_{70}EO_{106}$(F127,Sigma-Aldrich)的混合模板剂溶解在 HCl 水溶液中加入 TEOS(正硅酸乙酯,国药集团),连续搅拌 1h,此混合溶液中各物质的摩尔比为 n(P123):n(F127):n(TEOS):n(HCl):n(H_2O)=0.0016:0.0037:1.0:4.4:144;将上述溶液转移至带聚四氟乙烯衬底的不锈钢釜中,先在 35℃下静置 24h,再在 100℃下静置 24h,冷却后过滤并洗涤,自然干燥,最后在 550℃下焙烧 6h 去除模板剂,即得 SBA-16 样品。

　　介孔分子筛 SBA-16 球的制备[8,9]:在 40℃条件下,将 F127 和 CTAB(十六烷基三甲基溴化铵,国药集团)混合模板剂溶解在 HCl 水溶液中加入正硅酸四乙酯,连续搅拌 2h,此混合溶液中各物质的摩尔比为 n(F127):n(CTAB):n(TEOS):n(HCl):n(H_2O)=0.005:0.02:1.0:14.3:495;并在 80℃下回流 6h,离心分离,干燥过夜,最后在 550℃下焙烧 6h 去除模板剂,即得 SBA-16 球样品。

2.1.2　催化剂的制备

　　直接法合成 Mo_2C/SBA-16 催化剂:在制备 SBA16 的过程中按照不同 Si/Mo 比将钼

源钼酸铵[(NH₄)₆MoO₂₄·4H₂O,天津市化学试剂四厂]与 TEOS 一同加入到混合溶液中,连续搅拌 1h,将上述溶液转移至带聚四氟乙烯衬底的不锈钢釜中,先在 35℃下静置 24h,再在 100℃下静置 24h,冷却后过滤并洗涤,自然干燥,最后在 550℃下焙烧 6h 去除模板剂,即得 MoO₃/SBA-16 样品。Mo₂C/SBA-16 催化剂是将 MoO₃/SBA-16 进行采用程序升温碳化法[10]制备的。首先,取一定量的 MoO₃/SBA-16 样品装入石英反应管,加到管式炉中,以 CH₄/4H₂ 为碳化介质通入反应管,采用两段程序升温控制,室温到 673K 的升温速率为 5K·min⁻¹,673K 到最终碳化温度 973K 的升温速率为 1K·min⁻¹。碳化完成后,在 Ar 气中快速冷却至室温,然后采用含微量氧的 O₂/N₂ 混合气钝化即得样品 Mo₂C/SBA-16。

直接法合成 Mo₂C/SBA-16 球催化剂:在制备 SBA-16 球的过程中按照不同 Si/Mo 比将钼源钼酸铵与 TEOS 一同加入到混合溶液中,40℃下搅拌 2h,并在 80℃下回流 6h,离心分离,干燥过夜,最后在 550℃下焙烧 6h 去除模板剂,即得 MoO₃/SBA-16 球样品。Mo₂C/SBA-16 球催化剂是将 MoO₃/SBA-16 球采用程序升温碳化法制备的。

浸渍法制备 Mo₂C/SBA-16 催化剂:以介孔分子筛 SBA-16 为载体,钼酸铵为钼源,采用等体积浸渍法来制备具有不同 Mo 含量的 Mo₂C/SBA-16 催化剂。具体步骤:把 1g 预干燥好(100℃下,24h)的 SBA-16 浸渍在一定浓度的钼酸铵水溶液中,室温下静置 24h,再置于 90℃的干燥箱中干燥 24h,再在空气气氛下 500℃焙烧 4h(升温速率为 2℃·min⁻¹),即得 MoO₃/SBA-16。再将 MoO₃/SBA-16 通过程序升温碳化法制得 Mo₂C/SBA-16 催化剂[11,12]。

浸渍法制备 Mo₂C/SBA-16 球催化剂:与浸渍法制备 Mo₂C/SBA-16 催化剂的方法一致,不同之处是将介孔分子筛由 SBA-16 替换成 SBA-16 球。

2.2　催化剂的表征

XRD 粉末衍射数据在德国布鲁克 D8 ADVANCE x 射线衍射仪测定,测定条件为 Cu 靶,K_a 射线,管电压 40kV,管电流 40mA;TEM 采用 JEM-2010 高分辨透射电子显微镜(100kV);SEM 采用日本日立 S-3400 型扫描电子显微镜;FT-IR 测试在 NEXUS-670 型 FI-IR 光谱仪(KBr 压片)上进行,仪器的分辨率为 2cm⁻¹,扫描次数为 64 次,扫描范围为 400～4000cm⁻¹。

3　结果与讨论

3.1　XRD 图谱

从图 1 中可以看出,合成的 SBA-16 介孔分子筛在 2θ 角为 0.82°处具有较强的衍射峰,这是介孔 SBA-16 的立方体心 Im3m 结构特征衍射峰(110),表明合成的 SBA-16 有着长程有序的结构;在 2θ=0.5°～2.0°之间有多个衍射峰出现,说明其稳定性很好[13~15]。

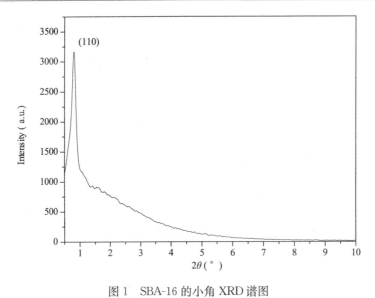

图 1　SBA-16 的小角 XRD 谱图

Fig. 1　Low-angle XRD pattern of SBA-16

　　从图 2 中可以看出，合成的 SBA-16 球介孔分子筛在 2θ 角为 0.93°处具有较强的 (110)衍射峰，这是介孔 SBA-16 立方孔结构的特征衍射峰，表明合成的 SBA-16 球有着较高的孔道有序度，并在 $2\theta=0.5°\sim2.0°$之间有多个衍射峰出现，说明其稳定性很好。

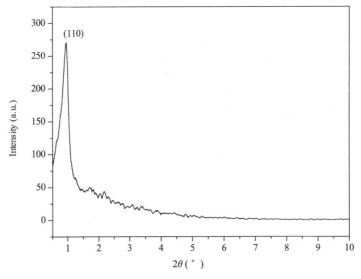

图 2　SBA-16 球的小角 XRD 谱图

Fig. 2　Low-angle XRD pattern of SBA-16 sphere

3. 2　TEM 图谱

　　图 3 和图 4 的 TEM 谱图显示出所制备的介孔分子筛 SBA-16 和 SBA-16 球孔道排列高度有序[16]。

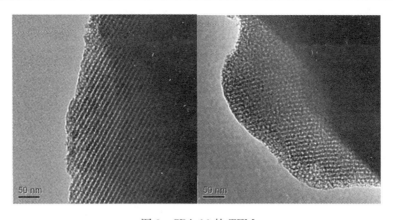

图 3　SBA-16 的 TEM

Fig. 3　TEM images of SBA-16 sample

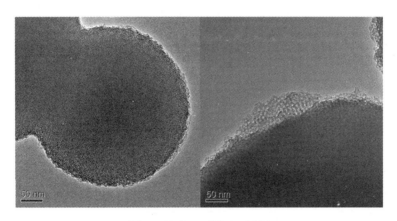

图 4　SBA-16 球的 TEM 图

Fig. 4　TEM images of SBA-16 sphere sample

3. 3　SEM 图谱

由图 5 的 SEM 表征可知,介孔分子筛 SBA-16 球的样品的成球度好,且球表面非常光滑;由大量相对均一、尺寸在 0.6～1μm 之间的小球构成[17]。

图 5　SBA-16 球的 SEM 图

Fig. 5　SEM images of SBA-16 sphere sample

3. 4　FT-IR 图谱

　　由图 6 所示，合成的 SBA-16 介孔分子筛的 FT-IR 谱图中，波数为 465.5cm⁻¹ 附近的峰为分子筛骨架中的 Si—O—Si 弯曲振动吸收峰；804. 8 cm⁻¹ 附近的峰是分子筛骨架中的硅氧四面体对称伸缩振动吸收峰；1081. 1cm⁻¹ 附近和 1100～1300cm⁻¹ 之间的肩峰是分子筛骨架中的 Si—O—Si 的协同伸缩振动吸收峰，这是由孔道表面硅骨架的部分有序性造成的[18,19]；3443. 5cm⁻¹ 和 3513. 5cm⁻¹ 附近的峰分别归属为 SBA-16 分子筛表面以氢键键合的临近的硅羟基和孤立的硅羟基峰。

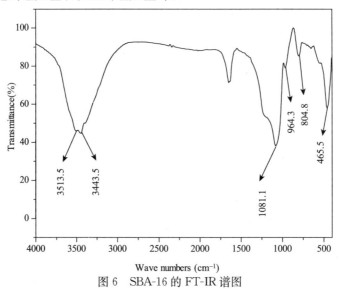

图 6　SBA-16 的 FT-IR 谱图

Fig. 6　FT-IR spectra of SBA-16

　　图 7 是合成的 SBA-16 球的 FT-IR 谱图。波数为 458. 4cm⁻¹ 附近的峰为分子筛骨架

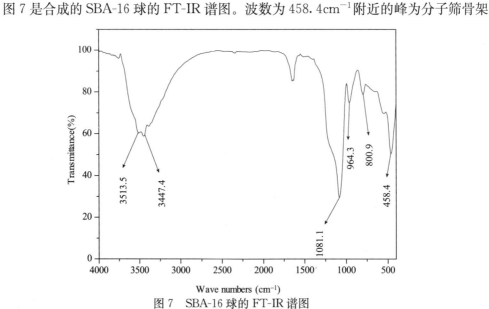

图 7　SBA-16 球的 FT-IR 谱图

Fig. 7　FT-IR spectra of SBA-16 sphere

中的 Si—O—Si 弯曲振动吸收峰；800.9cm^{-1}附近的峰是分子筛骨架中的硅氧四面体对称伸缩振动吸收峰；1081.1cm^{-1}附近和 1100～1300cm^{-1} 之间的肩峰是分子筛骨架中的 Si—O—Si 的协同伸缩振动吸收峰，这是由孔道表面硅骨架的部分有序性造成的；3447.4cm^{-1} 和 3513.5cm^{-1}附近的峰分别归属为 SBA-16 分子筛表面以氢键键合的临近的硅羟基和孤立的硅羟基峰。

4　结论

制备了孔径均匀、具有体心立方结构的 SBA-16 和 SBA-16 球的介孔分子筛；TEM 结果表明，样品具有均匀的孔道结构和较厚的孔壁；SEM 表征说明 SBA-16 球颗粒均匀，表面光滑。通过直接合成法和浸渍法制备了不同 Mo 含量的 Mo$_2$C/SBA-16 和 Mo$_2$C/SBA-16 球催化剂。以备在今后的合成气制低碳醇催化反应体系中考察不同制备方法和不同载体形貌对催化活性的影响。

参考文献

[1] K. G. Fang, D. B. Li, M. G. Lin, et al. A short review of heterogeneous catalytic process for mixed alcohols synthesis via syngas[J]. Catalysis Today, 2009, (147): 133～138.

[2] 马晓明. 碳纳米管负载/促进合成气制低碳混合醇 Mo—Co—K 硫化物基催化剂研究[D]. 厦门：厦门大学，2006.

[3] C. T. Kresge, M. E. Leonowicz, W. J. Roth, et al. Ordered mesoporous molecular sieves synthesized by a liquid crystal template mechanism[J]. Natur., 1992, 359(5): 710～714.

[4] J. S. Beck, J. C. Vartuli, W. J. Roth, et al. A family of mesoporous molecular sieves prepared with liquid crystal templates[J]. Journaol of the American Society, 1992, 114(27): 10834～10843.

[5] 马玉荣，齐利民，马季铭. 中孔氧化硅的超分子模板合成及其结构与形貌的调控[J]. 化学进展，2003, 13(6): 478～486.

[6] 马娜，季生福，吴平易，等. W$_x$C/SBA-16 催化剂的制备、表征及催化加氢脱硫性能[J]. 物理化学学报，2007, 23(8): 1189～1194.

[7] 吴平易. 介孔分子筛组装碳化钼和磷化镍催化剂的制备及其催化性能研究[D]. 北京：北京化工大学，2009.

[8] 金晓红. 介孔二氧化硅材料的合成、形貌控制、组装及其性能研究[D]. 杭州：浙江大学，2005.

[9] H. Sun, Q. H. Tang, Y. Du, et al. Mesostructured SBA-16 with excellent hydrothermal, thermal and mechanical stabilities: Modified synthesis and its catalytic application[J]. Journal of Colloid and Interface Science, 2009, (333): 317～323.

[10] M. L. Xiang, L. B. Li, H. C. Xiao, et al. K/Ni/b-Mo2C: A highly active and selective catalyst for higher alcohols synthesis from CO hydrogenation[J]. Catalysis Today, 2008, (131): 489～495.

[11] L. Y. Li, D. L. King. , J. Liu. Stabilization of metal nanoparticles in cubic mesostructured silica and its application in regenerable deep desulfurization of warm syngas[J]. Chemistry of Materials, 2009, (21): 5358～5364.

[12] 栾敏杰. 新型分子筛催化剂对氮氧化合物的分解与还原[D]. 哈尔滨：黑龙江大学，2006.

[13] 金政伟，汪晓东，崔秀国. 弱酸性条件下 SBA-16 型二氧化硅介孔材料的合成与表征[J]. 化工学报，2006, 57(6): 1486～1489.

[14] 史克英，池玉娟，金效齐，等. 改性中孔分子筛 SBA-16 薄膜的合成及表征[J]. 化学学报，2005, (63): 885～890.

[15] S. Kataoka, A. Endo, A. Harada, et al. Fabrication of mesoporous silica thin films inside microreactors [J]. Material Letters, 2008, (62): 723~726.

[16] 余承忠, 范杰, 赵东元. 利用嵌段共聚物及无机盐合成高质量的立方相、大孔径介孔氧化硅球[J]. 化学学报, 2002, 60(8): 1357~1360.

[17] 谢焕玲, 刘静, 全学军, 等. 一种 SBA-15 微球的制备及其表征[J]. 重庆工学院学报(自然科学), 2008, 22(11): 57~61.

[18] M. Jang, J. K. Park, E. W. Shin. Lanthanum functionalized highly ordered mesoporous media: implications of arsenate removal[J]. Microporous and Mesoporous Materials, 2004, (75): 159~168.

[19] M. S. Morey, S. O'brien, S. Schwarz, et al. Hydrothermal and postsynthesis surface modification of cubic, MCM-48, and ultralarge pore SBA-15 mesoporous silica with titanium [J]. Chemistry of Materials, 2000, (12): 898~911.

Preparation and Characterization of Molybdenum Carbid Catalyst for Mixed Alcohols Synthesis from Syngas

NAO Mo-han[1]　　SU Hai-quan[2]　　YANG Xu-zhuang[2]　　SHI Xue-min[2]
HU Rui-jue[1,2]　　WANG Yu-wei[2]

(1. *College of Life Science, Inner Mongolia University, Huhhot 010021, China;*

2. Inner Mongolia Key Laboratory of Coal Chemistry, School of Chemistry and

Engineering Chemistry, Inner Mongolia University, Huhhot 010021, China)

Abstract　　The mesoporous molecular sieves SBA-16 and SBA-16 sphere were prepared. It was found that the mesoporous molecular sieves had the typical cubic cage-like structure with uniform pore and thick cell wall, and the particles were uniform and the surface was smooth through the characterization of XRD, TEM, SEM and FT-IR. The $Mo_2C/SBA-16$ and $Mo_2C/SBA-16$ sphere catalysts were synthesized by temperature programmed reduction and carbonization of $MoO_3/SBA-16$ and $MoO_3/SBA-16$ sphere samples, using methane / hydrogen $[V(CH_4)/V(H_2)=1/4]$ mixed gases.

Keywords　　Mixed Alcohols, Mesoporous molecular sieve, SBA-16, Molybdenum carbide

合成气制乙醇催化剂前驱体 **Fe-Rh** 双金属羰基簇合物的制备及其表征*

潘慧　白凤华　苏海全

(内蒙古自治区煤炭化学重点实验室,内蒙古大学化学化工学院,呼和浩特 010021)

摘要　本文介绍了一种含有 Rh—Fe 键的新型合成气制乙醇催化剂前驱体的合成方法。参照文献中的实验方法并进行一定改动之后,成功的合成了 Fe-Rh 双金属羰基簇合物 $[N(PPh_3)_2][Fe_2Rh(CO)_8(PhCCPh)]$。本方法简化了目标产物的合成步骤,提高了产率。通过 IR、元素分析测试对产物进行了表征,为下一步进行催化剂的制备及合成气制乙醇的催化性能评价奠定了基础。

关键词　双金属羰基簇合物,合成气,前驱体,乙醇

1　引言

随着煤、石油、天然气等不可再生资源的储量日渐枯竭,人们环保意识的增强以及低碳经济的提出和倡导,开发可替代绿色能源技术的研究已经变得越来越重要了。乙醇是一种很有应用潜力的传统能源替代品,它可以提供与汽油相当的化学能,但却排放更少的温室气体和其他环境污染物。同时,乙醇同样可以作为合成多种化工原料、燃油和聚合物的原料,人们还发现乙醇可以在燃料电池中作为可再生的氢源。目前国内外正在寻求一条新的低能耗、高效率的乙醇合成路线。通过气化将生物质转化为合成气(CO 和 H_2 的混合物),然后催化转化制乙醇,这种方法在经济上具有较强的竞争力,而铑(Rh)基催化剂在合成乙醇过程中,由于其较好的选择性而受到广泛的重视。

根据研究者普遍认同的合成气制乙醇铑基催化剂上的反应机理[1~3]可知,"缝合"Rh 金属和一个助剂离子使 Rh 和助剂离子之间具有一定的相互作用,这是选择性生成乙醇的一个关键,而在催化剂中使用 Fe 做助剂可以大大抑制了甲烷的生成,同时可显著提高乙醇的选择性[4]。本文以 $[(PPh_3)_2N][Rh(CO)_4]$ 和 $Fe_2(CO)_9$ 为原料,PhCCPh 为桥联配体合成了一个 Fe-Rh 双金属羰基簇合物催化剂前驱物,以此来考察 Rh 与 Fe 之间的键合作用对该催化剂性能的影响。

---

* "973"计划资助项目(项目编号:2009CB226112)

联系人:苏海全,E-mail:haiquansu@yahoo.com

2　实验部分

参照文献方法[5,6]合成了[(PPh₃)₂N][Rh(CO)₄]和[N(PPh₃)₂][Fe₂Rh(CO)₈(Ph-CCPh)]。由于反应过程中需要用到CO，所以尾气全部排出室外，并且保持良好通风。所有的操作都使用Schlenk技术，在惰气（N₂）保护下进行，溶剂全部进行纯化处理并在N₂气氛下保存。

2.1　[(PPh₃)₂N][Rh(CO)₄](1)的合成

该合成反应方程式如下：

$$RhCl_3+8KOH+6CO\longrightarrow K[Rh(CO)_4]+2K_2CO_3+4H_2O+3KCl$$

$$K[Rh(CO)_4]+[(PPh_3)_2N]Cl\longrightarrow [(PPh_3)_2N][Rh(CO)_4]+KCl$$

将0.14gRhCl₃（Rh39.11%，1.06mmol）置于250mlSchlenk瓶中，抽真空，充CO两次后，加入10mlDMSO搅拌直至RhCl₃全部溶解，然后向该红棕色溶液中加入0.4gKOH粉末，在CO气流下强烈搅拌反应24h，反应过程中溶液颜色由红棕色→墨绿色→橙红色→近无色。

反应结束后，在得到的无色溶液中边搅拌边加入[(PPh₃)₂N]Cl(1g)的异丙醇(7mL)溶液，然后慢慢滴入50mL水，白色晶状产物会沉降下来，沉淀收集到玻璃砂漏斗中，每次用少量水洗至滤液为中性，然后用少量异丙醇洗3次，纯化后得到目标产物。产率：84%。

2.2　[N(PPh₃)₂][Fe₂Rh(CO)₈(PhCCPh)](2)的合成

将[(PPh₃)₂N][Rh(CO)₄](0.22g，0.29mmol)溶于20mLTHF中，然后加入0.15g的Fe₂(CO)₉，室温搅拌反应1h后，加入0.056g的PhCCPh，油浴65℃回流2h，溶液由红棕色变成深橙红色。反应结束后，停止搅拌，在该反应温度下进行真空干燥，残留物用20ml甲醇溶解。在甲醇溶液中加入40mL水使产物完全沉淀，将沉淀滤出并用少量THF溶解，最后向该溶液中小心加入环己烷静置一天，产物会以晶体形式析出。产率：34%。

3　结果与讨论

在进行化合物1的合成过程中，由于KOH在DMSO中溶解度很小，所以反应时间主要受到KOH的细度、在溶液中的分散度和搅拌效率的影响。而KOH极易吸水，所以在实验中将其至于手套箱中进行研磨，得到非常细的粉末，在高速搅拌下，反应时间大大缩短。

另外，与文献报道不同的是，实验中将[(PPh₃)₂N]Cl的异丙醇和水依次加入反应体系中即可得到白色晶状沉淀，使得提纯更为简单，产率更高，由71%提高到了84%。

初步对产物进行了红外和元素分析等表征，与文献和理论结果相吻合。

3.1　配合物 1 的表征

以 KBr 压片法测定配合物 1 在 4000～400cm^{-1} 范围内的红外吸收光谱(见图1)。图中 1894cm^{-1} 处的强吸收峰归属为配合物[(PPh$_3$)$_2$N][Rh(CO)$_4$]上的羰基的伸缩振动峰,与文献所报道的红外特征吸收峰一致。

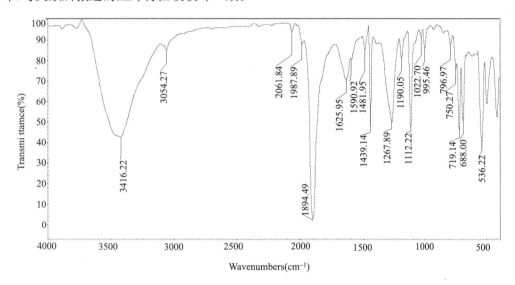

图1　配合物 1 的红外谱图

Fig. 1　The IR spectra of the complex 1

从表1中可以看出,配合物 1 的元素分析结果实测值与理论值比较接近,在误差允许范围内。

表1　化合物 1 的元素分析

Tab. 1　Elemental Analysis of the complex 1

项目	C	H	N
理论	63.74	4.01	1.86
实测	63.58	4.02	1.86

3.2　配合物 2 的表征

以 KBr 压片法测定配合物 2 在 4000～400cm^{-1} 范围内的红外吸收光谱(见图2)。图中配合物 2 的羰基振动频率 ν(CO) 为 2028m、1986m、1967m、1945m、1930m、1914m,表明由于配合物 2 中形成的 Fe—Rh 键以及炔键的影响,使得羰基振动频率 ν(CO) 向高波数方向移动,而且 Fe—C=O、Rh—C=O 键分别在不同位置出现特征峰。

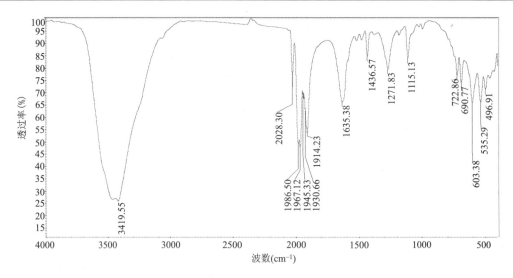

图 2　配合物 2 的红外谱图

Fig. 2　The IR spectra of the complex 2

　　从表 2 中可以看出,配合物 2 的元素分析结果实测值与理论值比较接近,在误差允许范围内。

表 2　配合物 2 的元素分析

Tab. 2　Elemental Analysis of the complex 2

项目	C	H	N
理论	60. 26	3. 49	1. 21
实测	50. 15	3. 45	1. 19

参考文献

［1］　M. Ichikawa, T. Fukushima. Mechanism of syngas conversion into C_2-oxygenates such as ethanol catalysed on a SiO_2-supported Rh-Ti catalyst［J］. J. Chem. Soc. ,Chem. Commun. ,1985,(6):321～323.

［2］　汪海有,刘金波,傅锦坤,等. 合成气转化为乙醇的反应机理［J］. 物理化学学报,1991,7(06):681～687.

［3］　A. Takeuchi, J. R. Katzer. Ethanol formation mechanism from carbon monoxide + molecular hydrogen ［J］. J. Phys. Chem. ,1982,86(13):2438～2441.

［4］　Mohammad A. Haider, R. Makarand Fe-promotion of supported Rh catalysts for direct conversion of syngas to ethanol［J］,Journal of Catalysis,2009,(261):9～16.

［5］　L. Garlaschelli, Della Pergola R, S. Martinengo, μ-Nitrido bis(triphenylphosphorus) (1+) tetracarbonylrhodate (1−) and μ-Nitrido bis(triphenylphophorus)(1+)tetracarbonyidate(1−),［(PPh₃)₂N］［M(CO)₄］ (M = Rh, Ir),Iinorganic Syntheses,1989,(28):211～215.

［6］　Roberto Della Pergola,Luigi Garlaschelli,Mario Manassero,et al. Fe-Rh and Fe-Ir clusters substituted by diphenylacetylene:Synthesis, solid state structure and electrochemical behaviour of ［Fe₂Ir₂ (CO) 10 (μ_4 : η^2-PhC-CPh)］$^{2-}$,［FeIr₂(CO)₉ (μ_3 : η^2-PhCCPh)］, and ［Fe₂Rh(CO)₈ (μ_3 : η^2-PhCCPh)］$^-$, Inorganica Chimica Acta, 2009,(362):331～338.

Synthesis and Characterization of Fe-Rh Bimetallic Carbonyl Cluster as Catalyst Precursor for Syngas to Ethanol

PAN Hui   BAI Feng-hua   SU Hai-quan

(*Inner Mongolia Key Laboratory of Coal Chemistry, School of Chemistry and Chemical Engineering, Inner Mongolia University, Hohhot 010021, China*)

Abstract   In this paper, we introduced a preparation method of Fe‐Rh bimetallic carbonyl cluster that was applied as a catalyst precursor. Compared with the reported literature, the method was simplified and the yield of the compound was increased. The compound were characterized by IR and element analysis. The characterization results showed that the obtained compound was the target product.

Keywords   Bimetallic carbonyl cluster, Syngas, Catalyst precursor, Ethanol

碳化钼基合成气转乙醇催化剂的合成与表征[*]

史雪敏[2]　杨绪壮[1]　苏海全[1,2]　瑙莫汗[2]　胡瑞珏[1,2]　王育伟[1]

(1. 内蒙古自治区煤炭化学重点实验室,内蒙古大学化学化工学院,呼和浩特 010021;

2. 内蒙古大学生命科学学院,呼和浩特 010021)

摘要　根据文献方法合成了六方有序硅基分子筛 SBA-15,并以其为硬模板,蔗糖为碳源,合成了有序介孔碳 CMK-3。以这两种材料为载体,采用浸渍法负载活性组分 Mo 和碱金属,高温碳化后掺杂过渡金属助剂,得到碳化钼基催化剂。利用一步合成法,在载体合成过程中引入 Mo 组分,经过添加助剂、碳化等步骤,制备并得到高比表面积,高分散性的碳化钼基催化剂。通过 XRD、TEM 及氮吸附等测试,对所制备的载体及催化剂进行结构与形貌的表征,结果表明所制备的 SBA-15 和 CMK-3 具有良好的有序介孔结构,与文献相符;两种方法制备的催化剂都具有良好的孔道结构和活性组分分布。

关键词　碳化钼,SBA-15,CMK-3,催化剂

1　引言

能源短缺和环境污染是当前人类所面临的重大挑战。随着石油资源日渐枯竭和人们环境保护意识的不断增强,研究与寻找环境友好的石油资源替代品成为世界技术开发的方向之一。从资源利用和环境保护的角度看,利用高效洁净煤炭转化技术,开发"绿色燃料"具有重要的战略意义和应用前景。CO 催化加氢合成低碳混合醇($C_1 \sim C_5$ 混合醇)是煤炭资源洁净利用的重要途径之一。近年来低碳混合醇特别是乙醇在燃料和化工领域的应用价值逐步凸现,相关研究日益活跃[1]。

碳化钼以其类贵金属的特点受到广泛的关注。碳化钼具有很高的熔点和硬度、极高的热稳定性和机械稳定性。在合成气制醇的反应中,掺杂碱金属的碳化钼具有很好的 C_{2+} 醇选择性。近年来,K-Co 或 Ni-β-Mo_2C 被用来合成高级醇[2,3]。无掺杂的 β-Mo_2C 对于 CO 的转化率是 58%,产物主要为 CO_2 和烃类化合物。催化剂中掺入 K,CO 的转化率降低,约为 23%,产物中醇的选择性增加,乙醇的量占总醇的 40%[4]。再向催化剂中加

[*] "973"计划资助项目(项目编号:2009CB226112)

联系人:苏海全,E-mail:haiquansu@yahoo.com

入 Ni,CO 的转化率和醇的选择性都会增加。在上述的反应条件下 K-Ni-β-Mo$_2$/C 催化剂 CO 转化率可达 73%,而醇的选择性为 23%,其中乙醇占 40%[3,5,6]。目前研究的碳化钼基催化剂存在反应过程中颗粒易团聚,活性组分分散性差等问题,这必将影响催化剂的催化性能。

将金属负载于高比表面积的载体表面,不仅可以节省金属的使用量,提高金属的使用效率,还可以利用金属与载体的相互作用,防止金属聚集长大,载体甚至可以影响金属的催化活性及选择性[7~9]。对于催化剂来说,载体的比表面积、酸碱性、孔结构、强度以及载体与金属间的相互作用等都是影响催化剂活性和产物选择性的重要因素。碳材料本身因其特殊的结构和性质一直备受关注,在作为催化剂载体方面表现出了优异的性能[10~13]。

本课题以介孔碳材料 CMK-3 为载体,碳化钼为活性组分,采用浸渍法和一步合成法进行催化剂的负载。利用 TEM、XRD、氮吸附等方法对催化剂进行结构表征,并评价其合成气制乙醇催化性能。

2 实验部分

2.1 载体的制备

2.1.1 SBA-15 的制备[14]

称取 4.0g 的 P123 于 250mL 的烧杯中,加入 90mL 的去离子水并搅拌,待完全溶解后倒入 500mL 三口烧瓶中,移入 60.0g 的盐酸(4M),在 40℃恒温水浴中继续搅拌 0.5h。称取 8.5g 的 TEOS,用恒压漏斗把 TEOS 缓慢滴加到三口烧瓶中,滴加时间为 1h;滴加完后,继续搅拌 23h。把三口烧瓶中的溶液移入带聚四氟乙烯衬底的不锈钢反应釜(Teflon 瓶)中,在 100℃恒温干燥箱中静置晶化 24h。取出 Teflon 瓶,自然冷却至室温,对瓶中溶液进行抽滤,并用去离子水洗涤(5 次左右)直至滤液的 pH 值为中性,对所得白色固体自然干燥。

干燥后的固体移入马弗炉中在空气气氛下进行焙烧,焙烧程序为以 1℃/min 的升温速率从室温升到 550℃,在 550℃维持 360min,然后自然冷却至室温,所得固体即为 SBA-15(白色粉末)。

2.1.2 CMK-3 的制备[15]

将 1.25g 蔗糖和 0.14g 硫酸溶解在 5g 蒸馏水中配制水溶液,并将 1g SBA-15 加入到该水溶液中,100℃处理 6h,温度增加到 160℃继续处理 6h。然后,再增加相同量的蔗糖、硫酸和水,分别在 100℃和 160℃下,在干燥箱中处理 6h。完全碳化通常在真空中或氮气保护气氛下进行,加热到 900℃完成碳化过程。所得固体物用 5wt%的 HF 溶液洗,去除模板。经过滤,蒸馏水洗,并在 80℃下干燥,得到多孔碳产物。

2.2 催化剂的制备

2.2.1 浸渍法制备 K-Ni-Mo$_x$C/CMK-3

干燥的 CMK-3 用钼酸铵溶液进行浸渍，Mo 的负载量（以 Mo 计）分别为 5％、10％和 20％，产物在 80℃下干燥 24 h。然后用硝酸镍溶液进行浸渍，制备不同 Ni/Mo 比的催化剂，产物在 80℃下干燥 24 h。最后样品以碳酸钾溶液浸渍，产物在 80℃下干燥 24 h。干燥后的产物在 N$_2$ 气流中，900℃恒温 300 min，N$_2$ 气氛下迅速降到室温，再通 1％O$_2$/N$_2$ 混合气钝化 3 h，即可制得相应的负载型碳化钼催化剂。

2.2.2 一步合成法制备催化剂 K-Ni-Mo$_x$C-CMK-3

1g SBA-15 加入到水溶液中，水溶液按 1.25g 蔗糖，0.14g 硫酸，一定量的钼酸铵（Mo 的负载量分别为 5％、10％和 20％）溶解在 5g 蒸馏水中，100℃处理 6h，随后，温度增加到 160℃处理 6h。然后再增加同样量的蔗糖、硫酸、钼酸铵和水，分别在 100℃和 160℃下，干燥箱中各处理 6h。样品碳化过程同 2.2.1 节。最后产品用 5 wt％的 HF 溶液洗，去除模板。经过滤，蒸馏水洗，在 80℃时干燥，获得无模板的最终产物 Mo$_x$C-CMK-3。浸渍法负载过渡金属 Ni 及碱金属 K，产物于 80℃下干燥 24 h，得催化剂 K-Ni-Mo$_x$C-CMK-3。

2.2.3 一步合成法制备 Mo-Co-C-CMK-3 和 Mo-Ni-C-CMK-3

1g SBA-15 加入到水溶液中，水溶液按 1.25g 蔗糖，0.14g 硫酸，0.07g 钼酸铵，1.29g 硝酸钴或 1.35g 硝酸镍溶解在 5g 蒸馏水中，100℃处理 6h，随后，温度增加到 160℃处理 6h。然后再增加同样配比的原料，分别在 100℃和 160℃下，干燥箱中各处理 6h。在真空中或氮气保护气氛下加热到 900℃碳化。最后产品用 5 wt％的 HF 溶液洗，去除模板。经过滤，蒸馏水洗，在 80℃时干燥，得到产物。

3 材料表征

3.1 比表面积及孔结构测试

由美国 Micromeritics ASAP2020 物理吸附仪测定。采用容量法，在 77.35K 下以氮（99.99％）为吸附介质。由 Brunauer Emmett Teller(BET)方法计算样品比表面积；基于 Kelvin 方程，用 Barrett Joyner Halenda(BJH)方法计算孔分布曲线。

3.2 X 射线粉末衍射(XRD)

催化剂上物相测试在德国布鲁克 D8 ADVANCE 多晶 X 射线衍射仪（Cu 靶）上进行，以 CuKα(λ = 1.540 56Å)作辐射源，管电流 40mA，管电压 40kV，大角度扫描范围 10°~80°，扫描速度为 2°/min，小角度扫描范围 0.5°~10°，扫描速度为 0.01°/min。

3.3　透射电镜分析(TEM)

透射电子显微镜(TEM)型号为日本电子株式会社的 JEM-2010(JEOL),加速电压 80-200kV。将催化剂样品研细后加无水乙醇,在超声波中震荡 30min,然后将悬浮液滴到铜网上,于 TEM 下抽真空 10min 后观察。

4　结果与讨论

4.1　SBA-15 与 CMK-3 结构分析

SBA-15 介孔氧化硅小角 XRD 谱图(图 1a),其中 100 晶面衍射峰非常尖锐,表明 SBA-15 有着良好的二维六方密堆积结构,属于 P6mm 空间群。图 2 所示为 SBA-15 的大角 XRD 谱图。从 SBA-15 的大角 XRD 图中可以看到在 20°左右有一个宽化衍射峰,它表明 SBA-15 是由原子级规模无规则的 SiO_2 组成。

从 CMK-3 的小角 XRD 谱图中(图 1b),可以观察到(100)面衍射峰十分尖锐。这说明样品具有二维六方密堆积(Hexagonal)的结构,属 P6mm 空间群。图 3 所示,在大角 XRD 谱图中,可以观察到有石墨结构的两个宽的衍射峰(002)和(100)。这两个宽的衍射峰表明:CMK-3 含有非常少量的堆栈的结晶石墨相。

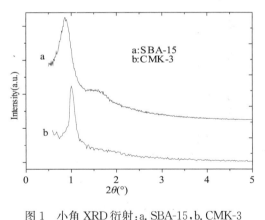

图 1　小角 XRD 衍射:a. SBA-15,b. CMK-3

Fig. 1　The small-angle X-ray diffraction patterns: a. SBA-15,b. CMK-3

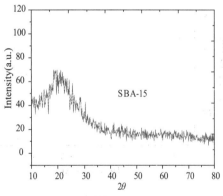

图 2　SBA-15 XRD 衍射

Fig. 2　XRD patterns of SBA-15

焙烧后的 SBA-15 样品,具有 9.6nm 的平均孔径(图 4),816.76m²/g 的比表面积。图 5 中能够观察到一个明显的 H1 型滞后环。这是由于 SBA-15 中规整的介孔孔道结构所造成。在凝聚过程中,气体分子是从孔壁向孔中心处逐层的发生凝聚,而在脱附过程中,气体分子并非逐层的蒸发,它是从一个有着不同曲率半径的液体表面上蒸发掉。

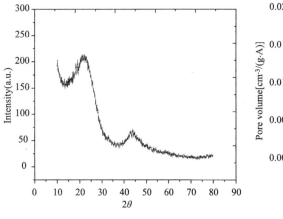

图 3　CMK-3 XRD 广角衍射

Fig. 3　XRD patterns of CMK-3

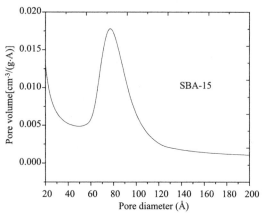

图 4　SBA-15 孔径分布曲线

Fig. 4　Pore size distribution of SBA-15

从图 5CMK-3 样品的氮气吸附脱附曲线可知,CMK-3 样品呈 Ⅳ 型吸附等温线,属于介孔材料的特征吸附,滞后环介于 H1 到 H2 型之间,说明其孔结构不如 SBA15 规则,可能是脱出模板过程中对其孔道造成一定破坏。CMK-3 的孔道为 SBA-15 的倒序结构,其 BET 比表面积大约为 1367.07 m²/g,平均孔径为 4.5nm(图 6)。

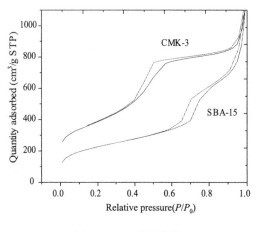

图 5　N₂ 吸脱附曲线

Fig. 5　Nitrogen physisorption isotherms

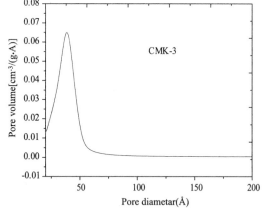

图 6　CMK-3 孔径分布曲线

Fig. 6　Pore size distribution of CMK-3

图 7 为 CMK-3 的 TEM 照片,从图像可以看出 CMK-3 具有很好的有序结构。CMK-3 的碳棒直径约为 6nm,碳棒中心之间的距离约为 10nm。

在模板复制过程中,SBA-15 孔壁上连接的微孔里填充着碳,当用 HF 溶液除去模板后,介孔碳保留了二维六方的有序结构。由于介孔碳 CMK-3 是 SBA-15 的倒叙结构,所以 CMK-3 碳棒的直径也就是 SBA-15 孔道的直径,即 SBA-15 孔道直径在 6nm 左右,这个结果与 SBA-15 孔径测定的结果相一致。同时从图中还可以看到碳棒与碳棒之间的空隙也就是 CMK-3 的孔道的距离约为 4nm,与 CMK-3 孔径测定结果一致。

图 7　CMK-3 透射电镜照片

Fig. 7　TEM images of CMK-3

4.2　催化剂 Mo$_x$C-CMK-3 结构分析

通过一步合成法制备了催化剂 Mo$_x$C-CMK-3,图 8 为 Mo$_x$C-CMK-3(Mo 负载量为 5%)小角 XRD 衍射,可以观察到催化剂在与 CMK-3 同样的位置会出现衍射峰(100),说明该材料保持了载体 CMK-3 的有序结构,但是峰的强度减弱,说明金属的加入使材料的有序性降低,从电镜照片中可以证明这一点(图 10)。

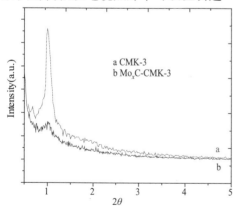

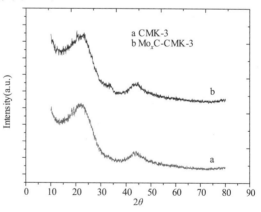

图 8　Mo$_x$C-CMK-3 XRD 小角衍射

Fig. 8　The small-angle X ray diffraction patterns of Mo$_x$C-CMK-3

图 9　Mo$_x$C-CMK-3 XRD 广角衍射

Fig. 9　The X ray diffraction patterns of Mo$_x$C-CMK-3

图 9 为 Mo$_x$C-CMK-3(Mo 负载量为 5%)广角 XRD 衍射,其衍射峰与 CMK-3 的衍射峰类似,没有出现明显的碳化钼衍射峰,说明碳化钼以非常小的颗粒分散在载体中。

图 10 是 Mo$_x$C-CMK-3(Mo 理论负载量为 5%)的透射电镜照片,图中可以看到材料

的有序结构较之 CMK-3 降低,没有看到碳化钼颗粒的存在,但能谱显示有 Mo 元素,说明碳化钼以细小的颗粒,非常均匀地分散在载体中。

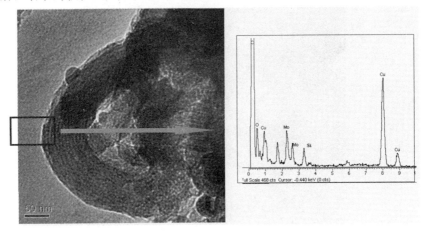

图 10　Mo_xC-CMK-3 透射电镜照片及能谱

Fig. 10　TEM images of Mo_xC-CMK-3 and Energy Dispersive X-Ray Spectrometry

5　小结

1) 以 CMK-3 介孔碳材料为载体,采用浸渍法制备一系列碳化钼基催化剂,并对其进行了结构表征。

2) 采用一步合成法制备了碳化钼基催化剂。初步的合成中发现金属的引入在一定程度上会影响材料的有序性,但催化剂活性组分分散较好,无团聚现象。催化剂 Mo_xC-CMK-3 的制备过程中载体与 Mo 的碳化同时进行,简化了反应步骤,节约了能源。

参考文献

[1]　M. Matthew, W. S. Yung, A. Jablonski, et al. Review of catalytic conditioning of biomass-derived syngas [J]. Energy Fuels, 2009, (23): 1874~1887.

[2]　M. Xiang, D. Li, W. Li, et al. Synthesis of higher alcohols from syngas over K/Co/β-Mo_2C catalysts [J]. Catal. Commun. , 2007, (8): 503~507.

[3]　M. Xiang, D. Li, W. Li, et al. Potassium and nickel doped β-Mo_2C catalysts for mixed alcohols synthesis via syngas[J]. Catal. Commun. , 2007, (8): 513~518.

[4]　M. Xiang, D. Li, H. Xiao, et al. K/Ni/β-Mo_2C: A highly active and selective catalyst for higher alcohols synthesis from CO hydrogenation[J]. Catal. Today, 2008, (131): 489~495.

[5]　M. Xiang, D. Li, H. Xiao, et al. Mixed alcohols synthesis from carbon monoxide hydrogenation over potassium promoted β-Mo_2C catalysts[J]. Fuel, 2007, (86): 1298~1303.

[6]　向明林,李德宝,肖海成. K 改性 β-Mo_2C 催化剂 CO 加氢合成低碳混合醇的研究[J]. 燃料化学学报, 2006, (34): 200~104.

[7]　R. Riva, H. Miessner, R. Vitali, et al. Metal-support interaction in Co/SiO_2 and Co/TiO_2[J]. Applied. Catalysis A: General, 2000, (196): 111~123.

[8]　J. Panpranot, J. Goodwin, A. Sayari. Synthesis and characteristics of MCM-41 supported CoRu catalysts [J]. Catal. Today, 2002, (77): 269~284.

[9]　I. Puskas, T. H. Fleisch, J. B. Hall. Metal-support interaction in precipitated, magnesium-promoted cobalt-silica catalysts [J]. Catal, 1992, (134): 615~628.

[10]　R. Ryoo, S. H. Joo, S. J. Jun, et al. Ordered mesoporous carbons [J]. Adv. Mater., 2001, (13): 677~679.

[11]　S. Yoon, J. Lee, T. J. Hyeon. Electric double-layer capacitor performance of a new mesoporous carbon [J]. Electrochem. Soc., 2000, (147): 2507~2510.

[12]　H. Yong, Q. Shi, X. Liu, et al. Synthesis of ordered mesoporous carbon monoliths with bicontinuous cubie pore structure of Ia3d sylnrnetry [J]. Chem. Commun., 2002, (23): 2842~2846.

[13]　S. H. Joo, S. Choi, et al. Ordered nanoporous arrays of carbon supporting high dispersions of platinum nanoparticles [J]. Nature., 2001, (412): 169~172.

[14]　D. Zhao, Q. Huo, J. Feng, et al. Nonionic triblock and star diblock copolymer and oligomeric surfactant syntheses of highly ordered, hydrothemoally stable, mesoporous silica structures [J]. Am. Chem. Soc., 1998, (120): 6024~6036.

[15]　S. Jun, S. H. Joo, R. Ryoo, et al. Synthesis of new nanoporous carbon with hexagonally ordered mesostructure [J]. Am. Chem. Soc., 2000, (122): 10712~10713.

Preparation and Characterization of Molybdenum Carbide Catalyst for the Conversion of Syngas to Ethanol

SHI Xue-min[2], YANG Xu-zhuang[1], SU Hai-quan[1,2],

NAO Mo-han[2], HU Rui-jue[1,2], WANG Yu-wei[1]

(1. *Inner Mongolia Key Laboratory of Coal Chemistry, School of Chemistry and Chemical Engineering, Inner Mongolia University, Hohhot 010021, China;*

2. *College of Life Sciences, Inner Mongolia University, Hohhot 010021, China*)

Abstract　The ordered hexagonal silica SBA-15 and ordered mesoporous carbon CMK-3, using SBA-15 as template and sucrose as carbon precursor, were synthesized according to literatures. A series of catalysts supported over the above two materials were prepared firstly by impregnation, using molybdenum as precursors, subsequently, doped by transition metals and alkali metal after carbonization at high temperature. Another series of catalysts with high specific surface area and dispersion were obtained after the addition of additives and carbonization by the one-pot method, by which Mo components were introduced during the synthesis of the support. The structures and morphologies of the support materials and catalysts were characterized using X-ray diffraction (XRD), transmission electronic microscopy (TEM) and nitrogen adsorption-desorption measurements. It indicated that the structures of SBA-15 and CMK-3 were accorded with those in the literatures, and the catalysts prepared by the two methods owned good pore structure and active component dispersion.

Keywords molybdenum carbide, SBA-15, CMK-3, catalysis

合成气制乙醇铑基催化剂配合物前驱物的合成及表征*

王慧敏[1]　姚静雅[2]　胡明[2]　王宇辉[2]　苏海全[1,2]

(1. 内蒙古大学生命科学学院，呼和浩特 010021；

2. 内蒙古大学化学化工学院，内蒙古自治区煤炭化学重点实验室，呼和浩特 010021)

摘要　目前全球石油枯竭速度已远远超出预期，世界各国都致力于使用可再生资源来进行合成燃料生产的新技术研究。乙醇是重要的溶剂和化工原料，还是理想的高辛烷值无污染的车用燃料及其添加剂。从合成气直接合成乙醇在经济上具有较强的竞争力。Rh 催化剂是最有效的合成气制乙醇异相贵金属催化剂。Rh 前驱物的选择、助剂的选择及活性金属与助剂金属的分散程度直接影响反应中醇类的选择性与时空产率。本文以 2,2'-联吡啶-6,6'-二甲酸（6,6'-H_2DCBP）和 2,2'-联吡啶-3,3',6,6'-四甲酸（3,3',6,6'-H_4TCBP）为有机配体分别合成了一个铑配合物催化剂前驱物和一个铑-铈混金属配位聚合物催化剂前驱物，Rh(bpdc)(Hbpdc)(1) 和 RhCe(BPTC)(H_2O)$_4$Cl$_2$(2)，并表征了它们的晶体结构及热稳定性，有望实现活性金属 Rh 与助剂金属 Ce 在催化剂表面达到分子尺度的分散效果。

关键词　合成气，乙醇，Rh，配合物前驱物，催化剂

1　引言

石油是现代工业社会最重要的原料。但随着世界经济的发展与人口的激增，石油的消耗量与需求量也在飞速增长[7,8]。目前全球石油枯竭速度已远远超出预期，世界各国都致力于使用可再生资源来进行合成燃料生产的新技术研究；通过寻求石油和化学燃料的可替代能源来改善大气污染和保障国家的能源安全，我国也正在积极实施和持续深入地推进节约能源战略。

乙醇是重要的溶剂和化工原料，还是理想的高辛烷值无污染的车用燃料及其添加剂。目前生产乙醇的主要方法有粮食、蔗糖等农产品发酵法和乙烯水合法。发酵法是传统的生产方法，耗费粮食大，成本高，废渣、废水治理困难。乙烯水合法腐蚀性强，对设备材质要求高，发展受到限制。从合成气直接合成乙醇在经济上具有较强的竞争力。而合成气的来源很广，可以通过煤的汽化；也可以通过生物质（比如农作物秸秆和林木的残

_____

* "973"计划资助项目（项目编号：2009CB226112）

联系人：苏海全，E-mail：haiquansu@yahoo.com

料)的汽化等。这将在寻求化石燃料的可替代能源中发挥重要作用[6]。

合成气制乙醇及高碳醇使用的异相催化剂可分为贵金属催化剂和非贵金属催化剂两类。贵金属催化剂的主要产物是乙醇和 C_{2+} 氧化物,而非贵金属催化剂的产物是 $C_1 \sim C_6$ 的混合醇,对甲醇和异丁醇的选择性较强。贵金属 Rh 由于具有适中的 CO 吸附和解离能力,独特的 C_2 含氧化合物的选择性,被认为是最有效的合成 C_2 含氧化合物的活性组分。目前对铑基催化剂的研究工作主要集中在载体的选择、Rh 前驱物的选择及助剂的选择。Rh 基催化剂常常采用共浸渍法将 Rh 前驱物和助剂前驱物负载到载体上。这种方法虽然简单易行,却无法得到分散度理想的催化剂。

本文以 2,2′-联吡啶-6,6′-二甲酸($6,6'$-H_2DCBP)和 2,2′-联吡啶-$3,3',6,6'$-四甲酸($3,3',6,6'$-H_4TCBP)为有机配体分别合成了一个铑配合物催化剂前驱物和一个铑-铈混金属配位聚合物催化剂前驱物。用后者制备催化剂有望实现活性金属 Rh 与助剂金属 Ce 达到分子尺度的分散效果。

2　实验部分

2.1　配合物前驱物 Rh(bpdc)(Hbpdc)(1)的合成

取 $RhCl_3$ 0.0263g(约 0.1mmol),$CeCl_3$ 0.0373g(约 0.1mmol),$6,6'$-H_2DCBP 0.0331g(约 0.1mmol),与 10mL 水混合,常温空气气氛下搅拌 10min 使之混合均匀。将此混合物放入 25ml 的以四氟乙烯为内衬的不锈钢反应釜中,160℃恒温反应 3 天,然后以 5℃/h 的速度降至室温。得适合单晶衍射的橙黄色块状单晶。产率约为 48%(以 Rh 计)。元素分析结果:测试值——C 49.30,H 2.842,N 9.690;理论值——C 48.98,H 2.211,N 9.524。

2.2　配位聚合物前驱物 RhCe(BPTC)(H₂O)₄Cl₂(2)的合成

取 $RhCl_3$ 0.0263g(约 0.1mmol),$CeCl_3$ 0.0373g(约 0.1mmol),$3,3',6,6'$-H_4TCBP 0.0732g(约 0.3mmol),与 6.5ml 水混合后加入 1.5mlNaOH(0.1mol/L)溶液,常温空气气氛下搅拌 10min 使之混合均匀。将此混合物放入 25ml 的以四氟乙烯为内衬的不锈钢反应釜中,140℃恒温反应 3 天,然后以 2℃/h 的速度降至室温。得适合单晶衍射的橙黄色针状单晶。产率约为 61%(以 Rh 计)。元素分析结果:测试值:C 23.78,H 2.229,N 3.817;理论值:C 23.52,H1.680,N 3.921。

3　结果与讨论

3.1　配合物晶体结构的测定与描述

计算工作在 PC 机上用 SHELXS 97 和 SHELXL 97 程序完成。配合物 1 和配位聚合物 2(以下均简称配合物)晶体结构的 CIF 文件均已存在剑桥晶体学数据中心,化合物的 CCDC 号分别为 778312 和 778313。晶体学数据见表 1,主要键长键角数据见表 2 和表 3。

表 1 配合物 1 和配合物 2 的晶体学数据与结构修正条件

Tab. 1 Crystal data and structure refinement for compounds 1 and 2

Identification code	Compoud 1	Compoud 2
Empirical formula	$C_{24}H_{13}N_4O_8Rh$	$RhCeC_{14}H_{12}N_2O_{12}Cl_2$
Formula weight	588.29	714.19
Temperature	296(2) K	293(2) K
Wavelength	0.71073 Å	0.71073 Å
Crystal system	Monoclinic	Orthorhombic
space group	$P2(1)/c$	$Pccn$
Unit cell dimensions	$a = 9.3308(4)$ Å	$a = 7.7004(11)$ Å
	$b = 13.6186(6)$ Å	$b = 11.9662(18)$ Å
	$c = 16.9974(8)$ Å	$c = 21.139(3)$ Å
	$\alpha = 90°$	$\alpha = 90°$
	$\beta = 100.6960(10)°$	$\beta = 90°$
	$\gamma = 90°$	$\gamma = 90°$
Volume	2122.37(16) Å^3	1947.8(5) Å^3
Z , Calculated density	4, 1.841 Mg/m^3	4, 2.435 Mg/m^3
Absorption coefficient	0.869 mm^{-1}	3.500 mm^{-1}
$F(000)$	1742	1372
Theta range for data collection	1.93°~28.31°	1.93°~28.39°
Limiting indices	$-10 \leqslant h \leqslant 12, -17 \leqslant k \leqslant 18,$ $-22 \leqslant l \leqslant 20$	$-10 \leqslant h \leqslant 8, -15 \leqslant k \leqslant 15,$ $-28 \leqslant l \leqslant 26$
Reflections collected / unique	15424 / 5269 $[R(int) = 0.0173]$	13306 / 2441 $[R(int) = 0.0212]$
Completeness to $\theta = 28.31$	99.70%	99.80%
Absorption correction	None	None
Refinement method	Full-matrix least-squares on F^2	Full-matrix least-squares on F^2
Data / restraints / parameters	5269 / 0 / 335	2441 / 0 / 146
Goodness-of-fit on F^2	1.029	1.03
Final R indices [I>2sigma(I)]	$R_1 = 0.0226$ $wR_2 = 0.0583$	$R_1 = 0.0367$ $wR_2 = 0.1145$
R indices (all data)	$R_1 = 0.0268$ $wR_2 = 0.0610$	$R_1 = 0.0405$ $wR_2 = 0.1173$
Largest diff. peak and hole	0.420 and -0.583 e. Å^{-3}	0.993 and -0.701 e. Å^{-3}

表 2　配合物 1 的部分键长(Å) 与键角(°)

Tab. 2　Bond lengths (Å) and angles (°) for compoud 1

Rh(1)—N(1)	1.9529(13)	Rh(1)—O(5)	2.0316(13)
Rh(1)—N(4)	1.9571(14)	Rh(1)—N(3)	2.0689(15)
Rh(1)—O(1)	2.0226(12)	Rh(1)—N(2)	2.0808(14)
N(1)—Rh(1)—N(4)	169.74(6)	O(1)—Rh(1)—N(3)	88.77(5)
N(1)—Rh(1)—O(1)	82.06(5)	O(5)—Rh(1)—N(3)	161.60(5)
N(4)—Rh(1)—O(1)	89.49(5)	N(1)—Rh(1)—N(2)	79.31(6)
N(1)—Rh(1)—O(5)	92.80(5)	N(4)—Rh(1)—N(2)	108.94(6)
N(4)—Rh(1)—O(5)	81.31(6)	O(1)—Rh(1)—N(2)	161.35(5)
O(1)—Rh(1)—O(5)	89.77(5)	O(5)—Rh(1)—N(2)	90.23(5)
N(1)—Rh(1)—N(3)	105.16(6)	N(3)—Rh(1)—N(2)	96.93(6)
N(4)—Rh(1)—N(3)	80.34(6)		

表 3　配合物 2 的部分键长(Å) 与键角(°)

Tab. 3　Bond lengths (Å) and angles (°) for compoud 2

Ce(1)—O(1)#1	2.450(4)	Rh(1)—N(1)#4	1.916(4)
Ce(1)—O(1)	2.450(4)	Rh(1)—N(1)	1.916(4)
Ce(1)—O(3)#2	2.479(4)	Rh(1)—O(2)	2.130(4)
Ce(1)—O(3)#3	2.479(4)	Rh(1)—O(2)#4	2.130(4)
Ce(1)—O(6)	2.493(4)	Rh(1)—Cl(1)#4	2.2945(14)
Ce(1)—O(6)#1	2.493(4)	Rh(1)—Cl(1)	2.2945(14)
Ce(1)—O(5)	2.507(4)	O(3)—Ce(1)#3	2.479(4)
Ce(1)—O(5)#1	2.507(4)		
O(1)#1—Ce(1)—O(1)	110.8(2)	O(1)—Ce(1)—O(5)#1	142.18(16)
O(1)#1—Ce(1)—O(3)#2	75.11(15)	O(3)#2—Ce(1)—O(5)#1	140.33(14)
O(1)—Ce(1)—O(3)#2	76.33(14)	O(3)#3—Ce(1)—O(5)#1	72.36(14)
O(1)#1—Ce(1)—O(3)#3	76.33(14)	O(6)—Ce(1)—O(5)#1	69.31(15)
O(1)—Ce(1)—O(3)#3	75.11(15)	O(6)#1—Ce(1)—O(5)#1	73.82(15)
O(3)#2—Ce(1)—O(3)#3	128.54(19)	O(5)—Ce(1)—O(5)#1	115.0(2)
O(1)#1—Ce(1)—O(6)	80.35(15)	N(1)#4—Rh(1)—N(1)	82.3(2)
O(1)—Ce(1)—O(6)	146.65(16)	N(1)#4—Rh(1)—O(2)	162.30(16)
O(3)#2—Ce(1)—O(6)	76.59(14)	N(1)—Rh(1)—O(2)	79.96(16)
O(3)#3—Ce(1)—O(6)	137.92(14)	N(1)#4—Rh(1)—O(2)#4	79.96(16)
O(1)#1—Ce(1)—O(6)#1	146.65(16)	N(1)—Rh(1)—O(2)#4	162.30(16)
O(1)—Ce(1)—O(6)#1	80.35(15)	O(2)—Rh(1)—O(2)#4	117.7(2)
O(3)#2—Ce(1)—O(6)#1	137.92(14)	N(1)#4—Rh(1)—Cl(1)#4	90.84(12)
O(3)#3—Ce(1)—O(6)#1	76.59(14)	N(1)—Rh(1)—Cl(1)#4	89.83(12)
O(6)—Ce(1)—O(6)#1	108.0(2)	O(2)—Rh(1)—Cl(1)#4	89.41(11)
O(1)#1—Ce(1)—O(5)	142.18(16)	O(2)#4—Rh(1)—Cl(1)#4	90.13(11)
O(1)—Ce(1)—O(5)	79.69(15)	N(1)#4—Rh(1)—Cl(1)	89.83(12)

续表

O(3)#2—Ce(1)—O(5)	72.36(14)	N(1)—Rh(1)—Cl(1)	90.84(12)
O(3)#3—Ce(1)—O(5)	140.33(14)	O(2)—Rh(1)—Cl(1)	90.13(11)
O(6)—Ce(1)—O(5)	73.82(15)	O(2)#4—Rh(1)—Cl(1)	89.41(11)
O(6)#1—Ce(1)—O(5)	69.31(15)	Cl(1)#4—Rh(1)—Cl(1)	179.11(8)
O(1)#1—Ce(1)—O(5)#1	79.69(15)		

Notices：Symmetry transformations used to generate equivalent atoms：

$\#1 -x+1/2, -y+3/2, z$ 　　$\#2\ x-1/2, y-1/2, -z+2$

$\#3 -x+1, -y+2, -z+2$ 　　$\#4 -x+1/2, -y+5/2, z$

　　配合物 1 属单斜晶系,空间群为 $P2(1)/c$。图 1(a)为配合物 1 的分子结构图。Rh^{3+} 被来自两个配体阴离子的 4 个 N 原子和两个羧基 O 原子所螯合,配位数为 6,为变形的八面体构型。N1、N2、O1、N4 几乎处在同一平面(面 Rh1—N2—N1 与面 Rh1—N4—O1 的夹角仅为 6.03°),构成 Rh1 八面体的赤道平面。O5 和 N3 占据八面体的轴向位置(∠O5—Rh1—N3=161.60°)。键角∠N—Rh—N 在 79.31°和 169.74°之间,∠N—Rh—O 在 81.31°和 161.60°之间,N—Rh 平均键长为 1.9994Å。键角∠O—Rh—O 为 89.77°,O—Rh 平均键长为 2.0271Å。配体采取三齿螯合配位方式。至今,2,2'-联吡啶-6,6'-二甲酸与铑的配合物还未见文献报道。配合物 1 沿 c 轴通过氢键联成超分子一维链结构[图 1(b)]。

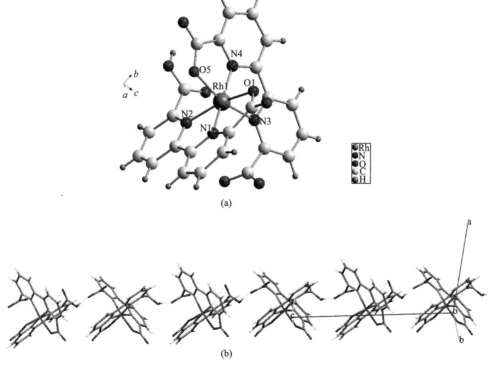

(a)

(b)

图 1　(a)配合物 1 的分子结构;(b)配合物 1 沿 c 轴通过氢键连成的一维链结构

Fig. 1　(a)The molecular structure of compound 1;

(b)The 1-D chain structure via hydrogen bonds of compound 1

　　配合物 2 属正交晶系,空间群为 $Pccn$。图 2(a)为配合物 2 的分子结构图。Rh^{3+} 的配位数为 6,分别与两个 Cl 离子和同一个配体的两个 N 原子两个、O 原子配位,为扭曲的八面体构型。两个 N1 和两个 O2 构成 Rh1 八面体的赤道平面,并与 Rh1 处在同一平面上。两个 Cl 原子占据八面体的轴向位置,与 Rh1 几乎在一条直线上(∠Cl1—Rh1—Cl1＝179.11°)。键角∠N—Rh—N 为 82.3°,∠N—Rh—O 分别为 162.30°和 79.96°,∠N—Rh—Cl 为 89.83°,N—Rh 键长为 1.916Å。键角∠O—Rh—O 为 117.7°,∠O—Rh—Cl 分别为 89.41°和 90.13°,O—Rh 键长为 2.130Å。键角∠Cl—Rh—Cl 为 179.11°,Cl—Rh 键长为 2.945Å。配体对 Rh^{3+} 采取四齿螯合配位方式。Ce^{3+} 的配位数为 8,分别与 4 个水分子的 O 原子和来自 4 个不同配体的 O 原子配位,为双帽三棱柱构型。键角∠O—Ce—O 在 69.31°和 146.65°之间,O—Ce 平均键长为 2.4823Å。配体上的 O3 对 Ce1 单齿配位方式,O1 通过双齿桥联的配位方式连接相邻的 Rh1 和 Ce1。每一个 Rh^{3+} 通过配体与相邻的 4 个 Ce^{3+} 相连,同时每一个 Ce^{3+} 又通过配体与相邻的 4 个 Rh^{3+} 相连,在配合物中 Ce：Rh＝1：1。配合物 2 在 ab 平面通过配位键构成了二维面结构[图 2(b)],面与面之间通过氢键联成三维空间网状结构。

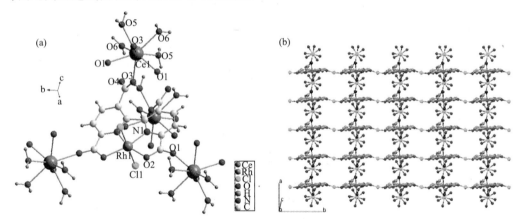

图 2　(a)配合物 2 的分子结构(青色:Rh;棕黄色:Ce);
(b)配合物 2 沿 ab 面的二维结构(粉色:Rh;绿色:Ce)

Fig. 2　(a)The molecular structure of compound 2;(b)The 2-D flat of compound 2

3. 2　配合物的热稳定性

　　配合物 1 和配合物 2 的差热-热重分析(空气气氛)见图 3。由图 3(a)可知,配合物 1 于 300℃开始分解,450℃时分解完全,残余物为 Rh_2O_3。配合物 1 总失重 78.8%(理论失重 78.9%)。配合物 2 在 100～250℃之间失重 10.10%(理论失重 10.08%),对应于分子中配位水的失去。配合物于 300℃附近开始分解,600℃时分解完全,残余物为 Rh_2O_3 和 CeO_2 的混合物。配合物 2 总失重 58.42%(理论失重 58.27%)。因此,配合物 1 和配合物 2 均具有良好的热稳定性。

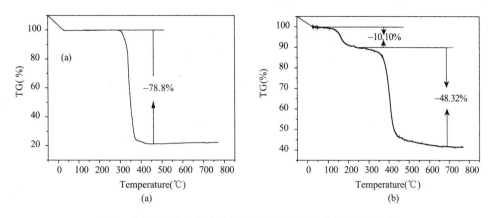

图 3　(a)配合物 1 的 TGA 曲线;(b)配合物 2 的 TGA 曲线

Fig. 3　TG A cures of compound 1 and 2[(a)compound 1;(b)compound 2]

4　结论

本文合成了一个铑配合物[Rh(bpdc)(Hbpdc)(1)]催化剂前驱物和一个铑-铈混金属配位聚合物[RhCe(BPTC)(H₂O)₄Cl₂(2)]催化剂前驱物。配合物 1 通过氢键沿 c 轴形成超分子一维链结构,配合物 2 为二维配位聚合物。两个配合物均具有良好的热稳定性,均在 300℃以上才开始分解。Ce 是 Rh 基催化剂催化合成气制乙醇反应中良好的助剂,且活性金属与助剂金属的分散程度直接影响反应中醇类的选择性与时空产率。配合物 2 中 Rh、Ce 物质的量之比为 1∶1。所以,如果用配合物 2 制备催化剂有望实现活性金属 Rh 与助剂金属 Ce 达到在分子尺度上的分散效果,从而实现对醇类产品选择性及产率的提高。本实验催化剂制备及催化性能评价的后续工作正在进行中。

参考文献

[1]　Y. Roman-Leshkov, C. J. Barrett, Z. Y. Liu, et al. Production of dimethylfuran for liquid fuels from biomass-derived carbohydrates[J]. Nature,2007,(447):982~985.

[2]　L. D. Schmidt,P. J. Dauenhauer, hybrid routes to biofuels[J]. Nature,2007,(447):914~915.

[3]　C. Song. Global challenges and strategies for control,Conversion and utilization of CO₂ for sustainable development involving energy,catalysis,adsorption and chemical processing[J]. Catal. Today,2006,(115):2~32.

[4]　S. E. Koonin,Getting serious about biofuel[J]. Science,2006,(311):435.

[5]　L. Petrus, M. A. Noordermeer. Biomass to biofuels, a chemical perspective[J]. Green Chem. , 2006,(8): 861 ~867.

[6]　C. Cleveland,C. A. S. Hall, R. A. Herendeen,energy returns on ethanol production[J]. Science,2006,(312):1746 ~1748.

[7]　陈辉,陆善祥. 生物质制燃料乙醇[J]. 石油化工,2007,36(2):107~113.

[8]　M. Ichilcawa. Catalytic synthesis of ethanol from CO and H₂ under atmospheric pressure over pyrolysed Rhodium carbonyl clusters on TiO₂ ,ZrO₂ ,andLa₂O₃[J]. J. Chem. Soc. Chem. Commun. ,1978 (12):566~567.

[9]　J. R. Katzer, A. W. Sleight,P. Gajardo, et al. The role of the support in CO hydrogenation selectivity of supported

rhodium. faraday disc[J]. Chem. Soc. ,1981(72):121~133.

[10]　Jean-Claude G. Bünzli, Loïc J. Charbonnière, Raymond F. Ziessel. Structural and photophysical properties of LnIII complexes with 2,2'-bipyridine-6,6'-dicarboxylic acid: surprising formation of a H-bonded network of bimetallic entities [J]. J. Chem. Soc. Dalton Trans. ,2000:1917~1923.

[11]　Huimin Wang, Haiquan Su, Jinjin Xu, et al. Bis(6'-carboxy-2,2'-bipyridine-6-carboxylato-κ^3N,N',O^6)nickel (II) tetrahydrate[J]. Acta Cryst. (2009). E65,m352~m353.

[12]　Feng-hua Bai, Hai-quan Su, Fei Chang. A dimeric cerium(III) acetylacetonate complex containing intramolecular and intermolecular hydrogen bond[J]. Chemistry Letters,2007,36(9):1104~1105.

Rh Coordination Complex Precursors of the Catalyst for Conversion Syngas to Alcohols: Synthesis and Characterization

WANG Hui-min[1]　**YAO Jing-ya**[2]　**HU Ming**[2]　**WANG Yu-hui**[2]　**SU Hai-quan**[1,2]

(1. *College of Life Sciences, Inner Mongolia University, Hohhot 010021, China;*

2. *Inner Mongolia Key Laboratory of Coal Chemistry, School of Chemistry and Chemical Engineering,*

Inner Mongolia University, Hohhot 010021, China)

Abstract　The decline of fossil fuels has much faster than expected. People had already committed to find the alternatives for fossil fuels and chemicals. Ethanol is one of the alternatives for fuels. Synthesis of ethanol and higher alcohols from syngas has a strong economic competitiveness. It is considered that Rh catalyst is the most effective noble metal heterogeneous catalyst system for syngas to alcohols. The choices of Rh precursors, promoters and dispersion of them on the supporter, can affect the space-time yield and selectivity of alcohols directly. Rh(DCBP)(HDCBP) (1) and RhCe(TCBP)(H$_2$O)$_4$Cl$_2$(2) were synthesised through hydrothermal method in this paper, which are two novel Rh coordination complex precursors of the catalyst for conversion syngas to alcohols. The structures of the two compounds were characterized by X-ray crystal diffraction and the thermal stabilities of them were also analyzed. The catalyst by using 2 as an Rh precursor is expected to achieve a molecular-scale metal dispersion for active metal Rh and Ce promoter.

Keywords　Syngas, Alcohol, Rh, Complex precursors, Catalyst

合成气制乙醇两个铑配合物催化剂前驱体的制备及表征*

王宇辉[1]　胡明[2]　王慧敏[2]　苏海全[1,2]

(1. 内蒙古自治区煤炭化学重点实验室，内蒙古大学化学化工学院，呼和浩特 010021；
2. 内蒙古大学生命科学学院，呼和浩特 010021)

摘要　现今乙醇被认为是重要的化工原料和能源替代品，CO 加氢催化合成乙醇是 C_1 化学领域中具有重要理论意义和应用前景的研究课题。催化合成气转化为乙醇仍然具有挑战性，尽管这个话题在过去九十年里一直被研究，但是直到今天也没能实现商业化。担载的铑基催化剂是迄今受到广泛研究并对乙醇的生成具有独特选择性的体系。在负载 Rh 催化剂上，合成气反应能生成链烃(甲烷)、甲醇和 C_2 含氧产物(乙酸和乙醛)等多种产物，所以 Rh 前体、载体以及助剂等都可能显著改变负载 Rh 催化剂的活性及产物分布。

本文以 2,2-联吡啶和二甲基亚砜(DMSO)为有机配体，合成了两个 Rh 配合物催化剂前驱体，分别是单核铑配合物 $Rh(bpy)_3(C_4H_8O_2)_3(PF_6)_3$(1)和含硫配体的双核铑配合物 $Rh_2(DMSO)_2(Ac)_4$(2)，测定了配合物 1 和配合物 2 的晶体结构，利用元素分析，红外进行了表征，下一步将研究催化剂前驱体中 Rh 分散度与反应活性和选择性之间的关系。

关键词　合成气，乙醇，Rh 配合物，催化剂前驱体

1　引言

从目前的技术水平看，液体燃料的生产主要有两条路线，一是以石油为基础的技术路线，二是以合成气($CO+H_2$)为基础的技术路线[1]。石油资源的紧缺，使得由合成气生产液体燃料及有机化工产品的路线最具应用前景。乙醇作为一种优质的液体燃料，不仅硫分较低，而且灰分也较低，特别是对人体的危害较小，被认为是替代和节约汽油的最佳燃料之一[2]。乙醇还是重要的溶剂和化工原料，理想的高辛烷值无污染的车用燃料及其添加剂。如果能从天然气直接制得乙醇，则既可以节约粮食，又可以充分利用我国丰富的煤炭和天然气资源，从而缓解我国粮食的工业消耗和缓解石油资源紧缺的矛盾，在提高人民生活水平和发展国民经济方面具有重要的战略意义。

* "973"计划资助项目(项目编号：2009CB226112)

联系人：苏海全，E-mail：haiquansu@yahoo.com

1975 年,联合碳化物公司的 Wilson 等[3]报道了在用金属 Rh 作为活性组分的负载型催化剂上,可以从 CO 加氢反应得到高产率的 C₂ 醇和醛等产物。从那时起,Rh 基催化剂吸引了众多研究者的兴趣。金属铑由于具有适中的 CO 吸附和解离能力,独特的 C₂ 含氧化合物的选择性,被认为是最有效的合成 C₂ 含氧化合物的活性组分[4~7]。由不同 Rh 前驱体得的 Rh/SiO₂ 催化剂上,Rh 分散度与反应活性和选择性之间却具有不同关系。Kip 等[8]发现,在以 RhCl₃ 为前体制得的催化剂上,Rh 分散度和反应活性、选择性之间的关系与 Arakawa 报道的一致。但是,在由 Rh₂(NO₃)₃ 制得的 Rh/SiO₂ 上,随 Rh 分散度减小,CO 转化数基本不变,而甲烷选择性逐渐增大,甲醇选择性逐渐下降,C₂ 含氧化合物的选择性基本维持在 35% 左右。因而认为影响反应的关键因素,是由不同 Rh 前体制得的 Rh/SiO₂ 上 Rh 颗粒所具有的不同表面形貌而非分散度。但 Mori 等[9]用 RhCl₃ 浸渍制得的 Rh/SiO₂ 催化剂上 Rh 分散度和催化剂性能关系却和 Kip 等以 Rh(NO₃)₃ 为前驱体制得的 Rh/SiO₂ 上的结果一致。

影响负载 Rh 催化剂的活性及产物分布的因素有很多,由于氧化物助剂(载体)对负载 Rh 催化剂上合成气选择性生成 C₂ 含氧化合物的反应是不可或缺的,因而对 Rh 助剂(载体)相互作用以及这种作用如何影响 C₂ 含氧化合物生成的研究成为近年代以来研究的重点。此外,Arakawa 等[10]提出 Rh 分散度是影响反应结果的主要因素。分散度在 1.0~0.5 之间,Rh/SiO₂ 的催化剂活性变化不大;当分散度低于 0.5,随分散度的减小,其活性迅速增大。分散度的变化对产物选择性有明显影响,在高分散度时,主要产物是甲醇,而当分散度在 0.3~0.5 之间,C₂ 含氧产物的选择性达到最高值。而甲烷的选择性则随分散度减小逐渐增大。

本文以 2,2′-联吡啶和二甲基亚砜为有机配体,合成了单核铑和双核铑 Rh 配合物,表征了其晶体结构,下一步将研究 Rh 配合物作为催化剂前驱体在合成气转乙醇反应中,Rh 分散度与反应活性和选择性之间的关系。

2　实验部分

2.1　配合物 Rh(bpy)₃(C₄H₈O₂)₃(PF₆)₃(1)的合成

此配合物是在一个直径 5~10nm,狭窄部分长 20nm(直径 1~2nm)的玻璃管中制备的。Na₄[Rh₂(CO₃)₄]·2.5H₂O(0,029g,0.05mmol)和 2,2′-联吡啶(0.0156g,0.1mmol)溶于 3mL、10% 的甲酸溶液中,在氩气气氛下转移到管的底部;然后把溶有 Na[PF₆]的水-二氧六环溶液放在管的上部。通过溶液的缓慢扩散,三天后就有淡粉色六边形晶体生成。

2.2　配合物 Rh₂(DMSO)₂(OOCCH₃)₄(2)的合成

取 Rh₂(OOCCH₃)₄(0.044g,0.1mmol),DMSO 3mL 与 5mL 水混合,在油浴中 120℃回流 30min. 冷却到室温,过滤。滤液放置于室温下缓慢挥发,三天后得适合单晶衍射的红色菱形单晶。

元素分析结果:理论值(%):C 24.00;H 4.331;N 0.00;实验值(%):C 24.26;H 4.144;N 0.082。

3 结果与讨论

3.1 配合物 1~2 的晶体结构测定及结构描述

配合物 1 和配合物 2 晶体结构的测定是采用 BRUKER SMART 1000 型 X 射线衍射仪,采用经石墨单色器单色化的 MoKα 射线 λ=0.710 73Å 作入射光源,以 ω-2θ 扫描方式收集衍射点。所有计算工作在 PC 机上用 SHELXS 97 和 SHELXL 97 程序完成。配合物 1 和配合物 2 晶体结构的 CIF 文件均已存在剑桥晶体学数据中心,配合物 1 和配合物 2 的 CCDC 号分别为 778608 和 778342。所得晶体学参数见表 1,主要键长键角数据见表 2。

表 1　配合物 1 和配合物 2 的晶体学数据与结构修正条件

Tab. 1　Crystal data and structure refinement for compounds 1 and 2

Identification code	Compoud 1	Compoud 2
Empirical formula	$RhC_{42}H_{26}O_6N_6P_3F_{18}$	$Rh_2C_{12}H_{26}O_{10}S_2$
Formula weight	1270.68	600.29
Temperature	296(2) K	296(2) K
Wavelength	0.710 73 Å	0.710 73 Å
Crystal system, space group	Cubic $P213$	Orthorhombic, *Pbca*
Unit cell dimensions	$a=17.3178(2)$Å	$a=14.8809(13)$Å
	$b=17.3178(2)$Å	$b=8.3883(7)$Å
	$c=17.3178(2)$Å	$c=16.7181(15)$Å
	$\alpha=90°$	$\alpha=90°$
	$\beta=90°$	$\beta=90°$
	$\gamma=90°$	$\gamma=90°$
Volume	5193.72(10)	2086.8(3)
Z, Calculated density	4, 1.576 36g/cm³	4, 1.910 53g/cm³
Absorption coefficient	0.529	1.825
F(000)	2496	1200.0
Theta range for data collection	1.66°~28.31°	2.44°~28.31°
Limiting indices	$-21{\leqslant}h{\leqslant}23, -23{\leqslant}k{\leqslant}23,$ $-23{\leqslant}l{\leqslant}16$	$-19{\leqslant}h{\leqslant}18, -11{\leqslant}k{\leqslant}10, -21{\leqslant}l{\leqslant}22$
Reflections collected / unique	41 643 / 4338[R (int) = 0.0287]	14 403/2590[R (int)=0.0260]
Completeness to θ=28.31	100.0%	100.0%
Absorption correction	None	None
Refinement method	Full-matrix least-squares on F²	Full-matrix least-squares on F²
Data / restraints / parameters	4338/0/223	2591/0/145
Goodness-of-fit on F²	1.074	1.044

续表

Identification code	Compoud 1	Compoud 2
Final R indices[$I > 2$sigma(I)]	$R_1 = 0.0621$	$R_1 = 0.0207$
	$\omega R_2 = 0.1756$	$\omega R_2 = 0.0479$
R indices (all data)	$R_1 = 0.0665$	$R_1 = 0.0291$
	$\omega R_2 = 0.1832$	$\omega R_2 = 0.0525$
Largest diff. peak and hole	1.027 and -0.675 e. Å^{-3}	0.425 and -0.510 e. Å^{-3}

表2　配合物1和配合物2的键长(Å)和键角(°)

Tab. 2　Bond lengths (Å) and angles (°) for 1 and 2

配合物 1			
N1—Rh	2.029(3)	Rh—N1^{v}	2.029(3)
N2—Rh	2.050(3)	Rh—N2^{v}	2.050(3)
Rh—N1^{vi}	2.029(3)	Rh—N2^{vi}	2.050(3)
C1—N1—Rh	125.9(3)	C5—N1—Rh	114.3(3)
C6—N2—Rh	113.5(3)	C10—N2—Rh	125.0(4)
N1^{v}—Rh—N1	95.90(13)	N1^{v}—Rh—N2^{v}	80.30(16)
N1^{v}—Rh—N1^{vi}	95.90(13)	N1—Rh—N2^{v}	88.34(17)
N1—Rh—N1^{vi}	95.90(13)	N1^{vi}—Rh—N2^{v}	174.60(17)
N1^{v}—Rh—N2^{vi}	88.34(17)	N1^{v}—Rh—N2	174.60(17)
N1—Rh—N2^{vi}	174.60(17)	N1—Rh—N2	80.30(16)
N1^{vi}—Rh—N2^{vi}	80.30(15)	N1—Rh—N2	80.30(16)
N2^{v}—Rh—N2^{vi}	95.70(16)	N2^{v}—Rh—N2	95.70(16)
N2^{vi}—Rh—N2	95.70(16)		
O3—Rh1	2.0407(15)	Rh1—O1	2.0404(15)
Rh1—O4	2.0328(15)	Rh1—Rh1^{i}	2.4070(3)
Rh1—O2	2.0373(15)	Rh1—S2	2.4508(6)
C5^{i}—O3—Rh1	119.56(14)	O10—S2—Rh1	122.40(8)
O4—Rh1—O2	89.47(7)	C19—S2—Rh1	107.89(9)
O4—Rh1—O1	175.48(6)	O2—Rh1—O3	175.50(6)
O2—Rh1—O1	89.94(7)	O1—Rh1—O3	89.84(7)
O4—Rh1—O3	90.40(7)	O4—Rh1—Rh1^{i}	87.70(5)
O2—Rh1—Rh1^{i}	87.97(5)	O1—Rh1—Rh1^{i}	87.80(5)
O3—Rh1—Rh1^{i}	87.53(5)	O4—Rh1—S2	91.51(5)
O2—Rh1—S2	88.59(5)	O1—Rh1—S2	92.95(5)
O3—Rh1—S2	95.91(5)	Rh1^{i}—Rh1—S2	176.482(17)
C19—S2—Rh1	107.89(9)	C20—S2—Rh1	108.13(11)
C6—O1—Rh1	119.09(14)	C5—O2—Rh1	118.96(14)
C6^{i}—O4—Rh1	119.64(14)		

配合物 1 属于立方晶系,空间群为 P213。其分子结构如图 1。该结构 Rh 的配位数为 6,Rh 与三个 2,2′-联吡啶上的六个 N 原子配位,形成八面体构型。四个 N 原子(N1^i,N2^i,N2,N1^{ii})构成 Rh 八面体的赤道平面。键角∠N—Rh—N 键角的范围为 80.30°到 174.60°之间。另外两个 N 原子(N1,N2^{ii})占据八面体的轴向位置,且与 Rh 几乎位于同一直线上,键角∠N1—Rh—N2^{ii} 为 174.60°。Rh—N1 键长为 2.029Å,Rh—N2 键长为 2.050Å,键角∠N1—Rh—N2 为 80.30°。

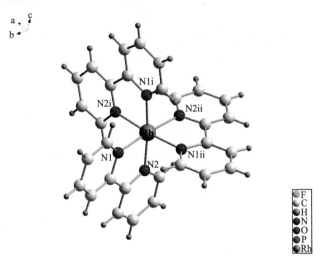

图 1　配合物 1 的分子结构(省略其他分子)

Fig. 1　The molecular structure of compound 1(small molecule are omitted)

配合物 2 属于正交晶系,空间群为 Pbca。其分子结构如图 2。该结构 Rh 的配位数为 6,分别与来自四个不同羧酸上的四个 O(O1,O2,O3,O4),一个 Rh 和一个 DMSO 的 S 配位,形成八面体构型。四个 O 原子(O1,O2,O3,O4)构成 Rh1 八面体的赤道平面。∠O—Rh—O 键角的范围为 89.43°到 175.48°之间。S 和 Rh2 占据八面体的轴向位置,且与 Rh1 几乎位于同一直线上,键角∠Rh1^i—Rh1—S 为 176.48°。Rh—S 键长为 2.4508Å,Rh—Rh 键长为 2.4070Å。S—O 键长为 1.4808Å 比 DMSO 中的 S—O 键长(1.5135Å)要稍短。

3.2　配合物 1 和配合物 2 的红外光谱分析

红外光谱采用 KBr 压片,在 4000～400cm^{-1} 范围内测定。配合物 1 和配合物 2 的红外谱图见图 3 和图 4。

配合物 1 的红外谱图(图 3)显示,在 1609cm^{-1} 和 1321cm^{-1} 处的吸收峰可分别归属为羧基的反对称 ν_{as}(COO—)和对称 ν_s(COO—)伸缩振动,1451cm^{-1}、1401cm^{-1}、1253cm^{-1}、1119cm^{-1}、766cm^{-1} 等附近的吸收峰可指认为吡啶分子的 C=C 和 C=N 骨架的伸缩振动。在 839cm^{-1} 处出现的较强的吸收峰为 P—F 伸缩振动吸收峰。

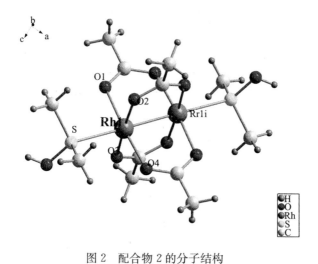

图 2　配合物 2 的分子结构

Fig. 2　The molecular structure of compound 2

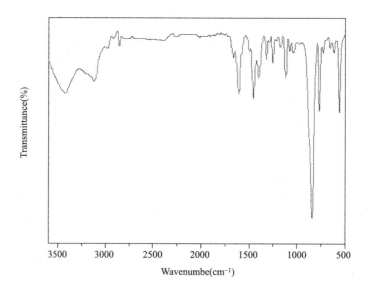

图 3　配合物 1 的红外图谱

Fig. 3　Infrared spectrum of compound 1

　　配合物 2 的红外谱图显示,在 3456cm^{-1}附近较强的吸收峰为 O—H 伸缩振动,可能是配体中的 O 未参与配位。在 1584cm^{-1}和 1430cm^{-1}处的吸收峰可分别归属为羧基的反对称 ν_{as}(COO—)和对称 ν_s(COO—)伸缩振动,1083 和 1014cm^{-1}处的吸收峰为 S—O 伸缩振动。在 699cm^{-1}处的吸收峰可归属为 Rh—O 伸缩振动。

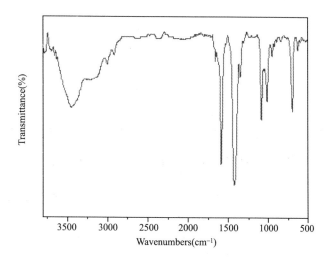

图 4　配合物 2 的红外图谱

Figure. 4　Infrared spectrum of compound 2

4　结论

本文合成了一个单核铑配合物 Rh(bpy)$_3$(C$_4$H$_8$O$_2$)$_3$(PF$_6$)$_3$(1) 和一个含硫配体的双核铑配合物 Rh$_2$(DMSO)$_2$(OOCCH$_3$)$_4$(2)催化剂前驱体,表征了配合物的结构。实验的下一步工作将以铑配合物作为催化剂前驱体,研究 Rh 分散度与反应活性和选择性之间的关系。

参考文献

［1］　J. I. D. Cosiln, C. R. Apesteguia. Preparation of temary Cu/Co/Al catalysts by the amorphous citrate proess I. decomposition of solid amorphous precursors［J］. J. Catal. ,1989,(116):71~81.

［2］　李东,袁振宏,王忠铭,等. 生物质合成气发酵生产乙醇技术的研究进展［J］. 可再生能源,2006,(126):57~61.

［3］　M. M. Bhasin,W. J. Bartley,P. C. Ellgen,et al.. Synthesis gas conversion over supported rhodium and rhodium-iron catalysts［J］. J. Catal. ,1978,(54):120~128.

［4］　P. C. Ellgen, W. J. Bartley, M. M. Bhasin, et al. Rhodium-based catalysts for the conversion of synthesis gas to two-carbon chemicals. Adv. Chem. Ser. ,1979,(178):147~157.

［5］　H. Orita, S. Naito, K. Tamaru. Mechanism of acetaldehyde formation from the carbon monoxide-hydrogen reaction below atmospheric pressure over supported Rh catalysts［J］. J. Chem. Soc. Chem,Conunun. ,1984,(4):150~151.

［6］　H. Y. Luo,W. Zhang, H. W. Zhou, et al. A study of Rh－Sm-V/SiO$_2$ catalysts for the preparation of C$_2$-oxygeantes from syngas［J］. Appl. Catal. A,2001,(214):161~166.

［7］　M. M. Bhasin,P. C. Ellgen. Ethanol,acetic acid,and/or acetaldehyde,from synthesis gas. US 4096164,1978,6.

［8］　B. J. Kip,E. G. F. Hermans,R. Prins. Partical size,promoter and morphology effects in synthesis gas conversion over silica-supported Rhodium catalysts ［C］. Proc. 9th Congr Catal,Calagary,1988,821.

[9]   F. G. A. van den Berg, J. H. E. Glezer, W. M. H. Sachtler. The rolr of promoters in CO /H$_2$ reactions: effects of MnO and MoO$_2$ in silica-supported Rhodium catalysts[J]. J Catal. ,1986,98:522.

[10]   A. Rakawa, et al. Effect of Metal D is persion on the activity and selectivity of Rh/SiO$_2$ catalysts for high pressure CO hydrogenation[J]. Chem. Lett. ,1984,1607.

Synthesis and Characterization of Two Rh Complexes Catalysts Precursors for Conversion Syngas to Alcohol

WANG Yu-hui[1]   **HU Ming**[2]   **WANG Hui-min**[2]   **SU Hai-quan**[1,2]

(1. *Inner Mongolia Key Laboratory of Coal Chemistry, School of Chemistry and*

Chemical Engineering, Inner Mongolia University, Hohhot 010021, China;

2. College of Life Sciences, Inner Mongolia University, Hohhot 010021, China)

Abstract   Nowadays, ethanol is being considered as a potential alternative energy resources and raw chemicals, the catalytic synthesis of ethanol from carbon monoxide hydrogenation is one of the challenging and attractive subjects in the field of C$_1$ chemistry. However, the catalytic conversion syngas to ethanol remains challenging, and no commercial process exists although the research has been ongoing for the past 90 years on this topic. It has been proved that Rh-based catalyst is very effieient for the formation of ethanol has been studied extensively. The reaction of direct conversion of syngas to ethanol on Rh-based catalyst also produced hydrocarbons(methane), methanol and C$_2$ oxygenates(acetic acid and acetaldehyde). So Rh-based catalyst may greatly affected by Rh precursor, supporter, and pormoters, etc.

In this paper, 2,2′-bipyridine and dimethylsulfoxide (DMSO) were chosen as ligands, two Rh catalyst precursor complexes (Rh(bpy)$_3$(C$_4$H$_8$O$_2$)$_3$(PF$_6$)$_3$(1) and Rh$_2$(DMSO)$_2$(OOCCH$_3$)$_4$(2) were synthesized. The complexes 1 and 2 exhibit characteristic structure and they were characterized by elemental analysis, FT-IR and X-ray single crystal diffraction. Being catalyst precursor, two Rh complexes will be investigated next with relationship between Rh dispersion, reactivity and selectivity.

Keywords   Syngas, Ethanol, Rh complexes, Catalyst precursor

Ni-ADM/黏土复合物——合成气制乙醇催化剂的制备及表征*

王育伟[1]　苏海全[1]　杨绪壮[1]　胡瑞珏[1,2]　瑙莫汗[2]　史雪敏[1]

(1. 内蒙古自治区煤炭化学重点实验室，内蒙古大学化学化工学院，呼和浩特 010021

2. 内蒙古大学生命科学学院，呼和浩特 010021)

摘要　采用天然钠基蒙脱土做载体，$Mo_x(OH)_y \cdot SiO_2$ 胶体为前躯体，与蒙脱土片层中钠离子交换，部分未被交换的钠离子做碱金属助剂，再通过浸渍法负载不同比例的过渡金属 Ni^{2+}，使用 H_2/CS_2 在 400℃下硫化，制得 $MoS_2 \cdot SiO_2$ 柱撑并掺杂 Ni^{2+} 的柱撑蒙脱土催化剂。以聚乙二醇、$MoCl_5$ 和 Laponite 悬浮液为原料，经过水热反应，干燥、焙烧并浸渍 Ni^{2+}、K^+ 制得了 Ni-ADM/黏土复合物催化剂。该催化剂以黏土片层为"隔板"分隔活性组分，使 MoS_2 纳米粒子均匀分布在黏土片层的表面以防止其在催化反应过程中团聚。在对催化剂进行 XRD、BET、TEM、XPS 等表征发现，催化剂的比表面积较大，孔径分布比较均匀，硫化较完全且生成了 MoS_2 活性物种，但 MoS_2 颗粒有部分团聚。

关键词　柱撑蒙脱土，黏土复合物，合成气，乙醇

1　引言

世界各国都致力于可再生资源合成燃料生产的新技术研究；通过寻求石油和化学燃料的可替代能源来改善大气污染和保障国家的能源安全[1]。乙醇及高碳醇也可以做燃料添加剂来提高石化燃料的辛烷值，乙醇也可以直接作为汽车燃料使用[2]。乙醇在农业生产中主要是通过淀粉和其他可食用资源的发酵来生产。在传统工业中，乙醇主要是在酸催化剂作用下通过乙烯的水合来制备，而乙烯则来源于石油化工产品石脑油。让更多的乙醇作为燃料使用可减少 CO_2 的排放，但是，由于一部分粮食也被用来生产乙醇使得粮食价格也迅速攀升[3]。

合成气制备混乙醇及高碳醇是 C_1 化学的一个重要反应。合成气的来源广泛，可以通过煤、生物质的汽化制备；只要含木质素、纤维素和其他可食用淀粉都可以通过汽化[4]来制备出合成气。生物质(比如农作物秸秆和林木的残料)在寻求化石燃料的可替代能源中将发挥重要作用[5]。由于它提供了一条可通过煤、天然气和一些废弃碳氢化合物的汽化来生产清洁能源的可能途径而越来越受到人们的关注。

* "973"计划资助项目(项目编号:2009CB226112)

合成气制乙醇及高级醇的负载多相催化剂体系以非贵金属为主,可以分为三类:①改性的合成甲醇催化剂(主要为 Cu 基催化剂);②改性的 F-T 合成催化剂;③钼基催化剂。改性 Cu-Zn[6]、Zn-Cr[7,8]催化剂大部分产物仍是甲醇。改性 F-T 合成催化剂以 Cu-Co 催化剂和耐硫钼系催化剂为代表。Cu-Co 系催化剂为法国石油研究所(IFP)1976 年开始研究,其操作条件比较温和,主要产物为直链正构醇,但由于催化剂长期运行的稳定性和较低的总醇选择性限制了其工业应用[9]。目前对 ADM 催化剂的研究主要集中在助剂对表面结构形态的影响、加氢催化过程的本质[10,11]及工艺条件等方面;混合醇合成的各工艺现状比较如表 1 所示。

表 1　混合醇合成各工艺现状比较

Tab. 1　Comparation of technology for mixed alcohol synthesis

工艺	催化剂	研发单位	温度 (℃)	压力 MPa	液体产物组成	CO 转化率(%)	CO 成醇选择性(%)	C2+醇/总醇(%)	产率 [mL/(mL·h)]
MAS	Zn-Cr-K	意大利 Snam 公司; 山西煤化所	>350	>12	主要甲醇, $C_{2\sim5}$醇	17	90	22～30	0.25～0.3
IFP	Cu-Co-M-K	法国石油研究所; 山西煤化所	<300	<10	$C_{1\sim5}$醇	21～27	65～76	30～60	0.2
Sygmol	MoS_2-M-K	美国道尔化学公司和联碳公司; 北京大学	<300	<10	$C_{1\sim5}$醇	20～35	85	30～70	0.32～0.56
Octamix	Cu-Zn-M-K	德国 Lurgi 公司; 清华大学	<300	<10	—	95	15～27	0.3～0.6	

自 1984 年美国 Dow 公司和联碳公司开发了由合成气制备低碳醇的碱性 MoS_2(Alkali-doped molybdenum sulfide,ADM)催化剂以来,这类催化剂以其优异的耐硫性和较高的水煤气变换反应活性而被认为是最具应用前景的催化剂体系之一[6]。但 ADM 催化剂 CO 加氢合成醇反应是通过 CO 逐级插入机理进行的[12,13],呈线性 Anderoen-Schulz-Flory(A-S-F)醇产物分布,限制了高级醇($C_{+2}OH$)选择性的提高,这就要求催化剂有较高的加氢能力和链增长能力。后期对 AMD 催化剂的研究表明,掺杂 3d 过渡金属及碱金属改性后可不同程度提高催化剂的活性和 $C_{2+}OH$ 选择性,文献报道的改性过渡金属主要包括贵金属(如 Ru、Rh、Pd 等)、F-T 组元(Fe、Co、Ni)、稀土元素[14,15]等。碱金属的掺杂可以提高乙醇的选择性,碱金属对 MoS_2 合成乙醇的助剂效应活性顺序为:Li<Na<Cs<Rb<K,弱碱性载体对醇类的合成有益[16~18]。

2 实验部分

2.1 催化剂的制备

2.1.1 MoS₂·SiO₂ 柱撑蒙脱土催化剂的制备

基于目前合成气制乙醇催化体系的比对,结合这类催化剂一般都掺杂碱金属做助剂,我们决定利用天然的钠基蒙脱土做载体,使蒙脱土片层中一部分未被交换出去的钠离子做助剂,一部分和 $Mo_x(OH)_y$·SiO₂ 胶体发生离子交换做催化剂的前躯体;再负载不同比例的过渡金属 Ni^{2+} 或部分 K^+ 经 H_2/CS_2 在 400℃下硫化[19] 6h 制得 MoS₂·SiO₂ 柱撑并负载 Ni^{2+}、K^+ 的柱撑蒙脱土型催化剂。制备过程如图 1 所示。

参阅文献[20]将 20.8 g 正硅酸乙酯(TEOS),5mL HCl(2M),6mL 乙醇室温下混合并老化 2h,在 85℃下滴加 MoCl₅ 溶液(0.25M)40mL,并用 0.2M 的 NaOH 调节 pH 至 2.0 左右。在此温度下再搅拌 1h,使 Mo^{5+} 充分水解。将此混合液在 60℃下滴加到浸泡过夜的蒙脱土悬浮液中并持续搅拌 3h 后,离心分离并用 EtOH:H₂O＝1 的混合溶液洗涤,室温干燥后在 600℃下焙烧 3h。

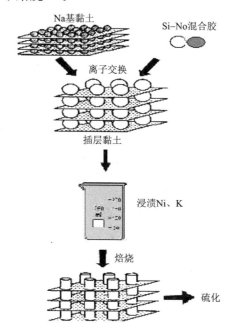

图 1　MoS₂·SiO₂ 柱撑蒙脱土催化剂的制备

Fig. 1　Preparation of MoS₂·SiO₂ pillared montmorillonite

2.1.2 Ni-ADM/黏土复合物的制备

考虑到负载过渡金属离子后蒙脱土片层间的孔道可能会被堵塞导致反应物和产物

在黏土二维层间的扩散受到阻碍,严重时可能会使得孔道内的活性组分难以和反应物接触或使催化剂失活[21~23]。所以另外选择黏土 Laponite 作为载体,利用黏土片层最为"隔板"将催化剂的 MoS_2 纳米粒子隔开并阻止其在催化反应过程中的团聚。制备过程是把 Laponite、聚乙二醇和金属盐在水热反应后,经过干燥、焙烧并浸渍 Ni^{2+}、K^+ 后制得 Ni-ADM/黏土复合物催化剂[24],制备过程如简图 2 所示。黏土复合物催化剂的制备实验设计如表 2 所示,如 Ni/Mo 为 1∶1,PEG 用量为 6 g,反应温度为 100℃,则催化剂标记为 1-6-100,目的是考察不同反应温度,PEG 用量对催化剂的孔道类型和孔径分布的影响;考察在给定体系中不同 Ni/Mo 比对催化性能的影响。

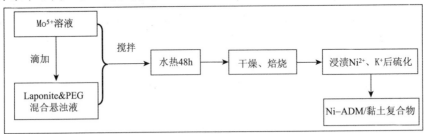

图 2　Ni-ADM/黏土复合物催化剂制备过程

Fig. 2　Preparation of Ni-ADM/clay composites

表 2　黏土复合物催化剂制备实验设计

Tab. 2　The experimental design for clay composites

	1∶1	1∶3	1∶5
Ni/Mo(摩尔比)	1∶1	1∶3	1∶5
48h 的反应温度（℃）	100	120	140
PEG 用量（g）：2% Laponite 悬浮液	6	8	10

2.1.3　黏土直接负载 Ni-ADM 催化剂的制备

为了比较使用不同方法制备的催化剂的反应性能,将黏土直接作为载体负载了活性组分。制备方法是将 $MoCl_5$、$Ni(NO_3)_2$ 和 K_2CO_3 溶液一次浸渍,然后在管式炉中通入 H_2/CS_2 混合气体在 400℃下焙烧硫化 6h 制得。

2.2　催化剂表征

催化剂的 XRD 分析在德国布鲁克 D8 ADVANCE 多晶 X 射线衍射仪上进行,管电压:铜靶 40KV,40mA;6°~70°扫描。BET 分析在美国 Micromeritics 的 ASAP2010 物理吸附仪上进行。XPS 使用英国 Kratos Amicus X 射线光电子能谱仪,X 射线类型:锥形阳极 Mg K_α 射线,功率为 180W;以 284.6eV 的 C1s 结合能为校正标准来确定反应前催化剂中钼的价态。

2.3　结果与讨论

2.3.1　XRD

黏土复合物在浸渍 Ni^{2+}、K^+ 之前使用 ICP-AES 测定了黏土中钼的负载量,平均含量约为 4%（w%）。如催化剂 1-6-100 中钼的负载量为 4.18%。因此,谱图在 6°～70°范围内的衍射峰较弱(图 3)。经物相检索,催化剂的主要物种是 MoS₂(PDF♯17-0744)、部分 MoOₓ 及 NiS。该结论与 XPS 表征结果一致,也与文献报道[25]基本一致。

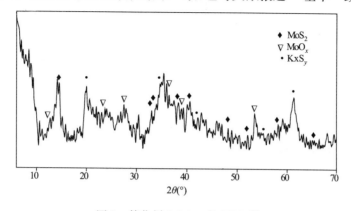

图 3　催化剂 1-6-100 的 XRD 谱

Fig. 3　XRD patterns of catalyst 1-6-100

2.3.2　BET

从图 4(a)、(b)和图 5(a)、(b)中可以看出,两种黏土复合物的等温曲线相似,可见,实用相同的黏土改变表面活性剂的添加量孔结构特征没有改变。按照 BDDT[26]孔模型区分的五类等温线,催化剂 1-6-100 和 1-8-100 的等温曲线属 Ⅳ 型等温线,是典型的介孔固体吸脱附等温线。在 $P/P_0 = 0.4～1.0$ 的范围内有一个滞后环,滞后环比较宽大,脱附曲线远比吸附曲线陡峭,这种情况多出现在具有较宽的孔径和较多样的孔型分布的多孔材料当中,属 H2 型滞留回线[27]。这种孔道是由黏土片层通过边对边或边对面搭建而成的,与预期的孔道结构相符。

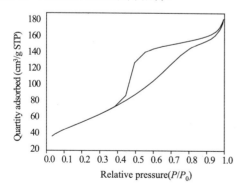

图 4(a)　催化剂 1-6-100 的吸附脱附等温线图

Fig. 4(a)　N₂ adsorption/desertion

isotherms for 1-6-100

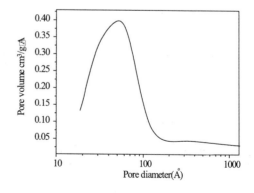

图 4(b)　催化剂 1-6-100 的孔径

Fig. 4(b)　Pore size distribution of 1-6-100

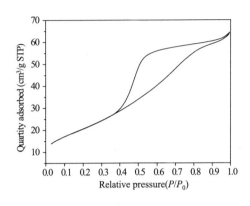

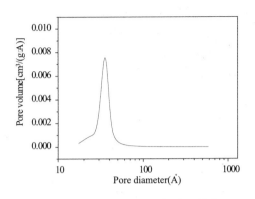

图 5（a）　催化剂 1-8-100 的吸附脱附等温线

Fig. 5（a）　N₂ adsorption/desertion isotherms for 1-8-100

图 5（b）　催化剂 1-8-100 的孔径分布

Fig. 5（b）　Pore size distribution of 1-8-100

　　一般而言,比表面积、孔径和表面活性剂的添加量在一定范围内成正比[24],但是这里没有体现这种趋势,可能是因为在这个反应条件下,PEG 的用量是黏土的 3 倍时已使黏土复合物的比表面积和孔径达到最大值。通过对比两种催化剂的比表面积（表 3）,我们发现,催化剂 1-6-100 的比表面积和孔径较催化剂 1-8-100 都要大,由于没有做催化剂 1-10-100 的 BET 测试,我们推测,过多的表面活性剂可能堵塞了黏土的复合物的孔道。

表 3　催化剂 1-6-100 和 1-8-100 的比表面积比较

Tab. 3　Comparison of sample surface area

催化剂编号	比表面积（m²/g）	孔径分布（nm）
1-6-100	203.16	5.2
1-8-100	76.19	3.5

2.3.3　TEM

　　从电镜图中可以看到,金属硫化物颗粒团聚比较严重,有的直径超过 50nm,这可能与催化剂制备过程中的两次焙烧有关。结合能谱（图 6）可以确认其元素有 Mo、Ni、S、K 等。

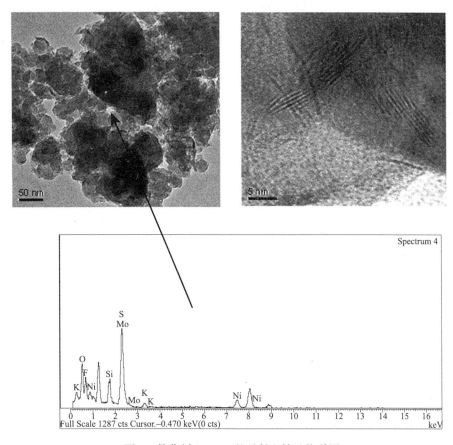

图 6　催化剂 1-6-100 的透射电镜及能谱图

Fig. 6　TEM and EDS images of catalysts 1-6-100

2.3.4　XPS

考察钼的 XPS 谱(图 7)，发现钼(IV)的 $3d_{5/2}$(228.89eV)，$3d_{3/2}$(232.39eV)，归属于 MoS_2 物种，与文献[28～30]报道值一致。

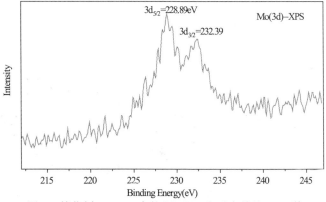

图 7　催化剂 1-6-100 中的 Mo(IV)在反应前的 XPS 谱

Fig. 7　XPS spectra of Mo (IV) in1-6-100 before reaction

3　结束语

　　本工作采用天然钠基蒙脱土做载体,利用蒙脱土片层中一部分未被交换的钠离子做助剂,一部分钠离子和 $Mo_x(OH)_y \cdot SiO_2$ 胶体发生离子交换做主催化剂;再负载过渡金属不同比例的 Ni^{2+} 或部分 K^+ 做助剂,经 H_2/CS_2 在 400℃下硫化制得 $MoS_2 \cdot SiO_2$ 柱撑并负载 Ni、K 的柱撑蒙脱土型催化剂。另一体系是利用黏土片层作为分散催化剂活性粒子的"隔板",使其均匀分布于黏土片层的表面防止团聚。由于本工作尚在摸索阶段,相关表征及催化性能评价尚不完整。

参考文献

[1]　V. Subramani,S. K. Gangwal. A review of recent literature to search for an efficient catalytic process for the conversion of syngas to ethanol[J]. Energy & Fuels,2008,(22):814~839.

[2]　Z. B Zhu. ,F. Li,Y. L. Fu,et al. Mixed alcohol synthesis from syngas on sulfided K-Mo-based catalysts:influence of support acidity[J]. Ind. Eng. Chem. Res. ,1998,(37):1736~1743.

[3]　X. G. San, Y. Zhang, W. J. Shen, et al. New synthesis method of ethanol from dimethyl ether with a synergic effect between the zeolite catalyst and metallic catalyst[J]. Energy & Fuels,2009,(23):2843~2844.

[4]　M. M. Yung,W. S. Jablonski, K. A. Magrini-Bair. Review of catalytic conditioning of biomass-derived syngas[J] . Energy & Fuels,2009,(23):1874~1887.

[5]　J. l. Hu,Y. Wang,C. S. Cao,et al. Conversion of biomass-derived syngas to alcohols and C₂ oxygenates using supported Rh catalysts in microchannel reactor[J]. Catalysis Today,120(1):90~95.

[6]　K. J. Smith,R. G. Herman,K. Klier. Kinetic modelling of higher alcohol synthesis over slkali-promoted Cu/ZnO and MoS₂ Catalysts[J]. Chem Eng Sci. ,1990,45(8):2639.

[7]　R. G. Herman. Advances in catalytic synthesis and utilization of higher alcohols[J]. atal. Today,2000,(55):233~245.

[8]　D. M. Minahan,W. S. Epling, G. B. Hoflund. Reaction and surface characterization study of higher alcohol synthesis catalysts:IX. Pd-and alkali-promoted Zn/Cr-based spinels containing excess ZnO [J]. Journal of Catalysis,1998,179(1):241~257.

[9]　K. G. Fang,D. B. Li,M. G. Lin,et al. A short review of heterogeneous catalytic process for mixed alcohols synthesis via syngas[J]. Catalysis Today,2009,147(2):133~138.

[10]　X. R. Shi,H. J. Jiao,K. Hermann, J. G. Wang. CO Hydrogenation reaction on sulfided molybdenum catalysts[J] . Journal of Molecular Catalysis A:Chemical,2009,(312):7~17.

[11]　M. Huang, K. Cho. Density functional theory study of CO hydrogenation on a MoS₂ surface [J]. J. Phys. Chem. C,2009,(113):5238~5243.

[12]　J. Iranmahboob,D. Hill,H. Toghiani. K₂CO₃/Co-MoS₂/clay catalyst for synthesis of alcohol:influence of potassium and cobalt[J]. Applied Catalysis A:General,231(1-2):99~108.

[13]　T. Y. Park,I. S. Nam, Y. G. Kim. Kinetic analysis of mixed alcohol synthesis from syngas over K/MoS₂ catalyst [J]. Ind. Eng. Chem. Res. ,1997,(36):5246~5257.

[14]　Y. Yang,Y. D. Wang,L. Su,et al. Mo-Co-K sulfide-based catalysts promoted by rare earth salts for selective synthesis of ethanol and mixed alcohols from syngas[J]. Chin. J. Catal. ,2007,28(12):1028~1030.

[15]　D. B. Li,C. Yang,H. J. Qi,H. R. Zhang,et al. Higher alcohol synthesis over a La promoted Ni/K₂CO₃/MoS₂ catalyst[J]. Catalysis Communications,2004,(5):605~609.

[16] T. Tatsumi, A. Muramatsu, H. Tominaga. Effects of alkali metal halides in the formation of alcohols from CO and H_2 over silica-supported molybdenum catalysts[J]. Chemistry Letters, 1984, 13(5):685~688.

[17] H. C. Woo, T. Y. Park, Y. G. Kim, I. S. Nam, J. S. Lee, J. S. Chung. Alkali-promoted MoS_2 catalysts for alcohol synthesis: the effect of alkali promotiom and preparation condition on activity and selectivity [J]. Stud. Surf. Sci. Catal., 1993, 75(3):2749~2752.

[18] G. Z. Bian, L. Fan, Y. L. Fu, et al. Mixed alcohol synthesis from syngas on sulfided K-Mo-based catalysts: influence of support acidity[J]. Ind. Eng. Chem. Res. 1998, (37):1736~1743.

[19] J. Bao, Y. L. Fu, G. Z. Bian. Sol-gel preparation of K-Co-Mo catalyst and its application in mixed alcohol synthesis from CO hydrogenation[J]. Catal. Lett., 2008, (121):151~157.

[20] Y. S. Hana, S. Yamanakab, J. H. Choy. A new thermally stable SiO_2-Cr_2O_3 sol. pillared montmorillonite with high surface area[J]. Applied Catalysis A:General, 1998, (174):83~90.

[21] H. Y. Zhu, Z. H. Zhu, G. Q. Lu. Controlled doping of transition metal cations in alumina pillared clays [J]. J. Phys. Chem. B, 2000, 104 (24):5674~5680.

[22] S. B. Wang, H. Y. Zhu, G. Q. Lu. Preparation, characterization, and catalytic properties of clay-based nickel catalysts for methane reforming[J]. Colloid Interface Sci,. 1998, 204(1):128~134.

[23] H. Y. Zhu, Yamanaka, S. Molecular recognition by Na-loaded alumina pillared clay[J]. J. Chem. Soc., Faraday Trans. 1997, (93):477.

[24] H. Y. Zhu, J. C. Zhao, J. W. Liu, et al. General synthesis of a mesoporous composite of metal oxide and silicate nanoparticles from a metal salt and laponite suspension for catalysis[J]. Chem. Mater., 2006, (18):3993~4001.

[25] D. B. Li, C. Yang, W. H. Li, et al. Ni/ADM:a high activity and selectivity to C_{2+}OH catalyst for catalytic conversion of synthesis gas to C_1-C_5 mixed alcohols[J]. Topics in Catalysis, 2005, 32(3-4):233~239.

[26] S. J. Gregg, K. S. W. Sing. Adsorption, Surface Area and Porosity. 2nd ed., London, Academic Press, 1982.

[27] 何余生, 李忠, 奚红霞, 等. 气固吸附等温线的研究进展[J]. 离子交换与吸附, 2004, 20(4):376~384.

[28] H. C. Xiao, D. B. Li, W. H. Li, Y. H. Sun. Study of induction period over K_2CO_3/MoS_2 catalyst for higher alcohols synthesis[J]. Fuel Processing Technology, 2010, (91):383~387.

[29] S. X. Zhuang, W. K. Hall, G. Ertl, et al. X-ray photoemission study of oxygen and nitric oxide adsorption on MoS_2[J]. Journal of Catalysis, 1986, 100(1):167~175.

[30] J. Iranmahboob, D. Hill, H. Toghian. Characterization of K_2CO_3/Co-MoS_2 catalyst by XRD, XPS, SEM, and EDS[J]. Applied Surface Science, 2001, 185(1-2):72~78.

Ni-ADM/clay Composites——Preparation and Characterization of Catalysts for Alcohol Synthesis from Syngas

WANG Yu-wei[1] **SU Hai-quan**[1] **YANG Xu-zhuang**[1]
HU Rui-jue[1,2] **NAO Mo-han**[2] **SHI Xue-min**[1]

(1. *Inner Mongolia Key Laboratory of Coal Chemistry, School of Chemistry and Chemical Engineering, Inner Mongolia University, Hohhot 010021, China*;

2. *College of Life Sciences, Inner Mongolia University, Hohhot 010021, China*)

Abstract The Ni^{2+} doped $MoS_2 \cdot SiO_2$ pillared MMT catalysts were prepared by ion-exchange of $Mo_x(OH)_y \cdot SiO_2$ colloidal with sodium ions between layers of the montmorillonite over the natural Na-montmorillonite support, introduction of Ni^{2+} by impregnation, and subsequently calcination in H_2/CS_2 atmosphere at 400°C, using the rest un-exchanged sodium ions as additives. The Ni-AMD/clay composite catalysts were prepared by hydrothermal reaction, drying, calcination and impregnation of Ni^{2+} and K^+ using $MoCl_5$ solution, polyethylene glycol(PEG) and a suspension of Laponite clay as raw materials. In this catalyst the clay layers were used as clapboard to separate the active components in order to make the MoS_2 nanoparticles disperse uniformly on the surface of the clay layers and prevent the agglomeration during the catalytic reaction process. The obtained catalysts used for higher alcohols synthesis had been investigated by XRD, BET, TEM and XPS. The results showed that the catalyst had large specific surface area, uniform pore size distribution, complete vulcanization　resulting in MoS_2 species, but agglomeration of MoS_2.

Keywords　Pillared montmorillonite, Clay composites, Syngas, Alcohol

开放钯-氘电解系统中爆炸的热-动力学分析*

张武寿[1] 　张信威[2] 　王大伦[3] 　秦建国[3] 　傅依备[3] 　陈文江[3]

(1. 中国科学院化学研究所,北京 100190;2. 北京应用物理与计算数学研究所,北京 100088;
3. 中国工程物理研究院核物理与化学研究所,四川 绵阳 621900)

摘要　在低电流密度(62mA·cm^{-2})下电解的开放 Pd/D 系统中发生了一次爆炸,在爆炸的酝酿阶段(时间为 2 秒到半小时)的平均功率大于 6.6W(45W·cm^{-3}Pd 或输入热功率的 430%),动力学和热输运分析表明爆炸热功率为 4.5~6.3kW(或 1.2~1.6MW·cm^{-3}Pd,输入热功率的 3000~4200 倍),爆炸时间约为 17ms,多方面分析表明爆炸不是化学反应而是钯阴极内的低能核反应引起的。

关键词　爆炸,钯管,Pd/D 电解系统,凝聚态核科学

1　引言

自从 Fleischmann 与 Pons 发现钯-氘电解系统中的异常热效应以来[1],人们进行了大量的研究探索[2]。在该系统与其他电解系统中曾发生过几次爆炸[3~6],其中最著名的发生在美国的 SRI International[3],亲历者认为该事故是由氘氧气体复合引起的化学爆炸,但其他实验室结果表明爆炸中存在比化学过程还要剧烈和快速的放能反应[4~6]。在以前的文章中我们简析了 1991 年 4 月在 Pd/D 电解系统中观测到的三次爆炸[4],因近几年仍发生类似情况[5,6],所以有必要对该结果进行更详细的分析。

2　电解池与爆炸过程

所用电解系统如图 1 所示,它包括作为电解池的玻璃量杯(ϕ_{out}25.5mm×ϕ_{in}23mm×186mm,77mL)、LiOD 重水电解液(~39mL)、钯阴极管(ϕ_{out}1.67mm×ϕ_{in}0.67mm×80mm,0.147cm^3,外表面积 4.20cm^2,1.3g)、铂网阳极和铂丝引线。钯阴极管底部开口,顶部插入一根钛丝并夹紧作为引线。一个圆台形橡胶塞(ϕ_{top}27mm×ϕ_{bottom}21mm×22mm,15.5g)插入电解池 12mm 用于密封电解池。玻璃量杯有倾倒口(等价于 ϕ3mm 通

---

*"973"计划资助项目(项目编号:2009CB226113);国家自然科学基金资助项目(项目编号:200973185,20673129)

气孔)使得电解产生的气体可以自由逃逸。电解池放置在一个容量为1升的玻璃瓶中，内盛530mL、高度约10cm的水用于冷却电解池。水浴上盖有一张垫圈形塑料片，一个温度计固定于其上，温度计居于电解池侧壁和水浴侧壁中间，温度计头部离水浴底部约2cm。在实验期间室温为22℃。原设计该系统用于观测中子发射，因此未持续观测温度和热量。

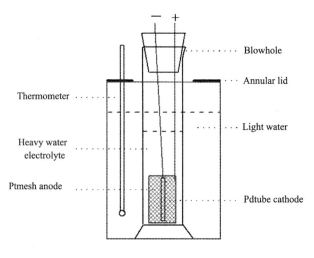

图1　实验装置示意图

Fig. 1　Schematic of experimental set-up

在1991年4月的实验中共发生过三次爆炸，在这些爆炸中电解池的橡胶盖连同电极飞出1.5～3m远，连接直流电源与电解池间的电线和鳄鱼夹遗落在电解池及水浴所在的实验台上；在最后一次爆炸中电解池底部遭击穿并使得重水电解液与水浴中的轻水混合在一起。因为爆炸发生时无人在场，因此都没有直接的数据记录，只有最后一次爆炸后的一些细节如下文所述。

在该次爆炸前已用7.5V电压恒电势电解超过50hr。第50hr的电解电流为0.26A（62mA·cm^{-2}），略低于初始值。实验中每小时手动记录电压、电流和水浴温度，在爆炸前这些数值一直稳定。在记录第50hr数据后，实验员王大伦离开实验室并在半小时后返回，爆炸就发生在此间。在爆炸现场发现水浴温度增高5℃，橡胶塞连同电极落在2～3m远的地板上。同时发现钯阴极管中上部有一个凸起但背面并无下凹，即该形变非由受外力所致。在前两次爆炸中电解池完整无损，仅仅倒向一侧。在第二次爆炸后，实验员用力把橡胶塞按进电解池口，结果导致第三次更猛烈的爆炸。下面我们将详细讨论该爆炸过程。

3　爆炸分析

首先讨论电解过程中的热效应。容易得知0.26A电解50hr共消耗4.4mL或4.9g重水；爆炸前的电解液液面高度是8.3cm。电解热功率为：$P = I \times (V - 1.53V) =$

1.5W,此处 1.53V 是分解重水的热中性电动势。可求得电解池壁内外的温差

$$\Delta T = \frac{Pt}{\kappa S} = 0.32℃ \ll 5℃ \tag{1}$$

此处电解池壁厚 $t=0.125$cm;玻璃热导率 $\kappa=9$mW·cm^{-1}·K^{-1},电解液(8.3cm 高)周围玻璃侧壁的有效热导面积 $S=66$cm^2。由该式可见,即使仅考虑侧壁的热传导而忽略其他热耗散得出的电解液平均温度也只比水浴稍高,说明电解热功率本身不足以引起爆炸后的温升。

爆炸中释放的能量可用 530mL 轻水和 35mL 重水升温 5℃ 来做保守估计,即 $\Delta Q=$ 12kJ,此处我们省略了爆炸中释放到他处的能量。

爆炸后的模拟实验表明,需要 2.1kgf[①] 才可把橡胶塞从玻璃瓶口脱开,这对应于电解池内外压差为 0.51atm[②]。也就是说,爆炸前电解池内压力至少为 1.51atm。有三种原因可以引起高压并导致爆炸,我们首先讨论两种最常见的因素。

3.1 封闭系统爆炸

假设由于人为失误导致系统完全封闭,那么电解池也会因内压太高而发生爆炸,但这种情况下只要电解 7min 而不是 50h 内压就能达到 1.5atm,此外也无任何机制可以使电解池变成封闭系统,即使真是封闭系统爆炸也无法引起水浴温度升高,因此可排除这种可能性。

3.2 氘氧复合反应引起的化学爆炸

电解池内电解液液面上方的气体体积为 38cm^3,根据氘氧复合反应热

$$D_2 + \frac{1}{2}O_2 = D_2O + 294.6(kJ·mol^{-1})$$

和最佳氘氧体积比求得化学反应热为 $\Delta Q_{chem}=0.31$kJ,远小于加热水浴的 12kJ。

我们考虑另一种极端情形,即电解池内充满氧气并与钯阴极管内突然释放的氘气在短时间内化合成重水,对应的热释放为 0.92kJ,仍只有实际热释放的 1/13 且这类热量也无法有效加热电解液。另外,爆炸后橡胶塞完整无缺且表面无高温灼烧痕迹也说明爆炸非由化学反应所致。

3.3 钯阴极管内的热猝发

因为电解池是开放系统,电解产生的氘氧气体可通过通气口自由出入,多余气体不会在电解池内聚集,所以爆炸唯一可能的原因就是阴极内发生了低能核反应,该反应放出热量并加热重水到沸点,导致电解池在短时间内形成高压重水蒸气,因通气口太小来不及释放而发生爆炸。

利用上述水浴升温的能量 12kJ 可估计爆炸前 34.6ml 电解液要升温 75℃(绝热近似)。因室温为 22℃,电解液温度要高于 97℃,很接近于沸点,这也表明电解液在爆炸前

---

① 1kgf=9.80665N,下同.

② 1atm=1.01325×10^{5}Pa,下同.

是沸腾的。

重水在 1.5atm 下的沸点是 113℃[7]，对应的蒸汽密度 $\rho=0.966$mg·cm^{-3}，蒸发焓 $\Delta H=2012$J·g^{-1}。根据伯努利定律可求得重水蒸气在通气口的速度

$$v_{\text{hole}} = \sqrt{\frac{2\Delta P}{\rho}} = 330\text{m}\cdot\text{s}^{-1} \tag{2}$$

其中 $\Delta P=0.51$atm，是电解池内外压力差。该速度约等于空气中的声速。

可以用两种方法估计爆炸功率，一种是动力学方法，一种是热输运方法，兹分述如下。

3.3.1　动力学计算

爆炸的特征时间 τ 可由重水蒸气在电解池内的有效速度

$$v_{\text{eff}} = v_{\text{hole}}\left(\frac{\phi_1}{\phi}\right)^2 = 5.6\text{m}\cdot\text{s}^{-1} \tag{3}$$

和电解池内气柱长度 $L=9$cm 得到，即

$$\tau = \frac{L}{v_{\text{eff}}} = 0.017\text{s} \tag{4}$$

假设气柱（38mL）填满 1.5atm、113℃的重水蒸气，可求得这些蒸汽的蒸发热为 $\Delta Q_L=74$J，由此可求得爆炸热功率

$$P_{\text{kin}} = \frac{\Delta Q_L}{\tau} = 4.5\text{kW} \tag{5}$$

虽然这些能量都释放到空气中而未储存在电解液内。

3.3.2　热输运分析

我们讨论两种极限情形，一种是绝热近似，即热产生如此之快以至于热量全部由蒸汽带走，相应的热功率

$$P_{\text{ad}} = \frac{\pi\phi_1^2 \rho v_{\text{hole}}}{4}\Delta H_{T_0 \to T} \tag{6}$$

其中 $\Delta H_{T_0 \to T}=2264$J·g^{-1}，是重水从 22℃、1atm 液态到 113℃、1.5atm 气态的焓变[7]。利用参数 $\phi_1=0.3$cm、$\rho=0.966$mg·cm^{-3} 和 $v_{\text{hole}}=330$m·s^{-1} 我们得到通过出气孔的蒸汽功率

$$P_{\text{ad}} = 5.1\text{kW} \tag{7}$$

另一个近似是等温极限，即电解池温升如此之慢使得电解池内温度处处均等，对应的爆炸前热功率可由电解池的热耗散求得，即

$$P_{\text{iso}} = P_{\text{ad}} + \alpha A(T - T_0) \tag{8}$$

其中方程右式第二项是浸泡在水浴中电解池外壁（接触面积 $A=80$cm^2）的对流热损失，α 是热传输系数

$$\alpha = cRa^n \frac{\lambda}{h} \tag{9}$$

此处常数 c 和 n 的数值取决于瑞利数 Ra

$$Ra = \frac{2\rho_{\mathrm{w}}^2 Cg(T-T_0)h^3}{\eta\lambda(T+T_0)} \tag{10}$$

其中作为对流介质水的参数为:密度 $\rho_{\mathrm{w}}=1\mathrm{g\ cm^{-3}}$、热容量 $C=4.181\mathrm{J\cdot g^{-1}\cdot K^{-1}}$、重力加速度 $g=979.75\mathrm{cm\cdot s^{-2}}$、高度 $h=10\mathrm{cm}$、绝对黏度系数 $\eta=8.55\mathrm{mg\cdot cm^{-1}\cdot s^{-1}}$、热导率 $\lambda=6.104\mathrm{mW\cdot cm^{-1}\cdot K^{-1}}$、$T=386\mathrm{K}(113^\circ\mathrm{C})$ 和 $T_0=295\mathrm{K}(22^\circ\mathrm{C})$。我们得到瑞利数 $Ra=2.1\times10^{10}$。对应于 $c=0.1$ 和 $n=1/3$($10^9<Ra<10^{13}$)[8]。热传输系数 $\alpha=0.168\mathrm{W\cdot cm^{-2}\cdot K^{-1}}$。电解池在水浴中耗散的热对流功率为 $1.2\mathrm{kW}$。电解池在空气中耗散的热对流功率仅有 $0.3\mathrm{W}$,辐射热功率仅 $11\mathrm{W}$,故此处从略。

由此求得爆炸前的等温近似热功率为

$$P_{\mathrm{iso}}=6.3\mathrm{kW} \tag{11}$$

上述两种不同估计给出数值稍有不同的热功率,因此实际热功率应该在上述诸数中的某个中间值

$$P=4.5\sim6.3\mathrm{kW} \tag{12}$$

爆炸热功率密度应该是

$$\frac{P}{V_{\mathrm{Pd}}}=31\sim43\mathrm{kW\cdot cm^{-3}Pd} \tag{13}$$

此处钯管体积 $V_{\mathrm{Pd}}=0.147\mathrm{cm^3}$。当然,这仅是假设核反应在整个电极中均匀分布而得出的最小值。正如在爆炸以后看到的,电极局部凸起说明反应是局域化的,实际热功率数值要远大于该值。考虑反应区域局限在电极直径长度的钯管内,则该部分体积为 $3.9\times10^{-3}\mathrm{cm^3}$,对应的局域爆炸功率密度为

$$\frac{P}{V_{\mathrm{Pd,local}}}=1.2\sim1.6\mathrm{MW\cdot cm^{-3}Pd} \tag{14}$$

当然,上述数值仅表征瞬时的爆炸过程。电解池从室温升高到沸点是需要时间的,我们可以估计这个积累时间的下限是爆炸热功率加热水浴所需要的时间

$$t>\frac{\Delta Q}{P_{\mathrm{iso}}}=2\mathrm{s} \tag{15}$$

而上限是半个小时。利用该时间尺度,我们得到该反应的功率下限为 $6.6\mathrm{W}$ 或输入功率的 430%,对应的功率密度下限为

$$\frac{\overline{P}}{V_{\mathrm{Pd}}}>45W\cdot cm^{-3}Pd \tag{16}$$

考虑日本水野忠彦的爆炸结果[6],电解池温度从室温升高到沸点仅仅 $17\mathrm{s}$,我们情况下的升温时间应该也在该时间尺度内,例如少于 1 分钟。否则,如果加热时间很长那么水浴的温升要高于 $5\,^\circ\mathrm{C}$,电解液也会烧干,电解池可能会由于热应力而崩裂但不会是底部贯穿,顶盖也不会飞出去。

4　讨论

基于上述分析我们可以重构该爆炸过程。爆炸是由凝聚态中核反应引起的,开始时钯管电极的一个区域满足了核反应的一些现在尚未知的条件[2],结果发生放热反应并加

热电极和周围的电解液。温度与反应率之间的正反馈效应使得放热功率随时间指数增加。一段时间以后，热功率如此之大，以至于反应区域（$<3.9\times10^{-3}\,cm^3$）的温度超过一千摄氏度，热应力导致晶格严重不可逆变形（如实验后所见）。同时周围重水迅速汽化并导致重水沸腾，当超热大到产生的重水蒸气无法通过排气孔有效逃逸时，内气压也迅速增加并超过了安全值 1.5atm。最后爆炸发生，热量在 17ms 内以 $4.5\sim6.3$kW（$1.2\sim1.6$MW·cm^{-3}Pd）的功率释放出来，橡胶塞飞出，电解池底部也被反冲力击穿。

当我们 19 年后回顾该现象时，它揭示出了当时忽略掉的更多细节：

1）该系统仅在 62mA·cm^2 的电流密度下工作，该数值低于众所周知产生超热需要的阈电流密度 $100\sim150$mA·$cm^{-2[2]}$。此后本文作者也用 $44\sim53$mA·cm^{-2} 的电流密度产生超热[9]。这些结果表明超热需要的阈电流密度可以比以前设想的低 $2\sim3$ 倍。

2）尽管在这些实验中未测量阴极中的氘含量，但基于如下两个原因，D/Pd 不会高：①如前所述，电流密度比凝聚态核反应中产生超热报道的大多数密度值低；②管电极只有外表面显著极化，内表面由于电解液高阻值和氘气的形成所以电流密度很低，这意味着电极主要在外表面吸气而内表面在放气。可见，电极中的 D/Pd 要比具有单外表面的实心电极低。这些因素表明产生超热所需的 D/Pd 阈值也非必要条件[9]。

3）另一个必须指出的事实是电解热功率在整个爆炸过程中只有很小的贡献，原因是电解一直是恒电势模式。电解液沸腾产生的蒸汽会引起电解液电导的降低，输入功率也相应减小。该趋势与恒电流模式下的作用正好相反。

很明显，本文描述的爆炸十分类似于水野忠彦观测到的钨-轻水电解系统中的爆炸[5]，它们的共同点在于短电解时间内产生大量超热。

此外，关于美国 SRI International 的钯-重水电解池爆炸[3]，因为该系统是全封闭的且参数复杂，我们很难像此处一样给出明确的结论，但不排除有核反应引起的可能性。最近，法国的 Biberian 也报道在开放钯管-重水开放电解系统中低电流电解时发生爆炸[6]，我们倾向于认为其爆炸与我们的有类似机理。

致谢

感谢与 J. Rothwell 博士、J. P. Biberian 和 J. Dash 教授的有益讨论。

参考文献

[1] M. Fleischmann, S. Pons, M. Hawkins. Electrochemically induced nuclear fusion of deuterium [J]. J. Electroanal. Chem., 1989, 261: 301-308; Errata, J. Electroanal. Chem., 1989, (263): 187.

[2] E. Storms. The science of low energy nuclear reaction [M]. Singapore: World Scientific Pub., 2007.

[3] S. I. Smedley, S. Crouch-Baker, M. C. H. McKubre and F. L. Tanzella. The January 2, 1992, Explosion in a deuterium/palladium electrolytic system at SRI International [A]. H. Ikegami, ed. Frontiers of Cold Fusion [C]. Japan, Tokyo: Universal Academy Press, 1993: 139~154.

[4] X. W. Zhang, W. S. Zhang, D. L. Wang, S. H. Chen, Y. B. Fu, D. X. Fan, W. J. Chen. On the explosion in a deuterium/palladium electrolytic system [A]. H. Ikegami, ed. Frontiers of Cold Fusion [C]. Japan, Tokyo: Universal

Academy Press, Inc. ,1993;381~384.

[5] T. Mizuno and Y. Toriyabe. Anomalous energy generation during conventional electrolysis [A]. A. Takahashi ed. Condensed Matter Nuclear Science [C], Singapore; World Scientific Pub. ,2006;65~74.

[6] J. -P. Biberian. Unexplained explosion during an electrolysis experiment in an open cell mass flow calorimeter [J]. J. Condensed Matter Nucl. Sci. ,2009,(2):1~6.

[7] http://nuclear. ntua. gr/apache2-default/codes/heavy_calculus. html

[8] C. Y. Warner, V. S. Arpaci. An experimental investigation of turbulent natural convection in air at low pressure along a vertical heated flat plate [J]. Int. J. Heat and Mass Transfer,1968,11 (3):397~406.

[9] Z. L. Zhang, W. S. Zhang, M. H. Zhong and F. Tan. Measurements of excess heat in the open Pd/D₂O electrolytic system by the Calvet calorimetry [A]. F. Scaramuzzi ed. Proc. 8th Int. Conf. Cold Fusion [C]. Italy, Bologna: Italian Physical Society,2000;91~96.

Thermal and Dynamic Analyses of Explosion in an Open Palladium/Deuterium Electrolytic System

ZHANG Wu-shou[1]   **ZHANG Xin-wei**[2]   **WANG Da-lun**[3]

QIN Jian-guo[3]   **FU Yi-bei**[3]   **CHEN Wen-jiang**[3]

(1. *Institute of Chemistry, Chinese Academy of Sciences, P. O. Box 2709, Beijing 100190, China;*

2. *Institute of Applied Physics and Computational Mathematics, P. O. Box 8009, Beijing 100088, China;*

3. *Institute of Nuclear Physics and Chemistry, China Academy of*

Engineering Physics, Mianyang 621900, China)

Abstract   An explosion occurred in an open Pd/D electrolytic system at low current density of 62 mA $\cdot$ cm^{-2}. The average power was greater than 6. 6 W(45 W $\cdot$ cm^{-3} Pd or 430% of input power) in the developing period of 2 seconds to half an hour before the explosion. Dynamic and thermal analyses give that the explosion power was 4. 5 to 6. 3 kW (or 1. 2 to 1. 6 MW $\cdot$ cm^{-3} Pd,3,000 to 4,200 times of input power) in about 17 milliseconds. It is concluded that this explosion was most probably caused by low energy nuclear reactions taking placed in the Pd tube cathode rather than chemical reactions.

Keywords   Explosion, Pd tube, Pd/D electrolytic system, Condensed matter nuclear science

氢(氘)气放电源打靶谱中的未知谱线*

王大伦　秦建国　赖财锋　韩子杰

(中国工程物理研究院核物理与化学研究所,绵阳 621900)

摘要　用氢气放电源打靶,发现打靶谱中有 4 条不同于常规 X 射线的特殊谱线。实验证明这 4 条特殊射线既不是 X 射线衍射线,也不是靶材料元素的特征 X 射线。这 4 条特殊 X 射线的能量恒定不变,不同靶材料的打靶谱中都有(2.28±0.07)keV、(2.60±0.08)keV、(3.29±0.10)keV、(3.66±0.11)keV 这 4 条特殊谱线。实验还证明这 4 条谱线的产生也与放电气体(氘或氢)无关、打靶源(氢气放电源、TiT 源、X 射线源等)无关。因此,称这 4 条特殊谱线为未知 X 射线。

关键词　氢气放电源,打靶谱,未知 X 射线谱

1　引言

近年来,我们在氢气放电源轰击多种靶的实验中观测到一系列能量恒定不变的低能 X 射线新谱线[1~7],本文内容就是该研究的最新进展。

2　氢(氘)气放电装置

氢(氘)气放电及 X 射线测量装置如图 1 所示。其中石英放电室内充 10~40Pa 流动氢(氘)气,在 3~11kV 交流电压下进行放电。用放电产生的 X 射线以及电子、质子等带电粒子轰击不同材料的靶,用低能 X 射线高纯锗谱仪(IGLET-X-11145)和 Si(Li)谱仪(SL-10180)测量打靶谱,研究打靶谱中的 X 射线。

石英放电室轴线上的两个钽电极相距 6~7cm。放电产生的粒子和 X 射线经石英引出管进入靶室打靶。打靶产生的 X 射线再经叉管并穿过 $25\mu m$ 铍窗进入 HPGe 或 Si(Li)探测器被记录。在 HPGe 或 Si(Li)探测器前加 3mm 厚石英片挡掉进入探测器的 X 射线,此时测到的本底谱见图 2 和图 3。图 2 和图 3 中的本底谱是在氢气放电条件下测得的。3mm 石英片对放电时的电磁干扰没有屏蔽作用,所以图 2 和图 3 的本底谱表明放电时的电磁干扰对 X 射线谱的测量无影响。

────────────────

* "973"计划资助项目(2009CB226113)

联系人:王大伦,E-mail:stingg@126.com

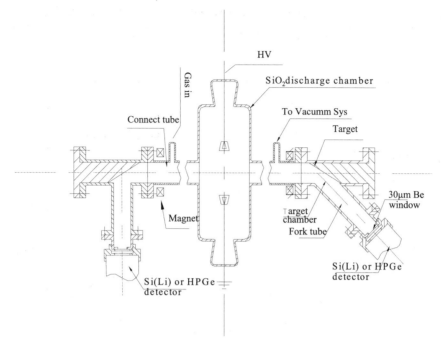

图 1　氢气放电源打靶装置

Fig. 1　Apparatus of hydrogen gas discharge source bombarding targets

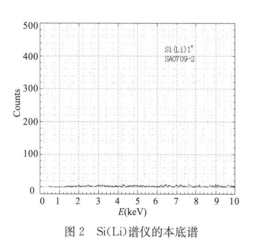

图 2　Si(Li)谱仪的本底谱

Fig. 2　Background spectrum of Si(Li) detector

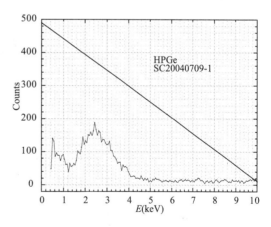

图 3　HPGe 谱仪的本底谱

Fig. 3　Background spectrum of HPGe detector

3　氢(氘)气放电源的打靶谱

3.1　电子和 X 射线混合源打靶谱

在图 1 装置中,用氢气放电产生的电子、质子等带电粒子和 X 射线直接在靶室中打靶,现在以氢(氘)气放电源打镁(Mg)、铁(Fe)、石英(SiO$_2$)、有机玻璃(C$_5$H$_8$O$_2$)和碳(C)这 5 种靶为例,说明用 Si(Li)谱仪测得的氢气和氘气放电源打靶谱,详见图 4～图 8。

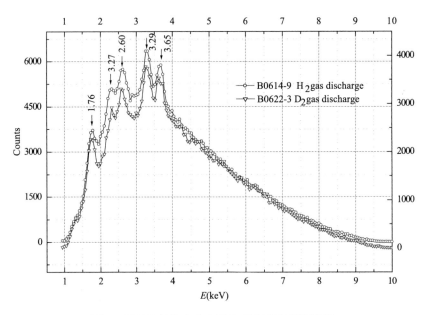

图 4　氢(氘)气放电中电子和 X 射线打镁靶的谱

Fig. 4　Spectra of electron and X-ray in H$_2$ gas discharge bombarding Mg target

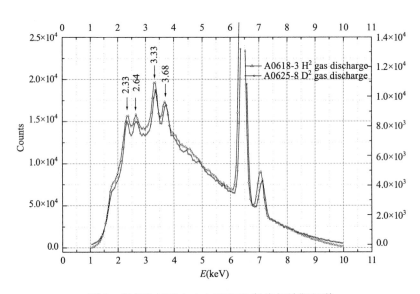

图 5　氢(氘)气放电中电子和 X 射线打铁靶的谱

Fig. 5　Spectra of electron and X-ray in H$_2$ gas discharge bombarding Fe target

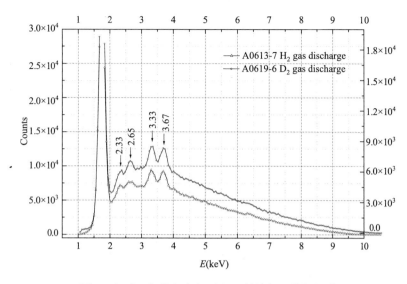

图 6　氢(氘)气放电中电子和 X 射线打石英靶的谱

Fig. 6　Spectra of electron and X-ray in H₂ gas discharge bombarding SiO₂ target

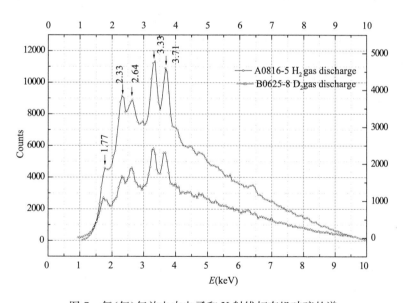

图 7　氢(氘)气放电中电子和 X 射线打有机玻璃的谱

Fig. 7　Spectra of electron and X-ray in H₂ gas discharge bombarding C₅H₈O₂ target

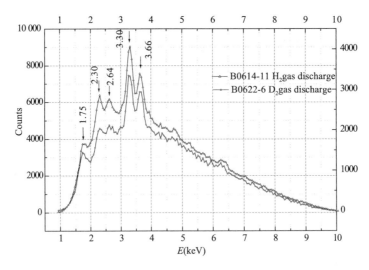

图 8　氢(氘)气放电中电子和 X 射线打碳靶的谱

Fig. 8　Spectra of electron and X-ray in H_2 gas discharge bombarding C target

　　氢(氘)气放电源打靶时,除电子和 X 射线外,放电产生的质子等带电粒子也参与了打靶,但由于转换成 X 射线的效率很低,因此测到的打靶谱实际是由电子和 X 射线产生的。图 4 中的 1.25 keV 是镁的 K_α,图 5 中的 6.40 keV 和 7.06 keV 分别是铁的 K_α 和 K_β,图 6 中的 1.74 keV 是硅的 K_α。除图 6 外,图 4～图 8 中都有 1.74 keV 谱峰,它可能主要是由石英放电室的 K_α 和电极钽的 K_α 由靶散射到探测器上形成的。X 射线轰击 Si(Li)探测器死层产生的 K_α 也可以被 Si(Li)谱仪记录。

　　比较图 4～图 8 的氢气放电源打靶谱可知:在谱中都有 (2.28 ± 0.07)keV、(2.60 ± 0.08)keV、(3.29 ± 0.10)keV 和 (3.66 ± 0.11)keV 这四条谱线,这四条谱线的能量恒定不变,它的产生与靶材料无关,与气放电气体氢(氘)无关。因此这四条谱线是一系列不同于常规 X 射线的特殊谱线。

3. 2　X 射线打靶谱

　　在放电产生的粒子和 X 射线进入靶室前,加偏转磁场(约 800Gs)[①]偏转掉电子,仅用 X 射线打靶,Si(Li)谱仪测到的 X 射线打靶谱见图 9～图 12。

---

　　① 　1Gs=10^{-4}T,下同

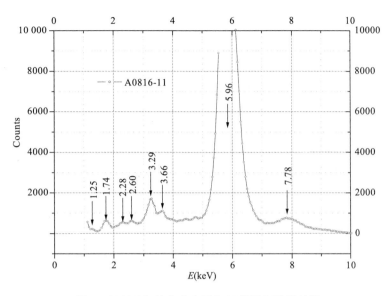

图 9　氢(氘)气放电中电子和 X 射线打镁靶的谱

Fig. 9　Spectra of electron and X-ray in H₂ gas discharge bombarding Mg target

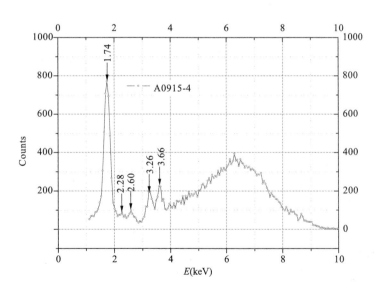

图 10　氢(氘)气放电中电子和 X 射线打石英靶的谱

Fig. 10　Spectra of electron and X-ray in H₂ gas discharge bombarding SiO₂ target

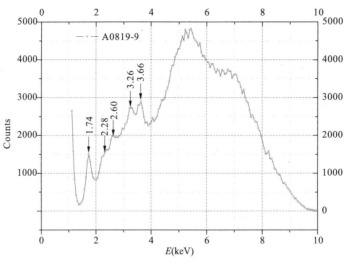

图 11　氢(氘)气放电中电子和 X 射线打有机玻璃靶的谱

Fig. 11　Spectra of electron and X-ray in H_2 gas discharge bombarding $C_5H_8O_2$ target

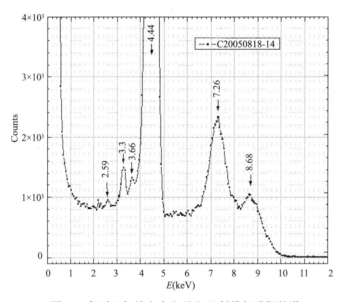

图 12　氢(氘)气放电中电子和 X 射线打碳靶的谱

Fig. 12　Spectra of electron and X-ray in H_2 gas discharge bombarding C target

　　图 9 中的 1.25 keV 为镁的 K_α,5.96 keV 和 7.78 keV 谱峰为 X 射线衍射峰。图 10 中 1.74 keV 为硅的 K_α,馒头峰的出现表明石英靶为非晶体靶。图 11 中低能"尾巴"为放电干扰,馒头峰反映了有机玻璃靶为非晶体靶。图 12 中低能尾巴是干扰,4.44 keV、7.26 keV 和 8.68 keV 为 X 射线衍射谱峰。

　　1)与图 4～图 8 比较,在图 9～图 12 中,电子产生的低能段轫致辐射馒头峰消失了。这有助于低能 X 射线单能峰的分辨和测量,一定程度上弥补了 X 射线打靶转换效率低(与电子打靶相比)的不足。

2)与图4~图8的谱一样,在图9~图12的谱中同样都有:(2.28±0.07)keV、(2.60±0.08)keV、(3.29±0.10)keV 和(3.66±0.11)keV 这四条特殊谱线。

通过电子、X 射线混合源打靶和单独 X 射线源打靶谱的比较,说明 4 条特殊谱线的产生和打靶源无关,电子和 X 射线仅是一种引起 4 条特殊谱线的打靶源。

3.3 Si(Li)和 HPGe 谱仪的对比测量结果

为了检验 Si(Li)谱仪测出的打靶谱的可靠性,对 4 种靶的打靶谱同时用 Si(Li)和 HPGe 两种谱仪作了对比测量,测量结果见图13~图16。

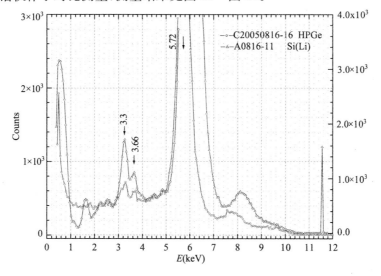

图 13　两种谱仪测出的镁靶打靶谱

Fig. 13　Spectra of bombarding Mg target detected by Si(Li) and HPGe detectors

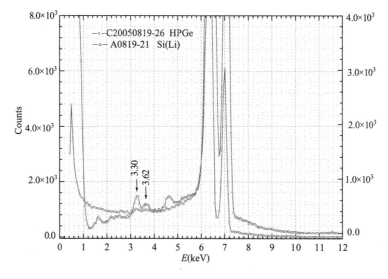

图 14　两种谱仪测出的铁靶打靶谱

Fig. 14　Spectra of bombarding Fe target detected by Si(Li) and HPGe detectors

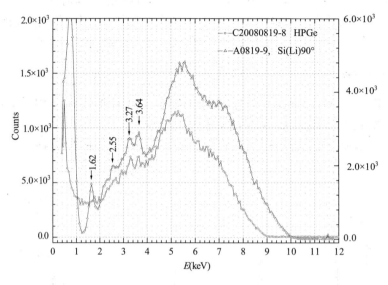

图 15　两种谱仪测出的有机玻璃靶打靶谱

Fig. 15　Spectra of bombarding $C_5H_8O_2$ target detected by Si(Li) and HPGe detectors

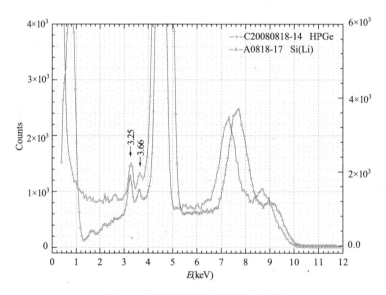

图 16　两种谱仪测出的碳靶打靶谱

Fig. 16　Spectra of bombarding C target detected by Si(Li) and HPGe detectors

由于 HPGe 谱仪的计数损失比 Si(Li)谱仪严重(尤其低能),所以谱中有些低能弱峰消失。但谱中出现的谱峰和 Si(Li)谱仪测到的谱峰一致。表明两种谱仪的测量结果相符。因此 4 条特殊谱线的测量结果是可信的。

3.4　X射线衍射线和特殊谱线

上述实验测出的4条特殊谱线是否是X射线衍射线? 以下三方面实验事实否定了4条特殊谱线是X射线衍射线的可能性。

1) X射线衍射线的能量和靶材料有关,轰击不同靶材料产生不同能量的X射线衍射线(见图9～图12)。图4～图8是氢(氘)气放电源打五种不同材料靶时测到的打靶谱,这五种靶打靶谱中的4条特殊谱线的能量是恒定不变的,与靶材料无关。证明这4条特殊谱线不是X射线衍射线。

2) 图4～图8是镁、铁、石英、有机玻璃和碳5种靶的打靶谱,其中镁、铁和碳是多晶体靶,石英和有机玻璃是非晶体靶。非晶体靶不能产生单能衍射谱线,但图6和图7中的石英和有机玻璃非晶体靶的打靶谱中仍有4条特殊谱线,这也说明4条特殊谱线不是X射线衍射线。

3) 打靶谱中的X射线衍射线能量和衍射角θ及测量角φ有关,当θ不变而改变φ时测到的X射线衍射线也要随之改变。实验结果的比较见图17,实验结果表明当φ变化时,4条特殊谱线的能量没有变化,但大于4 keV的X射线衍射线变了(和$\theta=22.5°\varphi=90°$比较,当$\theta=22.5°\varphi=45°$时7.84 keV谱峰消失了,新产生了4.58 keV和6.53 keV衍射峰)。这又证明了4条特殊谱线不是X射线衍射线。

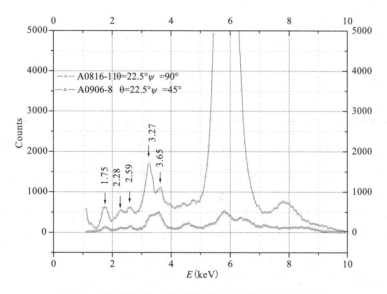

图17　不同测量角φ测到的氢气放电源打镁靶谱比较

Fig. 17　Spectrum comparison of bombarding Mg target at different measurement angle φ

3.5　靶材料杂质和特殊谱线

有些杂质元素的特征X射线能量在测量误差范围内与特殊谱线的能量相符,这里首先要考虑荧光效率较高的K_α特征X射线。K_α特征X射线的能量和4条特殊谱线的能量相近的杂质分别是:硫(2.308 keV)、氯(3.314 keV)、钾(3.314 keV)和钙(3.692 keV)。

四条特殊谱线是否是上述四种杂质元素的特征 X 射线? 以下实验结果证实了 4 条特殊谱线不是杂质元素的特征 X 射线。

图 4~图 12 打靶谱中所用的 9 种靶不可能都含有硫、氯、钾和钙这四种杂质。中国工程物理研究院材料与工艺研究所和激光聚变研究中心分别用扫描电镜分析了镁和石英两种靶的杂质含量,分析结果见表 1 和表 2。

表 1　镁靶中所含的杂质元素

Tab. 1　Impurity element in Mg target

元素	重量百分比(%)	误差	原子百分比(%)	误差
氧(O)	1.30	±0.19	1.96	±0.29
镁(Mg)	98.70	±0.48	98.04	±0.48

表 2　石英靶中所含的杂质元素

Tab. 2　Impurity elements in SiO_2 target

元素	重量百分比(%)	原子百分比(%)	误差
硅(Si)	99.72	99.84	0.49
钾(K)	0.06	0.05	24.75
钒(V)	0.07	0.04	16.27
铬(Cr)	0.09	0.05	11.41
铁(Fe)	0.05	0.03	16.32

由表 1 可知,镁靶中的杂质只有氧(O),没有可产生 4 条特殊谱线的杂质,但图 4 和图 9 的氢气放电源打镁靶谱中仍有这 4 条特殊谱线。同样石英靶可产生 4 条特殊谱线的杂质只有钾能产生(3.29±0.10)keV 这条谱线,但在图 6 和图 10 的氢气放电源打石英靶谱中另外 3 条特殊谱线照样存在。而杂质含量相当的钒、铬、铁的 K_α 线都没有测到。由此说明这 4 条特殊谱线既不是 X 射线衍射线,也不是靶材料杂质元素的特征 X 射线,它的产生与靶材料、放电气体和打靶源均无关,因此,这种特殊谱线可能是一种不同于常规特征 X 射线的未知谱线。这里暂称此类特殊谱线为未知谱线。

4　讨论

上述实验结果证明:用氢气放电源打靶时,发现打靶谱中有 4 条尚未被人们认识的谱线。这 4 条未知谱线既不是 X 射线衍射线,也不是靶材料杂质元素的特征 X 射线。这 4 条谱线的能量恒定不变,无论打晶体靶还是非晶体靶,金属靶还是非金属靶,4 条未知谱线的能量都是(2.28±0.07)keV、(2.60±0.08)keV、(3.29±0.10)keV 和(3.66±

0.11)keV。这进一步证明 4 条谱线确实是一种与常规 X 射线(特征 X 射线)不同的未知谱线。因此,针对这四条未知谱线的产生原因需开展相应的实验研究与论证。

参考文献

[1]　王大伦,张信威. 氢原子的 X 射线新谱系的实验观测及其解释[J]. 强激光与粒子束,2005,17(9)：1335~1340.

[2]　王大伦,秦建国,赖财锋,励义俊,李兵,刘荣. 几类源打"新靶"和"旧靶"的对比实验[J]. 强激光与粒子束,2006,18(10)：1708~1711.

[3]　王大伦,秦建国,赖财锋,励义俊,李兵,刘荣. 氢气放电源打靶的较完整新谱系实验测量[J]. 强激光与粒子束,2006,18(11)：1913~1916.

[4]　王大伦,秦建国,赖财锋. 靶材料杂质影响新谱线产生的实验验证[J]. 强激光与粒子束,2008,20(6)：961~964.

[5]　秦建国,王大伦,徐家云,赖财锋. 氢气放电源和 X 光机 X 射线源打靶谱的研究[J]. 原子分子物理学报,2008,25(1)：18~24.

[6]　秦建国,王大伦,徐家云,赖财锋. 氢气放电中 X 射线测量的能量刻度[J]. 原子分子物理学报,2008,25(3)：559~564.

[7]　秦建国,王大伦,赖财锋. 杂质元素特征 X 射线对氢气放电源打靶新谱线的影响[J]. 强激光与粒子束,2009,21(7)：961~969.

Unknown Spectral Lines in Beam-Target Spectra under Radiation in Hydrogen (deuterium) Gas Discharge

WANG Da-lun　QIN Jian-guo　LAI Cai-feng　HAN Zi-jie

(*Institute of Nuclear Physics and Chemistry*, *China Academy of Engineering Physics*, *Mianyang* 621900, *China*)

Abstract　Four special spectral lines are observed in the X-ray spectra of hydrogen-gas discharge. It was verified experimentally that these 4 lines are neither diffraction spectra of X-ray nor characteristic X-rays of target material. Energies of these lines are 2.28 ± 0.07, 2.60 ± 0.08, 3.29 ± 0.10 and 3.66 ± 0.11 keV. The energies are constant and not dependent on target materials, discharge gas (hydrogen or deuterium) and bombarding source (gas discharge, TiT or X-ray source). Therefore they are named as unknown X-rays.

Keywords　Radioactive source of hydrogen-gas discharge, Spectrum of beam-target, Unknown X-ray spectrum

蓝炭炉气 CH$_4$-H$_2$O 催化重整实验研究*

罗万江　兰新哲　宋永辉　周军　张秋利

(西安建筑科技大学冶金工程学院,陕西省冶金工程技术研究中心,西安 710055)

摘要　本文研究了 Ni/γ-Al$_2$O$_3$ 催化剂对蓝炭炉气进行 CH$_4$-H$_2$O 重整反应制备甲醇合成气的工艺,采用 XRD、DTG、H$_2$-TPR、SEM 等手段对催化剂进行了分析表征,并考察了温度、空速等因素对蓝炭炉煤气重整过程的影响。研究表明,在温度为 800℃,空速为 9000 h^{-1},水烃比在 3.0 左右时,甲烷转化率可达到 95%左右。原料气中二氧化碳含量在 3%左右时,合成气的 H$_2$/CO 满足甲醇合成的要求。Ni/γ-Al$_2$O$_3$ 催化剂对 CH$_4$-H$_2$O 重整具有良好的催化活性,但催化剂表面容易积炭。

关键词　蓝炭炉煤气,甲烷,催化重整,Ni/γ-Al$_2$O$_3$ 催化剂

1 引言

低变质煤的中低温干馏过程中,副产的蓝炭炉气是一种低热值的燃料气,也可作为化工原料气。目前采用内热式直立方炉生产工艺产生的炉气中含有 40%左右的氮气[1],对其进一步综合利用影响较大。西安建筑科技大学采用一种新型干馏技术[2],获得的蓝炭炉气组成(体积分数)为:40.49% H$_2$、25.04% CO、12.46% CO$_2$、14.65% CH$_4$、5.85% N$_2$。初步研究证明,利用该炉气可以进一步合成甲醇,但是其中 14.65%左右的 CH$_4$ 对合成过程来说是不利的,因此采用重整技术对蓝炭炉气中的甲烷进行转化是一个很有意义的工作。

蓝炭炉气与焦炉煤气在组成上基本相同,但由于原料煤性质的差异,各种成分的含量也有一些差异。目前利用焦炉煤气重整后合成甲醇的技术已经比较成熟,而且已经实现了工业化[3]。比较成熟的甲烷重整工艺有:水蒸气重整工艺[4,5]、部分氧化重整工艺[6]、CH$_4$-CO$_2$ 重整转化工艺[7]以及甲烷三重整工艺[8]、甲烷二氧化碳和氧气催化氧化重整工艺等[9]。不同工艺的工艺条件和合成气的组成各有差异。重整过程是一个催化过程,催化剂的类型和性能是该工艺的一个关键问题。目前主要采用的是 Ni 基催化剂,常用的载体有 Al$_2$O$_3$、MgO、CaO 及 K$_2$O 等。载体主要有以铝酸盐和低表面积耐火材料两种形式加入[10]。

─────────────────

*"973"计划资助项目(项目编号:2009CB226114);国家支撑计划项目(项目编号:2009BAA20B01);陕西省"13115"重大科技专项项目(项目编号:2008ZDKG-46);榆林市科技计划项目

本实验采用浸渍法制备了 Ni/γ-Al_2O_3 催化剂,在对催化剂分析表征的基础上,进行了蓝炭炉气的 CH_4-H_2O 重整工艺条件优化,以期为后期甲醇的合成奠定基础。

2 实验部分

2.1 试剂

Ni(NO$_3$)$_2$·6H_2O(分析纯,天津市博迪化工有限公司),γ-Al_2O_3(分析纯,国药集团化学试剂有限公司), CH_4(99.99%)、CO(99.99%)、H_2(99.9%)、CO_2(99.8%)、N_2(99.8%)和 Ar(99.99%)来自北京氮普北分气体工业有限公司。

2.2 催化剂制备

将粒度为 100～120 目的 γ-Al_2O_3 置于马弗炉中,500℃条件下焙烧 5h 后,浸渍于预先配好的 Ni(NO$_3$)$_2$·6H_2O 溶液中,采用超声波均质后陈化 12h,在水浴蒸发器中将溶液蒸干,干燥 12h 后得到前驱体,将前驱体在 600℃下焙烧 4h,即得 Ni/γ-Al_2O_3 催化剂。焙烧后的催化剂经压片、筛分,取粒径为 0.18～0.25mm 的催化剂进行实验。

2.3 催化剂表征

Ni/γ-Al_2O_3 催化剂的物相表征采用 Rigaku D/Max 2500 型 X-射线衍射仪(日本), H_2-TPR 分析采用的是 Micromeritics 公司的 AutoChem Ⅱ-2920 型程序升温氢气还原分析仪(美国),TG-DTG 分析采用 NETZSCH 公司 STA409C 型热分析仪(德国)上进行,形貌表征采用 JSM-6700F 型冷场发射电子显微镜(日本)。

2.4 实验过程

精确称取 1.0g 催化剂装于 ϕ6mm×400mm 的石英反应管中,内装 ϕ3mm 的同轴热电偶石英套管,热电偶插入催化剂床层位置,催化剂两端用石英砂支撑,采用温度控制器控制反应炉温度,电炉加热。首先在 20%H_2+80%N_2 的还原气氛下对催化剂进行升温还原,还原结束后降至反应温度,切换反应气进行重整实验。实验过程中,蓝炭炉气和重整气的组成由 GC9610 型气相色谱仪测定,用热导池检测器(TCD)和 TDX201 色谱柱分析,载气为氩气,柱前压力 0.3MPa;外标法定量。

3 结果与讨论

3.1 重整工艺实验

3.1.1 温度影响

在空速 9000h^{-1},H_2O/CH_4＝3 的条件下分别考察不同温度 700℃、750℃、800℃、850℃、900℃下甲烷转化率、H_2/CO 的变化规律,实验结果如图 1 所示。

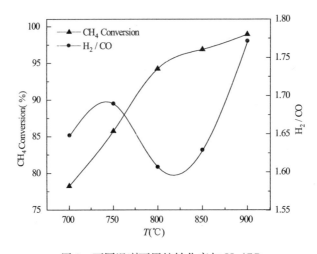

图 1　不同温度下甲烷转化率与 H₂/CO
Fig. 1　Effect of temperature on SMR

由图 1 可以看出,蓝炭炉气的 CH_4-H_2O 重整反应过程中,随着温度的升高,甲烷的转化率明显上升,在 700~800℃是甲烷的转化率上升较快,800℃达到了 94.22%;800~900℃区间甲烷的转化率变化逐渐平缓,但仍呈增加趋势,在 900℃时达到了 98.95%。CH_4-H_2O 重整反应是一个强吸热反应,提高温度对反应的进行是有利的。但是 800℃以后转化率的变化不是很大,因此,选择 CH_4-H_2O 重整反应的温度为 800℃。

3.1.2　空速影响

空速是反映生产能力和催化剂性能的重要因素之一。对于甲烷重整这一强吸热和体积增大的反应来说,空速增大将增大反应器的热负荷,甲烷的转化率随之降低。在温度为 800℃,H_2O/CH_4=3 的条件下分别考察了空速在 9000h^{-1}、12000h^{-1}、15000h^{-1}、20000h^{-1}、25000h^{-1}时甲烷转化率及 H_2/CO 的变化情况。空速与甲烷转化率、H_2/CO 的关系曲线如图 2 所示。

由图 2 可以看出,空速由 9000h^{-1}增大到 25000h^{-1}时,甲烷的转化率由 99.03%降至 70.53%。这是因为空速的增大使甲烷和水蒸气在催化剂活性中心上的停留时间降低,接触和发生吸附的概率下降;另一方面,CH_4-H_2O 重整反应是强吸热反应,高空速下反应的热负荷加大,甲烷的转化率呈线性下降。因此,蓝炭炉煤气重整过程中空速在 9000h^{-1}时为宜。

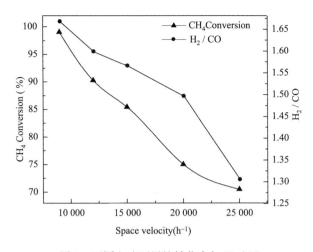

图 2 不同空速下甲烷转化率与 H_2/CO

Fig. 2 Effect of space veloctiy on SMR

3.1.3 水烃比影响

提高水烃比从化学平衡角度有利于甲烷转化,而且有利抑制析碳,但水烃比提高,蒸汽耗量增加,能耗增大,反应炉热负荷加剧。实验在温度 800℃,空速 9000h^{-1} 条件下分别考察水烃比在 0.5、1.5、2、3、4 下对 CH_4-H_2O 重整反应的影响。实验结果如图 3 所示。

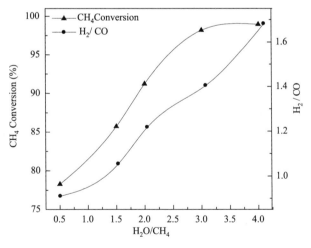

图 3 不同 H_2O/CH_4 时甲烷转化率与 H_2/CO

Fig. 3 Effect of H_2O/CH_4 on SMR

由图 3 可以看出,随着水烃比的增加,甲烷的转化率也随之升高。H_2O/CH_4 由 0.5 增加到 3.0,甲烷转化率的增幅较大,由 78% 上升到了 99%。在 H_2O/CH_4=3.0~4.0 范围内,甲烷的转化率变化不大。随着水烃比的增加,反应过程中的水含量过量,反应浓度加大,有利于甲烷转化率的提高。另外高的水烃比,加大了反应的热负荷,因此在满足工艺要求的前提下,要尽可能降低水烃比,一般水烃比在 3.0 左右为宜。

3.1.4 二氧化碳的影响

在煤气中 CO_2 含量分别为 12.5%、8.4%、6%、3% 和 0 的情况下进行甲烷的水蒸气重整实验,CO_2 含量与甲烷转化率、H_2/CO 的关系曲线如图 4 所示。

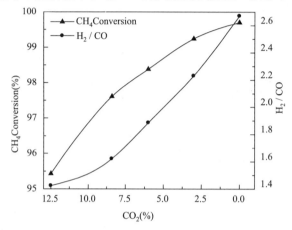

图 4　不同 CO_2 含量时甲烷转化率与 H_2/CO

Fig. 4　Effect of CO_2% on SMR

由图 4 表明,随着蓝炭炉煤气中二氧化碳的含量降低,甲烷的转化率上升,合成气的 H_2/CO 提高。当蓝炭炉煤气中二氧化碳的含量降到 3% 时,合成气的 $H_2/CO=2.23$,大于甲醇合成氢碳比的理论值。二氧化碳的存在使得二氧化碳和水蒸气与甲烷发生竞争反应,如方程(1)、(2)所示。在高温情况下,两个反应的 ΔH 值差别较小,因此同时发生,从而导致反应器出口气体组成 H_2/CO 较低。因此蓝炭炉煤气的二氧化碳含量一般应控制在 3% 左右,能够获得适合合成甲醇的合成气。

$$CH_4 + H_2O \longrightarrow CO + 3H_2 \qquad \Delta H^{\theta}_{298K} = +206.29 \text{kJ} \cdot \text{mol}^{-1} \qquad (1)$$

$$CH_4 + CO_2 \longrightarrow 2CO + 2H_2 \qquad \Delta H^{\theta}_{298K} = +247.30 \text{kJ} \cdot \text{mol}^{-1} \qquad (2)$$

3.2　催化剂表征

3.2.1　XRD 分析

浸渍后得到的前驱体、焙烧后和反应后的 $Ni/\gamma\text{-}Al_2O_3$ 催化剂的 XRD 谱图如图 5 所示。

由图 5 可以看出,催化剂前驱体在 $2\theta=37.5°$、$45.8°$、$66.8°$ 处出现 $\gamma\text{-}Al_2O_3$ 的特征峰,在 $2\theta=39.5°$ 有一个 Al_2O_3 的弱峰;在 $2\theta=37.5°$、$45.8°$、$61.6°$ 处出现 NiO 的衍射峰。焙烧后的催化剂在 $37.5°$、$43.48°$ 和 $63.1°$ 出现 NiO 的三个衍射峰,说明焙烧过程中负载物发生了分解,转化成了 NiO。经过氢气还原及重整反应后的催化剂在 $44.9°$ 和 $52.1°$ 出现金属 Ni 的衍射峰,此时 NiO 的衍射峰消失,说明附着在 Al_2O_3 表面的 NiO 已经被氢气还原成了金属 Ni;在 $26.4°$ 处出现石墨的特征衍射峰,说明催化剂上存在积炭;同时 γ-

Al_2O_3 的衍射峰变弱，γ-Al_2O_3 的结构被破坏，从而导致催化剂活性逐渐下降。可见，金属 Ni 颗粒的大小对催化剂的活性及表面积炭有很大影响，大颗粒有利于 CH_4 的裂解和积炭的产生，这与高群仰[11]研究结果一致。

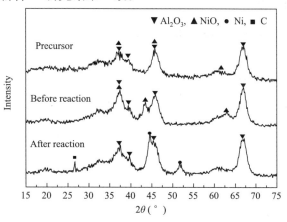

图 5　Ni/γ-Al_2O_3 催化剂的 XRD 谱图

Fig. 5　XRD patterns of Ni/γ-Al_2O_3 catalyst

3.2.2　H_2-TPR 分析

催化剂的 H_2-TPR 表征不仅能反映催化剂活性组分还原的难易程度，同时可以考察活性组分和载体之间的相互作用[12]。图 6 为 NiO/γ-Al_2O_3 催化剂的 H_2 程序升温还原的分峰图谱。

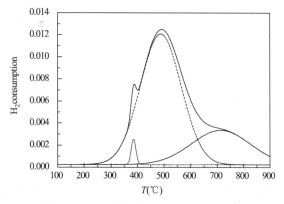

图 6　Ni/γ-Al_2O_3 催化剂的 H_2-TPR 谱图

Fig. 6　H_2-TPR profiles of the Ni/γ-Al_2O_3 catalysts

由图 6 可知，Ni/γ-Al_2O_3 催化剂有三个还原峰，在 400℃ 出现一个左肩峰，归属于表面游离态 NiO 的还原；501.99℃ 出现的强还原峰为分散的 NiO 的还原；752.8℃ 出现的右肩峰，归属于 $NiAl_2O_4$ 尖晶石的还原[11,13]。由于 Ni 担载在载体 γ-Al_2O_3 上后，与载体之间发生相互作用，故氢还原峰向高温方向移动。通过 H_2-TPR 的分峰数据可知，分散于载体表面的 NiO 还原峰面积最大，可知 Ni/γ-Al_2O_3 催化剂中 Ni 主要以分散的 NiO

形式存在；而游离的 NiO 和 NiAl₂O₄ 的还原峰面积较小，负载的 Ni 与载体 γ-Al₂O₃ 结合程度低，表明催化剂中 NiO 的分散性好，催化剂活性高[14]。

3.2.3　TG-DTG 分析

图 7 给出了 Ni/γ-Al₂O₃ 催化剂的前驱体和反应后催化剂的 TG-DTG 谱图。

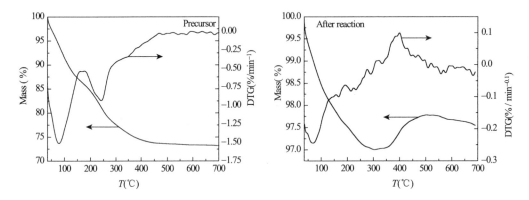

图 7　Ni/γ-Al₂O₃ 催化剂的 DTG 谱图

Fig. 7　DTG patterns of Ni/γ-Al₂O₃ catalyst

由图 7 的结果可以看出，Ni/γ-Al₂O₃ 催化剂的前驱体在 35℃ 到 170℃ 的失重归属于吸附水的脱附及易氧化碳物种的氧化；170～450℃ 的失重归属于催化剂活性组分 Ni 基化合物的深度分解；在 450℃ 以后催化剂失重曲线趋于平稳。

反应后的催化剂 150℃ 以前的失重都归属于催化剂中水的脱附；150℃ 到 500℃ 催化剂微分热重曲线是失重和增重峰时替加的，增重归属于金属 Ni 的氧化，失重主要是由积炭的氧化造成的，而且积炭失重峰远大于镍的氧化增重峰；500℃ 以后的失重归属于积炭的氧化消除。这与 Ni 在反应中烧结严重，造成活性组分的粒径长大，促进了积炭的产生有关[11,15,16]。

3.2.4　SEM 分析

图 8 为 Ni/γ-Al₂O₃ 催化剂前驱体、焙烧后和反应后催化剂的 SEM 图。

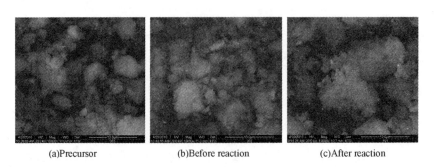

(a)Precursor　　　　　(b)Before reaction　　　　　(c)After reaction

图 8　Ni/γ-Al₂O₃ 催化剂的 SEM 图

Fig. 8　SEM images of Ni/γ-Al₂O₃ catalyst

由 Ni/γ-Al₂O₃ 催化剂前驱体的 SEM 照片图 8(A)可以看出,在 γ-Al₂O₃ 微球表面上有大量的附着物,颗粒较小,分散均匀,这些物质可能是吸附的镍离子氧化后的产物 NiO 或者为硝酸镍结晶物,图 5 的 XRD 谱线证实了 NiO 的存在,但并没有发现硝酸镍晶体的衍射峰。Ni/γ-Al₂O₃ 前驱体焙烧以后图 8(B),γ-Al₂O₃ 表面附着物并没有发生大的变化,但反应过程中有大量的气体析出,这可能就是硝酸镍分解产生的二氧化氮气。经氢气还原、重整反应后 Ni/γ-Al₂O₃ 的照片如图 8(C)所示,催化剂颗粒粒度与反应前相比有所增大。这种现象是由于催化剂表面积炭造成的,已被图 5 的 XRD 分析结果所证实。积炭会严重影响催化剂的活性及使用寿命,因此在后续研究过程中应重点研究。

4　结论

采用浸渍法制备出了 Ni/γ-Al₂O₃ 催化剂,该催化剂对蓝炭炉气的 CH₄-H₂O 重整过程具有良好的催化作用。当操作温度为 850～900℃,H₂O/CH₄ 摩尔比为 3.0 左右,空速 9000h⁻¹ 时,甲烷转化率可达到 95% 左右。原料气中的二氧化碳含量 3% 左右时,合成气的氢碳比为 2.23,达到了甲醇合成的要求。

致谢

感谢太原理工大学煤科学与技术重点实验室提供实验支持。

参考文献

[1]　崔乐平. 内热式中低温煤热解炉的开发与利用. 煤气与热力,2001,21(3):225～228.

[2]　低温干馏兰炭炉高效介质干馏试验报告(内部资料),西安建筑科技大学,2008.

[3]　吴创明. 焦炉煤气制甲醇的工艺技术研究[J]. 煤气与热力.2008,28(1):36～42.

[4]　胡捷,贺德华,李映伟,张昕,王晖. Ni/ZrO₂ 催化剂上甲烷水蒸气重整反应的研究[J]. 燃料化学学报,2004,32(1):98～103.

[5]　贺隽,吴素芳. 吸附强化的甲烷水蒸汽重整制氢反应特性[J]. 化学反应工程与工艺,2007,23(5):470～473.

[6]　齐心冰等. 甲烷水蒸汽重整和部分氧化反应制合成气[J]. 天然气工业,2005,25(6):125～127.

[7]　姜洪涛,李会泉,张懿. 甲烷三重整制合成气[J]. 化学进展,2006,18(10):1270～1277.

[8]　徐东彦,李文钊,陈燕馨,徐恒泳. 煤层甲烷部分氧化与 CO₂-H₂O 重整联合制合成气研究[J]. 煤炭学报,2004,29(3):468～471.

[9]　王卫,王凤英,申欣,孙道兴. 甲烷制备合成气工艺开发进展[J]. 精细石油化工进展,2006,7(7):27～31.

[10]　Matteo Maestri, Dionisios G. Vlachos, Alessandra Beretta, Gianpiero Groppi, Enrico Tronconi. Steam and dry reforming of methane on Rh: Microkinetic analysis and hierarchy of kinetic models[J]. Journal of Catalysis, 2008,(259):211～222.

[11]　高群仰,吕功煊. Pt,Pd 助剂对 Ni 基催化剂中 Ni 的分散度及抗积炭性能的影响[J]. 分子催化,2008,22(4):294～301.

[12]　J. X. Chen, R. J. Wang, J. Y. Zhang. Effects of preparation methods on roperties of Ni/CeO₂-Al₂O₃ catalysts for methane reforming with carbon dioxide[J]. Journal of Molecular Catalysis A:Chemical,2005,(235):302～310.

[13]　朱国廷. Au-Ni/γ-Al₂O₃ 催化剂的制备、表征及催化性能[J]. 化工时刊,20,09,23(2):17～21.

［14］　路勇，邓存，丁雪加，沈师孔. Ni/Al$_2$O$_3$ 催化剂上甲烷部分氧化制合成气［J］. 催化学报，1996，17(1)：28～33.

［15］　Xu Junke，Zhou Wei，Wang Jihui. Characterization and analysis of carbon deposited during the dry reforming of methane over Ni/La$_2$O$_3$/Al$_2$O$_3$ catalysts［J］. Chinese Journal of Catalysis. ，2009，30(11)：1076～1084.

［16］　许峥，张鎏，张继炎. Ni/γ-Al$_2$O$_3$ 催化剂上 CH$_4$-CO$_2$ 重整体系中积炭/消碳的研究［J］. 催化学报，2001，22(1)：18～22.

Study on CH$_4$-H$_2$O Reforming of Bluecoke Furnace Gas

LUO Wan-jiang　LAN Xin-zhe　SONG Yong-hui　ZHOU Jun　ZHANG Qiu-li

(School of Metall. Eng. ,Xi' an Univ. of Arch. &. Tech. ,Research Center of Metallurgical Engineering &. Technology of Shaanxi Province Xi'an 710055 ,China)

Abstract　It studied the preparation technology of methanol gas though the CH$_4$-H$_2$O reforming reaction of bluecoke furnace gas with Ni/γ-Al$_2$O$_3$ as the catalyst. Catalyst was characterized by X-ray diffraction (XRD), Derivative thermogravimetry (DTG), H$_2$ temperature programmed reduction (H$_2$-TPR) and scanning electron microscope(SEM), and the effects of temperature and space velocity to the reforming process were investigated. The result showed that the conversion rate of methane could reach 98% with temperature of 800℃, space velocity of 9000 h^{-1} and the water hydrocarbon ratio about 3. 0. The H$_2$/CO ratio of synthesis gas was applicable to methanol synthesis in the case of about 3% carbon dioxide in feed gas. The Ni/γ-Al$_2$O$_3$ had good catalytic activity on the CH$_4$-H$_2$O reforming, but the carbon deposition was easy to occur on the catalyst surface.

Keywords　Bluecoke furnace gas,Methane,Catalytic reforming,Ni/Al$_2$O$_3$ catalyst

低变质煤微波热解过程气体析出规律研究*

宋永辉[1]　苏婷[1]　兰新哲[1]　惠剑[2]　裴建军[1]

(1. 西安建筑科技大学冶金工程学院,陕西省冶金工程技术研究中心,西安 710055;
2. 神木县三江煤化工有限责任公司,榆林 713000)

摘要　利用微波热解装置对三种低变质煤进行了热解实验研究。主要考察了微波热解过程中煤气收率及各主要组分的逸出规律。实验结果表明,三种煤热解煤气中氢气含量均最高,达到了 40% 左右,而 CO_2 含量较低,只有 5% 左右。热解过程中煤气中各组分含量主要受到加热温度和原煤的结构的影响,CO_2、CH_4 和气态烃析出均出现一个明显的峰值,但 H_2 含量一直呈现增加的趋势。煤气中 CH_4、CO 和 H_2 含量将近 70%,这对煤气进一步综合利用具有重要的意义。

关键词　低变质煤,微波,热解,气体

1 引言

我国低变质煤资源占煤炭资源的 60% 以上,鄂尔多斯盆地及陕北地区(榆林、延安)是国家发改委计划字[1998]1404 号文批准的国家唯一的能源重化工基地,蕴藏着丰富的低变质煤资源,占全国的 34.9%。目前该资源主要作动力用煤或者通过低温干馏(热解)获得蓝炭、焦油和煤气产品[1]。

目前采用的内热式低温干馏工艺,以每年 60 万 t 蓝炭的生产计,可同时产生 6 亿 m^3 煤气,该煤气中氮气含量在 45% 以上,氢气、一氧化碳、甲烷总量在 50% 左右[2],煤气热值较低,仅为 1700~1800kcal/m^3,对煤气的进一步综合利用带来严重影响,导致大量煤气被直接外排或燃烧后外排,造成资源浪费,同时对大气造成严重污染。微波热解工艺,可以大幅度提高热解速率,有效控制热解煤气的组成[3],有助于低温热解煤气的进一步深加工与利用。因此,充分认识微波热解过程和产物的分布规律,对低变质煤结构和组成、洁净转化工艺及低变质煤资源的综合利用具有重要的意义。

本文研究了三种低变质煤的微波热解过程,结合原煤和蓝炭产品的分析表征,重点探讨了煤气组成及各组分的析出规律,为低变质煤微波热解工艺的完善提供基础支持。

*"973"计划资助项目(项目编号:2009CB226114);国家支撑计划项目(项目编号:2009BAA20B01);陕西省"13115"重大科技专项项目(项目编号:2008ZDK-46);榆林市科技计划项目

2　实验部分

2.1　原料

本实验选用陕西榆林地区王家沟煤（WJG）、碱房沟煤（JFG）和孙家岔煤（SJC）3 种煤样作为实验用煤，3 种煤的工业分析及元素分析结果见表 1。

表 1　原煤的工业分析及元素分析（%）

Tab. 1　Proximate and ultimate analyses of coal samples（%）

名称	M_t	M_{ad}	A_{ad}	V_{ad}	$S_{t, ad}$	C_{ad}	H_{ad}	N_{ad}	O_{ad}	H/O	C/O	C/H
WJG	5.8	1.04	6.90	34.38	0.38	74.84	4.56	1.02	11.26	0.40	6.65	16.41
SJC	9.6	3.41	2.64	37.79	0.26	76.38	4.71	0.99	11.61	0.41	6.58	16.22
JFG	8.2	1.20	5.75	35.62	0.37	74.98	4.77	1.24	11.69	0.41	6.41	15.72

从表 1 的分析数据可以看出，三种煤的总水分含量均低于 10%，SJC 原煤的灰分最低，仅有 2.64%，三者挥发分均大于 34%，硫含量均低于 0.4%。因此该煤种适宜于采用中低温热解的工艺生产蓝炭，同时进一步综合回收焦油和煤气。

2.2　实验过程及研究方法

实验在自制微波热解反应器上进行，将 50g 煤样加入石英反应器中，开启微波加热进行热解反应，反应时间持续 22min，所得粗煤气通过二次水冷系统回收焦油和水后，采用 Gasboard-3100P 型便携式六组分红外煤气分析仪在线测定煤气中 CH_4、CO_2、CO、H_2 及 C_nH_m 的浓度。

3　实验结果与讨论

3.1　煤气收率及各组分的平均含量

三种煤微波热解后煤气收率如表 2 所示，煤气中各主要组分的平均含量如图 1 所示。

表 2　微波热解煤气收率（%）

Tab. 2　The yield of microwave pyrolysis gas（%）

煤种	SJC	WJG	JFG
收率	18.30	17.35	15.80

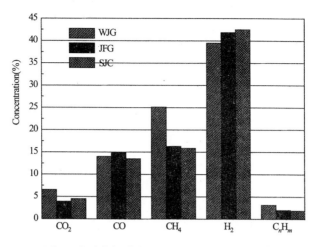

图 1　微波热解煤气中各组分的平均含量(%)

Fig. 1　The average content of key components in the microwave pyrolysis gas(%)

　　由表 2 可以看出,煤气收率 SJC 煤的最大为 18.30%,JFG 煤的最小只有 15.80%。图 1 结果表明,三种煤气中 H_2 含量均为最高,其中 SJC 煤最大,将近 45%,WJG 煤最小,为 38% 左右。甲烷含量 SJG 煤达到了 25%,超过其他煤将近 10% 左右,CH_4 是煤热解过程中各种官能团热解脱落的结果,主要和煤中脂肪-CH 的含量有关。CO 和 CO_2 主要是煤中含氧官能团热分解所产生的,由图 2 所示,三种煤热解煤气中 CO 含量均为 14%左右,CO_2 和烃类产物含量较少,说明三种煤中含氧官能团的含量差别并不是太大。而 WJG 煤的 C/O 最大(表 1),因此该煤热解煤气中的 CO_2 比其他两种煤高 2% 左右。表 1 中显示原煤的 H/O 基本相同、C/H 有一定的变化规律,但这和煤气中各组分的平均含量并为表现出良好的对应关系,可以说明,热解煤气中主要组分含量与原煤中的 C、H、O 元素含量有一定的关系,但同时也受到其他因素的影响。煤气中 CH_4、CO 和 H_2 含量将近 70%,这对煤气进一步综合利用具有重要的意义。

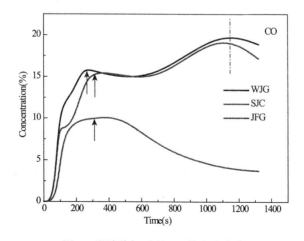

图 2　微波热解过程 CO 的逸出曲线

Fig. 2　The evolution of CO during the microwave pyrolysis

3.2　主要气体成分的逸出规律

3.2.1　CO 的逸出

热解过程中 CO 的即时释放曲线见图 2 所示。图 2 结果表明,三种煤在升温 50s 左右时就有 CO 析出,随着热解过程的进行,析出量也随之增多,煤气中 CO 浓度逐渐增加。WJG、JFG 煤分别在 230s 和 260s 处出现第一个峰值,SJC 煤在 250s 处达到,在此峰值之前各煤种 CO 的析出速率几乎呈直线急剧增加。大约在 1150s 左右 WJG、JFG 两个煤种 CO 的释放量达到最高峰,而 SJC 煤 CO 的释放从小高峰起一直呈下降趋势。

CO 的释放是煤中含氧官能团热分解的结果,煤中的含氧官能团主要有羧基、酚羟基、甲氧基和醚键以及含氧杂环,它们的断裂、分解会生成 CO[4],羧基在较低温度 400℃左右即可发生裂解反应,而酚羟基的脱除一般在 700℃以上,煤中醚键、醌氧键等含氧杂环中一些结合牢固的氧在高温下裂解也可能产生 CO[5]。WJG、JFG 煤在高温时产生的 CO 达到最高,可能是高温下杂环氧大量断裂生成的 CO,而 SJC 煤在高温下的 CO 释放量很小,说明杂环氧含量较少。同时煤中的氧含量高,CO 的释放量也大[6]。但从煤的元素分析看(表 1),WJG 煤的氧含量较低但灰分含量较高,JFG 煤的氧含量稍高灰分含量低,所以两煤种 CO 析出量几乎一致。

3.2.2　CO_2 的逸出

热解过程中 CO_2 的逸出曲线见图 3。由图 3 可知,3 种煤在大约 100℃时开始析出气体,温度升高,CO_2 的量也随之增加,WJG、JFG 煤在 210s 左右出现最大逸出峰,SJC 煤的峰值出现的稍晚在 240s 左右,随后气体中 CO_2 含量逐渐下降。CO_2 的浓度以 WJG 的为最高,JFG 其次,SJC 最小。WJG 煤的 CO_2 浓度在最大逸出峰之后一直呈下降趋势,JFG 煤的 CO_2 浓度出现第二个较小的峰值,而 SJC 则随后出现 2 个递减的峰值。根据微波场中原煤的升温测定结果(另文叙述),3 种煤 CO_2 的最大逸出峰的位置对应温度都在

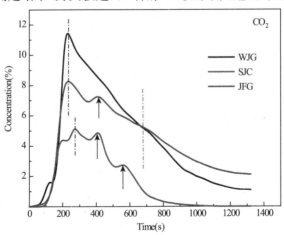

图 3　微波热解过程 CO_2 的逸出曲线

Fig. 3　The evolution of CO_2 during the microwave pyrolysis

400℃左右,此温度下羧基的脱除会导致 CO_2 的生成。在 400～600℃范围内煤中的脂肪键、部分芳香弱键、含氧羧基官能团也都断裂,断裂的羧基一部分以 CO 的形式逸出外,还有一部分与煤中的氧原子结合形成 $CO_2^{[7]}$。在 400s 左右,JFG 煤和 SJC 煤的 CO_2 浓度出现小高峰,就是由于这个原因。在 550s 处 SJC 煤又有一个小的峰型,此时温度在 700℃左右,CO_2 主要来自煤中醚、醌和煤中稳定的含氧杂环的分解。在 650s 以后,JFG 煤的 CO_2 浓度最高,表明 JFG 煤中醚、醌和煤中稳定的含氧杂环的含量较高。

CO_2 和 CO 的产率分别与煤中的羧基、羰基及其他含氧官能团的含量有关[8],即 CO_2 和 CO 的产率高说明煤中羧基、羰基及其他含氧官能团的含量大,由图 2 和图 3 的逸出曲线可知,WJG 煤中羧基、羰基及其他含氧官能团含量要比其他两种煤大。

3.2.3 CH_4 的逸出

热解煤气中 CH_4 含量随时间的变化曲线如图 3 所示。由图 4 可知,3 种煤在 90s 左右开始有 CH_4 生成,随后甲烷含量迅速增加呈直线上升趋势,至出现最大峰值为止。WJG、JFG 煤中 CH_4 逸出的最大峰值出现在 250s 左右,此时甲烷浓度分别为 34% 和 28%,而 SJC 原煤连续出现三个峰值,最大峰值位于 400s 附近,最大值为 15%。在最大峰值以后,三种煤热解煤气中甲烷含量均呈下降趋势,基本在 1100s 左右保持稳定。

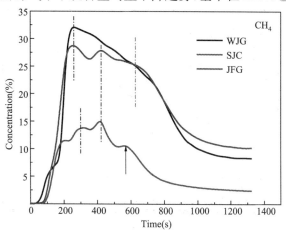

图 4 微波热解过程 CH_4 的逸出曲线

Fig. 4 The evolution of CH_4 during the microwave pyrolysis

一般来说,CH_4 主要来源于煤大分子结构中的大量侧链、支链,而—CH_3 大多在脂肪烃侧链上,由于碳氢化合物中支链与—CH_3 相连的 C—C 键能较弱,约为 251kJ/mol～284.7kJ/mol,热稳定性较差,所以在较低温度时脂肪烃侧链的—CH_3 就断裂生产 $CH_4^{[9]}$。温度升高时,CH_4 的析出是煤热解过程中各种官能团热解脱落的结果,甲烷的产率与煤中脂肪—CH 的含量对应,随着脂肪—CH 含量的增加,CH_4 的产率也增加,所以对比 3 种煤的 CH_4 生成量,WJG 煤的 CH_4 生成量最多,原因可能是其含有的脂肪—CH 含量多。热解过程中甲烷生成的主要途径有:煤直接一次热解与活泼 H 生成甲烷[式(1)];热解生成固态产物的氢化反应[式(2)];芳环上烷基侧链的断裂[式(3)][10]。

$$Coal—CH_3 + H \cdot \longrightarrow Coal + CH_4 \qquad (1)$$

$$C(固) + 2H_2 \longrightarrow CH_4 \qquad (2)$$

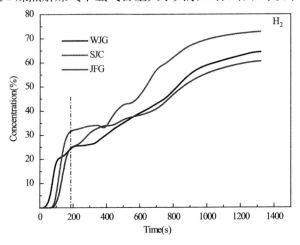

此外,前期热解生成的液态产物的二次热解也是生成甲烷的途径之一。当温度达到 550~600℃时,固态热解残留物仅含有少量的非芳香碳,液态产物逐渐趋于零,前两类反应减弱,因此甲烷产量呈下降趋势。

3.2.4 H₂的逸出

微波热解煤气中 H_2 浓度随时间的变化曲线如图5所示。在200s以前煤气中氢的含量迅速增加,速率呈直线上升。200s之后增加速率有所降低,至1000s以后,析出煤气基本为氢气,含量可达到60%以上。WJG煤和JFG煤200s以前析出趋势基本相同,但WJG煤 H_2 的析出要早于JFG煤,JFG煤在90s温度已经升高到679℃,WJG煤在150s温度上升为730℃,总的来说,SJC煤热解煤气中氢气含量大于其余二者,结果与收率结果一致(图2)。

图5　微波热解过程 H₂ 的逸出曲线

Fig. 5　The evolution of H₂ during the microwave pyrolysis

在温度较低时,氢化芳香结构脱氢[式(4)和式(5)]、煤中 C 与 H₂O 的反应[式(6)]以及 CO 与 H₂O 的反应[式(7)]可导致生成 $H_2^{[11]}$,温度较高时,H_2 主要是热解后期缩聚反应生成的,环数较小的芳环变成环数更大的芳环[式(8)],其结果是伴随着氢气的释放[12]。低变质煤的微波热解温度一般最高不会超过900℃,因此属于中低温干馏的范畴,但一次热解产物在析出过程中受到高温作用会继续分解产生二次裂解反应[式(9)][13],也会导致氢的释放。以上结果与分析基本可以说明,这三种煤中芳香结构含量较多。

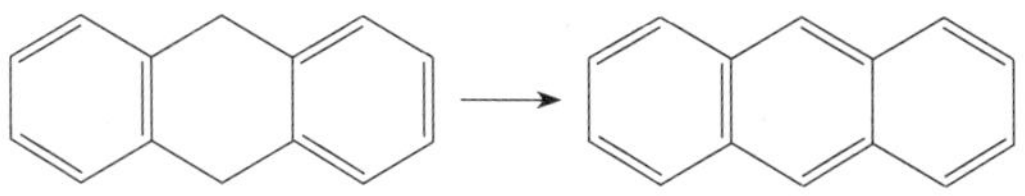 $+H_2$ (5)

$C+H_2O \longrightarrow CO+H_2$ (6)

$CO+H_2O \longrightarrow CO_2+H_2$ (7)

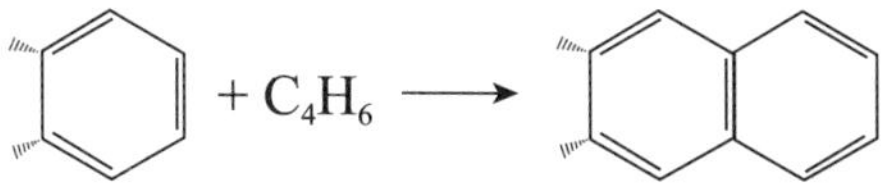 $+H_2$ (8)

$R-H+H-R \longrightarrow R-R(char)+H_2$ (9)

3.2.5 C_mH_n 的逸出

烃类气体逸出曲线见图 6。由图 6 可知,烃类气体逸出量随时间变化也呈现出一定的规律性,其逸出规律大致相同,逸出区间主要集中在 200~500s 范围内,到了 800s 以后温度在 700℃左右时基本没有这类烃生成,这是因为 C_2~C_3 主要来源于芳环脂肪侧链断裂以及煤游离相中的脂肪烃通过自由基裂解机理生成,所需温度较低,所以在热解早期 C_nH_m 的析出就达到最大并且迅速降低。有文献指出[4]热解气态产物中含氢产物与原煤的 H/O(原子比)有很大关系,H/O 比值越大,所得含氢气态产物的量越多,3 种煤的 H/O原子比都在 0.40 左右,因此 3 种煤含氢气态产物的逸出曲线应该基本一致。WJG 煤、JFG 煤的 C_nH_m 浓度曲线基本相近,但 SJC 煤的 C_nH_m 浓度明显偏低,这可能是受到煤中矿物质的影响。

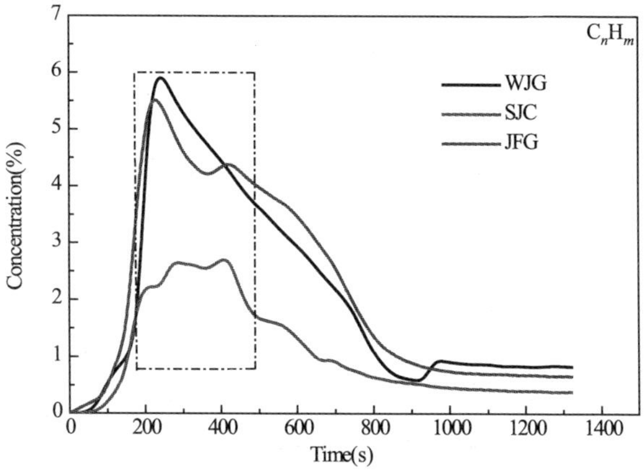

图 6 微波热解过程 C_mH_n 的逸出曲线

Fig. 6 The evolution of C_nH_m during the microwave pyrolysis

4 结论

三种煤属低变质煤,适宜于采用中低温热解的工艺生产蓝炭,同时进一步综合回收焦油和煤气。在热解煤气中氢气含量最高,均达到了 40%左右,而 CO_2 含量较低,只有 5%左右。热解过程煤气中各组分含量主要受到加热温度和原煤的结构的影响,CO_2 和气态烃类物质的析出均出现一个明显的峰值,只有 H_2 含量自始至终呈现增加趋势。对低变质煤采用微波热解工艺,可加快热解速率,优化煤气组成,煤气中 CH_4、CO 和 H_2 含量将近 70%,这对煤气进一步综合利用具有重要的意义。

参考文献

[1] 张林生. 神府煤干馏工艺研究[J]. 洁净煤技术,2000,6(2):49~54.

[2] 兰新哲,杨勇,宋永辉,张秋利,尚文智,罗万江. 陕北半焦炭化过程能耗分析[J]. 煤炭转化,2009,(2):18~21.

[3] J. Dominguez, A. Menendez, Y. Fernandez, et al. Conventional and microwave induced pyrolysis of coffee hulls for the production of a hydrogen rich fuel gas [J]. Anal. Appl. Pyrolysis,2007,(79):128~135.

[4] 赵丽红,郭慧卿,马青兰. 煤热解过程中气态产物分布的研究[J]. 煤炭转化,2007.1,30(1):5~9.

[5] 金海华,朱子彬,马智华. 煤快速热解获得液态烃和气态烃的研究(Ⅱ)热解温度和压力的考察[J]. 化工学报,1992,43(6):726~732.

[6] 朱学栋,朱子彬,韩崇家,唐黎华. 煤的热解研究Ⅲ. 煤中官能团与热解生成物[J]. 华东理工大学学报,2006,26(1):14~17.

[7] 刘生玉. 中国典型动力煤及含氧模型化合物热解过程的化学基础研究[D]. 太原:太原理工大学,2004.

[8] Juntgen H. Review of the kinetics of pyrolysis and hydropyrolysis in relation to the chemical constitution of coal [J]. Fuel, 1984,(63):731~735.

[9] 王鹏,文芳,步学朋,等. 煤热解特性研究[J]. 煤炭转化,2005,28(1):8~13.

[10] 谢克昌. 煤的结构与反应性[C]. 北京:科学出版社,2002.

[11] Peter R. Solomon, Michael A. Serio, Eric M. Suuberg Coal pyrolysis:Experiments,kinetic rates and mechanisms [J]. Progress in Energy and Combustion Science. 1992,18(2):133~220.

[12] Jianglong Yu,John A. Lucas,Terry F. Wall,Formation of the structure of chars during devolatilization of pulverized coal and its thermoproperties:A review[J]. Progress in Energy and Combustion Science,2007,(33):135~170.

[13] S. C. Saxena. Devolatilizatin and combustion characteristics of coal particles. Prog. Energy Combust. Sci,. 1990,(16):55~94.

The Gas Evolution Regularity for Microwave Pyrolysis of Low Metamorphic Coal

SONG Yong-hui[1]　　SU Ting[1]　　LAN Xin-zhe[1]　　HUI Jian[2]　　PEI Jian-jun[1]

(1. School of Metall. Eng. ,Xi'an Univ. of Arch. & Tech. ,
Research Center of Metallurgical Engineering & Technology of Shaanxi Province,Xi'an 710055,China.
2. shenmu sanjiang coal chemical liability co. ,Ltd,YuLin 713000,China)

Abstract　　The pyrolysis of three low metamorphic coals was studied by microwave pyrolysis equipment. This paper investigated the gas yield and the emission of key components during microwave pyrolysis. The result showed that H_2 with 40% is the highest content in the gas,while the content of CO_2 with only 5% is comparatively lower. The content of each gas component mainly depended upon the heating temperature and the coal structures. The evolution of CO_2, CH_4 and gaseous hydrocarbon presented a clear peak but the H_2 content had been showing an upward trend. The total content of CH_4, CO and H_2 was nearly 70% which has important significance for the further utilization of the coal gas.

Keywords Low metamorphic coal, Microwave, Pyrolysis, Gas

甲醇合成 CuO/ZnO/Al₂O₃ 催化剂研究[*]

周军　兰新哲　罗万江　宋永辉　张秋利

(西安建筑科技大学冶金工程学院,陕西省冶金工程技术研究中心,西安 710055)

摘要　研究了蓝炭炉气合成甲醇 CuO/ZnO/Al₂O₃ 催化剂的物化及催化性能,并利用 XRD、H₂-TPR、DTG、SEM 等进行了分析表征。结果表明:CuO/ZnO/Al₂O₃ 催化剂活性及稳定性较好,CuO/ZnO 固溶体协同作用强,颗粒结晶度小,分散性好,反应后催化剂表面存有少量积炭。在温度 240℃、压力 5.5 MPa、空速 12000h⁻¹ 的工艺条件下,以蓝炭炉气催化重整后的主要成分,模拟配制合成气进行合成甲醇实验研究,粗甲醇的时空收率为 1.5451g·g⁻¹·h⁻¹,选择性达到了 99.6143%。

关键词　蓝炭炉气,甲醇,催化合成,CuO/ZnO/Al₂O₃ 催化剂

　　蓝炭工业生产中副产的焦炉煤气综合利用问题近年来一直是企业关注的焦点。利用蓝炭炉气合成甲醇,实现能源资源高效利用、"变废为宝",走一条节能环保、资源综合利用的可持续发展道路,是蓝炭产业发展的必经之路,也是对蓝炭产业多联产技术发展的有益探索[1]。甲醇催化剂的制备是衡量合成甲醇工业技术水平高低的关键技术之一,甲醇工业的发展很大程度上取决于催化剂的研制及其性能改进。国内外学者采用许多方法对催化剂性能进行改进,如加入不同的载体和助剂[2~4]或加入有效的活性组分[5~7]等,或者不改变催化剂的组成成分,而改变催化剂的制备方法[8~10]或制备条件[11,12]来改变催化剂活性组分的分散状态,以提高催化剂的催化性能。

　　从合成气出发合成甲醇已实现工业化,铜基催化剂是目前工业合成甲醇的最优催化剂之一[13]。铜基催化剂对于甲醇的合成,无论是从物理性质,还是从其表面对 CO 的有效化学吸附能力来分析,均表现良好。这一体系的催化剂比其他只是简单的将几种物质进行混合时具有更高的催化活性。此体系的主要组分为 CuO/ZnO/Al₂O₃,是一种低压催化剂,其活性温度低,约为 230~290℃,操作压力在 5~10MPa[14]。

　　为加快蓝炭炉气生产甲醇的工业化进程,针对蓝炭炉气的特殊组成,以蓝炭炉气催化重整后的组分为准,本文主要对合成甲醇过程中的 CuO/ZnO/Al₂O₃ 催化剂进行活性评价与表征分析,并考察其在蓝炭炉气合成甲醇工艺中不同反应条件下的催化性能。

─────────────

[*] "973"计划资助项目(项目编号:2009CB226114);国家支撑计划项目(项目编号:2009BAA20B01);陕西省"13115"重大科技专项项目(项目编号:2008ZDKG-46);榆林市科技计划项目

1 实验部分

1.1 催化剂的制备

分别配制 1 mol/L 的 Na_2CO_3 水溶液和一定比例的 $Cu(NO_3)_2$-$Zn(NO_3)_2$-$Al(NO_3)_3$ 混合水溶液,在 70℃ 的恒温水浴中同时流入沉淀槽中进行搅拌共沉淀反应,控制反应结束时的 pH 在 7~8 之间;反应完成后将母液置于 80℃ 水浴中老化 2h,老化结束后,过滤,用去离子水多次洗涤,将沉淀物置于真空干燥箱中 80℃ 下干燥 12h 得到催化剂前驱体。将前驱体在 350℃ 下焙烧 4h,得到 CuO/ZnO/Al₂O₃ 催化剂,经压片筛分后,取粒径为 0.18~0.25mm 的颗粒装瓶备用。

1.2 实验过程

实验采用 φ10 mm×400 mm 不锈钢反应管,内装 φ3 mm 的同轴热电偶套管,将热电偶插入催化剂床层位置,采用温度控制器控制反应管合成所需要的温度,电炉加热。首先进行催化剂装填后在 5%H₂+95%N₂ 气氛 1℃/min 程序升温至 270℃ 下对催化剂活化 6h,活化结束后切换模拟兰炭炉气催化重整后的成分(见表1所示)配制的合成气进行甲醇合成实验。由反应器出来的气体经冷阱冷却成气液两相,气相减压后经湿式流量计计量后排放,液相由储液罐收集后每 12h 取样一次进行称量和分析,尾气和液相产物组成均由 GC9610 型气相色谱仪分析其组成。用热导池检测器(TCD)和 TDX201 色谱柱分析尾气,载气为氩气,柱前压力 0.3 MPa;用氢火焰离子化检测器和 PEG20M 毛细管柱测定液相产物组分,载气为氮气,柱前压力 0.3MPa,外标法定量。

表1 蓝炭炉气催化重整后气体组成

Tab. 1 the components of bluecoke furnace gas after reforming

成　分	H₂	CO	CO₂	CH₄	N₂
体积百分数(%)	69.9	26.22	0.12	0	3.19

1.3 催化剂表征

XRD 表征在日本 Rigaku D/Max 2500 型 X 射线衍射仪上进行,Cu $K_α$ 射线为辐射源,管电压 40KV,管电流 100mA,扫描速率 8°/min,步长 0.01°,扫描范围 15°~60°;TG-DTG 表征在德国 NETZSCH 公司的 STA409C 热分析仪上进行,样品用量 20.0mg,氮气流速 40mL/min,氧气流速 40mL/min,升温速率 10℃/min,扫描区间 50~9700℃;H₂-TPR 表征在 Micromeritics 公司的 AutoChem II-2920 程序升温氢气还原(H₂-TPR)分析仪上进行,样品用量 20mg,将样品置于 U 型石英反应管中,He 气氛,流速 50mL/min,5℃/min 的升温速率升温至 200℃,恒温吹扫 30min,降温至 100℃,切换 V(H₂)/V(Ar)=10/90 混合气体,恒速 50mL/min,系统稳定后,以 10℃ min 的速率升温至 300℃,氢消耗信号用 TCD 检测。SEM 表征在日本 JEOL 公司生产的 JSM-6700F 型冷场发射电子显微镜上进行,观察催化剂不同阶段微观形貌。

2 结果与讨论

2.1 催化剂的活性和稳定性

对 $CuO/ZnO/Al_2O_3$ 催化剂进行热活性实验,首先 $CuO/ZnO/Al_2O_3$ 催化剂在压力 $4.0\pm0.1MPa$,空速为 $1\times10^4h^{-1}$,H/C=2:1 进行甲醇合成,然后在 N_2 保护下升温至 $360℃$ 恒温 4h 进行热处理,再降温至 $240℃$ 下进行甲醇合成反应[15]。结果如表 2 所示。

表 2　催化剂热活性分析
Tab. 2　Thermal activity analysis of CuO/ZnO/Al₂O₃ catalysts

催化剂	热活性实验	时空收率$(g \cdot g^{-1} \cdot h^{-1})$	甲醇选择性(%)
$CuO/ZnO/Al_2O_3$	热处理前	1.0133	99.8183
	热处理后	0.8048	99.7507
C_3O_2	热处理前	0.9379	99.7412
	热处理后	0.656	99.7136

由表 2 可以看出经过热处理的催化剂活性有一定程度的降低,$Cu/ZnO/Al_2O_3$ 催化剂时空收率下降了 20.58%,而 C_3O_2 时空收率下降约为 30.1%;同时甲醇的选择性都有一定降低。相对而言,与 C_3O_2 相比,$Cu/ZnO/Al_2O_3$ 催化剂的热活性表现出一定的优势。

图 1 为同等反应条件下,$CuO/ZnO/Al_2O_3$ 催化剂在 0~180h 范围内对应的甲醇时空收率。从图中可看出 $CuO/ZnO/Al_2O_3$ 催化剂活性随反应时间的增加先升高后缓慢降低,整体趋势表明其活性比较稳定。

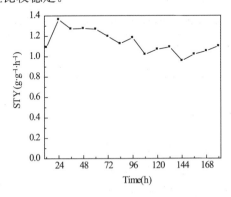

图 1　CuO/ZnO/Al₂O₃ 催化剂不同时间的甲醇时空收率
Fig. 1　Experimental evaluation of Cu/Zn/AL catalyst reaction activity

2.2 XRD 分析

分别对 $CuO/ZnO/Al_2O_3$ 前驱体、焙烧后和合成甲醇后的催化剂进行了 XRD 分析表征,结果如图 2 所示。

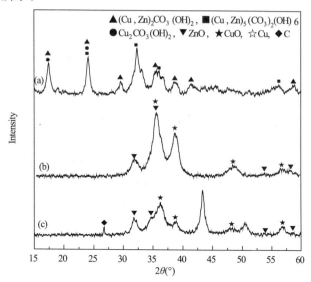

图 2　CuO/ZnO/Al₂O₃ 催化剂不同阶段的 XRD 图谱
（a）前驱体；（b）焙烧后；（c）反应后
Fig. 2　XRD patterns of CuO/ZnO/Al₂O₃ catalyst

　　前驱体的 XRD 衍射谱图［图 2(a)所示］中,在 $2\theta=17.6°$ 和 $24.1°$ 处为 $Cu_2CO_3(OH)_2$ 物相的衍射峰,$2\theta=17.5°$、$24.1°$、$29.6°$、$35.4°$、$38.5°$、$42.1°$ 和 $58.7°$ 处对应为 $(Cu,Zn)_2 CO_3·(OH)_2$ 物相的衍射峰,$2\theta=24.2°$、$32.9°$、$35.9°$ 和 $57.6°$ 处为 $(Cu,Zn)_5(CO_3)_2(OH)_6$ 物相的衍射峰。在 $2\theta=35.4°$ 的衍射峰弥散分布,说明 $(Cu,Zn)_2CO_3(OH)_2$ 物相和 $(Cu,Zn)_5·(CO_3)_2(OH)_6$ 物相在老化过程中结晶度小,形成的晶粒尺寸小。$2\theta=17.6°$、$24.1°$、$32.9°$ 处为 $Cu_2(CO_3)(OH)_2$、$Zn_5(CO_3)_2(OH)_6$、$(Cu,Zn)_2-CO_3(OH)_2$ 和 $(Cu,Zn)_5·(CO_3)_2(OH)_6$ 四种物相衍射峰的叠加,衍射峰较为尖锐,说明在 $Cu_2(CO_3)(OH)_2$ 和 $Zn_5(CO_3)_2(OH)_6$ 晶体生成或长大的过程中,Cu 和 Zn 离子掺入到相应的锌/铜碱式碳酸盐中,使生成的 $(Cu,Zn)_2CO_3(OH)_2$ 和 $(Cu,Zn)_5(CO_3)_2(OH)_6$ 量增大[16]。

　　焙烧后的 CuO/ZnO/Al₂O₃ 催化剂 XRD 衍射图谱［图 2 中(b)所示］中,主要形成了以 $2\theta=35.6°$、$38.7°$、$48.36°$、$56.46°$ 处的 CuO 物相和 $2\theta=31.92°$、$35.6°$、$53.76°$、$58.38°$ 处的 ZnO 物相。而在 $2\theta=35.6°$ 的衍射峰较焙烧前更为尖锐,说明前驱体中的 $(Cu,Zn)_2CO_3(OH)_2$ 和 $(Cu,Zn)_5(CO3)_2(OH)_6$ 物相焙烧以后形成 CuO-ZnO 固溶体,催化剂中的 CuO 和 ZnO 之间的协同作用增强,CuO 和 ZnO 在 $2\theta=35.6°$ 的衍射峰交织在一起。

　　合成甲醇反应后的催化剂 XRD 衍射谱图［图 2 中(c)所示］中,ZnO 物相在 $2\theta=31.92°$、$53.76°$、$58.38°$ 处的保持不变,而在 $2\theta=35.6°$ 的衍射峰移至 $2\theta=34.66°$。CuO 物相在 $2\theta=38.7°$、$48.36°$、$56.46°$ 处的保持峰位不变,峰强度有所改变,而 $2\theta=35.6°$ 的衍射峰也发生偏移,至 $2\theta=36.26°$。反应后的催化剂因被氧化在 $2\theta=43.34°$ 和 $50.46°$ 形成了 Cu 的衍射峰,其出现与 $2\theta=38.7°$、$48.36°$ 峰强度降低有直接关联。反应后的催化剂在 $2\theta=26.74°$ 有明显的石墨特征衍射峰,说明反应后催化剂表面出现少量积炭。积炭的产生覆盖在催化剂的活性中心,导致活性中心数量减小,致使催化剂活性降低。

2.3 H₂-TPR 分析

图 3 为 $CuO/ZnO/Al_2O_3$ 催化剂的 H₂-TPR 谱图。由图可知,$CuO/ZnO/Al_2O_3$ 催化剂的还原温度为 186.46℃,说明催化剂中 CuO 的晶粒细小[17]。结合 $CuO/ZnO/Al_2O_3$ 催化剂的前驱体表征分析,在催化剂母液老化过程中,形成 $(Cu,Zn)_2CO_3(OH)_2$ 和 $(Cu,Zn)_5(CO_3)_2(OH)_6$ 物相,分解后形成的 CuO-ZnO 固溶体能够使 ZnO 更多的分散到 CuO 周围,以保证 CuO 的高分散性以及充分发挥 ZnO 的助催化作用,防止 CuO 的晶粒长大。形成的 CuO-ZnO 固溶体还原温度低,表明 $(Cu,Zn)_2CO_3(OH)_2$ 和 $(Cu,Zn)_5(CO_3)_2(OH)_6$ 物相焙烧后的 CuO-ZnO 固溶体铜锌协同作用强,CuO 的分散性好,易被还原[18,19]。

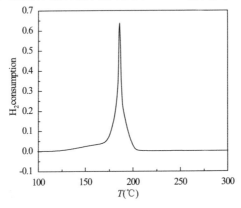

图 3　$CuO/ZnO/Al_2O_3$ 催化剂的 H₂-TPR 谱图

Fig. 3　H₂-TPR profiles of Cu/Zn/AL catalysts

2.4 TG-DTG 分析

图 4 是 $CuO/ZnO/Al_2O_3$ 催化剂前驱体和反应后的 TG-DTG 谱图。

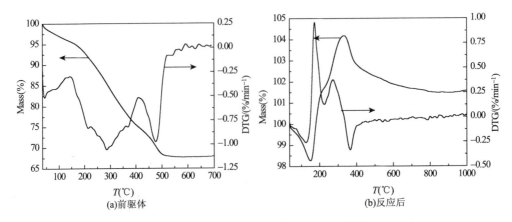

(a)前驱体　　(b)反应后

图 4　$CuO/ZnO/Al_2O_3$ 催化剂的 DTG 谱图

Fig. 4　DTG patterns of $CuO/ZnO/Al_2O_3$ catalyst

由图 4(a) 可看出,前驱体的失重分为四个阶段。温度低于 140℃时催化剂的失重是由催化剂失去表面吸附水及内部结合水引起的。前驱体在 140～410℃是一个带有二级肩峰的失重峰,峰还没有完全分开,表明前驱体的结晶度不高,由无序混合状态逐步向有序状态转变,不同物质开始分离。在 300～400℃是碱式碳酸盐的第一步分解。在 410～550℃再次出现有一个变化剧烈的小失重峰,这是碱式碳酸盐第二步分解引起的,随后前驱体的失重趋于平稳[17]。

前驱体在 285℃的失重量最大。Millar 等[20]研究表明,$(Cu, Zn)_2(CO_3)(OH)_2$ 的失重温度在 277℃左右,见反应式(1),而 $(Zn, Cu)_5(CO_3)_2(OH)_6$ 的失重温度在 368℃左右,见反应式(2)。结合催化剂的 XRD 图谱分析,前驱体中主要以 $(Cu, Zn)_2(CO_3)$ · $(OH)_2$ 和 $(Zn, Cu)_5(CO_3)_2(OH)_6$ 物相为主,这与 DTG 图谱的曲线是一致的。碳酸盐的分解温度在 450℃以上,见反应式(3)和(4);DTG 图谱在 410～550℃,峰形窄而尖说明前驱体中碳酸盐所占比例低。

$$n(Cu, Zn)_2(CO_3)(OH)_2 \longrightarrow (Cu, Zn)_{2n}O_{2n-1}CO_3 + nH_2O + (n-1)CO_2 \qquad T = 277℃ \qquad (1)$$

$$(Zn, Cu)_5(CO_3)_2(OH)_6 \longrightarrow (Zn, Cu)_5O_4CO_3 + 3H_2O + CO_2 \qquad T = 368℃ \qquad (2)$$

$$(Cu, Zn)_{2n}O_{2n-1}CO_3 \longrightarrow n(Cu, Zn)_2O_2 + CO_2 \qquad T = 450℃ \qquad (3)$$

$$(Zn, Cu)_5O_4CO_3 \longrightarrow (Zn, Cu)_5O_5 + CO_2 \qquad T = 470℃ \qquad (4)$$

由图 4(b) 可以看出,反应后的催化剂在 150℃有一个较弱的失重峰,这主要是由催化剂表面吸附物的脱除引起的。在 123～173℃催化剂急剧增重,这是单质铜被氧化而导致的。在 224～500℃出现两级梯级峰,这是 Cu 和生成的 Cu_2O 被再次氧化和催化剂表面积炭被氧化共同作用的结果。在 271～360℃失重明显,500℃以后催化剂的 DTG 趋于稳定。文献报道催化剂积炭的 DTG 特征峰一般在 350～500℃,结合 XRD 图谱的积炭峰,认为 CuO/ZnO/Al$_2$O$_3$ 催化剂反应后形成的积炭是纤维炭,而且积炭的量较小。

2.5 SEM 分析

通过扫描电镜对 CuO/ZnO/Al$_2$O$_3$ 催化剂的前驱体、焙烧后和反应后的形貌进行了表征,结果如图 5 所示。由图 5(a) 可以看出,前驱体的颗粒分布均匀,部分颗粒较大;这是因为催化剂前驱体主要以 $(Cu, Zn)_2CO_3(OH)_2$ 和 $(Cu, Zn)_5(CO_3)_2(OH)_6$ 物相为主,形成的细小晶粒具有较大的表面能,有自发聚集长大的趋势。由图 5(b) 可以看出,焙烧

(a)前驱体　　　　　　　(b)焙烧后　　　　　　　(c)反应后

图 5　CuO/ZnO/Al$_2$O$_3$ 催化剂的 SEM 图

Fig. 5　SEM images of CuO/ZnO/Al$_2$O$_3$

后催化剂的粒度较前驱体变小,且颗粒分布较均匀,表明催化剂分散性较好。由图5(c)可以看出催化剂表面有少量的纤维状物质,结合 XRD 和 DTG 分析结果,可能是反应过程中形成的积炭。

2.6　工艺条件对催化剂催化性能的影响

甲醇合成反应属放热反应,降低温度,有利于化学平衡,但不利于加快反应速度。合成反应又是体积收缩的反应,提高压力既有利于化学平衡,又有利于加快反应速度,能显著提高甲醇产率。在较大的空速下,虽然 CO 的转化率降低,但可获得较高的甲醇产率,同时可减少副产物的生成。采用该催化剂,分别通过改变合成甲醇工艺中的温度、空速和压力等反应条件,考察其催化性能,实验结果如表 3 所示。

表3　不同温度、压力和空速下 $CuO/ZnO/Al_2O_3$ 催化剂的催化性能

Tab. 3　catalytic performance of $CuO/ZnO/Al_2O_3$ catalysts for

methanol synthesis in different temperature, pressure and space veloctiy

压力 4.0MPa, 空速 10 800 h^{-1}	温度(℃)	210	225	240	255	270
	时空收率(g·g^{-1}·h^{-1})	0.1937	0.5989	0.8858	0.9971	0.9572
	甲醇选择性(%)	99.9337	99.9207	99.8437	99.3601	99.0057
温度 240℃, 压力 4.0MPa	空速(h^{-1})	6000	9000	12000	15000	18000
	时空收率(g·g^{-1}·h^{-1})	0.6715	0.8863	1.01325	1.0085	1.0445
	甲醇选择性(%)	99.5001	99.7029	99.7631	99.8337	99.7427
温度 240℃, 空速 12 000h^{-1}	压力(MPa)	3.5±0.1	4.0±0.1	4.5±0.1	5.0±0.1	5.5±0.1
	时空收率(g·g^{-1}·h^{-1})	0.8694	1.0233	1.1633	1.3923	1.5451
	甲醇选择性(%)	99.8324	99.8183	99.7337	99.7286	99.6143

由表 3 可以看出随温度的升高,甲醇的时空收率增加,选择性下降;空速增大时甲醇的时空收率在 12000h^{-1} 后变化缓慢,选择性基本保持不变;压力的增大导致甲醇的时空收率增加较快,选择性略有下降。综合考虑,选择温度 240℃、压力 5.5MPa、空速 12000h^{-1} 为 $CuO/ZnO/Al_2O_3$ 催化剂合成甲醇的优化工艺。在此工艺条件下粗甲醇的时空收率达到了 1.5451g·g^{-1}·h^{-1},选择性达到了 99.6143%,表明 $CuO/ZnO/Al_2O_3$ 催化剂表现出良好的催化性能。

3　结论

1) $CuO/ZnO/Al_2O_3$ 催化剂前驱体主要以 $(Cu, Zn)_2CO_3(OH)_2$ 和 $(Cu, Zn)_5(CO_3)_2 \cdot (OH)_6$ 物相为主;焙烧后 CuO/ZnO 之间的协同作用较强,颗粒结晶度小,分散性好;催化剂易于被还原,还原温度为 186.46℃;反应后催化剂表面存有少量积炭。

2) 以蓝炭炉气催化重整后的主要成分,模拟配制合成气进行甲醇合成,$CuO/ZnO/Al_2O_3$ 催化剂固定床反应较优工艺条件为:温度 240℃、压力 5.5 MPa、空速 12 000h^{-1}。粗甲醇的时空收率为 1.5451g·g^{-1}·h^{-1},选择性达 99.6143%。

参考文献

[1] 兰新哲,罗万江,宋永辉,尚文智. 蓝炭产业多联产技术及产业集群[J]. 煤炭转化,2009.32(增刊):11~15.

[2] 阴秀丽,常杰,汪俊峰,等. Cu/Zn/Al/Mn 催化剂上 CO/CO₂ 加氢合成甲醇特性研究[J]. 燃料化学学报,2004, 32(4):492~497.

[3] 孙琦. CO/H₂ 和(CO/CO₂)+H₂ 低压合成甲醇催化过程的本质[J]. 高等学校化学学报,1997,18(7):43~46.

[4] R. G. Herman, K. Klier, G. W. Simmons, B. P. Finn, J. B. Bulko and T. P. Kobylinski. Catalytic synthesis of methanol from CO/H₂-I, phase composition, electronic properties and activity of the Cu/ZnO/Mn₂O₃ catalysts[J]. Journal of Catalysis,1979,56(3):407~429.

[5] 张喜通,常杰,王铁军,付严. Cu-Zn-Al-Li 催化生物质合成气合成甲醇[J]. 过程工程学报,2006,6(1): 104~107.

[6] 汪俊锋,常杰,阴秀丽. 改进共沉淀法制 Cu 基甲醇催化剂[J]. 煤炭转化,2004,(2):91~93.

[7] 曹勇,陈立芳,戴维林,等. 沉淀还原法制备高性能 CO₂ 加氢合成甲醇 Cu/ZnO/Al₂O₃ 催化剂[J]. 高等学校化学学报,2003,24(07):1296~1298.

[8] J. R. Jensen, T. Johannessen, S. Wedel, et al. A study of Cu/ZnO/Al₂O₃ methanol catalysts prepared by flame combustion synthesis [J]. Journal of Catalysis,2003,218(1):67~77.

[9] 徐慧远,储伟,慈志敏. 辉光放电等离子体对甲醇合成用铜基催化剂的改性作用[J]. 物理化学学报[J],2007, 23(7):1042~1046.

[10] 洪中山,邓景发,范康年,等. 凝胶网格共沉淀法制备 Cu/ZnO/Al₂O₃ 合成甲醇催化剂. 高等学校化学学报[J],2002,23(04):706~708.

[11] 洪中山,曹勇,孙琦,等. 焙烧条件对 Cu/ZnO/Al₂O₃ 甲醇催化剂的影响. 复旦学报,2002,41(3):330~334.

[12] C. Baltes, S. Vukojevic, F. Schuth. Correlations between synthesis,precursor,and catalyst structure and activity of a large set of CuO/ZnO/Al₂O₃ catalysts for methanol synthesis[J]. Journal of Catalysis, 2008, (258): 334~344.

[13] 郭宪吉,常素红. Cu/Zn/Al/Mn 系甲醇合成催化剂及铝/锰组分间的协促进作用[J]. 天然气化工,1998, 23(1):33~35.

[14] 王小云,高晓明. 合成甲醇铜基催化剂的研究[J]. 延安大学学报(自然科学版),2009,28(2):72~75.

[15] 张勇,高俊文,王亚利,杜彩霞. LC308 型合成甲醇催化剂的实验室研究[J]. 工业催化,2000,8(4):43~48.

[16] 夏王琼,唐浩东,林盛达,等. 甲醇合成 CuO/ZnO 催化剂前驱体的物相转变[J]. 催化学报,2009,30(9): 879~884.

[17] 郭宪吉,叶长明,赵蕾,等. 铜基甲醇合成催化剂的 TPR 研究[J]. 工业催化,2002,10(3):25~28.

[18] Y. Choi, K. Futagami, T. Fujitani. The role of ZnO in CuO/ZnO methanol synthesis catalysts-morphology effect or active site model? [J]. Applied Catalysis A:General,2001,(208):163~167.

[19] T. Fujitani, Nakamura. The chemical modification seen in the CuO/ZnO methanol synthesis catalysts [J]. Applied Catalysis A:General,2000,191(1-2):111~129.

[20] G. J. Millar, I. H. Holm, P. J. R. Uwins, et al. J. Chem. Soc. Faraday Trans. ,1998,94(4):593~600.

Study on CuO/ZnO/Al$_2$O$_3$ Catalyst for Methanol Synthesis

ZHOU Jun　LAN Xin-zhe　LUO Wan-jiang　SONG Yong-hui　ZHANG Qiu-li

(School of Metallurgical Engineering, Xi' an University of Architecture and Technology,
Research Center of Metallurgical Engineering & Technology of Shaanxi Province, Xi'an 710055, China)

Abstract　The physicochemical and catalytic performance of CuO/ZnO/Al$_2$O$_3$ catalysts for methanol synthesis from bluecoke furnace gas was investigated. The precursor and catalyst microstructure was studied by X-ray diffraction (XRD), differential thermogravimetry(DTG), H$_2$ temperature programmed reduction(H$_2$ TPR), and scanning electron microscopy(SEM). The result shows that CuO/ZnO/Al$_2$O$_3$ catalyst has a good activity and stability; the calcinated catalysts had strong interaction between CuO-ZnO, small dispersed CuO crystal particular, however, there was carbon deposition on the surface of CuO/ZnO/Al$_2$O$_3$ catalyst. The space-time yield of raw methanol as high as 1.5451 g · g^{-1} · h^{-1}, and raw methanol selectivity was 99.6143% under conditions of 240℃, 5.5Mpa, SV 12000h^{-1} for synthesis methanol on CuO/ZnO/Al$_2$O$_3$ catalyst in fixed reactor from simulated the components of bluecoke furnace gas after reforming.

Keywords　Bluecoke furnace gas, Methanol, Catalytic synthesis, CuO/ZnO/Al$_2$O$_3$ catalyst

蓝炭粉水蒸气活化法制备活性炭的研究*

田宇红　兰新哲　宋永辉　胡唐华

(西安建筑科技大学冶金工程学院,陕西省冶金工程技术研究中心,西安 710055)

摘要　以蓝炭粉为原料,采用水蒸气活化法制备活性炭。考查了制备工艺中活化温度、活化时间和水蒸气流量对活性炭性能和收率的影响。实验结果表明,水蒸气流量为 2.5g/min,活化温度为 800℃,活化时间为 60min 工艺条件下制备的活性炭对碘的吸附值为 893.8mg/g,对亚甲基蓝的吸附值为 125.86mg/g,收率为 53.29%。通过美国 ASAP-2020 吸附仪,测定了所制备活性炭的氮气吸附脱附等温线和孔径分布,结果表明该活性炭为中孔型,BET 比表面积为 620.94m²/g,总孔容为 0.4442cm³/g。同时,通过 SEM 分析了蓝炭粉和所制活性炭的表观结构,结果表明活性炭和的原料蓝炭粉形态特征明显不同,活性炭的孔明显增多。

关键词　蓝炭粉,水蒸气,活性炭,孔径分布

1 引言

　　蓝炭,早期又称半焦,因其在燃烧时产生蓝色的火焰而得名。蓝炭是以侏罗纪不黏煤和弱黏煤为原料,采用中低温干馏工艺生产而成的,以其固定炭高、比电阻高、化学活性高、含灰分低、铝低、硫低、磷低的特性,以逐步取代冶金焦而广泛运用于电石、铁合金、硅铁、碳化硅等产品的生产,成为一种不可替代的碳素材料[1]。蓝炭生产过程中,小于 3mm 的蓝炭粉末[2~4]约占 10%,这部分蓝炭粉(半焦焦粉)颜色为灰黑色,因粒度小,不符合生产工艺要求,只能当作低级燃料廉价处理或被弃置于河道与地头,这不仅造成了大量能源浪费,生产成本上升,经济效益下降,而且对环境造成严重污染。目前国内在用蓝炭粉末生产合成气、制备活性炭、回配炼焦煤生产焦炭、炼铁(钢)炉喷粉料等高附加值利用方面进行了探索[5,6]。蓝炭粉末价格低廉,无须炭化,耗能低,是以其为原料制备活性炭的有利方面。20 世纪 90 年代,国内对利用蓝炭粉末(半焦焦粉)制备活性炭开展了研究[4,7,8],但工艺及产品质量上仍有缺陷,进一步研究利用蓝炭粉末为原料制备活性炭具有实际意义。

　　本文以蓝炭粉末为原料,通过水蒸气活化直接制备活性炭。并就活化温度、活化时

---

　　*"973"计划资助项目(项目编号:2009CB226114);国家支撑计划项目(项目编号:2009BAA20B01);陕西省"13115"重大科技专项项目(项目编号:2008ZDKG-46);榆林市科技计划项目

间、水蒸气流量对活性炭的吸附性能和收率的影响进行了研究。

2 实验部分

2.1 实验原料

蓝炭粉末由榆林神木三江煤化工有限责任公司提供,经实验室筛分后取 16～28 目粒度的为实验原料,其工业分析见表 1。

表 1 蓝炭粉末的工业分析

Tab. 1 Proximate analysis of blue coke powder

Parameter	M_{ad}	A_{ad}	V_{ad}	FC_{ad}
%	2.88	9.44	3.95	83.73

2.2 活性炭的制备

活性炭的制备工艺流程如图 1 所示。称取一定质量干燥后的蓝炭粉,加入活化反应器内,向系统内通入氮气以驱赶其中空气,15min 后开始加热,以 10℃/min 的速度升温至活化温度。在活化温度下活化一定时间后,停止加热。在氮气保护下降至室温。从炉内取出活性炭,用 5% HCl 浸泡 3h 后洗至中性,在 120℃干燥 8h,称量干燥后活性炭的质量,计算收率。实验中通过调整电热套温度和水的量来控制水蒸气的生成量。

2.3 活性炭的收率计算

活性炭收率计算如式(1)所示。

$$活性炭的收率(\%) = \frac{m_2}{m_1} \times 100\% \tag{1}$$

式中:m_2 为活性炭的质量,mg;m_1 为蓝炭粉末的质量,mg。

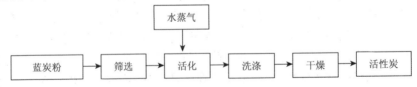

图 1 水蒸气活化制备活性炭的工艺流程图

Fig. 1 Flow diagram of preparation of activated carbon from blue coke powder with steam

2.4 活性炭样品性能的检测

活性炭的亚甲基蓝吸附值、碘吸附值分别按 GB/T7702.6-2008、GB/T 7702.7-2008 测定。比表面积与孔结构的表征采用美国 Micromeritics 麦克公司的 ASAP2020 物理吸附仪进行氮吸附测定。活性炭形貌采用 FEI 公司 Quanta 200 型环境扫描电子显微镜进行分析。

3　结果与讨论

3.1　活性炭制备单因素实验及结果分析

3.1.1　活化温度

实验保持活化时间为 60min,水蒸气流量为 1.5g/min 不变,在 700～900℃温度范围研究活化温度对活性炭收率和性能的影响,其规律变化如图 2 所示。

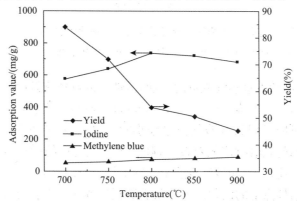

图 2　活化温度对活性炭收率和性能的影响
Fig. 2　Effect of activation temperature on yield and
adsorption properties of activated carbon

由图 2 可以看出,活性炭的收率随着活化温度的升高逐渐降低,这可能是因为在整个活化过程中,活性点碳原子在升温过程中不断与水蒸气反应,同时也有碳的氧化反应,都导致碳的损耗。碘吸附值随着活化温度的升高先升后降,当温度升到 800℃,碘吸附值达到最高,其后下降。这可能是因为水蒸气与碳的反应是吸热反应,因此随着温度的升高,活化反应的速率加快,生成更多的微孔,使活性炭的碘吸附值增大;随着活化温度继续升高,气体大量聚集,又会使孔结构遭到破坏,出现"扩孔"现象,相邻孔壁被烧穿,导致碘吸附值减小。亚甲基蓝吸附值随着活化温度的升高而升高,这可能是因为随着温度的升高,炭水反应的速度加剧,中孔的形成越多[9],中孔主要吸附亚甲基蓝,所以亚甲基蓝吸附值升高。综合考虑活性炭的性能和收率,选择活化温度为 800℃。

3.1.2　水蒸气流量

实验保持活化温度为 800℃,活化时间为 60min,在 0.83～3g/min 的流量范围研究水蒸气流量对活性炭的收率和性能的影响,其规律变化如图 3 所示。

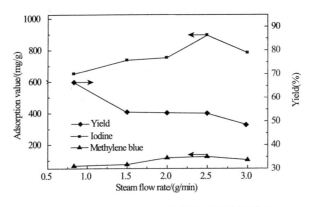

图 3　水蒸气流量对活性炭收率和性能的影响

Fig. 3　Effect of steam Flow rate on yield and adsorption properties of activated carbon

　　由图 3 可以看出随着水蒸气流量的增加,活性炭的收率逐渐降低。碘吸附值和亚甲基蓝吸附值先升后降,当水蒸气流量为 2.5g/min 时,碘吸附值和亚甲基蓝吸附值达到最高,其后下降。这可能是因为水蒸气流量较小时,会使反应不充分,活化所形成的孔较少,所得活性炭样品的碘吸附值相对较小;随着水蒸气流量的增加,反应充分,生成越来越多的孔,当水蒸气流量过高时,反应速率急剧加快,活性炭内部孔之间的孔壁变薄甚至被烧穿,同时位于活性点上的活化剂来不及扩散到炭颗粒内部就已经与炭骨架表面基团发生反应,烧失严重且限制了孔的形成和发展,导致所得活性炭样品的碘吸附值减小。但是反应进行到一定程度以后,会烧失掉部分中孔,形成大孔,中孔主要吸附亚甲基蓝,所以亚甲基蓝吸附值先升高后下降。综合考虑活性炭的性能和收率,选择水蒸气流量为2.5g/min。

3.1.3　活化时间

　　实验保持活化温度为 800℃,水蒸气流量为 2.5g/min,在 30～90min 时间范围研究活化时间对活性炭的收率和性能的影响,其规律变化如图 4 所示。

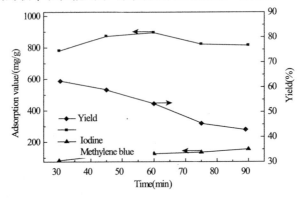

图 4　活化时间对活性炭收率和性能的影响

Fig. 4　Effect of activation time on yield and adsorption properties of activated carbon

由图 4 可以看出随着活化时间的延长,活性炭的收率逐渐降低。活性炭的碘吸附值随着活化时间的延长先升高后降低,当活化时间为 60min 时,碘吸附值达到最高。活性炭的亚甲基蓝吸附值随着活化时间的延长升高。这可能是因为随着活化时间的延长,活化的程度进行的越深,原料中的活性点碳原子不断与水蒸气反应,产生比较多的微孔和中孔,所以其碘吸附值和亚甲基蓝吸附值升高。但是随着活化时间的延长,炭水反应程度加深,水蒸气及其他挥发性气体都会造成孔壁变薄或被烧穿,形成更多的中孔,所以碘吸附值降低,亚甲基蓝吸附值升高。综合考虑活性炭的性能和收率,选择活化时间为 60min。

3.2 活性炭表征

通过考察活化温度、水蒸气流量、活化时间等工艺参数对活性炭收率和性能的影响,得出在本实验所考虑的实验条件下,制备活性炭的最佳工艺条件是:活化温度为 800℃,活化时间为 60min,水蒸气流量为 2.5g/min。所制得的活性炭的碘吸附值为 893.8mg/g,亚甲基蓝吸附值为 125.86mg/g,收率为 53.29%。根据氮气吸附测定,活性炭的比表面积为 620.94m²/g,总孔容为 0.4442cm³/g。对优化工艺条件下制得的活性炭进行结构表征。

3.2.1 氮气吸附等温线及孔径分布

图 5 和图 6 分别是优化工艺条件下所制得的活性炭的 N_2 吸附等温线和孔径分布。

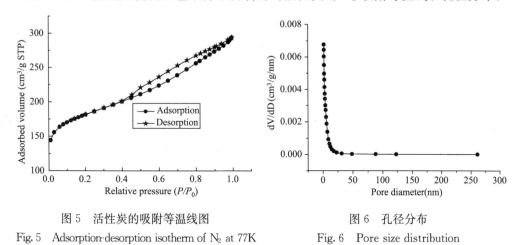

图 5　活性炭的吸附等温线图　　　　　图 6　孔径分布

Fig. 5　Adsorption-desorption isotherm of N_2 at 77K　　Fig. 6　Pore size distribution

由图 5 可以看出,该工艺条件下制备的活性炭的氮气吸附等温线属于 Ⅱ 型等温线。当相对压力较低时,吸附量急剧上升,吸附速率相当快;当相对压力大于 0.1 后,吸附平台并非呈水平状,而是有较大斜率,同时出现"拖尾"现象,表明该活性炭的微、中孔发达[10]。活性炭的 77K 氮气等温线的脱附曲线与吸附曲线不重合,具有明显的滞回,表明有中孔的毛细凝聚现象产生,这说明活性炭中有中孔存在。

根据国际理论与应用化学协会(IUPAC)的分类[11],活性炭的孔被分为微孔(孔径 $r<2nm$),中孔(孔径 $2<r<50nm$)和大孔(孔径 $r>50nm$)。由图 6 可以看出,活性炭的孔径分布比较集中,主要为大于 2nm 小于 25nm 的中孔,其 BJH 平均孔径为 4.5808nm,BJH 累积孔容积达 0.2881cm³/g,t-plot 微孔体积为 0.1702cm³/g。这样的活性炭可以用于分子体积比较大的物质的液相吸附中。

3.2.2　扫描电镜形貌分析

原料蓝炭粉和活性炭的 SEM 图像见图 7。由图 7 可以看出,原料蓝炭粉和活性炭的形态特征明显不同。原料蓝炭粉[图 7(a)]的结构比较致密,孔结构很少;而产品活性炭(图 7b)结构更加疏松,孔结构明显,表面有丰富的中孔和大孔。

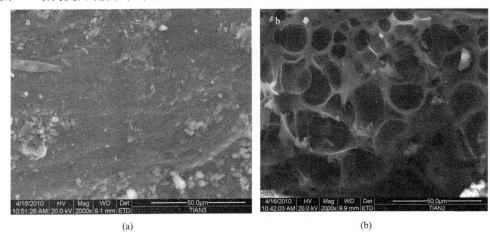

图 7　半焦焦粉和活性炭的 SEM 照片

Fig. 7　SEM pictures of semi-coke powder and activated carbon

4　结论

1) 以榆林地区粒度为 16～28 目的蓝炭粉为原料,采用水蒸气直接活化,制备活性炭的最佳工艺条件为:活化温度 800℃,水蒸气流量为 2.5g/min,活化时间为 60min。在此工艺条件下制备的活性炭对碘的吸附值为 893.8mg/g,亚甲基蓝的吸附值为 125.86mg/g,收率为 53.29%。

2) 氮吸附结果表明最佳工艺条件下所制备的活性炭的比表面积为 620.94m²/g,总孔容为 0.4442cm³/g。活性炭的孔径分布比较集中,主要为大于 2nm 小于 25nm 的中孔,表明该工艺条件下制备的活性炭属于中孔型活性炭。

3) 利用扫描电镜(SEM)比较了原料蓝炭粉和活性炭的形貌,发现原料蓝炭粉和活性炭的形态特征明显不同,活性炭的孔是清晰的,明显增多的。

参考文献

[1]　虎锐,李波,张秀成. 榆林地区蓝炭产业发展现状及其前景[J]. 中国煤炭,2008,34(5):69～72.

[2] 崔永君,史小满,武彩英. 神府矿区半焦焦粉性质及治理途径探讨[J]. 陕西环境,1997,4(4):12~14.

[3] 刘长林,雒和明,苟国俊. 焦粉成型技术[J]. 环境污染治理技术与设备,2002,3(12):73~75.

[4] 张彩荣,马莉,王杰玲,等. 用神府矿区废弃焦粉制活性炭的试验探讨[J]. 煤矿环境保护,1996,10(4):51~53.

[5] 兰新哲. 榆林蓝炭科技创新与产业升级换代[C]. 中国蓝炭产业科技发展高层论坛文集,2008:13~28.

[6] 郑东,晏善成,何孝军. 焦粉的高附加值利用[J]. 燃料与化工,2007,38(2):21~23.

[7] 崔永君,张彩荣,武彩英,等. 半焦焦粉制作活性炭以及和煤质炭的差异[J]. 煤炭转化,1998,21(4):91~93.

[8] 张彩荣,叶道敏,崔永君,等. 用废弃的半焦焦粉制活性炭工业性试验研究[J]. 煤炭转化,1999,22(2):75~78.

[9] Kang Sun, Jian chun Jiang. Preparation and characterization of activated carbon from rubber-seed shell by physical activation with steam [J]. Biomass and Bioenergy,2010,(34):539~544.

[10] 张利波,彭金辉,夏洪应,等. 微波加热制备烟杆基高比表面活性炭的研究[J]. 武汉理工大学学报,2008,30(12):76~79.

[11] S. J. Gregg, K. S. W. Sing. Adsorption, surface area and porosity [M]. New York: Academic Press, 1982: 25~26.

Preparation of Activated Carbon from Blue Coke Powder by Physical Activation with Steam

TIAN Yu-hong   LAN Xin-zhe   SONG Yong-hui   HU Tang-hua

(*School of Metallurgical Engineering, Xi'an University of Architecture and Technology;*
Research Centre on Metallurgical Engineering and Technology of Shaanxi Province, Xi'an 710055, China)

Abstract   Activated carbon was prepared from blue coke powder with steam as activating agent. The effect of activation temperature, activation time and flow rate of steam on yield and adsorption properties of activated carbon were investigated. The experiment results showed that when flow rate of steam at 2.5g/min, activation temperature at 800℃, activation time for 60min, the product yield was 53.29%, the iodine adsorption value and methylene blue adsorption value of the activated carbon obtained were 893.8mg/g and 125.86mg/g, respectively. Furthermore, the nitrogen adsorption-desorption isotherm and pore size distribution of the activated carbon obtained under optimum conditions were analyzed by ASAP-2020, and the results showed that the BET surface area and pore volume were 620.94m^2/g and 0.4442cm^3/g, respectively. The activated carbon possessed predominant mesoporous structures. The morphology of blue coke powder and activated carbon were analyzed by scanning electron microscopy (SEM), it found that the activated carbon was significantly different from the blue coke powder, the pores of the activated carbon was obviously increased.

Keywords   Blue coke powder, Steam, Activated carbon, Pore size distribution

微波加热条件下低变质煤的升温特性研究[*]

马红周　兰新哲　宋永辉　裴建军　苏婷

(西安建筑科技大学冶金工程学院,陕西省冶金工程技术研究中心,西安 710055)

摘要　本文进行了低变质煤的微波热解实验研究,主要研究了微波功率、煤量及煤种变化对升温特性的影响规律。研究结果表明,微波加热条件下,煤料的最终升温温度在 10min 以内均可以达到 800℃以上,随着微波功率的增大,最大升温速率逐渐增加。随着煤中挥发分的逸出,煤的升温速率经历三个阶段:第一阶段褐煤的升温速率迅速增大,最高可以达到 800℃·min^{-1}以上;第二阶段升温速率迅速降低;第三阶段升温速率基本不变。

关键词　微波,热解,升温特性,低变质煤

1　引言

微波能在处理煤方面已经有很多研究,如微波作用脱除煤中硫[1],微波脱除煤中的水分[2],并且尝试了用高挥发分煤制备焦炭[3],还通过在煤中加入其他金属化合物进行微波共加热,用以提高煤的加热终温或者进行微波加热条件下的炭还原,微波进行煤液化等[4,5]。这些研究中,对煤中热解产物的研究比较充分,同时也证明微波可以较常规加热方法更快的热解煤。本文主要对低变质煤进行了微波热解实验研究。

2　实验部分

2.1　实验原料

实验用煤为榆林地区具有代表性的王家沟煤(WJG)、碱房沟煤(JFG)及孙家岔煤(SJC),这几种煤均属于低变质的煤种,具有低灰低硫的特点,其工业分析及元素分析结果如表 1 所示。

---

　　*"973"计划资助项目(项目编号:2009CB226114)、国家支撑计划项目(项目编号:2009BAA20B01);陕西省"13115"重大科技专项项目(项目编号:2008ZDKG-46);榆林市科技计划项目

表 1　工业分析与元素分析数据

Tab. 1　The composition of the different kind of Lignite

煤　种	工业分析					元素分析				
	M_t	M_{ad}	A_{ad}	V_{ad}	FC_{ad}	C_{ad}	H_{ad}	O_{ad}	N_{ad}	$S_{t,ad}$
JFG	8.20	1.20	5.75	35.62	57.43	74.98	4.77	11.69	1.24	0.37
WJG	5.8	1.04	6.90	34.38	57.68	74.84	4.56	11.26	1.02	0.38
SJC	9.6	3.41	2.64	37.79	56.16	76.38	4.71	11.61	0.99	0.26

2.2　实验程序

将煤破碎,每次实验取定量粒径小于 5mm 的煤装入直径 50mm,长 320mm 的石英管中,将石英管置于微波反应器中加热热解,微波频率 2.45GHz,热解产生的粗煤气由气体排出口排出,经过水冷分离焦油。采用 K 型热电偶对煤样进行温度监测。根据温度数据计算煤的升温速率,计算方法为:煤的升温速率 $= \dfrac{\Delta T}{\Delta t}$,式中 ΔT 为煤在相邻时刻的温度差;Δt 为相邻时刻的时间差。实验装置如图 1 所示。

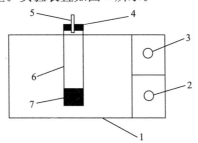

图 1　微波热解煤实验装置示意图

1. 微波反应器;2. 调速装置;3. 动力控制装置;4. 封条;
5. 煤焦油和气体的排出口;6. 石英管;7. 煤

Fig. 1　The schematic diagram of experimental device

1. microwave oven;2. timing device;3. power control;4. seal;
5. discharge outlet of coal tar and gas;6. quartz tube;7. coal

3　实验结果与讨论

3.1　不同煤种微波加热时的升温特性

为了解不同煤种在微波加热升温过程中的升温特点,对表 1 所列 3 种煤进行加热,微波功率为 800W,测定煤的升温曲线并计算各种煤的升温速率,实验结果如图 2 和图 3 所示。

从三种煤的升温速率曲线可以得出,煤的升温按照升温速度的变化大致可以分为三个阶段,第一阶段为煤的快速升温,最高升温速率可以达到 600℃/min 以上,第二阶段为缓慢升温阶段,升温速率在 200℃/min 以下,第三阶段升温速度基本趋近于 0℃/min,即温度基本恒定。JFG 和 SJC 煤的升温速率曲线相似,并且升温速率最高点相近,WJG 煤的升温速率曲线较其余两种煤有一定的差异,升温速率曲线的最高点较前两种煤低,同时,第二阶段煤的升温速率较前两种煤高,在煤的升温后期,煤的最高温升较其余两种煤低。能够引起煤在微波场中升温的主要因素有煤中的灰分和挥发分,实验所用煤均采自榆林,榆林煤属于低硫低灰煤,灰分中的主要成分为 Al_2O_3、SiO_2、Fe_2O_3 等[6],这些成分均属于不吸波物质[7],对煤升温基本无影响。

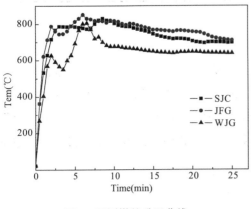

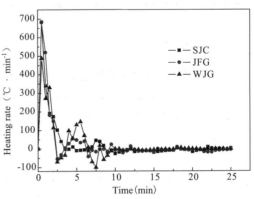

图 2　不同煤的升温曲线
Fig. 2　The heating curve of the different coal

图 3　煤的升温速率曲线
Fig. 3　The heating rate of the different coal

煤的升温热解过程主要是挥发分的排出,从煤的热解速度可以看出,挥发分对煤的升温起决定性的影响。从三种煤的成分来看,JFG 和 SJC 煤的挥发分均较 WJG 煤高,挥发分高,说明煤中的稠环化合物含量比较高,这些化合物的化学键在微波作用下会强烈振动、摩擦而产生大量热,使得煤的升温速率较大,即煤的损耗因子较大,所以最初的升温速度较快,另外 JFG 和 SJC 煤的挥发分相差不大,所以二者的升温速率最高点也相差不大,第二阶段 WJG 煤升温速率的提高是因为该煤在第一阶段温度升高较慢,挥发分的分解速度慢,使得第二阶段煤中挥发分含量较前两种高,使其升温速度较前两种高。

根据微波对物质的加热温度速率与物质的电特性关系[8]

$$\frac{\partial T}{\partial t} = \frac{\kappa \varepsilon'' f E^2}{\rho C_p} \tag{1}$$

式中,$\frac{\partial T}{\partial t}$ 为加热温度速率;k 为比例常数;ρ 为物质密度;C_p 为物质的热容;ε'' 为有效损耗因子;f 为微波频率;E 为电场强度。

随着煤热解温度的升高,煤的比热容先增加,当温度达到 600℃ 左右以后,比热容呈降低趋势[9],在煤成焦过程中,煤中挥发分小于 20% 的煤样其真相对密度在 600℃ 有一拐点,温度大于 600℃ 后增加得更快,而挥发分大于 20% 的煤样其真相对密度在 500℃ 有一拐点,温度大于 500℃ 后就增加得更快,焦炭真相对密度基本上是随原煤挥发分的增大近似呈直线下降[10]。本实验所用煤的挥发份均在 30% 以上,所以在加热过程中,煤的相对密度是在降低的。微波加热速率与物质的电特性关系可以得出,在微波功率和频率不变的条件下,煤的有效损耗因子是煤的温度变化的主要因素,煤在热解的三个阶段中,煤中的有效损耗因子在急剧减小。也可以说明,煤中损耗因子的变化同煤中端部含氧的化合物以及稠环的化合物量有直接关系,随加热温度的升高,煤中稠环化合物不断减少[11],导致损耗因子减小。

3.2 不同质量的煤在微波加热过程中的升温特性

通过对不同煤种升温过程的研究,选择 JFG 煤作为后续研究用煤,实验分别将不同质量的 JFG 煤在微波功率 800W 加热,测定煤的升温曲线,直到煤的温度恒定为止,实验结果如图 4 和图 5 所示。

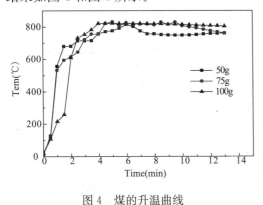

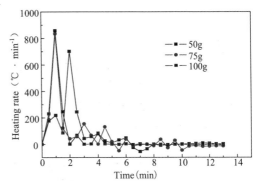

图 4　煤的升温曲线

Fig. 4　The heating curve of the coal

图 5　煤的升温速率曲线

Fig. 5　The heating rate of the different coal weight

由上图可得,不同质量的煤升温速率随煤的质量增加而降低,在不同质量煤的加热过程中,在物料量较大时,升温速率降低,在加热时间较长时,出现较高的升温速率。

根据微波加热功率与被加热物质的量之间的关系

$$P = \frac{\Delta T c w}{860 t} \tag{2}$$

式中,P 为耗用的微波功率,kW;ΔT 为物料的温度,℃;c 为物料的比热,kcal/(kg·℃);w 为物料重量,kg;t 为微波作用时间,h。

对上式进行变换得

$$\frac{\Delta T}{t} = \frac{860 P}{c w}$$

即在微波加热功率不变时,随着被加热物料量的增加,物料的升温速率降低。质量为 100g 的煤较质量为 50g 的煤的升温速率曲线有明显差别。随着煤的温度升高,低变质煤的热解大致经历三两个阶段,第一阶段主要是煤中水分的干燥和吸附的气体的脱吸,第二阶段主要是煤的热分解,形成半焦。这两个阶段发生的反应主要是吸热反应,使煤的升温速率降低;另外,随着煤量的增多,两阶段反应产生的物质量增大,吸热量增加,使大质量煤的升温速度相对较慢。

3.3　微波功率对煤的升温特性的影响

为研究微波功率对煤升温特性的影响,将同重量的 JFG 煤在不同的微波功率进行加热,测定煤的升温速率,实验结果如图 6 和图 7 所示。

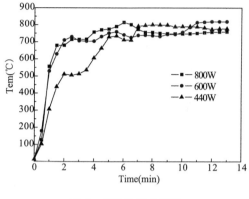

图 6　煤的升温曲线图　　　　　　　　　　图 7　煤的升温速率曲线
Fig. 6　The heating curve of the coal　　　Fig. 7　The heating rate of the different power

图 6 和图 7 是在不同功率时对同质量、同粒度(<5mm)的煤的加热升温曲线和升温速率曲线,由图可以看出,在不同的功率时,煤的温度均可以升到较高的温度,并且升高的终温相近,但是物料的升温速度有一定的差异,微波功率较大时,物料的升温速度较大。微波功率增大,则微波场的电场强度增大,由(2)式可知,随电场强度的增大,煤的升温速率将提高。

微波加热过程中,煤在高温分解后,微波功率对煤升温的影响也比较相似。功率较小时,由于煤的升温速度较慢,煤的分解速度慢,煤的损耗因子降低的比较慢,所以在分解的后期,微波功率较小的情况下,煤的升温速率较大功率加热时要高。

参考文献

[1]　赵爱武. 煤的微波辅助脱硫试验研究[J]. 煤炭科学技术. 2002,(3):45~46.

[2]　滕农,陈祥,陈书建. 用微波技术快速测定燃煤全水分试验研究[J]. 电力环境保护,1999,(12):27~29.

[3]　Ed Lester,Sam Kingman,Chris Dodds,John Patrick. The potential for rapid coke making using microwave energy[J]. Fuel,2006,(85):2057~2063.

[4]　Parisa Monsef-Mirzai,Mythili Ravindran,William R. McWhinnie and Paul Burchill. Rapid microwave pyrolysis of coal Methodology and examination of the residual and volatile phases[J]. Fuel,1995,74(1):20~26.

[5]　Emine Yagmur,Emir H. Simsek,Zeki Aktas,Taner Togrul. Effect of demineralization process on the liquefaction of Turkish coals in tetralin with microwave energy:Determination of particle size distribution and surface area[J]. Fuel,2005,(84):2316~2323.

[6]　武瑞叶. 补连塔煤热解试验研究[J]. 煤质技术,2004,(7):47~49.

[7]　苏永庆,宋斌,孙加信,刘威. 微波辐照下粉末 Fe_2O_3 的活性炭还原[J]. 云南师范大学学报. 1999,19(1):51~53.

[8]　彭金辉,杨显万. 微波能技术新应用[M]. 昆明:云南科技出版社,1997:70~80.

［9］ 张佳丽,刘全润,张如意. 煤焦高温比热容的实验研究[J]. 中国煤炭,2005,31(2):55~56.

［10］ 申峻,王志忠,邹纲明. 不同煤阶煤成焦过程中密度及挥发分的变化[J]. 煤炭转化,2007,30(1):14~17.

［11］ 肖瑞华,白金锋. 煤化学产品工艺学[M]. 北京:冶金工业出版社,2003:3~8.

Study on Temperature Characteristics of
Low Metamorphic Coals by Microwave Heating

MA Hong-zhou   LAN Xin-zhe   SONG Yong-hui   PEI Jian-jun   SU Ting

(School of Metall. Eng. , Xi' an Univ. of Arch. & Tech. , Research Center of
Metallurgical Engineering & Technology of Shaanxi Province , Xi' an 710055 , China.)

Abstract   The microwave pyrolysis of low metamorphic coal was studied and the influence laws of microwave power, coal and coal volume change on the heating characteristics were discussed chiefly. The results showed that the maximal final heating temperature of coal could be over 800℃ within 10min and the heating rate increased with the enhancement of microwave power. Along with the evolution of volatiles, the heating rate went though three stages. Heating rate of lignite increased rapidly and the highest could reach 800℃ · min^{-1} above in the first stage, while decreased sharply during the second stage and remained unchanged in third stage.

Keywords   Microwave, Pyrolysis, Temperature characteristics, Low metamorphic coals